마지막 외출

마지막 외출

조 지 수   장 편 소 설

지혜정원

초원의 빛이여, 꽃의 영광이여

Of splendour in the grass, of glory in the flower

차 례

내 별명은 '칸트'이다. 쾨니히스베르크의 그 위대한 철학자의 이름이 별명이다. 빈정거리는 의미로는 적절하다. 철학과 학생으로 8년을 대학에서 보냈으니까. 내가 가끔 철학책을 들여다보는 모습이 그들에겐 이색적이었다. 이 별명을 사실 싫어한다. 그것은 나의 빛바랜 열망과 고통스러운 실패를 의미하기 때문에. 그러나 그들은 개의치 않는다. 그들은 '어이, 칸트!'라고 여전히 부른다. 나도 내 이름을 잊을 지경이다.

고등학교 시절의 사회 선생님이 이 모든 것의 원인을 제공했다. 그의 어설픈 철학적 감동이 나를 철학과로 보냈으니까. 돌이켜 보면 그는 철학에 심취한 아마추어 철학자였다. 그가 플라톤의 '황금의 영혼'이나 '영혼의 불멸' 등을 말할 때, 칸트의 그 멋지고 아름다운 그러나 공허한 정언명령 등을 말할 때 나의 심장은 마구 뛰었다. 나는 세상과 도덕을 이해하고 싶어 하는 순진무구하고 고지식한 학생이었다. 내가 조금만 현실적이었다면, 그리고 부모가 나의 진로를 조언해 줄 만큼 세상살이에 대해 잘 알았다면, 혹은 주변에 진로에 대해 조언해 줄 친지만 있었더라면 나는 철학과에 가지는 않았을 것이다. 그랬더라면 지금은 철

마지막 외출

학과를 꿈꾸었던 순진하고 순수했던 삶의 한 시절을 미소로 바라볼 수 있었을 텐데. 당시 내 성적은 무역학과를 갈 수 있을 정도는 됐다. 그러나 나는 전액 장학금을 받고 철학과에 입학한다. 그 신성한 학문에 발을 들여놓기 위해. 부모의 부만 대물림되는 것이 아니다. 삶과 세상을 살아가는 요령도 대물림된다. 나는 이것을 배우지 못했다. 부모들도 지독히 가난한 집안 출신이었다. 초등학교 졸업이 학력의 전부인 어머니와 중학교 중퇴를 한 아버지가 내게 어떤 삶을 사는 요령을 가르쳐 줄 수 있었겠는가? 그들이 아는 세계는 전혀 다른 곳에 있었는데. 아버지는 그저 그날 비가 안 오면 공사장으로 갔고 비가 오면 집에서 소주를 마셨다. 그의 삶은 철근과 시멘트와 벽돌과 소주 사이를 떠돌았다. 그들의 삶은 구원의 가능성조차 없는 것이었다. 그저 월세방을 전전하며 하루하루 지독한 노동과 가난 속에서 살아가는 것이 삶의 전부였다. 무지와 편견에 젖어.

대학 진학 후의 나의 삶은 한층 힘들어졌다. 생활비 마련을 위해 저녁 7시부터 다음 날 새벽 3시까지 편의점에서 일했다. 나의 대부분의 공부는 편의점에서였다. 이 공부 덕분으로 계속 장학금을 받아 나갈 수는 있었다. 대학원에 진학했고 이때부터 계속 조교 생활이 시작되었다. 이때까지는 희망과 기대를 가진 삶을 보낼 수 있었다. 현재는 가난하다 해도 미래에는 무엇인가 좋은 일이 있으리라고 생각했다. 어쩌면 나도 이 분야에 최소한의 업적이나마 낼 수도 있다. 혹은 내가 철학적 천재일 수도 있다. 루소나 스피노자처럼 가난 속에서 어떤 꽃을 피울 수도 있다.

회의는 박사 과정에 진입한 다음에 일기 시작했다. 나는 이 분야에서 어떤 업적을 낼 수 있는 천품을 지니고 있지 않다는 자각이 들기 시작했다. 이것은 절망의 모습을 했다. 박사 과정에 진입한 후 강사직을 맡기 시작하면서 이 회의는 시작되었다. 이해했다고 믿은 것들이 안개 속으로 숨어 버렸다. 나는 강의록을 작성하면서 내가 전혀 창조적인 사람이 아니라는 사실을 깨달았다. 내가 할 수 있는 것은 기껏 이미 조성된 철학을 앵무새처럼 지껄이는 것이었다. 그 화석화되고 말라비틀어진 지식을. 그것을 넘어서서 무엇인가 독창적인 것을 쓰려고 할 때마다 나의 손가락은 자판 위에서 미끄러질 뿐이었다. 내게 이 분야에서의 독창성은 전혀 없었다. 철학적 업적의 가능성은 없었다. 내가 철학적 창조력을 지니지 않았다면 나의 대학 진학 이후의 모든 삶은 무의미해지는 것이었다. 장래의 모든 사회경제적 삶을 포기하다시피 하며 매달렸던 학문은 사실상 나의 영역이 아니었다. 그렇다고 학위를 받은 후 교수가 될 가능성도 없다. 교수가 되는 사람은 1천 명의 박사학위 소지자 중 한 명도 없을 것이다. 결단을 내렸다. 지난 8년간을 잿더미로 돌리기로. 그리고 다른 삶을 시작하기로. 지긋지긋한 적빈의 삶이나마 벗어보자고.

철학에 대한 미련과 지난 8년간의 세월에 대한 미련이 나를 붙들고 늘어졌지만 고심 끝에 결국 결단을 내렸다. 형사가 내 적성에 맞을 거 같았다. 논리적인 성격이고 꼼꼼한 기질이니까 수사는 잘할 수 있을 거 같았다. 거기다 8년간의 편의점 근무는 '인간 희극'에 대한 많은 경험을 주었다. 삶의 온갖 양상에 대한 경험이 생겼다. 이것도 수사에 도움을 줄 것이다.

경찰공채시험 통과가 쉽지는 않았지만, 다행히 부모님은 적당한 두뇌와 건강한 몸을 물려주셨다. 1년간의 시보를 마치고 형사과 실종수사팀에 배치되었다. 내가 자원했다. 다행히 결원이 있었다. 이것이 내 성격에 맞다. 순찰이나 도로교통은 자신 없었다. 상상과 추론이 내게 맞다. 공부는 어느 정도 자신 있었으니까. 거기다 본래 분석적인 성격에 8년간의 철학 수업이 나를 더욱 분석적인 사람으로 만들었다. 추리와 수사는 내게 맞을 것이다. 나는 강력팀을 원했지만, 실종수사팀에 배치되었다. 거기만이 결원이 있었다. 어떻게 보면 이쪽이 더 낫다. 강력팀보다는 상대적으로 한가하다. 물론 근무의 대부분은 탐문으로 보내는 외근이었다. 그래도 조금의 시간은 났다. 독서는 내가 좋아하는 취미이다. 책에 코 박고 있을 시간이 조금은 있다. '칸트'라고 불리며 그렇게 하루하루를 보낸다. 그러나 가슴 아픈 일을 대하는 경우에는 힘들다. 정신적 병을 앓는 사람들이 많이 실종된다. 조현병, 치매, 우울증 등. 이 사람들은 찾기도 힘들 뿐만 아니라 찾았다 해도 그 질병이 이미 많이 진행된 경우가 대부분 이다. 가끔 범죄에 연루된 실종이 신고되는 경우도 있다. 주로 젊은 여성의 납치와 관련된 것들이다. 이때는 강력팀과 협조하 여 수사를 진행한다. 강력팀은 범죄 쪽을, 우리는 실종자의 위 치를 쫓는다. 그러나 이 경우에도 수사 결과는 별로 좋지 않다. 우리가 어찌어찌 현장에 도착한다 해도 사건의 결정적 국면은 이미 끝나 있는 경우가 많다. 폭행이나 강간이나 살인 등의. 이 직업은 인간성의 악함을 계속 들여다보는 것이다. 우울한 날이 많다.

마지막 사건은 사흘 전에 종결되었다. 한 달 전에 시체가 발 견되었다. 그러나 현장에는 어떤 증거도 없었다. 가을걷이가 끝 난 논에 버려진 20대 여성의 시체를 보았을 때는 마치 사이보그 나 마네킹을 보는 것 같았다. 사람이 저렇게 벗은 채로 태양과 구름 아래 바로 누워있을 수 없다. 그러나 이 살인은 이미 최소 한 2주 전에 자행된 것이다. 그 시기에 이틀에 걸쳐 가을비가 심 하게 내렸다. 수습할 수 있는 증거가 없다. 우리가 해 볼 수 있 는 건 없다. 수사는 관리 미제 사건으로 종결되었다. 그때 이후 로 마음이 몹시 우울하고 몸도 처진다. 식욕도 없고 항상 나른 한 무기력이 몸을 지배하고 있다. 태양 빛이 줄며 세로토닌도 줄 고 있다. 가벼운 우울증에도 시달리고 있다.

그녀는 잘 살고 있을까? 그녀 역시도 가난한 집안 출신이었다. 명시된 계급이 없을 뿐이지 그것은 묵시적으로 우리를 지배한다. 같은 처지인 사람끼리 만난다. 부자들은 대부분의 경우 가난한 사람들을 자기네의 장차의 약탈자나 기생 인간으로 본다. 가난한 사람들은 질투와 분노로, 부자들은 무관심과 경멸로 서로를 바라본다. 이것은 젊은 사람들의 남녀관계에서도 그렇다. 그녀는 화학과 대학원생이었다. 석사 과정을 마치고는 곧 취직했다. 괜찮은 기업이다. 석유화학과 태양광을 함께 운영하는 그 기업은 탄탄한 재무구조를 가지고 있고 상당히 괜찮은 영업이익을 내고 있다. 그녀의 첫 월급 때 우리는 이탈리안 레스토랑에 갔다. 그녀는 파스타를 먹었고 나는 스테이크를 먹었다. 그리고 우리는 헤어지게 되었다. 그것도 좋은 일이다. 가난한 두 사람의 결합보다는 한 쪽이 좀 더 낫게 사는 사람과의 결합이 한결 바람직하다. 그녀는 이별 후 1년이 지나 결혼했다. 나의 유일한 애인이었다. 나는 그녀를 만나기 전에도 헤어진 후에도 어떤 여성과 교제한 경험이 없다. 그녀의 숨결만이 내가 느낀 여성의 숨결의 전부이다. 그녀는 철학이라는 학문을 신기해했다. 나는 그녀와 과학철학과 관련한 많은 얘기를 나눴다. 나는 적어도 내 학문을 사랑하기는 했다. 그녀에게 많은 열정을 품은 철학적 얘기들을 해줬다. 그녀는 자기 전공과 관련하여서는 할 말이 없다고 했다. '그것은 그냥 따분한 유기화학일 뿐'이라며. 말해 줬어도 나는 이해하지 못했을 것이다. 나는 화학을 싫어했었다.

그녀가 나를 한 번씩 생각하기는 할까? 우리는 학생 식당에서 자주 만났다. 식판을 들고 마주 앉았을 때가 우리가 유일하게 행복한 순간이었다. 그때가 우리의 데이트 시간이었다. 그 시간을 제외하고는 일주일에 한 번 만나기도 힘들었다. 둘 다 조교직을 수행하면서 공부를 해 나가야 했기 때문이다. 더구나 나는 가외 시간에 편의점 일을 여전히 하고 있었다. 그녀도 거기에 가끔 들러줬다. 나는 그녀를 카운터 뒤에 숨기듯이 앉혔다. 혹시라도 누구에게 뺏길까 두려워하듯이. 계속 만났다면 우리에게 어떤 가능성이 있었을까? 살아 나갈 가능성은 있었겠다. 허덕이면서. 왜냐하면 나는 지금도 수입의 일정 부분을 부모에게 보내야 하니까. 그녀는 헤어지며 울었다. 내가 그녀를 위안했다. '아마 좋은 남자일 거'라며. 그녀는 그때 이미 29살이었다. 그녀도 휴학을 자주 했었다. 경제적 문제로. 섬세하고 우아하고 선량했던 그녀. 가난이 그토록 그녀를 괴롭히지만 않았다면 그녀는 귀부인이었을 것이다. 다정했던 그녀는. 선량함과 순수함이 성녀와 같았던 그녀는.

나는 여성 의류점의 쇼윈도로 스카프를 들여다보았다. 고운 울로 만들어진 그 스카프는 회색 바탕에 붉은색 스트라이프가 쳐진 것이었다. 눈을 돌렸다. 뛰어서 그곳을 벗어났다. 가장 빨리 뛰었다. 30분을 뛰어서 편의점으로 출근했다.

그녀는 내가 학위 과정을 계속 밟아 나갈 것이라고 생각했고 내게는 희망이 없다고 생각했다. 나와 결혼을 생각하기 힘들었다. 그녀는 가정을 원했다. 그렇게 파랑새는 날아갔다. 내 인생 자체였던 그 파랑새는 그렇게 날아갔다. 내가 박사 과정에 진입하는 대신 일찍 취업을 했더라면 그녀는 내게 남았을까? 그렇지 않을 것 같다. 지금 나는 저축을 하고 있음에도 원룸을 벗어날 가능성조차 없다. 부모를 부양해야 하기 때문이다. 공사장에서 혹사당했던 아버지의 몸은 이제 안 아픈 곳이 없다. 그는 더 이상 일을 할 수 없다. 이제 소주와 진통제가 그의 삶이 되고 있다. 불쌍한 사람. 이 사람을 버려두고 내 가정을 새로 꾸릴 수는 없다.

철학은 내게 아쉬운 미련과 꿈을 남겨 놓았다. 그 아름다운 학문. 그러나 다시 거기로 돌아갈 가능성은 없다. 나는 이 경찰직을 평생 하게 될 것이다. 아마 결혼도 안 할 것이다. 내 조건에 누가 내게 시집오겠는가? 내가 할 수 있는 것은 기껏해야 철학을 공부하던 시절과 그녀와 함께했던 순간의 추억을 곱씹는 것이다. 가끔 철학책을 펼쳐보기도 하고 멍하니 그녀와 행복했던 순간을 찾아내기도 한다. 이것들이 오히려 괴로울 때가 있다. 그럴 때는 사건이 더 많기를 바란다. 무언가 할 일이 있어야 한다. 그렇지 않으면 나는 다시 철학으로 이끌린다. 이런저런 철학책을 뒤적거린다. 이러한 것들이 내게 '칸트'라는 별명을 수여했다. 칸트라니. 그 '선험적 종합명제'의 칸트라니.

두통이 여전히 계속되고 있다. 처음에는 날카로운 통증이 왼쪽 머리를 욱신거리게 만들더니 이제는 머리 전체가 어디에 얻어맞은 듯이 멍하다. 타이레놀의 효과일 것이다. 오늘 벌써 세 알을 먹었다. 수면 부족도 있는 거 같다. 요새 계속 불면에 시달리고 있다. 가까스로 잠들면 새벽녘에 불쾌한 꿈과 더불어 깬다. 좌절과 고통과 아쉬움이 섞인 꿈들. 어린 시절의 그 고통스러웠던 모멸감으로 가득 찼던 가난의 꿈들. 그러고는 출근 때까지 잠을 못 이룬다. 멍한 정신은 꿈과 현실의 중간 어딘가로 나를 몰고 간다. 꿈이 현실 같고 현실이 꿈 같다. 부산스러운 사무실이 몽롱하게 보인다. 우울증 때문인 거 같다. 최근에 우울증 진단을 받았다. 아무래도 병원에 가서 약을 받아야겠다. 거기에다 논에서 발견된 피해자의 시체가 눈앞에 아른거린다. 누가 그녀의 모든 것을 망쳤을까? 그녀는 강간당한 후 교살되었다. 이런 범죄를 저지르는 놈들은 어떻게 생겨먹은 놈들일까? 반드시 잡아서 법정에 세울 것이다.

여성청소년과로부터 협조공문이 와 있다. 실종 사건이다. 여성청소년과와 오후 2시에 합동회의가 있다. 수사 요청과 합동회의는 이 실종 사건이 범죄와 연루된 심각한 사안이라는 것을 말한다. 여성이 납치된 사건이거나 미성년자의 실종 사건일 것이다. 사건은 내가 강력팀에 파견 나와 있는 동안 접수되었을 것이다. 수능이 끝난 후 한 달 사이에 강력 사건이 가장 많이 발생한다. 축제와 범죄는 뗄 수 없다. 이때엔 내가 강력팀으로 파견된다. 수능은 사흘 전에 있었다. 그날 우리는 사건 하나를 미제 사건으로 처리했다. 미해결 사건이라는 의미이다. 이 사건의 해결의 열쇠는 운만이 쥐고 있다. 언제고 범인은 잡힐 것이다. 강간 살인범은 또 다른 범죄를 저지를 것이다. 그 범죄는 한 번에 그치지 않는다. 그렇지만 그때 운은 우리 편에 있을 수 있다. 언젠가는 잡고 만다.

이 새로운 실종 사건은 수능 날 밤에 발생했을 확률이 높다. 납치라면 즉각적인 수사를 개시하지만, 납치가 아직 확인 안 된 실종은 48시간이 지나야 수사 여부를 결정짓는다. 따라서 이 사건은 수능 날 밤에 발생한 실종 사건일 가능성이 크다.

오후 2시엔 모두가 나른하고 피곤하다. 점심 식사 후의 회의는 지루함 가운데 지속된다. 두통은 계속되고 있고 이제는 구토증까지 올라오고 있다. 막상 무언가가 토해지지는 않는다. 그러나 속이 계속 메슥거린다. 머리가 어지럽다. 오한도 조금씩 난다. 오늘은 일찍 쉬고 싶다.

47세의 부잣집 마나님의 실종 사건이다. 이건 이상한 일이다. 이상해도 매우 이상한 일이다. 분별을 충분히 갖춘 그 나이대의 여성의 실종은 이미 실종이 아니다. 그것은 단순 가출일 확률이 높다. 아마도 내연남이 개입된 가출 사건일 것이다. 그 나이대의 여성의 가출은 흔한 사건은 아니다. 성인 여성의 신고된 실종 사건의 95퍼센트는 단순 가출이다. 그리고 이러한 종류의 가출은 대체로 30대 여성에게 일어난다. 40대 중반의 잘사는 집안 여자의 실종이라니. 이 경우는 수사의 대상이 아니다. 그녀는 짧으면 한 달 후, 길면 6개월 후에 나타날 것이다. 내연남과 그녀 사이에는 그 둘을 둘러칠 성벽이 없기 때문이다. 결혼과 그것을 규정하는 법률은 가정에 하나의 성채를 둘러친다. 이 제도는 그럭저럭 작동되는 장치이다. 그것이 자발적이건 하나의 구속이건. 대부분의 여성은 성채 안으로 다시 들어온다. 그리고 남편과의 파국이 시작된다. 봉합되었다 해도 그것은 미봉이다. 이 가출은 부부 사이에 치명적인 분노와 혐오와 계속되는 의심의 이유가 되기 때문이다.

둘러앉은 우리는 모두 의아해하고 있었다. 어이없는 경찰력의 낭비에 심란해하며. 여성청소년과의 과장이 사건을 브리핑한다. 수능일 오후 1시경에 실종된 것으로 보이는 이 여성의 행방을 알아내라는 것이다. 아마 납치일 것으로 보인다는. 웃기는 노릇이다. 여러 대의 CCTV가 감시 중인 치안이 확고하게 유지되는 그 성채와 같은 아파트에서 납치사건은 발생할 수 없다. 여성청소년과 과장에게 즉시로 항의했다. 이건 수사 대상이 아니라

고. 그러자 그는 엄지손가락을 들어 위를 가리켰다. 서장이? 그
렇다. 이 건은 접수와 동시에 서장이 수사 지시를 한 중대 범죄
사건이 되어 있었다. 무엇인가 외부의 힘이 작용했다. 아마도 서
장의 직이 달린 문제일 것이다. 서장이 과장을 불러 단단히 말
했단다. 꼭 해결해야 할 사건이라고. 가출 청소년을 찾는 것이
아니라 가출 성인 여성을 찾는 것이다. 이것은 심지어 그 여성의
인권침해이다. 그 여성에게는 거주 이전의 자유뿐만 아니라 인
신에 관한 모든 자유가 있다. 그런데 그 여성을 찾아 데려오라
고? 이건 적어도 장차관급에서나 내려올 지시이다. 무엇인가 엄
청난 힘이 작동하고 있다. 우리 모두는 한편으로 시큰둥하면서
다른 한편으로 귀찮아하면서 회의를 진행하고 있었다. 과장은
이 사건을 내게 배당했다. 이 코미디극이 내게 배당되다니. 나는
다시 실종수사팀 사무실로 돌아왔다. 강력팀으로 파견된 지 사
흘 만에 원대 복귀했다.

　이때, 마치 기다리고 있었다는 듯이 면담 요청이 들어왔다.
아마도 실종자의 남편인 듯하다. 만사가 귀찮고 힘겹다. 쉬고 싶
은 생각뿐이다. 좁은 조사실에 마주 앉은 그는 조심스럽게 주위
를 둘러보았다. 나는 그에게 말했다. 어차피 수사가 시작되면 당
신이 가장 먼저 출석 요구서를 받을 텐데 무슨 일로 찾아왔느냐
고. 그는 50대 중반 정도 되는 혈색 좋은 잘생긴 남자였다. 그는
십여 장의 아내 사진을 가져왔다. 그걸 내밀며 그는 속삭이듯이

말했다. 모든 수사에 적극적으로 협조할 테니 제발 도와달라고. 심지어는 수사에 필요한 별도 비용도 얼마든지 지불할 수가 있다고. 명함에는 어떤 엔지니어링 회사의 대표라고 적혀 있었다. 아마도 엄청나게 큰 회사일 것이다. 그리고 이 사람은 대단한 부를 이루고 있다. 그렇지 않다면 보이지 않는 손에 그렇게 강력한 힘을 미칠 수는 없다. 나는 그에게 '돌아가서 경비실에 그날의 모든 CCTV 녹화본을 지우지 말라는 부탁을 하라'고 말했다. 이 일도 사실 우리가 해야 하지만 입주민의 부탁이 훨씬 효과가 크다. 그들은 입주민들로부터 급료를 받는다. 그를 돌려보낸 후 나는 그가 작성해 놓은 실종 신고서를 살펴보았다. 별 내용이 없었다. 범죄와 연루된 것으로 추정할 만한 어떤 근거도 없었다. 나는 명함에 있는 남편의 핸드폰 전화번호를 신고서에 추가로 기재했다. 과장은 내게 즉시 수사를 개시하라고 거의 애원하다시피 말했다. 어쩌면 과장도 그 보이지 않는 힘으로부터 직접 청원을 들었을 수도 있다.

실종 신고서를 내려다보고 있자니 마음만 더 심란해졌다. 그 여자는 도대체 어떤 사람이기에 그 나이에 가정을 버리고 가출한 것일까? 경제적 문제는 아니다. 남편과의 불화? 그럴 가능성에 대해서는 이미 남편에게 물었다. 남편은 아내의 얼굴을 본 게 두 달 전이 마지막이었다고 말한다. 자기네는 불화를 일으킬 만큼 얼굴을 맞대고 살지도 않는다고. 그는 공장 부근에 아파트를 임대해 살고 있다. 이건 주말부부조차도 아니다. 사실상의 별거이다.

먼저 핸드폰을 확보해야 한다. 핸드폰이 집에 있다면 수사는 전화기의 포렌식으로부터 시작해야 한다. 모든 단서는 거기에 있다. 어쨌든 그녀의 집을 방문해야 한다. 그녀의 방을 뒤집어 단서가 될 만한 것을 찾아야 한다. 만약 그녀가 어딘가에 가출을 암시하는 단서를 직접적으로 기술한 것이 있다면 이 사건은 단순 가출이 될 거고 수사는 종결되어야 한다. 수색할 수 없는 사람을 찾을 수는 없다. 외부의 어떤 압력이 작동하고 있다고 해도.

그녀의 남편은 즉시 전화를 받았다. 그는 모든 촉각을 전화기에 기울이고 있을 것이다. 나는 이 번호를 입력해 놓으라고 말한 후 집을 방문하여 수사의 단서가 될 만한 것이 있는지를 한번 찾아보겠다고 말했다. 그는 즉시로 수락했다. 내일은 그 집으로 바로 출근하겠다고 과장에게 보고했다. 과장은 혹시라도 그 집 사람들의 기분을 상하게 할 말은 절대로 하지 말라고 신신당부한다. 얼마나 큰 권력자가 개입해 있기에? 그 여자의 사진을 꺼내어 하나씩 살펴보았다. 대단한 미인이다. 가장 최근 사진은 얼마 전에 갱신한 운전면허증에 있는 것이었다. 확대 복사했다. 40대 중반임에도 30대 중반 정도로밖에는 안 보였다. 크고 또렷하고 생생한 눈은 그녀가 매우 자신감 넘치고 의욕적인 사람임을 말해 주고 있었다. 동시에 입매와 눈썹의 확고함은 이지적인 분위기를 풍기고 있었다. 이 분위기는 그녀가 남자 문제로 쉽게 가출을 결정할 충동적인 사람은 아니라는 사실을 설득력 있게 보여주고 있다. 그녀는 최고의 교육을 받고 대학교수로 근무하고 있다. 만약 사진에 대한 내 직감이 맞는다면 이 수사는 곧 난관에 부딪힐 것이다. 이 사건이 빨리 해결되기 위해서는 거기에 남자가 있어야 한다. 그런데 여자의 이지적인 분위기로 보아 그 가능성이 그렇게 커 보이지 않는다. 남자가 없다면 이 사건은 여자가 집으로 돌아오지 않는 한 해결되지 않을 것이다. 4시에 퇴근 요청을 했다. 오늘은 일찍 가서 쉬어야겠다. 오늘 점심은 굶다시피 했다. 그리고 네 번째로 타이레놀을 먹었다. 몸이 으슬으슬 추웠다. 이대로 넘어가지는 않을 거 같다. 어딘가 크게 아플 거 같다.

수면제를 먹고 무려 11시간을 잤다. 너무 많이 잤는지 머리가 멍하다. 중간에 한 번씩 깼지만 내처 잤다. 도저히 일어날 수가 없었다. 9시가 되어서야 간신히 집을 나설 수 있었다.

파출부가 나를 맞이한다. 그녀도 이 실종에 당황하고 있다. 표정과 태도가 그것을 말해 주고 있다. 그렇다면 이 여자가 가출할 이유는 더욱 없다. 파출부는 언제나 분위기를 파악하는 데 민첩하다. 그녀의 전화기는 아이폰이었다. 암호가 설정되어

마지막 외출

있었다. 이러면 가장 큰 단서를 놓치고 시작하는 것이다. 나는 이 사실을 남편에게 알린 후 그녀의 방을 뒤지기 시작했다. 방이 네 개인 아파트이다. 전체적으로 매우 간소한 살림살이이다. 깔끔했다. 그중 한 방이 방금 수능을 치른 아들의 방이고 다른 방 하나는 부부의 침실이었다. 아들은 키가 훌쩍 크고 깨끗한 피부를 한 귀한 집 도련님이다. 그 역시 엄마의 실종에 어리둥절하고 있다. 심지어는 죄의식도 있는 듯하다. 아들은 '엄마가 수능일에 자기를 태워다 줬다'고 말한다. 그녀는 두 개의 방을 사용하고 있었다. 방 하나는 간소했다. 침대와 침대 옆 탁자. 그리고 옷장이 살림의 전부였다. 아마도 침대는 손님용인 듯했다. 다른 한 방은 서재인 듯했다. 남향으로 배치된 그 방은 온갖 책들과 노트들, 그리고 책상, PC, 금고 등으로 복잡했다. 그녀는 한 방은 아예 깨끗하게, 다른 한 방은 아예 복잡하게 사용하기로 작정한 듯하다. 금고의 비밀번호는 그녀가 탁자 위에 남겨 놓고 갔다. 거기에 그녀의 비밀은 없을 것이다. 금고 안에는 상당한 금액의 원화와 달러화가 들어 있었고 그녀의 액세서리로 보이는 꽤 많은 보석이 들어 있었다. 그리고 십여 권의 노트가 있었다. 노트는 거의 대부분이 강의록과 독서일지의 요약으로 되어 있었다. 고개를 갸웃거렸다. 이 노트들이 금고에 들어 있을 필요가 있나? 그런데 거기의 강의록은 그녀가 누군가의 강의를 받아 적으며 정리한 거 같았다. 이것은 그녀가 자신의 강의를 위해 작성한 것은 아니다. 대화체로 되어 있고 여러 철학적이고 미학적인 주제로 꽤 오랜 시간에 걸쳐 진행된 강의의 강의록으로 되어 있었다. 나는 과장에게 그녀 이메일의 비밀번호를 알 필요가 있다고 보고했다. 이것은 디지털포렌식계의 역할이다. 책상 서랍 하나에 자물쇠가 달려 있다. 이것도 열어볼 필요가 있다. 이것 역시 과장에게 보고했다. 과장은 먼저 남편에게 협조를 구하라고 조언했다. 남편의 허가를 거쳐 열쇠공을 불러 서랍을 열었다. 거기에는 열한 권의 노트가 들어 있었고 노트 사이에는 어떤 남자의 사진들이 꽂혀 있었다. 이것은 한 남자의 오랜 시간에 걸친 사진들이었다. 찾았다! 가출은 이 남자를 향한 것임이 틀림없다. 이 남자의 신원을 밝혀야 한다. 이 남자의 젊었을 때의 모습으로 미루어 아마 교수거나 대학원생이었을 것이다. 사진의 배경도 대학이다. 그는 아마 그녀의 선배일 것이다. 사진 중에는 둘이 같이 찍은 것도 있다. 남자는 대체로 무표정하거나 가볍게 웃고 있고 여자는 수줍어하고 있다. 최근에 찍은 것으로 보이는 사진에는 이 남자가 어떤 여윈 서양 여자와 함께 있었다. 환자복으로 보아 병원인 거 같다. 이 남자를 찾아야 한다. 그러면 수사는 종결이고 과장과 서장 모두가 만족할 것이다.

노트의 내용이 궁금했다. 글자체가 아름답고 개성 있었다. 꾹꾹 눌러 쓰인 날듯이 자신감 넘치는 글자체는 그 주인의 생생하

마지막 외출

고 활력 있는 개성을 드러내고 있었다. 영문 글자체도 세련됐고 아름다웠다. 노트를 펼치고 처음 몇 줄을 읽을 때는 그저 호기심이 조금 있었을 뿐이었다. 그러나 나는 점차로 놀라움과 감동, 찬탄과 슬픔이 가득 찬 내용들을 보게 되었다. 나는 점심도 굶은 채로 꼬박 네 시간에 걸쳐 이 노트들을 읽어 나갔다. 그럼에도 아직 삼분의 일도 못 읽었다. 나는 사건을 종결지어서는 안 된다는 느낌을 강하게 받았다. 이 노트들은 하나의 보물이었다. 거기에는 한 여자의 사랑과 삶과 설렘과 좌절과 기쁨과 슬픔 등의 모든 것이 들어 있었다. 그뿐만 아니라 전체 철학사와 예술사가 또한 이 노트들에 기록되어 있었다. 거기의 남자에 대한 궁금증이 일었다. 노트의 내용으로 미루어 이 남자는 K 교수임이 틀림없다. 여기에는 그의 공적인 저술에 대한 기록뿐만 아니라 사적 삶도 기술되어 있다. 이 노트들은 놓쳐서는 안 되는 자료이다. 그것은 천재적인 재능을 가진 한 학자의 일대기이며 또한, 이 남자와 20여 년이 넘는 세월을 함께한 여자의 자필 기록이다. 나 역시 그의 '키치'와 '철학사'와 '비트겐슈타인 논고 해제'를 읽고 깜짝 놀란 적이 있다. 그의 철학은 현대 경험론의 양상과 그 적용에 대한 것들이다. 특히 '논고 해제'는 그 전례가 없는 것이었다. 그가 철학에 대해 해 놓은 일들은 업적이라 할 만하다. 일단 남편에게 PC와 핸드폰의 정보 저장매체 반출 확인서와 자료 임의 제출을 요구하는 서류에 서명을 받아야 한다. 그뿐만 아니라 그 여자의 학교의 연구실의 자료와 PC도 제출받을 것이다. 내일은 이 일로 바쁠 것이다. 이때 남편으로부터 전화가 걸려 왔다. 아이폰 비밀번호 해제의 비용을 댈 테니 소신껏 수사해 달라는 요청이었다. 이런 요청은 받아들일 수 없다. 그것은 법에 위배된다. 노트의 내용상 이 여자는 가출했다. 그것은 가장 최근에 쓰인 것으로 보이는 노트 끝자락에 있었다. K 교수는 이미 사망했다. 그를 따라 이 여자가 가출하지는 않았다. 단순 가출이다. 바로 수사를 종결할 수 있다. 그러나 이 노트의 내용에 대한 내 개인적인 관심은 모든 것들을 유보하는 쪽으로 방향을 틀었다.

디지털포렌식계로부터 PC를 넘겨받았다. 나는 지금 일주일째 이 여자의 노트들과 PC의 자료들을 검토하고 있다. PC는 아예 본체를 제출받았다. 이 노트는 일종의 회고록이며 동시에 수업의 자료였다. 그러나 이 노트의 차례에는 두서가 없었다. 시간대별로 작성된 것도 아니었다. 이 여자는 하나의 주제가 생각날 때마다 그것을 세세히 기록해 놓기는 했다. 심지어는 한 노트에는 최근의 사건이 적혀 있었다가 뒤쪽에 20년 전의 사건이 기록되어 있기도 했다. 나는 일단 금고에서 나온 노트와 서랍에서 나온 노트들을 모두 복사했다. 그 양이 무려 1,977쪽에 달했다. 나는 내용을 먼저 읽고 나서 시간대를 맞추어 그것을 재정리했다. 금고에서 나온 노트와 서랍에서 나온 노트를 짜 맞추어야 한다. 그리고 PC의 자료들도 같이 참고해야 한다. 〈예술가에 대한 공적 지원에 대하여〉와 〈A에게〉와 〈선생님께〉와 같은 글이 PC에서 나온 자료이다. 또한, 여러 인용문들도 PC에서 나왔다. 이 여자는 오랜 시간에 걸쳐 K 교수에게 개인적으로 수업을 받은 듯하다. 금고 안에서 나온 노트들이 그 수업 내용이다. 이 열한 권의 노트는 철학과 예술과 관련한 수많은 주제들로 꽉 차 있었다. 더구나 내게 그렇게도 매혹적이었던 베르그송의 철학과 현대철학이 상당히 자세하게 기술되어 있다. 이 여자는 복습도 열심히 했다. 노트의 여백에 연필로 깨알 같은 주석들을 달아 놓았다. 그 주석들은 아마도 그녀의 질문에 대한 그의 답변인 듯하다. 사실 이 사건은 나의 전공과 너무도 맞는 것이다. 모든 노트가 온갖 철학적 향연으로 가득 차 있었으므로.

여기의 기록들은 시간대가 어긋날 수도 있다. 어떤 경우에는 뒤에 일어날 사건들이 앞쪽에 이미 제시되어 본래의 주제와 더불어 두 개의 주제로 된 장도 있게 된다. 여기의 〈여행〉 편은 뒤에 일어날 사건인 〈세빌리아의 이발사〉 편의 전반부와 일부 겹친다. 아마도 두 주제를 묶으려 했다가 나중에 두 개의 주제로 나누기로 한 거 같다.

이제부터 전개되는 이야기는 그녀의 노트와 PC에서 나온 기록들을 나름대로 정리한 것이다. 나는 그 여자의 23년간의 삶과 관련하여 상당한 자료의 유실이 있을 수도 있다고 생각한다. 시간대별로 보아서는 빈 곳이 조금씩 있다. 그녀는 대체로 자기한테 중요하지 않은, 혹은 자기 관심이 안 가는 주제는 모두 기술을 안 한 거 같다. 그녀의 40대 초반의 4년간에 대해서는 아무 기록도 없다. 이때 그녀는 교수였다. 나는 그녀가 어떤 교수였는지가 궁금했지만, 노트에는 그 시절이 생략되어 있다. 나는 학교의 그녀 연구실의 자료들도 제출받았지만 거기엔 이렇다 할 자료는 없었다. 학과장도 그녀는 그저 성실한 교수였다고 말한다. 따라서 그녀의 4년 동안은 진공 상태이다. 안타깝지만 이것은 어떻게 해 볼 수 없는 노릇이다. 내가 획득한 자료는 여기에 기술된 것이 전부였으므로.

첫 만남

개강 이후 한 달 동안 캠퍼스는 아직 겨울이었다. 그것도 을씨년스럽고 축축한 기분이 감도는 겨울이었다. 뼛속까지 스미는 한기는 아직 봄이 멀었고 생명의 재탄생도 아직 멀었다고 말하고 있었다. 이리저리 방향을 바꾸며 불어대는 차가운 바람은 너무도 재빠르고 변덕스러워 마치 모든 방향에서 돌풍이 불어오는 거 같았다. 재킷과 스커트의 계절은 아니었다. 예술대로 넘어가는 계단에 이르자 바람은 더욱 세졌다. 예술대 식당 건너편 숲의 나무들은 아직 싹을 틔우지도 꽃을 피우지도 못하고 있었다. 바람은 그 나뭇가지를 때리며 날카로운 소리를 내고 있었다. 스커트를 움켜쥐고 간신히 강의실 동에 다다랐다.

방학 내내 과외에 매달려 있었다. 이 고역을 아직 1년여를 더 치러야 한다. 등록금은 장학금으로 해결했다. 사범대 학장의 추천 장학금이었다. 문제는 내가 집의 생활비를 벌어야 한다는 것이었다. 오빠는 이제 갓 연수를 시작했다. 그는 판사를 희망하고 있다. 그의 임용 후에 나는 고역에서 해방될 것이다. 남은 1년여를 생각하면 공포가 앞섰다. 일주일에 스무 시간을 과외로 고생해야 했다. 왕복하는 시간도 많이 들고 학생의 성적에 대한 책임도 져야 했다. 시간이 빨리 흘렀으면 좋겠다.

교양으로 미대에서 '현대예술; 감상과 이해'를 신청했다. 인문대를 다니고 있었지만, 미술은 내게 항상 관심사여 왔다. 미술에 대한 관심은 이미 중학교 때 시작됐다. 교과 선생님이 르네상스 예술의 화집을 회람시켰다. 색의 향연이었다. 이 화가들은 실제로 존재하는 어떤 색채를 사용한 것이 아니라 그들이 환상 속에서 본 천상에만 존재하는 그런 색을 잠시 빌려 인용한 거 같았다. 내가 현실 세계 속에서 보아온 색은 그러한 것이 아니었다. 나의 현실적 색은 생생함에 있어 그것들에 미치지 못한다. 조각을 볼 때엔 정말 경탄스러웠다. 나 자신 그림을 제법 그리기도 했다. 미술 경연대회에서 여러 번 수상했다. 선생님은 미대를 권하기도 했지만, 나는 인문계를 택했다. 공부가 더 좋았다. 그러나 미켈란젤로의 피에타는 내 마음속에 영원히 남았다. 어떻게 그렇게 생생하게 살아 있듯이 조각할 수 있는지. 예수의 야 윈 허벅지가 만져질 거 같았다.

20분이나 일찍 왔다. 누군가 한 학생이 이미 와 있었다. 아마 도 복학생인 듯. 양복을 차려입고 책상 위의 그림 몇 장을 들여 다보고 있었다. 내가 들어서자 살짝 손을 들어 인사를 했다. 약 간 어색했다. 모르는 사람임에 틀림없는데. 미대 학생이겠거니 생각했다. 학생들이 들어차고 시작 시간이 조금 지나자, 그가 일 어나서 칠판 앞으로 나갔다. 그가 교수였다. 깔끔하고 단정한 약 간 여윈 젊은 교수였다. 너무도 젊게 보여서 복학생이나 대학원 생 같았다. 그러나 무엇인가 자신만만하고 약간은 거만한 분위 기를 풍기기도 했다. 유약해 보이기도 하지만 이마를 찌푸리며 생각에 잠길 때에는 무엇인가 날카롭고 매서운 분위기도 내비 쳤다. 감청색 플란넬 양복은 그가 아마 캐나다에서도 입던 것이 다. 우리나라에선 그런 거친 감의 양복은 안 입는다. 우리나라 양복은 이미 대부분 울이다. 셔츠는 약간 광택이 도는 면으로 만들어진 것이다. 이건 멋진 선택이다. 이것이 그에게 전문직에 종사하는 세련된 젊은이라는 인상을 줬다. 넥타이는 의외로 가 늘고 짧았다. 캐나다에선 그것이 일반적인가 보다.

그에겐 이 수업이 임용 첫 수업이다. 졸업 후 캐나다에서 1년 간 미술사를 가르쳤다. 그러니까 이 수업은 그의 교수 2년 차의 첫 수업이다. 경력이 일천하다. 철학과 예술사를 동시에 전공한 전임 강사이다. 이력이 독특했다. 그는 철학 중에서도 수리철학을 전공했다. 그러면서 예술이론을 같이 공부했다. 이런 경우는 본 적이 없다. 가장 상반된다고 여겨지는 두 영역을 같이 공부한 경우는. 나는 그때까지 논리 하에 해명되는 예술 양식이라는 것을 생각조차 하지 않았다. 그는 나중에 원래의 전공은 예술사였는데 양식의 해명이 철학적 통찰을 필요로 한다는 사실에 결국 듀얼(dual)이 됐다고 개인적으로 말해 준다.

그는 나중 수업 중에 약간 선언 조의 발언을 한 적이 있다. '모든 철학은 결국 논리와 수리철학으로 수렴된다'고. '현대에 이르러 철학은 피치 못하게 자기의 영토 대부분을 잃게 된다'고. '실존만 남기고 본질이 소멸함에 따라 철학은 자기 자산을 다 잃었다'고. '철학은 이제 이론의 집합이 아니라 하나의 논리 활동으로 바뀌었다'고. '이것을 수용하는 것이 우리 운명'이라고. 우리 누구도 알아듣지 못했다. 그도 기대하지 않은 듯하다. 부지불식간에 자기 말을 삼키고 본래의 진도로 되돌아갔으니까. 이것이 자기 전공의 동기에 대해 그가 말한 전부이다.

학생을 두루 살핀 후에 그는 고개를 가볍게 끄덕거리더니 칠판에 'Plato'라고 크게 썼다. 재밌었다. 현대미술 시간에 철학자, 그것도 저 먼 고대의 철학자라니. 그리고 그는 조용히 그러나 단호하게 말하기 시작했다. 태연스럽게 진행된 강의였지만 사실은

34

폭탄과 같은 내용이었다. 그 폭탄은 장차 내 운명을 쥐고 흔들 많은 사건들의 서막이었다.

"이 수업은 예술사에 관한 것이지만 그것은 동시에 형이상학적 해명에 관한 것입니다. 따라서 수업의 가장 많은 부분은 철학에 할애될 것입니다. 첫 2주는 철학일반과 현대철학에 관한 탐구를 할 것입니다. 철학이 생소한 사람에게는 어려운 수업이 될 수도 있습니다. 이 수업을 그림이나 조각이나 건축물을 보며 그것을 설명하는 한가로운 수업이라고 생각하고 신청한 학생들은 저 뒷문으로 나가서 수강을 취소해 주시기를 바랍니다. 어떻게 한다 해도 이 수업은 어려울 것입니다. 철학과에서 진행하는 강좌보다도 더 어려울 것입니다. 우리는 누구나가 쩔쩔매는 비트겐슈타인도 할 것입니다. 역량을 넘어서는 작업을 포기하는 것은 부끄러운 일이 아닙니다. 그것이 분별입니다.

그리고 평가는 절대평가가 될 겁니다. 여러분에게 호의적인 것으로서의 절대평가는 아닐 겁니다. 저는 이 수업을 캐나다에서도 진행했습니다. 백여 명의 학생 중 단 한 명만이 A였습니다. B를 받은 학생보다 C를 받은 학생이 훨씬 많았습니다. 여러분은 우수한 학생이라고 들었습니다. 그런 참사는 벌어지지 않겠지요."

그는 가벼운 웃음을 머금고 말했고 몇 명이 뒷문을 향해 갔다. 무어라고 투덜거리며. 그는 곧장 플라톤이 왜 중요한 철학자인가를 학생들에게 질문했다. '알프레드 화이트헤드는 서양 2천 년의 철학사가 단지 플라톤 철학의 주석에 지나지 않는다고 말했다'고 하면서. 답변이 없자 그는 방향을 달리했다. '플라톤 하면 가장 먼저 떠오르는 것이 무엇이냐'고 물었다. 몇 명이 '이데 아'라고 중얼거렸다. 그는 되물었다. '이데아의 의의는 뭐냐'고. '그것이 왜 중요하냐'고. 나의 모든 대학과 대학원 시절 전부에 걸쳐 이날, 이 순간의 수업보다 충격적인 수업은 없었다. 그는 차분하지만 단호하게 설명해 나갔다. 나는 가장 빠른 속도로 필기해 나갔다. 무엇인가가 다르다. 그의 전개는 어디에서도 레퍼런스를 찾을 수 없는 게 분명해 보인다.

"이데아는 다른 말로 하자면 개념, 형상, 공통의 본질, 보편자, 보통명사라고 말해질 수 있습니다. 이데아의 반대말은 따라서 개별자, 고유명사 등이 됩니다. 철학의 논쟁은 결국 고유명사만이 존재하느냐, 아니면 고유명사와 보통명사가 공존하느냐의 문제를 싸고돕니다. 여기가 전쟁의 전방 참호입니다. 거기에서의 전투가 전쟁의 방향을 결정짓습니다. 이데아는 개별자, 곧 고유명사의 추상화에 의해 얻어집니다. 예를 들어, 여기에 Meloo, Lozzo, Jetty, Rudy 등의 고유명사를 가진 개들이 존재합니다. 누군가가 그것들 전부에 dog라는 추상명사를 도입한다고 합시다. dog는 그 개들의 공통의 본질이라고 말하면서요. 우리의 지식은 전통적으로 이 추상명사를 매개로 작동해 왔습니다. 우리의 지식이 확실성을 보장받기 위해서는 이 추상적 개념이 실재해야 합니다. 플라톤은 이것이 천상에 실재하고 아리스토텔레스는 공통의 본질로서 개별자에 공통으로 존재한다고 합니다. 플라톤의 업적은 그의 철학의 옳고 그름에 있지 않습니다. 그는 철학적 인식론에 있어서 거대한 첫 발걸음을 걸었습니다. 우리 지식의 성격에 대해 그 본질을 간파했고 철학의 문제는 이데아를 싸고돈다는 사실을 발견한 것이 그의 업적입니다. 이때 이데아 즉 추상개념의 실재성을 주장한 사람들이 실재론자라고 불리게 되고 그 이데아는 우리가 비슷한 것들을 묶어 임의로 이름을 붙인 것에 지나지 않는다고 주장한 사람들이 유명론자라고 불리게 됩니다.

플라톤에 대한 반박은 그보다 훨씬 전부터 활동한 소피스트들에 의해 이미 제기됩니다. 위대한 고르기아스나 프로타고라스 등은 이데아라는 절대적 지식의 실재를 부정합니다. 소피스트들이야말로 최초의 유명론자이며 경험론자입니다. 그들은 단호히 개별자만이 존재한다고 말합니다. 이 반박은 인식론상 엄청난 의미를 가진 것입니다. 그것은 우리가 감각적으로 포착할 수 있는 것 외에 어떤 존재도 인정할 수 없다고 말하는 것이기 때문입니다. 즉 그들은 전통적인 지식의 시스템을 의심한 사람들이며 동시에 그 세계를 건설한 인간 지성을 의심한 사람들입니다. 그들은 개별자 위에 존재하며 개별자를 유출시킨다고 말하는 그 이데아의 존재를 부정합니다. 따라서 이 이데아의 세계는 잘라 내쳐야 마땅합니다. 이 잘라냄이 바로 '근검의 원칙' 혹은 '오컴의 면도날'이라고 불리게 됩니다. 이처럼 철학은 그 발생과 동시에 전쟁을 치르게 됩니다. 이 전쟁은 현재도 벌어지고 있습니다. 근본주의자와 현상론자들의 대립이 그것입니다. 철학사에서 이 전쟁이 없었던 적이 없습니다. 실재론자들에게 유명론자들은 회의주의자들이며 유명론자들에게 실재론자들은 독단론자들입니다.

여러분에겐 이러한 대립이 매우 당혹스러울 것입니다. 여러분은 내내 실재론적 교육을 받았기 때문입니다. 이 실재론이 인간에게 적용되었을 때, 그것이 휴머니즘입니다. 그리고 그 휴머니즘이 예술에 적용되었을 때 그것이 고전주의입니다. 여러분은 고대 그리스의 고전주의, 르네상스의 고전주의, 혁명기의 신고전주의를 예술의 규범으로 배워 왔습니다. 여러분은 실재론의 세례 속에 살아왔고 또 거기에 따라 지식의 확실성에 대한 어떤 의심도 없이 살아왔습니다. 거기에는 사회 경제적 이유도 있습니다. 그러나 여기는 그 탐구를 위한 자리는 아닙니다. 그것은 사회사적 탐구에 속합니다. 우리는 형이상학과 예술 양식만을 탐구하기로 하지요. 여기에 매너리즘이나 사실주의 예술에 대한 취향을 가진 분도 있기를 바랍니다. 폰토르모나 로소 피오렌티노, 쿠르베, 도미에 등이 매너리즘과 사실주의 예술가들입니다.

그들의 예술은 반휴머니즘에 기초합니다. 반휴머니즘이란 반인도주의를 의미하지 않습니다. 그것은 반주지주의를 의미합니다.

이와 같이 유명론에 입각한 문화가 항상 있었습니다. 우리가 그들보다 미켈란젤로나 레오나르도 다 빈치에 대해 더 익숙해 있고 또 이들에 대해 더 많이 안다고 해도 그들이 예술가로서 더 위대한 것도 더 유의미한 것도 아닙니다. 만약 여러분이 라파엘로의 '시스틴 마돈나'의 아기천사(그는 putto라고 말했다)와 로소 피오렌티노의 '류트를 켜는 아기천사'의 두 회화를 비교했을 때 라파엘로의 규범적이고 단정하게 묘사된 아기천사에 못지않게 아득하고 신비스럽게 그려진 로소의 아기천사에서도 강렬한 사랑스러움을 느낀다면 여러분은 현대인에 한 발짝 더 다가서 있는 것입니다."

그는 두 천사를 회람시켰다. 하나는 통통하고 귀엽고 예쁘게 생긴 라파엘로의 푸토였고 다른 하나는 전체적으로 빨간색이 주조를 이루는 로소의 푸토였다. 그의 말대로 로소의 아기 천사는 꿈결에 잠겨 있고 어딘가 비현실적이고 몽환적인 분위기를 가진 좀 더 세속적인 모습의 푸토였다. 라파엘로의 푸토는 확실히 교회적인 분위기를 풍겼지만, 로소의 그것은 좀 더 현실적이고 친근한 푸토였다. 그리고 어딘가 아기이지만은 않은 분위기였다.

"결국 중요한 것은 현대의 주도적인 철학적 경향은 유명론이라는 사실입니다. 유명론은 중세의 윌리엄 오컴이라는 철학자에 의해 집대성되고 근대에선 데이비드 흄이란 철학자에 의해 새로운 옷을 입고 나타나고 현대에 이르러 프레게, 러셀, 비트겐슈타인 등에 의해 다시 한번 주도권을 잡게 됩니다. 우리 수업은 현대예술에 관한 것입니다. 따라서 여러분이 익숙해 있는 실재론에 대한 관심 이상으로 유명론에 대한 관심을 기울여 주시기를 바랍니다. 여러분들은 우리가 극복해야 할 생활양식으로 전근대라는 말을 많이 들었을 겁니다. 그러나 우리는 근대를 극복해야 할 상황에 처해 있습니다. 전현대를 극복해야 한다는 것입니다. 이것이 포스트모더니스트들이 말하는 계몽서사와 거대담론의 극복입니다."

그는 단지 도입만으로 학생들을 압도한다. 확실히 그의 이론에는 뭔가가 있다. 차분하게 논의를 전개시켰지만 거기에는 무엇인가 열정적인 작은 폭발들이 연쇄적으로 발생하고 있다. 이것은 '차갑게 끓는' 내용이다. 나는 스스로가 한심했다. 내가 한국어를 이해하지 못하고 있다니. 그러나 이해하지 못함에도 그가 무엇인가 심오하고 독창적인 이론을 전개하고 있다는 사실은 직관적으로 알 수 있었다. 그는 강의록 없이 수업하는 교수였다. 그럼에도 그의 언어는 이미 잘 정돈된 글이었다. 다음 시간부터 녹음기를 사용할 예정이다. 그러려면 그의 허락이 필요하다. 그는 강의 도중에 깊은 생각에 잠겨 눈을 가늘게 내리뜨고는 교단을 몇 번이고 왕복하는 때도 있었다. 그때에는 누구도 침해할 수 없는 자기만의 세계에 갇힌 듯 보였다. 나는 이 침묵조차도 녹음할 것이다.

다음 시간이 재미있게 전개됐다. 상당수의 학생이 수강 신청을 취소했다. 이제 학생은 마흔 명을 넘지 않았다. 그는 약간 당황한 듯했다. 정시에서 5분을 더 기다렸다. 그러나 이 학생들이 전부였다. 이 마흔 명에게 그는 영웅이 된다. 아마도 어떤 교수도 단지 실력만으로 학생들에게 그렇게 사랑받은 교수는 없으리라. 학생들은 그를 존경하며 친근하게 느꼈다. 이것은 그가 그의 학문을 전개해 나가는 양식과도 상관있었다. 그에겐 어떤 종류의 허식적, 스콜라주의적 공허함과 꾸며진 권위가 없었다. 그가 사용하는 어휘와 논리는 전혀 전문적 폐쇄성이나 거창함을 지니지 않았다. 그것들이 조합되어 전개되어 나갈 때 그의 논리는 그 정교함과 우아함과 아울러 햇살처럼 선명하고 아름다웠다. 이것이 바로 실력이었다.

그는 또한 학생들과 격의 없이 어울렸다. 예술대 식당이나 벤치에서 학생들과 스스럼없이 대화했다. 이것은 사실 교수와 학생이 맺기 어려운 관계였다. 학생들은 교수를 어려워하거나 불편해한다. 그러나 그에게는 어린 사람의 마음을 얻는 무언가가 있었다. 그는 권위 없는 척한 것이 아니다. 그에겐 진정으로 권위 의식이 없었다. 그는 수업 중에 실증적 사실을 넘어선 일반화된 명제의 존재를 부정하는 비트겐슈타인을 설명하며 그의 말을 인용한다. '모든 명제는 등가이다(All propositions are of equal value.라고 말했다).' 이것은 새롭게 도입된 민주주의적 예술을 설명할 때였다. 그는 '모든 명제가 등가이듯이 모든 인간도 등가'라고 말했다. '개별자 위에 초월자는 없다'며. 중요한 것은 이러한 철학이 단지 지식의 문제에 그치지 않는다는 사실이다. 그것은 그의 삶 자체를 물들이고 있었다. 그는 지식에 의해 철학자인 것 이상으로 그의 전인격에 의해 철학자였다. 바로 이 점이 그가 젊은이들의 마음을 얻은 동기이다.

나는 녹음을 허락받기 위해 그의 연구실을 방문한다. 조교에게 물으니, 조교는 통화 끝에 '직접 찾아오란다'고 했다. 나는 두근거렸다. 그와 나 사이에 다른 권력관계는 없었다. 그는 예술대 교수이고 나는 인문대 학생이었으므로. 두근거림은 첫 시간에 받은 신비스러운 충격에 의한 것이었다. 그러나 나의 마음속에 이것만이 있지는 않았다. 왜 그가 혹시 미혼일지 모른다는 생각을 했을까? 물론 이것은 의식의 표면에 나올 만큼 강렬한 의문은 아니었다. 학생에게 교수는 먼 존재이며 단지 선망의 대상이다. 그렇게 쉽게 친근감이 느껴질 수는 없다. 그러나 그에게는 사람을 끌어들이는 무엇인가가 있었다. 그의 학문은 얼음장처럼 차가웠지만 그의 눈길은 다소간 다정하고 친근한 솔직함을 지니고 있었다. 어떤 권위로부터도 자유로운.

노크하고 들어서자, 그는 의자를 반 바퀴 돌려 나를 향했다. 손가락으로 빈 의자를 가리키며. 추웠는지 이동식 라디에이터를 옆에 가져다 놓고 있었다. 가까이서 보니 그는 나이보다 앳되어 보였다. 양복이 아니었다면 그는 스물다섯이 넘어 보이지도 않았을 것이다. 그의 책상과 옆 의자에는 책과 노트와 종잇조각들이 어지럽게 널려 있었다. 어수선했다. 나는 정돈된 상태를 원하는 깔끔한 성격을 지니고 있었다. 아무리 피곤하고 시간이 없어도 방을 깨끗하고 정돈된 상태로 유지했다. 심지어는 청소된 책상을 옆으로 비스듬히 살피기도 했다. 새로운 먼지에 대한 경계심으로. 나는 나중에 그가 외모의 깔끔함에도 불구하고 청소나 정돈에 전혀 신경 쓰지 않고 또한 위생에도 별로 주의를 기울이지 않는다는 사실을 알게 된다. 그는 어수선한 상태에서도 나름의 질서를 가진 채로 자기 일을 잘해 나갔다. 이를테면 그는 선택적인 깔끔함을 가진 듯했다. 그의 이 성격이 나중에 우리를 맺어주는 계기가 된다. 그가 '제2차 비즈니스 제안'이라고 이름 붙인.

나를 알아보는 듯했다. 단 한 번의 수업이었을 뿐인데. 책상에 현대예술 수강생들의 리스트를 펼치고 있었다. 내가 두드러진 외모를 가진 것은 사실이었다. 하얗고 투명한 피부와 윤곽이 뚜렷한 눈과 코는 어느 집단에서도 두드러졌다. 친구가 말한 적이 있었다. 학교의 모든 학생과 교직원을 통틀어 내가 가장 예쁠 거라고. 그 역시 여성의 외모에 관심이 많은 사람일까? 나는 그러기를 바랐다. 가슴을 두근거리며. 남자들의 관심이 때때로 피곤했지만, 이 사람의 관심은 다르다. 아마 대단한 실력을 갖춘 교수일 테니까. 그는 살짝 웃으며 미국식으로 물었다.

"숙녀분, 내가 성함을 알아도 괜찮겠어요?"

내가 약간 떨며 이름을 말하자, 그는 리스트에서 그것을 확인했다.

"자, 내가 무엇을 도울 수 있지요?"

이 몇 마디의 대화로 학생과 교수의 벽은 순식간에 허물어졌다. 나도 웃음 짓고 말았으니까. 머뭇거리며 '녹음을 허락해 달라'고 말하자, 그는 이맛살을 찌푸리더니 잠깐 기다리라고 말했다. 교무처장에게 먼저 물어봐야 한다며. 학교 당국은 문제없음을 확인해 줬다. 그는 눈썹을 까딱거리며 무엇인가를 생각하더니 말했다.

"녹음을 허락합니다, 숙녀분. 그러나 조건이 있습니다. 나가며 거기 탁자 위의 도시어(dossier)를 과사무실에 전달해 주세요. 그리고 녹음본은 유출하지 마세요. 자기 자신만을 위해 쓰도록 하세요. 그럼, 수업 때 만나지요."

이 말과 함께 그는 다시 의자를 돌려 하던 일로 되돌아갔다.

나중에 알게 되지만 그의 일상적인 태도와 언사는 매우 사무적이었다. 그것은 그의 마음이 차갑다는 것을 말하지는 않는다. 그는 단지 말과 행동에서의 군더더기를 싫어했을 뿐이다.

이날이 나의 전체 삶을 물들일 커다란 사건의 시작이었다. 그것이 행복의 시작인지 혹은 불행의 시작인지는 말하지 못하겠다. 그러나 내 생명이 다하는 그날까지 나를 물들인 사건의 시작인 것은 말할 수 있다.

예술대 식당 건너편의 정원에 철쭉이 피기 시작했다. 이제부터 라일락이 필 때까지가 봄의 절정이다. 곧 여름이 시작되고 기말고사가 치러지고 방학이 시작될 것이다. 라일락 가지가 벌 떼의 무게로 처지고 인문대 연못에 수련이 필 때쯤. 시간 가는 것이 아쉬웠다. 그는 현대예술 수업 중 간헐적으로 근대예술이나 중세예술의 예증을 들었다. 우리는 근대예술 수업이 개설되기를 바랐다. 그러나 다음 학기엔 예술대에서 그의 강좌가 없었다. 그는 대학원 공통 과정에서 논리학과 수리철학을 가르칠 예정이었다. 수리철학은 비트겐슈타인의 논리철학논고를 바탕으로 전개될 것이었다. 나는 그에게 부탁할 참이었다. 그 수업의 청강을. 그것은 대학원 과정이었다.

그는 두 개의 교양 강좌를 맡고 있었다. 하나는 '미술의 이해'였고 다른 하나가 '현대예술'이었다. 미술의 이해는 월요일 오후

강의였고 현대예술은 금요일 오전 강의였다. 현대예술 수업은 정오에 끝났다. 학생들이 일제히 식당으로 몰려든다. 피곤한 일이지만 줄을 서야 했다. 그나마도 좌석이 차게 되면 배식은 자리가 날 때까지 유예되었다. 낯선 이들과 한 테이블에서 식사하게 된다. 웅성거리며. 메뉴는 세 개였다. 햄버그스테이크, 돈가스, 명탯국 백반. 혼자 식사할 땐 옆 사람에게 눈길조차 주지 않게 된다. 식사는 마땅히 지인들과 함께해야 한다. 혼자만의 식사처럼 고독과 소외를 잘 나타내는 것도 없다. 그러나 다음 수업이 오후 한 시에 시작이다. 얼른 먹고 서둘러 걸어야 한다. 그래야 앞자리에 앉을 수 있다. 그 수업도 자못 재밌다. 그것은 영국 의회제도의 시작과 성립에 관한 것이다. 당연한 것으로 알아 왔던 국회가 사실은 엄청난 갈등과 분쟁과 소요의 결과라는 사실 자체가 흥밋거리였고 더구나 그 제도의 이념이 존 로크의 철학이었다는 사실이 재미있었다.

앞자리에 앉은 사람에게서 눈길이 느껴졌다. 불손할 정도는 아니지만 나를 훑어보고 있다.

"녹음은 잘하고 있어요?"

놀라움과 당혹감이 순식간에 몰려왔다. 그였다. 햄버그스테이크 식판을 앞에 놓고 왼손으로 뺨을 고이고 오른손으로 포크를 든 채로 나를 향해 친근한 미소를 보내고 있는 신사는. 그는 왜 교수 식당으로 안 갔을까? 아마도 거기까지 걸어가기가 귀찮았을 것이다. 그는 포크를 비스듬히 하여 햄버거 패티를 자르기 시작했다. 나이프에는 손도 안 대고. 하긴 나이프는 필요 없다. 다진 고기를 자르는 데 무슨 나이프가 필요한가? 그는 나이프를 식판에서 밖으로 제쳐 놓으며 눈썹을 까딱하고는 말했다.

"제거함. 근검의 원칙에 준해."

난 노력해야 했다. 가슴이 뛰고 숨이 가빠지고 식은땀이 흐르는 것을 감추기 위해. 손수건부터 뒤적거려 꺼냈다. 최소한의 동작으로 입 주변을 닦았다. 그는 여유 있게 먹고 있었다. 즐기는 것 같진 않았다. 그저 배를 채운다는 느낌으로 먹는 듯했다. 힘든 식사가 끝나가고 있었다. 벌떡 일어난 그는 벽에 매달린 티슈박스에서 몇 장을 긁어내서는 내 앞으로 서너 장을 밀어 놓았다. 그러고는 말했다.

"오늘 또 다른 수업이 있나요?"

"예. 한 시에 '영국 의회제도의 성립과 존 로크의 철학'이라는 수업이 하나 있어요."

"긴 이름이네요. 그건 몇 시에 끝나지요?"

"네 시입니다, 선생님(그는 교수님이라는 호칭을 싫어한다고 말했다. 선생님으로 부르라고 했다). 3학점짜리입니다."

"수업 후에 시간이 있다면 저기 커피숍으로 오겠어요? 비즈니스 문제로 상의할 게 있어서요."

비즈니스라니. 교수와 학생 사이에 무슨 비즈니스인가? 당황했지만 고개를 끄덕거렸다. 그는 현재 모두의 황제 폐하이다. 그의 제안을 거부할 순 없다. 교수직은 많은 인문대 학생들이 선망하는 직업이다. 인문대 교수직을 직업이라고 부르는 것은 심지어 불경이다. 그것은 성스러운 소명이다. 그의 요청을 거부할 수는 없다. 저녁에 과외가 있다. 취소해야겠다. 착실한 과외 선생인 내가 한 번쯤 취소하는 건 문제 없다. 아무튼 나는 커피숍에서 그와 마주 앉았다. 그는 신용카드를 꺼내 내게 내밀었다. '난 아메리카노'라고 말하며. 누군가가 그에게 인사를 하며 지나쳤다. 그는 누군지 모르는 듯했다. 마주 인사를 하긴 했지만. 그는 '수업이 들을 만하냐'고 물었다. 들을 만하다니. 언어도단이다. 매번 우리를 감탄과 숨 막힘으로 몰고 가는 그의 통찰이 기껏 들을 만하다고? 그것은 이 세상의 어떤 재화보다도 소중하고 어떤 세계보다도 경이로운 신세계였다.

"정말 좋습니다, 선생님. 많이 배우고 있습니다. 그런데 어렵습니다. 말씀의 10퍼센트나 이해하고 있는지 모르겠습니다. 철학 부분이 많이 어렵습니다. 질문을 하고 싶어도 무얼 물어야 할지 모르겠습니다."

10퍼센트는 물론 엄살이었다. 당시에 나는 욕심 많은 학생이었고 조바심 내는 학생이었다. 그렇지만 신중하고 조심스럽긴 했다. 이것이 50퍼센트를 10퍼센트로 말하게 했다. 그는 이것조차

마지막 외출

도 포착한 듯했다. 따뜻한 웃음을 지으며 말했다.

"미드텀(mid-term) 답안지는 그 반대를 말하던데요. 10퍼센트만 못 알아듣는다는."

그는 정말이지 학생의 자신감과 용기를 북돋는 교수였다. 나는 알고 있었다. 내 답안지는 내가 이해한 것보다는 그냥 암기한 것으로 차 있었다는 사실을. 그는 물론 간파했을 것이다. 그럼에도 학생들에게 꾸짖음보다는 용기가 필요하다는 사실을 알고 있었다. 그는 수업의 난이도를 충분히 알고 있었고 학생들의 곤혹스러움을 잘 이해하고 있었다. 그는 '철학적 통찰은 본래 누구에게나 쉽지 않다'는 말을 덧붙였다. 그리고 '언제든 무슨 문제든 질문하라'는 말도. 자긴 '학생들의 질문을 즐기는 사람'이라고. 그의 질문에 대한 개방성은 사실은 매우 놀라운 것이었다. 그는 학생들에게 질문을 독려했다. 그리고 마치 준비되어 있다는 듯이 유효적절한 답변을 했다. 여기에서 그는 막힘이 없었다. 이것은 대학의 대부분의 교수에겐 가능하지 않은 것이었다. 대학교수는 special 할 수는 있다. 그러나 general 하기는 어렵다. 그는 양쪽 어디에나 능란했다. 어쨌건 이 자유로운 질문이 나중에 우리의 친밀성을 위해 봉사하게 된다. 그는 말을 이었다.

"수업 마지막 30분은 질문을 받는 시간이잖아요? 그런데 A씨는 질문을 한 적이 없어요. 사실 대부분이 질문을 안 하긴 하지만."

그는 이 말을 하고는 잠시 나를 응시했다. 사실을 말하면 우리는 그의 수업을 즐기는 한편 매우 주눅 들어 있기도 했다. 당연히 질문이 그렇게 자유롭게 나오진 않는다. 어떤 사안에 대한 이해 유무는 답변에 의해서뿐 아니라 질문에 의해서도 드러나기 때문이다. 우리는 멍청할지도 모르는 질문을 할 수는 없었다. 그가 질문을 안 하는 이유를 궁금해하고 있는 건가? 그건 아닐 것이다. 아마 그 이유를 그는 이미 알고 있을 것이다. 그가 말을 잠시 멈춘 이유는 아마도 사실의 확인뿐만 아니라 앞으로는 나도 질문을 안 할지도 모른다고 생각해서였을 것이다. 나는 비로소 그의 눈을 바라보며 힘겹게 말했다.

"질문하기에는 제가 아는 것이 너무 없습니다. 저는 이번 학기에 새롭게 철학과로 학사 편입했습니다. 본래 전공은 역사교육입니다. 일 년쯤 지나면 저도 질문할 수 있겠지요."

그는 이 말에 눈을 반짝였다.

"아, 내 학부 전공이 서양문화사예요. 재밌는 분야지요. 난 프랑스 혁명으로 논문 썼어요. 이제 당통이나 로베스피에르라는 이름은 좀 지겹네요. 그 연설문들을 하도 많이 읽어서. 그런데 한국도 지금 혁명 중이에요. 두 혁명이 동시에 진행되고 있네요. 산업혁명과 민주화 혁명. 조만간 끝날 테지요. 운동권의 승리로. 명분을 확실히 잡고 있으니까요. 하하."

마지막 외출

그러고는 침착하고 신중한 그의 평소의 모습으로 돌아갔다.

"비즈니스 제안은 그렇게 큰 사업 제안은 아니에요. 수업 끝나기 십 분 전에 나가서 식당에 자리를 잡는 거예요. 그것을 A씨가 한다면 식권은 내가 사지요. 어때요?"

이걸 거절할 사람이 있겠는가? 최초의 부담감만 극복한다면 그와의 개인적인 식사는 황홀할 것이었다. 조금만 친해진다면 철학과 관련한 질문도 좀 더 편한 마음으로 할 수가 있다. 무식한 질문에도 그는 면박 주지 않을 것이다. 다른 학생들의 눈치를 보지 않고도 초보적인 질문을 할 수도 있다. 황홀한 지성의 전개를 즐길 수 있다.

"그렇게 하겠습니다, 선생님."

그는 웃으며 내 커피잔을 가리켰다. 마시는 것을 권하며. 그는 낮게 속삭이듯이 선언했다.

"딜(Deal)!"

이렇게 두 개의 큰 사건이 하루 만에 일어났다. 나의 삶, 나의 기쁨, 나의 슬픔, 나의 고통, 나의 환희, 나의 비탄. 이 모든 것을 움켜쥐게 될 운명의 시작. 그날의 다른 대화들은 내가 계획한 미래에 대한 것 그리고 서로의 집이 어딘가 등에 대한 것이었다. 나는 '공부를 계속하고 싶다'고 했다. 그는 재정적 지원에 관해 물었다. 내가 '과외를 계속할 것'이라고 말하자.

"터프한 숙녀분이네요. 둘 다가 힘든 일이지요. 유학을 고려하고 있지는 않군요. 스콜라십을 받으면 미국에서의 공부도 가능할 텐데요."

유학은 생각하기 어려웠다. 홀로 된 어머니는 아마 외로움을 견디기 어려울 것이다. 그리고 막연하기도 했다. 한 번도 고려조차 안 했던 일이다.

나중에 알게 되었지만, 그는 누구에게도 공부를 적극적으로 권하지는 않았다. 그는 인문학이 모두의 것이라고는 생각하지 않았다. 주위에 인문학을 계속 해 나가겠다는 학생은 많았다. 그는 누구의 운명에도 개입하지 않았다. 따라서 그의 조언은 기술적인 데에 그쳤다. 그는 많은 학생의 유학을 도왔다. 추천서를 써주는 것은 물론 에세이 작성도 도와주어 어떻게 해서든 장학금을 얻어 내도록 했다. 추천서와 에세이 작성에 있어 그는 능란했다. 그는 대학 당국에서 요구하는 바를 정확히 포착했을 뿐만 아니라 에세이에 학생의 장점을 묘사해 넣는 데 있어서도 탁월했다. 그의 글은 확실히 무엇인가 독창적이고 힘차고 명석하고 우아한 데가 있었다. 그러나 그의 도움은 거기에 그쳤다. 어떤 학생에게도 대학원 진학이나 유학을 권하지 않았다.

그는 '인문학을 하기 위해서는 두 가지가 필요하다'고 나중에 말한다. 첫째, 재능. 그는 공학이나 의학은 누구에게나 문을 열지만, 인문 쪽은 그렇지 않다고 말한다. 인문학은 심오함을 추구해 나갈 수 있는 직관과 열정과 지능을 요구한다며. 여기에서의 성취는 가장 소수의 사람에게 한정된다고. 그는 웃으며 말했다. 아마도 이 직관과 열정을 가진 사람들의 삶은 평탄치 않을 것이라고. 그것은 축복만은 아닐 것이라고. 둘째, 재정적 지원. 그는 인문학은 그 오랜 시간의 수련에도 불구하고 경제적 보상은 없는 학문이라고 말한다. 인문학으로 삶의 재정적 측면을 해결하기 위해서는 교수밖에 길이 없다며. 그러나 교수 자리는 상당히 얻기 어려운 것이라며. 그것은 단지 학위와 실력만으로 가능하지는 않은 것이라고. 그것이 그가 인문학을 공부하겠다는 학생들에게 시큰둥한 이유였다.

그가 다른 인문학 교수들에게 어느 정도 관심 없는 것은 확실했다. 그는 아마도 상당히 유복한 집안 출신일 것이다. 그렇다 해도 직업은 누구에게나 필요하다. 그에게 교수직은 하나의 직업일 뿐이었다. 그는 가끔 '교수직에서 학문이 나오는 것은 아니다'라고 말했다. 그는 수업이 진행될수록 조금씩 열정을 잃어 가고 있었다. 학생들의 결석이 잦고 생각 없이 앉아 있는 것에 실망하고 있는 것 같았다. 학생들의 대부분은 예술대에서 왔다. 문제는 거기에서 일단의 교수들과 그들에게 속한 학생들이 형이상학적 해명 수업에 대해 이미 반발하고 있다는 사실이었다. '예술학에 왜 철학이 개입되어야 하냐?'면서. 그는 사태를 정확히 파악하고 있었다. 그것은 무지와 질투에서 나오는 것이라는 사실을 알고 있었다. 그는 단지 슬프게 웃으며 말했다. '선과 악은 지식에 의해 정해지는 경우가 많다'고. '스스로 이해 불가능한 것은 결국 악이 되는 것'이라고.

금요일 수업이 끝났다. 오후 3시 40분이다. 과외는 다섯 시에 시작이다. 교내 버스를 탈 필요는 없다. 천천히 후문으로 걸어가 지하철을 타고 갈 생각이었다. 나는 근시였지만 평소에는 안경을 벗고 다녔다. 귀찮기도 했고 그것이 얼굴에 자국을 만드는 것도 싫었다. 나의 시야는 그때에는 마치 모네의 루앙 대성당의 그림처럼 흐릿한 자국만을 포착했다. 누군가가 어깨를 살짝 건드렸다. 그였다. 왼손에 노트를 들고 안경을 착용하고 있었다. 아마도 운전을 할 땐 그도 안경을 착용하는 듯했다. 그도 퇴근길이었다. 주차장으로 가는 길이다. 그는 '어느 쪽으로 가느냐?'고 물었다. 강남 쪽이라고 하자 '같은 방향이니 태워다 주겠다'고 했다. '오늘은 부모님 집으로 가봐야 할 일이 있다'고 하며.

조수석 문을 열고 나는 아연했다. 앉을 곳이 없었다. 조금 심하게 말하면 거긴 쓰레기통이나 마찬가지였다. 그는 손을 뻗어 부지런히 치웠다. 좌석과 바닥에는 적어도 예닐곱 개의 담뱃갑과 수없이 많은 휴지, 주유 영수증, 맥도날드 영수증, 도이치 그라모폰에서 발매한 고전 음악 테이프 등이 산을 이루고 있었다. 그는 이리저리 그것들을 치웠다. 치운다고 하지만 그것은 모든

마지막 외출

쓰레기와 물건들을 뒷좌석으로 던지는 것이었다. 뒷좌석도 역시 지저분했다. 온갖 쓰레기에 몇 권의 책과 노트들이 더 있었다. 거기다 차에서는 지독한 담배 냄새가 났다. 그는 미안해하는 웃음을 지었다. 그러나 그 지저분함에 대해 창피해하지는 않았다. 단지 자기는 '청소하는 것이 제일 싫다'고 중얼거릴 뿐이었다. 나는 쓰레기 속에서 비닐봉지를 찾아내어 담뱃갑과 꽁초, 기타의 쓰레기들을 부지런히 집어넣었다. 그러고 보면 그의 와이셔츠 소매와 깃에도 잿빛 때가 묻어 있었다. 도대체 옷을 언제 갈아입었단 말인가? 집에는 그를 챙겨 주는 사람이 아예 없는가?

이것은 작은 사건이 아니었다. 야릇한 기분이 들었다. 그가 갑자기 친근해졌다. 그는 완벽하지 않다. 용모의 깔끔함, 논리의 정연함, 말과 글의 화려함에도 불구하고 그도 한 명의 인간, 그것도 청소와 정돈을 귀찮아하는 게으른 인간이었다. 내 마음속에는 작은 다정함과 친근감이 솟아오르고 있었다. 그가 보살핌이 필요하다는. 그는 가는 길에 다음과 같은 제안을 한다.

"제2차 비즈니스 포럼을 지금부터 개최합니다. 이것은 조금 더 큰 사업입니다. 일주일에 학교에 며칠 오지요?"

"나흘 옵니다. 월, 화, 목, 금입니다. 월, 화, 금에는 수업이 이 시간에 끝나고 목요일에는 오전에 끝납니다."

"좋아요, A씨가 일주일에 한 번 내 차의 쓰레기를 치워주세요. 그럼 나는 사흘간 라이드를 해주지요. 혹시 그날의 스케줄이 변경되면 연구실로 미리 전화를 주면 됩니다. 어때요? 지금 결정 안 해도 됩니다. 언제고 결정되면 전화해 주세요."

"선생님, 제게 매우 유리한 비즈니스네요. 당장 결정할게요. 그렇게 하기로. 선생님은 쓰레기를 담을 비닐 백을 차에 갖고 계세요."

이날에 결국 가장 궁금했던 것을 묻게 된다. 대담하게도. 그가 '결혼했는지'를 물었다. 이에 그는 웃으며 대답했다.

"다섯 번 이혼했고 지금 여섯 번째 결혼을 준비하고 있어요. 그 다섯 명의 마누라 중 두 명은 교수형에 처했지요."

나는 큰소리로 웃고 말았다. 이렇게도 유머러스하게 질문을 피해 가다니. 그는 이어서 말했다.

"내가 좋아하는 정치가 중 한 명이에요. 마키아벨리의 이념에 잘 들어맞는 정치가지요. 그가 없었다면 엘리자베스 1세 시대의 번영도 빅토리아 시대의 제국도 불가능했지요. 나쁜 남편이었지만 좋은 왕이었지요. 그를 통해 영국은 귀족사회에서 부르주아의 사회로 이행해 나갔지요. 아, 전공이 역사라고 했지요? 잘 아시겠네요."

그는 약간 머뭇거리더니 다시 짓궂은 표정을 지었다.

"희망적인 답변과 절망적인 답변이 동시에 있어요. 하하. 굳이 알고 싶어요?"

나는 말없이 앉아 있었다.

"미혼이에요. 희망적인가요? 그런데 독신주의자예요. 절망적인가요? 근데 중립적인 답변도 있어요. 게이는 아니라는 거예요."

그가 보통의 남자였다면 기분 나쁠 수도 있었겠다. 그 자신만만한 오만에. 아마 '망할 놈'이라고 말했을 것이다. 그러나 나는 이내 그의 세 번째 답변에 끌리고 있었다. 얼굴이 화끈거릴 정도로 기쁨이 솟구쳐 오르고 있었다. 그의 세 번째는 내게는 이미 첫 번째 옵션이 되고 있었다. 그는 멀리 있는 사람이었다. 그가 어떤 친근함과 소박함을 보인다 해도 어쨌든 그는 교수였다. 그뿐 아니다. 그는 천재일 것 같다. 일상적 총명함이 아닌 심오한 통찰에 의한 천재. 거기에다 그는 재기발랄하기까지 하다. 그의 유머는 이미 학생들의 즐거움이 되고 있었다. 그것은 신선하고 품격 있고 고상했다. 그의 유머는 웃음 이상으로 감탄을 자아낼 만한 것들이었다. 그런 그가 게이는 아니라고 말했다. 가능성을 열어 놓은 것 아닌가?

내가 걸었던 어떤 기대들은 그러나 시간이 지남에 따라 서서히 실망으로 바뀌게 된다. 그는 갑자기 위축되고 조용하고 소극적인 사람으로 변해 나간다. 그가 우울증으로 빠져들고 있었다는 사실을 그가 말해 주어 알게 된다. 나는 나중에 이 병에 대해 비교적 자세히 알게 된다. 우울증이라는 질병의 가장 나쁜 요소 중 하나는 그것이 주변에 미치는 상당한 오해이다. 주변 사람들은 우선은 장본인이 말해 주지 않는 한 그가 병을 앓고 있다는 사실을 모른다. 우울증은 사람을 침묵 속에 빠져들게 하고 행복감을 앗아간다. 아니 그 이상이다. 생명의 약동 자체를 앗아간다. 사람들은 그가 자신들에게 불만이나 분노를 품고 있다고 느끼게 된다. 그들은 억울하며 기분 나쁘다. 선한 사람들일 경우에 그들은 그 원인을 자신에게서 찾고자 시도한다. 말과 행동을 바꾸려 한다. 그러나 소용없는 노릇이다. 주변 사람들은 서서히 환자의 곁에서 물러난다. 이때가 이제 환자에게는 최악의 상황이다. 지켜주며 마음속으로 응원하는 사람 — 그 질병의 치유를 위해 유일하게 필요한 장치 — 이 사라지는 것이다.

환자가 우울증을 고백한다면 더 큰 문제가 발생할 수 있다. 그는 동정을 이끌어 내기는커녕 경멸과 분노의 대상이 되기가 쉽다. 비난은 두 방향을 취한다. 하나는 의지박약과 유약함이라는 오해이다. 일반적으로 사람들은 우울증을 병리적 현상이라기보다는 단지 우울감으로 본다. 그리고 '자기네도 다 그런 것을 겪는다'고 생각한다. 그러나 다리뼈가 부러진 것과 종아리에 찰과상을 입는 것은 완전히 다르다. 부러진 경우는 큰 수술을 통해서 접합시켜야 하지만, 찰과상은 좀 쓰라릴 뿐이지 저절로 낫는다. 우울증과 우울감의 차이는 이 둘의 차이만큼이나 크다. 고통을 겪기가 두려워 자살을 택해야 한다면 그것보다 더 고통

마지막 외출

스러운 병이 어디에 있겠는가? 통증 때문에 자살하는 경우는 우울증이 유일하다. 우울증에 대한 또 다른 방향에서의 비난은 장본인의 안일함과 부도덕을 지적하는 것이다. 그래서 어떤 이들은 고급병이라고 부르기까지 한다. 환자가 유복하고 안정된 직장을 가지고 있을 때 이 방향의 비난은 더 격렬해진다. '편하다 못해 걸려든 자기연민의 질병'이라는 것이다. 그러나 우울증은 오히려 빈자와 약자 사이에서 더 많은 유병률을 보인다. 이 비난은 공감 능력이 조금도 없는 사람들로부터 나온다.

그는 이 사실을 솔직히 말한다. 자기가 '지금 심각한 우울증을 앓고 있으니 이해해 달라'고. 심지어는 강의 시간에 학생들에게도 공개적으로 말한다. 자기가 '혹시라도 실망하고 의기소침해 있더라도 그건 학생들과 관련된 것은 아니고 단지 지금 병을 앓고 있을 뿐'이라고. 확실히 그는 힘겨워 보였다. 초췌하고 야위어 가고 있고 눈도 빛을 잃어가고 있었다.

방학이 곧 시작될 예정이다. 기말고사가 모두 끝났고 여분의 리포트만 제출하면 당분간은 학교에 올 일이 없다. 6월 말이다. 이때 그는 서서히 우울증을 벗어나고 있었다. 사실 그동안 아슬아슬한 느낌이 들었다. 그는 힘겨워하며 식사를 했다. 그래도 반 이상은 먹었다. 먹으려고 노력하는 것 같았다. 웃는 모습을 보이려고 애도 썼다. 짜내듯이 미소 지었다. 그가 우리 집이나 나의 과외 방문 집으로 운전을 해줄 때에도 조용했다. 약간 멍하고 얼빠진 표정으로 앞만을 바라보았다. 한국 운전자들의 가혹한 거칢에 약간의 불평을 했다. 그리고 차에서 내릴 때 별로 웃어주지 않았다. 오른손을 약간 들어주었을 뿐이다. 그랬던 그가 마침내 다시 일어섰다. '살만해졌다'고 말하며 다시 시원스럽게 미소 지었다. 그 사랑스러운 미소를.

"이번 우울증은 그래도 쉽게 넘어갔네요. 그렇게 중증은 아니었고 기간도 짧았고. 다행히 3주로 끝났네요. 하느님에게 감사할 노릇이에요. 어쨌든 지겨운 병이긴 해요."

나는 그에게 '제3차 비즈니스'를 제안한다. 방학이 개시되면 그의 차는 다시 쓰레기를 싣고 다니게 된다. 나는 그것이 안타까웠다. 그의 차는 고급이었다. 그러나 세차도 안 한 채로 쓰레기를 가득 싣고 다녔다. 뒷좌석에는 책과 노트북, 쇼핑백을 던져놓았고 심지어는 세탁소의 옷걸이와 비닐도 널려 있었다. 조수석에는 담뱃갑, 맥도날드 영수증, 오렌지 껍질, 과자 포장지 등을 수북이 쌓아놓았다. 그의 옷에는 담배 불똥으로 인한 작은 구멍들도 나 있었다. 인간적 약점을 여실히 보이고 있었다. 그런 한편 그는 점차로 더 친근하고 다정스러운 사람으로 변하고 있었다. 어쩌면 이것은 단지 내 마음에서 일어난 일일 수도 있다. 왜냐하면 나를 대하는 그의 태도에는 조금의 변함도 없었기 때문이다. 나는 그 사실을 충분히 인식하고 있었다.

"방학 중에 선생님의 차를 청소해 드리겠어요. 일주일에 한 번 쓰레기를 모두 치우고 진공 청소까지 해 드릴게요. 선생님께서는 주유하는 날을 미리 저에게 알려주시면 그때 제가 해드릴 수 있을 거예요. 선생님은 주유하는 날에 세차, 내부 청소, 진공 청소를 하게 되는 거지요. 이제 제 조건을 말씀드리지요. 철학 개요를 가르쳐주세요. 커피숍에서. 시간이 남으면 근대예술에 관한 이야기도 해 주시면 더욱 좋고요. 그리고 선생님이 담배를 줄이시면 더 완벽한 계약일 거 같고요."

그는 별다른 생각 없이 고개를 끄덕거렸다. 흔쾌히 동의하지는 않았다. 약간 귀찮아하는 것도 같았다. 그에게 여자가 필요 없었을까? 아니었다. 그의 여자관계는 어떻게 말한다 해도 난잡하고 방탕한 것이었다. 그는 여자의 어떤 것도 따지지 않았다. 그녀들의 교육 수준도 재정 상태도 인물도 따지지 않았다. 그에게 여자는 그야말로 배설을 위해 필요할 뿐이었다. 그랬기에 내가 필요하지 않았다. 유럽 유학과 미국 유학을 통해 그는 모든 아름답게 그려진 여자들에게 익숙해 있었고, 또 거기에서도 내키는 대로 아무 여자하고나 잠자리를 했다. 그는 나중에 그의 여자관계는 그가 캐나다에서 임용되었을 때 시작되었다고 말한다. 아마도 아름다운 아가씨와. 나의 미모가 그에게는 호소력이 없었다! 정말이지 그는 게이는 아니었다. 그러나 그는 육체관계에 관한 한 바람둥이였다. 어느 여자와의 관계도 지속적이지 않았다. 그것은 그가 한 여자에게 싫증을 내기 때문은 아니었다. 여자의 절망 때문이었다. 그는 경쾌하고 우아한 유머와 재치 있는 언변으로 여자를 사로잡는다. 이 경우 여자는 애정의 기대를 하게 된다. 그러나 그는 단지 여자에게서 성적 충족만을 취한다. 그도 물론 여자와 식사도 하고 커피도 마셨다. 그러나 그 일들을 권태와 하품 가운데 억지로 치른다. 성에 대한 보상으로. 여자는 금방 눈치챈다. 그의 애프터서비스는 마지못한 것이다. 이것은 결국 드러난다. 여기에 절망하지 않을 여자는 없다. 나는 이 사실을 나중에 알게 된다. 그는 태연히 자기 자신과 여자와의 관계에 대해 비교적 자세히 말한다. 그것은 나에 대한 배려와 경고였다. 그에게 애정을 품지 말라는.

그해 여름 방학은 내 생애 길이 기억될 만큼 황홀하고 충격적인 기쁨으로 가득 차 있다. 나는 그때 처음으로 철학의 본령으로 접근해 가게 된다. 그의 개인지도에 의해. 나는 노트와 녹음기를 준비하고 그의 앞에 앉는다. 그는 천천히 그러나 포괄적인 가운데 세세한 철학적 주제들을 다뤘다. 일주일에 한 번이라고 했지만, 어떤 경우에는 두 번일 때도 있었다. 그는 등산을 좋아했다. 그가 설악산이라도 다녀오는 날이면 일주일에 두 번 만나야 했다. 주유를 해야 했을 뿐만 아니라 여행의 잔류물들로 차가 더욱 지저분했으므로. 그가 홀로 여행을 했을까? 그랬던 것 같다. 그가 여자와 하룻밤을 지낼 리가 없다. 만사 귀찮아하던 그가 여자와의 여행으로도 부족해 긴 밤을 함께 지내기는 쉽지 않을 것이다. 그가 왜 나는 귀찮아하지 않았을까? 그것은 대화의 주제가 철학이나 예술이었기 때문이었다. 이 분야가 그가 싫증 내지 않고 오래 대화할 수 있는 주제가 몰려있는 곳이다.

그는 '아리스토텔레스와 칸트 그리고 비트겐슈타인이 아마도 철학사에서 가장 어려운 주제일 것'이라고 했다. 정말이지 전혀 알아들을 수 없는 경우도 있었다. 그 경우에는 나는 녹음기를 몇 번을 반복 재생해서 다시 듣곤 했다. 그럼에도 미궁이었다. 그러나 이 미궁이 나중에 큰 도움이 된다. 지성은 '모른다는 인식' 가운데에서 크게 활약한다. 간절히 알고자 하나 아직 모르는 문제에 대해 지성은 쉼 없이 작동한다. 그러고는 무엇인가 단서가 잡히면 그것을 끝없이 물고 늘어진다. 이 세월은 길었다. 향후 10여 년이 흘러서야 나는 이 철학자들을 이해하게 된다. 녹음테이프를 서너 번을 갈아서 재녹음해야 했다. 너무도 수없이 들어서 소리가 희미해져 갔기 때문이다. 나는 나중에야 그가 얼마나 통찰력 있고 또 더 나아가 얼마나 좋은 선생이었는지에 대해 절감하게 된다. 서른세 살인 그가 전체 철학사에 대해 중요한 대부분의 것을 이미 이해하고 있었던 것이다. 그의 이러한 통찰들은 거기에만 그치지 않는다. 그는 결국 무려 서른여섯 권의 책을 집필하게 된다. 그의 40대와 50대 초는 집필의 황금기를 이루게 된다. 그것은 가장 간결한 철학사에서 가장 이해하기 어렵다는 비트겐슈타인의 논고에 대한 해제에까지 걸쳐진다.

방학 중에 심지어는 그와 등산도 함께 갔다. 이 등산은 내게 선명한 기억으로 남아 있다. 아마도 내가 무덤에 들어갈 때까지도 이 기억은 나의 어딘가에 생생하게 깨어 있을 것이다. 나의 삶 중 가장 찬란했던 하루로. 우리는 수락산 입구에서 만나기로 했다. 그는 그날 차를 가지고 가지 않았다. 산을 넘기로 했기 때문이다. 나는 처음으로 그의 손을 잡게 된다. 따스하고 부드러운 손을. 운동할 시간이 없이 하루하루를 보냈고 등산의 경험도 없던 내게 산행은 정말 쉽지 않았다. 그가 손을 잡고 끌어주지 않았다면 포기했을 것이다. 더구나 반대편 사면은 바위로 이루어진 길이 많았다. 내려다보면 아찔했다. 그가 먼저 내려가서 독려했다. '조심스럽게 내려오면서 손을 잡으라'고. 두 시간을 계획했던 등산 시간은 한 없이 늘어나고 있었다. 우리는 오전 10시에 출발했다. 11시쯤에 정상에 도착하고 12시쯤에는 근처 식당에서 식사를 하기로 했다. 그러나 정상에 도착했을 때는 이미 12시 반이었고 더 이상 걸을 수 없을 정도로 배가 고팠다. 정상에서 고기 파티를 하는 등반객들을 만났다.(당시에는 산에서 취사가 가능했다) 그들은 우리를 반갑게 맞으며 옆에 앉혔다. 그리고 같이 식사하기를 권했다. 지쳤지만 나는 그날의 호사스러움에 감사한다. 어안이 벙벙할 정도로 꿈같은 하루였다. 내 삶에 기대하지 않았던 호사스러운 하루였다. 다음날 나의 육체는 나의 정신적 기쁨을 배신한다. 온몸이 쑤셔서 일어날 수조차 없었다. 결국 과외를 취소한다. 그는 그의 수필집의 '등산' 편에서 이날의 등산에 대해 말한다. 그는 거기서 사실을 정확히 말한다. 시적이고 우아한 문체로. 그의 이론은 얼음이지만 그의 정서는 천사의 입맞춤이다.

등산이야기

산과 맺은 인연은 개인적으로 평범했다. 사실 인연이랄 것도 없다. 젊은 시절에 북한산이고 수락산이고 도봉산 등을 올라가긴 했다. 그러나 거기에 산이나 등산에 대한 어떤 의식도 없다. 누구와 더불어 거기에 놀러 갔을 뿐이다. 수십 년 전의 그 기억들을 더듬으면 산 자체에 대해서는 기억이 남아 있지 않다. 힘들어 헉헉댄 기억 외에는. 그러니 그것들이 등산은 아니다. 기껏 지구 중력가속도와 싸웠다고 할까? 같이 갔던 누구에 대한 기억은 있다.

때때로 떠오른다. 아름다운 아가씨. 첫사랑의 아가씨. 열에 들뜬 아가씨. 수줍어하던 분홍 빰의 아가씨. 가냘프고 아름다웠던 아가씨. 눈을 피했던 아가씨. 망사를 두른 듯. 듣기 두려웠던 그녀의 희망. 젊음을 견뎠을까? 어느 겨울바람에 날아가지 않았을까? 깃털 같은 영혼이 전부였으니. 우리는 배고픈 채로 정상에 도달했다. 서너 명이 둘러앉아 고기를 구워 먹고 있었다. 그들이 권했고 염치없이 얻어먹었다. 처음으로 손잡았다. 가늘고 섬세해서 세게 끌면 깨질 거 같았다. 산이 어떤 모양이었는지 기억나지 않는다. 내려오는 길이 가팔랐다. 손잡아야 했다. 그것만 기억난다. 그 아가씨는 사라져 갔다. 아니다. 내가 사라졌다. 밀어낸 건 나였으니까. 돌아서라고 말한 건 나였으니까. 그녀도 내 꿈을 이길 수 없었다. 무엇도 꿈을 이길 수 없었으니까. 꿈이 나였으니까. 그녀는 안개 속으로 사라져 갔다. 상기된 모습과 머뭇거리던 미소의 기억만을 남기고. 그녀는 내 눈을 응시했다. 수줍음을 가까스로 이겨내며. 부당함을 원망하는 눈으로. 무엇인가 말하려 했다. 눈을 피했다. 말해서도 안 되고 들어서도 안 된다. 머뭇거리다가 돌아섰다. 어깨도 절망한다. 아름답게 절망한다. 그녀는 발걸음을 빨리했다. 울음보다 먼저 가려 했을까? 그녀는 영원히 갔다. 어깨의 아름다움만을 남기고. 울지 않으려 애쓰며. 더 멀리 갈 사람을 원망하며.

첫사랑이었을까? 아지랑이에 싸인 채로 마음 한구석을 영원히 차지하는 게 사랑이라면 첫사랑이겠다. 꿈 때문에 포기되는 건 사랑이 아니라고 한다면 첫사랑은 아니겠다. 그렇다면 내 사랑은 시험받지 않았다. 꿈과 경쟁한 건 그 후에 없었으니까. 내 사랑은 대상을 잃었다. 그것은 내 속으로 들어오고 말았다. 다른 사랑을 위해.

그가 여기에서 말하는 꿈은 예술사 총서의 집필이다. 이 등반 이후로 그는 내게 말을 낮추기 시작한다. 내가 먼저 말했다. 애걸하듯이. '제발 말을 낮추시라'고. 불편하다고. 나는 그와 빨리 친근해지고 싶었다. 그에게 좀 더 가까이 다가가고 싶었다. 교수와 학생 사이를 완전히 벗어나고 싶었다. 그에게 성적 매력을 느끼고 있었을까? 마음속에서 그것을 원하고 있었을까? 아마 그랬을 것이다. 내 무의식의 가장 어두운 부분에서는 아마 그것을 원했을 것이다. 그러나 누군가가 내게 그 사실을 말해 줬다면 화들짝 놀랐을 것이다. '절대 그렇지 않다'고. 그러나 내 무의식에 그것이 자리 잡고 있다는 사실을 의식의 표면에 띄우는 데에는 그렇게 오래 걸리지 않았다. 이 방학 동안에 그가 내 이마에 입을 맞추는 순간 그것은 불꽃처럼 터져 나오게 된다.

나는 설악산 등산 의사에 대해 그에게 묻는다. 그는 '울산바위까지는 반나절이면 왕복할 수 있다'고 말하더니 웃으며 내 위아래를 훑었다. 그 체력으로는 아닐 수도 있다고 생각했나 보다. 웃으며 곧 말을 거두었다. '하루가 걸릴 수도 있겠지. 도시락이 필요한 사람들도 있을 거야'라고 말하며, 나는 결국 설악산 여행을 약속받게 된다. 나는 설악산에 간 적이 없었다. 그곳이 궁금하기도 했지만, 그와 함께 여행할 수도 있다는 설레는 기대감에 설악산에 대해 집요하게 묻는다. 그는 마지못한 듯이 '그래, 언제 한 번 같이 가지'라고 말한다. 그리고 그와 나의 관계는 새로운 국면으로 들어가게 된다. 이것은 새로운 학기 중의 일이다.

마지막 외출

입맞춤

그는 전문적인 용어를 영어로 말할 수밖에 없었다. 십 년간 외국에서 공부해 온 사람이었다. 그는 반례를 counterexample이라고 말했고, 통찰을 insight라고 말했고 우아하다는 것을 graceful이라고 말했다. 여기에 그치지 않았다. 철학적 전문용어는 전부 영어였다. 그의 강의는 약 30퍼센트의 영어와 70퍼센트의 우리말로 진행되었다. 그의 재킷 주머니 양쪽에는 한영사전과 영한사전이 꽂혀 있었다. 우리말에 미숙하다는 점이 그에 대한 부정적 평가의 한 이유가 되기도 한다. 대학 내에서 그에 대한 찬사와 더불어 부정적 평가가 제기되기 시작한다. 물론 다른 이유로 부정적 평가가 제기되기도 했지만, 우선은 한국말에 미숙하다는 것으로 그것이 시작된다. 그러한 그가 단 1년도 안 되어 우리말을 누구보다도 화려하게 — 그의 표현으로는 brilliant 하게 — 사용하게 된다. 그의 재능은 가늠하기가 어렵다. 그는 수학에서도 매우 탁월했고 논리학에도 능수능란했다. 그러한 그가 언어에서도 뛰어났다.

그는 자기 말대로 학점에 관한 한 매우 엄격한 교수였다. 나는 그 학기에 모든 교과목에서 A 플러스를 얻어냈다. 그의 과목에서만 A 제로를 받았다. 그나마도 최선이었다. 미학과의 한 남학생만이 A 플러스를 받았으니까. 심지어 네 명의 학생이 F를 받았다. 학생들 사이에서 그에 대한 불만이 팽배했다. 사실 그의 수업은 진행될수록 어려움을 더해갔다. 이것이 일차적인 문제였다. 그리고 낮은 학점이 이차적인 불만을 불렀다. 그의 강의는 점점 기피의 대상이 되어 갔다. 그의 새로운 수업 중 하나는 심지어 개강 2주 만에 학생 수 부족으로 폐강되기도 한다. 물론 소수의 열렬한 학생들이 있었다. 그러나 대학에서 열렬함은 별로 소용없다. 그의 강좌는 더구나 교양 선택이었다. 대학 당국은 이제 갓 임용된 교수에게 필수과목을 맡기지 않았다. 그에게 교수직은 힘든 것이 되어갈 예정이었다.

그는 질시와 편견에도 시달리기 시작했다. 그는 언제고 부를 드러내지 않았다. 그러나 모두가 알고 있었다. 그의 고급 차와 돈에 대해 활수 좋은 행동은 이미 그의 재정적 풍요를 드러내고 있었다. 그는 학생들의 모임이 있다고 하면 과 대표를 불러 10

만 원권 수표를 내밀었다. 당시에 그것은 오늘의 50만 원보다 큰 돈이었을 것이다. 공부를 잘한 가난한 사람들은 부자들의 선의에서 나오는 호의적인 재정적 도움에 결국엔 배은망덕의 태도를 취하기 쉽다. 열등감과 뒤섞인 자존심처럼 사악하고 야비하고 추악한 것도 없다. 공부를 잘한 사람들은 강한 자존심을 가진다. 개천 출신의 용처럼 질투심 강한 용도 없다. 자존심과 결합한 질투심은 부자의 그림자까지도 물어뜯을 준비가 되어 있다. 대학 사회에는 가난이 만연해 있다. 학교 사회는 대체로 초췌하고 창백하다. 여기에서 부자의 윤기는 언제나 비난받는다. 당시엔 부르주아라는 말은 경멸 섞인 분노를 내포하고 있었다. 가난한 겉똑똑이들은 부에서 부패의 수상한 썩은 냄새만을 맡을 뿐이었다. 그러나 그는 부르주아라는 계급에 대해 마르크스적 평가를 하고 있지 않았다. 오히려 그는 '유럽과 미국의 근대국가로의 이행은 부르주아와 그 대변인인 하원의 존재 없이는 불가능했다'고 말한다. '부르주아의 육성은 근대국가로의 이행에 초등학교 과정'이라고 주장하며. '프티 부르주아야말로 국가의 뼈대인 중산층'이라고. 그러나 학교의 부르주아에 대한 일반적인 평가는 가난한 프롤레타리아의 노동의 가혹한 착취자였다. 부르주아 계급에 대한 이러한 평가는 대학 사회에서 좀비처럼 지독히 끈질기게 명줄을 이어 나간다. 가난한 학생으로부터 가난한 교수에게로 그 바통이 넘겨진 채로.

부르주아 계급에 대한 그의 이러한 언명이 또한 그에 대한 가치 절하를 불렀다. 물론 그는 일단의 학생들로부터 상당한 존경을 받고 있었다. 그것은 그의 실력과 성실성에 의한 것이었다. 문제는 당시에는 실력 있는 교수보다는 '행동하는 교수'가 높은 평가를 받고 있었다는 사실이다. 교수들은 수시로 시국선언을 한다. 그러나 그는 모든 서명을 거부한다. '카이사르의 것은 카이사르에게로'라고 말하며. 그는 이러한 행동하는 교수들을 앙가주망 교수라고 불렀다. '모든 앙가주망은 키치'라고 말하며. 나는 이때 처음으로 앙가주망에 대해 그리고 키치에 대해 그로부터 배우게 된다. 앙가주망은 이해하기 쉬웠다. 그것은 우리 눈앞에서 벌어지고 있는 일이었으니까. 그러나 키치라는 개념은 이해하기 어려웠다. 그는 설명을 포기했다. '먼저 철학에서 신과 과학의 죽음에 대해 이해해야 한다'고 말하며. 그는 나중에 키치에 대한 책을 출간한다. 그 책은 센세이션을 일으키게 된다. 그리고 그는 혹심한 우울증을 대가로 치르게 된다. 내가 키치에 대한 개념적 이해에 완전히 접근한 것은 그로부터 몇 년이 지나서였다. 그리고 그것은 단지 센세이션의 문제가 아니라는 사실을 알게 된다. 그것은 정말이지 근대와 현대의 갈등 사이에서 태어난 기형적이고 부패한 하나의 감상적인 세계관이었다.

그는 어쨌건 일부 학생들과 교수에게서 오는 싸늘한 시선에

마지막 외출

당황해하게 된다. 그는 그들의 견지에선 정의감 없는 비겁한 부르주아일 뿐이었다. 문제는 이것이 전부가 아니었다는 사실이다. 그가 학회에 질문자로 나선 것이 문제였다. 아니, 그것이 문제가 아니라 제기되지 말아야 할 질문과 반박을 한 것이 문제였다. 정치학회의 모든 학회가 그렇듯이 여기에서도 발제자들은 크게 두 진영으로 나뉘어져 있었다. 사회주의자와 자유경제주의자로. 교수들은 대체로 사회주의적이었다. 다만 경제학과 교수한 명만이 자유주의자였다. 교수 한 명의 발제가 끝나자, 그가곧 질문자로 나섰다. 그 교수의 주장은 '거대 기업이 많은 특혜를 누리며 생산수단을 독점하고 있고 정부의 비호 속에서 부정과 탈법으로 성장해 가고 있다'는 것이었다. 많은 말을 했고 많은 레퍼런스를 제시했지만 아무튼 요지는 그거였다. 그는 묻는다.

"불법이 문제라는 건가요, 성장이 문제라는 건가요?"

이 뜻하지 않은 질문에 장내는 어수선해졌다. 이러한 종류의 학회는 사회주의자들이 도덕적 당당함을 내세우고 자유주의자들은 미안하지만 어쩔 수 없다는 분위기를 풍기며 진행된다. 그는 지금 당당하게 기업을 옹호하는 듯 보였다. 하긴 그의 부친도 큰 제조업을 운영하는 사람이다. 이것은 충격적이다. 당당한 자유주의는 형용모순이다. 그런데 감히.

"불법이 문제라면 그것은 학회의 문제가 아니라 검찰의 문제입니다. 한국에도 criminal justice system이 작동하고 있습니다. 고발하시면 됩니다. 성장이 문제라면 그것은 단지 선생님의 질투심일 뿐입니다. 따라서 그것은 선생님의 영혼의 문제입니다."

태연했지만 그의 눈빛은 짜증과 혐오와 역겨움을 담고 있었다. 그는 눈도 깜박이지 않은 채로 학회에 참석한 절대다수를 적으로 돌리고 있다. 나는 몸이 떨리고 입이 말랐다. 그는 도대체 이 소요와 반발을 어떻게 감당할 것인가? 그는 지금 자신의 경력을 망칠 작정이다. 발제자가 당황을 수습하고 다시 말했다.

"고발한다 해도 검찰은 단지 정부의 수족일 뿐입니다. 문제는 그들이 부당하게 기업 편을 든다는 것입니다."

이에 대한 그의 재반박은 더욱 충격적이었다.

"검찰이 그렇다고 말하는 것은 검찰을 모욕하는 겁니다. 그리고 검찰이 정의롭지 못하다면 사법부가 제대로 된 판단을 할 겁니다. 만약 사법부도 정의롭지 못하다고 주장하신다면 이것은 좀 더 큰 사안입니다. 교수님께서는 한국의 삼권분립을 부정하는 겁니다. 만약 그렇다면 이러한 시스템을 용인한 국민들이 문제가 됩니다. 한국의 입헌 시스템에 문제가 있다고 한다면 그것은 국민과 민주주의를 모욕하는 겁니다. 교수님은 아마도 정부의 우민화에 대해 말하고 싶으실 겁니다. 이 경우 그것은 국민에 대한 더 큰 모욕입니다. 우민화의 간계에 설득당할 정도로 국민이 어리석다고 말하는 것이기 때문입니다. 그리고 우민이라는 용어(그는 terminology라고 했다) 자체가 교수님의 귀족주의적 우월감을 말하고 있습니다. 민주주의의 인식론적 기반은 정치철학에 있어 어떠한 실재론적 옳음도 선험적으로 존재하지 않는다는 사실에 기초합니다. 소위 우민이라는 국민들이 다수면 마땅히 그들의 판정을 따라야 합니다. 더 나은 의견을 선택해야 한다고 말하지만, 그 나음이라는 것은 단지 다수를 지칭할 뿐입니다. 민주주의에서 다수라는 것 외에 다른 판단 기준은 없습니다. 다수가 바로 더 나음입니다."

이 순간 고귀한 플라톤의 '공화국'은 해체되고 있었다. 플라톤의 귀족주의는 구원의 가능성도 없이 시궁창에 처박히고 말았다. 나는 이때 마침 플라톤의 '공화국'을 읽고 있었다. 플라톤의 그 민주적 다수를 초월하는 고귀한 귀족적 이념에 감동하고 있었다. 그러나 그는 바로, 이 귀족주의를 공격하고 있었다. 운동권에 속한 학생들과 그들에게 심정적으로 공감하는 교수들은 사실은 정치적 귀족주의자였던 것이다. 나는 한참 후에야 이 정치철학적 통찰들을 이해하게 된다. 그리고 다음의 사실도 한참 후에야 깨닫게 된다. 운동권에 속한 사람들은 많은 경우 그들의 경제적 불운을 정신적 귀족주의로 보상하고 있었다는 사실을.

부르주아들이 언제라도 실증적인 잣대를 들이대는 반면에 사회주의 이념의 신봉자들이 관념적인 정치적 이상주의를 주장하는 심층적 동기에는 어느 측면에서고 그 사회주의자들이 열등감을 가졌기 때문이었다는 사실을. 그 열등감은 너무도 다양한 동기를 가지고 있어서 그것이 무엇에 대해서인가는 포괄적으로 말하기도 어려울 정도라는 사실을.

경제적으로 충분히 성공한 일련의 인사들이 사회주의적이라고 한다면 그들의 열등감은 경제적 동기를 갖지 않는다. 우리는 이들을 나중에 강남 좌파라고 부른다. 놀랍게도 프랑스에서는 이들을 '캐비어 먹는 좌파(le gauche caviar)'라고 부르고 미국에서는 '리무진 타는 급진주의자(limousine radical)'라고 부르고 있었다. 그것은 우리만의 현상은 아니었다. 어떻다 해도 그들 역시도 질투심과 열등감에 물든 불쌍한 영혼들이다. 그것은 아마도 학벌의 상대적인 처짐 혹은 고시 낙방과 같은 것일 터이다. 이 열등감과 병든 자존감과 사회적 명예욕과 허영 — 자기는 강남에 살지만 여전히 사해동포주의자라고 불리고 싶은 — 이 이역겨운 그룹을 만든 것이다. 어쨌든 그는 지금 이들 모두를 적으로 돌리고 있었다.

그는 이들 사회주의자를 심리적 폭로에 의해 완전히 발가벗겼다. 그의 마키아벨리즘은 그들에게 날카로운 메스를 작동시켜 그 내재적 동기를 파헤친 것이다. 좌파들을 정치적 귀족주의자라고 말함에 의해. 이 발언은 대학 사회에서는 절대로 말해져서는 안 되는 것이었다. 오만한 계몽주의와 저열한 열등감으로 유지되어 온 그들을 그 근저에서부터 공격하는 것이었으니까. 이것이 학교에서의 그의 입지를 불안하게 만든 또 하나의 이유였다. 그는 정의감이라고는 조금도 없는 부르주아 교수일 뿐이라고 생각되게 된다. 여기에 그쳤더라면. 그는 더 나아가고 만다. 이제 반대편 진영을 물어뜯는다.

정부 쪽에서 온 관료들은 모두가 자유주의자였다. 물론 그들은 스스로가 품고 있는 이념이 궁극적으로는 자유주의라는 사실을 알 만큼 자기 인식적이지 못했다. 마르크스의 온갖 활약에도 불구하고 사람들은 자기 심리의 정치 경제적인 귀결을 인식하지 못한다. 그들은 모두가 채색된 안경을 끼고서는 그 색조만이 정의라고 생각할 뿐이다. 그들 중 한 명의 발제는 새로운 정부에서 민의가 얼마만큼 국정에 잘 반영되는가에 대해 여러 자료와 통계적 수치를 제시하는 것으로 시작한다. 그들이 약자의 삶의 조건에 대해 어떠한 개선을 하였으며 앞으로 예정된 복지는 어느 방향을 향할 것인가에 대한 자기 자랑의 과시가 그 발제자가 주로 중점을 둔 부분이었다.

나는 그를 바라보았다. 등산과 세 종류의 비즈니스는 우리를 친근한 관계로 밀고 나갔다. 그의 표정만으로 그의 심적 상태와 하려는 행동을 예측할 수 있었다. 그를 보호해야 한다는 모성애가 생기고 있었다. 그는 조금은 전형적인 철부지 도련님이었다. 그의 얼굴에 짜증스러움이 번졌다. 나는 조금씩 불안해지기 시작했다. 그와 눈이 마주친 틈을 노려 입에 손가락을 댔다. '제발 조용히 있어요. 도대체 얼마만큼의 적을 만들려는 심산인가요. 지금으로도 충분히 당신은 입방아의 먹이가 될 거예요.' 그러나 그는 기어코 나선다.

"지금 선생님은 정부가 어떤 일을 하고 있으며 또 어떤 일을 할 예정인가에 대해 말하고 계십니다. 문제는 모든 업적의 이면에는 어떠한 희생이 항상 있다는 것입니다. 정부의 복지에 의해 혜택을 받고 있는 이면에는 혜택을 받아야 할 만큼 충분히 불우한 사람들이 혜택을 받지 못하고 있다는 사실이 있습니다. 하나의 사실을 말하겠습니다. 지금 미국의 법인세는 25퍼센트입니다. 그리고 한국의 법인세는 17퍼센트입니다. 이 숫자는 한국의 국가 운영이 대기업의 이익을 위해 봉사하고 있다는 사실을 말합니다. 결국 복지는 재원의 문제로 수렴됩니다. 그것은 많은 돈을 버는 쪽에서 나와야 합니다. 한국의 대기업이 상당한 정도로 국가의 동반성장을 위한 혜택을 받아온 사실은 누구나 인정할 겁니다. 자본을 대기업이 거의 독점적으로 차지하고 있습니다. 우리는 기업 성장의 원인을 제공하고 있습니다. 그 경우 성장 결과의 상당 부분은 국민을 위해 돌려져야 합니다. 행정부는 법인

세 인상은 전혀 고려하지 않고 있나요?"

이렇게 양쪽 진영을 다 적으로 만든다. 학교에서는 그를 공공
연히 기회주의자라고 부르기 시작했다. 나는 이 사실을 그에게
말한다. 이에 대해 그는 이렇게 말했다.

"내가 기회주의자라고? 그건 잘못된 규정인데. 기회주의자는
이념이 부재한 사람을 가리키는 규정은 아냐. 필요에 따라 이념
을 바꾸는 사람을 일컫는 것이지. 나는 이념을 바꾸지는 않아.
심지어 바꿀 이념도 갖고 있지 않아. 나는 아마 회의주의자인
건 맞을 거야. 회의주의에는 어떤 문제도 없어. 그걸 견뎌야 하
는 스스로의 내적인 불안 외에는. 회의주의자는 철학이나 법칙
으로서의 이념을 부정할 뿐이지 이념 그 자체를 부정하는 사람
은 아냐. 그는 이념을 상식으로 바꾸기를 원할 뿐이지. 잠정적인
믿음으로서의 상식 말이야. 모든 법칙으로서의 이념은 곧 반례
에 의해 붕괴해. 그것이 사상의 역사야. 따라서 가장 바람직한
시각은 모든 이념을 약간의 회의와 불안으로 지켜보는 거지. 이
를테면 회의주의자는 원칙으로서의 도덕률에 대해서 의심의 눈
초리를 보내. 그러나 법은 준수해야 할 구속력 있는 사회적 교
의로 보지. 또한, 내적 도덕이라는 것도 있어. 개인적이고 감성적
인 것으로서의 도덕 말이야. 결국 회의주의자는 상식론자야. 비
트겐슈타인은 '철학의 방에 들어올 땐 상식을 우산처럼 대하지

말라고 말해. 우산을 밖에 두고 들어오듯이 상식을 밖에 두고 들어오면 안 된다는 거지. 철학적 교의는 상식의 위치로 내려와야 해. 거창한 윤리학이나 도덕률은 결국 상식으로 수렴되니까."

그가 말하는 바와 같이 그는 모든 주의와 주장에 대해 회의적이었다. 사람들은 계속해서 그를 기회주의자로 부른다. 이 삼척동자 중 누가 회의주의자와 기회주의자를 구분할 수 있었겠는가? 이 생명력 없고 멍청한 인간들이. 어느 쪽도 아닌 그를 많은 사람이 미워했다. 상반되는 주장 어디에도 그는 동의하지 않았다. 단지 두 주장 모두에 간단한 반례만 들 뿐이었다. 반례의 근거가 필요할 때는 그는 변증을 해 나갔다. 그의 변증은 정말이지 날카롭고 화려했다. 만약 우리가 그를 기회주의자로 부른다면 먼저 중세의 저 위대한 변증론자 페트루스 아벨라르두스를 기회주의자라고 불러야 했다. 그리고 오컴과 데이비드 흄과 비트겐슈타인도 기회주의자라고 불러야 했다. 그의 편이 없지는 않다. 단지 무덤 속에서 잠들고 있을 뿐이다. 무식한 사람들은 물론 이들 철학자에 대해 모른다. 나도 그 사실을 그 후 십 년이 지나서야 알게 된다.

그는 마르크스의 독일관념론의 주장에 대해 간단히 말했다. 당시에 대학을 물들인 사상은 자본론과 정치경제학이었다.

"자기 땅에서 유전 발견한 사람은 누구 노동을 착취해서 부자가 된 거지?"

물론 그는 정신의 기원에 대해 어떤 말도 하지 않았다. 그것이 물질적 기원을 지닌 것인지 아니면 이데아의 소산인지에 대해. 단지 양쪽 주장에 반박만 할 뿐이었다. 이 기회주의자 아닌 기회주의자는. 그가 기회주의자이긴커녕 가장 견고하고 확고한 세계관을 지닌 사람이라는 사실은 결국 저술을 통해 드러나게 된다. 그러나 책은 읽히지 않는다. 그는 말하기보다 행동하는 사람이었다. 그는 자기 이념을 책으로 펼쳐 내니까. 그는 다른 사람들에 대해서보다는 스스로에 충실한 사람이었다. 내가 모르는 세계 속에서 뼈를 깎는 사색에 몰두한 사람이었다. 왜 그랬을까? 누군가 묻는다면 이렇게 답했을 것이다.

"나도 모르지. 그냥 사람은 누구나 하고 싶은 걸 하는 거 아냐?"

그의 책은 그 내용에 의해서 뿐만 아니라 그 문체에 의해서도 탁월한 것이었다. 그의 문체는 간결하면서도 실증적이었다. 따라서 그의 글은 명석했다. 그는 독자를 서문에서부터 압도했다. 그것은 너무도 간결하고 우아하고 명석해서 그의 책을 집어 든 사람에게 그 책 전체를 이해할 수 있다는 자신감을 줬다. 그리고 책의 구성도 독특했다. 일단 학술서의 형식이 아니었다. 사실 그는 서문에서도 자신의 책은 교과서가 아니라 에세이라고 말한다. 그러면서도 책이 결코 쉽지는 않다는 말을 덧붙였다. 예술에 대한 예비된 학습이 필요하다고도 말한다. 각 장을 골라서 읽어도 될 만큼 독립적이면서도 전체 장이 일관된 유연한 흐름을 가진다. 이것은 그가 얼마나 전체를 포괄적으로 이해하고 있느냐를 보여 주는 것이었다. 심지어 그의 글에는 주석조차 없었다. 그는 남의 지식에 기초한다 해도 그것을 자신의 것으로 완전히 소화시킨 후에 충분히 숙성시켜 거기에 무엇인가를 더해 내놓았다.

그의 문체! 나는 내용 이상으로 그의 예술적인 문체에 매혹되었다. 그의 글에는 군더더기가 없었다. 그의 글은 도도히 흐르며 간헐적인 예증과 더불어 응용을 제시했다. 그의 예증은 다른 많은 설명의 수고를 덜어 주며 순식간에 독서의 중간에 내려앉는다. 그리고 읽는 사람에 대해 어떤 의식적인 고려도 하지 않았다. 마치 '내 길을 가겠다. 흥미를 느낀다면 같이 함이 어떨지?'라고 말하는 것 같았다. 그는 좋은 글과 간결에 대해 다음과 같이 말한다.

"좋은 글은 먼저 간결해야 해. 물론 간결하다고 모두 좋은 글은 아니야. 무미건조한 글이 될 수도 있어. 그렇지만 간결하지 않으면 좋은 글이 될 수는 없어. 글이 왜 지저분하게 될까? 글에 장식이 많기 때문이야. 형용사, 부사, 조사, 접속사 등을 많이 쓰는 글이지. 내용의 공허함을 장식으로 덮으려 하는 거지.

그리고 보면 그리스어나 라틴어가 훌륭한 언어야. 인칭 대명사조차도 생략하니까. 지저분한 글은 화장을 많이 한 추녀야. 탐욕이 그런 글을 쓰도록 하지. 별로 말할 가치도 없는 지식을 굳이 알아달라고 누누이 말하는 거지. 혹시 못 알아볼지도 모른다는 노파심에서. 글을 쓰는 사람은 많은 부분을 독자에게 맡겨야 해. 자신은 자신의 일만 하면 돼. 자기는 독자가 아냐. 사람들이 알아주지 않을까 봐 안달하는 건 비루하고 초라한 거지. 각자의 역할이 따로 있는 거야."

사람들 중 일부가 그의 문체에 대해 말한다. 무신경한 그들도 그의 문체의 독특한 우아함을 인식하고는 있었다. 하이든의 세레나데와 같은 그의 우아함을. 그들은 이렇게 말했다.

"K 교수가 글발이 좋지."

펜싱에 대해 도끼를 휘두르는 격이다.

그는 두 개의 세계 속에서 살며 그 둘을 철저히 분리하고 있었다. 하나의 세계는 중력만큼 무거운 것이었고 다른 하나는 깃털처럼 가벼운 세계였다. 그 무거운 세계는 그만의 세계였다. 거기에서 그는 무아지경의 사유에 잠겨 있다가 간헐적으로 통찰의 불꽃을 터뜨렸다. 다른 하나의 세계는 수업에서 내비치는 태도였다. 투명해서 시냇물과 같은 세계. 그가 내보이는 세계는 가뜬하고 투명한 세계였다. 심연의 세계는 내비치지 않았다. 그에게 깊은 심연만이 남아 있을 때조차도 소리치지 않는다. 그의 세계는 지켜졌어야 했다. 그것이 바람직했다. 그러나 스스로가 붕괴의 단서를 제공했다. 그것이 그의 입맞춤이다. 그 붕괴에 대해 내가 책임이 없을까? 그러나 나는 소극적인 책임이 있을 뿐이다.

보름 만에 만난 그는 들떠 있었다. 들뜬 그를 보는 것보다 더 좋은 것도 없었다. 나는 그가 한 번도 암담한 태도로 사람을 대하는 것을 본 적이 없다. 우울증에 걸려들었을 때조차도 밝은 모습을 보이려 애썼고 고유의 유머를 잃지 않았다. 그인들 안 좋은 기분 상태일 때가 왜 없었겠는가. 특히 우울증일 때. 그러나 그는 항상 밝았다. 그는 삶을 좋은 것으로 만들려는 본능을 가진 듯했다. 자신이 그것을 망치면 안 된다고 생각했던 것 같다. 하긴 그가 무엇인가를 원망하는 것을 본 적도 없다. 단 한 번. 쇼윈도의 유리 칸막이에서 지쳐가고 있는 강아지들을 보고는 낮고 날카로운 울림의 한숨을 내쉬며 어두운 표정을 짓는 걸 본 적이 있다.

"휴머니스틱하다는 형용사에 공감과 사랑이라는 의미를 부여한다면 휴먼이야말로 가장 반휴머니스틱한 동물이야. 지옥 갈 거야."

나는 애견 숍의 광경에서 분노의 근거를 보지 못했다. 그러나 그는 그것이 매우 참담한 상황이라고 생각했다. 나는 가소롭게도 당시 이 탄식에 대해 우월감을 느끼고 있었다. '당신은 진짜 고통이 뭔지 몰라. 강아지가 거기에 갇혀 일주일에 스무 시간을 일하기라도 한다는 거야? 불쌍한 사람이 얼마나 많은 줄 알아? 당신 같은 도련님은 고통이 어떤 건지 몰라. 그러니 저 정도 고통에도 분노하는 거지. 당신에게는 분노와 항의가 어울리지 않아. 갤런트풍의 협주곡이나 들으셔. 아델라이데 협주곡 같은 거 말이야. 당신이 소개해 준 그 곡 말이야. 용납할 수 없는 안일함을 가진 그 곡 말이야.'

그럼에도 나는 그의 도련님과 같은 그 귀여움과 고귀함을 사랑했다. 환한 태양 빛에 눈을 가느스름하게 뜬 채로 웃는 그의 모습에는 사랑받고 살아온 도련님의 완연한 흔적이 남아 있었다. 누군들 그를 사랑하지 않을 수 있었을까? 아마도 세상에서 가장 사랑스러운 아이였을 것이다. 밝고 진지하고 호기심에 찼을 어린 그. 그가 말한 대로 태양이 그를 행복하게 했으리라. 일 년 중 두 달만 있는 아름다운 봄날의 밝은 햇살이. 언제나처럼 그는 눈썹을 까딱거리며 어제 오후의 언덕길 산책의 감상을 얘기했다. 그 산책의 얘기조차도 한 편의 시였다.

"어스름할 때 산꼭대기에서 도로를 내려다본 적 있어? 자동차로 꽉 찬 도로 말이야. 도시의 추악함은 덮이지만, 완전한 어둠의 불길함(그는 ominous라고 말하며 한국 어휘가 풍부하지 않음을 한탄했다)은 없는 그런 어스름 말이야. 차들은 안 보이고 단지 후미등만 보이지. 빨간빛들이 어스름을 배경으로 떠오르는 거야. 그리고 서서히 짙어지지. 마치 빛나는 벌레들이 질서정연하게 줄을 지어 있는 거 같아. 빨간빛을 내는 벌레들 앞에는 여왕 벌레가 있는 거야. 커다란 빨간빛을 내면서. 여왕 벌레가 녹색으로 바뀌면 작은 벌레들이 일제히 뛰기 시작하는 거야. 그리고 그 빨간빛들이 X자로 교차하지. 절대로 충돌하지 않으면서. 잘못 든 길에서 자기 길을 찾아가듯이. 그래야 자기 집으로 가겠지. 형언할 수 없는 아름다움이야."

나는 그의 서정성과 표현력에 감탄했다. 그에게는 아름다움을 느끼고 그것을 찾아내는 재주가 있었다. 그것을 적절한 말로 표현하는 재주 역시 있었다. 그는 심미안과 언어의 마술사였다. 그는 자신의 첫 번째 영화감상에 대해 말한 적이 있다. 나는 그의 기억력과 표현력에 또 한 번 놀라게 된다.

"지금 세종문화회관이 원래는 시민회관이었어. 불에 탔지. 전소했어. 그 자리에 새로운 회당을 지었어. 그게 세종문화회관이야. 첫 영화를 시민회관에서 봤어. 모친께서 아들의 정서 함양을 생각하긴 했는지 데려갔지. 피터 팬! 얼어붙었어. 영화가 끝나고도 일어날 수 없었어. 세상에 그런 아름다움이 있다고는 생각하지 못했어. 아청색(그는 lapis lazuli라고 했다) 어둠을 배경으로 요정이 금 조각을 뿌리는 거야. 날개 달린 그 요정. 팅커벨. 충격이었어. 아름다움에 대한 첫 번째 충격이었어. 어려서부터 예쁜 걸 좋아하긴 했어. 주위에서 좀 걱정했던 거 같아. 사내애가 영 사내답지 않다고. 무슨 소리야. 지금은 예쁜 여자를 좋아하게 됐지. 흐흐. 예쁜 요정에서 예쁜 여자로."

그의 이러한 예민함에 대해 나는 이중적인 마음을 지니고 있었다. 하나는 동경이었고 다른 하나는 우월감이었다. 매 순간 동경과 우월감이 교차했다. 나는 그의 서정적 예민함이 보존될 수 있도록 해준 그의 가정의 유복함을 동경했다. 그는 세련된 사람이었다. 그는 사람을 사로잡는 매력이 있었다. 그는 누구도 악의를 가지고 있다고는 생각하지 않는 듯했다. 어디에고 맺힌 곳이 없었다. 그러나 이것은 그가 생각 없는 사람이었기 때문은 아니다. 그는 단지 밝은 모습을 보이려 애썼을 뿐이다. 그의 귀엽고 애교 넘치는 눈의 이면에는 무엇인가 힘겹고 슬픈 모습이 있었다. 나는 이것을 감지하고 있었다. 그에 대한 사랑에 삶의 어떤 것이라도 걸 수 있었던 내가 그의 이면에 있는 분위기에 대해 모를 수는 없었다. 단지 그 어두움의 정체를 몰랐을 뿐이다.

다른 한편으로 나는 그가 아직 어린아이라고 생각했다. 그리고 그 순수함은 거친 경험의 결여라고 생각했다. 거친 잡초는 온실 속의 화초를 경멸한다. '너희가 나의 조건에서 생존이나마 할 수 있을 것 같냐?'고. 그러나 잡초는 언제까지 잡초일 뿐이다. 어디에서 어떤 고귀함 속에 키워진다 해도 그것은 잡초이다. 물론 아름다운 꽃들은 야생에서 잡초에 밀린다. 그러나 진정한 아름다움을 꽃피울 잠재력은 온실 속에서 키워진다. 그것들이 상당히 성장하면 무엇도 두려워할 필요가 없어진다. 온실 밖에 심어질 때 이제 어떤 잡초도 압도할 만큼의 강인함과 아름다움을 보이게 된다. 순종견은 새끼 때 폐사하기 쉽다. 유전자 풀이 협소하고 순수하다. 거기에는 잡스러운 섞임이 없다. 따라서 닥쳐드는 질병에 대해 방어책이 그만큼 부족하다. 온실 속의 보호가 필요하다. 그러나 유년기만 지나면 순종견은 어떤 잡종견도 압도한다. 제대로 자라난 셰퍼드는 늑대 따위를 무서워하지 않는다. 나는 당시에는 이 사실을 몰랐다.

가소롭게도 나는 잡초의 우월성을 지니고 있었다. 나중에 그가 어떤 극기의 하루하루를 지냈는가를 알게 되었을 때 나는 자기 비하에 몸을 떨어야 했다. 그는 단지 소리치지 않았을 뿐이다. 그는 잡초의 강인함과 화초의 가능성을 동시에 지니고 있는 사람이었다. 누구도 그에게 우월감을 지닐 수는 없었다.

육교 밑이 약속 장소였다. 버스 정류장이 거기에 있었다. 그는 분위기 따위를 숙고하는 사람이 아니었다. 첫 번째로 눈에 띄는 커피숍이 우리의 교육 장소였다. 그는 말하곤 했다.

"식당을 정하는 건 시간, 편의성, 맛 순서야. 가까운 곳에 있어야 하고 신속하게 음식이 나와야 하고, 맛은 그냥 표준적인 게 좋아. 맛이 바뀌는 건 별로 안 좋아. 하하. 맥도날드가 좋아. 물론 비빔밥집이 근방에 있다면 더할 나위 없지."

까다로운 심미적 안목을 가진 그가 이상하게도 맛에는 둔감했다. 이것은 소박함과는 또 다른 문제이다. 그가 비싼 고급 음식을 거부한 건 아니니까. 그러나 그는 어떤 음식에 대해서건 무차별적으로 대했다. 그가 기호가 전혀 없었던 건 아니다. 주변에 비빔밥집이 있으면 거기가 일 순위가 된다. 그리고 나물들의 향도 정확히 구분했다. 그러면서도 먹는 것을 그렇게 즐기지 않는다. 반찬도 자기 가까이에 있는 것만 먹었다. 나는 반찬을 그에게 밀어주느라 바빴다. 한 번은 우연히 들어간 곳이 한정식집이었다. 음식이 차례로 나오자, 그는 약간 짜증스럽게 말했다. '한꺼번에 주면 그냥 비벼 먹을 텐데'라고.

커피숍도 고르는 법이 없었다. 그냥 가까이 있는 곳으로 들어갔다. 한번은 제법 잘 꾸며진 커피숍에 들어갔다. '분위기가 좋지 않으냐?'고 묻자, 그는 '화장실이 깨끗해서 좋네'라고 답했다. 그는 어쨌건 분위기에 값을 치르는 사람은 아니었다. 그가 풍류가 없어서일까? 아니었다. 그는 삶의 예술가였다. 단지 그는 스스로가 분위기를 만들어 갈 자신이 있었고 즐거움을 불러들일 자신이 있었을 뿐이다. 번뜩이는 지성과 그것을 아무렇지 않게 웃음 속에 실어 보낼 수 있는 재치가 그에게는 있었다. 그는 때때로 말하곤 했다.

"주제를 줘. 지금 줘. 한 시간 내로 멋진 글을 쓸 테니까."

나는 오는 길에 지하철에서 카세트로 음악을 들려주는 장님에게 천 원을 적선했다. 그것을 주제로 해 달라고 했다. 그때에는 그의 학생 여러 명이 같이 있었다. 그는 순간적으로 무서운 집중 속에 몰입했다. 10분쯤 흘렀을까. 우리는 모두 경악했고 참담했다. 그는 단숨에 이야기를 만들어 냈고 그것을 지적이고 우아한 문장에 실어냈다. 누구도 흉내 낼 수 없었다. 그는 단지 언어의 마술사가 아니었다. 그는 순식간에 하나의 세계를 창조한 것이었다.

어쩌면 나는 이미 그에게 매혹되어 있어서 분별을 잃어가고 있는지도 모르겠다. 그를 전능한 인간으로 보고 있으니까. 그러나 그에 대한 사실을 말하는 데 있어 과장은 없다. 어쩌면 나의 이 회상은 한 남자에 대한 비현실적인 나의 바람을 이야기하고 있는지도 모르겠다. 그러나 사실을 정확히 말하면 나의 애기가 비현실이라기보다는 그라는 인물 자체가 비현실적이다. 그는 꿈속에서나 존재하는 사람이다. 그런 사람을 평생에 두 번 만날 수는 없다.

당시에 테니스와 골프가 붐을 이루기 시작했다. 특히 교수 사회에서 그랬다. 그러나 그는 여기에 어떤 관심을 준 적도 없다. 그는 오로지 강의실, 연구실, 그의 골방 등에서 수업과 연구에 몰두할 뿐이었다. 그의 유일한 외적 활동은 가끔 등산을 하는 것이었다. 최소한의 운동으로. 이 이외에는 그는 끊임없이 무엇인가를 읽고 생각하고 썼다. 그는 그의 학문을 위해 모든 것을 희생했다. 이렇게 말하면 그는 물론 펄쩍 뛰었을 것이다. '자기처럼 많은 향락을 누리고 사는 사람은 없다'고 말하며. 물론 그는 여자의 육체를 즐겼다. 최소한의 시간을 들여서. 수도승 같은 그의 일상적 삶과 난잡한 성생활이 어떻게 조화를 이룰 수 있는지 모를 노릇이지만 어쨌든 그는 그런 삶을 살며 그렇게 글을 써나간다. 그가 스스로를 향락적인 사람이라고 말했을 때 나는 처음에는 그것이 그의 여자관계를 가리키는지 알았다. 그러나 그가 말하는 향락은 나중에 알게 된 것이지만 전적으로 에피쿠로스적인 것이었다. 그의 향락은 자기 자신을 학문과 예술에 매몰시킬 수 있는 그의 독특한 생활양식을 일컫는 것이었다. 즉 철저히 현존을 살 수 있는 그의 능력이었다. 아무튼 그를 묘사하는 데 있어서 나의 이야기에 과장은 없다. 그는 궁극적으로 서른여섯 권의 책을 쓸 사람이었다. 무슨 과장이 있겠는가?

그는 대화 상대에게 자신이 어디에 있는가를 잊게 할 만큼 충격적인 행복을 주는 사람이었다. 화사하고 재기 넘치는 언어와 매력적인 표정으로. 많은 여자들이 잠자리를 했을 것이다. 그의 회피와 덧없음을 각오하면서도. 그때엔 나는 모르고 있었다. 그가 쉽게 자주 얘기했음에도 불구하고 사랑과 섹스가 독립적인 것이라는 사실을 몰랐고 또 서로 독립적이어야 한다는 사실은 더욱 몰랐다. 나는 그저 그가 택한 커피숍에 따라 들어갈 뿐이었다. 어디에 들어가고 있는지조차 몰랐다. 그가 가는 곳이라면 어디고 갈 것이었다. 남자 화장실이라도 같이 따라갔을 것이다. 설렘에 얼이 나가곤 했으니까. 학문과 예술 자체인 그를 만나면.

이리저리 두리번거리던 그는 2층에 있는 어떤 커피숍에 들어갔다. 그래도 그는 문을 열어 주긴 했다. 외국 생활에서 그 예의는 배운 듯했다. 등이 머리 위까지 내려온 침침한 커피숍. 지금의 아웃백 같은 분위기의 커피숍이었다. 세계에 우리만 존재하는 듯했다. 그는 곧 거기에 커튼까지 칠 것이다. 투명하지만 그 안에서 온갖 호사스러운 재화가 춤출 것이다. 그의 삶이 엮어온 여러 세계와 여러 시대의 모든 사유와 아름다움과 언어가 춤을 출 것이다. 나는 곧 내가 어디에 있는지조차 잊을 것이다.

얼이 나가기 시작했고 온몸이 떨기 시작했다. 잘 따라가야 한다. 그의 주제는 화려했고 논증은 재빠르고 날카롭다. 그는 현대철학과 사라져야 할 형이상학에 대해 말하고 있다. 그는 세계를 절단하고 있다. 말해질 수 있는 세계, 보여져야 할 세계, 침묵 속에서 지나가야 할 세계, 창조되어야 할 세계.

"비엔나 서클에서 논리실증주의가 융성해져. 카르납, 프레게 등에 의해. 비트겐슈타인의 위대성은 단순한 명제의 논리학을 형이상학적 인식론으로까지 확대했다는 데 있어..."

그는 두 시간에 걸쳐 논리학과 거기에 대응하는 새로운 세계관에 대해 말해 주고 있다. 노트가 이미 열 쪽을 넘어서고 있다. 아주 간결하게 정리하고 있음에도. 그는 일어나서 나갔다. 기다리라고 말하고는. 빵 몇 개를 사 왔다. 나는 더 행복해져 가고 있었다. 그는 새로운 얘기를 해줄 것이다. 이번에는 어떤 주제일까? 그는 몇 개의 곡을 듣고 몇 점의 그림을 보고 오라는 숙제를 내줬다. 다시 예술 수업이 시작되었다. 이것은 한 시간 진행된다.

"현대철학의 심미적 반영이 현대예술이야. 모든 시대의 예술이 당시의 이념 위에 기초하듯이 현대예술도 현대의 세계관 위에 기초하지. 칸딘스키, 말레비치, 미로, 피카소, 몬드리안, 리히텐슈타인, 워홀 등의 미술가가 현대를 대표한다고 할 만한 예술가들이야. 음악 쪽에는 쇤베르크, 안톤 베베른, 존 케이지, 스티브 라이히 등이 있지. 비트겐슈타인 철학의 심미적 표현이 이들의 예술이야. 구체적으로 그것이 어떻게 구현되었는지 볼까..."

적어도 나는 이 수업이 지상에서 가능한 것일 수는 없다는 사실을 알고 있었다. 이 심오함과 명석함의 교차가 절대로 가능하지 않다는 사실을. 그러나 많은 부분이 몰이해 속에 지나가고 있었다. 나의 열정과 재능은 거기까지였다. 나는 물론 그의 설명에도 불구하고 많은 것들이 안개 같은 희미함 속에 잠겨 있다는 사실을 인정한다. 그러나 나의 이 수업은 한참을 진행할 것이다. 차차 구체화되고 선명해질 것이다. 좀 더 생각하면 좀 더 친근해질 것이다.

나는 나중에 그에게 '논리적'인 분노를 터뜨리게 된다. 진정한 논리학자인 그에게. 분노와 질투는 그토록 분별을 앗아간다. 내게는 학문과 예술보다는 사랑의 독점이 중요했다. 이것은 나중의 이야기이다. 당시에는 그저 황홀하기만 했다. 나는 그를 연애의 대상으로는 꿈조차 꿀 수 없었다. 그는 지상에 속한 사람이 아니었다. 그가 아무리 많은 여성과의 성적 관계에 대해 말한다 해도 나는 그것에 실제성을 부여할 수 없었다. 상상이 되지 않았다.

그의 교육은 성실했다. 설명 도중 눈을 가느스름하게 뜨고 한 곳을 멍하게 응시하며 스스로에게 잠겨가기도 했다. 아마 그 자신은 좀 더 생각할 여지가 있었거나 설명의 간결성과 구체적 예증을 찾는 경우일 것이다. 그럴 때는 누구도 손대서는 안 될 신성한 곳에 가 있는 느낌이었다. 그의 집중력은 무서울 정도였다. 숨조차 쉬고 있지 않은 느낌이었다. 그러고는 그의 눈에 섬광과 같은 빛이 번쩍였다. 찾아냈다.

그는 그날의 그 일을 어떻게 기억하고 있을까? 아찔한 충격과 새로운 국면으로 나를 이끌고 들어간 그날의 그 일에 대해.

무엇인가를 확연히 알아들었다는 느낌이 들었다. 아마 들뜬 기쁨의 미소가 내 얼굴에 번졌을 것이다. 그의 눈이 순간적으로 번쩍했던 것 같다. 마주 앉아 있는 나를 향해 손가락을 까딱거렸다. 얼굴을 가까이하라는. 무엇인가 진지한 설명이 있을 때면 그러했다. 나는 귀를 기울일 참이다. 순간적으로 빛이 번쩍했다. 시리우스 성단의 어느 별, 안드로메다의 어느 별로 나를 싣고 갈 그 빛이 보잘것없는 내게 쏟아졌다. 빛나는 그의 입술이 내 이마에 금빛의 봄 햇살을 뿌려줬다. 팅커벨의 금 조각을.

나는 얼굴이 아래로 떨어졌다. 목이 힘을 잃었다. 이마로부터 시작된 전율이 온몸을 관통했다. 쓰러질 것 같았다. 누군가 나를 보았다면 온몸이 불타는 고통을 겪고 있다고 생각했겠다. 천국인가, 지옥인가? 나는 고통받게 될 것이다. 이 최초의 입맞춤은 들어가지 말아야 할 세계를 예고하고 있다. 생명의 설렘. 그러나 나를 한없이 눈물짓게 할 그 설렘. 평온을 위해서는 겪지 말아야 할, 그러나 생명의 개화와 쇠락을 위해서는 겪어야 할 그 입맞춤. 더 이상 나의 강이 센강과 같이 흐르지는 않을 것이다. 수많은 폭포를 거치게 만들 그 설렘. 그 입맞춤. 아아, 그의 모든 순수함은 그때 이미 병들기 시작했다. 나의 마음속에서 벌레가 자라기 시작했을 때. 모든 것을 좀먹고 모든 것을 몰락시킬 그 벌레가.

그는 원칙을 준수했다. 섹스는 분명한 것이지만 사랑은 침묵속에서 지나쳐야 할 것이라는 그의 원칙. 그것은 신비에 속하는 것이라는 원칙. 둘을 섞어 치지는 말아야 한다는 원칙. 나는 몰랐다. 그를 묶음에 의해서가 아니라 단지 지켜봄에 의해서만 세계가 온전히 지탱될 수 있다는 사실을. 육체는 단지 정신을 해방시키기 위해서만 사용되어야 한다는 사실을. 그가 만나주고 많은 것을 말해준 것은 이미 충분한 사랑이 아니었는가? 다른 어떤 사랑은 소유욕이 아닌가? 책임과 물질적 증표를 요구하는 나는 탐욕으로 하나의 세계를 망치기 시작한다. 그는 말한 적이 있다.

"존 로크는 섞어 치기의 명수야. 아주 교묘하게 섞어 치기를 하지. 스스로는 몰랐을 거야. 자신이 공평함을 얘기하면서 사실은 이익과 욕망을 얘기하고 있다는 사실을. 그는 모든 것이 경험에서 온다고 함에 의해 기득권을 철폐하지만, 어떤 것은 본유관념이라고 말함에 의해 중산층을 대변하지. 경험과 관념의 섞어 치기야. 물론 시대적 한계야. 그런데 내가 존 로크에 대해 안타까운 것은 그의 이념이 자기 인식적이 아니었다는 거야. 그는 알고 있었어야 해. 스스로 욕망의 노예라는 사실을. 그랬더라면 데이비드 흄까지 기다릴 필요도 없었지."

존 로크가 철학과 이익을 섞어 치기 할 때 나 역시 순수와 탐욕을 섞어 치기하고 있었다. 그러나 나는 기껏해야 스물세 살이었다. 이것만이 나의 변명이다. 나는 좌우도 간신히 구별할 수 있을 정도로 어렸다. 지성과 예술의 세계를 선망하면서도 그 대변자에 대한 인간적 탐욕을 가지고 있었던 나는. 나는 자기 인식적이었을까? 나의 선망과 탐욕을 의식하고 있었을까? 나의 한계에 대해 한숨짓고 있었을까? 그것을 제어하려 애쓴 적이 있었을까? 그렇지 않았다. 내가 용서하지 못하는 것은 이것이다. 나를 용서하지 못하겠다. 나는 자기검열을 할 줄 몰랐다. 나는 의심조차 한 적이 없다. 내가 옳다는 사실을. 어리석음과 탐욕은 서로 어울리는 한 쌍이다. 그는 말하곤 했다.

"인간이 가진 가능성은 무엇인가를 섞는 데 이상으로 무엇인가를 분리함에 의해서이지. 분석이 중요하지. 이 분석은 때때로 초연하고 용기를 요구해. 사랑을 분석해 볼까? 그것은 아마 성적요구 × 애정 × 보살핌 × 소유욕 등이 될 거야. 이 분석이 환상에 젖은 아가씨를 슬프게 하겠지. 환각은 환각이고 현존은 현존이야. 환각은 현존에서 독립하지. 물론 환각의 가치는 무한해. 그것이 예술과 학문의 근원이지. 예술가들은 창조된 세계로 현재의 세계를 대치하고 과학자들은 가언적 세계로 현존의 가설을 대체하지. 이 시도는 성공하지 못해. 천재는 기적이니까. 그러나 시도가 중요한 거야. 엄밀한 의미에서 그들은 참에서 거짓을 독립시키는 거야. 거짓이 나쁜 거라고? 그렇지 않아. 자기 인식적 거짓이 창조의 기초야."

그는 둘 사이의 육체적 관계를 하나의 가언적 세계로 자기 인식적 거짓의 세계로 치부하고자 했다. 나는 승복할 수가 없었다. 나는 때때로 그에게 차갑게 식은 육체를 내맡기곤 했다. 그가 이 사실을 분명히 할 때마다 그랬다. 아아, 나는 사랑만을 위해 사랑할 수 없었다. 육체만을 위한 육체를 받아들일 수가 없었다.

구름은 때때로 나를 태웠지만 내 구름은 아니었다. 절대로 아니었다. 나는 내 소유가 아닌 구름보다는 내 것인 달구지를 선택하게 된다. 소유가 고급스러움보다 더 중요했다. 비록 내 앞에 번개와 천둥을 가져오지는 않았지만. 그러나 나의 이 선택은 내 삶의 최악의 선택이었다. 이것은 구름을 선택하지 않았기 때문이 아니다. 달구지를 선택하지는 말았어야 했다.

그와의 육체적 관계는 그에게 어떤 종류의 심리적 변화도 주지 못했다. 오히려 물리적인 변화를 가져왔다. 그는 호칭을 바꾸

마지막 외출

기를 제안했다. 그는 자기를 '선배' 혹은 '당신'이라고 부르라 했다. 스무 살이 넘은 사람에게 선생님이라고 불리기는 부담스럽다고. 더구나 같이 자는 사이니까. 나는 새로운 호칭이 좋았다. 물론 교수라는 그의 신분 때문에 처음에는 어색할 것이었다. 약간의 망설임 끝에 나는 수용했다. 일단 그렇게 부르기 시작하니 그가 좀 더 가깝게 느껴지긴 했다.

방학이 끝나갈 즈음 나의 '당신'은 폐차시켜야 할 만큼 큰 사고를 낸다. 문제는 우울증 약이었다. 더 정확히 말하면 그가 복약 시간을 준수하지 않은 것이 문제였다. 골방에서 작업에 몰두하던 그는 복약 시간을 훨씬 넘긴 새벽에야 약을 먹었다. 우울증 약은 졸음을 부른다. 학교에 나갈 일이 있어서 일어났지만, 약 기운이 아직 남아 있었다. 졸음운전이었다. 차는 소방펌프와 가로수를 차례로 들이받았다. 조수석 펜더 아래로 전파되었다고 한다. 그가 다치지 않은 것이 다행이었다. 차는 폐차장행으로 결정되었다. 그의 집에서는 더 이상의 운전을 금지했다.

그는 이제 지하철을 타거나 버스나 택시를 타야 했다. 그와 나와의 수업은 세차를 주제로 한 '비즈니스 협약'에 의한 것이었다. 이것이 무효화 되었다. 그는 그래도 꾸준히 나를 가르친다. 아마도 나의 육체에 대한 공물로써. 그러나 자연스럽게 횟수가 줄게 된다. 2주에 한 번으로.

D

악몽은 무심히 잠든 밤에 찾아온다. 이것은 이상한 노릇이다. 가위눌릴 정도의 악몽은 예기치 않게 찾아오고 그 밤을 짙은 핏빛 어둠 속에 가둔다. 악몽의 씨앗은 부지불식간에 심어진다. 고통은 예견되는 한 그렇게 충격적이지 않다. 자기 포기와 예비된 공포 속에서 닥쳐드는 고통은 오히려 그것이 그렇게 큰 것은 아니었다는 안도를 준다. 쓰러질 정도의 충격은 언제고 예고도 없고 따라서 거기에 대비할 틈도 없다. 그러나 이것은 악몽의 씨앗이 어떠한 것이 될 것인가에 대한 나의 예측의 무용성이 사태를 그렇게 만들 뿐이다.

어리석음만이 악몽의 씨앗을 심는 전부는 아니다. 허영, 오만, 경박 등의 악덕들이 어리석음과 더불어 전개될 때 그 씨앗은 커다란 불행으로 자란다. 아니다. 자란다는 표현으로는 부족하다. 그것은 폭발한다. 참을성 없는 봉숭아의 씨방처럼 폭발한다. 도저히 그 탄막을 벗어날 길 없다. 파편을 맞는 것으로 끝나지 않는다. 최초의 그 아픔은 단지 비극의 서막을 알리는 절규일 뿐이다. 그 파편은 살 속을 파고 들어가 평생 지울 수 없는 각인을, 나의 사라짐의 커다란 원인을 이루게 되는 그 각인을 새겨 놓는다. 이러한 일이 편입과 거의 동시에 벌어지게 된다. 바로 나 자신에 의해. 이 사건이 결국 선배와의 이별과 내 결혼의 동기가 된다. 그리고 그 후에 벌어지는 사건들은 모두 이것을 전제로 비롯된다. 나는 D를 만나서는 안 됐었다. 집요하고 구차한 그 녀석을.

교사로 내 인생을 끝내고 싶지는 않았다. 나의 조건은 나에게 직업을 요구했다. 그러나 나는 점차 부양의 의무를 벗어나고 있었다. 아들이 법관으로서 그의 인생을 시작할 것이고 어머니의 물질적 삶을 책임지게 될 것이었다. 나는 그저 나 자신만 보살피면 됐다. 어떻게든 해 나갈 수 있을 것 같았다. 과외로 점철된 내 생활은 내게 자신감을 주었다. 전업을 하지 않더라도 내 생활을 꾸려 나갈 수 있다는. 동기들은 교사로서의 그들의 사회적 삶을 시작하게 될 것이었다. 국립대였으므로 임용고시조차 필요치 않았다. 그러나 내겐 그 특권이 필요 없었다. 새롭게 공부할 작정이었으므로.

　나는 철학을 할 작정이었다. 그 동기는 충분히 심겨 있었다. 가장 근원적인 것에 육박해 보고 싶은 나의 열망은 철학으로 나를 향하게 했다. 내게 그런 역량이 있었을까? 나는 상당히 논리적이었고 동시에 열정적이었다. 나는 철학에는 이것 이외에 다른 많은 것들이 필요하다는 사실을 막상 개강 이후에 느끼게 된다. 그것도 교수이자 선배이며 '당신'인 사람과의 조우를 통해 알게 된다. 개강 이후 만나게 된 선배의 실력은 나에게 두 방향으로 작용했다. 하나는 나도 실력을 키우고 싶다는. 나도 그처럼 확고하게 되고 싶었다. 어디에도 흔들리지 않는 판단과 자신감을 가지고 싶었다. 그러나 다른 방향도 있었다. 그의 날카롭고 재기발랄한 학문은 넘을 수 없는 산으로 보였다. 이것이 나를 위축시켰다.

　선배와 아직 자는 사이는 아니었다. 그것은 여름방학 중에 시작된다. 그에게 나는 성적 관계에서의 고려 대상이 아니었다. 그는 멀어도 너무 먼 존재였다. 아마도 그 낯섦이 오히려 그가 자유롭게 구사하는 그 개념들의 원천에 대한 내 동경과 허영을 더 자극했을지도 모르겠다. 친근한 것을 당연한 것으로 여기고 낯선 것을 과대평가하는 것이 멍청한 낭만주의자의 과오이다. 낭만주의자들은 쉽게 싫증 낸다. 그들은 이국적이고 낯선 것을

마지막 외출

존중한다. 자기네들이 손에 쥐고 있는 것이 상실되었을 때 어떤 불편과 고통이 있는 줄 모르는 사람들. 새로운 것들도 손에 쥐여지는 순간 또다시 진부한 것이 되고 만다는 사실을 모르는 사람들.

고대 오리엔트의 황제들이 스스로를 첩첩이 닫힌 대문들 속에 가둔 것은 이 어리석은 낭만주의자들 때문이었다. 불손해질 수도 있는 친근감을 선제적으로 막기 위해서였다. 낭만주의자들이 사회를 몰락시키는 것을 막기 위한 유일한 방법은 그들을 전제적 체제에 가두는 것이다. 그들은 언제라도 혁명과 전복을 꿈꾼다. 낭만주의자들은 자유와 공화제와 민주정에 대한 자격이 없다. 물론 그들은 그들의 정치적 행위가 자유와 민주를 향한다고 말한다. 이것은 거짓이거나 망상이다. 자유와 민주는 실증적이고 경제적인 동기를 갖는다. 그것들은 헛되고 감상적인 낭만적 이념 위에 자리 잡지 않는다. 낭만주의자들은 헛된 관념론자들이다. 그들의 감상을 새로운 관념으로 삼는. 그들은 자유로워지면 언제라도 건방을 떤다. 스스로가 대단한 인물이 된 듯. 더 큰 역겨움은 낭만주의자들에게 낭만만이 있지는 않다는 사실에 있다. 단지 탐욕과 권력욕과 질투를 '정의'라는 존재조차 하지 않는 관념적 스크린으로 덮을 뿐이다. 그들은 그들의 토굴 속에서나 낭만주의자여야 한다. 그들이 사회에서 무엇인가를 한다면 그것은 전도된 권력욕의 충족을 위해서이다. 그들은 '피에

목마른 신들'이 된다. 그들이 운동권 학생들이다. 그리고 D도 역시 운동권에 속해 있었다. 나 역시 한때 거기에 속해 있었다. 그러나 곧 환멸을 느끼고 그만두게 된다. 그들의 비장한 관념이 너무도 위선적이었기 때문이다.

브루투스가 맞은 것은 비참한 최후였다. 그에게 합당한 것이다. 헛된 낭만이 진정한 영웅을 야비하게 살해했다. 카이사르는 참혹한 죽음을 맞았지만, 그 영웅적 현실주의자는 죽음 속에서 오히려 되살아났다. 카이사르의 유산은 어떤 것도 손실되지 않은 채로 옥타비아누스에게 계승된다. 공화정을 보호하겠다는 브루투스의 낭만은 사실은 자기 자신 그 일원인 귀족들을 위한 것이었다. 원로원은 귀족을 대변하고 황제는 전체 제국을 책임진다. 로마는 가차 없이 제국으로 이행한다. 브루투스가 원했던 귀족정에서 카이사르가 원했던 제정으로 이행한다.

낭만주의자들의 가난하고 전락한 사회적 패자들에 대한 관심이 상대적인 것이 아니라면 얼마나 좋을까? 이들에 대한 진정한 관심은 아마도 낭만주의 예술가들에 의해서일 것이다. 그런데 이 사회적 잔류물에 대한 진정한 공감에 의해서만 그들의 관심이 촉발되었을까? 많은 부분에서 그랬을 것이다. 이 부분이 그들이 삶에 기여한 정도이다. 그들은 그 이상으로 사회적 승자들에 대한 반감을 품었을 것 같다. 스스로가 상승하는 중산층의 선도자들이 아니라는 사실 역시도 그들의 창조적 열정에 불을

마지막 외출

지폈을 것 같다.

　나는 당시에 멍청하고 겉멋에 찬 낭만주의자였다. 철학적 판단과 개념과 그 분석적 칼날이 주는 선명하고 명료한 아름다움은 선배가 내게 잘 보여주었다. 나는 거기에 내가 구하는 것이 있다고 생각했다. 거기를 향해야 했다. 그러나 나는 한 가지 사실을 착각하고 있었다. 나의 천성이 선배와는 다르다는 사실을. 선배는 실증적인 사람이었다. 철학적 경험론자였던 그는 그럴듯하게 보이기보다는 실제로 유효하고 실제적인 것을 추구하는 사람이었다. 그는 공허하지 않았다. 남을 의식하지 않았다. 그의 삶은 소박했다. 그리고 언사도 소박했다. 그의 화려함은 거창함에 있지 않았다. 오히려 거창함에 대해 병적인 반감을 품고 있었다. 그에게도 확실히 어떤 종류의 화려함이 있었다. 그러나 이 화려함은 하녀의 옷으로 변장한 왕녀의 화려함이었다. 논리와 실증성을 바탕으로 전개시키는 철학적이고 미학적인 적확성과 간결함이 그의 화려함이었다.

　나는 그와 같지 않았다. 중요한 것은 '멋'이었다. 간결하고 날카로운 언사들 이상으로 화려하고 드센 언어가 좋았다. 좌중을 휘어잡는 카리스마가. 허세와 허영은 단지 사회적 문제만을 갖지 않는다. 그것은 장본인을 먼저 망친다. 아마도 이것들은 파멸의 전주곡들이다. 이것은 황제의 모습이 소박하게 돋을새김

D

된 진짜 주화를 버리고 화려하고 멋지게 생긴 가짜 주화를 선택하게 만든다. 학문에서의 나의 답보는 이 허영과 관계있다. 내가 무엇을 아느냐보다 남들이 내가 무엇을 안다고 생각하는 것이 더 중요했으니까. 어둠과 고요함 속에 침잠하여 홀로 사유하고 분투하기보다는 내가 무엇을 아는가를 남들에게 보여주기 바빴으니까. 선배는 이것을 여러 번 경계시켰다. 그것이 바로 '이차적 눈물'이며 키치라고. 그는 나의 문제를 날카롭게 인식하고 있었다. 어쩌면 그가 내 사람이 안 된 것은 나의 이 허영 때문일 수도 있다. 그는 이것을 지독히 불안해하며 혐오했으니까.

나의 전공은 직업을 위해서는 더 바람직한 것이었지만, 그것을 평생 하고 싶지는 않았다. 교사는 멋진 직업이 아니다. 삶에는 멋이 있어야 했다. 학사 편입을 결정했다. 철학과로. 인문대학은 사실상 어둠 속으로 몰락하고 있었다. 물질적으로 급격한 발전을 이루고 있던 이 나라는 이제 더욱더 큰 물질적 풍요를 향해 경쟁하고 있었다. 풍요는 절대로 탐욕을 충족시키지 못한다. 오히려 그것은 더 큰 풍요에의 초조감과 열망을 부를 뿐이다. 유능한 대부분의 학생은 돈과 관련한 과를 선택하고 있었다. 문예는 역사적으로 풍요 속에서 가능했다. 그러나 이 풍요에도 불구하고 사람들은 철학이나 예술에 관심을 두지 않았다. 오히려 모두가 황금충이 되고자 했다. 가난을 무릅쓴 천재들의 노력이 여기에서처럼 빛나는 영역이 없다. 그러나 이제 예술가들조차도 자기 가난을 원조의 이유로 삼았다.

심지어 미술을 전공하는 학생들은 노골적으로 국가에 돈을 요구했다. 유망한 예비 예술가들에게 공적 자금을 지원해 달라는 요구를 했다. 도대체 그들은 어떻게 유망하다는 것인가? 그들이 예비 모네나 예비 몬드리안이라도 된단 말인가? 이 공적 자금의 지원과 관련하여 커다란 규모의 서울시 주최 국제회의가 열린다. 선배가 여기에서 발제자로 나선다. 그는 모든 미대 사람들을 적으로 삼으며 지원 반대의 입장을 강력히 밝힌다. 그날 무려 아홉 개의 적대적인 질의가 그를 향해 쏟아진다. 그는 그 무수한 총알을 혼자 막아내고 있었다. 정말이지 그는 외유내강의 전형이었다. 유약하고 우유부단해 보이는 그의 내면엔 불같은 정열이 있었다. 그의 발표에는 짧지 않은 에세이까지도 첨가되고 있었다. 나는 그 원고를 보관하고 있다.

철학과는 대체로 부전공으로 그 과를 택한 학생들이 모여 있는 곳이었다. 그들은 주전공으로 경영이나 법학을 원한 학생들이었다. 경쟁력 있는 학생이 철학과를 주전공으로 택하는 경우는 드물었다. 드물게 몇 명이 진정으로 철학과를 원했다. 철학과는 재밌게도 두 부류의 학생들로 나뉘었다. 한 부류는 전공은 대충하고 고시 공부를 하고 있었다. 이쪽이 다수였다. 그리고 철학의 대가가 되기를 원하는 서너 명의 학생이 있었다. 그중 진정한 천재가 있을 수 있을까? 철학이라는 영역에는 본래 기적 같은 천재들과 나머지 바보 천치들이 모여 있게 된다. 어둠 속의 천재와 잘났다고 시끄러운 둔재들의 집합.

천재는 어둠을 배경으로 나타난다. 그들은 시끄럽거나 화려하게 나타나지 않는다. 조용히 스미듯이 나타난다. 조르주 드 라 투르의 주인공들처럼. 그저 홀연히 나타날 뿐이다. 감동의 흔적을 알아달라고 절규하지도 않고 자신의 파탄에 경련하지도 않는다. 겉똑똑이들은 시끄럽고 멍청이들은 소음을 진정한 음악으로 안다. 나는 어쩌면 인과 혼동을 하고 있을지도 모르겠다. 천재가 어둠 속에서 나타나기보다는 오히려 그들 스스로가 자신을 유폐시켰을지도 모르겠다. 어느 경우던 천재는 어둠 속에 있다. 밝은 빛은 둔재들의 경연장이다. 난쟁이들의 경연장. 조금 더 큰 도토리가 주도권을 잡게 되는.

나는 이 사실을 몰랐을까? 몰랐다. 그러나 이 무지는 권력욕과 허영을 배경으로 하고 있었다. 허영과 무지는 서로를 되먹인다. 허영에 들뜬 누구도 지혜로워질 수 없고 어떤 무지도 허영의 진공 상태에 있지는 않다. 그러니 나 역시도 그 멍청이 집단에 잘 어울리는 학생이었다. 그 비생산적 전공은 누구에게나 문이 열려서는 안 되는 곳이었다. 멍청이들은 자신의 분수에 맞는 직업을 가능한 한 빨리 찾는 것이 좋다. 사회에 누를 끼치지 않는 것이 이들의 미덕이다. 그 고귀한 과목은 그만큼 고귀한 사람만

마지막 외출

을 위한 곳이다. 그러나 모두가 그 고급스러움을 가장했다. 어떻게 보면 이것은 가장은 아니었다. 스스로를 그렇게 믿고 있었으니까. 실천적인 쓸모없음을 위안 삼았다. 더욱더 경련적으로. 실천적으로 진짜 쓸모없었으므로.

나는 황홀했다. 가장 고귀하고 심오한 학문이 내 앞에 펼쳐질 것이고 그것은 역시 가장 고귀한 사람들과 함께하는 것이었다. 그러나 나는 이방인이고 개종자였다. 그들은 무시와 호의와 자부심이 뒤섞인 태도로 나를 대했다. 열등감은 배타심과 독선을 키운다. 경제적 전망이 없다는 사실보다 더 큰 열등감을 불러오는 것은 없다. 밝은 경제적 전망은 건방진 자만심을 키우고 — 이 사람들은 승자 고유의 겸손을 가장하지만 — 어두운 전망은 열등감과 분노가 뒤섞인 경련적 심성을 키운다. 그러나 나는 당시에는 이러한 사실을 몰랐다. 내가 이 사실을 알게 된 것은 어두운 경제적 전망이 내게도 심대한 불안으로 다가올 때 그리고 마침내는 결혼에 의해 나 자신 커다란 부를 누리게 되었을 때 조금씩 알아 나가게 된다.

나는 그들에게 빨리 인정받고 싶었다. 그들의 겉멋에. 언제고 깊이 있어 본 적이 없고 앞으로도 영원히 어리석음과 자존심이 뒤섞인 복잡한 심적 태도를 지니고 살아갈 그들. 사회에 내던져졌을 때 자신들의 자부심에 걸맞지 않은 사회적 대접에 분노하며 거기에 더욱 큰 분노로 대응할 그들. 아니면 자신들이 간신히 붙들게 될 사회적 끈에 더 끈질기게 매달릴 그들. 거미줄보다 더 큰 접착력을 지닌 채 명예와 돈에 매달릴 그들. 자격 없는 것에 대한 소유는 이러한 집착과 탐욕을 기반으로 하므로.

삶과 사회는 천박한 생산자들보다는 고귀한 인문 정신의 소유자들에 의해 더 많은 악을 받아들이게 된다. 천민자본주의가 천민인문주의보다 낫다. 그들은 최소한 위선에 물들어 있지는 않다. 위선적인 고상함보다 더 역겨운 것도 없다. 고귀함은 그 최선의 상태에서나 유의미하다. 어설픈 고귀함은 스스로조차도 부양하지 못한다. 그것은 단지 자신의 고귀함이 인정받지 못한다는 불만에 찬 쓸모없는 인간만을 만든다. 그것이 유의미해지기는 극히 어렵다. 창조적 역량, 불과 같은 정력, 정열에 연료를 공급해 줄 끈질긴 결의, 고독과 가난을 견딜 용기 등.

우리는 누구도 이러한 것을 지니지 못했다. 가소롭게도 우리 모두는 스스로가 조숙한 천재라고 믿었다. 그러고는 어리석은 오만에 젖어 살았다. 가치는 겸허 위에 자리 잡지 오만 위에 자리 잡지 않는다. 그러나 모두가 가치를 구하기보다는 가치 있는 존재로 보이는 것을 구했다. 누군가 우리보다 지혜로운 사람이 우리에게 그것에 대해 말해 주었어야 했다. 이것에 대한 깊은 자의식과 자기반성 없는 인문학의 탐구는 선결문제 해결의 오류이다. 이것을 말해 주는 것은 누군가의 의무인가? 나는 돌이켜 생각한다. 핏기 없는 창백함과 말라비틀어진 화석화된 지식은 아무 쓸모없는 변설에 지나지 않는다. 지식의 가난이 대학교의 물질적 가난보다 더 초라하다. 학교는 가난한 사회이다. 초라하기 이를 데 없을 정도로 가난하다. 그러나 그들이 물질적 풍요를 희생시키며 이룩하고자 하는 지식에 있어서 오히려 더 가난하다. 아카데미는 이중으로 가난하다.

적어도 지식에 있어서는 풍요로워야 했다. 그러기 위해서는 우리는 먼저 겸허해야 했다. 누가 이것을 말해 주어야 했을까? 이 만연한 오만과 건방을 경계시키는 것은 누구의 의무인가? 아니면 이것은 각자가 나름으로 깨달아야 할 사실인가? 그러나 아아, 슬프게도 교수들이 이 사실을 말해 주지는 않았다. 우리를 지성의 세계로 인도한다는 명목으로 끼니를 이어가던 그 인문대의 머저리들은. 비극은 여기에 그치지 않았다. 그들 역시도 부질없이 오만했다! 결국 학생과 교수는 위계적이긴 했지만, 한 카르텔에 속해 있었다. 교수들은 이 사실이 어떠한 것인가에 대해 말해 주지 않았다. 그렇다면 학문에 대해서 그들은 무엇인가를 말해 줬을까? 물론 그들은 무엇인가를 말해 줬다. 그러나 거기에 하등의 독창성이나 심오함은 없었다. 그들은 주석을 달고 있는 논문에 의해, 지도교수에게 고분고분한 충성심을 보임에 의해, 최소한의 의연함조차 포기한 아부에 의해 그 자리에 있게 된 사람들이었다. 스스로가 지니지 않았고 또 지녀본 적조차 없는 것에 대해 무엇을 말해 줄 수 있겠는가? 그들 역시도 이 점에서 학생들과 다르지 않았다. 더 창백하고 더 비겁하다는 사실만 빼고는.

B와 C는 진지하고 조용히 서로 간에 무엇인가를 말하기 시작한다.

"우리 학번에서 누가 대가가 될까? D가 될 거 같아. 이번 리포트 보니까 대단하던데. 분석력도 뛰어나고 정리도 잘했어. 제일 똑똑한 거 같아."

나는 D가 궁금했다. 모두 잘난 사람들 중 가장 잘난 사람이 궁금했다. 이때 나는 이 변설을 멍청이들의 헛소리로 치부했어야 했다. 그래야 그 무심히 찾아든 악몽에 젖어 들지 않았을 것이다. 그리스 비극의 모든 주인공의 전락 이면에는 오만이 있다. 나의 오만함과 D의 오만이 섞여 삶의 파국의 일부를 완성할 것이었다. 그리고 이 비극의 최초의 씨앗이 그때 심어졌다. D에 대해 처음들은 그날에.

여기에는 나의 두 가지 악덕이 숨겨져 있었다. 하나는 권력욕과 다른 하나는 허위의식이었다. 내게는 집단에서 두드러지고자 하는 강렬한 욕구가 있었다. 누군들 이러한 성향이 없지는 않을 것이다. 그러나 내 문제는 이 욕구가 유난히 크고 거칠다는 것이었다. 권력은 사실은 사랑의 진공 상태를 부른다. 권력욕은 주변 사람들을 경쟁자와 아부꾼으로 채운다. 나는 집단에 대체로 융화되지 못했다. 아니 그렇지는 않다. 내가 보스라는 조건으로만 융화되었다. 사회적 삶의 가치는 보스 이전에 한 구성원이라는 의식이 있어야 한다. 내게는 그러한 것은 없었다. 그따위 '양 떼의 도덕'을 받아들일 수는 없었다. 나는 탁월해야 했으며 군림해야 했다.

왕으로 군림하면 가장 좋지만 왕의 권력을 배경으로 아랫것들을 지배하기 시작해서 결국 왕까지도 지배하게 된다면 그것도 좋았다. 나의 허위의식은 바야흐로 빛을 발하려 하고 있었다. 이 허위의식은 내게 너무도 잘 맞는 옷이어서 마치 본능처럼 작동했다. 의식적인 악은 그렇게까지 위험하지 않다. 거기에는 가책이 따른다. 그 악은 우유부단하고 망설이는 악이다. 무서운 것은 본능적인 악이다. 그것은 악의 수행자와 혼연일체가 되었다가 그 주인을 지배하기 시작하고 마침내는 그 주인을 완전히 물들여 버려서 거기에 악을 제외한 아무것도 남아 있지 않게 만든다. 맥베스는 중얼거린다. 내 악을 대양에 씻는다면 오히려 악이 대양을 붉게 물들일 것이라고. 그러나 맥베스에겐 구원의 가능성이 있다. 적어도 그는 그의 악을 의식하고 있다. 그러나 본능에 물든 악은 구원의 기회를 못 얻는다. 그것은 자기 자신과 전체 우주를 붉게 물들일 것이니까. 내게 개선의 가능성이 있기나 했을까?

나는 지금 나 자신에게 가혹해지려 노력하고 있다. 나에게서 최악의 모습을 찾아내고자 한다. 최후의 자기검열을 하고자 한다. 나는 아무것도 아니다. 무엇도 이루지 못했다. 사랑도 학문도 사회적 가치도. 이러한 절망적 상황은 무엇을 조건으로 하고 있는지 알아내고자 한다. 데카르트가 모든 것을 의심했듯이 나는 모든 것을 비판하려 한다. 나의 내면에 자리 잡고 있는 모든 것을. 이 순간만큼은 평생 내게 악덕 중의 악덕으로 자리 잡아온 자기 합리화를 제거하려 노력하고 있다. 아마도 단지 내게만 있지 않을 이 뿌리 깊고 전면적인 자기 합리화. 나는 내 염색체 위에 얹힌 이 악덕을 더욱더 강렬하게 구현했다. 나는 그 기원은 잘 모르겠다. 그러나 그것은 어머니에게서 온 것은 분명했다. 끔찍할 정도로 주변을 불행으로 몰고 간 그 자기 합리화. 보잘것없는 인간들이 자존심과 섞어서 주변을 지옥으로 만드는 그 자기 합리화. 자기검열의 진공 상태.

모든 사람이 내가 예쁘다고 말했다. 그러나 나는 그것을 귀담아듣지 않았다. 이것은 내가 거기에 가치를 부여하지 않았거나 겸허했기 때문은 아니었다. 그랬다면 얼마나 좋았겠는가? 물론 내게 단순한 감각적 아름다움을 넘어서는 혹은 그 이면에 있는 본질적 가치와 의미에 대한 추구가 없지는 않았다. 어쩌면 이 요구가 더욱 컸을지도 모르겠다. 문제는 나의 그럴듯한 요구의 충족은 먼저 사회에서 내면으로 후퇴해야 한다는 것을 의미했다는 데에 있다. 이것이 불가능했다. 나는 잘난 척하고 싶었다. 이것이 나의 한계였다. 미모에 대한 칭찬에 귀를 닫았던 것은 나는 미모 그 이상의 가치를 내게 더하고자 하는 요구를 지녔기 때문이었다. 이 점에서 내게 문제는 없었다. 문제는 미모 그 이상의 것을 구할 천품이 내게 없었다는 사실이었다. 그리고 미모의 칭찬에 귀를 닫았다고 해도 그것은 내 겸허에 의한 것은 아니었다.

인도주의가 더 중요하다고 생각하고 말도 그렇게 하지만 언제고 필요하다면 잔인하게 칼을 뺄 들 수 있는 위선적인 계몽 군주처럼 나 역시도 학문과 예술이 가장 중요하다고 말하면서도 언제라도 필요하다면 나의 미모와 매력을 한껏 뺄 들 준비가 되어 있었다. 미모는 경쟁해야 한다. 더 예쁜 여자와도 경쟁해야 하고 흐르는 세월과도 경쟁해야 한다. 그것은 '확고한 별'이 아니다. 따라서 월급도 중요하지만, 저축은 더욱 중요하다. 지성과 심미안이라는 저축도. 그것만이 내 가치를 항구적으로 보증해 준다. 그러나 필요하다면 내 월급도 너희 것보다 적지 않다는 것을 언제라도 보여 주어야 한다. 미소와 눈웃음과 우아한 동작으로. 많은 눈길을 즐기며.

거기에다 나는 자못 회전이 빠른 두뇌도 갖고 있었다. 이것 또한 꽤나 많은 찬탄을 이끌어 냈다. 그러나 사실을 말하면 그것은 회전만 빠를 뿐이었다. 심오함이라는 잠재력이 없는 지성은 단지 얄팍한 논거로 수렴된다. 진정한 심오함은 물론 논리를 준수한다. 그것은 논리에 배치되지 않는다. 오히려 논리를 초월한다. 진정한 가치는 세계에만 국한되지 않는다. 그것은 세계를 초월한다. 문제는 애매할 수밖에 없는 상황에 그 논리를 드러낸다는 것이다. 이것은 마치 거짓이 필요할 때 거짓을 비난하는 것과 같다. 쿠투조프는 나폴레옹에게 패배한다. 이것은 전투의 논리상 그러한 것이다. 그러나 쿠투조프는 전쟁에서 승리한다. 논리적으로는 러시아가 패배했어야 하지만, 전쟁은 전투의 논리에 지배받지 않는다. 결국 프랑스가 패배한다. 진정한 논리는 애매함을 분석하는 데 있지 않다. 애매함을 애매함 속에 유예시킬 수 있을 때 논리는 진정한 빛을 보이기 시작한다. 홍수 때마다 변모하는 지형이 어떻게 세밀한 지도를 가질 수 있겠는가?

나는 피상적인 논리를 지성의 토대로 생각하고 있었다. 누구도 내 논증을 견디지 못한다고 생각했다. 사실 그랬다. 그들은 얄팍한 논리의 허점조차도 발견하지 못했으니까. 더 멍청했기 때문에. 나는 그들만 이기면 내가 심오해지는 줄 알았다. 나의 큰 문제 중 하나는 집단에서의 승리가 궁극적인 승리라고 생각하는 데 있었다. 아니 그 이상이었다. 지성 세계에 승리와 패배가 있다는 생각 자체가 구역질 나는 속물근성이었다. 이기는 것보다 개선이 중요하다는 사실, 상대하기보다는 나를 나 자신에게 대면시키는 것, 우주와 마주하는 것, 그리하여 마침내 나 자신이 우주가 된다는 것 등이 진정한 가치라고는 전혀 생각하지 않았다는 데 문제가 있었다. 내 마음속에 거기에 대한 희미한 요구가 없지는 않았다. 문제는 막상 상황에 부딪히게 되면 이기고자 하는 욕구가 진정한 가치 추구에의 요구를 없애 버렸다는 사실에 있다.

D는 언제고 맨 나중에 못을 박듯이 말하고 있었다.

"선험적 감성론과 분석론은 우리 인식이 시공간의 개념과 과학적 카테고리들에 있어서 어떻게 선험적인가에 대해 말하는 거야. 그런데 칸트는 실패했어. 그것은 선험적인 것이 아니야."

나는 이 말이 무엇을 의미하는지 몰랐다. 단지 그것을 깊은 사색에서 퍼 올린 빛나는 통찰이라고만 생각했다. 그는 대가가 될 사람이었다. 그는 결론짓는 사람이었고 그것도 못을 박듯이 결론짓는 사람이었다. 개천에서 불현듯 튀어나온 용이었다. 누군들 개천 출신의 용이 아니었겠는가? 어린 시절 이래 내내 잘 났다는 소리를 듣고 성장해 온 겉똑똑이들이 아니겠는가? 출신의 비천함을 똑똑함으로 극복한. 앞으로 철학의 대가가 될.

많은 사람이 진정한 지성에 의해서보다는 얄팍한 지식과 결합한 드센 기질에 의해서 집단에서 인정받곤 한다. 누구도 그의 기세를 당해내지 못했다. 자기 자신이 잘났다고 생각하는 사람들은 자신의 잘난 점을 떠벌이는 것 이상으로 다른 사람의 어리석음을 비난하고 밟는 데 동일한 정력을 기울인다. 그가 떠들어 댈 때의 단호함과 거칢에는 누구도 당해내지 못했다. 그는 멍청이들을 자신의 편으로 만드는 데에도 능란했다. 그들에 대해서는 참아 준다는 듯한 관용을 보여줬다. 그러나 그에게 무심하거나 의심하는 사람에게 보내는 칼날의 혀는 잔인했다. 나는 이 잔인함이 진정한 지성의 번쩍임이라고 생각했다. 나는 그에게 잘 어울리는 여자였다. 그러한 것들을 지성이라고 믿었으니까.

나는 그 앞에서 두드러지려 노력했다. 그는 다른 한편으로 보잘것없는 사람이었다. 이것이 오히려 내게 안일한 편안함을 줬다. 보잘것없는 외모와 아마도 그의 사회적 비천함이 내가 편안함을 느낀 동기였을까? 나는 그때 그것에 안심하곤 했다. 그렇다 해도 내가 그의 지식과 판단력에 주눅 들지는 않았던 것 같다. 물론 겁을 먹기도 했고 경탄하기도 했다. 그러나 그는 내가 진정한 지성 앞에 섰을 때는 먼저 얼어붙고 침묵하고 다음으로 말을 더듬고 한다는 사실에 대해 모르고 있었다. 나는 어쩌면 그가 가장하는 거드름 섞인 심오함이 사실은 피상성을 감추는 안개라는 사실을 무의식의 한쪽 구석에서는 포착했었다. 확실히 그랬다. 그것이 진정한 심오함이 아니라는 사실을 아주 모르지는 않았다. 그것이 드러났을 때 나는 잔인해진다. 나는 관용적인 사람이 아니었다. 포기할지언정 관용하지는 않았다.

마지막 외출

그는 진정한 지성은 봄바람과 같이 부드럽다는 사실을 모르고 있었다. 진정한 날카로움은 부드럽고 유연한 움직임에서 나오지, 쇠망치를 휘두르는 그 거친 둔탁함 속에서 나오지는 않는다는 사실을 모르고 있었다. 심오함은 지성을 구름으로 덮지만, 날카로운 햇빛이 구름 사이로 번뜩이며 구름의 테두리를 금빛으로 물들이듯이 그렇게 순간적이고 암시적으로 반짝이고 곧 깊은 구름의 어둠 속으로 숨는다는 사실을 그는 몰랐다. 진정한 지성은 순식간에 거둬진다. 구름 뒤에 얼마나 많은 것이 숨어 있는가를 암시하고는. 나는 이것을 나의 진정한 사랑을 만난 후에야 알게 된다. 뭉게구름이 없는 곳에는 진정한 빛도 없다는 사실을. 뭉게구름을 배경으로 하지 않는 한 황금처럼 번뜩이는 빛도 없다는 사실을.

나는 두 가지 목적만을 가지고 있었다. 하나는 권력욕의 충족이었고 다른 하나는 남자에 대한 필요였다. 어쨌건 남자가 필요했다. 대학 입학 후 얼마 지나지 않아 곧 남자를 만났고, 헤어졌고 다시 남자를 만났고 또 헤어졌다. 두 번의 만남과 헤어짐은 내게 한 가지를 알려줬다. 남녀관계는 어느 경우나 항구적인 것은 아니라는 것을. 헤어지고자 작정하면 언제나 쉽게 헤어질 수 있다는 것을. 그러나 이 같잖은 판단은 곧 옳은 것이 아닌 것으로 드러나게 된다. 하나는 상대편의 집착에 의해 다른 하나는 나의 집착으로 인해. 나는 쉽게 생각했다. 이것은 방법론적인 유희이다. 지금 위안과 성적 만족을 얻었고 그것이 더 이상 필요없을 때 언제라도 원래의 나로 회귀할 수 있다. 선배는 나중에 말하곤 했다. 내가 당신이라고 불렀던 그 선배는.

"남녀관계는 보통의 인간관계와 어떻게 다른 거지? 다들 거기에 열광하며 그것을 특별한 것이라고 생각하잖아. 난 잘 모르겠는데. 열에 들뜨고 판단력을 마비시키고 의무를 소홀하게 만들고. 사실 난 그것이 특별한 것이라는 생각은 안 들어. 아, 성적관계가 특별한 것이긴 하지. 남남 관계나 여여 관계에서 성적 만족을 얻는 소수의 취향도 있지만. 보통은 헤테로(hetero)니까 남녀관계라고 하지. 그들 사이에 섹스 이상의 무엇이 있는지 말해줬으면 좋겠어. 사실 섹스만을 위한 것이라면 양쪽의 인지와 동의가 중요해.

인간들은 간결함이나 산뜻함을 몰라. 끈적이고 질척거리지. 섹스에 그것 이상의 의미를 부여하는 게 문제야. 남자는 소유를 여자는 항구적인 애정을 조건으로 하지. 소유와 애정이 의미 없다는 얘기는 아냐. 소유가 없다면 근대국가는 탄생하지 않았겠지. 사적 소유가 근대국가의 기초니까. 존 로크가 말하는 것처럼. 가정도 소유의 보증에 의해 탄생하지. 사실 애정이 접착제라고 생각하지만. 애정 또한 중요하지. 그것이 실존하는지 또 실존한다면 어디에서 어떻게 실존하는지는 모르지만 어쨌든 그런 것

마지막 외출

이 있다고 해. 그러나 그것들이 섹스와 맺는 관계는 모르겠어. 비트겐슈타인은 '인과율에 대한 믿음이 곧 미신'이라고 말하지만, 또한 '섹스와 애정의 관계에 대한 믿음이 곧 야만'이라고도 말할 수 있었을 거야.

만약 일반적인 사회가 섹스에 대한 근거 없는 신념을 가지고 있다고 생각한다면 본인은 그런 신념은 없다는 사실을 분명히 말해 줘야 해. 기만 속에서 만족스러워하는 사람들에게 헛된 기대를 품게 해선 안 돼. 매사에 값을 치러야 해. 정직한 거래를 해야 해. 섹스를 원한다면 그 값이 얼마인지 물어야 해. 상대편이 자신의 쾌락만으로 충분하다고 한다면 좋은 파트너가 되는 거야. 상대편이 돈을 원한다면 얼마인가를 물어야 해. 상대편이 가격에 대해 말하지 않는 경우엔 정확한 가격을 말해 달라고 해야 해. 상대편이 단지 사랑만을 원한다고 한다면 이건 조심해야 해. 가장 비싸게 팔리기를 원하는 거야. 평생의 책임과 애정을 치러 받겠다는 거야. 이때에는 데리고 자면 안 돼.

중요한 건 이걸 분명히 하는 거야. 상대편이 자신의 섹스가 하나의 선물이며 또한 산정할 수 없는 선물이라고 생각한다면 이건 진짜 무서운 경우야. 사랑이라는 환각에 잠겨 있는 거니까. 그런데 그들이 사랑이라고 믿고 있는 건 사실은 장기간에 걸친 책임과 애정이야. 등골이 휠 정도의 헌신을 받겠다는 거야. 물론 상대방도 그만한 헌신을 하겠다는 전제하에. 난 그러한 헌신을 받고 싶지 않아. 결혼이라는 야만적 제도의 옷을 입고 있는 그 헌신 말이야. 결혼이 집을 방문하면 그나마 남아 있던 성적 매력조차 환풍구로 나가버려. 그러니 중요한 건 분명해야 한다는 거야. 섹스는 섹스일 뿐 거기에 뭔가를 주렁주렁 매달지는 말아야 한다고 말해 주는 거지. 헤밍웨이는 '좋은 술에는 감상을 섞지 말라'고 말하지. 술맛을 망친다고. 섹스도 마찬가지야. 거기에 애정이나 사랑 등을 덧붙이면 안 돼. 섹스를 망쳐. 무엇이든 두꺼우면 안 돼. 얇고 가벼워야 해."

나는 그의 원칙이 옳다고 생각했다. 그러나 그의 초연함과 자기 포기를 내 것으로 삼지는 못했다. 나의 내면에도 다른 모든 지저분한 인간들이 지니고 있던 끈적거림이 있었다. 간결한 산뜻함은 모두의 것은 아니었다. 그 선배가 지니고 있던 그 간결함은.

나는 D에게 말해야 할 것을 말하지 못했다. 우리 관계는 남녀 사이에 요구되는 성적 교섭이고 그 외에 둘 사이에 다른 의미를 부여하지는 말자는. 나는 D와 항구적인 관계를 맺을 거라고는 생각하지 않았다. D는 단지 현재 애정을 위해 필요한 남자이고 권력을 위해 필요한 사람이다. 언제고 우리는 헤어질 수 있다고 말해야 했다. 하지만 그렇게 말할 수는 없었다. 일단은 애정이라는 환각을 심어 주어야 했다. 어떤 말조차도 하지 않았다.

마지막 외출

난 태도에 의해 그가 알게 될 거라고 믿었다. 그러나 둘 사이를 진지한 것으로 몰고 가고 싶지는 않다는 말은 했어야 했다. 어떻다 해도 내가 그를 사랑하지 않을 것은 분명했다. 그는 단지 내 허영을 위해 봉사할 뿐이다. 그리고 육체적이고 정신적인 위안을 위해서도. 이러한 것들이 내 무의식 — 얇은 의식의 피막에 거의 접근해 있기는 해도 — 에 있었다.

그는 격렬하고 분노에 찬 개천 출신의 용일 따름이었다. 그러나 나는 온건하고 관용적인 품위 역시 바라고 있었다. 이것은 그에게 가능한 것이 아니었다. 분노와 온건함이 양립하기는 어려웠다. 그것은 단지 내 마음속을 차지하고는 있었지만, 아직 내 것은 아니었던 그 선배에게나 가능한 것이었다. 통찰의 칼날을 솜뭉치 같은 구름 속에 잘 간직하고 있는 그 선배 외에는. 일반적인 남자들은 칼날만 있거나 솜뭉치만 가지고 있었다. 그 칼날들은 그러나 둔하고 뭉툭한 칼날이었다. 자르기보다는 뭉개서 엉망을 만들어 버리는. 솜뭉치는 단지 생각 없는 멍청이들이었고.

D가 가진 것이 이러한 종류의 칼날이었다. 권력욕과 사치에 대한 욕망은 남보다 더했지만 자신에게 가능하지 않았기 때문에 오히려 비난과 분노를 더 많이 품고 사는 D의 칼날. 그러나 나는 당시에 D의 분노를 정의로 혼동했고 그의 격렬함을 정열로 오인했다. 나중에 D에게 사회적 가능성이 열린 순간 그는 권

력과 돈을 향해 뛰어 들어가게 된다. 누구보다도 더 큰 야비함과 자기 합리화의 옷을 입고서. 사업을 하게 된 그는 종업원의 혹사와 학대와 관련하여 끊임없는 소송전에 휘말리게 된다. 그는 물론 혁명을 꿈꾸었다. 그것은 정의를 위한 것은 아니었다. 혁명 없이도 제법 살아갈 가능성이 있었을 때 누구보다도 악착같은 보수주의자로 변했으니까. 자신이 가진 권력에 도취하고 거기에서 쾌락과 이익을 뽑아내려 추악한 꼴을 보이면서. 이것은 물론 먼 훗날의 이야기이다. 그 후로 십여 년의 세월이 흐른 다음에 발생하는. 그는 결국 사업가로 커다란 성공을 거둔다.

D와의 관계를 되새기기는 힘겹고 어렵다. 그는 여태까지도 내게 공포로 느껴진다. 안쪽으로 굽어진 날카로운 이빨을 가진 악어. 물면 놓지 않았다. 놓았다 해도 언제고 다시 물었다. 이빨은 물론 예리해야 한다. 그러나 예리함이 진정한 날카로움이 되기 위해서는 강력한 잠재력을 가진 턱 근육이 또한 있어야 한다. 그에게는 그러한 것이 없었다. 그의 이빨은 심오한 분석을 위해서가 아니라 단지 사람에게 외상을 입히기 위한 것일 뿐이었다. 여기저기를 물어 대서 온갖 곳에 상처만을 낼 뿐인.

D와 나와의 연애는 역시 일반적인 남녀관계와 조금도 다를 바 없는 양상으로 흘러갔다. 둘 사이에 혁명과 형이상학에 관한 대화는 사라져 갔다. 커피숍, 영화관, 식당, 모텔의 네 곳 중 두

마지막 외출

개를 택하는 조합이 시작되었다. 물론 모텔을 마지막으로 하는. 나는 최초의 충족 이후엔 곧 나오고 싶었다. 그는 그러나 끈질겼다. 이것은 보통 남녀의 심적 태도와는 상반되는 것이었다. 보통 여운과 질컥거림은 여자가 갖게 된다. 남자들은 욕구를 채우고는 곧 흥미를 잃고 다음 일을 하고자 한다. 여자는 아쉬워한다. 무엇인가 덜 충족된 것이 있다. 그것은 아마도 성기가 아니라 가슴일 것이다. 한참을 안겨 있고 싶어 하는. 그러나 D와 나는 반대 행태를 보였다. 나는 빨리 나가고 싶어 했고 D는 그 밤을 같이 보내고 싶어 했다. 점점 지겨워졌다. 처음에는 어머니에게 거짓말을 했고 나중에는 D에게 거짓말을 하게 되었다. 전자는 같이 자기 위한 거짓말이었고 후자는 벗어나기 위한 거짓말이었다.

나도 D도 본능적으로 느끼고 있었다. '아마도 헤어질 것이고 그것도 내 쪽에서 원해서일 것'이라는 사실을. D는 이미 집착하기 시작했다. 마음을 얻을 수 없는 남자들은 물리적으로 상대를 구속하기 시작한다.

자유는 자신감과 초연함이 주는 선물이다. 이것은 남녀 사이에 있어서 특히 그러하다. 진정한 자신감은 조건에서 나오지 않는다. 그것은 그의 현재의 노력에서 나온다. 자기 개선을 위해 애쓰는 남자들은 자신감을 가진다. 어쩌면 이 자신감은 많은 것들을 잃는다 해도 어떻게든 살아 나갈 수 있다는 본능에서 온 것이다. 여자를 잃더라도 삶이 충실하다면 그래도 견딜만하다. 초연함은 관용에서 나온다. 관용은 경멸이나 포기와는 다르다. 그것은 존중과 함께하는 방법론적 공감을 전제한다. 그들은 그들의 생각을 말할 뿐이다. 그럴 수도 있겠다. 모든 지혜로움에 근거가 있듯이 어리석음도 나름의 근거를 지닌다. 어리석음에 대해 내가 할 수 있는 것은 없다. 그들처럼 나도 언제라도 어리석음에 잠길 수 있다. 그러니 나 자신을 불쌍히 여기듯이 그들도 불쌍히 여기자. 이것이 초연함이다.

이와 같은 미덕이 없을 때 여자들은 감옥에 갇히기 쉽다. 남녀의 관계는 이제 더 이상 지배자와 피지배자의 관계는 아니다. 세상은 변했다. 여성의 경제적 능력이 함양됨에 따라 이제 여성도 남자와 대등한 권력을 행사하게 되었다. 그러나 아직도 남녀 사이가 주종 관계인 경우가 많다. 사랑을 공포로 대체하는 것은 주종 관계에서 때때로 유효하다. 이것은 물론 돈에도 해당하는 얘기이다. 경제적 능력을 우선순위로 본 덕분에 안일한 주부의 삶을 살 수 있게 된 많은 부인네들이 주종 관계를 수용했다. 그녀들은 남편의 변심에도 결국은 참고 만다. 주군에 대해 대등한 대응을 할 수는 없다. 아이는 단지 핑계일 뿐이다. 우습게도 그들의 삶의 유지는 돈을 매개로 한다.

나의 결혼 생활의 계속된 갈등은 내가 기존의 역할을 이해하지 못한 데 있었다. 나는 나중에 유복한 집안의 유능한 아들과

126

결혼하게 된다. 나는 많은 것들을 누리게 된다. 거기에 주종 관계가 엄연히 있다는 사실을 몰랐고 또 내가 종으로서 무엇을 치러야 하는지도 의식하지 못할 정도로 뻔뻔했다. 공부 잘하고 자부심으로 꽉 찬 나의 정신은 자존과 자립에 대해 양도할 수 없는 본능을 형성하고 있었다. 물론 나는 결혼이 요구하는 의무에 대해 충실했다. 그러나 나의 영혼은 굴종적이지 않았다. 남편은 자기가 마땅히 누려야 한다고 믿는 존경심을 이끌어 내지 못했다. 결혼의 파국은 여기에서 시작되었을 것이다.

엄밀하게는 D에게 다른 대안은 없었다. 그는 당시에 이미 여자를 사귀고 있었다. 장차 의사가 될 예정인 여자를. 얄팍한 이상주의적 여성들은 가끔 최악의 선택을 한다. '심오함과 동포애를 지녔다'고, 따라서 '유의미한 가치를 추구한다'고 주절거리는 인문대학 출신의 남자에 기만당하는 일이 종종 있다. 이것은 결국 행복한 결론으로 이르지 못한다. 소박한 금 조각이 도금된 쇠뭉치를 선택할 때 결국 그것은 파국으로 이른다. 도금은 세월을 견디지 못한다. 진정한 인문적 재능은 그러한 우수마발들에게 주어지지 않는다. 백 명의 탁월한 의사보다 한 명의 탁월한 인문학자를 구하기가 더 어렵다. 여의사의 남편은 마침내 실망과 경멸의 대상이 된다. 도금이 벗겨졌다.

스스로가 속물일지도 모른다는 우려와 자기가 잘 모르는 위대한 인문학의 세계에 대한 동경이 그런 실수를 부른다. 물론 이러한 실수는 많지 않다. 오히려 매우 드문 예이다. 왜냐하면 실제적인 전공을 택한 사람들은 보통은 낭만주의적 기질은 갖고 있지 않기 때문이다. 그들은 그저 경제적 풍요와 사회적 지위를 중시한다. 대체로 여자 의사는 남자 의사를 택하게 된다. 아니면 남자 법관을 택하거나. 전문직에 종사하는 사람들은 일반적으로 역시 전문직 종사자들을 그 배우자로 택한다. 이상에 희생당하는 삶은 다행히도 그렇게 흔치 않다.

내가 D와 그 여자와의 관계에 있어 경악한 것은 그들의 만남 때문이 아니라 헤어짐 때문이었다. 그 여자와 헤어졌다고 D가 내게 말했다. 지독히 더워서 잠깐의 산책만으로도 온몸이 땀에 젖는 그러한 여름날이었다. 나무 이파리의 초록조차도 더위를 머금은 채로 적대적인 열기를 뿜고 있었다. 과외와 기말시험으로 이미 녹초가 되어 있던 나는 현기증 때문에 쓰러질 지경이었다. 나는 처음에는 무심히 나중에는 충격으로 반응했다. 그는 '새로운 여자가 생겼다고 그녀에게 고백했고 충격받은 그녀는 휴학하고 고향으로 내려갔다'고 말한다. 나는 D의 얼굴을 망연히 바라봤다. 그는 진실을 말하고 있는 건가? 그 파국이 나 때문인가? 내가 언제 그 파국을 원했는가? 도대체 내가 그의 여자이기는 한가? 우리는 그냥 섹스 파트너이지 않은가? 내가 사랑에 대

마지막 외출

해 말한 적이 있는가?

그는 나 때문이라고 말했다. 그 졸렬한 인간은. 만약 그가 가치 있는 사람이라면 그렇게 말해서는 안 될 것이었다. 진실이 어떻든 간에. 그것은 상대편의 책임과 거기에 따르는 구속을 의미하기 때문에. '파국은 누구 때문이 아니라 서로 간에 내재해 있는 어떤 문제 때문'이라고 말해야 했다. 그리고 '그 여자는 잘 판단한 것'이라고 말해야 했다. '그 여자는 이미 헤어질 계기만을 찾고 있었다'고. 그는 앞으로 계속 말하게 된다. '네가 파국의 원인이니 네가 나에 대한 책임을 져야 한다'고. 얼마나 졸렬한 인간인가!

D에 대한 최초의 호기심과 기대가 사라져갈 무렵 선배와의 관계에 극적인 변화가 생기게 된다. 나는 선배를 계속 만나고 있었다. 물론 그에게 D에 관한 이야기를 했다. 말했다고는 했지만 어쩌면 말하지 않았다. 단지 '어떤 선배와 친하게 지낸다'고만 말했다. 나는 학사 편입을 했고 D는 병역을 마치고 복학했다. D가 나보다 2년 선배였다. 나는 D가 매우 똑똑한 사람이라고 말했다. 그때에는 D가 이빨과 사나움만 가진 멍청이인지는 아직 모르고 있을 때였다. 이 말을 할 때 나의 그 '당신'은 단지 눈썹을 한 번 까딱거리고 어깨를 한 번 추스를 뿐이었다. 그는 어떻게 생각했을까? 나는 거짓말을 하고 있다고는 생각하지 않았다.

나는 성적 관계가 없다고는 말하지 않았다. 그리고 선배와 나는 아직 연인관계가 아니었다. 앞으로도 진정한 의미에서의 연인관계는 안 될 예정이었지만. 나는 남자 문제와 관련하여 그에게 무엇을 말할 의무는 없었다.

선배는 몰랐을까? 그는 이미 알고 있었다. 그의 직관은 빠르고 정확했다. 무엇인가 반짝하며 섬광이 그의 눈에서 스치는 것을 보았다. 그는 아마 나와 D의 사이에서 발생하는 모든 양상의 경우의 수를 그의 마음속에서 열거했을 것이다. 진정으로 영리한 사람들은 완전한 분석을 지성의 종점으로 생각하지 않는다. 그들은 상대편이 상황을 명백히 해 주지 않는 한 그것을 분석하려고도 사실의 명확성을 추구하려고도 하지 않는다. 그들이 호기심과 궁금증이 없어서는 아니다. 그들은 오히려 많은 것을 알고자 한다. 그러나 그들은 유예시킬 줄 아는 지혜를 가지고 있다. 또한, 필요하다고 생각하면 그냥 기다린다. 상대방의 자발성 외에 자기가 할 수 있는 것이 없다고 생각한다. 지혜와 품위는 인과 관계에 있다. 초연함과 유예라는 지혜가 그에게 품격을 부여했다. 나는 정말이지 선배와의 만남을 즐겼다. 그는 고맙게도 내 육체만을 탐하지는 않았다. 끊임없이 철학과 예술에 관한 얘기들을 해 줬다. 아아, 그 신비스럽고 경이로운 얘기들. 그런 한편 나는 과외교습과 D에게 시달리고 있었다. 물론 이것들이 주는 것이 컸다. 전자는 생활비를 줬고 후자는 위안을 줬다. 둘 다 결국 삶의 필요 조건이었다. 누군가가 나를 깊이 안아줘야 했다. 내게 집착해야 했다. 나는 돈과 위안을 위해 적절한 값을 치르고 있다고 생각했다. 그렇지 않다는 사실이 나중에 드러나게 된다. D는 내게 상상도 할 수 없는 대가를 요구하게 된다.

내가 기대하며 기다리던 시간이 다가오고 있었다. 선배가 발제자로 참여하는 '국제 예술 심포지엄'이 다가오고 있었다. 물론 주제는 학구적이라기보다는 정책적이긴 했다. 그래도 권태와 매너리즘에 젖은 강의와는 다른 무언가가 그로부터 나올 것으로 기대했다. 서울 시청에 참가를 예약했다. 예약 첫날이었는데 내 번호는 187이었다. 거기에 수백 명이 참가하게 될 예정이다. 선배는 여기에 대해 별다른 말을 하지 않았다. 단지 '요구되는 에세이의 양이 너무 많다'는 불평은 했다. 나는 물론 그의 강의를 수강하고 있었다. 그러나 강의에서의 그의 태도는 사무적이고 냉담했다. 성실하고 착실한 강의였지만 그 강의들과 그의 저술과의 차이는 분명했다. 그는 밥벌이와 저술을 분리하고 있었다. 이것이 그의 탓은 아니다. 학생들 탓도 아니다. 선배와 학생들이 생각하는 가치 있는 철학의 기준이 서로 달랐을 뿐이다. 그가 열렬했다면 아마 학생들로부터 버림받았을 것이다. 누가 오컴이나 비트겐슈타인을 이해할 수 있었겠는가? 그가 만약 이런 철학자들을 가르치려 했다면 아마 그 강좌는 비웃음 가운데 폐강되었을 것이다. 어차피 같은 학점일 때 어려움을 무릅쓸 학생이 몇이나 되겠는가? 그는 이미 학교에서 외로운 사람이 되어 가고 있었다. 물론 이것도 나쁜 것은 아니었다. 그는 광대가 되기보다는 탐구자가 되길 원했으니까. 그의 목적은 결국 집필에 있었으니까.

그는 이 심포지엄에서 어떤 혹독한 질문과 비난을 받게 될지는 예상하지 못하고 있었다. 그가 발제를 시작하자마자 이미 수십 명이 비난을 퍼부으며 퇴장했다. 그리고 그를 향한 길고 잔인한 질문들이 퍼부어진다. 나는 그 혹독한 질문에보다는 오히려 그의 강인하고 매서운 대응에 더 놀라게 된다. 나는 이 심포지엄을 통해 그에 대해 많은 것을 알게 된다. 그의 정치적 견해는 중요하지 않았다. 내게 중요한 것은 그의 기질과 성격이었다. 그는 단호하고 용감했다. 또 타협을 모르는 정신력도 가지고 있었다. 그것은 우선 자기 자신에게 그랬다.

공적 지원에 대하여

        나는 그가 발제자로 참여한 '예술가들에 대한 공적 지원 심포지엄'의 소책자를 아직 보관하고 있다. 많은 논란을 일으킨 '예술가들에 대한 공적 지원'에 대한 그의 에세이 역시 여기에 포함되어 있다. 그는 이 발표로 안쓰러울 정도로 공격받는다. 심지어는 '네가 생각하는 예술은 무엇이냐?'는 무례한 질문까지도 받는다. 이 질의에 대하여 그는 이렇게 감연히 말한다.

        "나는 모른다. 예술이 무엇인지. 어떤 글을 읽을 때 혹은 어떤 그림을 보거나 음악을 들을 때 가슴을 치고 지나가는 형언할 수 없는 기쁨의 경험은 있다. 그러나 그 기쁨과 현재 논의되는 공적 지원과는 상관없다. 왜냐하면 그 기쁨이 예술가의 생계에서 나온 것이라고 생각하지 않기 때문이다."

사실 이 논의는 서로 간에 초점을 달리하는 것이었다. 그의 논지는 '만약 공적 지원이 모네나 고흐를 가능하게 한다면 언제라도 공적 지원에 동의하지만, 역사적인 사례는 그들 예술가 누구도 공적 지원으로 천재는 아니었다'는 것이었다. 반면에 심포지엄을 참관하는 대부분의 예술가는 자기네가 장래의 천재라는 사실을 전제하고 있었다. 이 점에 있어 선배는 냉소적이었다. 여기가 전쟁터였다. 그날 참관인들로부터 나온 열 개의 질문 중 아홉 개가 그를 향하고 있었다. 그는 이 질문 모두에 대해 강단 있게 답하고 있었다. 누군가가 '그럼 우리는 신자유주의를 수용해야 하냐?'고 거칠게 물었다. 그의 대답은 경악할 만했다. '신자유주의가 뭐가 문제냐'는 것이 그의 답변이었다. '레이건의 신자유주의가 클린턴 시절의 융성을 가능하게 했다'고 말하며. 좌중에 탄식과 분노의 함성이 일었다.

가장 아슬아슬했던 답변은 어떤 ─ 제법 알려진 ─ 중견 미술가로부터 나온 질문에 대한 것이었다. 그는 '자기 역시도 12년에 걸친 공적 지원을 받았다고 말하며 만약 공적 지원이 없었다면 자기 경력의 95퍼센트는 없었을 것'이라고 말했다. 선배는 잠시 머뭇거렸다. 그러고는 이마를 찌푸리며 입술을 한 번 세게 물었다. 그의 답변은 끔찍한 것이었다. 광장에 터진 포탄과 같은 것이었다.

마지막 외출

"묻겠습니다. 작가님의 그 95퍼센트엔 앤디 워홀이나 리히텐슈타인이 포함되어 있나요? 논의의 초점은 누구의 경력을 쌓아 주느냐 그렇지 않으냐에 있지 않습니다. 초점은 공적 지원에 의해 정말 걸작이 나왔느냐 그렇지 않으냐입니다. 이것이 선결문제입니다. 공적 지원은 세금입니다. 그건 저절로 생기는 돈이 아닙니다. 만약 작가님이 천재라면 공적 지원에 의하지 않은 그 5퍼센트에 의해서도 작가님은 천재입니다. 그렇지 않다면 작가님의 95퍼센트의 경력을 위해 들어간 세금은 무용한 것입니다. 왜 모두가 스스로를 당연히 천재라고 생각하지요?"

이 심포지엄이 끝나고 발제자들의 디너파티가 호텔에 예약되어 있다고 했다. 그는 참가를 거부했다. 사실 그의 입안이 순식간에 헐어 있었다. 그는 손가락에 그 피를 묻혀서 주최 측에 보여 주었다. 그러고는 나를 향해 손가락으로 후문을 가리켰다. 그렇게 둘이서 저녁 식사를 함께했다. 식사 내내 그는 심포지엄에 대해 한 마디의 언급도 하지 않았다. 약간은 우울하게 그리고 심하게 지친 채로 의기소침해 있었다. 그의 암울함은 피곤 때문이었을까? 그렇지는 않았을 것이다. 집필로 완전히 지쳐 있을 때도 명랑하고 밝았으니까. 그는 화가 났을까? 그것도 아닐 것이다. 그는 이러한 상황을 오늘만 겪지는 않았을 것이다. 소수의견이라는 상황을. 그의 슬픔의 원인은 무엇이었을까? 식사를 마친 그는 바로 일어섰다. 그러고는 총총히 그의 집으로 향했다. 오늘은 아무래도 부모님 집에서 자야겠다며. 내가 그에게 연민을 품게 된 건 그날이 처음이었다. 그는 평생 외롭겠구나… 그는 아마도 타협하느니 홀로 되기를 택하겠구나…

여기에서 발표된 그의 글은 예술사가와 철학자로서의 그의 통찰과는 상관없는 것이긴 하다. 그러나 이 짧은 에세이에서도 그의 실증적인 개성과 풍부한 지식이 빛을 발한다. 그는 말하곤 했다.

"어떤 판단이 옳으냐 그르냐 하는 것은 부차적인 중요성밖에 갖지 않아. 그것은 전제에서 이미 결판나는 거야. 중요한 것은 자기의 전제를 뒷받침하는 주요 사례들의 풍부하고 질서 잡힌 나열이야. 그리고 전제와 결론을 잇는 논리적 일관성 역시 중요해. 전제는 취향일 뿐이고 구속력 없는 거야. 그러나 전개와 결론은 전제에 의해 강제되는 거야. 여기에 자유는 없어. 베르그송의 창조적 자유나 실존주의자들의 그 무조건적 자유도 여기에서는 증발해. 그렇지만 다르게 말하면 무한한 자유가 있다고도 할 수 있지. 전제를 벗어나지만 않는다면 어떤 개념을 도입해도 되니까. 제약은 무모순이라는 사실에만 가해지지."

이 에세이에서도 그의 풍부한 지식과 물샐틈없이 꽉 잡힌 논

마지막 외출

리의 전개는 확연히 드러난다.

예술과 공적 지원

서: 공적 지원, 예술, 학문

공적 지원은 두 경우에 한한다. 첫 번째 경우는 사회적 약자의 경우이다. 우리는 이것을 사회복지라고 한다. 물론 이 사회적 약자도 불성실과 게으름에 의한 경우는 해당되지 않는다. 사회적 약자라는 개념 자체가 우연과 불운에 의한 것이라는 사실을 내포한다. 도시빈민들, 노동력과 부양가족이 없는 노인들, 장애 등에 의해 사회적 약자에 속하게 된 사람들에게는 공적 지원이 타당하다고 사료된다. 우리는 여기에서는 적자생존에 대해 말하지 않을 만큼은 문명화되었다. 이미 우리는 사회적 약자에 대해 상당한 지원을 하고 있다. 이 부분은 앞으로 더욱 확장될 여지도 있다.

공적 지원의 두 번째 경우는 공적 업무에 종사하지만, 그 보상이 직접적이지 않은 경우이다. 공적 업무에 종사하는 직업군에는 우선 공무원이 있지만, 이들에게는 공적 지원이 요구되지 않는다. 이들의 업무 경계와 업무 그리고 그 효용 사이의 관계가 분명하기 때문에 이들은 자신들의 근로에 대해 직접적인 보상을 받는다. 또 다른 경우는 국가사업의 연구원 등이다. 이들은 직접적 이익이 없고, 대규모의 장기적인 사업이기 때문에 사기업이 시행하기 어려운 업무에 종사하는 사람들이다. 이들은 공적 지원을 받는 동시에 자신의 업무 진행과 성취에 대해 엄격한 감사를 받는다.

위의 경우를 제외하고 공적 지원이 요구되는 경우는 없다. 그렇다면 지금 논의되고 있는 예술가들에 대한 지원은 이 경우들 중 어디에 해당될까? 첫 번째 경우는 물론 아니다. 그들이 사회적 약자일 수는 있지만, 불운에 의해 그러하지는 않다. 그들의 처지는 ― 만약 그들이 어떤 불운에 처해있다면 ― 사회적 약자의 불운과는 현저히 다르다. 그들이 어떤 동기로 사회적 약자의 입장에 있다면 그것은 그들의 선택에 의한 것이지 운명에 의한 것은 아니다. 첫 번째 경우는 자선(charity)의 문제인바 예술가 누구도 공적 지원이 자선이라고는 생각하지 않을 것이다.

문제는 두 번째 경우이다. 예술가 특히 순수 예술가들은 그들의 작업이 사회적 효용과 맺어져 있지만, 그 효용은 사회적 이익에 직접적으로 연관되지 않으며, 또 그렇기 때문에 사회적 보상이 없다고 느낀다. 그러나 사실은 그렇지 않다. 순수 예술가들 역시 나름의 경연장에서 경쟁의 기회를 갖는다. 국가공모전이 있으며 도시경관과 건축 조형

마지막 외출

물을 위한 공모도 끊임없이 있다. 공무원이 되기 위한 시도가 요구하는 것은 대학 졸업과 수년간 시험공부에 몰두하는 것이다. 경쟁 없이 생존할 수 없다. 생존 자체가 경쟁을 의미한다.

여기에서 예술가들의 요구가 타당하다고 가정해 보자. 다시 말하면 순수 예술가들은 직업을 가질 기회나 소득을 얻을 기회가 원천적으로 봉쇄되어 있기 때문에 공적 지원을 받아야 한다는 주장이 옳다고 전제해 보자. 이 경우는 단지 시각예술에만 해당되지 않는다. 이것은 인문학이나 순수과학을 전공하는 모든 사람들의 문제이다. 철학이나 어문학을 전공하는 사람들 모두 순수한(pure) 일에 종사하는 사람들이다. 이들의 전공에는 어떠한 실천적인(practical) 요소도 없다. 국가나 회사는 철학이나 문학을 전공했다는 이유로 직원을 선발하지 않는다. 어문학과 순수과학 전체가 시각예술과 마찬가지로 하나의 예술이라고 전제하자. 어문학은 예술이며, "과학은 예술을 닮았다"는 주장은 너무도 당연해서 새롭지도 않다. 이러한 것들이 순수예술이 아닐 이유가 없다. 이 전공을 택한 사람들은 자기 전공이 취업과 관련 없다는 사실을 안다. 따라서 수년간의 전공을 벗어난 취업을 위한 학습을 한다.

순수예술이 생계를 위한 것일 수는 없다. 그것은 애초에 실천적 생산성을 가질 수 없기 때문이다. 과학도 마찬가지다. 어느 기업도 물리학자나 생물학자를 원하지 않는다. 순수과학을 전공한 사람들이 자신의 전공 외에 응용과학을 더 공부하는 이유는 단지 자신의 전공을 벗어나 취업을 하기 위해서이다. 응용과학을 더 공부하는 사람들은 취업 준비를 하며, 삶의 실천적 동기를 위해 자기가 무엇인가를 희생한다고 생각한다. 그들은 한때 꿈꿨던 과학자가 이제 자기가 걸어갈 길에 시체로 눕게 된다는 사실이 안타깝다. 그러나 이것은 삶의 불가피한 요소이다. 스스로가 어떤 행운에 의해 실천적 요구에서 벗어나 있지 않은 한, 그것은 불가피하다. 사회는 극히 소수의 순수(pure)만을 요구한다.

시각예술이나 음악의 경우도 마찬가지이다. 그들은 몸을 조금만 낮추면 아마도 취업은 가능할 것이다. 그들이 컴퓨터 그래픽이나 설계 사무실에서 근무할 길은 열려있다. 생계를 위해 누구나 몸을 낮춘다. 누군들 정신적 고귀함을 원하지 않겠는가? 어떤 물리학도가 뉴턴(Newton)이나 닐스 보어(Niels Bohr)처럼 오로지 물리학에만 매진하길 원하지 않겠는가? 어떤 생물학도가 린네(Linné)나 다윈(Darwin)이 되고 싶지 않겠는가? 왜 예술만이 실천적 동기를 위해 몸을 낮추어야 하는가? 그러나 아인슈타인은 특허국 직원이었고 프란츠 카프카는 보험 공사 직원이었다.

본: 사적 고찰

다른 전제를 위해 공적 지원을 요구하는 일부 예술가들의 주장에 귀를 기울여 보자. 먼저 순수예술은 공동체를 위해 필요불가결한 것이다. 둘째로 순수예술에 종사한다는 것은 스스로를 희생하는 것이다. 마지막으로 순수예술은 하나의 세계 창조이며 따라서 이는 실천적 동기에서 벗어난 창조에의 매진이 필요하다.

예술 전공자들은 아직 예술가가 아니다. 이것은 물리학과 졸업생이 아직 물리학자가 아닌 것과 같다. 이들은 스스로가 그렇게 불릴 자격을 앞으로 보여줘야 한다. 실존은 본질에 앞서듯 예술가는 예비 예술가에 앞선다. 예비 예술가가 공적 지원을 요구하는 것이 부당한 것은 예비 소설가나 예비 과학자가 공적 지원을 요구하는 것이 부당한 것과 같다. 생계는 성취의 결과이지 원인이 아니다. 누구라도 자기 전공으로 사회적 역할을 하기 위해서는 그 영역에 있어 성취를 보여줘야 하고 이것은 공적 지원으로 결판나는 것이 아니라 예술시장에서 결판난다.

수요공급의 법칙은 만유인력의 법칙처럼 필연적이다. 누구도 여기에서 자유롭지 않다. 만약 누군가가 자신이 너무 고상하고 유의미한 일에 종사하기 때문에 시장을 벗어나 있다고 생각한다면, 다른 누군들 자신은 시장에 예속된다고 생각할 이유가 있겠는가? 왜냐하면 모든 사람은 자신이 시장에서 벗어나는 모종의 내적 의미를 지닌다고 생각할 것이기 때문이다. 그러나 가치(value)는 의미(meaning)에 앞서고, 시장은 창조에 앞선다. 이것은 물론 의미나 창조의 본래적인 부재를 말하는 것이 아니다. 이것은 단지 가치와 시장이 의미와 창조에서 연역되지 않는다는 사실을 말할 뿐이다. 그러므로 예술가의 생계는 다른 모든 사람의 생계와 마찬가지로 미술시장에서의 경쟁으로 결정되어야 마땅하다. 만약 그들이 계속해서 순수예술에 종사한다면 그렇다. 그들에게도 다른 모든 사람들에게와 마찬가지로 경연장이 개방되어 있으며, 모든 예술가가 이곳에 참여할 수 있다. 야구로 밥벌이하기 위해서는 만 명 중 한 명이 되는 역량이 있어야 한다. 바둑이나 체스로 밥벌이하기 위해서도 마찬가지다. 프로선수란 자기 운동이 생계를 해결한다는 의미다. 그러나 어떤 구단주도 예비 야구선수에게 자금을 지원하지 않는다. 누군가에게 지원을 약속한다는 것은, 그 누군가는 이미 자신의 천재성을 발휘했을 경우이다.

예술가의 생계는 프로예술가가 됨으로써 가능해져야 한다. 문학, 철학, 야구, 바둑 등이 모두 비실천적이지만, 우리 정신을 풍요롭게 하거나 우리에게 여흥을 준다. 이 일로 생계를 잇는 사람들은 혹독한 경쟁을 이겨낸 사람들이다. 한 명의 프로야구 선수는 일만 명의 시체를 딛고 있다. 순수예술의 종사자가 이들보다 더 가혹한 경쟁에 노출되어

마지막 외출

있는가?

한 번 더 양보하기로 하자. 어쨌든 예술가들에게 공적 지원을 한다고 하자. 예술가가 모종의 공익을 위한 일에 대가 없이 종사하기 때문에 그들에게 공적 지원이 주어진다고 하자. 그러나 "대표 없이 과세 없고, 과세 없이 대표 없다." 지원을 한 사람들, 즉 주민 혹은 그 대행 기관인 정부는 당연히 예술가에게 과세당했으니 대표권을 요구한다. 즉 그들에게 지원했으므로 그 대가로 가치 있는 예술 결과물을 보여 달라고 주장할 것이다. 이것은 당연한 것이다. "돈이 말한다(Money talks)." 이때 지원을 받는 대부분의 예술가는 이것을 표현의 자유를 방해하는 억압인 동시에 예술가들의 자유로운 창작 정신을 해치는 것이라고 생각한다. 따라서 공적 지원은 무상이어야 하며 무조건적이어야 한다고 말한다.

이것은 타당한 주장일까? 이것은 간단히 해결될 문제가 아니다. 이것은 이념과 정책의 문제이기 때문이다. 따라서 여기에서는 사적 예증만이 우리에게 유용한 판단의 근거를 제시한다. 이 논의를 위해서는 두 가지 방향으로 논의가 전개되어야 한다. 시장에서 생산성을 지니지 않는 사람들의 사회적 지원에 대한 요구는 즉, 생산성 이외에 다른 무엇인가로 사회에 공헌한다고 생각하는 사람들의 공적 지원에 대한 요구는 언제라도 이러한 내적 주장에 입각해 있기 때문이다.

첫 번째 살펴보아야 할 것은 '공적 지원과 지원 주체의 요구'의 문제이다. 공적 지원을 요구하는 현재의 예술가들은 공적 지원과 자유를 원한다. 그렇다면 공적 지원자의 요구가 과연 예술가들의 심미적 창조성을 방해하는가? 결론을 먼저 이야기하면 공적 지원자의 요구와 심미적 창조는 상관관계가 없다. 억압과 창조는 서로 배치되지 않는다.

이집트 예술가들은 국가의 완전한 통제하에 있었다. 이집트의 파라오와 신관들은 예술가들에게 어떤 종류의 자유도 허용하지 않았다. 이집트 예술의 경직성과 정면성(frontality)은 파라오와 신관들의 억압과 관련 있다. 예술가들은 모두 파라오와 신관과 서기들에게 예속되어 있었다. 그들은 파라오의 묘사에 있어 전통적인 파라오의 묘사양식에 입각해야 했다. 그 결과 파라오의 부조는 모두 정면성의 원리를 준수하여 묘사되었다. 그러나 이 천편일률성이 모든 부조에 똑같은 상투성을 부여하지는 않는다. 예를 들어 나르메르 부조는 확실히 아름답다. 어떤 부조는 다른 부조가 도저히 닿을 수 없는 높은 영역의 심미적 가치를 구현하고 있다. 그 조각가는 촘촘하게 덮인 억압의 그물을 뚫고 위대한 창조를 했다. 이집트 예술의 아름다움은 여기에만 그치지 않는다. 이집트 예술에는 초연함과 고요함이 비길 데 없는 엄숙한 아름다움과 함께 더불어 나타난다. 이집트의 부조는 모든 시간을 하나의 공간 속에 구현한다. 그것이 심미적 아름다움을 구현하지 않는다면 왜 계속 변주되겠는가? 이집트의 표현 양식은 현대예술에 이르기까지 호소력이 있다.

고대와 중세 내내 예술가들은 지원을 받았고, 또한 지원자의 요구에 응해야 했다. 물론 이 경우조차도 예비 예술가들에 대해서는 아니었다. 그리스 고전주의 시대의 소포클레스(Sophocles)나 페이디아스(Pheidias)는 이미 국가 경연에서 우승한 다음에야 공동체의 지원을 받을 수 있었다. 이들은 국가예술가가 되었다. 그들은 그들의 희곡 혹은 건축을 통해 도시국가 아테네의 영광을 알렸다. 그들이 예술가라는 자신의 직업에 입각하여 지원을 받는 것은 국가경연에서 무엇인가를 보여준 다음이었다. 이것보다 앞서 지원을 받지는 않았다.

이러한 지원과 요구는 중세 내내 지속되었다. 중세에는 심지어 예술 작품의 발주자가 그 결과물이 어떠한 것이 되어야 하는가를 세세하게 지시했다. 중세 시대의 가장 커다란 예술적 성취는 고딕 성당이었다. 이 성당의 건축에는 적어도 수백 명의 석공과 예술가들이 참여했으며, 그들은 성당 건축을 평생의 직업으로 삼았다. 그 대규모의 성당 건축에는 시민 대부분의 기부금이 투입되었고 공사 기간은 적어도 100년이었다. 고딕 성당은 주로 도시참사회에서 위촉했다. 도시참사회는 그들의 성당이 어떠한 것이 되어야 하는가를 정하고 이때 예술가들은 한갓 석공 취급을 받았다.

샤르트르의 노트르담 성당을 예로 들자면, 그 성당의 남쪽 종탑과

북쪽 종탑은 완전히 상반된 양식에 입각해 있다. 남쪽 종탑은 로마네스크풍이지만, 북쪽 종탑은 고딕풍이다. 도시참사회는 전체 본당과 어울리지 않는 시대착오적인 종탑을 요구했다. 건축가들은 물론 이것이 시대착오라는 사실을 알았다. 이들은 북쪽 종탑은 달라야 한다고 주장했고 도시참사회는 이 의견을 받아들여 이를 고딕풍으로 건설했다. 따라서 샤르트르 성당은 유럽의 어떤 성당과도 다르게 모든 것이 진보적 양식인 가운데 남쪽 종탑 하나만이 로마네스크 양식인 독특한 모습이 되고 말았다. 그러나 누구도 샤르트르 성당이 추하다고는 말하지 않는다. 오히려 반대이다. 샤르트르 성당이야말로 고딕 중의 고딕이고 성당 중의 성당이라는 찬사를 받는다. 이 건축의 참여자들은 매우 억압적인 도시참사회에도 불구하고 이 성당을 유럽에서 가장 아름다운 성당으로 만들었다.

14세기 시에나(Siena)의 예술가들은 피렌체(Firenze) 예술가들보다 상대적으로 도시참사회의 요구를 더 많이 준수해야 했다. 피렌체와는 달리 아직도 중세적인 상황에 있었던 시엔나의 제후는 매우 엄격하게 고딕적 회화를 지시했다. 그러나 누가 두치오(Duccio), 시모네 마르티니(Simone Martini), 로렌체티(Lorenzeti)가 지오토(Giotto)보다 못하다고 생각하는가? 로렌체티의 수태고지는 프라 안젤리코(Fra Angelico)나 라파엘로(Raffaello)의 어떤 수태고지에 비해서도 덜 아름답지 않다.

마지막 외출

공적 지원과 지원자의 억압은 예술사에서 매우 빈번하게 일어나는 일이다. 앞서 말한 바와 같이 대가 없는 지원은 없다. 중요한 것은 예술적 성취는 사회적 혹은 경제적 등가물을 갖지는 않는다는 사실이다. 가장 가혹한 조건에도 천재적 예술가들은 비할 데 없는 걸작들을 창조했다. 셰익스피어의 『소네트(Sonnet)』나 존 던(John Donne)의 시들은 각운이라는 제약에 의해 오히려 걸작이 될 수 있었다.

공적 지원과 자유는 예술가들에 대한 적선 이외에 아무것도 아니다. 예술적 창조를 위해 공적 지원이나 자유가 필요 조건은 되지 않는다. 오히려 반대일 수는 있다. 18세기와 19세기에 아카데미 프랑세즈는 예술가들에 대한 지원과 창작 활동의 자유를 동시에 보장했다. 그러나 아카데미에서는 르 브룅(Le Brun)을 비롯한 일군의 고식적이거나 키치(kitsch)적인 예술가만을 길러냈을 뿐이고, 진보적이고 진정한 천재인 쿠르베(Courbet)나 모네(Monet)에 대한 장애물밖에는 무엇도 아니었다. 이것이 무조건적인 지원의 역사적 양상이다.

경제적 안정과 창작의 자유는 물론 창조에 도움이 될 수 있다. 멘델스존(Mendelssohn)이나 세잔(Cézanne)과 같은 예술가들은 이 둘을 모두 가지고 있었고 그들의 창조에 있어 소기의 성과를 거둘 수 있었다. 그러나 마찬가지로 공적 지원을 받은 대가로 지원자의 요구와 견해에 상당 부분 부응했던 예술가들 역시도 창조적일 수 있었다. 창조성의 결여를 검열 혹은 억압으로 돌리는 것은 스스로의 역량 부족을 위한 변명이 될 수 있을지 몰라도 정당화되지는 못한다. 유신정권 때에는 영화에 대한 검열이 심했다. 졸작 영화에 대한 영화인들의 변명은 '검열이 창작을 방해하기 때문'이었다. 그러나 검열이나 제한으로부터 상대적으로 자유로운 현재의 영화인들이 그때보다 더 나은 영화를 만들고 있다는 증거는 없다. 영화에서조차도 검열과 억압은 문제가 되지 않는다. 아무리 검열이 심하다 해도 좋은 영화는 만들어질 수 있으며, 완전한 검열의 진공 상태에서도 쓰레기 같은 영화는 나온다.

두 번째로 살펴보아야 할 문제는 예술가들에게 공적 지원이 시행되지 않았을 때이다. 내가 아는 한 어떤 국가에서도 예비 예술가들에게 일반 지원을 하는 나라는 없다. 이것은 심지어 역사상의 모든 공동체를 살펴보아도 그렇다. 이것은 말한 것처럼 공평하지 않다. 미래의 탁월한 예술가들을 위한 공적 지원이 시행되어야 한다면, 미래의 탁월한 시인이나 과학자를 위해서도 공적 지원이 있어야 한다. 재원이 무한정하다고 해도 이것은 도움이 되지 않는다. 경제적 안정과 예술적 혹은 학문적 업적 사이의 상관관계는 없기 때문이다.

중요한 것은 공적 지원이 아니다. 심미적이거나 지적인 업적이 중요하다. 초점은 여기에 맞춰져야 한다. 공적 지원 없이 창작 활동을 하던 예술가들은 어떠한가? 자신의 재정과 창조를 분리시켰던, 따라서 가난과 모멸감 속에서 창작 활동 혹은 연구 활동을 했던 예술가 혹은 학자는 공적 지원의 결여 때문에 그들의 창조 혹은 연구를 포기했는가? 아니면 분투 가운데 새로운 예술적 업적 혹은 새로운 물리학적 세계를 펼쳐내었는가?

우리는 신고전주의에서 낭만주의로의 이행기에 최초로 공적 지원 없는 자유로운 예술가들을 보기 시작한다. 하이든(Haydn)과 모차르트(Mozart)의 사회적 차이는 하이든이 아직까지 에스테르하지(Esterhazy)가의 재정적 지원에 예속되어 있었지만, 모차르트는 그것을 벗어나 있었다는 사실에 있다. 더 중요한 것은 이 둘 모두 탁월한 음악가였다는 것이다. 여기에서도 지원과 창조 사이에 필연적인 인과율은 없다는 사실이 보인다. 모차르트의 사회 재정적 상황은 매우 불안했다. 그는 계속 작곡과 연주에 의해서만 삶을 꾸려 나가야 했다. 그는 때때로 가난한 예술가 중 한 명으로 묘사된다. 그러나 문제는 그의 낭비벽이었지 가난은 아니었다. 그의 작곡과 연주에 상응하는 중산층의 보답은 상당한 것이었다.

어찌 되었든 이때부터 예술가들은 격심한 경쟁을 겪게 된다. 그들에게는 불안과 자유가 동시에 주어지게 된다. 모차르트는 자신이 탁월한 작곡가이며 뛰어난 연주자임을 계속 입증해야 했다. 사회의 모든 영역에서 길드 체제가 시장 체제로 바뀜에 따라 중세는 완전히 끝나고 수요와 공급의 법칙이 지배하는 근대 체제로 바뀌고 있었다. 시장이 모든 것을 결정하고 있었다. 이제 예술가들은 후원자에 의존하기보다는 입장권을 사 들고 연주회장에 들어오는 부르주아에게 의존하게 된다. 공적 지원은 사라지기 시작한다. 그러나 누가 모차르트나 베토벤이 창조적이지 않았다고 말할 수 있겠는가?

이 상황은 사실주의 시대에 와서 더욱 현저해진다. 발자크(Balzac)와 디킨스(Dickens) 모두 어떠한 공적 지원이나 개인의 후원 없이 단지 신문에 게재하는 연재소설에 의해서만 삶을 꾸려나가야 했고, 도미에와 쿠르베는 국가 미술전에서 완전히 외면받게 되어 아카데미 프랑세즈의 이론가들과 정면으로 충돌하게 된다.

낭만주의 시대 이후의 많은 예술가가 혹독한 가난을 겪게 된다. 아마도 고흐(Gogh)가 이 경우를 잘 보여주는 예일 것이다. 마네(Manet)와 모네 등도 국가와 사회에서 상당한 기간 외면받게 된다. '가난한 예술가'는 낭만주의 시대 이후로 예술가에 대한 일반적 이미지가 된다. 푸치니(Puccini)의 <라보엠(La Boheme)>의 주인공들이 대표자이다. 예술가뿐이겠는가? 직접적 생산을 벗어난 모든 직업에 종사하는 사람들은 모두가 경제적 불안정을 겪게 된다. 이것이 돈보다는 창조성에 몰두하는 모든 사람의 운명이다.

마지막 외출

공적 지원과 관련하여 중요한 것은 한 명의 개인으로서의 그들의 행복 혹은 불행이 아니다. 왜냐하면, 공적 지원을 한다면 그것은 공적 지원의 주체가 예술가들의 개인적 행복을 위해서가 아니라 사회적 가치를 위해 모종의 희생을 하는 것이기 때문이다. 예술가 개인의 행과 불행은 전적으로 스스로의 몫이다. 그것을 사회가 책임질 수는 없다. 그렇다면 사회는 사회구성원 모두에게 책임을 져야 한다.

예술가들의 사회적 가치는 그들이 순수예술에 있어 어떠한 업적을 내는가에 달려 있다. 우리는 매우 극적인 사건에 대해 알고 있다. 인상주의 예술가들은 어떠한 공적 지원도 받지 못했다. 그들은 무한한 자유를 누린 동시에 대부분은 불안정한 경제적 상황에 있었다. 심지어 그들에게는 결혼과 출산조차도 큰 부담이었다. 이들에게는 아카데미 프랑세즈나 주도적 부르주아 계층과 충돌할 생각은 전혀 없었다. 단지 이들에게는 그들의 창조성에 입각하여 세계의 시각적 진면목을 보이려는 의도밖에 없었다. 이들은 어떠한 공적 지원 없이 예술적 가치를 구현한다. 이들에게 수여된 사회적 보답은 이들의 창조의 원인이 아니라 그 결과였다. 이들이 예비 예술가였을 때 이들에게 주어진 사회적 혜택은 전혀 없었다. 이들은 다른 직업군에 속한 사람들과 마찬가지로 사회적 명성과 이익을 위해 각각의 정열과 성실성을 다했고 결국 그 경쟁에서 이겼다. 이들의 예술적 완성을 위해 공적 지원이 필요한 것은 아니었다. 오히려 공적 지원을 받은 아카데미 프랑세즈의 화가들이 역겨운 작품을 내놓았을 뿐이다. 대학의 교수직을 얻은 예술가들에게서 단 하나의 창조적 예술도 나오지 않았다는 사실은 이해 불가능한 신비이다. 아마도 재정적 안정과 창조의 자유를 교수만큼 많이 누리는 직업군도 없다. 그러나 대학에는 창조의 빈곤만이 있다.

이러한 예증은 1920년 이후 현대예술에 와서 더욱 두드러진다. 칸딘스키(Kandinsky), 몬드리안(Mondrian), 워홀(Warhol), 리히텐슈타인(Lichtenstein), 브라우티건(Brautigan), 카버(Carver), 코신스키(Kosinski), 존 케이지(John Cage), 백남준 등의 현대예술가들 누구도 예비된 공적 지원을 받지 못했다. 우리는 워홀이 자기 작품을 팔기위해 매우 애썼다는 사실을 알고 있다. 또한, 몬드리안이 노숙자의 삶을 살았고, 카버나 브라우티건이 재정적 파탄을 겪었으며, 백남준이 예술의 이유는 '배고파서'였다고 말한 사실을 알고 있다. 누구도 공적지원을 받지 못했다. 대학에 속한 예술가들이 상당한 재정적 안정 가운데 어떠한 예술적 성취 없이 예술에 대한 공허한 헛소리(bullshit of vanity)만을 지껄일 때 이들은 가난 속에서 실제로 예술을 창조했다.

현대에 이르러 공적 지원을 받으며 성공한 예술가는 한 명도 없다. 만약 이것이 공적 지원에 동반하는 억압 때문이라고 한다면 이집트, 중세 예술가들이 충분한 반례가 될 수 있다. 공적 지원과 제한, 혹은 가난과 자유가 묶였을 때 오히려 예술가들은 훨씬 창조적이었다.

결: 인과율

예술가와 재주꾼은 다르다. 이것은 춤과 체조가 다르듯이 다르다. 확실히 댄서는 체조선수에 비해 그 동작의 난이도와 정교함에서 떨어질 수 있다. 그러나 춤은 우리 영혼에 호소하고 체조는 우리 눈에 호소한다. 발레는 춤에 대해 상당히 많은 훈련된 식견을 가진 사람들을 위한 것이지만, 체조는 현장에서 보는 모든 사람을 위한 것이다. 춤에는 서사가 있지만 체조에는 단지 동작만 있다.

예술은 단지 재주의 문제는 아니다. 그것은 우리 영혼과 세계관과 관련된 문제이다. 베르그송(Bergson)과 인상주의 미학은 긴밀하며, 비트겐슈타인(Wittgenstein)과 몬드리안 역시 긴밀하다. 진정한 예술은 키치가 아닌 동시대의 세계관을 선취하거나 그것과 함께한다. 그들은 그 세계관의 시각적, 음악적 예언자이며 감성적 표현자이다.

플라톤은 지도자 계급은 가족도 재산도 가져서는 안 된다고 말한다. 예술가는 예언자이다. 예언자의 통찰과 공적 지원 사이에 어떤 인과 관계가 성립한다는 것이 이상하다. 재정적 안정과 예술적 업적의 인과 관계는 없다. 가난한 예술적 성취도 있을 수 있으며, 풍요 속 예술적 빈곤도 있을 수 있다. 그 역도 물론 성립한다. 따라서 예술가들의 사회적 공헌을 위해 공적 지원을 투입해야 할 이유는 없다. 예술가들 역시도 그것을 요구해서도 안 된다. 예술가들이 돈을 원한다면 예술시장에서 경쟁해야 한다. 시장은 모두에게 해당된다. 누구도 시장에서 자유로울 수 없다. 예술적 가능성이 시장을 지배하지는 않는다. 오히려 시장이 경쟁력 있는 예술작품과 그렇지 않은 작품을 구분한다. 예술가들은 묵묵히 그들의 창조에만 전념해야 한다. 누구도 그들에게 예술을 강요하지 않았다. 그들의 선택이었다. 만약 재정적 안정과 물질의 요구가 있었다면 예술가라는 직업을 택하지 말았어야 한다.

예술가들이 어떤 종류의 특별한 역량을 지닌 것은 분명하다. 그것은 모든 사람에게 충격적인 심미적 가치와 행복을 부여하는 특별한 것이다. 바흐(Bach)와 모차르트가 얼마나 많은 사람을 행복하게 하였는가. 그러나 이들 누구도 사회에 대한 물질적 요구를 먼저 하지 않았다. 단지 그들의 예술적 성취 그 자체에 부와 명예를 원했을 뿐이다.

모두가 플라톤의 금언을 새길 필요가 있다. "황금의 영혼을 지닌 사람이 지상의 황금을 구해서는 안 된다." 지상의 황금을 원한다면 다른 직업을 택하거나 예술시장의 경쟁에서 이겨야 한다.

여행

귀여운 이탈리아인들! 자갈 구르는 소리의 음악. 수선스러움도 혼란스럽지 않다. 그들에겐 무질서가 어울린다. 가뜬하고 경쾌한 삶. 그들의 태양만큼 밝다. 수십 번을 들으면야 계속 즐겁지는 않겠지만. 그것이 이탈리아인들의 개성이다. 매혹적이지만 경박하다. 그들에게 심오함은 없다. 아마 웃을 거다.

"심오함이라니. 당신 지금 누구를 상대하고 있는지 알고 있소? 난 이탈리아인이요. 평생 심오함 따위로 심란한 적 없소. 멜로초와 비발디가 우리 조상이요. 그것이 문제요?"

이런 사람들이 제국을 건설했다니!

당시에 지쳐 있었다. 학교를 다니며 다섯 개의 과외수업을 했다. 중노동이다. 아버지는 왜 중앙선을 넘어 추월했을까? 그가 급했을까, 삶이 급했을까?

나는 위안을 구했다. 남자에게서. 욕망을 위안으로 덧씌우기도 했다. 욕망이라는 핵을 위안과 사랑이라는 희끄무레한 성운으로 둘러쳤다. 착한 남자는 권태롭고 용감한 남자는 노골적인 욕망의 노예이다.

책을 들여다보며 머리를 혹사시키는 고역을 남에게 위임하면 과외비가 드는 것처럼, 자신의 문제를 위임으로 해결할 때마다 많은 대가가 치러진다. 값싼 위안에 대해 큰 값을 치러야 했다. 나의 내면을 들여다보고, 내 처지를 종합하고, 내 희망 — 공부를 계속한다는 — 을 고려했다면 먼저 위안을 구하지는 말아야 했다. 그것은 사치품이었다. 높은 금액이 청구되는. 더구나 거기에 위선이 더해졌을 때는.

희망이 있었다면 남자를 구하지 않았을까? 절망을 남자로 대치했나? 전적으로 그렇지만은 않은 것 같다. 나 역시 욕망의 노예였다. 그들이 위안으로 포장하듯 나는 절망으로 포장했다. 그 손길과 포옹들이 절망을 잊게 한다는. 일말의 가치라도 내가 지녔다면, 외로움과 노역을 운명으로 받아들였어야 했다. 도저히 나 자신을 못 참겠다. 욕망에 잠긴 시절은 참아도 싸구려 포장지를 견디지는 못하겠다. 구토가 올라온다. 자기 검열이 없었다.

마지막 외출

합리화만 있었다. 나의 회상은 자기혐오를 부른다.

이것이 유감이다. 한 번도 자신에게 칼날을 들이댄 적이 없다는 사실이. 젊은 시절은 욕망과 합리화로 흘러갔다. 변명의 여지가 있을까? 내가 왜 과외로 기력을 탕진해야 했을까? 내가 가족을 부양해야 할 이유는 무엇인가? 누군가 내 처지를 이해했어야 하지 않은가? 왜 다들 자기 고통에 얼이 빠져 있었는가? 자기연민에 빠져서. 돌이켜 생각하면 어머니의 분노 섞인 신세 한탄이 나를 중노동으로 내몰았다. 이것이 나의 변명이다. 용서하려 노력하는 것이 내가 할 수 있는 모든 것이다.

어리석은 영혼들이 저지르는 바보짓을 계속하고 있었다. 남자를 만나 다정한 말과 다정한 눈길을 느끼고 싶었다. 이것이 급했다. 내 희망은 불길을 잃고 있었다. 욕망과 희망 사이엔 깊은 심연이 있었다. 애써 눈을 감았다. 그가 어떤 남자인가는 부차적이었다. 인간 자체는 호소력을 잃고 있었다. 도피와 망각이 중요했다.

선배는 '순간을 살라' 했다. 그러나 그것은 결의와 용기로 보내는 순간이어야 했다. 결의와 용기는 자신만을 들여다보아야 한다. 너는 속물이었다. 나 자신에게 내가 어떤 사람이어야 했다. 그러나 나는 다른 사람에게 내가 어떤 사람일까에 관심을 가졌던 것 같다. 이런 사람은 무엇도 이루지 못한다. 타인의 질시 외에는. 고독 속에 살 줄 모르는 사람이 속물이다.

위안과 공부를 같이 가질 수는 없다. 이 위안, 성적 향락이 보태진 이 위안은 내 젊은 시절의 몇 년을 망가뜨렸다. 이 위안의 대리인은 남는 모든 시간, 남는 모든 기력을 탈진시켜야 만족했으니까. 그리고도 어느 구석엔가 남아 있는 마지막 기력까지도 게걸스럽게 탐식했다. 실제로 찾아냈다. 식탐에 싸인 강아지가 냉장고의 모든 것을 탐식하듯이 D는 수많은 수단으로 나의 마지막 기력을 탕진시켰다.

이것이 그만의 악덕이 아니었던 것이 유감이다. 어쩌면 나도 그것을 원했다. 상대의 모든 것이 내 것이 되었을 때 사랑은 완성된다는 어리석음에 싸여 있었으니까. 사랑은 서로의 모든 것을 소유하는 것이라고 생각했으니까. 사랑이 소유일 수는 없다는 사실을 왜 몰랐을까? 사랑은 영혼의 문제지만 소유는 물질의 문제인데. 영혼은 손가락 사이를 빠져나가지만 물질은 손아귀에 쥐어지니까. 영혼은 쥐어지지 않는다. 자양분이 필요하다. 솔직한 자기 검열과 굳센 의지라는. 그때 사랑은 성장하고 완성된다. 쥐었을 때 손에 남아 있는 것은 절대로 사랑이 아니다. 바흐의 하나의 사라반드조차 쥐어지지 않는다. 그것은 이미 손가락 사이를 빠져나갔다. 탐욕, 질투, 분노, 혐오, 권태, 피로, 경멸. 이것들만이 손바닥에 남았다.

상대의 소유욕은 역겹지 않다. 그것은 어느 순간 역겨워지기 시작할 뿐이다. 내가 그를 더 이상 사랑하지 않을 때. 그도 별다른 사람이 아니라는 사실을 발견할 때. 모든 의미에 싸인 말들이 사실은 헛된 카리스마에 지나지 않는다는 사실을 알아냈을 때. 악덕을 거드름으로 포장하고 있다는 사실을 알게 될 때. 그가 헛된 자부심 속에서 몰락해 나가는 것을 볼 때.

이만큼 나는 한심하다. 나의 눈은 스스로를 합리화하면서 상대를 용서하지 않았다. 별것도 아닌 상대의 약점을 잡아내고는 그것도 통찰이랍시고 빈정거리곤 했다. 잘난 체하고 싶어서. 통찰력이 없었다. 더 나쁜 것은 하찮은 것들을 통찰로 알았다는 사실이다. 내 사랑은 소유욕으로 시작해서 환멸로 끝날 뿐이다. 나는 내 악덕에 대해 값을 치를 참이다. 자신에게 고통을 줄 참이다.

양다리 걸치기가 시작됐다. 수십 년간 내 인생을 차지하게 될 사람, 무한히 사랑했지만 소유할 수 없는 사람, 슬프게 웃는 사람, 가뜬하며 진지하고 약하지만 날카로운 사람, 무한히 공감해 주는 사람, 원망하지 않고 단지 눈을 들여다보는 사람, 삶을 사랑하는 사람. 선배는 천천히 흐르는 강이었다. 그러나 몇 번의 폭포를 거쳐 온 강이었다. 그는 지쳐 있는 듯했다. 가끔 중얼거렸다.

"백 년쯤 산 거 같아..."

그렇게 말할 때 그의 목소리에는 힘이 없었다. 그는 어디에 지쳤다는 말은 한 적이 없었다. 물어도 그냥 미소 짓고 말았다. 나를 매혹시켰던 그 미소. 사실은 슬픔보다 더 슬픈 그의 미소. 나는 거기에서 매력만을 봤을 뿐이다. 무능해서 공감할 수 없었을까? 그랬다. 또한 탐욕이 공감에 앞서 있었다. 모든 것에 사랑이 전제되어야 했다. 탐욕을 핵으로 하는 그 가소로운 사랑.

따뜻한 냉소라는 것이 있을까? 기적은 가끔씩 일어난다. 그는 차갑게 끓는 사람이었다. 자제의 절도 이면에는 큰 열정이 자리 잡고 있었다. 감동은 있었다. 감상이 없었을 뿐이다. 나의 약함에도 단지 미소 지을 뿐이었다. 한편으로 안타까워하며 다른 한편으로 포기하면서. 이해하기에는 너무 큰 사람. 크다는 형용사조차도 쓸 수 없겠다. 수십 년간 헤엄쳤어도, 그의 영혼을 헤엄쳤어도 아직 해변에 도착하지 못했으니까. 그가 사라진 것은 내가 헤엄에 지치고 있을 때였다. 그는 말하곤 했다. 너 자신에게 잘하라고. 그것이 사랑의 가능성을 쥔다고. 나는 그에게 잘하면 된다는 어리석은 생각에 잠겨 있었다. 나는 사랑받을 수 없었다. 나 자신의 영혼에서 헤엄쳐야 했다. 그것이 우선이어야 했다. 그 사람은 망연히 앉아 있곤 했다. 나는 조바심에 휩싸여 있었고. 답답했다.

"어떻게 해 주기를 바라세요?"

마지막 외출

그는 당황했다. 그래도 나는 승부를 내고 싶었다. 감히. 고귀하고 지혜로운 사람에게. 아마도 내 평생에 걸쳐 더 구차스러운 소리를 할 수도 없었을 것이다. 이 말은 진정으로 그를 위한 것은 아니다. 나도 알고 그도 알았다. 서로를 배타적인 소유 관계로 몰아가자는 말이었다. 어떻게 해 주다니. 당신이 원하는 것을 강요하다니. 그는 정색해야 했다.

"너 자신에게 잘하기를 바라. 스스로에게 집중해."

아, 이 무슨 헛된 소리인가? 말을 위한 말인가? 회피하고 있나?

그는 웃으며 말했다. '프랑스혁명 부분이 재미있을 거'라고. 나는 고개를 끄덕거렸다. 기득권자들을 혐오하는 것이 정의감에 휩싸인 겉똑똑이 학생들의 권리니까. 나는 물론 거기에 속해 있었다. 기득권자를 매도하는 것은 언제라도 가능하다. 그들은 마이너 그룹이니까. 정의는 힘의 문제이지 숫자의 문제는 아니다. 겉똑똑이들은 그 사실을 몰랐다. 질시와 분노가 반정부 학생들의 정의였다. 이들의 주장은 어디에서고 연료를 구할 수 있었다. 이쪽이 다수니까. 그는 '영국의 명예혁명이 바람직하다'고 말했다. 권력을 자연스럽게 부르주아에게 넘겨준 사건이라고, 프랑스의 혁명은 단지 귀족과 부르주아의 대립의 폭발이라고 말하며. 권력 이동의 가장 바람직하지 않은 경우가 프랑스 혁명이라고.

그는 혁명에 대해 일말의 이상주의나 낭만을 품고 있지 않았다.

어리석음이 죄는 아니다. 죄는 단지 판단할 수 없을 때조차도 어떤 판단인가를 하고 만 다음에 있다. 정지와 사유가 필요할 때 전진과 행동으로 나아가고 만다. 누구나 스스로의 부족을 느끼지 못하니까. 어리석음은 슬픈 관용의 대상이다. 그러나 죄는 처벌의 대상이다.

"나는 프랑스 혁명 3부작을 읽느니 이 오페라를 한 편 보겠어. 이해는 결국 가슴의 문제야. 머리의 문제는 아니야. 공감과 일치의 문제이지 분석과 나열의 문제는 아니야. 피가로의 야유와 냉소, 그의 자신감, 백작의 시대착오적인 낭만적 기사도 등을 들어 봐. 이제 세계는 변혁을 요구하고 있다는 것을 가슴으로 알게 되지. 피가로의 무식한 자신감을 봐. 무교양한 중산층을 예고하고 있지. 그렇다고 역사에 감동하지는 말아. 피가로 같은 사람들을 지금 학생들이 매도하고 있으니까. 부르주아잖아. 역사는 이해의 대상이지 감동의 대상이 아냐."

그의 말이 맞았다. 그 신나는 오페라는 나를 18세기 말의 서부 유럽으로 비행시켰다. 시간과 공간을 멀리 돌아서. 나의 사랑은 한참 전에 시작되었지만, 그의 사랑은 그날에 시작되었다. 그 소란한 오페라의 그날에. 이것은 이상한 노릇이다. 사랑은 대체로 베풀며 생겨난다는 사실은. 그는 하나의 세계를 소개하며 처음으로 나를 사랑하기 시작했다. 나는 그의 사랑의 시작을 확실히 기억한다. 그의 눈이 더 이상 무심하지도 않았고 그의 표정이 더 이상 먼 세계에 가 있지도 않았다. 그의 눈은 나의 아름다움 위에 머물렀고 그의 표정 역시 아름다웠다. 원정에서 귀환하는 '니케아의 범선'이었다. 비단 같은 물결 위를 미끄러지고 있는. 나의 신경은 떨고 요동치며 그의 손길의 종류를 가늠하기 바빴다. 나는 1℃ 이상 높았겠다. 차가운 손은 연인의 품에서 녹는다. 스스로 나오는 열기로. 사랑은 일종의 열기이다. 젊은 연인들은 신경전조차 벌일 필요 없다. 휴대용 온도계 하나면 충분하다. 아니면 예민하게 훈련된 손바닥만 있으면.

예술이 그에게 준 행복이 그를 들뜨게 했다. 내게 들뜬 것은 아니었다. 그는 두꺼비에게도 아름답다고 말했겠다. 로시니가 그의 눈을 모든 아름다움으로 채웠다. 그는 어깨를 한 번 들썩거리고는 말한 적 없던 얘기를 했다. 중얼거리듯이.

"생 제르맹 음반 가게 앞에서 숨이 막혔어. 도굴되지 않은 파라오의 무덤이야. 칸타타. 무려 열일곱 곡이 여덟 개의 테이프로. 청계천을 하루 종일 뒤져야 하나쯤 찾을까 말까 했는데. 106번도 포함된 채로. 라디오에서 한 번 듣고는 좋아서 어쩔 줄 몰라 했던 곡이었는데."

나는 그와의 첫 번째 여행을 어제 일처럼 기억한다. 그는 이를테면 정확한 사람은 아니었다. 그의 약속은 신뢰할 수 없었다.

쉽게 호사스러운 약속을 하고는 태연하게 잊곤 했다. 나는 참고 그가 약속을 지키기를 기대했다가 곧 실망스러운 상황에 빠지곤 했다. 나는 말하지 않았다. 그냥 지나쳤다. 자존심을 품위라고 생각했으니까. 그러나 이 약속은 달랐다. 이것은 여행이다. 그와 같이 며칠을 지낸다는 것은 믿을 수 없는 호사스러움. 세상의 온갖 재화보다도 더 가치 있는 것이었다.

"알았어."

이 말이 나를 설악산에 데려다 놓았다. 아니 내게 설악산이 다가왔다. 그가 무심코 걷고 있는 그 설악산이. 거기까지의 여정이 생각나지 않는다. 버스에 올랐을 때 그가 어깨를 한번 안았다. 나는 시간의 진공 상태에 빠지고 말았다.

봄날 인문대학 앞에서 나는 비난했다.

"약속 잊었어요?"

그는 곤혹스러움 속에서 동의했다. 많은 표정이 순간적으로 교차했다. 망각에 대한 탄식, 쉽게 한 약속에 대한 후회, 귀찮아하는 움찔거림. 나는 떨며 기다렸다. 내 뻔뻔스러움에 스스로 놀라며. 그 약속은 실행되었다!

눈앞에 갑자기 설악산이 나타났다. 지나가는 버스 여행객들이 박수와 야유를 날렸다. 그 꼬마 녀석들이. 그러자 그는 나를 끌

마지막 외출

어당기며 이마에 입 맞췄다. 야유에 대응해서. 몇 대의 버스가 지나가도 그는 입맞춤을 멈추지 않았다. 춥지 않으냐며. 나는 그의 품에서 들뜨고 그 녀석들은 흔치 않은 구경거리에 들뜨고.

그는 한편으로 경박했다. 다른 한편으로 진지한 사색가이면서. 당시에 그는 나를 사랑하지 않았다. 이것은 분명했다. 아니다. 그의 사랑은 종류가 다른 것이었다. 그는 누구도 사랑하지 않았다. 그는 삶을 사랑했고, 지성과 예술을 사랑했다. 그리고 사랑을 사랑했다. 누군가를 사랑하지는 않았다. 나는 이것을 느끼고 있었다. 그는 내 방식의 사랑을 지니지는 않았다는 것을. 그는 세계를 사랑했다. 그는 말하곤 했다.

"사람들은 스스로가 세계임을 모르고 있어. 누군가를 미워하면 스스로를 미워하는 거야. 그 누군가도 자신이야."

무슨 말인가? 나는 사실 그것을 말장난으로밖에 볼 수 없었다. 그는 모든 것을 스치듯이 말했고.

한 식당 앞을 지나며 그가 중얼거렸다. 눈에 분노가 빛처럼 지나갔다. 눈썹을 까딱거리며.

"수족관도 동물 학대야. 스스로에 대한 학대야. 저 어항들 다 없어져야 해. 냉동 물고기를 먹어야 해. 회는 잔인하고 야만적이야. 생명에 존엄성을 가져야 해. 잡아먹는 거로도 부족해서 저렇게 고통을 줘. 익혀 먹으면 돼. 불의 발견과 통제가 크로마뇽인을 만들었어. 소화흡수율을 높여서 나머지 기력을 문명의 세련에 쓸 수 있게 됐어. 그러나 이것은 이익만의 문제가 아냐. 공감과 연민의 문제야. 인도주의라니. 웃기는 얘기야. 아마도 인도주의는 야만과 잔인함을 의미하나 보지?"

이 냉소가 그의 사랑이었다. 소유와 성적 도취가 그의 사랑은 아니었다. 성적 도취와 사랑은 분리된 것이었다. 그에겐 어떤 종류의 깊은 사랑이 있었다. 그 사랑은 그러나 성적 도취와 연결된 것은 아니었다. 그에게 성적 욕망이 없었던 것은 아니었다. 그러나 그것은 단지 성을 위한 성이었다. 이것이 나를 비참하게 만들었다. 내가 보여주는 모든 사랑의 증표에 대해 그는 열기로 보답했지만 그뿐이었다. 확실히 성과 사랑은 별개의 문제다. 사랑과 성이 일치한다면 행운이다. 그러나 단지 행운일 뿐이다. 그것은 우연이다. 거기에 성과 사랑은 존재한다. 단지 독립되어 존재할 뿐이다. 이것은 나중에 깨닫게 된 사실이다. 그러나 깨달았어도 그에게 그것을 용인해 줄 수는 없었다. 훗날 나 역시 남자에게서 단지 향락만을 구하게 된다. 애정이나 사랑 없는 향락만을. 그러나 선배를 향해서는 불가능했다. 나는 그를 사랑했으므로. 그 이외에 내가 사랑했던 사람은 없었으므로.

사랑과 육체적 관계의 인과율은 어리석은 가정이다. 그것은 서로 독립적이다. 사랑도 발생하고 성적 관계도 존재한다. 그러

마지막 외출

나 그중 하나는 전과 같은 채로 다른 하나가 새롭게 발생할 수도 새롭게 소멸할 수도 있다. 여전한 사랑 가운데 육체적 관계가 소멸하기도 하고 여전한 육체적 관계 속에서 사랑이 소멸하기도 한다. 세상은 여전한 채로 어떤 것이 소멸하기도 한다.

"…당신의 큰 소멸에도,
당신의 아름다움 외에
어느 것도 사라지지 않으리,
평범한 물의 반짝이는 빛 외에는,
흔한 돌의 우아함 외에는."

사랑과 성은 순결한 소녀의 꿈과 상관없다. 그것은 진실과 관련한 것은 아니다. 소유와 생물학과 관련한 것이다. 그러나 나는 당시에는 그의 냉소가 때때로 힘들고 불편했다. 어려웠다. 알고 싶었다. 헤엄치려 노력했다. 익사하지 않으려. 그러나 어디로 어떻게 헤엄쳐야 할지 몰랐다. 포기했다. 얼른 뭍으로 올라왔다. 나는 바다를 모르며 그것을 소유하려 했다.

그는 커피를 앞에 놓고도 스스로의 세계에 빠져들곤 했다. 어이없었다. 깨울 수 없었다. 경건했다. 입이 벌려진 채로 눈은 가늘게 한 방향을 향했다. 무엇을 보기 위해서는 아니었다. 무엇을 안 보기 위해서였다. 왼손으로 관자놀이를 짚고 팔꿈치로 얼굴을 고인 채로. 때때로 얼굴을 찡그리며 이마를 문지르면서. 그는 자기 세계로 빠져들어 갔다. 나는 그의 눈에서 사라졌다. 아니 그 이상이었다. 모든 것이 그의 눈에서 사라졌다. 아마 자신도 사라졌겠다. 한없는 심연으로 들어갔으니까. 다시는 나오지 않을 것처럼.

그는 왜 나를 만나자고 했을까? 전화는 언제나 그가 했는데. 스스로에 사로잡힐 양이면 만날 일이 뭐가 있는가? 기껏 침대 위를 위해서인가? 그래도 그는 자기가 무엇을 생각했는가를 띄엄띄엄 설명했다. 별거 아닌 듯이. 그러나 그것은 나를 위한 설명은 아니었다. 스스로 되새기기 위해서였다. 말하면서도 눈은 아직도 멍한 채로 먼 곳에 박혀 있었다. 때때로 멈추며 다시 자신에게로 빠져들어 갔다.

자존심에 상처를 입었다. 그가 나와의 관계를 심심풀이로, 성적 관계로 한정한다는 사실이 슬펐다. 나는 항의할 수 없었다. 혹시 만나주지 않을까 봐. 별 불만 없이 보이려 애썼다. 견디는 수밖에 없었다. 그는 매력적이었고 나를 교육시켰으니까. 그 즐거움만으로 견디려 했다. 소유욕을 나름 자제하며. 내 마음속에 그것을 거부하는 무엇인가가 자라고 있는 것을 모른 채로.

나는 잠들며 깨지 않기를 바랐다. 그는 모든 달콤함이고 모든 향기였고 모든 사치품이었다. 백화점 전체를 턴다 해도 그의 향

마지막 외출

기에 비견되는 것은 없었고, 그의 달콤함을 얻으려면 초콜릿 마을을 전부 옮겨와야 할 것이었다. 그의 숨소리. 그것은 바흐의 인벤션이었다. 2성 인벤션. 조용하고 무심하지만 거기에 나의 모든 세상이 있다는 듯한 그 인벤션. 그는 무심하게 잠으로 미끄러져 들어갔다. 어떤 잠투정도 없이. 소리 없이 깃털이 날듯이. 그는 그렇게 잠으로 빠져들어 갔다. 그는 아마 죽음도 그렇게 수용할 거다. 그에게는 어떤 경련도 없었다. 떨고 두근거리고 천장을 다시 보곤 했던 사람은 나였다.

그의 포옹은 신경을 깨웠고 세상의 모든 포근함을 가져왔다. 그는 뺨을 만지거나 흘러내린 머리칼을 올려주며 내 눈을 들여다보았다. 그 눈매, 그 눈빛. 알지만 안다는 것을 들키지 않으려는 그 눈빛. 안개 속에 감춰진 벼려진 햇살. 나는 눈을 마주칠 수 없었다. 도취한 나를 드러내기가 두렵고 부끄러웠다.

그것이 나의 첫사랑의 저녁이었다. 아니 그렇지 않았다. 그것은 차라리 나의 행복, 나의 불행, 나의 슬픔, 나의 기쁨, 나의 봄, 나의 가을, 나의 꽃, 나의 낙엽 그리고 그 외의 모든 것의 시작이었다. 나의 소멸, 세계의 소멸, 우주의 사라짐이었다. 과학이 말하는 모든 것의 소멸이었다. 영혼 속에 머무르던 모든 것들이 그의 입맞춤 한 번으로 아스라한 먼지 속으로 소멸해 들어갔다.

산장의 그 방이 어제처럼 기억난다. 기억의 주체는 두뇌가 아니라 몸이니까. 감각은 두뇌와는 다르게 기억한다. 두뇌는 시간적 계기를 따른다. 감각은 정돈되지 않는 시계를 내장하고는 느닷없이 수십 년 전의 시간을 어제처럼 되돌린다. 현실의 어제를 수십 년 전의 일인 것처럼 깊은 망각의 늪으로 밀어 넣으면서. 감각의 시간은 사건의 충격을 따라간다. 이미 20년 전의 여행이다. 그러나 그 여행은 나의 몸의 어느 구석으로도 밀어 넣어지지 않았다. 그것은 기억의 가장 가까운 곳에 위치해 있다가 언제라도 나의 영혼과 몸을 물들이며 튀어나온다. 마치 문지기가 문 바로 옆에 자기 숙소를 두고는 모든 호출에 언제라도 반응하듯이. 예민하고 신속한 문지기처럼.

그 방의 천장은 스테인이 칠해진 미송 판자의 나열이었다. 확실히 스테인이었다. 짙은 갈색의 스테인. 니스를 덧칠하지 않은 게 얼마나 다행인가. 수명이야 짧아지겠지만.

나의 사랑은 순간에 잠긴다. 그날의 아늑함만으로 충분했다. 세상의 모든 구석진 곳보다 구석진. 아마도 강철의 벽으로 둘러싸였을. 사실은 붉은 벽돌이었지만. 그래도 그 방은 밀폐된 장소였다. 검고 황량한 우주의 어느 낯선 곳인가를 쓸쓸히 유영하는 조그만 공간이었다. 그와 나만을 싣고 유영하는 작은 공간이었다. 그 방에 있으면 모든 것을 잊었으니까. 오로지 그와 함께 있다는 사실에 도취해 있었으니까. 쓸쓸해도 슬픈 방은 아니었다.

마지막 외출

호사스러운 쓸쓸함이었다. 와토의 쓸쓸함. 위안적인 쓸쓸함.

　믿을 수 없는 파국. 모든 의미가 헤어짐과 고통으로 이어져야
했을까? 나는 가증스럽게 묻고 있다. 내 책임을 피하고 싶어서.
그 방에 영원히 머무르고자 했다. 그러나 그에게는 그의 삶이
있었다. 그를 거기에 가두기에 그 방은 협소하고 딱딱했다. 그
큰 사람을 가두기에는. 그 사람이 그 방을 벗어나고자 했을 때
분노한 나는 거기에 다른 사람을 들이고 말았다. 견딜 수 없었
으니까. 그가 나의 방을 공유하지 않으려 하는 것을 견딜 수 없
었으니까. 그가 내 방을 저주하는 것을 견딜 수 없었으니까. 스
테인이 칠해진 미송 천장의 그 방을.
　스테인이 니스보다 낫다. 니스는 나무의 향기를 가두지만 스
테인은 해방한다. 그 방에 어떤 향기를 가진 사람이 머물렀다면
그것은 나무의 향기에 더해진다. 그 방은 영원한 향기를 지닌다.
그는 그의 향기를 보태고 사라져 갔다. 그에게는 여러 개의 방
이 있어야 했으니까. 나의 방이 아닌 다른 방도 있어야 했다. 나
는 그의 불성실에 대해 말하고 있지 않다. 왜냐하면 그는 성실
했으니까. 그에게 여자는 나밖에 없었으니까. 그에게 나는 '내 행
성, 내 항성, 내 바다, 내 숲, 내 우주'였으니까. 무한한 공간에
새겨진 모든 것이었으니까. 우주의 모든 외진 곳에, 우주의 가장
외로운 곳에 새겨진 모든 것이었으니까. 그런데도 나는 그를 의

심했다. 그의 사랑과 내 사랑이 달랐을 뿐인데. 강철 날과 흐트러지는 금빛 테두리의 구름처럼 달랐을 뿐인데. 아름다움이 모든 것을 이기듯이 구름이 강철을 이기고 마는데.

나는 눈물짓는다. 슬픔 때문에도 기쁨 때문에도 회한 때문에도 두근거림 때문에도 아니다. 안타까움의 눈물이다. 세월을 되돌릴 수 없는 눈물. 나는 바란다. 하루가 안 된다면 단 한 순간만으로도 만족하겠다. 그 순간 중의 하나를 여기에 소환하고 싶다. 그리고 말하고 싶다.

"내 잘못이야. 내 사랑, 내 잘못이야. 비수의 날을 가진 내 사랑이 당신의 구름을 부스러뜨린 거야. 용서한다고 말해 줘. 제발 용서한다고 말해 줘. 그래야 나는 죽을 수 있어. 당신의 미소, 당신의 호흡 없이는 나는 죽을 수 없어. 당신의 승인이 아니라면 나는 죽을 수 없어. 왜 사라진 거야. 왜 내 어리석음을 견디지 않았어. 왜 그리움의 고통을 내 몫으로 남겨 놓는 거야. 우리는 같이 사랑했잖아. 같이 사라졌어야 했잖아. 내 잘못이 아무리 크다 해도 이렇게까지 나를 찢는 슬픔을 겪게 할 거야? 내 사랑, 당신의 포기가 나의 고통이야. 당신은 사라지면서 다시 살아났어. 큰 그리움, 큰 고통으로 다시 살아났어. 제발 용서해 줘."

마지막 외출

이것이 나의 삶의 가장 큰 사건이었다. 벼락과 같이 큰 사건이었다.

세빌리아의 이발사

두 번째 사건이 '세빌리아의 이발사'였다. 천사와 광대의 울림을 지닌 그 오페라였다. 갑자기 나타난 그는 세 개의 테이프를 내밀었다. 음악에 이미 익숙해 있어야 그 종합 예술을 즐길 수 있다고. 일주일간 열심히 들으라고. 같이 오페라에 가자고. 언제나처럼 대수롭지 않은 태도로. 그는 말보다 행동이 빠르다.

한 달이나 연락이 없었다. 그것은 지금도 의문이다. 한 달 동안 무엇을 했을까? 전화기를 쳐다보기도 지겨웠고 벨 소리에 두근거리기도 지겨웠다. 그래도 언제고 전화하리라고는 생각했다. 단지 어디엔가 몰두하고 있는 거다. 피로에 지친 채로 나타날 것이다. 지금은 두더지처럼 어둠에 잠겨 있을 뿐이다. 이맛살을 찌푸리며 뭔가를 들여다보며 생각에 잠겨 있다. 그의 골방이나 학교 연구실이나 커피숍에서 생각에 잠겨 있을 것이다.

다른 여자를 만나고 있을까? 그럴지도 모른다. 그는 재기발랄했으니까. 모든 여자를 매혹시켰으니까. 겉똑똑이들은 자신감에 찬 지성을 좋아한다. 그의 지성은 독특했다. 그는 서슴없이 삶을 해명했다. 야유와 냉소를 곁들여. 여기에 매혹되지 않을 제정신 박힌 여자는 없다. 여자와 지냈을까? 그랬을 수도 있다. 그렇지만 여자에 한 달이나 몰두할 사람은 아니다. 그는 절대로 여자에게 머물지 않는다.

내가 그를 사랑했기에 음악도 사랑했을까? 그건 아니다. 그가 음악을 싫어했다 해도 나는 좋아했을 것이다. 그의 소개가 아니었다면 그렇게 순식간에 고전음악에 발을 들여놓지는 않았겠다. 그러나 언제라도 뛰어들었을 것이다. 울림과 선율들을 듣는 그 순간 그것들은 나의 영혼을 채우고 말았으니까. 나의 행복은 단지 내가 사랑하는 그 사람이 내가 사랑할 모든 것을 이미 예비하고 있다는 데 있었다. 그가 소개한 것은 음악만이 아니었다. 모든 것을 그가 소개했다. 그리고 예비된 폭발이 내 핏속을 흐르고 있었다. 불꽃만 일어도 폭발할 화약 덩어리들이 나의 심장을 통해 흐르고 있었다. 그는 한 번씩 성냥을 그어댔을 뿐이다. 바흐, 모차르트, 렘브란트, 세잔, 블라디미르 나보코프, 어니스트 헤밍웨이, 셰익스피어, 세르반테스, 마르셀 프루스트, 비트겐슈타인. 그가 가진 성냥불들이다. 그는 말했다.

"헨델의 쳄발로 조곡이나 오노레 드 발자크의 소설은 우리 삶을 바꿔놓는 것들이야. 그건 어떤 충격적 삶의 경험보다 더 충격적일 수 있어. 우리 삶의 어떤 것도 그렇게 세공적으로 섬세하면서도 간결하게 아름다울 수는 없어. 헨델은 많은 단조 조곡들을 작곡했어. 그리고 발자크는 슬프고, 아름답고, 유쾌하고, 간절한 많은 기억들을 얘기해 줬어. 그들은 위대했어. 태양의 영광이상으로 서늘한 그늘이 아름답다고 느낀 사람들이야. 인간이라는 종은 때때로 위대해."

오페라를 본 나는 며칠간 얼이 빠져 살았다. 그렇게까지 감동했을까? 물론 감동했다. 그러나 나는 이 감동이 거기에서만 오지는 않았다는 사실을 알고 있었다. 그가 함께했기 때문이었을까? 물론 그렇다. 그러나 감동의 가장 큰 부분은 그 밤의 어떤 사건에 있었다. 어쩌면 그가 구혼할지도 모른다고 생각하게 만든 어떤 사건에.

극장을 나섰을 때 남산의 밤은 완전한 어둠 속에 웅크리고 있었다. 국악학교 학생들이 검은 그림자의 유령처럼 우리 곁을 지나쳤다. 얇게 깔린 빗물을 찰싹거리며. 유령이 시끄럽다고? 그렇다. 그날 내게는 그랬다. 그의 호흡소리까지도 듣고자 했던 나는 주위의 속삭임조차도 시끄럽게 느꼈으니까. 그는 손잡기를 싫어했다. 손을 잡으면 살짝 피했다. 그가 좋아한 것은 나의 어깨를 안고 걸어가는 것이었다. 덕분에 나는 그의 가슴에 흐르는 모든 향기를 즐길 수 있었다. 담배 냄새와 뒤섞인 마호가니 향을. 비가 오기 시작했고 우리는 한 개의 우산 속에서 더욱 바싹 붙어야 했다. 나는 그 밤의 비에 내가 보낼 수 있는 모든 축복을 보내고 있었다. 두리번거리는 눈매를 하고 있던 어리석었던 나는. 스물세 살이 되도록 진정한 축복을 몰랐던 나는. 그의 두려움과 외로움을 전혀 몰랐던 나는.

아스팔트에는 빗물이 고이기 시작했고 아파트 앞의 굴곡진 도로에는 얕은 웅덩이들이 만들어지고 있었다. 싫어하는 순간이 왔다. 그는 돌아서서 자기 집으로 갈 것이다. 그러고는 나를 잊을지도 모르겠다. 왜 그는 순식간에 돌아서서 가곤 했을까? 마치 헤어짐을 기다리고 있었다는 듯이 그는 빠르게 돌아섰다. 왼손을 살짝 들어 이별의 인사를 하고는. 그의 표정은 순식간에 먼 곳을 바라보았다. 그러면 그는 어딘가 다른 세계에 속하기 시작했다. 아마도 내 방을 완전히 벗어나서. 스테인과 나무 냄새가 뒤섞인 내 방을 벗어나서. 내가 모르는 어떤 방으로. 그리고 나는 또다시 그의 전화를 기다릴 것이다. 사흘 후에 오기도 하고 일주일 후에 오기도 하고 한 달 후에 오기도 하는. 어쩌면 영영 안 올지도 모르는.

그는 다음 약속을 정하기도 하고 그냥 가기도 했다. 내키는 대로였다. 약속이 정해지지 않으면 기대와 의기소침이 반복되는 며칠을 보내야 했다. 모든 전화벨 소리에 가슴을 두근거리며. 내가 저지른 최악의 바보짓을 계속하면서. 헤어질 순간이면 불안 속에서 그의 약속을 기다렸다. 그러나 드러내는 것을 자제했다. 부담을 줄까 두려워. 그가 영원히 사라질까 봐.

나는 잘못을 저지르고 있었다. 그에게 D를 숨기고 있었다. 아니, 숨긴 것보다 더 나빴다. 친한 선배가 있다고만 말했으니까. 그가 이미 알고 있다는 사실을 모르고는. 그러나 D는 필요했다. 아직도 공포와 악몽을 불러오는 D. 그 집요하고 탐욕스러운 녀석의 전도된 성적 착란을 때때로 즐기고 때때로 혐오하면서. 왜 그의 성교는 그렇게도 집요했을까? 왜 삽입의 순간마다 좋으냐고 물어야 했을까? 그에게 자기 포기와 자존이라는 것이 있기나 했을까? 나는 그에게 새로운 사랑에 대해 말하고 말았다. 말할 수밖에 없었다.

내가 말하지 않은 것은 나와 새로운 연인이 맺은 사랑의 감정과 행위였다. 단지 '존경하는 누군가를 아주 드물게 만나고 있다'고만 말했다. 나의 성실과 정직이 그에게 사실을 말하게 했을까? 아니었다. 만약 그랬다면 나 자신을 미워할 이유가 없겠다. 단지 말할 수밖에 없었을 뿐이다. 안 그러면 모든 시간을 빨아들이는 흡혈귀로부터 그를 만날 시간을 얻어낼 수 없었으니까. 무가치한 인간들이 영혼의 자유를 물리적으로 구속하면서 사랑하고 있다고 믿듯이 그 흡혈귀 역시도 나의 모든 시간을 구속하며 탐욕을 사랑으로 믿고 있었다. 나 역시도 그것을 바라고 있었다. 탐욕은 결과를 예측 못 한다. 오로지 충족을 바랄 뿐이다. 충족되면 다른 탐욕을 만들어 내며. 지치지도 않은 채.

도대체 나는 누구일까? 탐욕을 사랑으로 알고 있던 나는? 확고함만을 먼저 구했던 나는? 나는 그것을 사랑으로 알고 있었고 내가 원한 것도 그러한 종류의 확고함이었다. 아마도 나는 무조건적인 헌신과 집착을 필요로 했던 것 같다. 그때부터 수십 년간을. 세상에 둘도 없는 바보천치였다. 천체는 고정되어 있어야 한다고 믿었던 나는.

남자가 나를 위해 모든 것을 바치고 마침내 스스로까지 잃어야 사랑받고 있다고 느꼈다. 나는 그 흡혈귀에게 잘 어울리는 연인이었다. 둘 다 집착과 소유를 사랑으로 믿는다는 점에 있어서 언제라도 경쟁할 수 있었던 이 한심하고 추악했던 한 쌍은. 그러나 내게는 두 개의 사랑이 존재했다. 노골적이고 물성화된 사랑도 있었지만, 이상과 영혼을 향하는 다른 하나의 사랑도 있었다. 어쩌면 후자의 사랑이 더 큰 것이었을 터이다. 왜냐하면 수십 년간 나는 그것을 지니고 있던 연인에게 진정한 사랑을 품고 있었으니까. 여행 이후로 나의 마음을 독차지한 것은 사실은 그였으니까. 학문과 예술의 진정한 대변자였던 그였으니까. 나와 그의 파국은 두 세계의 충돌에서 왔다. 나와 그의 두 번에 걸친 파국은.

여성은 남성보다 더 많은 인격을 지닌다. 맞추는 쪽은 여성이다. 우리 모두는 체호프의 '귀여운 여인'이 되어야 한다. 몇 명의 남자와 몇 번의 사랑을 나누게 되면 이제 각각의 남자에게 맞는 각각의 여자를 우리는 품게 된다. 우리의 전락과 승화가 거의 완전히 우연적인 것은 남자의 가치가 스펙트럼처럼 펼쳐져 있기 때문이다. 극단적인 저속함에서부터 극단적인 고귀함까지의. 우리는 다양한 가면을 준비하고는 언제라도 새로운 남자에게 맞는 적절한 가면을 덮어쓴다. 우리 자신은 존재하기나 하는 걸까? 존재하지 않는다. 우리는 유연하다. 아직 뼈가 생성되지 않았다. 흐늘거리는 연체동물처럼 어떤 그릇에도 맞아야 한다. 새로 생겨난 뼈를 지닌 여인들은 남자가 주는 향락을 맛보기 힘들다. 남자는 뼈를 가진 여자를 싫어한다. 남자에게 가장 불가능한 것은 있는 그대로의 여자를 바라보는 것이다. 여성은 확실히 진화했다. 노처녀의 비율은 폭발하고 말았다. 방법이 없는 것은 아니다. 뼈를 감추는 것이다. 그러나 이것은 항구적인 관계를 위한 연애는 될 수 없다. 감추어진 뼈는 드러나고 말기 때문이다. 잠깐의 향락을 즐길 수는 있다. 역겨움을 더 이상 참을 수 없어서

마지막 외출

스스로 뼈를 드러낼 때까지는.

  그런 사람을 처음 경험했다. 그 이후로도 경험한 적이 없다. 여성을 있는 그대로 봐주는 사람을. 물론 자신도 있는 그대로 보이길 원했지만. 그는 여성을 자기 틀에 넣으려 하지 않았다. 그가 틀이 없었기 때문이 아니라 그는 여성 스스로가 자기에게 맞는 바람직한 틀로 성장해 나가기를 돕고자 했다. 거기에 소유욕은 없었다. 그는 물론 자기의 틀을 가지고 있었다. 그러나 그것은 단지 자기에게 맞는 틀일 뿐이다. 각각은 서로 다른 틀을 갖는 게 당연하다고 생각했다. 따라서 어떤 미리 만들어진 틀을 제시하지 않았다. 그가 바란 것은 각자의 틀을 향한 노력과 분투였다. 그러나 이러한 자발성은 두 개의 날을 달고 있다. 여성은 성장할 수도 있다. 아마도 크게 성장할 수 있다. 그러나 처음엔 몸을 잡아 주어야 한다. 안 그러면 자유로운 유영을 배우기 이전에 익사하고 만다. 여성에게 몸을 잡아줘야 한다는 것은 무엇을 의미하는가? 사랑의 맹세가 필요하다. 그에게는 그것이 없었다. 이것은 나의 자기변호인가? 그럴지도 모르겠다. 어떤 다른 여성은 강인하게 자유 속에서 성장해 나갈지도 모르겠다. 나의 한계는 명확했다.

  그에게 선의만 있었을까? 아닐 것 같다. 어쩌면 그는 책임을 회피하기 위한 수단으로 여성의 자립을 말했을 수도 있다. 그는 언제고 회피할 도피처를 미리 준비하는 성격이었다. 물론 이해할 수 있다. 그가 자신에게 예정한 삶은 지독히 고달프고 두려운 것이었으므로. 그렇다 해도 그에게 비겁함이 없었던 것은 아니다. 그는 어디에고 뛰어들기를 두려워했으므로. 그리고 그의 여자관계는 어떻게 말한다 해도 난잡했다. 아무 여자하고나 잤다. 아니 자지조차 않았다. 성교가 끝나면 끝이었으니까. 심지어는 나의 친구와도 잤다. 그 사실을 태연히 말했다. 충격과 슬픔은 나의 몫이었다. 그는 성교에 커피 한 잔 정도의 비중을 뒀다.

그는 나의 어리석음에 대해서도 웃고 바라보기만 했다. 그러나 그 경우에는 눈매를 살짝 찡그리며 곤혹스러워했다. 부드럽게 보이기를 원했지만 섬광보다 날카로운 통찰을 담고 있던 그의 눈매. 그는 나를 사랑했을까? 소유와 사랑을 동일시했던 나는 불안했다. 나는 어리석게도 묻곤 했다.

"왜 당신은 내게 사랑한다고 말해 주지 않지요?"

그는 난처해했다. 왜였을까? 내가 보기에는 그는 나를 사랑했다. 부드럽고 따스한 손길이 언제나 나의 어깨를 안아주었고 기쁨과 기대에 찬 눈이 나를 바라보았으니까. 무엇보다도 나의 아름다움에 대한 찬사를 수줍어하며 했으니까. 그는 나의 눈이 '베일 뒤의 비둘기'와 같다고 했고, 나의 가슴이 '쌍태 새끼를 밴 사슴'의 배와 같다고 했으니까. 나의 아랫배와 허벅지에 손을 얹

마지막 외출

고 있었으니까. 그러나 그의 찬사에는 있어야 할 것이 빠져 있었다. 내 것을 만들겠다는 그 욕심이 빠져 있었다. 나는 그렇게 느끼고 있었다. 그는 내게서 품위와 고결함을 본다고도 말했다. 그는 또한 십 년의 나이 차를 의식하고 있었다. 그가 보기에 나는 많이 어렸다. 그는 어린 사람을 오히려 더 조심스럽게 대했다. 이것이 그의 미덕이었다. 가르치려 들지 않았다. 오히려 그는 자신을 감추려 했다. 나는 많이 물었다. 학문과 예술에 대해 궁금한 것을 서슴지 않고 물었다. 그는 전지전능했으니까. 때때로 그는 곤혹스러워했다. 설명할 길이 없는 듯했다. 나는 그가 설명할수 없어서가 아니었음을 이십여 년이 지나서야 알게 된다. 스물세 살의 철부지는 그의 철학과 예술의 본령을 이해하기에는 너무 무식했기 때문이었다.

언젠가 나는 그가 스치듯이 말했던 것을 파고들어 갔다. '개념을 설명해달라'고. '중세의 보편논쟁은 새로운 신앙의 가능성을 불러들였다'고 했다. '새로운 신앙은 헬레니즘과의 결별을 선언하는 것'이라고 하면서. 그가 몇 번을 피했지만 나는 집요하게 파고들어 갔다. 알고 싶었다. 그러한 끈질김이 아마도 나를 가장 경쟁력 있는 대학에 입학시켰을 터이다. 피하던 그의 눈이 순간적으로 긴장하며 빛을 발했다.

"잘 들어."

그의 설명이 시작됐다. 그는 플라톤을 경멸했다. '세계에 모든 헛된 꿈을 불러들였고 인간 사이에 위계를 불러들였다'고. 그 위대한 철학자를 말할 때 그의 눈은 혐오를 억누르고 있었다. 그러고는 갑자기 소피스트와 오컴으로 도약했다. 그는 명석한 사람이었다. 그는 심오함을 싫어했다. '심오함은 어리석음과 거드름의 심층'이라고 말하며. 플라톤의 두꺼움, 칸트의 두꺼움은 그에게 혐오와 경멸의 대상이었다.

"두꺼운 철학책은 이를테면 원근법과 입체처럼 구시대의 유물이야. 육백 쪽의 순수이성비판이 팔십 쪽의 논리철학논고로 바뀌었을 때 현대가 온 거야. 현대 회화는 그 두꺼움을 제거하며 시작돼. 쿠르베는 진정한 천재야. 들라크루아의 두꺼움은 그에게서 사라져. 이제 표층의 시대가 온 거야. 새로운 길은 평면에의 길이야. 새로운 비아 모데르나(Via Moderna)는 원근법을 저버리며 시작돼. 마사치오는 폐위되고 이제 세잔이 왕이야."

그러고는 중세의 그 신비한 세계를 펼치기 시작했다. 토마스 아퀴나스와 오컴을 대비시키며. 나는 결사적이었다. 어떻게든 이해하려 애썼다. 구토증이 일었다. 속이 메슥거리기 시작했다. 그러고는 갑자기 눈앞이 하얘지며 눈앞에 검은 점들이 찍히기 시작했다. 졸도하고 말았다. 유명론 부분에서 그랬던 것 같다. 나중에 그는 말했다. '설명을 듣던 금색 태양이 눈앞에서 사라졌다'고. 옆의 의자로 쓰러져 버렸다. 세상에는 진정한 심오함이 따

마지막 외출

로 있다.

세빌리아의 이발사의 그 밤은 이러한 우리의 교제에 어떤 계기가 될 듯도 했다. 그런데 나는 왜 그 흡혈귀와의 관계를 청산하지 못했을까? 거기엔 두 개의 이유가 있었다. 하나는 그가 필요했기 때문이었다. 그의 확고한 집착에서 오히려 나는 위안을 얻고 있었으니까. 두 번째 이유는 나의 새로운 연인에게 있었다. 그는 확고하지도 집착하지도 않았으니까. 정말이지 그는 초연했다. 그는 남자들 특유의 그 소유욕을 발동시키지 않았고 육박하지도 않았다. 그는 재기발랄하고 품위 있는 사람이었다. 그의 동작은 그의 두뇌만큼이나 민첩하고 가뜬했다. 아마도 모든 여자가 그를 좋아했으리라. 내게 대한 사랑은 그 가뜬함이었다. 그의 가뜬함을 이해하는 데 수년이 걸렸다. 그리고 그가 사랑과 결혼에 부여하는 의미를 이해하는 데도 같은 시간이 걸렸다. 아니 어쩌면 지금도 이해하지 못하고 있을지도 모르겠다. 나는 당시에 그의 초연함을 불안과 초조로밖에는 받아들일 수 없었다. 그는 사회적 규범으로서의 결혼을 부정하고 있었다. 그리고 또한 그가 스스로에게 강제하고 있는 학구적 의무는 가정 생활을 수용할 수 있는 종류의 것이 아니었다. 그것이 두 번째 이유였다.

나는 돌이켜 생각한다. 만약 그가 사랑한다고 말해 주고 매일 같이 만나주고 계속 전화를 해주었다면 아마도 그 흡혈귀와의 관계는 청산했을 것이라고. 그러나 둘은 그보다 훨씬 소중한 어떤 것을 잃었을 것이다. 그가 필사적으로 지키고자 했던 것을. 사랑의 가능성을 소유로 대치했을 것이다. 그리고 그는 가정을 우선시할 것이었고 돈을 벌려 노력했을 것이다. 그의 집필에의 꿈은 사라졌을 것이다. 내게는 그의 책보다 그의 사랑이 먼저였으므로. 둘은 공존할 수 없다는 사실을 나중에야 알았다. 그리고 소유가 사랑의 생생함을 몰락시킨다는 사실도 전혀 몰랐다. 나의 가치는 거기에서 그친다. 이것이 유감이다.

그는 돌아서지 않았다. 우리는 집 앞에서 마주 보고 서 있었다. 그의 플란넬 양복은 웅덩이에서 반사되는 가로등 빛을 받아 밝고 어두운 줄무늬를 만들며 반짝이고 있었다. 그는 마치 꿈속에 서 있는 듯했다. 그가 빤히 내 얼굴을 바라보며 머뭇거리고 있을 때 나는 무엇인가가 발밑에서 진동하고 있다고 느꼈다. 무엇인가가 다가오고 있다. 그렇지 않다면 가슴이 이렇게 두근거리지도 입술이 이렇게 타지도 않을 것이다. 나는 가까스로 서 있었다. 그 침묵과 망설임이 더 길었더라면 쓰러질 것 같았다. '그는 왜 이리도 우유부단한 겁쟁이인가? 무엇이 그리도 두려운가?' 그는 마침내 시작했다. 우리 관계는 새로운 전기로 들어가는 듯했다.

"우리가 같이 살 수 있을까? 너보다 십 년이나 나이가 많고 전임이라는 초라한 직업을 갖고 있어. 나는 책을 쓰게 될 거야. 이 초라한 직업조차도 놓아야 할 거야. 전력을 다하지 않으면 쓸 수 없는 책이야. 우리는 가난할 거야. 말했지만 서양 예술사를 쓰고 싶어. 형이상학적으로 해명되는 예술사를 말이야. 이건 어려운 일이야. 나의 교수들이 불가능하다고 한 일이야. 나는 십 년 전에 그 결심을 했어. 아마 실패할 거야. 모든 사람이 실패했듯이 실패할 거야. 쓰는 데만 십 년은 걸려. 준비하는 데도 그만큼의 시간이 걸릴 거고. 나는 철학에도 과학에도 능란해져야 해. 이 예술사는 이를테면 강이기 때문이야. 길고 깊게 흐르는 강 말이야. 표면에는 예술이 흐르지만, 하상에는 철학이 깔린 강. 탐험되지 않을 정도로 심오한 강 말이야. 내가 원하는 건 모든 양식에 대해서야. 방대한 양이야.

너는 젊고 아름다워. 나는 온 천지를 돌아다녔지만, 너만큼 예쁜 애를 보지 못했어. 네 눈이나 네 웃음을 한 번 상상하는 것만으로도 나는 도취하고 말아. 내가 어디에 있는지도 모를 정도로 혼이 나가곤 해. 내가 처음으로 발견한, 앞으로도 볼 수 없을 아름다움이야. 그리고 너는 가장 좋은 대학을 곧 졸업할 거야. 네 앞에는 남자와 관련해서 많은 가능성이 기다리고 있어. 그런데 나를 선택할 거야? 나는 두려워. 원망과 실망으로 서로를 파괴할 거야. 우리가 함께 할 수 있을까? 그래도 네가 동의한다면 나는 시도할 거야. 시도조차 안 해보고 아쉬워하긴 싫어. 용기를 내볼 거야. 함께 하겠어?"

나는 얼마나 바보인가! 이렇게 말한 사람을, 이런 천사를 파괴한 나는 도대체 어떤 종류의 괴물인가? 이 지혜롭지만 연약한 천사를 가혹한 원망으로 붕괴시킨 나는 도대체 어떤 마녀인가? 내 이빨은 무엇으로 만들어졌고 내 손톱은 어떤 강철로 만들어진 것인가? 나의 성대는 부식되고 나의 눈은 불에 타야 한다. 나는 원망을 퍼부었던 나의 목을 저주하고 분노의 열기를 품었던 나의 눈을 저주한다. 지상 세계의 가장 순결한 사람에게 바람둥이의 혐의를 씌운 것은 어떤 악마에 의한 것이고, 거짓말을 하도록 강요하면서 동시에 그를 거짓말쟁이라고 매도한 것은 어떤 악마에 의한 것인가?

나는 누구도 후회하지 않기를 권한다. 이런 후회에 휩싸이느니 차라리 죽는 것이 낫다. 그는 예언자였다. 우리 사랑이 어떤 것이 될지를 미리 알았다. 그러나 나는 자신 있었다. 우선 이 사람을 소유하고 싶었고 그의 지혜의 먼 심연까지를 탐구하고 싶었다.

"우리 엄마는 나이 차가 많은 편이 좋다고 말했어요. 그래야 사랑받는다고. 저는 좋아요. 할 수 있어요. 오늘 같은 날이 일 년에 하루만 있어도 나는 견딜 수 있어요. 가슴의 향기를 오늘

마지막 외출

같이 맡을 수만 있다면 삶이 지금처럼 고통스러워도 견딜 수 있어요. 당신은 제게 모든 것이 될 거예요. 사랑해 주세요. 나는 무어라도 할 수 있어요. 나는 사랑만을 원해요. 다른 것은 없어도 좋아요. 가난하다면 제가 벌겠어요. 저녁에 얼굴을 한 번만 만져주세요. 그날의 모든 피로가 풀릴 거예요. 당신이 장난스럽게 내 눈을 한 번만 스쳐줘도 나는 보름은 견딜 거예요. 사랑해요."

그는 돌아섰고 내 인생의 두 번째로 중요한 날은 그렇게 끝을 맺었다. 그는 이번에는 헤어짐을 슬퍼하는 듯이 보였다. 그는 곧 택시를 탈 거고, 어쩌면 계속 내 생각을 해줄지도 모른다. 그리고 어쩌면 내일 바로 전화를 해줄 수도 있다. 이번에는 정말로...

나는 이 모든 것들에 대한 나의 기억을 적었을 뿐이지 사실을 적은 것은 아니다. 어쩌면 그날의 일들은 위와 같지 않았을지도 모르겠다. 세빌리아의 이발사는 그날 저녁 TV에서 방영되었으니까. 오스트리아에서의 공연 실황이 KBS에서 방영되었다. 그러고 보면 내가 본 출연진들은 모두 외국인이었다. 거기에는 한국 가수가 단 한 명도 없었다. 빈 국립오페라단이었던 것 같다. 나는 그것을 보다 말고 서둘러 나갔었다. 이미 약속 시각에 이르고 있었다.

어머니는 부엌에서 모든 냄비와 그릇을 내던지고 있고 나는 몸이 쑤셔서 일어날 수가 없다. 그리고 보면 나는 그 흡혈귀에게는 내 새로운 연인과의 관계를 플라토닉한 것으로 말하고 있었다. 재밌는 것은 −에 −를 곱하면 +가 되듯 거짓말에 거짓말을 곱하면 진실이 되고 만다. 두 사람 모두 그것이 거짓말임을 알고 있었다. 속이고 속고 있다고 생각한 사람은 나뿐이었다. 두 남자의 대응은 드라마틱하게 달랐다. 흡혈귀는 미쳐가기 시작했고 끈질긴 추궁과 분노로 나를 더욱 탕진시키고 있었다. 나의 진짜 연인은 모르는 체하고 있었다. 나는 그가 사실을 모른다고 생각했다. 그가 모든 것을 알고 있었다는 사실은 역시 이십여 년이 지나서 알게 된다.

그렇다면 어제의 기억은 무엇인가? 부엌에서 그릇이 날아다닌다는 것은 그 전날 밤에 내가 만취해서 들어왔다는 사실의 증거이다. 그리고 나는 투피스를 입은 채로 자고 있었다. 내가 국립극장에 가기 위해 꺼낸 것까지는 기억한다. 그다음이 진공이다. 어젯밤에 나는 무엇을 했을까? 내가 이른 시각에 모텔에 끌려들어 가긴 했다. 빨리 나오지는 못했을 것이다. D는 언제나 한 번으로는 만족 못 했으니까. 나는 얼른 핸드백의 속주머니에 손을 넣었다. 매표소에서 내 티켓을 거기에 보관했다. 행복한 날의 확고한 기념품으로. 그러나 거기에서 나온 것은 싸구려 콘돔이었다. 아마 쓰고 남은 것 중 하나인 듯하다. 술을 마시며 희망을 사실로 바꾼 것일까? 그런 것 같다.

그렇다면 나는 오페라 약속을 펑크낸 거다. 그 흡혈귀에게 걸려들면 빠져나올 방법이 없으니까. 아니면 실제로 국립극장에 갔었을까? 그러나 보름 후에 만난 나의 새로운 연인의 태도는 전혀 달라진 것이 없다. 약간의 원망이라도 했더라면. 그랬더라면 나는 사실을 터뜨릴 수 있었을 텐데. 그런데 그가 결혼을 약속하지 않았는가? 나는 결국 배타적 관계라는 목적을 달성하지 않았는가? 그러나 오페라가 기억에 없다.

그의 사랑

그는 그다음 만남을 항상 똑같은 태도로 시작했다. 나는 부풀어서 헤어진다. 다정했던 눈초리, 아름다운 대화, 깃털 같은 포옹, 매혹적인 섹스. 그는 과묵한 사람이었지만 내 질문에는 더없이 친절하게 답해주곤 했다. 막힘이 없었다. 소크라테스 이래의 모든 철학과 구석기 동굴 벽화 이래의 모든 예술이 그의 품에 있었다. 그는 눈을 가느스름하게 뜨고는 먼저 그의 생각을 정리했다. 그러고는 신비스러운 통찰을 전개했다. 적절하고 매혹적인 예증을 곁들여. 그는 이 순간에 자기 세계에 박제된 듯 고정되어 있었다.

이것이 내겐 열정적인 섹스의 전희였다. 그의 열정은 이 순간만은 그의 학문에 가 있었다. 그러나 내게는 그렇지만은 않았다. 남자는 분석하고 여자는 종합한다. 그는 순간적으로 스스로를 나로부터 분리시켜 그가 구축한 그만의 세계로 후퇴해 들어갔다. 그러나 그의 학구적 열정은 내게 성적 매력으로 번져 왔다. 나는 어리석게도 이 태도를 나에 대한 성실함만으로 보았다. 이 다정스러움은 새로운 국면으로 이어질 거라는 기대를 또한 하게 했다. 다음 만남은 더 눈부실 것이고 더 다정스러울 것이다. 나도 덜 두려움에 떨 것이다. 먼 곳을 보는 그의 눈매도 나를 향할 것이고, 자기 세계에 덜 갇힐 것이고, 어쩌면 둘 사이를 항구적으로 볼지도 모른다. 어쨌건 좀 더 내 사람이 되어 있을 것이다. 그의 열렬한 설명은 내게 이러한 기대를 불러왔다. 나만이 빠져 있는 환각이었다. 그는 지적인 바람둥이였을 뿐인데.

전화를 기다리기 힘들어서 약속을 미리 정하자는 제안을 조심스럽게 했다. 자존심을 최대한 억제해서 힘들게 한 제안이었다. 그는 그러자고 했다. 그리고 쉽게 다음 약속을 했다. 멀찍이 3주 후를 잡아서. 물론 한 달간 연락 두절인 경우도 있었다. 그러나 보통은 2주일에 한 번은 봤다. 3주는 너무 길었다. 그래도 약속된 3주가 막연한 2주보다는 좋았다. 문제는 그 3주 후에 또 약속 없이 헤어졌단 사실이다. 그의 세계는 미궁이었다. 마법에 걸린 세계가 그를 끌고 다니고 있었다. 도대체 어떤 마법이?

그에겐 두 개의 세계가 있었다. 하나는 여자들의 세계였고 다른 하나의 세계는 물론 학문과 예술의 세계였다. 그는 교묘하게 두 세계를 넘나들었다. 그는 여자들에 따라 변주를 했다. 지적 위계를 부여하고는 각자의 수준에 맞는 대화를 개시했다. 그는 유연해서 어디에든 맞출 수 있으니까. 그 퍼포먼스는 결국 침대 위에서 끝날 것이다. 섹스가 끝나고는 살이 닿는 것조차 싫다고 했으니까. 다행히 내게는 그렇지 않았다. 끝난 후에도 다정하게 안아주고 다시 커피숍으로 아니면 식당으로 가곤 했으니까. 언제라도 철학과 예술에 대해 말해 줬으니까.

다른 하나의 세계는 침대 위에서의 그의 천박함과는 비교할 수 없는 세계였다. 그것을 천박이라고 보는 것은 확실히 나의 편견이다. 그러나 당시에 내게는 그렇게 보였다. 플라톤을 좋아하고 해체가 뭔지조차 몰랐던 내게는. 나는 기껏 그리스와 르네상스를 좋아했던 풋내기였다. 기실 그는 통상적으로는 여자에게 지독히 나쁜 남자였다. 그는 여자에게서 육체적 욕구의 해방만을 취했다. 돈이 필요한 여자에게는 지갑을 다 털어 줬지만. 그러나 여자에게 시간과 정열을 들이지는 않았다. 그의 기력과 시간의 대부분은 그가 서재라고 부르는 토굴 같은 단칸방에서 보내졌다. 그는 거기서 하숙살이를 하고 있었다. 여자를 그곳으로 들이지는 않았다. 아마 이웃 보기에 창피해서였을 것이다. 여기가 그의 본령이라는 사실 그것도 엄청난 작업이 진행되는 곳이란 사실은 한참이 지나서 알게 된다. 그가 발표하는 책을 읽어 나가며.

마지막 외출

그는 이 골방에서 그의 주저인 예술사의 구상을 했다. 그때 이미 대강의 차례는 다 써진 듯하다. 내가 그의 방에 찾아간 것은 그가 우울증을 앓으며 소식이 끊어진 때이다. 그는 거기에 없었다. 그러나 나는 거기서 그의 작업의 흔적을 본다. 노트에 책의 목차들이 어지럽게 휘갈겨져 있었다. 예술사도 철학도 어려운 세계이다. 그러나 이 둘을 묶는 것은 더욱 어려운 세계이다. 그가 아마도 모든 양식이 고유의 서로 닮은 철학에 기초한다는 사실을 처음으로 간파한 사람일 것이다. 이것은 놀라운 직관이다. 그러나 더욱 놀라운 것은 그가 실제로 이 작업을 해냈다는 사실이다. 그는 세계관과 예술 양식을 일치시켜 설명했다. 다섯 권의 책을 통해. 그 책들은 우아함과 극적 통찰, 간결함과 방대함 모두를 가지고 있었다. 논리의 사뿐거리는 도약과 선명하고 깊이 있는 이해는 이 책에서 행복한 결합을 이루고 있었다. 이 세계를 내가 공유하지 못했다는 사실이 유감이다. 그는 이 책들을 전적으로 홀로 구상했고 홀로 써 나갔다.

그는 두근거리게 하는 공수표를 남발해 왔다. 그도 때때로 들떴다. 그도 환각에 사로잡혔다. 무엇인가 그날의 통찰이 있었을 것이다. 아니면 몇 명의 가능성 있는 학생을 만났거나. 그는 우연히 몇 명의 좋은 학생을 가르치게 된 사실에 기뻐서 시를 짓기도 했다.

나는 어떤 차를 운전하네

나는 어떤 차를 운전하네

낡았지만 아직은 좀 더 여행할 수 있는 차를.

차는 보물로 가득하네

힘겹게 얻어진 보물들로.

시간의 끝에서, 세계의 끝에서, 바다의 심연에서,

푸른 창공에서 얻어진 것들.

나는 이제 천천히 운전하네

차도 낡았지만 서둘러 운전할 이유도 없어서.

새로운 보물들이 가까이 있으니까.

그렇게 그들은 내 차에 동승했네

어떤 이는 매화와 라일락과 더불어

어떤 이는 코스모스와 국화와 더불어

어떤 이는 겨울바람과 포인세티아와 더불어.

수많은 얘기들이 나뉘었네

신비, 아름다움, 비밀에 대한 얘기들.

심연에서 걷어 올려진 얘기들.

거듭되는 새로움에 놀라며.

마지막 외출

언젠가 더 이상 갈 수 없겠지

나의 차도 나의 운행도

덜컹거리고 멈추고 가까스로 다시 가다 영원히 멈추겠지.

그래도 우리 영혼은 불멸을 향해 나아가겠지

선명한 눈, 부푼 가슴, 맑아진 머리와 더불어.

그때엔 행복해했다. 그러고는 호사스러운 약속을 하곤 했다. 그의 말대로라면 화성 여행도 같이할 참이었다. 용서할 수 있다. 비난조차 할 수 없을 만큼 두근거렸으니까. 얼어붙게 만드는 충격적 행복을 줬으니까. 그러나 이 두근거림과 충격은 영원한 것이어야 했다. 내 등기권리증으로 물화되어야 했다. 도대체 왜 이것이 어려운가? 서로가 서로의 소유물이 되는 것은 공평하지 않은가? 나의 두근거림과 그의 초연함은 불공정한 거래 아닌가?

그에게 결국 말하지 못한 것은 그에 대한 나의 두근거림, 나의 열기, 나의 사랑이었다. 모든 남녀관계는 남자의 주도적 적극성에 의한다는 한편으로는 편협한, 한편으로는 자만심 넘치는 생각을 지니고 있었다. 나의 하루의 눈 떠 있는 대부분의 시간이 그를 생각하며 흘러가고, 수업 시간에도 간헐적으로 그를 생각하고, 잠드는 때에는 그의 품이 더없이 그리웠어도 이런 말을 할수가 없었다. 결판을 낼 수가 없었다. 결판은 그가 내야 했다. 만약 그에 대한 나의 사랑을 진심으로 고백했더라면 어땠을까? 이것은 단지 그를 당혹시켰을 뿐일까? 나는 이 말을 결국은 하게된다. 한 여자가 한 남자를 얼마만큼 크게 사랑할 수 있는가를. 그러나 이것은 그 후 십여 년이 지나서 내가 결혼한 상황에 처해 있었을 때였다. 아마도 이미 결혼했고 이제는 어찌해 볼 수도없다는 자포자기가 내게 용기를 주었다. 과거형을 사용하긴 했다. 하나의 도피처로서. 나의 이 고백은 예상과는 달리 그를 감동시킨다. 그러나 이것은 비극의 시작이었다. 나의 영원한 악몽으로 남게 되는.

그때 그는 수십 년을 품어온 예술사의 대부분의 주제를 머릿속에 정리해 두었다. 그의 열기는 이제 뿜어지기만을 기다리고 있었다. 그는 한결 여유 있는 모습이었고 홀가분한 모습이었다. 한편으로 남아 있는 집필의 고투를 두려워하면서. 그는 말했다.

"배우는 것과 이해하는 것은 다른 문제고, 이해하는 것과 가르치는 것은 또 다른 문제야. 그런데 가르치는 것과 글로 응고시키는 것은 정말이지 가장 다른 문제야. 거기에는 일고의 애매함도 없어야 해. 나의 통찰과 이해가 상대편의 지적 영역 안으로투영되는 거야. 쉽지 않지. 수없이 많은 책이 있지만 그런 통로를

마지막 외출

거친 책은 고전 외에 없어."

그가 사랑의 거래 자체를 부정한 이유를 지금은 알겠다. 사랑을 거부한 것이 아니라 거래를 부정한 것을. 나는 그가 나뿐만 아니라 많은 여자와 성적인 관계를 맺고 있는 것을 알게 됐다. 그는 그 사실을 그의 입으로 말했다. 아주 태연하게. 나는 절망했다. 결단이 요구되고 있었다. 이 사람을 이대로 계속 만날 수는 없을 거 같았다. 양다리를 걸치고 있던 나도 물론 떳떳한 처지는 아니었다. 그렇다 해도 그에게 격분한 것은 왜일까?

문제는 사랑과 성적 관계 사이에 부여하는 서로의 생각이 다르다는 사실을 나는 몰랐다는 데 있다. 내가 말하던 종류의 사랑을 그가 지니고 있지 않았던 것은 분명했다. 나의 혼란의 동기도 이것이었다. 그는 때때로 중얼거리곤 했다.

"사랑은 사랑이고 섹스는 섹스야. 사랑을 위해 사랑하고 섹스를 위해 섹스하는 거야. 두 개를 섞는다는 것은 둘 모두의 순수성을 해치는 거야. 퓨전은 어느 하나도 제대로 못 하는 사람들이 섞어 치기 하는 거야. 구원을 위한 신앙이 아니라 신앙을 위한 신앙, 이것만이 유일하게 가능한 신앙이야. 행동하는 지성이라니 웃기는 얘기야. 행동은 행동이고 지성은 지성이야. 행동만을 위한 행동, 지성만을 위한 지성 말이야. 행동하는 지성? 이건 한편으로 권력욕이 교수들을 자기네로 끌어들이기 위해, 교수들은 사회에서 발언권을 유지하기 위해 서로 간에 맺은 결탁에서 나온 거야. 더 웃기는 건 뭔지 알아?

학문은 학문이고 학위는 학위라는 거야. 학문은 호기심을 채우는 거고 학위는 직업을 얻기 위한 거야. 문제는 학위 많이 가진 사람들이 학문을 했다고 믿는 거야. 학문은 혼자 틀어박혀 고민하는 시간이 많아야 하고 학위는 절차를 준수하며 대학 신임장을 갱신해야 하는 거야. 그러니 교수들이 단지 교수라는 직업을 가졌다는 이유로 스스로를 지성인이라고는 생각하지 않았으면 해. 아니면 지성에 다른 의미를 부여하거나. 교수에게서 유의미한 지적 성취가 드문 건 이유가 있어. 그들은 생생한 학문과 예술을 화석화된 고루한 엉터리 이론으로 교체하지. 먹고 살자니 하고 있지만 거지로라도 살아갈 수 있을 때 때려치울 거야. 학장 면상에 사표를 던지는 거지. 권력자의 번데기 얼굴에. 그 쪼글쪼글한 면상에. 난 소위 학문 쪽에 관심이 좀 있는 고로.”

나는 당시에 교수가 꿈이었다. 그의 말은 교수를 매도하고 있는 것처럼 들렸다. 그는 교수를 매도하지 않았다. 단지 학문의 위임을 자임하는 교수를 매도할 뿐이었다. 밥벌이로서의 교수직을 생각하고 있던 사람들을 그는 오히려 변호했다. 그가 비난한 사람들은 거드름 피우는 교수들이었다. 나는 학문과 교수가 맺고 있는 관계가 그렇게 부정될 수 있다고는 생각하지 않았다. 아니다. 생각하지 않았다기보다는 생각할 능력이 없었다. 나는 스물세 살의 어린아이였을 뿐이었다. 이상주의의 환각에 빠져 있는, 교수들이야말로 학문과 예술의 대변자가 아닌가.

나는 그에게 감사하곤 했다. 지성과 예술에 대한 소개를 그의 헌신이라고 말했다. 그의 대답.

"절대 아냐. 이기심의 충족이야. 네가 똑똑해질수록 내가 잘난 사람인 줄 알 거니까."

이 완전한 오만과 냉소. 그럼에도 그는 여성에게 호소력 있었다. 뚜렷하게 잘생겼다고는 할 수 없었지만 섬세하고 세련되고 조화로운 표정을 지녔고 가뜬하고 매혹적인 재기발랄함을 지니고 있었다. 그러나 이 모든 것보다도 그의 호소력은 이 날카로운 발톱을 부드러운 근육으로 싸고 있었다는 사실에 있었다. 그는 관용할 줄 알았다. 온갖 어리석음이 난무했다. 신념에 찬 어리석음들이.

그는 단지 어깨를 으쓱하며 말할 뿐이었다.

"신념과 관련해서 중요한 것은 신념을 가져서는 안 된다는 거다. 이건 간단한 거야. 신념은 유행일 뿐이야. 오늘까지 모순되는 많은 신념이 있었어. 오늘의 신념도 곧 부끄러움이 될 거야. 이것은 신념이 없이 살아야 한다는 건 아냐. 신념은 가져야 해. 그러나 그 신념은 자기 인식적이어야 해.

'지금 나는 그 신념에 물들어 있지만 그것은 단지 오늘 그것이 필요할 뿐이기 때문이다. 그것은 당위는 아니다. 단지 우리는 어디론가 움직여야 하고 그것은 지금 판단의 어느 방향을 지시해 줄 뿐이다. 그러나 그 별들이 언제고 태양은 아니다. 태양이 존재하는지조차 모르겠다.'

이것이 중요한 거야. 신념 자체가 독단은 아니야. 신념에 항구성과 불변성을 부여할 때 독단이 되는 거야. 우리 시대의 업적은 신념을 '침묵 속에 지나쳐야 할 것'으로 인식했다는 거야. 그것은 말해져서는 안 되는 거야. 단지 품어질 뿐인 거지. 언어는 실증성과 구속력을 전제하지만, 신념은 그러한 것을 지니고 있지 않아."

나는 이 말을 이해할 수 없었다. 마음에 새겨진 것은 단지 그가 이 말을 할 때 지녔던 고요하고 사려 깊은 표정, 그리고 가뜬한 분위기였다. 그는 거드름을 피우지 않았다. 그는 오만할지언정 거드름을 피우지는 않았다. 심오한 통찰을 가볍게 지나치듯이 말하곤 했다. 그러나 지나치면 안 됐다. 깃털같이 하늘거리는 그의 언어는 사실은 어느 것보다도 무거운 사유를 가뜬하게 말할 뿐이었다.

그는 사유도 사랑했지만 언어도 사랑했다. 또한, 그는 심미적 세계도 사랑했다. 아마도 그는 삶이 주는 모든 것을 사랑했다. 심지어 소멸과 비극도 사랑했다. 그는 삶 자체를 사랑했다. 그의 말은 간결했다. 그러나 그 간결함의 이면에는 오랜 시간의 고통스러운 사색이 깊이 잠겨 있었다. 거기에 무게를 담기에는 그는 언어를 지나치게 사랑했다. 그에게 언어는 즐거움이었다. 그것은 간결해야 했다. 그의 삶이 간소하듯 언어도 간소했다. 그러나 그의 사랑에는 소유는 없었다. 그는 삶을 소유하려 하지 않았다. 그는 말하곤 했다.

"삶은 살아지는 것이지 소유되는 것은 아니야. 언어도 예술도 마찬가지야. 그것은 말해지고 감상되고 사유되는 것이지 소유되는 것은 아니야. 소유는 모든 것을 망쳐. 소유하는 순간 우리 의식은 그것을 깊은 무의식 속에 밀어 넣고는 더 이상 살펴주지 않아. 사실은 소유하지도 못하지. 단지 그것들을 더 이상 필요 없다고 느낄 뿐이지. 한때 관심을 가졌지만, 곧 의식에서 사라지고 말지. 사랑을 결혼으로 물화시키듯이 모든 것들을 물질화하는 거야. 사랑을 소유하게 된 거지. 소유는 고착이야. 생명을 위장하는 시체야."

그는 내가 가슴 졸이는 것을 알고 있었을까? 물론 알고 있었다. 단지 거기에 관심이 없었을 뿐이다. 그는 가끔 가엾다는 듯이 나를 쳐다보곤 했다. 그러나 그의 눈은 나의 얼굴 위의 어딘가로 곧 향하곤 했다. 그 눈은 분명히 스스로에게로 회귀하는 눈이었다. 아마도 그는 스스로도 자유롭지 않은 정념과 욕심을 바라보고 있는 듯했다. 그 역시 그것들의 노예였다. 그가 특별했던 것은 거기에서 벗어나려 노력하고 있다는 사실에 있었다. 나는 물은 적이 있었다.

"어떻게 일주일을 보내지요?"

그는 간단히 말했다.

"판단은 어렵고 기회는 달아나지."

이 말이 히포크라테스의 금언이라는 것은 나중에 알았다. 그는 그 일주일간 아마도 무엇인가를 읽고, 무엇인가를 생각하고, 무엇인가를 끄적거렸을 것이다. 커피숍에서 만나곤 했다. 내가 늦을 때면 그는 구겨진 종이 위에 뭔가를 적고 있었다. 내가 보여 달라면 거절했다. 습작은 보여줄 수 없다고. 언젠가 나는 그가 바로크 이념에 대해 *끄적거린*(그의 표현으로) 것을 들여다본 적이 있다. 고맙게도 그가 내버려 둔 채로 화장실에 갔다. 물론 나는 그것을 이해하지 못했다. 그러나 알 수 있었다. 뭔가 다르다는 것을. 힘차고 자신만만하고 화려하고 아름다운 사유가 간결하지만 우아한 문체에 실려 가고 있다는 사실을. 그것은 고루한 아카데미즘과는 다른 생생한 생명력과 통찰과 문체라는 것을. 나는 아마도 그의 재능을 알아본 최초의 사람이었다. 그것은 내가 그의 어떤 것을 구체적으로 이해해서는 아니었다. 단지 직관이었다. 그는 그런 것들을 끄적거린 거 같다.

같이 지하철을 타고 가다 놀란 적이 있다. 오른손으로 이마를 짚으며 눈을 급하게 깜박거리기 시작했다. 찬바람이 부는 느낌이 들었다. 완전히 조용해진 그는 이마를 찌푸린 채 눈을 가늘게 뜨고 고통스럽고 긴 사색에 들어갔다. 누구도 그의 세계에 침입하면 안 될 거 같았다. 아아, 그는 외로운 사람이었다. 그의 바람기에도 불구하고 그의 세계를 공유해 줄 사람은 하늘 아래 없었다. 나는 그의 분투를 목격하고 있었다. 그는 완전히 혼자였다. 그는 그의 시간 대부분을 그렇게 보냈을 것이다. 우리가 내려야 할 역을 지나쳤다. 그는 미동도 없었다. 이제 다음 역이 구파발이다. 종점이다. 우린 지하철을 거꾸로 다시 타야 한다. 그는 잡아끄는 대로 따라왔다. 그러나 그의 정신은 단 한 걸음도 옮기지 않았다. 그는 갑자기 일어섰다. 종이 쪼가리를 꺼내 지하철 문의 유리창에 받치고는 무엇인가를 휘갈기기 시작했다. 사람들이 그를 흘긋거리며 내리고 탈 땐 잠시 멈췄지만, 이내 계속 휘갈겨 나갔다. 다시 자리에 앉았을 때 그는 완전히 탈진해 있었다. 완전히 의기소침해진 그는 종이를 접어 안주머니에 넣었다. 아주 굼뜨게 주섬거리며. 그는 이 순간 하나의 세계를 건설했다.

그는 나중에 그날을 설명해 주었다. '추상예술과 현대 기호학 세계의 유비를 찾아냈다'고. 여유로워진 그는 말했다. '기호가 실증적 세계를 대치하듯 추상예술이 전통적인 모방의 예술을 대치한 것'이라고. '세계가 낯선 것이 되었을 때 인간은 만들어진 세계로 그것을 대치했다'고. '지하철에서 떠오른 생각은 이것이 었다'고. 이것은 소귀에 경 읽기였다. 그도 이해를 기대하지 않았다. 그러나 나는 이 경험을 통하여 진정한 통찰과 생명력 넘치는 글이 어떻게 쓰이는가는 알게 되었다. 그것은 자료조사와 세미나 등의 거창한 프로세스에 의한 것은 아니었다. 그것은 자신을 쥐어짜는 고투 끝에 단숨에 나오는 호흡이었다. 그는 일단 쓰기 시작하자 단숨에 해치웠다. 깊이 들이쉰 숨을 단숨에 해방시키듯이. 글은 호흡이었다. 생명력 넘치는 글은.

나는 이제는 그가 먼저 그것들만을 하지는 않았다는 사실을 안다. 그는 다른 여자들의 미소와 두근거림과 육체 역시도 즐기고 있었다. 아마도 그의 눈을 똑바로 보지 못했을 그 여자들. 그 여자 모두를 즐기며 골랐을 것이다. 그는 캐나다에서 임용 첫해를 보냈다. 그때 여성 편력이 시작되었다고 말한다. 캐나다 시골의 어떤 아가씨와의 한 달간의 동거가 있었다고 한다. 그녀는 몹시 수줍어하는 아가씨였다고 한다. 그는 눈을 똑바로 못 보는 그녀를 향해 말하곤 했단다.

"왜? 눈부셔?"

그는 때때로 유학 시절의 외로움에 대해 말한 적이 있었다. '한국에선 정신적으로 외로울 뿐이지만 유학 시절엔 정신적으로 물리적으로 다 외로웠다'고. 더구나 박사 과정 때 갑자기 닥친 분열증은 정말 공포스러웠다고. 눈앞에 환영이 보이고 그는 그 환영과 얘기를 나누곤 했다고 한다. 그의 좌절감은 형언할 수 없었다고. 그는 그 극복을 기적이라고 말한다. 그는 고통을 과장하지 않는다. 그가 힘들었다고 말할 땐 죽을 만큼 힘든 경우를 말했다. 더구나 그는 교과 과정에서의 성취에 만족할 수 없는 사람이었다. '진정한 통찰과 A 학점은 그렇게 상관관계가 있지는 않다'고 말하며. 그는 비트겐슈타인의 논리철학논고의 이해를 위해 애썼던 순간들을 담담히 말하곤 했다.

"언어 철학이 교과 과정에 있는데도 불구하고 누구도 정면으로 논고를 다루지는 않는 거야. 난 만족스럽지 않았어. 리뷰는 리뷰일 뿐이야. 호메로스가 말했어. 사태의 본질로 들어가라고. 난 언제고 원전을 읽기를 원했어. 천재들과 직접 만나고 싶었어. 논고는 어려운 책이야. 아리스토텔레스의 형이상학에서도 고생했지만, 이 정도는 아니었어. 그 책은 간결하게 서술되는 수수께끼 같은 언명으로 이루어져 있어. 팔십 쪽의 작은 책이야. 그렇지만 심오함은 양의 문제는 아니야. 단 다섯 개의 공준에서 수백 개의 기하학적 정리들이 연역되는 것을 상기할 노릇이야. 난 정면 돌파를 택했어. 항상 그래왔던 것처럼.

매번 벽에 부딪혔어. 그때마다 전공 교수들을 찾아갔지만 애매하고 아리송한 답변만을 했어. 이번에는 다른 대학의 전공 교수들에게 팩스를 보냈어. 몇 번 명제의 해제를 부탁한다는 식으로. 한 번은 일곱 명에게 보냈어. 단 두 명이 답신했어. 매우 솔직하게 자기도 모른다고 답변했어. 탐구는 결국 당신 스스로에게 달린 것이라고. 그때 이후로 고행이었지. 몇 날 며칠을 한 문장에 매달린 적도 있어. 결국은 해낸 거 같아. 언제고 이 책의 해제를 낼 거야. 나를 닮은 어떤 학생이 내가 겪은 고행을 면하게 하고 싶어."

나는 실제로 이 책의 출간을 보게 된다. 흰 바탕에 빨간 글씨로 당당하게 '논고 해제'라는 제목을 단 책을. 서문부터가 충격이었다. 이 서문은 기념비적인 것이 될 수도 있다. 그것은 책 전체의 핵심을 간결하게 요약하고 있으면서 그 자체로 하나의 형이상학을 펼쳐내고 있었다. '형이상학의 사라짐이야말로 새로운 형이상학'이라고. 그는 첫 번째 명제 역시도 선명하고 자신감 넘치게 해명하고 있었다. 거창한 플라톤의 존재론을 단숨에 붕괴시키며. 프레게의 선언을 인용해 가며. 이것은 업적이었다. 그러나 그가 한 모든 일과 마찬가지로 칭찬받지만 읽히지 않을 업적이었다. 읽히기엔 너무 어려운 주제에 매달렸다. 그는 이 책으로 한국 출판문화상을 받는다. 그러나 이것은 한참 후의 일이다. 더 이상 철학이나 예술사 등의 이론서를 내지는 않겠다고 결심한 순간, 그리고 방향을 새롭게 설정해서 소설을 쓰기로 한 순간 출판된다.

그는 언젠가 들뜬 행복과 두려움이 교차하는 이상한 분위기를 한 채로 커피숍에 나왔다. 30분이나 늦은 채로. 그 분위기는 나와는 관계없다. 그의 신상에 무슨 일이 일어났다. 여자는 아니다. 내가 아니라 어떤 여자라도 그를 들뜨게 할 수 없다. 그는 행복해했지만 들뜨지는 않았다. 아니라면 그는 항상 들떠 있었거나. 어깨를 순간적으로 추스르며 가공할 이야기들을 마치 아침 식사 메뉴를 말하듯 말했으니까. 나는 기다렸다. 그가 무슨 얘기를 하기를. 자기 신상에 무슨 일이 일어났는가를 말하기를.

내가 소외되고 있는 것은 분명했다. 그는 입으로만 말하고 있었고 순식간에 서너 대의 담배를 피우고 있었다. 짐작조차 할 수 없었다. 경험한 적이 없었다. 나는 평소에 되뇌곤 했다. '그가 더 이상 만나기 싫다고 말하면 언제라도 조용히 사라져야 한다'고. '내가 더 이상 그에게 어떤 즐거움도 주지 못한다면 나는 사라져야 한다'고. 나의 고통과 슬픔이 아무리 클지라도. 그러나 그가 30분마다 전화통으로 가는 것을 참고 볼 수 없었다. 나는 이맛살을 찌푸리며 의문에 찬 표정의 신호를 보냈다. 그는 망설이며 말했다. 두려움에 싸인 채로. 마치 말함에 의해 그것을 망칠지도 모른다는 두려움에 싸인 채로.

"아기를 주웠어. 지하철에서. 세 살쯤. 울고 있었어. 의자에 앉아서. 눈을 놀릴 수가 없었어. 공포스러워하는 눈물이었어. 강아지들은 고통스러우면 낑낑거리지. 아이들은 고통스러우면 울어.

그리고 공포는 언제나 큰 고통이야. 버림받은 강아지는 슬퍼하지 않아. 그냥 어리둥절하지. 운명을 수용하지. 버림받은 강아지가 애처로운 건 고통을 수용하는 데에 있어. 그 무력감과 어리둥절함이 더욱 애처롭지."

예전 같지 않다. 그는 언제고 'Simplex sigillum veri.'라고 했다. '간결함이 참의 증표야'라고. 그러나 오늘은 간결하지 않다. 그를 덮고 있던 두꺼운 자제와 절도의 옷이 벗겨지고 있다. 그는 이렇게 말하고는 다시 부스로 들어갔다. 오래 통화하지도 않았다. 단지 1분 정도. 그러고는 안도와 불안이 뒤섞인 표정으로 되돌아왔다. 몸과 관심이 분리되어 있었다. 나 역시 궁금함과 짜증이 뒤섞이고 있었다. 나는 입을 꾹 다물고는 그를 노려봤다. 자제하려 노력하며.

"집에 데려왔어. 아주 가벼워. 내가 뭔가를 들고 가고 있다는 생각도 안 들었어. 아무튼 정신없었어. 역무원에게 물어보니 자기도 무슨 영문인지 모른다고 했어. 집에 왔지. 이를테면 수지 맞은 거야. 여자애라는 것도 집에 와서야 알았어. 아무튼 뺏기지 말아야 할 뭔가를 가져가고 있었으니까. 휴, 예뻐. 귀여워. 흰 자위만 한 번 봐도 반할 거야. 아주 깨끗해. 백설기보다 더 깨끗해. 눈이 마치 까만 콩이 박힌 백설기야."

그는 다시 전화기로 갔다. N극이 S극에 이끌리듯이.

"키울 거야. 어머니가 조금만 봐주면 된다고. 내가 일하는 사이에 잠깐 봐주면 내가 보살필 수 있어. 즉시 퇴근하는 거지. 오늘 옷 사 가야 해. 신발도. 깡패야. 다 때려 부수고 있어."

그는 주섬주섬 쪽지를 꺼냈다. 사이즈가 적힌. 심지어 애 목덜미 둘레도 재 왔다. 도대체 맞춤복을 만들려나. 그러고는 지갑을 꺼내더니 자기가 가진 모든 돈을 늘어놓았다. 별 호사스러움도 없는 지갑. 만 원짜리 서너 장. 천 원짜리 두어 장. 그는 내 얼굴을 쳐다봤다. 커피값과 담뱃값은 내가 치러야 한다. 나는 모텔에 갈 작정이었다. 그러나 소용없었다. 그는 수선스러웠다. 옷과 신발이 급했다. 나는 사실 그가 벌이고 있는 일이 얼마나 엄청난 일인지 상상을 못 하고 있었다. 그와 나는 모두 아이 입양을 강아지 입양 정도로 쉬운 일로 생각하고 있었다. 그는 생명을 돌볼 기대에 들떠 있었다. 같이 있어도 같이 있지 않은 하루였다.

그는 경찰서로 전화하고 있었다. 유아 실종 사건이 접수되었는가를 확인하기 위해. 그는 그때까지도 아이가 버려졌다고는 생각하지 않았다. 어디에선가 아이의 부모가 애타게 찾고 있을 거라고 생각했다. 그러나 나는 직관적으로 느끼고 있었다. 유기된 아이라고. 무조건적인 사랑 속에서 유년 시절을 보낸 그는 아이가 유기될 수 있다고는 생각할 수 없었다. 그는 그 보호가 하나의 선의이며 즐거움이라고 느끼고 있었다. 나는 이 비극이 어디에선가 끝이 날거라고 생각했다. 나는 어렸지만 이 사건의 미래는 결코 행복하게 진행되지는 않을 거라고 생각했다. 그는 곧 알게 됐다. 사흘 이내에 보육원에 데려다 놓아야 한다는 사실을. 그의 비관은 형용할 수 없었다. 그가 본 보육원은 유아들의 고아원이었다.

투명한 대기와 쓸쓸한 바람이 교차하는 초가을의 아름다운 날이었다. 정류장에서 학교 후문까지의 은행나무들은 금빛으로 물들었고 가로에는 낙엽들이 이리저리 바람에 몰려다니고 있었다. 내 마음도 그랬다. 그를 만난다는 기쁨과 버려진 아이에 대한 질투심이 교차하고 있었다.

우스운 일이었다. 나는 그 아이에게 질투하고 있었다. 그가 아이를 '목욕시켰다'고 할 때에는 더욱 질투에 불탔다. 나의 소유욕은 그렇게도 강렬했다. 이 소유욕이 결국 그와의 관계를 파탄으로 몰고 갔다. 나는 이것을 의식하고 있었다. 이 소유욕의 한 파생물인 질투가 어쩌면 둘 사이에 파국을 불러올지도 모른다고.

그는 나물을 좋아했다. 덕분에 나는 돌솥비빔밥을 지겨울 정도로 먹어야 했다. 그는 취나물에 경탄했다.

"향기, 감촉, 느낌. 취나물이 나물의 여왕이야."

나는 취나물이 부러웠다. 속으로 중얼거렸다.

'취나물은 좋겠다. 그에게 여왕 소리를 다 듣고.'

취나물에도 질투하고 있었다. 나의 질투는 긴 계보를 지니게 된다.

그는 엉망이 된 채로 나타났다. 그의 비탄은 형용할 수 없었다. 입양을 시도했다. 미혼은 입양이 불가능했다. 그의 형제 전부가 미혼이었다. 마지막으로 부모에게 부탁했지만 거절당했다. '주위 사람들이 아버지의 행태를 비난하고 또 자식을 결혼시킬 때 불리하다'고. '새로운 막내 여동생을 다른 여자에게서 얻었다고 사람들이 생각할 것 아니냐'고. 결국 아이는 보육원으로 갔다. 나는 가끔 상상한다. 거기에 어떤 엉망인 표정의 유령이 나타난다면 그의 유령일 것이라고. 그렇게 무수히 그는 거기에 갔다.

그 에피소드가 내게 준 의미는 그의 사랑의 종류를 엿보았다는 사실이다. 그는 말한 적이 있다.

"사랑은 실체가 없는 개념이야. 누구도 사랑을 본 적이 없지. 본 적 없는 것은 먼저 실증적인 것은 아니야. 누군가가 반박할 수도 있어. 바람을 볼 수 없어도 그것은 실증적인 것 아니냐고 반박할 수도 있겠지. 이건 멍청한 논증이야. 원자에 대해서는 왜 그런 유비를 안 쓰지? 원자를 볼 수는 없어도 실증적인 것 아니냐고. 하하. 지독히 멍청한 논증이야. 이 바보들은 육안으로 관찰할 수 있다는 사실과 보여지지 않는다는 사실을 혼동하고 있는 거야. 바람이고 원자고 관찰할 수 있어. 배율이 높은 현미경이라면 공기 분자의 운동도 관찰할 수 있고 원자핵도 관찰할 수 있지. 그렇지만 사랑은 그러한 종류의 것은 아니야. 그건 어떻게 한다 해도 물리적으로 볼 수는 없는 거야. 그런데 왜 사랑이 어떤 실체를 가진 양 말하지? 이건 신과 같은 거야. 신 역시 실증적인 것이 아니듯 사랑도 실증적인 것은 아니야. 아마도 성적 매력과 성적 해소의 대상을 향하는 심적 태도를 사랑이라고 말하는 것 같아. 거기에 사회적 조건을 만족시키면 더욱더 큰 사랑이라고 말하고. 로미오가 줄리엣에 대해서 무엇을 알겠어? 단지 그녀가 지니는 성적 매력을 그는 사랑이라고 부르고 있는 것 아냐? 아, 나는 사랑을 부정하거나 그것이 무의미하다고 말하고 있지 않아. 존재를 모를 때 부존재는 어떻게 알겠어? 나는 거기에 성적 욕망, 공감, 연민 등이 있는 건 알겠어. 단지 그것들이 묶여서 사랑이 되는 건 모르겠어."

섬찟했다. 가혹했다. 행복에의 기대를 무참히 말살하고 있었다. 그의 말대로라면 그와 나의 관계는 성적인 것 이외에 아무것도 아니었다. 나는 절망해 가고 있었다. 나는 그에게 무엇인가? 성적 욕구의 해소 대상 외에. 그렇지만 그는 나를 보살폈다. 이 모순을 해소할 수가 없었다. 나는 내가 처한 조건을 그에게 말하지 않았다. 그저 과외를 몇 개 한다고만 말했다. 그는 묻지 않았

마지막 외출

다. 단지 눈썹을 까딱거리며 알았다는 표시만 했다. 그러나 그는 내가 가장 원하던 것을 충족시켜 주고 있었다. 지성과 예술의 세계로 나를 안내하고 있었다. 그것들과 관련한 얘기를 듣고 가는 길에 나는 여러 번 울었다. 새롭게 얻게 된 지적이고 심미적인 즐거움이 꿈같은 행복과 감동을 주어서.

나는 어쩌면 더 예쁜 아기도 만들어 줄 수 있었다. 그가 '사랑한다'는 말 한마디만 해주면. 정말 그랬을까? 단지 사랑의 맹세만으로도 그에게 아이를 만들어 줄 수 있었을까? 그렇지 않았던 것 같다. 아마도 거기에 따르는 요구를 했을 것 같다. 감당할 수 없을. 어쩌면 그의 모든 꿈, 모든 계획, 모든 삶을 요구했을 것이다. 그 아이를 지렛대로. 물론 당시에는 그런 생각은 들지 않았다. 그러나 나는 그 정도밖에는 안 되는 여자였다. 준 것 이상으로 많은 것을 요구하는. 내 잘못은 합리화하고 그의 잘못에 대해서는 가혹한. 그 후의 나의 삶의 전개는 내가 그 정도밖에 안 되는 여자라는 사실을 말해 준다.

나는 그 후로도 종종 말하곤 했다. '전화는 언제고 당신이 먼저 했다'고. 도대체 이 사실의 확인이 왜 중요했을까?

"전화는 언제나 당신이 먼저 했어요."

이 말을 들었을 때 그의 표정을 아직도 선명하게 기억한다. 그는 아련함과 경멸이 뒤섞인 표정을 지으며 멍해졌다. 나는 그가 왜 멍했는지를 이제야 알겠다. 그의 마음에는 다음과 같은 의문이 있었을 거 같다.

"그게 무엇이 중요하지? 난 한 번도 그런 생각을 한 적이 없는데. 자존심의 보호야? 자부심의 확인이야? 아니면 책임을 묻는 거야?"

나는 그림을 좋아했다. 이 기호의 유서는 끈이 길다. 중학교 때 선생님이 보여주는 르네상스 회화에 무엇인지 모를 강렬한 아름다움과 화사한 분위기가 있다는 사실을 알았다. 그러나 그림이 동시에 우리 삶에 관한 이야기일 거라고는 생각하지 않았다. 그것은 단지 아름답게 꾸며진 삶이라고만 생각했다. 나는 그가 제리코에 대해 얘기할 때 자못 충격받았다.

"제리코는 미친 사람들에게 관심이 많았어. 정신병원을 자주 방문했고 그 사람들을 그의 회화의 주제로 삼았어. 비정상적이고 충격적인 사실에 대한 개인적 호기심 때문은 아니었던 게 분명해. 그랬더라면 그들을 그렇게 묘사할 수는 없어. '도박중독자'를 볼 노릇이야. 그는 이 사람을 존중하고 있고 자신과 동일시하고 있어. 어쩌면 제리코는 이 사람을 스스로라고 생각했을지 몰라. 자기 스스로가 세계이고 세계가 그일 때, 이 광인도 자기 자신이며 세계 전체라고 생각한 거지. 따라서 그도 존중받아야 마땅한 우리 사회의 일원이라고 생각한 거야. 만약 그를 경멸하고 그에게 고통을 준다면 역시 과오에 물든 우리 자신도 경멸하는 거지. 그는 어쩌면 그에 대해 죄의식을 느끼고 있었을지도 몰라. 자기 자신이 그가 되지 않는 한 벗어나지 못할 죄의식 말이야."

아아, 그때야 그의 사랑이 어떤 것인가를 나는 어렴풋이 알게 되었다. 그의 사랑은 삶 전체이고 우주 전체였다. 나를 사랑하지 않은 것이 아니었다. 나는 섹스를 사랑의 소산으로 봤다. 그러나 그에게 그것은 단지 생물적 조건이었을 뿐이었다. 그는 책임감 없는 사람이 아니었다. 목숨을 책임져야 한다면 거기에도 서슴지 않을 사람이었다. 그는 새로운 여성과의 섹스는 그 새로운 여성과의 찬란함 이외의 의미를 지니지는 않았다. 그는 말하곤 했다.

"데리고 자고 싶은 여자를 만나면 먼저 물었어. 나는 그만큼은 솔직했어. 물론 내가 얼마만큼 매력적인 사람인가를 보여주지. 한껏 웃게 만들고 한껏 들뜨게 만들지. 그러고는 자고 싶다고 말하는 거야. 그래도 그 말은 꼭 했어. 나는 여기에 섹스 이외에 다른 의미를 부여하지는 않는다고. 뺨까지 맞은 적이 있어. 호텔 벽을 붙잡고 나름 진지하게 말했는데 눈에 불이 번쩍했어. 보통은 그 정도까지는 아니었는데. 대부분의 여자는 절망이나 경악의 표정으로 돌아섰어. 사실 50번쯤 시도한 것 같은데 두

번 성공했어. 4퍼센트의 성공률이면 그래도 해볼 만해. 하하. 그
런데 이런 치기가 진지한 관계로 변한 적도 있어. 캐나다 밴쿠버
아일랜드 가는 페리에서 만난 여자였는데 그 장난이 진지한 애
정으로 변해 나갔어. 사실 그게 첫사랑인 거야. 그래도 헤어졌
지만. 지금은 친구로서 가끔 연락하고 지내. 선량한 여자야."

그러나 나는 직관적으로 알 수 있었다. 그 여성 중 누구라도
도움을 요청한다면 서슴지 않을 것이라는 사실을. 사랑과 섹스
를 분리시키고는. 여성의 곤경에 대해 그는 사랑의 마음으로 대
처했을 것이다. 그러나 그 여성과의 섹스가 있게 된다면 그는 사
랑에서 성적 충동으로 순식간에 건너뛸 것이었다. 그는 거기에
다리를 건설하지는 않았을 것이다. 단지 건너뛰었을 것이다. 그
는 가끔 말했다.

"요소명제의 경우, 다른 나머지 명제가 그대로 있는 채로 하
나의 명제는 그대로 있거나 변화할 수 있지. 이건 위대한 비트
겐슈타인의 이야기야. 사랑이 그대로 있고 성적 욕망이 변할 수
도 있고 성적 욕망이 그대로 있고 사랑이 변할 수도 있지. 그
두 개는 서로 독립적인 명제야. 그 두 개의 명제는 각각 불가분
한 명제니까."

나는 물론 못 알아들었다. 아니다. 그랬다면 차라리 좋겠다.
이 말을 변설로만 치부했다. 자기의 욕구 충족을 합리화하는.
이 말들이 인간 조건의 가장 깊은 심연과 관련된다는 사실을 그

마지막 외출

때는 전혀 이해할 수 없었다.

그에게 사랑은 분명히 있었다. 하나의 용해였다. 스스로와 모든 세계를 같이 녹이는. 서로가 서로를 하나 되게 만드는. 그에게 성욕은 단지 먹는 것, 입는 것과 다르지 않았다. 그것은 단지 생존이었다. 사랑은 그러나 다른 것이었다. 그의 심적 태도는 사랑을 향하고 있었다. 그는 단지 말하지 않을 뿐이었다. 사랑에 대해. 그는 섹스에 대해서 자세히 말하기도 했다. 아주 뻔뻔스럽게. 야비하다고 생각했다. 비참했다. 나 역시 그가 데리고 자는 여자 중 하나였다. 그는 웃으며 말했다.

"은행원이야. 집 앞 은행의 텔러. 드나들며 얼굴을 익혔는데 퇴근할 때 나도 집에 가는 중이었어. 길에서 우연히 만난 거야. 첨엔 몰라봤어. 인사를 하는데 누군지 모르겠는 거야. 그랬더니 웃으며 자기소개를 했어. 아, 그 아가씨! 둘이 커피숍에 가서 웃으며 놀았어. 직업이 다르면 정서도 다르지. 그런데 그 다름이 최초엔 재미와 호기심을 주지. 어쩌다 보니 저녁 식사도 같이하고 술도 좀 하게 됐어. 아마 엄청난 호의를 품게 됐나 봐. 그런데 그 아가씨를 며칠 후에 또 우연히 만난 거야. 내가 제안했지. 가장 가까운 모텔로 가자고. 최초의 흥분이 충족되었는데 그 아가씨는 잠든 거야. 은행 일이 쉽지 않지. 그녀 옆에서 하룻밤을 지내는 게 지옥일 거라는 생각이 들었어. 그냥 나왔어. 잠든 여자를 두고. 격분하더라고. 전화통이 부서지는 줄 알았어. 왜 페이

저(pager)를 만들었는지 모르겠어."

그를 숭고한 사람으로 보는 것은 잘못된 것일까? 이 모든 경박함과 무책임함에도 불구하고 그를 순수하고 아름다운 사람으로 기억하는 것은 잘못된 것일까? 그는 경박하고 무책임했는가? 가뜬했었고 다른 종류의 책임감을 지니고 있지는 않았는가? 그는 '사랑이란 하나의 환각이거나 오만'이라고 말했다. 그를 향한 나의 마음은 무엇이었을까? 그는 환각이라고 말했을 것이다. 성적 욕구와 소유욕을 합친. 예수와 부처의 사랑에 대해 그는 뭐라고 말했을까? 그는 아마도 그 사람들은 사랑에 다른 개념을 부여했을 거라고 말했을 것이다. 그는 '동포애나 측은지심도 오만'이라고 말했다. 누가 감히 누구를 사랑할 수 있는가? 그는 아마도 '사랑은 군더더기'라고 말했을 것이다. 단지 '스스로가 세계가 되고 세계가 스스로가 되는 것으로 충분하다'고 말했을 것이다. 그는 단호하게 말했다.

"사랑이 이러한 것이 아니라면 그것 역시도 비즈니스야."

우울증

행복과 슬픔을 강렬하게 느낄 줄 아는 본능이 그 선배에게는 있었다. 그는 삶을 사랑했다. 삶이 주는 모든 것을 그는 사랑했다. 그는 '해가 뜨는 그 순간 이미 행복하다'고 말하곤 했다. 그는 '오월을 축복했던 선사시대인들을 충분히 이해할 수 있다'고 말했다. '오랜 어두움과 차가움에 싸여 잠자고 있던 정열의 분출이 그들 오월제의 원천일 것'이라고 말하곤 했다. 그 것은 물론 다시 한번 생존의 기회를 얻은 동굴 사람들의 축복이 었다. 그러나 기원이 현존을 설명할 수 없다. 거기에는 많은 예 기치 않은 기쁨들이 더해지기 때문이다. 생명은 연역만 하지 않 는다. 그것은 거기에 무수히 많은 것들을 덧붙인다. 오월제는 젊 은이들의 사랑이 시작되는 때이기도 하다.

"무엇인가 옳은 것을 했다는 데에만 고대 그리스인들의 위대성이 있지는 않아. 그들 역시 어느 시대 사람들만큼이나 어리석었고 잔인했어. 그리스인들은 누구 못지않게 심적으로 어두웠어. 그들은 희극에서보다는 비극에서 더 많은 가치를 보았던 사람들이야. 그들에게 삶과 운명은 근본적으로 비극적인 것이었어. 인간은 고유의 오만과 어리석음 때문에 몰락하는 거지. 그래도 그들은 삶을 사랑했어. 삶 전체를 비극으로 물들였지만 매순간 삶이 주는 강렬함을 남김없이 소진한 사람들이야. 운명을 이길 수는 없어도 그것을 더욱 강렬하게 안을 줄 아는 사람들이었어. 그들이 위대한 것은 그들이 과오 역시도 그 끝까지 밀고 나갔기 때문이야. 차가울 땐 차갑고 뜨거울 땐 뜨거워야지. 그렇지 않으면 신이 입에서 뱉지. 기쁠 때는 솟구쳐 오르고 슬플 때는 죽음 같은 고요에 잠기는 거야."

나는 그가 격심한 조울증에 시달리고 있다는 사실을 일찍 알았다. 리튬 없이는 언제고 솟구쳐 오른 열기에 이카로스가 되고 말 사람이었다. 그는 기쁨과 슬픔에 의해 이미 병리적으로 물들어 있었다. 그는 조증과 더불어 어떤 탐구에 몰두하고 울증과 더불어 한참을 사라지곤 했다. 그의 성취는 언제라도 자살할 수 있는 우울증에서 다시 튀어나온 용기에 의해서였다. 그러나 그 용기가 문제였다. 거기에는 조증이 동반되니까. 그는 일단 집필

마지막 외출

에 착수하면 정신적 밀도를 끝없이 높여 간다. 그리고 더 이상 높아질 수 없는 그 순간에 토해 내듯이 글을 써 나갔다. 이것이 그의 조증이었다. 그의 본격적 연구와 집필은 모두 조증 상태에서 나온 것이었다. 그는 한 권의 책에는 두 달의 조증이 필요하다고 했다. 그러나 '행복한 조증은 지옥 같은 울증의 서막일 뿐'이라고 말했다. 그리고 '그 조증은 중독성이 있다'고 했다.

그는 공식적으로는 우울증에 대해 아주 조금 언급한다. 그는 그의 양식별 예술사를 탈고할 때마다 출판사의 편집자에게 서한을 한 편씩 보낸다. 여기에서 그는 스스로가 얼마큼 인간적인 연약함을 지니고 있는지를 부지불식간에 드러낸다. 다음은 그가 전체 예술사를 완간한 다음에 출판사에 보낸 서한이다. 그는 현대예술에서 시작해서 근대, 중세를 거쳐 고대예술에서 예술사를 완간한다. 이것은 지금으로부터 12년 후에 있게 될 사건이었다.

저자의 서한

저의 예술 감상과 연구에 있어서의 즐거움은 그리스 고전주의에서 시작하여 신석기 시대의 순수 추상에서 끝나게 됩니다. 지적인 호기심과 심미적 사치는 그리스 고전주의에 부딪혀 만족되기 시작했습니다. 당시에는 그것만이 최고의 예술이었습니다. 고대 그리스의 연표는 지금까지도 마음속에 각인되어 있습니다. 그러나 예술에 대한 계속된 감상과 탐구는 저를 현대의 추상예술로 이끌었고 다시 신석기 시대의 추상으로 이끌었습니다. 그러니 이 고대 편은 시작과 끝이 함께하는 곳입니다.

짧은 여행은 아니었습니다. 그러나 하나의 여행일 뿐입니다. 다른 많은 사람들이 이 여행을 해왔고 앞으로도 하겠지요. 어떤 여행가는 더욱 진화된 여행을 하겠지요. 그러고는 지름길을 발견하겠지요. 모든 여행이 그러하듯 열기와 자신감에 차서 출발했습니다. 정신을 차릴 수 없을 정도로 들떠서. 곧 쉬운 여행은 없다는 사실을 깨닫습니다. 박물관들을 방문해야 했고 여러 도시와 시골을 다녀야 했습니다. 관광객 속에서 정신을 잃기도 했고 적막 속에서 외롭기도 했습니다. 지쳐서 의기소침해 있기도 했습니다. 긴 여행이었습니다. 많은 일화로 가득 찬. 여행과 관련 없이 불현듯 닥쳐드는 사건들과 더불어. 이제 제가 아는 것은 어쨌건 여행은 끝났다는 것입니다.

열심인 삶은 들떠서 시작해서 때때로 기대대로의 행복을 얻고, 때때로 선택을 후회하고, 때때로 다른 삶을 부러워하고, 때때로 영원한 휴식을 원합니다. 그래도 좋은 삶이라고 느낍니다. 살아볼 가치가 있는 삶이라고. 고초 역시도 그 가치 중 하나라고.

마지막 외출

의기소침한 저를 일으켜 세운 것은 사랑이었습니다. 모든 아름다운 것들에 대한 사랑. 그림과 음악과 건축물에 대한 사랑. 천재들의 고마운 역작에 대한 사랑. 특히 언어에 대한 나의 사랑. 그 열렬한 사랑. 제 자신과 관련하여 많은 의문을 품고 있지만 하나에 대해서는 의심하지 않습니다. 삶에 대한 사랑에는. 순간에 대한 사랑에는. 앞날에 드리운 두려움과 의구심을 잊게 해주는 그 사랑에 대해서는.

무엇을 해야 할지 모르겠습니다. 남아 있는(혹시 남아 있지 않은) 시간, 그 시간이 제게 무엇이 될까요? 새로운 여행을 하게 될까요? 새로운 여행은 두렵습니다. 다시 젊어지고 싶지 않듯이 다시 새로운 여행을 하고 싶지 않습니다. 다른 것을 향한 사랑이 있어야 할 때입니다. 침침해지는 눈, 떨리는 손가락, 둔해지는 두뇌, 가라앉은 열정, 자주 오는 망각 증세, 어둠과 함께 오는 무의미, 심해지는 우울증, 이것들을 사랑해야 하겠지요. 이것들 역시 제게 있는 것들이니까요. 서서히 어둠도 사랑해야겠지요. 삶을 사랑하듯이 죽음도 사랑해야겠지요. 그리고 여기에는 또 다른 용기가 필요하겠지요.

이것이 그의 모든 예술사 집필 이후에 나온 너무도 간단한 소회였다. 그렇지만 이 간략한 서한에서도 그의 거칠고 고통스러웠을 분투가 생생히 드러난다. 어떤 경련적인 표현 없이도. 정말이지 그는 어디에고 누구에게고 구원의 호소 없이 이 거대한 작업을 해냈다. 그는 40대 후반에 이르러 예술사를 완간한다. 이것은 내게 엄청난 충격이었다. 이 충격은 물론 그의 통찰과 업적에 대한 것이었다. 그러나 나는 이 서한을 읽으며 눈물을 삼켜야 했다. 그가 평생을 우울증을 겪었다는 사실을 나는 가슴을 찌르는 슬픔과 안타까움으로 확인했다. 불쌍한 사람...

　나는 당시에 울증으로 고통받는 그를 몇 번 보았다. 그는 일단 울증이 찾아오면 그의 골방에 틀어박혀 꼼짝도 안 했다. 그는 그것을 '생명의 약동의 사라짐'이라고 말했다. '모든 것이 겨울과 죽음 같은 침묵에 사로잡힌다'고. 연락 두절이 두 달을 넘어간다면 그것은 아마 우울증 때문이었다. 그러나 이번엔 석 달을 넘어서고 있었다. 넉 달째 전화를 받고 있지 않다. 학교엔 휴직하고 있었다. 불길하고 불안했다. 계속 전화를 받지 않았다. 전화기가 아예 꺼져 있었다. 모든 용기를 다 짜내어 그의 방에 찾아갔지만 그는 부재했다. 그는 학교 근방 단독주택에서 하숙을 하고 있었다. 하숙집 주인 역시 그의 근황을 모르긴 마찬가지였다. 이렇게 며칠이 흘렀고 여전히 그는 나타나지 않았다. 이제 마지막 용기가 필요한 시점이었다. 그의 부모님 댁에 전화를 해야 할까? 난 희미하게나마 그와의 결혼을 꿈꾸었다. 언제고 이 문제를 터뜨릴 작정이었다. 당신과 결혼하고 싶다고. 이 경우 장래의 시부모가 될지도 모르는 사람에게 전화하기는 매우 두렵다. 그러나 그에 대한 걱정과 그리움이 나의 망설임을 이겼다. 맥주를 큰 컵으로 두 잔을 마셨다. 그리고 버튼을 눌렀다. 사실 그의 모친은 사진으로는 나를 알고 있었다. 둘이 찍은 사진을 그는 무심히 모친에게 보였다. '그냥' 학생일 뿐이라고 말하며. 그의 모친은 반색했다고 한다. 그의 아들은 이미 노총각이었고 나는 단정한 미모를 갖고 있었으므로. '시원스럽고 예쁘다'는 찬탄을 하셨다고 한다.

사무적이고 차분한 목소리의 가족이었다. 그는 아마 모친의 목소리와 대화 태도를 닮았나 보다. 내가 가까스로 자기소개를 하자 그의 모친은 누군지 알아챘다. 그리고 당신의 아들이 방에 틀어박혀 어떤 전화도 안 받고 있다고 한숨을 더해 말했다. 그리고 자존심을 억누르는 듯한 말투로 가까스로 말했다. '집에 찾아올 수 없냐'며. 내 망설임에는 다른 이유는 없었다. 단지 그의 집에 가기 위해서는 미용실에도 다녀와야 하고 스커트도 새로운 것으로 사야 한다. 나는 당시 너무 바쁘고 힘들어서 엉망으로 하고 다녔다. 머리는 뒤로 묶고 청바지를 입고 다녔다. 구두도 신을 만한 게 없었다. 그의 부모에게 이 꼴을 보이긴 싫었다. 내가 망설이자 모친은 '아들에게 다시 한번 전화를 받으라고 말해 보겠다'고 했다. 문 두드리며 내 이름을 말하는 소리가 들렸다. 그리고 그가 전화를 받았다. 그는 간단하게 말했다. 그의 집 근방의 커피숍 이름과 만날 시각을.

버스 타고 가는 동안 나는 걱정보다는 오히려 두근거리는 기쁨에 사로잡혀 있었다. 그를 만나는 기쁨은 부차적이었다. 일차적인 것은 그의 부모에게 어떤 식으로든 승인받은 느낌 때문이었다. 나는 부수적이지만 작지 않은 통행권을 얻었다. 그가 나를 택한다면 다른 장애는 없을 터이다. 그가 제발 나를 택해 주기를... 그렇다면 나는 그를 얻을 뿐만 아니라 다정하고 부유하고 교양 있는 가족의 일원이 될 수 있을 텐데.

커피숍엔 몇 명의 사람들이 띄엄띄엄 앉아 있었다. 음악조차 없이 조용한 커피숍에서 몇 명의 손님들 역시 조용히 말하고 있었다. 높은 천장과 넓은 홀로 인해 거기에는 알 수 없는 쓸쓸함이 맴돌았다. 몇 개의 화분에 있는 몇 그루의 노간주나무와 측백나무도 그 쓸쓸함을 덮지 못했다. 나는 그가 아직 오지 않았다고 생각했다. 감청색 양복을 입고 다리를 꼬고 앉아서 미소로 나를 바라보는 사람. 그 사람이 아직 안 왔다. 그러나 그는 거기에 있었다. 헐렁한 후드 티와 흰색 면바지를 입고 있는 그는 마치 허깨비 같은 넋 나간 표정으로 힘겹게 나를 바라보고 있었다. 너무도 야위어 있어서 마치 유령과 같은 모습이었다. 그는 미소 지었다. 아니다. 미소 지으려 애쓰고 있었다. 초라한 모습의 그는 지금 그의 내면의 지옥과 싸우고 있었다.

"한 권 썼어. 읽을 만한 책일지는 모르겠어. 키치에 관한 책이야. 키치는 예술에 있어서의 허위의식이야. 나 자신 그 개념과

마지막 외출

원인이 무엇인지에 대해 선명한 포착을 못 하고 있었어. 이번에 결판을 내려고 덤벼들었어. 키치는 단지 예술에 한정된 개념은 아냐. 오도된 세계관과 관련 있지. 이번 작업은 그것이 무엇인지를 포괄적으로 밝히는 걸로 시작해. 의미가 죽은 세상을 거짓 의미의 옷을 입은 세계로 대체하려는 시도가 키치야. 키치는 움직이는 시체야. 썩은 냄새를 향수로 뒤덮고 나타나지. 그건 단지 예술의 문제만은 아냐. 우리 세계관의 문제야. 그 오도되고 역겨운 세계관이 예술의 옷을 입었을 때 그게 키치야."

나는 물론 그의 말을 이해하지 못했다. 그는 '의미의 죽음'에 대해 자주 말했다. 그러나 내게는 이것들이 일종의 혼란이었다. 그는 신의 죽음과 과학의 죽음에 대해 말하곤 했었다. 심지어는 수학의 죽음에 대해서도. 이런 모든 것들이 '의미'에 속한다고 말하며.

이 책은 그가 쓴 다른 책들과는 달리 많이 읽히게 된다. 출간 이후 단 1년 만에 13쇄를 찍는다. 인문서, 그것도 본격적인 인문서로는 매우 드문 예였다. 학교에서도 그의 이름이 언급되기 시작했다. 서로가 그 책에 대해 말하기 시작했다. 나는 기쁨과 불안이 뒤섞인 묘한 심정으로 이 상황을 지켜보았다. 기쁨은 물론 그의 재능과 노력이 빛을 발하기 시작한 것에 대해서였다. 불안은 좀 더 복잡한 동기를 갖는다. 그는 알려지는 걸 진정으로 원하지 않는 사람이었다. 그의 집필은 이제 겨우 시작인 셈이다.

그에게는 예술사 총서라는 원대한 목표가 있다. 그때까지 그는 어둠 속에 있기를 바랐다. 그 역시 사람들의 관심에 대해 불안 해했다. 그는 연약하고 수줍어하는 불안한 심적 태도를 지니고 있었다. 그에게 쏟아질 수도 있는 악평과 질투를 그렇게 견뎌낼 수 있는 사람이 아니었다. 이미 키치에 대해서도 몇 개의 악평이 달리기 시작했다. 그러나 이것만이 나의 불안의 이유는 아니었 다. 어쩌면 이쪽 불안이 더 큰 것일 수도 있다. 그가 유명해지는 것이 싫었다. 나는 그를 독점하고 싶었다. 그가 재능을 펼친다면 그것은 그가 내 사람이 된 다음이어야 했다.

새로운 저술에 대한 이야기 후에 그는 침묵으로 들어갔다. 단 지 나의 근황을 물었을 뿐이다. 그는 끄덕거리며 이야기를 들어 주었다. 그러나 듣고 있지 않았다. 들으려 애썼지만 그의 눈은 공허했다. 그의 영혼 역시 공허한 듯했다. 그의 영혼은 심연에 서 악마와 싸우고 있었다. 아니 악마조차도 아니었다. 심연엔 침 묵과 헐벗음과 공허만 있었으니까. '신경전달물질의 재흡수'라는 물리적 원인을 갖고 있는 그 심연에는. 그는 눈을 내리깔고 연신 물을 마셨다. 약물의 부작용이 입을 타게 한다며. '가족에게 미 안하다'고도 말했던 거 같다. 가족은 어리둥절함과 암담함으로 이 상황을 대하고 있다고. 그러나 그는 자기를 지켜봐 주고 자기 를 무조건적으로 사랑하는 사람이 필요하다고 말했다. 단지 지 켜보기만 하는 사람이. 누구도 이 질병의 극복을 위한 조언을

마지막 외출

할 수 없다. 이것은 물리적인 병이기도 하지만 심연의 죽음의 병이므로. 나의 소견은 기껏 그의 가족에 대한 일말의 질투심이었다. 나는 그 정도로 몰랐다. 그의 고통이 얼마나 큰지를. 그가 결국 학교에 사표를 제출하게 된 것은 이 병에 대한 그의 부모의 공포심 때문이었다.

어둠이 깔리기 시작했다. 배가 고프기도 했지만 그에게도 무엇인가를 먹이고 싶었다. 그는 너무 야위어 있었다. 그는 역시 돌솥비빔밥을 전문으로 하는 식당으로 안내했다. 비빔밥은 그의 숙명이다. 그는 힘겹게 수저를 집어 들고는 낮은 소리로 한숨을 내쉬었다. 밥에 숟가락을 꽂고는 망연히 앉아 있었다. 비빌 힘조차 없는 듯했다. 밥그릇을 끌어와 비벼 주었다. 그는 단지 두 숟가락을 먹고는 수저를 내려놓았다. 그게 식사의 끝이었다. 그러곤 머리를 저으며 고개를 숙이고 발끝만 내려다보았다. 헐렁한 후드 티 속에서의 그는 외롭고 초췌해 보였다. 이 병은 그에게서 싸워 볼 투지 자체를 앗아간 듯 보였다. 그는 힘겨워하며 눈물을 조금 흘렸다. 그 강한 자부심을 가진 사람이. 나는 비로소 큰 공포에 사로잡혔다. 그가 극복하지 못할 수도 있다. 어쩌면 내가 전혀 모르는 이 심연은 그를 집어삼킬 수도 있다. 그 병에는 그의 강한 의지도 소용없는 거 같았다. 공포에 잠긴 나는 집에 오는 길 내내 암담했다. 그는 구원받을 수 있을까?

그가 전화를 걸어 온 것은 그로부터 다시 두 달이 지나서였다. 그는 회복하고 있었다. 밝은 얼굴과 활기찬 몸동작으로 되찾은 생명력을 발산하고 있었다. 여전히 야위어 있었지만 얼굴은 밝았고 교수 식당에서 한 그릇을 거뜬히 비워냈다. 그러고는 식당을 둘러보며 말했다. '이제 이 식당도 곧 끝'이라고. '사표를 낼 거'라고. 그는 예정된 다음 학기를 끝으로 결국 사표를 내게 된다. 나는 한편으로 축복하며 한편으로 불안했다. 그는 수업의 평가와 행정을 항상 힘겨워했다. 너무 많은 기력이 쓸데없는 일에 기울여지고 있다고. 그는 이제 사회적 책임을 벗었다. 그는 마침내 부모의 승낙을 얻었고 경제적 문제는 그의 집안에서 해결해 줄 것이다. 이제 연구와 집필에 전념할 수 있게 되었다. 마침내 그는 그렇게도 원하던 것을 얻었다. 아마도 그의 투병을 지켜본 부모가 결단을 내렸을 것이다. 사회적으로 그는 행운아이다. 그러나 어떤 행운아도 뛰어들지 않을 예비된 고투를 지닌 행운아이다. 그의 삶을 흘낏 보기만 한다 해도 누구도 그의 행운을 공유하고 싶지 않을 것이다. 누구도 이런 운명을 겪는 데 동의하지 않을 것이다. 자기의 정신적 밀도를 블랙홀처럼 높여서 무아지경의 조증 상태를 겪으며 한 번의 그럴듯한 업적을 내고는 다시 심연의 죽음과 생명 약동의 소멸을 겪게 될 그의 운명에. 거기에 어떤 사회경제적 행운이 함께한다 해도. 그는 다음 학기를 우울증 없이 무사히 견뎌낸다. 그가 사표를 낸 것은 가

마지막 외출

을 학기가 시작되고 얼마 안 지나서이다. 그는 나름대로 버텨보려 했지만 우울증이 다시 엄습한다. 이것은 그가 여름방학 중에 현대 분석철학에 대해 너무 많은 기력을 탕진한 것이 직접적인 이유가 된다. 그는 가르치던 학생들에게 서한을 보내고 사표를 낸다.

학생들에게

교수라면 마땅히 자기가 맡은 강좌를 완결시켜야 합니다. 상황이 좋은 방향으로 흘러가지 않은 것이 유감입니다. 이것은 전적으로 제 탓입니다. 결국 일신상의 이유로 이 수업을 중단하게 되었습니다. 다른 말을 한다면 모두 변명일 것입니다. 저는 그저 여러분을 가르칠 수 있어서 영광이었다고 말하고 싶습니다. 이 서한은 제 아쉬움을 달래는 한편 여러분에게 예술 이해의 조언을 위한 것입니다.

첫 번째 조언은 예술 감상에 대한 것입니다. 예술은 우리의 감성에 기초한 미적 현상입니다. 궁극적으로 예술은 우리 삶을 풍요롭게 만들고 우리에게 기쁨을 주기 위한 것입니다. 우리 윤리학의 궁극적인 목적은 긱자의 삶의 개인석인 행복입니다. 예술은 바로 그 풍요로움과 행복을 위한 천재들의 공헌의 결과입니다. 그러므로 예술의 이해에 있

우울증

어 가장 중요한 요소는 거기에서 행복을 얻어낼 수 있는 여러분의 감상 역량입니다. 이것은 일단 심미적 경험의 문제입니다. 예술에 대한 많은 정보와 이론도 결국 이 기쁨을 돕기 위한 것입니다. 그러므로 부디 여러분이 많은 예술을 감상하기를 권하고 또 거기에서 기쁨을 얻기를 바랍니다. 현대에 이르러 예술 감상은 용이하게 되었습니다. 손만 뻗으면 될 정도로 예술이 우리 가까이 있게 되었습니다. 언제라도 작은 돈으로 서점에서 소설을 살 수 있으며 역시 작은 돈으로 클래식 음악의 CD도 살 수 있게 되었습니다. 이것들은 모두 인류의 천재들의 노역의 소산입니다. 이것에 친근하고 익숙해져야 합니다. 예술사의 탐구는 거기에서 시작하기 때문입니다. 만약 하나의 심포니나 하나의 그림이 여러분의 삶을 바꿀 만큼 충격적인 적이 없었다면 부디 감상을 위한 여러분의 내적 열렬성을 가지기를 바랍니다. 무미건조하고 메마른 마음으로는 예술을 이해할 수 없고 또 거기에서 행복을 얻어낼 수도 없습니다. 감동과 기쁨에의 열렬한 요구와 분투가 여러분을 예술로 인도할 것이고 여러분 삶의 진정한 기쁨은 이제 거기에서 얻어질 수 있을 것입니다.

두 번째로 중요한 것은 여러분의 지성의 도야입니다. 지성과 감성은 서로 보완적입니다. 차가운 지성과 따스한 감성의 대비가 여러분 마음속에 어떤 종류의 극적 낭만성을 불러일으킨다 해도 지성과 감성은 대립적인 것이 아닙니다. 감성에 의해 직관을 공급받지 않은 지성은 화석화된 지식의 집합에 지나지 않고 지성에 의해 논리를 공급받지 않은 감성은 단지 유치한 감상에 지나지 않습니다. 감성 자체만으로 그리고 지성 자체만으로 참이 정해지지는 않습니다. 우리에게 유의미한 가치를 주는 것은 지성에 의해 방향이 정해지고 감성에 의해 영감이 고취되는 그러한 문화구조물에 의한 것입니다. 현대에 이르러 '과학은 예술을 닮는다'고 말해지고 있습니다. 그것은 예술에서도 마찬가지입니다. 예술 역시 과학을 닮습니다. 논리적이 아닌 한 그것이 유의미한 예술이 될 수 없기 때문입니다. 부디 여러분이 지성과 감성에 있어 조화로운 사람들이 되기를 바랍니다.

예술사적 탐구에 있어 세 번째로 고려되어야 할 사항은 역사와 또한 그 역사에 속해 있는 예술에 대한 사적 고찰입니다. 지금에 이르기까지 역사는 인과율에 의한 것이라고 잘못 이해되어 왔습니다. 즉 우리는 과거에서 연역된 현재에 대해 말해 왔습니다. 그러나 그것은 구시대의 역사철학입니다. 우리 시대의 새로운 역사철학은 인과율과 관련 없이 거기에 우연히 존재하게 된 '동질성'을 지닌 것으로서의 어떤 각각의 역사적 시대들의 병렬입니다. 현재의 이해는 따라서 모든 시대를 한 바퀴 돌고 난 후 마지막으로 우리 시대에 착륙함에 의해서입니다. 역사학은 새로운 도전에 직면해 있습니다. 구조주의적인 견지에서의 새로운 역사학이 도입되어야 하기 때문입니다. 이것은 여러분이 르네상스 예술을 이해하기 위해서는 다른 시대의 모든 예술 양식을 한 바퀴 돌아서 마지막으로 르네상스 양식에 착륙해야 한다는 것을 의미합니다. 이것이 역사 이해의 첫걸음입니다. 그리고 더욱 중요한 국면이 여러분을 기다리고 있습니다. 르네상스 양식은 그 시대의 세계관으로부터 독립적일 수 없습니다. 예술사도 하나의 역사입니다. 그것도 그 이해를 위해서는 여러분의 전력투구를 요구하는 역사입니다. 각각의 예술 양식을 그 양식을 가능하게 한 그 시대의 세계관 위에서 이해하기를 바랍니다. 따라서 여러분은 두 가지를 모두 해야 합니다. 독자적인 양식과 전체적인 예술 양식을 함께 공부해야 한다는 것이 그 하나이고 다른 하나는 세계관, 즉 형이상학적 견지에서의 과거 고유의 시대들에 대한 이해를 해야 한다는 것입니다.

이 모든 것과 관련하여 중요한 것은 여러분의 상상력입니다. 과거의 어떤 시대에 대한 공감적 이해만이 여러분이 과거를 이해할 수 있도록 해줄 것이고 따라서 현재의 이해를 위한 단서를 줄 것입니다. 가만히 눈을 감고 과거에 속한 사람들의 삶과 영혼에 스스로를 일치시킬수 있도록 마음을 집중하려 애써야 합니다. 만약 여러분에게 상당한 정도의 지식과 열렬성이 있다면 어느 순간 역사적 과거는 여러분의 가슴을 섬광같이 때리며 여러분 마음속에 살아 숨 쉬게 됩니다. 그리고 그들과 우리와의 대조 혹은 유비에 의하여 우리 자신을 훨씬 잘 이해하게 되고 우리 자신의 삶은 순식간에 이해의 단서 위에 놓이게 되는 것입니다. 과거와 현대의 연대는 바로 그렇게 가능해집니다.

마지막 외출

여기에 더하여 이 모든 것들을 가능하게 하는 가장 중요한 것은 철학에 대한 여러분의 소양입니다. 철학은 먼저 우리가 우리 삶과 우주를 어떤 방식으로 이해하고 있는가를 말해 주는 학문입니다. 그러므로 철학적 견지 하에서 예술사를 바라보게 되면 우리는 많은 것들을 그 근본에 있어 이해하게 됩니다. 중요한 것은 어떤 철학자의 이론 이상으로 그 이론의 의미와 위치를 우리가 알아야 한다는 것입니다. 만약 철학이 단지 학위와 지식을 얻기 위한 것이 아니라고 한다면 우리가 철학을 하는 양식이 이와 다를 수는 없습니다.

어떤 철학 체계가 전체적인 철학 세계 속에서 어디에 속해 있고 어떤 요구와 희망과 의지 위에 기초해 있는가를 알아야 합니다. 즉 전체의 빛 가운데서 부분을 보아야 하고 우리 삶의 해명자로서 철학을 보아야 합니다. 그 철학이 우리 삶 위에 어떻게 착륙할 수 있는가를 보아야 합니다. 우리 삶과 관련하여 그 무엇이 아닌 한 그것은 더 이상 철학이 아닙니다. 그러므로 삶과 철학은 서로 얽혀 있어야 합니다. 이러한 철학적 이해와 동시에 예술을 탐구해 나갈 때 여러분은 예술에 대한 커다란 통찰을 얻을 수 있습니다.

이러한 것들이 제가 감히 말하는바 예술사에 있어서 중요한 것들입니다. 그러나 궁극적으로 더 중요한 것이 있습니다. 여러분이 스스로의 삶의 의미와 이유를 알고자 하는 마음속의 요구를 굳건히 지속적으로 유지하는 것, 강렬하고 타협 없는 마음으로 노력하고 분투하는 것입니다. 정열과 열렬성은 지식과 학위보다 훨씬 더 의미 있고 중요한 것입니다. 젊음의 정열이 학식보다 훨씬 큰 파괴력을 지닙니다. 그러므로 마음속의 불꽃을 꺼뜨리지 말고 분투해야 합니다. 그것만이 여러분을 가치 있는 삶으로 인도할 것이라고 저는 생각합니다. 허영, 허위의식, 피상성, 자기만족 등을 조심해야 합니다. 저는 위의 악덕들을 극도로 싫어합니다. 소크라테스도 경멸적으로 말한바 '아무것도 아닌 주제에 무어나 된 듯이 생각하는' 인품은 삶을 참을 수 없이 무겁게 만들고 스스로를 오만 속에서 몰락해 가게 만듭니다. 누구라도 죽을 때까지 배워야 하고 노력해야 합니다. 무엇인가가 옳다고 하는 것은 그것이 어떠한 올바른 요소를 쥐고 있기 때문만은 아니고 올바름을 향해 분투하고 있는 그 순간을 동시에 의미하기 때문입니다. '죽음은 없고 죽어가는 내가 있을 뿐'이듯이 노력하고 있는 그 순간만이 유의미할 뿐입니다. 그러므로 소박하고 진실하고 간절한 마음으로 삶과 운명에 대한 이해를 하겠다는 견지에서 예술사에 접근해야 합니다. 그러면 이제 지성과 아름다움의 세계는 여러분에게 문을 열어줄 것입니다. 감사합니다. 또 다른 만남의 기회를 기대하겠습니다.

이 서한은 그의 차가움과 뜨거움을 동시에 보여주고 있다. 그는 학생들에게 감당하기 힘든 통찰에의 요구를 담담하고 냉담하게 한다. 그러나 다른 한편으로 간곡하게 그의 삶에의 동참

마지막 외출

을 요구하고 있다. 그리고 학생들에 대한 그의 진실한 사랑을 보여주고 있다. 그러나 나는 그의 사표에서 극심한 불안감을 느꼈다. 그가 사표를 냄에 의해 우리의 연결고리 하나가 끊어진 셈이다. 그와 나는 더 이상 학교에서 만날 일이 없어진다. 그는 어쩌면 또다시 외국으로 나갈 수도 있다. 그는 항상 말했다. 예술사를 쓰기 위해서는 다시 유럽으로 나가야 한다고. 평소에도 그의 깃털 같은 태도에, 그의 유목민 같은 삶의 양식에 불안해했다. 물론 나의 불안을 그에게 피력한 적이 없다. 사실 그에 대한 나의 열망이 얼마나 깊은지에 대해서도 말한 적이 없다. 한 여자가 얼마나 열렬하게 한 남자를 사랑할 수 있는지에 대해 말한 적이 없다. 그는 어쩌면 그가 성적 욕구를 풀어내는 여러 여자 중 한 명으로 나를 대하듯이 나 역시도 여러 남자 중 한 명으로 그를 대하고 있다고 생각한 것 같다. 이것은 언어도단이었다. 만약 플라톤이 '파이돈'에서 말한 것처럼 '육체와 영혼이 완전히 결별한 후에도 영혼이 존속한다'면 그것은 단연코 그의 것이었다. 그러나 내가 그의 여러 여자 중 한 명이라면 사표에 의해 나의 입지는 완전히 흔들리는 것이다. 이것이 불안이었다.

그는 많이 산 사람이었다. 그러나 나는 속으로 중얼거렸다. '불쌍한 사람. 어떻게 자신을 그렇게까지 밀어붙일 수 있을까?' 그는 스스로 좋은 삶을 살아온 사람, 누구보다 행복한 사람이라고 말하곤 했다. 나는 그가 이렇게 말할 때 그것은 당연하다고 생각했다. 해외여행 자유화 이전에 유학을 떠나고 또한, 십여 년의 유학을 한 사람의 삶이란 얼마나 행복한 것이었을까? 그것이 가능한 재정적 배경을 가진 사람의 삶이란 얼마나 행복한 것인가? 그가 스스로를 행복한 사람이라고 생각하는 것은 당연하다. 그러나 그의 행복은 내가 생각한 그러한 종류의 행복이 아니었다. 그것은 순간을, 현재를 사는 역량에 관한 것이었다. 그리고 많은 삶을 살 수 있는 역량에 관한 것이었다. 그것은 자기자신을 완전히 몰두시킬 수 있는 심원하고 방대한 세계를 가졌기 때문에 매 순간을 밀도 있게 삶을 사는 그러한 사람의 행복이었다.

나는 그에게 그의 행운과 그의 행복에 대해 말했다. 그는 어깨를 슬쩍 추스르고는 간단히 말했다.

"그래도 힘들었어."

나는 웃었다. 일주일에 과외를 스무 시간쯤 하는 나의 삶에 비해 무엇이 힘들었을까? 나는 공부하는 것 역시도 하나의 행복으로, 그것도 용이한 행복으로 간주하고 있었다. 전체 영혼을 몰두시켜야 그 이해가 가능하고, 또한 그 이상의 전체 삶을 희생시켜야 가능한 그러한 종류의 탐구와 집필에 대해서는 모르고 있었다. 내가 생각하는 공부란 수석을 한 겉똑똑이 공붓벌레들이 '공부가 가장 쉬었다'고 말하는 그러한 종류의 공부였다.

진정한 통찰이 점점이 박혀 있고 반짝거리는 영혼이 그 빛을 섬광처럼 흩뜨리는 그러한 종류의 창조적 연구와 집필에 대해서는 모르고 있었다. 나는 공부를 양으로 알았지, 질로 알지는 못했다. 적어도 나는 사회가 만들어 놓은 진입 장벽으로서의 시험은 쉽게 통과했다. 대학 입학도 그랬고 학사 편입도 그랬다. 이러한 것들을 통과해 나가는 것이 공부였다. 그러나 진정한 탐구는 사회가 장벽조차 만들지 못한다. 사회는 그러한 또 다른 세계가 있다는 것을 모른다.

나도 그가 단지 서른네 살의 나이에 얼마나 많은 것을 그의 영혼 속에 새겨 넣었는지에 대해서는 거의 모르고 있었다. 지금 '단지 서른네 살'이라고 말하고 있다. 그러나 당시엔 그 나이는 내게 엄청난 시간이었다. 향후 십 년이라면 나도 얼마든지 그와 같아질 수 있다. 나도 그와 마찬가지로 철학적 개념을 자유로이 쓸 수 있고 예술적 예증을 무한히 들 수 있다. 재기발랄하고 섬쩟한 유비도 얼마든지 가능하다. 스물네 살의 겉똑똑이가 무엇을 알 수 있었겠는가? 그의 가뜬함의 이면에 얼마나 많은 노고와 심오한 지식과 사유가 깃들어 있는지를 어떻게 알 수 있었겠는가? 그것을 생각하면 그의 서른네 살은 약관의 나이였다. 어떤 교수들은 매우 내키지 않게 그가 무엇인가 다른 종류의 학자라는 사실을 인정하고 있었다. 그러나 나는 그것조차 몰랐다. 나는 그 후 커피숍에서 그의 예술사의 극히 일부를 — 사실 그것은 약속에 늦은 나를 기다리며 그가 순식간에 어떤 영감에 의해 끄적거린 것인데 — 훔쳐보게 된다. 그것은 데카르트의 '운동'과 바로크 예술의 역동성에 대한 유비에 관한 것이었다. 그리고 깜짝 놀란다. 하인리히 뵐플린이나 알로이스 리글이라도 놀랐을 것이다. 거기엔 예술사상 최초로 바로크 예술의 형이상학적 해명의 일부가 들어 있었다. 거기에서 그는 유클리드 기하학과 데카르트의 해석기하학을 대비시키는 한편 케플러의 세 개의 법칙을 끌어들여 바로크의 역동성을 설명한다. 이 부분은 나중에 그의 저술 '근대예술'의 한 부분이 된다.

그는 지성을 내세우지 않았다. 돌이켜 생각하면 이것이 그의 심오함과 초연함을 말해 주는 것이었다. 그의 지성은 언제나 가뜬하고 기척 없는 것이었다. 그는 그 나이에 이미 무거움을 떨치고 있었다. 그의 지성은 시끄러움 속에 있지도 않았고 위장된 심오함을 가장하고 있지도 않았다. 그는 현학적이지 않았다. 그의 언명이나 글은 고식적이고 전문적인 용어를 조금도 포함하지 않았다. 누구나 쉽게 읽을 수 있다고 느끼게 했다. 명석하기까지 했으니까. 그러나 쉽다고 생각하면 순식간에 함정에 빠진다. 그는 단지 큰 소를 작고 날카로운 나이프로 재빠르고 민첩하게 절개하고 있을 뿐이다. 그의 글은 논리적이었다. 그것이 그의 글의 특징이다. 그러나 논리는 순식간에 도약한다. 전력을 투구해서 글에 집중하지 않으면 읽는 사람은 다시 처음으로 돌아가야 한다.

그는 말하곤 했다. 글은 간결하고 전개는 민첩해야 한다고. 그리고 표층만을 말함에 의해 심층을 추론하게 해야 한다고.

"중요한 건 명사만으로 글을 써야 한다는 거야. 형용사나 부사는 필요악이야. '태초의 말씀'은 명사를 일컫는 거야. 글은 실증적이어야 해. 사실에 대해서만 말해야 하지. 이때 서술어가 왜 필요하겠어? 진정한 미인은 화장할 필요가 없어. 글은 명사만으로 충분해. 저자는 책에 명사를 점점이 뿌려 놓으면 돼. 나머지는 독자의 몫이야. 저자는 독자의 눈에만 호소해야지 그의 감상이나 평가에 호소하려고 시도하면 안 돼. 이것이 글을 간결하고 차갑게 만드는 거야. '복잡성은 필요 없이 가정되어서는 안 된다'라는 말은 위대한 윌리엄 오컴의 경구야."

그는 세미나나 학회에서는 조용히 앉아 있곤 했다. 자기 의견이 요구될 때를 제외하고는 멍하니 얼빠진 표정으로 좌중을 바라볼 뿐이었다. 자기 연구실로 되돌아갈 시간만 기다리며. 누군가의 질문을 받을 경우에나 약간은 피곤하다는 표정으로, 약간은 권태롭다는 표정으로 자기 견해를 간략히 말했다. 아주 드물게 그는 자기 견해를 적극적으로 말했다. 적극적이라고 하지만 단 몇 마디로 간단히 말한다는 점에서는 그렇게 적극적이지도 않았다. 그러나 그의 가볍고 날카로운 언급은 단 몇 마디만으로 좌중의 소요를 압도할 수 있을 만큼 심오한 것이었다. 무식하고 오만한 인간들이 가끔 입을 닥치지 않은 채로 웅성거렸지만, 그는 자기의 주장을 펼친 적이 없다. 조용히 미소 짓다가 여러 변설을 살짝 비꼬는 정도로 그쳤다. 그는 웃으며 말하곤 했다.

"사람들은 자기주장에 간단하게 제기되는 반례에 대해 생각할까? 닫힌집합의 반대말은 열린집합이 아냐. 닫히지 않은 집합이지. 거창한 이론들은 다 닫힌집합인 거야. 중량을 가진 두 물체 사이에는 끄는 힘이 존재한다는 것이 뉴턴 역학의 요체야. 그것은 모든 중량을 가진 두 물체에 해당하는 닫힌집합이지. 우리 지식이라는 것은 이 닫힌집합들의 총체야. 그래서 우리 지식은 거창해지고 무거워지지. 파르테논 신전의 기둥이 두꺼운 것도 그 이유야. 근대와 현대는 이 점에서 의견을 달리해. 현대는 닫힌집합에 대한 믿음이 미신이라고 말하지. 다시 말하면 현대는 전통적인 지식의 가능성을 붕괴시키며 출발해. 현대는 과거의 지식에 대한 반례를 들며 기존의 지식체계를 붕괴시키지. 유클리드 기하학에선 다섯 번째 공준이 반례에 의해 붕괴해. 이렇게 되어 집합은 닫히지 않게 돼. 이것이 실존주의자들이 말하는 '버림받음'이야. 기반으로 삼을 닫힌집합이 없어진 거를 버림받음이라고 말해. 그 표현에서 자기연민의 감상을 빼면 그럭저

마지막 외출

럭 맞는 말이긴 하지. 좀 더 전문적으로 말하면 언어 속의 어떤 기호(sign)는 그에 대응하는 사물을 가져야 한다는 거야. 그러나 닫힌집합들을 지칭하는 기호들은 거기에 대응하는 사물을 갖지 못해. 닫힌집합은 존재하지 않으니까. '어떤 기호가 쓸모없을 때 그 기호는 무의미하다'고 말한 사람은 비트겐슈타인이야. 우리는 이 닫힌집합을 포기해야 해. 이것이 버림받음이야. 분석철학은 이 버림받음에도 불구하고 삶은 어쨌건 영위되어야 한다는 이념에서 출발해. 전통적인 실재를 만들어진 대리 실재로 대체하는 것이 현대철학이나 현대예술이 하는 일이야. 그렇게 창조가 모방을 대체하는 거야. '예술을 모방하는 자연'이라는 말도 그렇게 나오는 거고."

그의 말을 이해하지 못하는 것이 내 탓인가? 나는 항상 소니 녹음기를 들고 다녔다. 그의 많은 말들은 사실 내게 뭔가를 교육할 때 나온 것들이다. 나는 그의 수업도 녹음했고 그의 세미나도 컬로퀴엄도 녹음했다. 그리고 녹음 준비가 안 된 채로 그가 뭔가 진지한 말을 하면 녹음기를 준비하곤 다시 처음부터 말해 달라고 했다. 그는 기꺼이 그렇게 했다. 살짝 미소 지으며. 이제 그의 말을 다시 듣자면 당시에 내가 그의 말을 이해하지 못한 것은 어느 정도 당연했다. 그는 집합의 개념을 매개로 순식간에 과학철학과 수리철학을 통과하여 지금 현대의 가장 세련된 예술철학과 실존주의와 분석철학에 이르고 있다. 이 섬광같이 재빠른 도약을 어떻게 따라갈 수 있었겠는가? 나는 녹음한 것을 노트에 옮겨 적으며 그의 말을 모두 이해하려 애썼다. 물론 그런 노력에도 불구하고 그의 말은 안개에 싸인 채로 내게 다가왔다. 이러한 것들을 이해하기에는 오랜 시간과 노력이 필요했다.

그의 이러한 통찰이 조울증을 배경으로 하고 있었다는 사실이 유감스럽다. 그는 평생을 조울증에 대한 공포와 그것이 엄습하는 고통 속에서 살아야 했다. 그러나 거기에 대해 일고의 자기연민도 가지고 있지 않았다. 그는 매일 리튬을 복용해야 했다. 어떻게든 조증으로 치솟는 것을 막아야 했다. 그러나 문제는 그가 일단 어떤 깊은 사색에 들어가거나 집필에 빠질 때는 무엇도 그를 조증으로 몰고 가는 상황을 막을 수 없었다는 데 있다. 그리고 거기에 뒤이은 지독한 우울증이 그의 업적의 대가를 받아내곤 했다. 그는 자살을 기도하기도 한다. 이 사실에 대해선 내 기억조차도 그것을 의식의 경계선 밖으로 추방한다. 그는 기적적으로 살아나게 된다. 그의 자살 기도에 대해 내가 말할 수 있는 건 여기까지이다.

그럼에도 나는 그를 행운아라고 생각할 수 있을까? 그는 물론 원하기만 한다면 행운아였다. 그는 유복했고 그의 아카데미에서의 성취는 화려했고 그의 직업은 교수이다. 그러나 그는 다른 삶을 선택했다. 결코 행운이라고는 말해질 수 없는 삶을. 그럼에도 그는 행복한 삶이라고 말했다. '다른 삶을 고려조차 할 수 없을 정도로 행복하다'면서. 그러나 그의 행복은 우리가 생각하는 행복과는 다른 종류의 것이었다. 그의 행복은 그의 전력을 투구한 정신력이 만들어 낸 중독성 있는 지적 도취였다. 만약 내가 그의 우울증을 목격하지 않았다면 나는 그의 행복과 우리의 행복을 동일한 것으로 바라봤을 것이다. 나는 그에게 그 후 자주 말하게 된다. '정신과엔 착실히 다니고 있냐'고. '약은 잘 먹고 있냐'고. 그리고 중얼거리듯 말했다.

"당신 다시 한번 우울증에 걸려들면 힘들 거 같아요. 제발 조심해 주세요. 너무 끔찍했어요."

그는 고개를 끄덕거렸다. 아마 그럴 거 같다고. 그러나 이 모든 조심성이 다 부질없는 것으로 드러나게 된다. 그는 이후 5년간의 유럽에서의 '수업 시대'를 끝낸 후 '현대예술'을 출간하고 이어서 르네상스에서 인상주의에 이르는 아홉 개의 예술 양식에 대한 두 권의 형이상학적 해명을 출판한다. 이 두 권이 그의 '근대예술'이다. 그것은 무려 일천 쪽을 넘어서는 대작이었다. 이 두 권의 책이 그에게 세종학술상을 안겨 준다. 그의 자살 기도가 이때 있었다고 나중에 듣게 된다. 그의 개인 조교가 발견하여 그는 다시 살게 된다.

그의 우울증과 관련한 하나의 또 다른 기억은 그의 주치의에 대한 그의 감사이다.

"가장 곤란한 정신과 의사는 우울증의 원인을 캐려는 의사야. 모든 것에는 원인이 있으며 그 원인의 포착이 장엄한 과학의 승리라고 믿는 사람들이지. 이 사람들이 귀찮은 질문을 많이 하지. 이 촌스러운 탐구는 정신과에서 많이 일어나. 내과 의사가 감기에 걸린 이유를 묻지는 않잖아? 우울증도 감기와 마찬가지야. 어쩌다 감기에 걸리듯이 이 병에 걸려드는 거야. 물론 그것에 어떤 원인이 있을 수 있겠지. 그렇지만 문제는 원인을 발견할 수도 없을 뿐만 아니라 원인이라고 믿어지는 것을 발견한다 해도 인과 관계가 뚜렷하지 않다는 거야. 원인의 탐구는 심층으로 들어가려는 시도야. 그러나 신이 죽었듯이 심층도 죽었어. 표층만이 우리가 알 수 있는 전부야. 그러니 정신과 의사들도 단지 그 병리적 현상만을 다뤄야 해. 우울증은 신경전달물질의 재흡수와 관련 있어. 그러니 이 재흡수를 막는 약을 적절하게 조합해서 처방해 줘야 해. 정신과 의사 역시 외과 의사처럼 쿨해야 해. 그런 점에서 보자면 내 의사는 최고야. 내면적 따스함과 외적 차가움을 동시에 가지고 있지."

이별

　　선배에게는 의심과 확증 따위는 없었다. 그는 경우의 수로 의심을 대치했고 확증에 대해서는 이해와 관용으로 넘어갔다. 그는 매사에 대해 여러 가능성을 염두에 두지만, 사실이 말해질 때까지는 모든 것을 유예시킬 줄 알았고 어떤 드러난 사실에 대해서는 별 의미를 두지 않는 듯했다. 그는 스스로의 예측을 말하지도 않았고 자신의 상상력을 드러내지도 않았다. 그는 매우 논리적인 사람이었다. 이렇게 말하지만 사실은 논리학자였다. 그리고 그에게 있어 진정한 논리는 확증되지 않는 한 결정짓지 않는다는 데에 있었다.

　　"명제는 참이거나 거짓이야. 중간은 없어. 사태의 존재냐 부존재냐이지. 어떤 것들이 여러 경우의 수의 가능성을 가져. 가능성만으로 무엇을 확증하면 안 돼. 물론 매우 개연성 높은 가능성이라는 것이 있지. 그렇다 해도 드러나지 않는 한 명제는 아냐. 내일 비가 오거나 오지 않거나의 두 가지 경우의 수가 있지. 그러나 사실은 내일에서야 밝혀져."

그는 이미 나와 D와의 관계가 어떠한 양상인지를 직관적으로 알고 있었다. 그는 말해 주기를 기다렸을까? 그렇지 않았을 거 같다. 아마도 선배는 나와 D의 관계가 그렇다는 사실에 오히려 안도하고 있었거나 무관심했을 거 같다. 나 역시도 그가 데리고 자는 여자 중 한 명에 지나지 않는 걸까? 그렇다면 그가 나의 지성에 기울이는 노력은 무엇일까? 내가 그에게 어떤 호소력도 없는 여자였을까? 아니면 내가 다른 누구였더라도 그가 관심을 기울이지 않기는 마찬가지였을까? 나를 가르치는 것은 단지 그의 선심일 뿐인가? 나는 이것을 지금까지도 모르겠다. 그는 '사랑과 애정과 섹스는 서로 독립적'이라 했다. '그것들은 홀로 있을 수 있지만 병렬될 수도 있다'고 말했다. '단지 인과 관계에 있지 않다'고 했다. '인과 관계에 대한 믿음이 미신'이라고 인용하며. 그렇다면 그는 나에 대해 애정을 섹스 옆에 병치시키지 않은 것일까? 아니면 병치시킨 결과가 나에 대한 가르침인가? 만약 그렇다면 다른 여자와 자는 것은 그만둬야 하지 않은가? 그의 말대로라면 애정은 배타적이니까. 그는 섹스 없는 애정에 대해 말한 적이 있다. 그는 지나치듯이 말했다. 교수 임용된 첫해에 캐나다

마지막 외출

의 밴쿠버 아일랜드에서 우연히 만나게 된 어떤 동갑내기 여자에 대해. 처음에는 남녀관계로 만났지만, 그 관계는 곧 애정 어린 우정으로 바뀌게 되었다고. 따라서 애정도 배타적인 것은 아니라고. 이제는 오누이와 같은 관계가 되었다고. 나는 이 말을 믿을 수 없었다. 이 여자는 결국 나중에 나의 경련적인 질투의 대상이 된다.

그는 수업 시간에 농담을 했다.

"미혼으로 사는 것은 하나의 선택이고 취향이지요. 여러분 중에 독신주의를 생각하고 있는 사람이 있다면 안심하세요. 나는 그쪽 편이니까. 그러나 연애나 섹스 없는 삶은 좀 삭막하네요. 우리 육체도 충족을 원해요. 더구나 젊음은 짧아요. 많이 즐기고 사세요."

아이와의 이별이 다가오고 있었다. 그는 사흘이 멀다 하고 보육원에 들락거렸다. 하루는 눈물로 엉망진창이 된 채로 나타났다. 아이가 자기를 아빠로 부른다고. 그땐 나도 울었다. 그는 아이의 미국 입양이 결정되었을 때 안도했다. 부모가 생겼다는 사실에. '보고 싶지 않겠냐'고 물었더니 그는 '아이 행복이 먼저니까'라고 간단히 말했다. 그러나 그가 울었다는 사실을 안다. 그이야기가 나올 때마다 눈시울이 붉어지다가 화장실로 가버리곤했으니까. 그러고는 얼이 나간 채로 앉아 있다 일어서곤 했다.

그날의 수업과 나의 행복은 어디론가 날아가고. 그는 아이의 옷을 사고 신발을 사고 심지어는 노트와 색연필도 샀다. 옷과 신발은 사이즈 별로 샀다. 아이가 일곱 살이 될 때까지는 그것으로 충분할 거라며. 그리고 모든 종류의 서류를 확보하는 데 혈안이었다. 입양 가족에 대해서 그리고 입양 지역에 대해서. 나중에 생모가 아이를 찾거나 아이가 생모를 찾을 수도 있다며.

"알링턴은 괜찮은 지역이야. 보수적인 지역이지만 거기 사람들이 통이 크고 관용적이야. 대체로. 이미 두 명의 아이를 가진 집이야. 중산층 지역에 살고 있어. 언니와 오빠가 생기는 거야. 아이한테 좋을 거 같아. 기후도 좋은 곳이야. 아이는 행복하게 자랄 거야."

그는 아이한테 7,000불을 적립시킨다. 장차의 교육비로. 그와 그 집과의 관계는 향후 계속 이어지게 된다. 미국에 갈 때마다 그곳을 방문하기도 하고. 그 집 사람들을 초청하기도 하고. 그는 최소한의 아빠 노릇은 하려 했다. 그 아이가 단지 아빠라고 불러 주었다는 이유로. 운 좋게도 그 아이는 멋지게 성장해 나간다. 세월이 많이 흘러 그 아이가 이제 그녀라고 불리게 되었을 때 그녀는 경찰학교에 입학하고 끝내 FBI 시험에 합격하여 미국의 정식 수사관이 된다. 그는 지하철에서 장차 미국의 수사관을 주운 것이었다. 그녀와 양모는 그녀가 12살이 되었을 때 생부와 생모를 찾으려고 시도한다. 이때 그는 유럽과 캐나다에 있게 된

마지막 외출

다. 당시 그는 그가 먼저 연락을 하지 않는 한 연락 두절 상태에 들어간다. 그는 파리, 샤르트르 등과 밴쿠버와 밴쿠버 아일랜드 등을 헤매고 다닌다. 이때 그는 그의 삶에서 완전히 새로운 영역으로의 도약을 준비하고 있었다. 그리고 나와의 비극적인 사건이 벌어진다. 이 참담한 비극은 향후 그와의 파탄을 불러오고 궁극적으로 그의 경력의 종말을 의미하게 된다. 이 이야기는 나중에 자세히 말할 것이다. 그들은 생모와 생부를 찾지 못했다. 그들을 끝내 찾은 것은 그가 귀국하여 국립과학수사연구소에 DNA 기록을 대조시킴에 의해서였다. 그녀의 친척 한 명의 DNA가 기록되어 있었다. 그러나 그는 그녀의 생모에 대해 차가울 만큼의 냉담함을 보인다. 이것은 아이의 유기에 대한 분노는 아니었다. 아이의 예비된 실망에 대한 우려 때문이었다.

"일단 헤어진 사람들은 오랜 시간 후에 만나서는 안 돼. 삶은 절대로 평행하게 흘러 주지 않아. 헤어진 후 각각은 먼저 다른 각도의 방향을 취하게 돼. 시간이 지날수록 두 사람은 전혀 다른 두 세계에 살게 되는 거야. 아무것도 공유되지 않은 채로. 어떤 공감대도 없이. 간절히 만나기를 원했던 두 사람은 사실은 낯선 이방인을 만나는 거야. 다른 문제도 있어. 생모는 아이를 유기했어. 삶이 엄청나게 부담스럽고 고통스러웠을 거야. 여기엔 동정과 공감이 있어야지 비난이 있어선 안 돼. 그러나 현재의 그 여자의 삶은 어떨까? 아나톨 프랑스의 트레포프 공작부인은 꿈속에서나 있는 얘기야. 두 사람은 너무나 차이 나는 사회적 상태에 당황할 뿐이야. 첫 번째 만남이 있고 난 후 두 사람은 다시는 안 만나게 될걸. 이질감이 너무 커서."

사태는 그의 추측과는 다르게 흘러간다. 이번엔 그가 틀렸다. 생모와 아이는 꾸준히 연락을 취하며 관계를 이어 간다. 그가 주운 아이는 그의 추측보다 훨씬 더 훌륭한 사람으로 자랐다. 어쩌면 그라면 생모를 찾지는 않았을 것이다. 그는 자기 말 만큼 관용적이지는 않은 사람이다. 현실적 문제에 있어서 냉혹했다. 그리고 보면 생모를 찾겠다는 양모와 아이의 시도에도 시큰둥했었다.

그는 냉소적이고 사무적인 사람이었다. 그가 인간을 고귀한 존재로 보지 않는 것은 분명했다. 이 점에 있어서 그는 냉정한 사람이었다. 그러나 그는 고귀함 자체가 없다고 생각하지는 않았다. 그가 부정한 것은 선험적인 고귀함이었다.

"인간은 고귀하게 태어나지 않았어. 그 점에선 인간과 바퀴벌레 사이에 차이가 없어. 인간에겐 잠재력이 있다는 것이 차이지. 그러나 이 잠재력은 중립적인 거야. 좋은 쪽으로도 나쁜 쪽으로도 향할 수 있어. 만물의 영장은 빌어먹을 개소리지. 고귀해지려 노력하는 것이 인간이 할 수 있는 모든 거야. 안 그러면 전락이지."라는 말을 종종 했으니까.

마지막 외출

그는 아마도 나에 대해서도 동일한 심적 태도를 가지고 있었을 것이다. 그는 내 생각과 행동에 대해 어떤 말도 하지 않았다. 아니라고 말할 때는 단지 공부와 관련되었을 때뿐이다. 내가 무엇인가 잘못 생각하거나 잘못 추론했을 때는 단호하게 아니라고 했다. 여기에선 인정머리가 없었다. 그러나 인간으로서의 나에 대해서는 관용적이거나 체념적이었다. 나의 용렬함에 대한 그의 이해는 정말이지 고마울 정도였다. 그의 여자관계에 대한 나의 부당한 분노와 질투에 대해서는 한참의 비난의 세례도 묵묵히 견뎌줬다. 나는 심지어 그의 과거의 여자관계도 비난한다. 그러나 이 비난은 잦아들게 된다. 나 역시 D와의 관계를 갖고 있다는 자각 때문이었다. 그는 비난에도 묵인에도 아무 반응을 보이지 않았다. 무슨 생각을 하고 있는지조차 모를 지경이었다. 때로는 그가 차라리 D와의 관계를 캐물으며 나를 비난해 주기를 바랐다. 그는 질투를 모르는 사람인가? 이것이 아니라면 스스로도 아무 여자와 맺는 성적 관계의 무의미에 대한 생각 때문이었을까? 자신의 난잡함을 아무렇지 않게 말하는 것처럼 나의 남자와의 관계에 대해서도 아무렇지 않게 생각했을까? 아니면 그는 나에 대해 어떤 진지한 애정도 품지 않은 것인가?

자기희생과 헌신에 대해 동일한 보상을 받겠다면 거기에 자기희생이나 헌신은 없다. 자기의 헌신에 이자까지 쳐서 받겠다는 것이 헌신의 공치사이다. 희생과 헌신은 그것 자체를 위해 행사되지 않는 한 진정한 것이 될 수 없다. 헌신의 근원은 무상성과 망각이다. 자신의 노역은 잊힌다. 자신의 삶은 그것 자체를 위한 것이다. 자기희생과 헌신 그리고 그것에 대한 초연한 망각이 인간의 가치를 결정짓는다. 이것은 어머니를 반면교사로 삼아 깨달은 것이었다. 어머니는 자식에 대한 헌신의 대가를 철저히 치러 받기를 원했다. 어머니는 아직은 젊은 나이였다. 어디에서 무엇인가 경제활동을 충분히 할 나이였다. 그러나 한탄과 눈물과 불안이 그녀에게 가능한 유일한 생활양식이었다. 수업과 과외와 리포트로 녹초가 된 나는 돌아오면 그녀의 길고도 긴 탄식을 들어야 했다. 어느 날엔가는 방문을 잠그고는 안경을 벽에 내던지고 노트를 발기발기 찢어 버리며 울부짖었다. 이 지옥을 벗어나고 싶다고 울부짖었다.

D와 어머니는 비슷한 부류였다. D는 자기의 과거 여자와의 이별이 나에 대한 헌신이었다고 생각했다. 과거의 여자 친구의 전도는 유망했다. 장차 가정의학과 전공의로서 그녀의 미래는 장밋빛이었다고 했다. 그러나 D는 나를 위해 그녀와 헤어졌다. 그들은 같은 고향 출신으로서 그 인연과 사랑은 길고도 깊은 것이었다. 그럼에도 헤어졌다. D는 거기에 대한 보상을 요구했다. 그것은 그에 대한 동일한 헌신에의 요구였다. 그는 소유하고자

했다. 나의 모든 것을 소유하고자 했다. 그러나 그가 나의 육체와 기력과 시간을 소유하고 있을 때 나의 영혼은 그의 손가락 사이를 이미 빠져나오고 있었다.

그는 나의 일정표 모두를 알고 있어야 했다. 심지어 과외가 끝나고 집에 올 때면 집 앞에서 기다리고 있기도 했다. 예고도 없이. 그나마 있는 휴식 시간도 뺏기 위해. 이제 커피숍이나 식당을 거쳐 모텔로 가야 한다. 그때엔 새벽 한두 시나 되어야 집에 올 수 있었다. 어머니의 한숨과 잔소리의 세례 속에. 강의 중간의 시간도 함께 지내야 했다. 공강 시간은 내게 중요했다. 복습을 하고 참고 도서를 읽고 시험 준비를 하는 시간이었다. 나는 편입생이었고 선수과목이 많았다. 공부할 것들이 산더미 같았다. 그러나 그는 도서관에서도 내 옆에 앉아 있었다. 나의 모든 관심과 시간이 그에게 정지해 있어야 했다. 어쩌면 그 원인은 내게 있었을지도 모른다. 내 마음이 그에게서 멀어질수록 그는 내게 더욱더 집착하고 있었으니까. 나는 지쳐가고 있었다.

나의 선배는 D와 나와의 관계가 어느 정도인지를 이미 알고 있었다. 나중에 그 사실을 확인했다. 그는 자세히 알려고도 하지 않았고 아마도 자세히 생각해 본 적도 없었을 거 같다. 그는 자신에게 잠겨 있었고 남의 일에 관해서는 관심이 없었으므로. 말해 주지 않는 한 유예해 두는 사람이었으니까. 그는 무심한 사람은 아니다. 오히려 예민하고 섬세한 사람이다. 그의 관심은 선택적이었을 뿐이다. 모든 철학, 모든 음악, 모든 문학, 모든 미술. 이것들이 그의 지극한 관심사였다. 그는 내게 바흐의 '글로리아'에 들이는 만큼의 관심조차 두지 않았을 거 같다.

선배와 나는 각자의 집의 중간쯤 되는 역에서 만나곤 했다. 가끔 역사 안에서도 부딪혔다. 먼저 온 사람이 반대편으로 와서 전철에서 내리는 사람을 맞기도 했다. 전철이 지나간 후에 주머니에 손을 넣은 채로 가볍게 웃으며 반대편을 바라보는 그는 내게 언제나 신비였고 두근거림이었다. 부산스럽게 움직이는 모든 허깨비 가운데 그만이 빛을 내고 있었다. 보름쯤은 계속 입었을 후줄근한 양복과 구겨진 구두를 신은 그만이. 그가 손가락으로 내 쪽이나 그의 쪽을 가리킨다. 내 쪽으로 오겠다는 신호거나 그쪽으로 오라는 신호이다. 이 경우는 다시 전철을 타고 어딘가로 갈 것이다. 아니면 엄지손가락을 들어 위쪽을 가리켰다. 그때엔 역사 밖에서 다시 만나 그 근방 어느 커피숍으로 들어갈 것이다. 나에 대해선 아무것도 기억나지 않는다. 내가 무엇을 했고 어떤 태도를 취했는지도 기억에 없다. 나는 그저 두근거리며 새로운 만남을 축성하기 바빴으니까.

선배는 내게 무엇인가를 끊임없이 사 줬다. 한번은 운동화 대리점 안으로 데리고 들어가서 농구화를 사 줬다. 그가 버려진 아이에게 무엇인가를 끊임없이 해줬듯이 그렇게 내게도 무엇인가를 끊임없이 해줬다. 나는 쪼들리고 있었다. 과외로 받은 돈은 봉투째로 어머니께 드렸다. 그중에서 일부를 용돈으로 되받았다. 나의 현실적 삶이란 각박한 것이었다. 어머니는 돈을 모으고자 했다. 아들의 최소한의 결혼 밑천이나마 있어야 한다고. 아들에 대한 어머니의 사랑은 참으로 컸다. 그 사랑을 위해서라면 딸의 희생쯤은 아무것도 아니었다. 그런데 그것이 사랑이었을까? 우회적인 이기심은 아니었을까? 장차 자기를 부양해 줄 예비된 황금 보따리는 아니었을까? 어머니는 내 결혼은 유예시키기를 바랐다. '네 결혼은 오빠 결혼 다음'이라는 말을 자주 했다. 내가 임용이 아니라 편입을 택하자 그녀는 거의 경련적으로 탄식했다. 그러나 그것이 내 결혼의 유예가 되겠다고 생각하고는 곧 탄식을 거뒀다. 어쨌건 나는 2년 안엔 결혼하지 않을 것이다. 그리고 돈도 벌어 올 것이다. 돈과 어머니의 관계는 두 가지였다. 첫째, 주된 돈줄을 잃지 않는 것, 둘째, 일단 무엇이든 손아귀에 들어온 것은 놓지 않는 것. 나는 당시에 돈에 관심이 없었다. 그저 부지런히 벌어서 모친의 탄식과 자기연민의 우는 소리를 듣지 않기를 바랄 뿐이었다.

나 자신은 옷과 신발 등이 초라하다는 사실을 모르고 있었다. 그런 외적인 것에 관심이 없다는 사실에 오히려 자부심을 느끼고 있었던 것도 같다. 그러나 선배는 모든 것을 비웃었듯이 정신적 고귀함과 물질적 초라함의 상관관계도 비웃었던 것 같다.

당시에는 농구화가 유행이었다. 선배는 맘에 드는 디자인으로 골랐다. 서너 개 중 하나를 선택하는 것이 좋겠다고 말했다. 내가 망설이자 그가 하나를 지목했다. 그것은 좀 덜 요란하고 좀 덜 화려한 디자인의 운동화였다. 그중 비쌌다. 난 가격표를 보고는 또다시 망설였다. '맘에 안 드냐'고 선배가 물었다. 그것이 어떻게 맘에 들지 않을 수 있겠는가? 아름다움에 대해 가장 날카로운 눈을 가진 사람이 고르지 않았는가. 그는 단지 흐뭇한 미소를 지었다. 그것으로 끝이었다. '걸어 보라'고 하고는 뒤쪽에서 감상했다. 그러고는 신발에 대해서는 완전히 잊은 듯했다. 다음 만남에서도 내 발치 쪽은 보지도 않았다.

종로를 같이 걸었다. 3가로 기억한다. 한 여성복 상점에서 세일이 진행 중이었다. 상당한 고가의 브랜드였다. 그가 손을 끌어 들어가게 되었다. 그는 재빠르게 스웨터를 훑었다. 그중 회색을 골라 들었다. 가볍고 부드러운 캐시미어 스웨터였다. 탈의실을 가리켰다. 어느 옷이고 안 맞고 어느 옷이고 안 어울렸겠는가? 나는 20대 초반의 날씬한 미인이었는데. 그는 웃음 지으며 그 스웨터를 입은 나를 바라보았다. 그러고는 그는 그 옷에 대해서도 잊은 듯했다. 다시 입고 나왔을 때 눈길도 안 줬다. 나는 정말이지 기어들어 가는 목소리로 물은 적 있다. '다른 여자들에게도 무얼 사 주냐'며. 그러자 크게 웃으며 말했다.

"사 주기만 하겠어? 백화점을 통째로 들어다 줬어. 하하하."

나는 농담을 받아들일 여유가 없었다. 질투심이 불같이 일었다. '당신은 참 헤픈 사람'이라고 말했던 거 같다. 그는 정색했다.

"다른 여자들한텐 밥과 술을 많이 사 줬지. 커피도 많이 사 줬고. 옷이나 신발이나 액세서리 등은 사 줄 수 없었어. 데이트를 하지는 않았으니까. 그렇게 시간 낼 수가 없었어."

"시간이 있었으면 사 줬겠네요?"

"숙녀분, 그 주제는 여기서 끝내지요."

무엇인가를 사 주고는 곧 잊는 것이 오히려 섭섭했다. 선심을 의식하지 않는 그가 오히려 아쉬웠다. 그 선심이 나에 대한 어떠한 종류의 소유욕에서도 독립해 있다는 사실이. 소유는 모든 것을 망친다. 그렇게도 신비스럽고 생생하고 매력적인 것들이 소유에 의해 진부하고 원망스럽고 권태로운 것으로 바뀐다. 이것은 나의 문제이다. 나는 D를 소유했지만 선배를 소유하지 못했다. 이것이 선배에 대한 열렬한 소유욕을 불렀다. 어쩌면 단순한 것일 수 있다. 나는 소유물의 가치를 여전히 보호하고, 소유하지 않은 것의 범용함을 알아볼 정도의 냉정한 지혜를 지니고 있지 않았다. 난 헛된 낭만주의의 잔류물일 뿐이었다!

전철에서 내리는 나를 선배는 환한 미소로 맞아주었다. 그러고는 언제나처럼 어깨를 만져주었다. 나는 화들짝 놀라며 그의 손을 뿌리쳤다. 끈질긴 D는 심지어 선배를 만나러 가는 길에도 내게 들러붙어 있었다. 내가 아무리 가르치고 배우는 관계에 지나지 않는다고 해도 그는 의심하고 있었다. 물론 그 의심은 정확한 것이었다. 선배와 나는 이미 성적 관계를 맺고 있었으니까. 상습적으로.

뿌리치자 선배는 움찔했다. 그는 계속 웃으려고 노력했다. 그러나 나는 알 수 있었다. 이 의구심은 그의 마음속에 영원히 남으리라는 것을. 이 사건 역시 애매한 상태로 유예시킬 것을. 웃음 가운데 눈이 움찔했다. 그리고 순간적으로 놀라움과 당황함이 스쳤다. 그때 그는 이미 모든 것을 알고 있었다. 마치 상황을 모두 본 것처럼. 그는 아무렇지 않은 듯이 왼손에 들고 있던 봉지를 들어 보였다.

"여기에 벽지가 있어. 엄밀히 벽지는 아냐. wallpaper가 아니라 wall cloth지. 남은 것이야. 방에 종이가 아니라 천을 바르고 싶었어. 꽃무늬 천 말이야. 화사하고 부드러운 크림 바탕에 매화꽃이 있는 천. 아주 예뻐."

살짝 펼쳐 보여줬다. 아름다웠다. 그것으로 방의 벽을 둘러치면 꿈속에 잠길 수 있을 것 같았다. 그는 여자의 감수성을 지닌 사람이었다. 삶을 조금이라도 더 아름답게 꾸미려 하는. 그리고 감수성에 걸맞은 안목을 가진. 그의 선택은 날카롭고 빠르고 재고의 여지가 없었다. 음악이나 그림이나 심지어는 장식에 있어서도.

손수건을 선물했던 적이 있다. 그는 단숨에 골랐다. 눈이 반짝반짝하는 듯하더니 손가락으로 가리켰다. 끝이었다. 10초도 안 걸렸다. 그것은 알고 보니 비싼 거였다. 웃었다. 그의 감각은 정말이지 날카로웠다. 이것은 한두 번이 아니었다. 선택이 요구될 때의 결단은 신속했지만 언제나 옳았다. 그런데 단지 옳기만 했을까? 그가 선택을 잘해 온 것일까? 그는 웃으며 말했다.

"선택이 더 중요하진 않아. 사람들은 잘 선택하려 애쓰지. 선택이 모든 것을 좌우한다고 하지. 나중에는 선택을 잘했다는 둥, 잘못했다는 둥 하지. 그런데 내 생각엔 선택이 삶의 경로를 결정짓긴 해도 삶 자체를 결정짓진 못해. 의대와 법대 사이에서 선택하면 의사나 법관이 되겠지. 그런데 직업이 삶 자체와 맺는 관계가 얼마나 될까? 내 생각엔 선택보다는 선택을 뒷받침하는 의지가 더 중요한 거 같아. 실패한 선택이란 없어. 선택을 뒷받침하지 못한 실패한 의지만 있을 뿐이야. 중요한 건 따라서 어떤 손수건을 선택했느냐가 아냐. 내가 네 선물을 얼마나 잘 사용하느냐의 문제지. 그것이 어떤 손수건이건 간에.

내가 대학 자퇴와 유학을 선택했을 때 내가 올바른 선택을 한다고 믿은 사람은 한 명도 없었어. 개탄하거나 분노하거나. 우리집 대장님의 분노는 엄청났지. 아들이 대학 부적응자인 거지. 대상님 부인은 눈물로 지새웠어. 집안 분위기가 살벌했지. 동생들뿐만 아니라 강아지도 숨죽이고 지냈다니까. 집안이 아주 망한 분위기였어. 비행기 탈 때야 비로소 숨 쉬었다니까. 모두가 잘못된 선택에 대해 말했어.

돌이키면 나는 어떤 걸 선택해도 좋았어. 대학을 계속 다니며 자기 공부에 열중했다면 적당한 직업에 적당한 삶을 살았겠지. 사회의 한 초석이 됐을 거야. 좀 더 평탄하고 좀 더 쉬운 삶이었겠지. 아니면 만족스럽지 않은 대학 생활에 자포자기 심정으로 나를 망쳐 나갈 수도 있었고. 난 유학을 선택했고 고생 좀 했지. 힘들고 외로웠지. 누워 잔 적이 별로 없었어. 달력에 표시를 해 봤어. 누워 잔 적이 며칠인가? 8월이었지. 방학 때 31일 중 9일이야. 22일을 앉아서 잔 거야. 공부하다가. 오전에는 머리가 아팠어. 나무망치 같은 걸로 탕탕 치듯이. 오후가 되면 조금씩 가라앉고. 만성적인 피로야. 꿈꿀 여유조차 없었던 날들이었어. 그런데 좋았어. 행복했어. 꽉 찬 삶이었고. 그리고 그럭저럭해 나갔어. 궁극적으로 결과가 오히려 선택에 대해 말하지. 그러니 그 선택도 나쁘지 않았어. 내 삶은 내 선택을 헛된 것으로 돌리지 않으려 애쓰는 가운데 영위되는 거지.

내가 무얼 잘했다는 얘기가 아냐. 뭔가를 열심히 했다는 얘기야. 앞으로도 그렇게 살려 노력해야겠지. 매번 새로운 선택을 하게 될 거고. 다시 그 선택을 올바른 것으로 만들기 위해 애쓰며. 다시 말하지만, 선택이 결과를 연역시키는 것이 아니라 결과가 선택을 요청하는 거야. 이것이 '실존은 본질에 앞선다'는 사르트르 철학의 존재론적 함의야."

손수건 하나 사 주고 나는 실존주의 철학의 윤리적 적응을
배웠다. 그리고 그때 처음으로 그의 유학 때의 삶이 어땠는가를
듣게 된다. 그는 장난스럽게 얘기를 시작했다. 그러면서 천천히
그의 눈이 후퇴해 들어갔다. 그의 눈은 프랑스의 어떤 작은 길
과 도서관, 미국의 어떤 교실과 교수를 향해 후퇴해 들어갔다.
그의 눈에서는 모든 것들이 사라지며 동시에 모든 것들이 되살
아나고 있었다. 아마도 희미하지만 다정한 안개에 갇힌 것들이.

나는 나의 상황을 원망했다. 수업과 다섯 개의 과외는 나를
탕진시켰다. 그런 노역은 휴식과 다정함을 요구했고 나는 남자
로 그 다정함에의 요구를 채웠다. 나는 그와 다른 조건에 있었
다. 나 역시도 그와 마찬가지로 공부에만 전념할 수 있었으면 무
엇이든 이룰 수 있을 거라고 생각했다. 과연 그랬을까? 내가 부
잣집의 배경을 가지고 있었고 맘껏 공부할 수 있었다면 그와 같
은 성취를 이룰 수 있었을까? 나는 그에게 얘기한 적 있다. '다
른 사람들의 무지를 너무 탓하지 말라'고. '그들도 당신의 조건
을 가졌더라면 마찬가지로 당신의 모든 것을 이룰 수 있었을 거'
라고. 그는 별다르게 저항하지 않았다. '아마 그럴 테지'라고 말
하며. 그렇지 않았다. 나는 몇 년 후에 찾아온 안락한 결혼생활
중에도 속물들과 어울리고 있었지 공부하고 있지는 않았다. 그

리고 다른 차이가 있었다. 그리고 이 두 번째 차이는 좀 더 근본적인 차이였다. 둘 사이의 인간적 가치를 가르는 차이가 있었다.

나는 그가 불어와 영어 외에도 상당한 수준의 라틴어와 적당한 수준의 독일어도 할 수 있다는 사실을 알고 있었다. 그리고 그리스어도 공부했다는 사실도. 그는 가끔 그리스어로 플라톤을 인용했다. 영어와 불어의 경우에는 왼손으로 텍스트를 짚어가며 오른손으로 번역을 해낼 정도로 대단했다. 그가 타고난 언어능력을 가졌을까? 그랬겠다. 그러나 거기에는 동시에 누구에게도 가능하지 않은 노력이 더해져 있었다. 그가 갓 귀국했을 때는 한국어에 서툴렀다. 일단 발음이 어눌했고 적절한 단어를 찾아내지 못했다. 아마도 입 속에서 한국어 단어들이 맴도는 듯했다. 그러나 단 1년 정도 지났을 때의 그의 한국어 능력은 놀라울 정도였다. 말하기와 쓰기 어느 쪽에서나 탁월했다. 사람들은 번역 투의 문장들이 있다고 했지만, 그것들이 오히려 그의 글을 우아하게 만들었다. 내가 놀라자 그는 간단하게 말했다.

"사전 좀 봤지."

그는 칭찬에는 언제나 멋쩍어했다. 그의 철학적이고 심미적인 역량에 대해 칭찬하면, "나 좋아서 한 일이야."라고 역시 간단하게 말했다.

누군가 그의 수업에서의 열성과 진지함에 대해 고맙다고 말하면, "그거 하라고 봉급 받잖아요."라고 말했다.

마지막 외출

그에게 학문의 전제는 무상성이었다. 내게 학문은 그렇지 않았다. 이것이 둘 사이의 가장 큰 차이였다. 그리고 그와 D와의 근본적인 차이이기도 했다. 엄밀히 말하면 나는 그보다는 D에 더 가까운 사람이었다. 그는 삶과 우주에 대한 근원적인 해명에의 요구를 가지고 있었고 아름다움과 통찰에의 본능적인 헌신을 가진 사람이었다. 이것으로 끝이었다. 그는 그의 학문과 지성이 인정받는 것을 원하지도 않았고 예술에의 향유를 자랑하지도 않았다. 그는 한 번도 이 삶에의 참여를 요구하지 않았다.

"삶에서 얻는 즐거움의 영역은 각자에게 있는 거니까."

그는 그 후로도 많은 우여곡절을 겪는다. 그는 5년간의 유럽 생활을 새롭게 시작하고는 어느 날 불현듯 책을 내며 나타난다. 나는 그의 5년에 대해서는 모른다. 그때 그는 아마 유럽의 박물관들과 성당, 수도원 등을 둘러보며 자료를 수집한 것으로 보인다. 그의 5년에 대해서는 그가 '근대예술'을 출판한 뒤 출판사의 편집장에게 보내는 서한 속에 다음과 같이 암시적으로 나타나 있다.

저자의 서한

예술 양식이 형이상학적으로 해명 가능하고, 또 해명

되어야 한다는 것이 제가 20년간 이 작업에 몰두한 이유였습니다. 누구도 예술 양식의 형이상학적 해명이 가능하다고 생각하지 않습니다. 그러나 저는 예술 양식이 그러한 해명을 입지 않는다면 도상학도 양식사도 궁극적으로는 무의미하다고 생각합니다.

하나의 양식은 이를테면 하나의 "그림 형식"입니다. 그 양식에 속한 예술가는 세계를 달리 묘사할 수 없었습니다. 우리에게 이상한 낯섦을 주는 중세의 세밀화도 당시 수도원의 사제들에게는 익숙한 세계였습니다. 그것 이상이었습니다. 그것들은 익숙한 것을 넘어 그들 삶의 양식이었습니다. 그들은 다른 삶을 살 수도 없었고 다른 눈으로 세계를 볼 수도 없었습니다. 따라서 하나의 양식은 하나의 세계관의 심미적 형식입니다. 중요한 것은 "세계관"입니다. 양식을 결정짓는 세계관은 결국 같은 양식의 형이상학이 이해되어야 해명됩니다.

어떤 현대 예술가도 르네상스 양식의 예술을 도입하고자 시도하지 않습니다. 그것은 우리 시대의 양식이 아니며 우리 시대의 철학적 이념에 기초한 것은 아니기 때문입니다. 따라서 과거 예술의 이해는 그 시대의 형이상학의 이해를 전제합니다. 물론 누구도 과거에 살 수는 없습니다. 그러나 우리는 과거 사람들에게 방법론적 공감을 해야 합니다. 어느 시대가 다른 시대보다 우월하다고 말할 수는 없습니다. 세계는 단지 병치되어 있을 뿐입니다. 따라서 우리 삶의 이해는 모든 시대를 한 바퀴 돌고 와서야 가능합니다. 이러한 견지에서 모든 역사는 현대사입니다.

이 책은 그러한 시도의 소산입니다. 예술사가 단지 작품의 분석에 지나지 않는 것, 동일한 양식임을 분석에 의해 이해하는 것 — 이것이 모든 예술사라는 사실이 저를 불만족스러운 초조감 속에 밀어 넣었습니다. 우리는 물론 예술에 대한 지적 이해 없이도 그것을 즐기고 거기에 감동할 수 있습니다. 우리 모두는 그러나 "천성적으로 알고자" 합니다. 르네상스 양식은 전체로서 어떤 세계관 위에 준하는가, 로코코 양식은 그 향락적 형식하에서도 어떻게 감상자를 행복하게 하는가 등에 대한 포괄적인 이해가 제게는 선결문제였습니다.

〈근대예술〉 편은 특히 어려운 부분이었습니다. 아홉 개의 양식이 복잡한 이념적 교체하에 어지럽게 얽혀 나갑니다. 각각의 양식들에 대한 형이상학적 해명은 제게 거의 평생에 이르는 시간을 요구했습니다.

출판에 즈음하여 자기연민과 감상에 빠지려 합니다. 이것은 경계해 온 것입니다. 이것들은 충족감 속에서 안일하게 만들고 결국에는 자기만족으로 밀고 갑니다. '지칠 줄 모르는 정열'은 수사일 뿐입니다. 20년은 길었고 저술은 힘겨웠습니다. 고대 편과 중세 편이 남았다는 사실이 부담입니다. 지나친 행복은 행복만은 아닙니다. 행복 가운데 탈진된다는 사실을 모를 뿐입니다. 조증 환자가 울증으로 고통받듯이 들뜬 탐구자가 탈진으로 고통받습니다. 무엇도 할 수 없을 거 같은 의기소침은 제게 새로운 것이고 그 두려움 또한 새로운 것입니다.

어떤 것들이 떠오릅니다. 초라하고 보잘것없는 젊은이가 루브르와 바티칸을 드나듭니다. 꿀벌이 그의 집을 드나들 듯이. 수십 년 후에는 귀신으로 드나들 겁니다. 이탈리아의 시골길은 익숙합니다. 덜컹거리는 버스가 저를 고즈넉하고 낡은 성당 앞에 내려놓습니다. 초라한 성당의 퇴색해 가는 프레스코화를 어떤 재화가 대체할까요? 이름이 사라진 중세 예술가도 만났고 위대한 마르티니와 폰토르모도 만났습니다. 퍼붓는 빗속을 걸어간 끝에 지오토를 만났습니다. 중세는 불현듯 사라지고 새롭고 친근한 시대가 시작됩니다. 이가 부딪히도록 떨었지만 추운 줄도 몰랐습니다.

도서관의 고요와 등. 어둠에 묻힌 심연에서 머리로 내려온 갓 씌운 백열등. 그것이 천장의 어둠을 걷어낼 거란 희망을 주곤 했습니다. 불이 지펴진 겨울밤의 성당들. 쉬제르와 마키아벨리와 프루스트에게 첫인사를 했습니다. 이곳저곳에서. 유폐 가운데 많은 사람을 만났습니다. 기쁨을 주는 그 사람들. 이름 없는 중세 작곡가들, 세밀화가들. 수학자들, 천문학자들.

조금 더 걷겠지요. 두루마리가 풀릴 때까지.

5년간 그는 유럽의 구석구석을 살피고 다녔던 것이다. 그는 여기에서 아직 남아 있는 고대예술과 중세예술의 저술에 대해 큰 부담을 느끼고 있다고 말한다. 그러나 그 후 몇 년 안에 이 책들을 출간한다. 이 책들과 아울러 그는 순식간에 이십여 권의 책을 써낸다. 주옥같은 책들을. 주옥같다고 하지만 이것은 그의 글에 대한 찬양은 아니다. 오히려 주옥에 대한 찬양이다. 왜냐하면, 그의 글은 어떤 통찰과 어떤 아름다움도 넘어서고 있었으니까. 이것이 그가 그의 노력과 재능에 무상성을 부여한 대가로 생겨난 것이다.

그의 전공은 예술사였다. 그의 주저 역시도 예술사에 걸쳐 있다. 아마도 문화사도 그의 전공을 위해 필요했을 거 같다. 그러나 그는 무엇보다도 철학에 매진했다. 그는 과감히 철학에 집중한다. 이것은 물론 그에게 들은 바이다. 그의 철학은 그러나 기존의 아카데미즘 철학하고는 확연히 달랐다. 그 철학은 고도의 논리학이었다. 그러나 논리학은 단지 논리를 위한 논리는 아니었다. 그는 논리학의 결론을 순식간에 형이상학으로 확장시켰다.

"철학에 주제라는 건 없어. 철학이 우리에게 뭔가 삶의 윤리적인 지침을 줄 수 있다는 생각 자체가 웃기는 거야. 물론 어떤 지침인가를 주긴 하지. 그것은 지침이 없다는 지침이야. 사람들은 철학이 무엇인가 적극적인 것을 말해 주기를 바라. 철학은 그러한 것을 내재하고 있지 않아. 철학은 이를테면 텅 빈 거야. 양파를 벗겨 나가면 거기에 핵이라는 것은 없다는 사실을 알게 되지. 철학도 벗겨 나가면 그 안에 무엇도 내재하고 있지 않다는 사실을 알게 될 거야. 양파가 단지 여러 겹의 표층만으로 의미 있듯이 철학도 내용에 의해서가 아니라 형식에 의해서 유의미한 거야. 그것은 주제를 지니지 않지만 주제들을 명석하게 만들지. 그러고는 그 주제들을 증발시켜 버리지. 단지 그거야. 이제 우리는 전통적인 의미의 형이상학이나 윤리학 등을 포기해야 해. 멋진 말들을 포기해야 한다는 거야.

사람들은 철학에는 무슨 좋은 것들이 있다고 생각하지. 철학은 내게는 좋은 것이었어. 단지 무슨 좋은 것들이 없었을 뿐이야. 그러니 내가 너한테 이리저리 말해 줄 수 없는 이유를 알겠지? 철학 하는 첫 번째 마음가짐은 거기에서 무엇인가를 얻겠다는 생각을 버리는 데 있어. 철학은 그저 현존하는 사건의 명료화를 기할 뿐이야. 철학은 명료화 이외에 아무것도 아니야. 뭔가 잘난 소리를 하기 위해 철학을 해서는 안 될 거야. 과학은 단지 현상의 포착이야. 소위 사태의 발생과 비발생의 총합이지. 그리고 철학은 거기에 방어선을 치는 철책이야. 다른 헛소리들이 그 안에 못 들어오도록. 이것이 비트겐슈타인이 누누이 말하는 한계야."

이것이 그가 철학뿐만 아니라 삶에 부여하는 의미였다. 나는 이 말을 우리 이별 전에 듣는다. 사실을 말하자면 이 말 자체가 우리 이별의 내재적 동기였다. 어디에서도 희망을 찾을 수 없었던 그의 선고.

"삶은 무의미하다는 의미밖에는 없어."

이것은 내게는 하나의 절망이었다. 어리석은 스물네 살의 아가씨였던 나는 삶을 이러한 가치의 진공으로 볼 수는 없었다. 나는 묻고 싶었다.

"그렇다면 우리는 왜 공부하고 왜 사는 거지요? 죽지 못해 사는 건가요? 학문과 삶이 열정적인 것이 될 때 거기에는 어떤 지향점이 있는 거 아니에요? 학문과 삶을 폐허 위에 찢어놓고 어떤 봉합의 가능성도 남겨 놓지 않고 있잖아요. 당신은 모든 것을 말려서 물 한 방울조차 남겨 놓지 않네요. 당신과 나 사이도 마찬가지네요. 거기에는 어떤 실체도 없다고 말하고 있잖아요. 거기에 관계의 지향점은 없네요. 단지 만나고 있는 이 순간만 제대로 되면 끝이군요. 이 관계에 미래는 없군요."

이 말은 허공만을 맴돌 뿐이었다. 학교 후문의 은행나무들은 이제 겨울 채비를 하고 있었다. 길은 온통 옅은 금색의 낙엽에 덮여 있었고 이리저리 부는 바람은 낙엽을 여러 방향으로 흩어지게 만들고 있었다. 허공을 맴도는 낙엽을 따라 나의 이 말도 허공을 맴돌 뿐이었다.

항의할 수밖에 없었다. 나는 무엇인가 나의 삶에서 당연한 것으로 품어왔던 핵이 사실은 존재한 적이 없다는 사실을 받아들일 수 없었다. 그러나 그의 논리를 반박할 지성이 내겐 없었다. 내가 가지지 않은 것은 진정한 논리학이었다. 나는 그의 얼굴만을 멍하니 바라볼 뿐이었다. 그는 나의 눈에 서린 갈등과 절망의 표정을 당연히 포착했다. 왜냐하면 그 역시 나와 같은 시절을 겪어왔으니까. 그는 나의 질문 전체를 듣지 않아도 내가 무엇을 묻고 있는가를 이미 알고 있었다. 그 역시 고민했던 문제였기 때문에.

"철학의 존재론은 자기 포기야. 이 세상에 자아란 없어. '나'란 것은 없지. 내가 지워지는 거야. 우리 삶과 우리 관계를 돌출시킬 어떤 근거도 없어. 우리 삶뿐 아니라 누구의 삶도. 우리 기쁨도 우리 슬픔도 마찬가지야. 거기에 기쁨과 슬픔을 느끼는 우리는 없어. 그러나 기쁨과 슬픔은 있지. 그 감각 자체를 전통적인 철학자들은 자아라고 불러온 거야. 그러니 굳이 자아라는 것을 끌어들이고 싶다면 감각에 물든 어떤 세계라고 말해야 해. 삶의 문제는 자기 포기에 의해 소멸하지. 지지리 청승을 떨 이유가 없지. 쿠르베의 업적은 돌출된 자아들의 코를 눌러 세계 속으로 몰락시켰다는 데 있어."

그가 누구를 비난하지도 누구를 특별히 사랑하지도 않은 것은 이것이 이유였다. 그는 누군가가 자기가 될 수도 있고 자신이 누군가가 될 수도 있다고 생각했다. 당시는 '주체적 삶'이 주제인 시대였다. 운동권 학생들은 사회적 자기 인식을 주체적 삶이라고 말했다. 즉 자신이 노동자임을 인식하고 그 사회 시스템을 전복시키기 위해서는 스스로 생각하고 스스로 행동해야 한다는 것이었다. 선배는 간단하게 말했다.

"그렇다면 '주체'가 뭔지부터 정의해 줬으면 좋겠어. 과거의 철학자들은 세계와 대면하는 사유의 집적으로서의 주체에 대해 말하고, 마르크스는 행동의 집적으로서의 주체에 대해 말하고 있는 거 같아. 이건 선결 문제해결의 오류야. 주체를 정의하라면 자율적인 사고의 기원이나 행동의 기원에 대해 말할 거야. 그러고는 바이스 벌사(vice versa)지. 흄이나 비트겐슈타인은 사유하는 존재로서의 형이상학적 자아를 부정해. 주체는 없어. 일련의 기억과 감각의 집적이 있을 뿐이야. 주체로서의 내가 이리저리 사유한다고? 하하하. 감각 덩어리들이 못 하는 말이 없네."

그는 어디론가 걸었고 나는 따라갔다. 오전의 비에 맞아 이리저리 흩어진 낙엽이 물에 젖어 보도에 찰싹 붙어 있었다. 이미 시월이다. 앞으로 한 달은 아름다운 햇빛과 공기를 누릴 수 있다. 찰싹거리며 밟히는 낙엽들. 깨끗한 하늘, 신선한 공기, 멀리까지 선명한 남산. 이것들을 보며 나는 빌었다. 선배와 걷고 있는 이 발걸음이 무한하기를. 영원히 걸을 수 있기를. 찰싹거리는 발걸음 소리는 음악이었다. 나는 차라리 이 길이 끝나지 않기를 바랐다. 그렇게 영원히 걷고 싶었다. 위대한 페루지노의 바티칸 소실점 속으로 같이 스러지고 싶었다. 이름도 알 수 없는 은하계의 어떤 블랙홀에 같이 빨려 들어가길 기원했다.

그는 어떤 양품점 안으로 들어갔다. 따라 들어오라는 눈길만 주고는 천을 꺼냈다. 벽을 바르고 남은 그 천을. 그는 원피스를 주문했다. 그 꽃무늬의 천으로. 치수를 잴 때 그는 웃었고 돈을 치르며 한 번 미소 지었다. 내게 주문서를 건네주며 한마디만 했다.

"거기 가봉 날짜 있어."

나는 황홀했다. 얼마나 예쁠까! 그는 내 피부가 투명하다고 말했었다. 고상한 상아 톤의 천 위에 붉은 매화 문양이 있는 원피스. 내게 잘 어울릴 거라고 말했었다. 무슨 의미였을까? 그가 원피스를 맞춰준 것에서 의미를 찾은 내가 바보였다. 거기에는 어떤 의미도 없었다. 언젠가 그는 말했다.

"보기에 좋았더라."

이것으로 끝이었다. 그의 선의에는 의미도 이유도 목적도 없

마지막 외출

었다. 내가 물은 적이 있다.

"왜 내게 잘해주시는 거죠?"

그는 간단하게 대답했다.

"남자가 여자를 만나면 뭔가 주는 거야. 영화도 안 봤어?"

이것으로 끝이었다. 그가 건넨 액세서리나 그가 사준 옷을 입은 내 모습을 한 번 보는 것으로 모든 보상은 끝나는 듯했다. 그가 충분한 경제적 여유를 누리고 있었을까? 나는 나중에야 아니었다는 사실을 알게 된다. 집안으로부터의 경제적 지원은 더이상 없었다. 전임의 박봉이 수입의 전부였다. 단지 그는 누구를 부양하지 않을 뿐이었다. 집안의 지원은 그가 우울증으로 사표를 쓰고 난 다음에 다시 시작된다. 그러나 이 지원은 그가 집안의 사업을 계승한다는 조건이었다. 그는 젊은 시절의 결의를 위해 삶의 소요를 받아들일 작정이었다. 그의 삶의 평온은 곧 사라지게 된다.

"서양 여자들은 사실 예쁘지는 않아. 오히려 멋대로 생겼지. 좀 거칠고 표현적이고. 윤곽이 뚜렷하고 이목구비가 분명해서 예뻐 보이지만 가까이서 몇 년을 지내면 지겨워. 덤덤하게 생긴 아시아 여자들이 예쁘지. 그래도 서양 여자들은 화려한 색이 어울려. 아무래도 피부가 희고 머리칼이나 눈 색깔이 원색이다 보니 옷도 화려한 게 어울리시. 너도 얼굴이 희고 윤곽이 뚜렷한 편이라 이런 화려한 문양 옷도 어울릴걸."

나의 사랑의 가장 큰 위기는 바로 그날에 시작되었다. 두 사람 모두 상대편을 보았다. D는 거의 미쳐가고 있었다. D는 노골적으로 선배와의 관계를 끊을 것을 요구했다. 어떤 종류의 자존심조차도 남아 있지 않은 듯했다. 집요했다. 이 집요함은 단지 독점의 다른 말이었고 물리적 압제의 다른 말이었다.

"나는 진심으로 너를 사랑해. 누구도 나처럼 한 여자를 깊게 사랑할 수는 없을 거야. 난 눈을 뜨고 있는 동안 너만을 생각하고 잠들 때도 네가 사라지는 것이 두려워. 불면증에 시달리고 불안감에 시달려. 눈을 감고 있는 그 순간에 네가 사라질까 봐. 난 너 때문에 5년간 만났던 여자와도 헤어졌어. 군대 생활할 때도 계속 면회 오던 여자야. 의대 다니는. 네가 나타났기 때문에 헤어진 거야. 네가 그 선배를 계속 만난다면 나는 미쳐버릴 거 같아. 내 손안엔 아무것도 남아 있지 않은 거야. 그 선배는 너를 사랑하지 않아. 그렇지 않다면 그렇게 띄엄띄엄 전화하지는 않아. 넌 2주에 한 번쯤 본다고 했는데 사랑하면 그렇게는 안 돼. 그 사람한테는 딴 여자가 있을 거야. 그 사람이 똑똑하다고 말하지만, 그 비교는 불공평하다는 걸 알아? 그 사람은 나보다 여덟 살이나 많아. 8년쯤 공부하면 그 사람보다 훨씬 똑똑해 질 거야."

나는 설득당하고 있었다. 그의 집착에 설득당하고 있었고 선배에 대한 의심에 설득당하고 있었다. 물론 알고 있었다. 선배는

마지막 외출

언제라도 여자들을 만나고 있고 누구와도 성적 관계를 맺고 있었으니까. 나는 이 상황에 익숙해지고 있었다. 선배는 조금 주고 조금 받고자 했다. 그 조건에 맞출 수밖에 없었다. 그렇지 않다면 둘 사이에 파국이 올 것이었다. 내게는 제3의 옵션은 없었다. 이 조건을 수용하고 만나든지 이 조건을 거부하고 헤어지든지. 선배는 형식과 내용을 분리했다.

"참된 사랑이고 참된 삶이고 간에 무엇이 참인지 모르겠어. 내가 보기엔 창조적 거짓이 나을 거 같은데. 우리는 삶에 대해 뭔가를 지껄여. 웃기는 건 그 지껄이는 사람들이 참에 대해 말하고 있다고 생각하는 거야. 다들 참을 찾아야 한다고 말하지. 지금 바람이 불고 있어. 그래, 바람이 분다고 말하는 사람은 참을 말하고 있는 거야. 바람이 불지 않는다고 말하면 그것은 거짓을 말하는 거지. 이런 유의 명제에 다른 참은 없어. 문제는 실증적인 명제에나 들이대야 할 참과 거짓의 기준을 비실증적인 데에도 들이댄다는 거야. 우리는 삶의 어느 양식이 참된 것인지에 대해 알 수 없어. 거기에는 선택만 있을 뿐이야. 형식과 내용은 이렇게 분리되는 거야. 형식은 선택이고 내용은 알 수 없는 거고. 이를테면 삶은 예술과 같아. 그건 형식 유희인 거지. 형식 유희가 문명의 근거야. 상상력인 거지. 자기 인식적 가공의 세계랄까."

그에게 진짜 삶이라고 할 만한 것은 없었다. 모든 것들은 꾸며진 것이었다. 그는 언제나 말하곤 했다.

"인간의 비극은 정언성을 말하는 데 있어. 조건 없이 옳은 것을 찾아 헤매지. 즉 무조건적 참이라고 할 수 있는 삶의 양식이 있다고 믿는 게 인간의 비극이야. 그런 게 있을까?"

선배는 그러한 삶의 양식에 대한 값을 치르고 있었다. 가뜬하지만 부유하는 모든 것들이 치르는 값을. 어디에도 닻을 내리지 못하는 배. 영원히 떠돌고 영원히 외로울 배. 그것은 배조차도 아니었다. 배는 차라리 가라앉을 수라도 있다. 그러나 선배는 물 위의 나무토막이었다. 이리저리 떠다니는.

양품점의 전화를 받은 나는 주섬주섬 나섰다. 꽃무늬 원피스를 입게 되었다. 강렬한 아름다움을 지닌 가장 화려한 원피스. 거울 앞에 선 나는 스스로 깜짝 놀랐다. 아름답고 고귀한 여자가 거기 서 있었다. 양품점 여자는 구두를 빌려줬다. 성숙한 여자가 거기에 서 있었다.

그리고 그날이 비극의 날이었다.

"그래, 알았어."

이것이 그가 한 말의 전부였다. 순간적으로 가슴이 서늘했다. 그는 기다리고 있었다. 아니면 예감하고 있었다. 그렇지 않다면 이렇게 차분하고 간단하게 대답할 수 있을까? 나의 망설임과 용기에 대해 그가 한 말은 기껏해야 알았다는 말뿐이었다. 그와 나는 1년여간 만나왔고 9개월에 걸쳐 육체적 관계를 맺어왔다. 그에게 나는 무엇이었을까?

그는 그렇게 내게서 사라졌다. 그가 맞춰준 원피스를 입은 나를 보지도 못하고서.

D는 자기 앞에서 전화하기를 요구했다. 나는 그의 재촉에 버텼다. '앞으로 안 만날 거'라고. 그러나 그는 내 말을 믿지 않았다. 자기가 있는 바로 그 현장에서 전화하라고 보챘다. 내 이별의 통고를 직접 듣겠다고. 나는 하나의 조건을 걸었다. '마지막으로 만나겠다'고. '선배와 내가 연애 관계는 아니라 할지라도 — D에게는 계속 그렇게 말해 왔다 — 더 이상 만날 수 없는 사람을 마지막으로 한 번은 만나야 하지 않겠냐'고. D에게 구걸하며 얻어낸 마지막 만남이었다. 이 말은 그러나 입속에서만 맴돌았다. 나는 말했다.

"더 이상 만날 수 없을 거 같아요. 이제 헤어져야 할 거 같아요."

이어서 말할 틈이 없었다. 선배가 조용히 알았다며 수화기를 내려놓았다. '딸깍'하는 소리가 운명을 가름했다. 모든 구차함, 모든 망설임, 모든 어리석음을 단숨에 날려버린 그 '딸깍' 소리. 의미와 영원을 부재한 것으로 치부하고, 행복과 슬픔 역시 부재한 것으로 치부하고, 죽음과 삶을 부재한 것으로 치부하는 그

소리. 하나의 가능성, 하나의 세계를 거부한 그 소리. 가장 고귀한 사람과 가장 비루한 사람 사이에 영원한 칸막이를 친 그 소리. 장차 내 가슴을 때리며 그리워할 영원한 고통의 시작으로의 시간을 알리는 그 소리.

D의 강요만으로 이별을 통보했을까? 그렇지 않다는 사실을 알고 있었다. 무거움과 가벼움, 끈적거림과 산뜻함, 탐욕과 무욕, 전락과 개선 사이에서 나는 전자들을 선택했다. 그러한 것들이 나의 오만과 어리석음을 더 만족시켰기에. 나는 더 이상 유영할 수 없었다. 끝없는 불안정과 소요, 불확실과 망설임, 매 순간의 결의와 순간의 삶. 이런 것들이 두려웠다. 나는 뿌리박기를 원했다. 나는 포식자가 되고자 하지 않았다. 태양 빛과 산소만으로 살기 바랐다. 비겁한 식물들이 한기와 모험을 피해 한 곳에 뿌리박듯이.

D의 사랑은 — 그것도 사랑이라고 할 수 있다면 — 적어도 나를 확고하게 만들어 줬다. 나는 그의 모든 것의 주인이었다. 나는 지배자였다. 비로소 문명이 가능해졌다. 정착과 농경 가운데에서. 나는 이것이 사유재산과 계급의 출현이라는 것을 몰랐다. 끝없는 방랑의 고달픔이 싫었다. 남루한 여행지의 영혼을 계속 지닐 수 없었다. 영혼이 물질로 더럽혀져도 좋았다. 나는 D의 품 안에서 비로소 안심할 수 있을 것이다.

마지막 외출

이것이 나의 결단의 동기였다. 내가 사랑한 사람은 그 선배였다. 세상 모든 것이 다 환각이고 일장춘몽이었다 한들 내가 선배를 사랑한 것은 확실한 사실이었다. 그러나 그는 사랑에 회의적이었다. 그는 사랑의 존재를 믿지 않았다. 아니면 사랑에 다른 의미를 부여했던지. 그는 육교 위의 걸인을 지나치며 말했다.

"적선에 얼마만큼의 공감과 얼마만큼의 자기만족이 있을까? 적선은 물론 없는 것보다 있는 쪽이 낫겠지. 정말 그럴까? 혹시 거기에 자기만족과 책임회피는 없을까? 내 생각에 그런 게 있을 거 같은데. 물론 비율의 차이야. 있겠지. 확실히 더 착한 사람이 있긴 하지. 아무 생각 없이 적선하는 사람들 말이야. 하나의 습관으로. 그러나 습관이 아닌 한 거기에 자기만족이 없다고는 못해. 공감도 일종의 이기심이야. 지혜로운 이기심이지. 자기와 마찬가지로 그 사람도 우리 구성원의 하나라는 생각, 그 사람이 자기가 될 수도 자기가 그 사람이 될 수도 있었다는 생각. 그런데 이 시점에서 자기연민이 생겨나지. 불쌍한 사람에게 자신을 심는 거지. 자기연민이야.

이렇게 해서 죄의식을 벗을 수 있을까? 우리 삶의 한 일원이 고통을 겪고 있다는 데에 대한 죄의식 말이야. 적선했으니 고통과 불행에서 눈을 돌릴 수 있다는 생각 말이야. 책임회피 말이야. 그 사람의 영혼은 이제 타락해 나갈 일만 남았어. 자기는 적어도 선행을 베푼 사람이고 불행에 대해 나름의 최선을 다한 사람이라는 자기만족 가운데에서. 이것은 숙고해 볼 노릇이야. 진정한 숙고, 모든 자기기만을 벗는 숙고. 그랬을 때 그는 오히려 진정한 공감과 죄의식을 깨닫게 되지. 적선으로 죄의식을 벗을 수는 없어. 중요한 건 죄의식에 대해 어떻게 대처하느냐야. 결국 깨닫게 되지. 스스로가 육교 위에서 구걸하는 사람이 되지 않는 한 죄의식을 완전히 벗을 수는 없다는 사실을. 안락함이 불행과 고통에 대해 느끼는 그 죄의식 말이야.

누군가를 향한 공감이 무의미해지는 순간이 바로 여기야. 자기와 삶은 하나기 때문에 육교 위의 그 사람과 자기가 하나가 되어야 하지. 어떻게? 옆에서 또 다른 걸인이 된다면 그건 코미디야. 같음은 그런 게 아니야. 자신의 삶이 어떤 종류의 안일함도 없는 것이 되어야 해. 스스로를 가장 힘겨운 삶을 사는 사람으로 만드는 거야. 그게 인간의 비참함에 대한 헌사야.

종점도 없는 삶 말이야. 끝없이 걷는 삶. 자신을 극단적으로 밀어붙이는 삶. 완전히 탈진해서 영혼의 어떤 온기도 정열도 더 이상 남아 있지 않을 때까지 스스로를 몰아붙이는 삶. 테레사 수녀는 공감과 그 실천적 노력으로 위대한 사람이야. 그러나 렘브란트나 바흐는 스스로를 몰아갔지. 정신력을 그 끝까지 밀어붙여서. 이삿짐센터 직원의 노동은 정말 힘든 거야. 우리는 그 힘든 삶에 가슴 아파해. 그렇지만 진정으로 가슴 아프다면 자기 직분에 대해 동일한 노역을 바치는 거야. 이것이 사랑이야. 거짓

마지막 외출

사랑이 범람하고 있어. 사랑의 인플레이션이야. 역겨운 인플레이션."

　내가 놓친 것은 영혼의 사랑이었고 내가 얻은 것은 물성화된 사랑이었다. 나는 '딸깍' 소리와 더불어 모든 것을 느끼고 있었다. 나의 용렬함, 비겁함, 천박함. 무엇인가 커다랗고 깨끗한 것을 놓치고 있다는 사실. 애매하지만 풍성한, 가뜬하게 하늘에 떠 있는 아름다운 구름의 금빛 테두리를 놓치고 있다는 사실. 쥐어지는 어떤 것에도 초연하면서 새로운 도약만의 삶을 살아가는 진정한 삶을, 소유와 정주보다는 밀어냄과 방랑을 선택하는 그 삶을 놓치고 있다는 사실. 내게 다가오고 있던 모든 철학, 모든 예술에서 얼굴을 돌리고 말았다는 사실. 선배는 말했었다.

　"약속된 그날까지는 나를 잊도록 해. 나에 대해 전혀 생각하지 마. 만나기로 약속된 그 시각부터만 우리 사이에 대해 생각해. 당신만을 생각하고 당신만을 호흡한다는 등의 상투어구는 역겨워."

　나는 노력했다. 누구든 나를 보았더라면 내가 노력했다는 사실을 인정할 것이다. 그는 외우고 생각해 볼 거리를 숙제로 내주곤 했다. 나는 계속 잠겨 있으려 했다. 그가 불현듯 전화해서 "내일이나 모레 중 골라."라고 말할 때까지. 그러나 나는 그와 철학을 떼어놓을 수 없었다. 나는 그 두 개를 분리할 능력이 없었다. 형식과 내용을 분리할 수 없었다. 나는 그에게 매우 조심스럽게 "공부만 했으면 좋겠어요. 남녀관계 말고."라고 말했다.

그는 내가 할 말이 있다고 한 순간 이미 직감하고 있었다. 아마 내가 그것을 말할 것이라는 사실을. 그는 또다시 상대편에게 공을 건네 줄 것이다.

"응, 그래. 알았어."

그는 이유조차 묻지 않았다. 헤어지며 나는 정신 줄을 놓았다. 어디론가 사라지고 싶었다. 나는 뜻밖에도 지하철로 걸어 들어갔다. 버스를 타야 했는데. 그는 되돌아보는 적이 없다. 그러나 이번에는 되돌아봤다. 배려였다. 내가 어떤 심적 상태인지 그는 나보다 더 잘 알고 있었다. 그는 고개를 갸웃거렸을 것이다. 나중에 '왜 지하철로 들어갔는지'를 물었으니까. 엷은 미소를 띠고 물었다.

"왜 땅속으로 들어갔어?"

나는 이번에는 쥐구멍으로 들어가고 싶었다. 그는 사람을 당황하게 만든다. 물론 누구를 손상시키지는 않는다. 당황하는 건 그의 눈 때문이다. 그가 엷은 미소를 띠며 무엇인가를 이미 알았다는 듯이 말할 때는 거기에 인간 내면의 과학자가 있기 때문이었다. 수천 년의 수많은 예술가와 철학자가 있었고 아마도 세계에서 가장 예민한 감수성을 가진 사람의 날카로운 직관이 있었다. 그는 드라큘라처럼 많이 산 사람이었으니까.

공부만을 제안했던 내가 오히려 다시 육체적 관계를 요구하게 된다. 그의 가슴에 안기고 싶은 충동을 뿌리치지 못했다. 결국 양쪽이 다 절망이었다. 사랑 없는 육체적 관계나 육체 없는 학문의 세계나. 제3의 길을 선택하지 않는 한. 이 이후에 선배의 마음에 무엇이 싹트고 있었는지를 나중에 듣게 된다. 그리고 그가 이 이별로 얼마나 많은 고통을 받았는지도. 그의 마음에서 연민이 어떻게 애정으로 옮아가고 있었는지도. 그의 애정은 마치 방금 날개를 말리고 있는 갓 허물을 벗은 애기 나비와 같았다. 이제 이리저리 날아다니게 될. 이때 이별 통보를 받은 것이다.

나는 선배와의 이별을 태연하게 말하고 있다. 나 자신을 믿지 못하겠다. 그 이별이 그 이후에 내게 준 후회와 자기 비하와 고통과 그리움은 형언할 수 없는 것이기 때문이다. 물론 이별의 그 순간에는 향후 내가 겪을 후회의 고통을 느끼지 않았다. 단지 무엇인가가 내 마음에서 뚝 하고 끊어지는 느낌만이 있었다. 뭔가 큰일을 저지른 아이가 자기의 실수에 어안이 벙벙해져 있듯이. 큰 타격에는 아픔조차 느끼지 못한다. 고맙게도 기절할 수 있다. 모든 것을 죽음과 같은 무감각에서 지내버릴 수 있다. 이때 내가 그랬다. 무엇인가 묵직하고 단단하게 뭉쳐진 솜뭉치가 나의 가슴을 때렸다. 둔탁하고 무겁게. 어떤 날카로운 통증은 없었다. 나는 태연하게 선배가 맞춰준 그 원피스를 입고 다녔다. 아무 생각이 없었다.

다시 만날 수 있을까? 내가 전화할 용기는 생겨나지 않을 것이다. 어리석고 오만한 자존심 외에는 가진 것 없는 여자, 분별 없는 지배욕에 가득한 여자, 자기 합리화와 고집과 완강함을 무기로 하는 여자. 나는 그런 여자였다. 자기 개선보다 자기 자존심을 지키는 것이 훨씬 소중한 여자.

"전화는 언제나 선배가 했어요."라고 말하는 여자. 상대편이 아쉬워하지 않는 한 관계를 맺지 않으려 하는 여자. 소유와 지배를 사랑과 공존과 개선의 앞에 놓는 여자. 진정한 슬픔은 그 이별과 더불어 시작되었다. 그리고 이별의 슬픔에 D의 집착이 더해졌다. 향후 2년은 아마도 내 삶에서 가장 날카로운 고통의 세월일 것이다. 그리고 그 고통의 귀결은 또 한 번의 어리석음이 될 것이었다. 두 명의 남자를 희생시키게 될.

마지막 외출

결혼

　　진정한 자존감은 환한 데에서 남보다 낫기 위해 애쓰기보다 어두운 골방에서 스스로와 대면했을 때 충족된다. 꿈이 실재를 가능하게 하고 허수가 실수 체계를 가능하게 하듯이 그리고 예술가의 환상이 현실적 삶의 비루함을 극복하게 하듯이 암흑은 빛을 더욱 빛나게 한다. 환하고 화려한 조명은 심연 같은 어둠을 배경으로 한다. 좋은 삶은 어둠 속에서의 분투가 없이는 불가능하다. 돌이켜 생각하면 삶은 생각처럼 어려운 것도 아니고 상황에 그렇게 구속된 것도 아니다. 어느 쪽이 어려운 것일까? 남과 대면하는 것과 자신과 대면하는 것 사이에서. 빛과 어두움 사이에서. 선배는 확실히 스스로와 대면하는 것을 더 쉽게 받아들였다. 그는 어둠 속에서 분투하는 법을 알았다. 내게는 이것이 어려웠다. 나의 문제는 나 자신의 책임으로 귀속된다. 분투의 결의도 없었고 그것이 있었다고 해도 그것을 뒷받침할 용기도 의지력도 지성도 없었다. 선배는 말한 적이 있다.

"여러 나라의 대학에 다니며 내가 알게 된 건 이거야. 교수가 가르쳐 주는 건 내 노력만으로도 알아낼 수 있는 거고 정작 내가 알아낼 수 없는 건 교수도 가르쳐주지 못하더라는. 애쓰는 학생은 교수 도움 없이도 교수 정도의 지식과 통찰력은 갖게 되지. 문제는 삶의 문제나 진정한 통찰력은 그 정도에서 해결되지 않는다는 사실이야. 거기에는 자기 혼자만의 노력이 필요해. 이건 다른 학생이나 학자와의 경쟁의 문제가 아니야. 자기 자신으로의 침잠과 밀도 높은 사유의 문제야.

현대는 이해하기 어려운 세계관을 가지고 있어. 트리스탄 차라는 항상 화난 사람 같아. 온통 불만에 차 있는 듯하지. 그렇지만 그 분노는 현대에 대해 시대착오적인 안일한 잠에 빠진 사람들을 향한 거야. 현대의 대부분의 사람들은 생각하지. 참이 없으면 의미도 없다. 그런데 모든 참은 우리가 불러들인 거짓 참이었어. 엄밀히 말하면 거짓 참이라기보단 만들어진 참이었지. 우린 지금도 만들어진 참 위에서 살고 있는 거야. 과거와 현대의 차이는 자기 인식에 있어. 과거엔 그것을 본래의 참이라 믿었지만, 현대는 만들어진 참이란 것을 아는 거지. 따라서 의미도 우리의 얼굴에 지나지 않았던 거야. 힘든 노릇이야. 삶의 기저 위에 착륙해야 하지만 그 기저 자체가 우리가 불러들인 것이라니. 하하. 이런 모든 이해는 온전히 자기 자신에의 집중으로 얻어지지."

나는 이 말을 완전히 이해하진 못했다. 그러나 한 가지를 알 수 있었다. 내게는 의미에의 추구조차도 없었다고. 교과 수업과 과외들을 억지로 해 나가는 삶만이 있었다고. 나는 비참한 삶을 영위하고 있었다. 그러면서 두드러지기를 원했다. 그러나 나의 비참함은 나의 내면에도 있었다. 나의 삶을 더욱 보잘것없는 것으로 만들 그 비참함은. 그는 의미의 부재에 대해서 말하고 있었다. 그러나 그것은 온갖 의미 속에서 파산한 다음에 얻어질 것이었다. 의미의 부재를 말하기 위해선 우선 거기에 몸담는 촌스러움이 있어야 했다. 의미에의 추구는 그 반명제에 이르러 비로소 완성된다. 그러나 나는 의미에의 추구조차 안 하게 된다. 내가 추구한 것은 잘난 나 자신이 아니라 잘나 보이는 나 자신이었다.

"실재로서의 기저가 부재할 때 우리는 만들어진 기저를 불러들이지. 기저 없는 삶은 실존을 확정 짓지 못해. 그러니 기저는 필요한 거야. 그래서 기저를 요청하고 거기에 잠정적으로 머무는 거야. 비트겐슈타인은 기저가 없으면 뜻(sense)이 확정될 수 없다고 말하지. 뜻이 확정될 수 없다면 삶은 불가능해져. 그래서 우리는 현존에서 환원된 기저를 요청하는 거야. 전통적인 세계가 연역을 말할 때 새로운 세계는 환원을 말하지. 그러고는 잠정적인 것으로서의 기저를 용인하지. 하나의 임의적인 세계를 만드는 거야. 그리고 나서야 휴식을 취하는 거지. 이게 새로운 선험성이야. 전통적인 철학은 실재로서의 기저를 믿었어. 그게 아리스토텔레스의 서브스탠스(substance)야. 그러나 현대는 만들어진 것으로서의 기저를 말해. 물론 그것도 인식 가운데에서 어떤 종류의 선험성을 뜻하긴 해. 이 새로운 선험성이 트랜센덴탈(transcendental)이라고 말해지는 거야. 생존을 위한 선험성이랄까? 기저 없는 삶은 결국 옆을 바라보는 삶이야. 자기 행위의 정당성을 기저에서 구하는 것이 아니라 옆 사람의 행위에서 구하지. 기저가 없다면 한 명제의 뜻을 확정하기 위해 다른 하나의 명제를 쳐다보게 되지. 단독자로서 내가 추구하는 것을 설정하지 않을 때 의미는 내게 귀속하는 것이 아니라 옆 사람들이 추구하는 것에 의해 결정돼. 그렇게 되면 옆 사람들과의 경쟁 외에 내가 할 수 있는 것은 무엇이겠어?"

나는 고개를 떨궜다. 나는 기저 없는 사람이었다. 고등학생 때는 1등을 해야 했고, 대학 다닐 때는 드세고 잘난 사람으로 인정받아야 했고, 남자 친구는 가장 똑똑하다고 알려진 사람이어야 했고, 결혼은 가장 그럴듯한 사람과 해야 했고, 결혼 생활은 풍요로워야 했고, 이혼한다면 가장 그럴듯한 이유가 있어야

　　　　　　　　　　　　　마지막 외출

했다. 확고함이 없는 부평초 같은 삶이었다.

어쨌건 나는 결혼한다. 부잣집의 제법 유능한 사업가와. 이렇게 어머니와 노동으로부터 해방된다. 이것은 선배와 헤어진 지 2년이 지나서였다. 나는 D에게 결별을 통보한다. 이것은 선배와 헤어진 지 단 두 달만의 일이었다. 나는 선배에게 이별을 말한 순간 두 가지를 이미 마음속에 새기고 있었다. 헤어지자고 말한 순간 내가 사실은 무엇을 말하고 있는가를 알고 있었다. 나는 마지막으로 만나기를 요청할 생각이었다. D도 마지막 만남은 허락했다. 나는 승부를 볼 작정이었다. 둘 사이의 관계를 전면적인 것으로 만들지 않는다면 나는 D에게로 갈 수밖에 없다고. D와 나의 관계는 새로운 방향으로 나갈 수밖에 없다고. 그러나 나는 이 승부수를 던질 수 없었다. 그는 아마 망설임 끝에 나올 나의 이 요청조차도 듣지 않았다. 알았다는 한마디와 함께 간단히 전화를 끊어 버렸다. 왜 그토록 차가웠을까? 나는 그에게 아무것도 아니란 말인가? 나는 나중에야 알게 된다. '그 자신 충격을 감추기 위해서였다'는 사실을. '그조차 당황했었다'는 사실을.

다른 한 가지는 일종의 예감으로 다가온 것이었는데, 그 예감은 그 실현으로 가자 없이 진행하고 있었다. 그것은 아마도 D에게도 이별을 통보할 것이라는 사실이었다. 나는 D에게 의존하면서 선배에게 승부수를 던졌지만 마음속에서는 선배에게 이러한 상황을 안긴 D에게 분노를 품고 있었다. 선배와 이별한 순간 나는 무엇을 잃고 있었는지를 명확히는 몰랐다. 그때에는 그저 무엇인가 무겁고 커다란 솜뭉치에 충돌한 느낌밖에는 없었다. 이것이 최초의 타격이었다.

커다란 불행이 타격을 줄 때 우리는 통증을 느끼지 않는다. 그저 커다란 일이 발생했다는 느낌밖에 가지지 못한다. 그러나 곧 이 솜뭉치의 타격은 산산이 갈라지며 날카로운 칼날들로 변해 나갔다. 그리고 그 칼날들은 모두가 자기가 먼저라는 듯이 순식간에 나를 찌르기 시작했다. 나는 많은 것을 잃었다. 한 사람을 잃은 것이 아니었다. 한 세계를 잃었다. 그에 의해 대변되지 않는 예술도 없었고 그에 의해 빛을 얻지 않는 철학도 없었다. 이 모든 상실의 고통들이 나를 찢기 시작했다. 나의 정신 세계에 그가 흔적을 남겨 놓지 않은 곳은 없었다. 나의 학문과 예술 그리고 거기를 향한 염원은 그에 의해 강화된 것들이었다. 그의 존재와 출현은 하나의 경이였고 그것은 나의 세계를 온통 뒤바꾸어 놓은 것이었다. 적어도 내게는 그랬다. 돌이켜 생각해도 나 자신이 부끄럽다. 나는 황금 가마니를 쭉정이 가마니로 바꾸었다. 한심하게도 나는 이 상실의 고통을 D에 대한 복수심으로 바꾸었다. 그것은 다른 것일 수 없었다. 가장 신속하고 가장 차갑게 D에게 이별을 통보하는 것이었다. 동전을 반쪽만 가지고 있을 수는 없다. 선배와 D는 하나의 동전의 반대되는 양면이었다. 지킬 박사와 하이드 씨였다.

　나는 내 삶을 스스로 설정하지도 판단하지도 못했다. 따라서 스스로 행동하지도 못하는 정말이지 한심한 사람이었다. 나는 범주 안에서는 탁월했다. 아카데미에서의 성공이 그것을 입증한다. 아카데미가 설정한 모든 범주에서 탁월했으며 그 신임장도 쉽게 갱신해 나갔다. 문제는 나 스스로 범주를 설정하지 못한다는 것이었다. 키르케고르가 그렇게도 부정적으로 경고했던 집단에의 함몰이 나의 기질이었다. 나는 결코 '단독자'가 될 수 없는 사람이었다. 이러한 나의 기질이 타이틀을 중시하게 했고 외연적인 성취를 중시하게 했다. 도대체 D에게서 어떤 현재의 광휘와 미래의 장래성을 발견할 수 있는가? 그는 지방의 초라한 집안 출신의 장래성 없는 운동권 학생일 뿐이다. 그가 미래의 희망을 피력해 나갔을 때 나는 그것을 듣지조차 않았다. '지금 주면 두 번 주는 것'이다. 당장 무엇인가를 줄 수 있는 사람이어야 했다. 그러나 그는 현재에도 미래에도 줄 수 없는 사람이었다. 이것이 그의 현재와 장래성과 관련한 나의 판단이었다. 그가 사업이라는 자신의 미래의 희망에 대해 말할 때, 범주를 설성 못 하는 나의 무능력은 그의 모든 희망을 무시하게 만들었다. 집이 부자거나 그가 법관이거나 의사여야 했다.

그는 사업의 가능성을 열렬히 피력했고 또 그것을 장차 실현해 나갈 것이었다. 그 장엄하고 고상한 인도주의적 사해동포주의자가 사업을 시작하게 된다. 그의 학교 친구 B는 제법 알려진 브랜드 의류업체의 작은 사장님이었다. 그는 그 인연을 물고 늘어진다. 거기에 납품하는 작은 봉제공장을 베트남에 설립하게 된다. 그리고 점차로 사업을 확장해 나간다. 그는 궁극적으로 베트남에 두 개의 공장을 소유하게 되고 미얀마에 두 개의 공장을 이어서 소유하게 된다. 직원을 2천 명을 채용하는 커다란 공장들이었다. 그는 주로 유럽과 미국, 캐나다에 납품하게 된다. 많은 유명 브랜드의 진과 블라우스와 스커트들이 그의 공장에서 만들어진다. 그러면서 베트남 당국과 여러 번의 소송전을 치르게 된다. 직원 학대와 노동력 착취와 탈세 등과 관련한 것들이었다. 그는 언제나 살아남는다. 그리고 젊은 나이에 억만장자 대열에 합류한다. 그는 자신한 바대로 사업에 유능한 사람이었다. 그와 나는 향후 10년 후에 한 번 만나게 된다. 그는 바야흐로 중견 사업가로 성장하고 있었다. 그때야 그는 나를 완전히 포기하게 된다. 이 이야기를 내가 자세히 하게 될까? 그럴 필요는 없을 거 같다. 그가 기어코 나의 전화번호를 알아내고 내게 전화했을 때 나는 결의를 다졌다. 마지막 전투를 위해. 그 결의는 필요 없는 것이었다. 그가 전화했을 때 나는 아들과 놀이동산에 가고 있었다. 그는 아들과 함께 있는 나를 보았다. 순간적으로

마지막 외출

절망과 포기의 눈길이 나의 아들을 향했다. 그리고 그가 품었던 개츠비적 꿈을 영원히 포기하게 된다. 나도 그때야 안심하고 속물의 삶을 이어 나간다. 데이지와 마찬가지로.

　남자와 나의 관계는 항상 조건적인 것이었다. 그것도 남자가 내거는 조건을 먼저 살피는. 삶은 물론 교환이다. 그러나 나는 나를 값어치 있는 상품으로 만들기보다는 값어치 있는 교환을 만들려 애썼다. 그것이 나의 남자관계였다. 다른 일반적인 여성들에 대해서는 말할 필요 없다. 나는 그들과 비교하고자 하지 않는다. 단지 전락해 있는 나의 현재, 가치 있는 어떤 것도 이루지 못한 나의 현재의 이유를 찾고자 한다. 그것은 나의 과거 때문에도 나의 조건 때문에도 다른 누구 때문에도 아니다. 그것은 바로 나 자신 때문이다. 과거의 나 자신뿐만 아니라 현재의 나 자신 때문에.

　나는 언제고 나 자신과 마주하려 하지 않았다. 나는 스스로 옳다고 생각하는 것을 먼저 생각하지 않았고 거기 맞춰서 결단하고 행동하지도 않았다. 나는 나 자신에게 잘할 줄 모르는 사람이었다. 나는 너무나도 비천하게 생겨 먹어서 도대체 나 자신에게 잘한다는 것이 무엇인지조차 몰랐다. 좌우와 앞뒤를 살펴보기 바빴을 뿐. 이것은 물론 모든 점에 있어서 나의 전락의 원인이었지만 특히 남자 문제에 있어서 그랬다. 나는 지금 전락에 대해 말하고 있다. 무엇이 전락인가? 남편은 유능하고 집안에 나름의 책임감을 지니고 있다. 그뿐만 아니라 나에 대해 나름의 방식으로 최선을 다하고 있다. 사업은 날로 번창하고 있고, 집은 가장 비싼 지역에 있고, 나의 차는 방금 S 클래스로 바뀌었고, 한 달 수입은 이미 일억 원을 넘어서고 있다. 나는 골프와 모임과 백화점 출입으로 소일하고 있다. 일반적인 행복의 조건을 완벽하게 갖추고 있다. 그럼에도 나의 영혼은 공허했다. 아마도 가장 포괄적으로 말했을 때 내가 말하는 전락은 내면적 행복으로부터의 추락을 의미하는 거 같다. 나는 전혀 행복하지 않다. 선배와 헤어진 후 진정으로 행복해 본 적이 없다. 이 불행은 단지 진정한 학문과 예술의 박탈에서만 오는 것은 아니다. 사랑과 생명력의 박탈에서 오는 불행이었다. 생생하고 날카로운 기쁨의 박탈에서 오는 불행이었다.

나는 한 명의 인간으로서의 선배를 사랑했다. 거기엔 물론 그의 학문과 그의 예술도 포함된다. 그러나 나는 선배와 관련된 모든 것을 사랑했다. 그의 향기, 그의 사색, 그의 눈물, 그의 웃음, 그의 유머, 그의 슬픔, 그의 환함, 그의 찌푸림, 그의 조증, 그의 울증, 그의 천국, 그의 지옥, 그의 금요일, 그의 일요일. 이 모든 것을 사랑했다. 그의 차의 쓰레기도 사랑했다. 이것이 나를 그에게로 다가서게 했으니까. 그는 내게 '오렌지의 낙원'을 선

마지막 외출

물한 사람이었다. 지금은 눈물짓는다. 그에 대한 그리움으로. 나의 눈은 그를 찾기에 바쁘다. 낯선 이들 가운데 우연히 있게 될지도 모를 그를. 나는 지금도 차를 몰고 그의 집 주변을 돈다. 그의 집은 어디론가 내가 모르는 곳으로 이사했다. 그럼에도 나는 뜻 없이 그의 집 주변을 서성거린다. 한때 이 세상의 모든 재화를 품었던 그 집 주변을. 지금도 샤넬 No.5를 사용한다. 품격과 관능을 동시에 지닌 향수라는 그의 추천에. 그는 그것을 선물했다. 그러나 나는 향수 없이도 향기로웠던 그의 가슴을 그리워한다.

왜 D로 하여금 내 운명을 좌우하게 했는가? 선배 외에 다른 대안이 없었을 때 왜 나는 걸지 말아야 할 승부를 걸었는가? 왜 D의 요구를 수용했는가? 아니었다. 나 자신이 나의 운명을 좌우했다. 내 현재의 모습에 대한 책임은 다른 어디에도 없다. 나의 삶은 공허하다. 건조함과 황량함이 나의 일상을 물들이고 있다. 나는 얼마나 소리쳤는지 모른다. 당신 없인 무엇도 해 나갈 용기가 없다고. 당신이 나를 다시 한번 학문과 예술로 이끌어야 한다고. 그러나 이 절규, 이 탄식, 이 고통, 이 박탈감은 동시에 나의 한계와 무가치를 내보인다. 아마도 선배가 전혀 원하지 않았을. 나는 남자를 통해 나의 요구를 구했다. 그들은 자동인형처럼 행농해야 했다. 나는 인형 조종사였다. 거기에는 나의 요구, 나의 비겁, 나의 천박이 숨어 있었다.

나는 의연한 사람이어야 했다. 남자 역시도 꿈을 향한 내 결의와 행동 가운데에서 한 요소여야 했다. 나는 남자를 전면적인 것으로 만들고 말았다. 거기로 도피하면 안일한 만족감과 파괴적인 지배욕과 성적 요구의 충족을 얻을 수 있었으니까. 사회적 삶 이외에 나를 좌우할 요소가 있는가? 나는 모든 한심한 여자들의 심적 태도를 공유하고 있었다. 아무리 좋은 말로 포장한다 해도 결국, "결혼할래, 헤어질래?"를 말하고 있었다.

어떤 여자여야 했을까? 나는 지성적인 여자가 되고 싶다고 선언했었다. 그렇다면 남자에게 도움을 청하지도, 사회적 삶에 맞추려고도, 남과 경쟁하려고도 하지 말았어야 했다. 그리고 무엇보다도 결혼과 출산 등을 삶의 부수적인 요소로 간주해야 했다. 삶의 어떤 요소인들 본질적인 것이 될 수 있겠는가? 나 자신을 향한 나의 삶 외에.

D와 나는 이별하는 데에 2년이 넘게 걸렸다. 그는 끈질겼다. 그러나 나는 그의 어떤 설득도 어떤 호소도 받아들일 수 없었다. 누군가가 싫어졌다면 이미 거기에서 모든 것은 결정된다. 어떤 노력도 그 관계를 회복할 수 없다. 사랑과 혐오와 새로운 사랑의 반복은 거짓말이다. 첫 번째 혐오가 왔을 때 이미 모든 것은 결정된다. 이후에 전개되는 모든 사건은 거기에 구겨 넣어진 쓸모없는 에피소드일 뿐이다. 그것은 억지로 만들어지는 시즌

마지막 외출

2이다. 호소, 애걸, 분노, 폭언, 폭력. 이것이 D의 행동의 순서였다. 나는 많이 맞았다. 모텔에 끌려 들어가고, 억지로 섹스를 당하고, 다시 이제 더는 너를 만나고 싶지 않다고 말하고, 그는 다시 주먹을 휘두르고. 이것은 차라리 나았다. 인격적 모욕과 상스러운 욕이 가장 견디기 어려웠다. 모욕은 뒤집힌 가스라이팅이다. 그것은 나의 모든 자존감과 의연함을 파괴하고 있었다. 이것은 그만의 문제일까 아니면 모든 사람의 문제일까? 절박한 상황에 몰렸을 때 그렇게도 야비하고 상스러워질 수 있다는 것은. 일반적으로 폭력은 우리에게서 멀리 떨어져 있다. 손을 들어 누구를 때리는 건 그렇게 쉬운 일은 아니다. 그러나 그에게 폭력은 매우 자연스러운 문제 해결 방식이었다. 상스러운 언사와 더불어.

여기저기서 선이 들어왔다. 나는 번지르르한 요소를 가지고 있었다. 일반적인 결혼 시장에서 나는 그렇게 무가치한 상품은 아니었다. 가난 외에 내가 가진 불리함은 없었다. 그러나 그것은 나의 미모와 학벌 등으로 메꿔질 수 있었다. 현재보다는 잠재력을 택해서 며느리를 맞는 집안에는 특히 당당할 수 있다. 머리 좋은 장래의 후손을 볼 수도 있다. 누구도 나와 손해 보는 장사를 하게 되지는 않는다. 오빠의 여자 친구가 주선한 그 집은 큰 부자였다. 며느리의 부, 며느리의 직업 등은 그렇게 중요한 문제는 아니었다. 내가 현재 갓 졸업한 직업 없는 여자라는 사실에 오히려 호의를 보였다. '내조에만 집중하면 된다'고. 장래의 며느리가 은혜를 입었다는 감사의 마음을 가진다면 결혼시킬 수도 있다. 그녀가 자기 분수에 맞게 행동한다는 조건으로. 그녀는 시부모에게 잘할 것이고 남편에게 감사할 것이다. 풍요로움을 얻게 되니까.

나는 한편으로 결혼 준비를 하면서 다른 한편으로 D에게 시달리고 있었다. 장래의 남편은 평범한 사람이었지만 신사였다. 평범하다고 하지만 기준을 일반적인 데로 설정하면 그도 범용한 사람은 아니었다. 그는 내가 중요하다고 생각했던 어떤 매력을 가진 사람이 아니었을 뿐이다. 그는 사업가로서 무엇인가를 잘 만들어서 잘 팔 수 있는 사람이었다. 이 세상에서 결혼하기에 적절한 남자를 찾는다면 그만한 사람도 없었다. 그는 이미 공장과 본사 건물을 상속받았다. 자동차 부품 회사였다. 거기서 만들어진 부품을 미국의 포드사에 납품하고 있었다. 그가 새롭게 고투할 일은 없었다. 착실함과 평이함만으로 누구보다 잘살 수 있는 사람이다. 그러나 그는 낯선 사람이긴 했다. 내가 익숙해 있는 아카데미나 지성과는 전혀 상관없는 사람이었다. 나는 순식간에 학생에서 기성 사업가의 상황을 이해해야 하는 기성세대로의 편입을 요구받고 있었다. 그의 부모 집을 방문했을 때 나는 조심스럽게 나의 두려움을 말했다. '살림살이에 대해 전혀 모르며 또 사업의 세계에 대해 전혀 모른다'고. 그의 모친은 웃으며 말했다. '가장 어려운 공부를 해낸 사람이 살림살이나 사업의 어려움을 두려워할 필요는 없다'고. 모친은 잘 교육받고 관용적인 교양 있는 사람이었다.

나는 D에게 나의 예정된 결혼을 통보했다. 어쩔 수 없었다. 미래의 남편과의 데이트가 시작되었고 그 시간의 진공을 그에게 속일 수 없었기 때문이다. 나는 동일한 과정을 계속 겪어야 했다. 애걸에서 폭력으로 이어지는. 멍이 든 내 팔을 내려다보아야 했다. 아니면 깨진 입술을 알코올로 닦고 있는 거울 속의 내 모습을 보든지. D는 앙칼진 사람이었고 가스라이팅에 전문화된 사람이었다. 그는 내 판단의 어리석음을 계속 말했다. 부잣집에 시집간 가난한 여자들이 겪어야 하는 노예적인 모멸감을 나열하며. 나는 말할 수밖에 없었다. 너와 헤어지는 것은 내 결혼 때문이 아니라고. 결혼이 아니었다 해도 너와 헤어졌을 거라고. 나는 너를 사랑한 적도 없었고 앞으로도 그럴 것이라고. 너를 생각하는 것만으로도 끔찍하다고. 그러면 새로운 구타가 시작됐다.

이러한 사실을 누군가에게 말하고 도움을 청할 수 있었다면 얼마나 좋았을까? 그러나 나는 가족 누구에게도 도움을 청할 수 없었다. 창피했고 누구도 미덥지 않았기 때문이다. 법관이 아니었다면 오빠가 결혼할 수 있었을까? 한심하고 유치하고 어리석은 영혼이 차지하고 있는 그 멋지고 잘생긴 허우대의 오빠. 그나마 법관이었던 그의 직업이 그의 결혼을 실현시켰다. 비슷한 종류의 여자와의 결혼을. 어떠한 매력도 없었던 오빠. 그는 사랑받기보단 떠받들어진 삶을 살아온 사람이다. 사랑은 절도와 훈육을 동반한다. 그러나 어머니는 오로지 떠받들기만 했다. 커피잔을 들고 그를 쫓아다니며. 이렇게 자란 사람은 무심하고 공감능력을 결여한 멍청이로 성장한다. 나는 정말이지 가족에게 도움을 받고 싶었다. 그러나 도움을 청할 사람이 없었다.

D는 어느 날엔가 포기하겠다고 말했다. 그가 성욕을 채운 바로 그 저녁에. 나는 이 꿈같은 사실이 비현실적으로 느껴졌다. 악마의 시달림을 오래 받아오며 내 자신감은 심각한 타격을 입고 있었다. 거의 자포자기 상태에 있던 나는 그의 선의를 믿을 수가 없었다. 역시 그랬다. 그는 바로 이틀 후에 다시 전화했다. '아무래도 이겨나갈 수 없겠다'고. '다시 만나야겠다'고. 내가 거절하면 D는 집 앞에 와서 무한정 기다렸다. 스토킹은 당하는 사람을 공포 속에 몰아넣는다. 미래의 남편은 가끔 집 앞에까지 태워다 줬다. D는 멀리서 우리를 노려보고 있었다.

이 지경까지 왔어도 왜 가족에게 도움을 청하지 않았을까? 오빠가 아무리 무심한 사람이라 해도 그는 법관 아닌가? 이것 역시도 같잖은 자존심 때문이었던 것 같다. 내가 시작한 일의 한심스러움을 드러내는 것에 대한 용기의 결여가 컸다. 인간이

마지막 외출

가진 큰 악덕 중 하나가 어리석은 자존심이다. 만약 내가 좀 더 가치 있는 자존심을 지녔더라면 차라리 말했고 도움을 요청했을 것이다. 나는 말라가고 있었다. D에게 결별을 통보한 이후 나는 5킬로그램의 감량을 겪었다. 매일을 공포 속에 지낼 때 삶은 정상적일 수가 없다.

사랑하기 때문에 결혼하는 것 이상으로 결혼하기 때문에 사랑한다. 결혼 후 사랑은 내면에서 나오지 않는다. 그것은 밖에서 안으로 들어온다. 나는 이 순간 가장 아름다워지고 가장 많이 축복받는 사람이다. 모두가 노래해 주고 교회와 성당의 모든 종이 나를 위해 울릴 것이다. 될 수 있는 대로 최대한 많은 하객을 끌어모아야 한다. 오랜만에 연락을 받은 지인들. 아주 오랜만에 한번 모이자는 전화를 받은 지인들은 어리둥절하다. 그러나 그들의 어리둥절은 상관없다. 단지 내 하객들이 많아야 한다. 그들이 들뜬 분위기를 조성해 줘야 나의 결혼과 사랑이 축복받는다.

결혼을 앞둔 여성들은 모두 들뜬다. 적어도 그 순간만큼은 내가 세상의 주인공이다. 예복과 패물과 축하와 기념 촬영들 모두 나의 안락과 나의 향락을 위해 봉사한다. 이것이 결혼을 사랑으로 혼동하게 만든다. 주위 사람들은 내 사랑에 관심 없다. 단지 한 여성이 축복 속에서 결혼한 여자 특유의 카리스마를 가지게 되는 것, 곧 자신들의 의료비와 연금을 벌어 줄 새로운 식구를 만들게 되는 것, 유능하지만 순진한 청년이 이제 사슬에 묶이게 되는 것, 부모의 큰 숙제를 하나 처리해 주는 것 등에만 관심을 기울인다. 드디어 나는 시장에서 제값을 받고 팔리게 되었다.

이러한 축복과 행복이 내게는 없었다는 사실이 현재의 나의 마음에 어떤 위로가 된다. 이 위로는 어디에서 오는 걸까? 그러한 축복이 예고하는 암담한 미래 때문에? 아니었다. 나는 나와 과거를 함께한 모든 사람을 꺼리고 있었다. 과거의 사람들이 나라는 사람에 대해 알기 때문에? 아니었다. 나는 누구에게도 나의 남자관계와 졸렬하고 옹졸한 나의 인품에 대해 말한 적이 없다. 말 안 했다 해도 그들은 인품에 관한 한 내가 어느 측면에 있어서 얼마나 한심한 사람인지 알고 있었다. 나는 가급적 과거의 사람들에게 나의 결혼에 대해 알리지 않았다. 과거를 함께했던 사람들을 보면 나의 과거가 동시에 떠오르니까. 그것은 모든 지워버리고 싶었던 거니까. 이것이 적어도 일반적인 신부의 추태는 면하게 했다.

기적이 발생했다. 장차 열기와 한기를 동시에 내게 끼얹을 사건이. 선배가 전화했다. 누구에겐가 들었다. 나의 예정된 결혼에 대해. 전화벨이 울렸을 때 나는 기계적으로 수화기를 집어 들었다. D의 전화일지도 모른다는 공포심을 억누르며.

"결혼한다며?"

'만나자'는 제안에 나는 화장대 앞으로 가 앉았다. 그러고는 그의 운전기사의 전화에 단숨에 달려 나갔다. 그는 이미 대학에 사표를 냈다. 그는 무엇을 하고 있을까? 운전기사를 채용했다는 사실의 의미는 무엇인가? 이 궁금증에 이어 나의 마음에는 두 가지 만족감이 흘렀다. 만난다는 기쁨과 어쨌건 그가 만나자는 제안을 먼저 했다는 사실이. 만난다는 사실 외에 다른 어떤 것도 마음속에 떠오르지 않았다면 얼마나 좋았겠는가! 그러나 내 마음속에는 그와 동시에 그가 '먼저' 전화했다는 만족감이 잠복해 있었다. 나는 죽을 때까지 중얼거릴 것이다.

"그가 먼저 전화했다"고.

시간이 초조감으로 계산된다면 그에게 가는 그 시간은 영원처럼 길 것이다. 한편으로 초조감에 다른 한편으로 설렘에 그 시간은 무한정 늘어났다. 언제나처럼 미소 짓는다. 그는 항상 미소 지었다. 다른 표정은 없는 것처럼. 다른 표정은 그의 본래적인 것은 아니었다. 그것은 그의 결의가 그에게 부여한 표정이다. 젊었던 어느 순간 그는 어느 운명을 택했고 그 별은 그의 천성속에 없는 어떤 것인가를 심었다. 격렬한 긴 시간의 사유에 의해 그에게 심어진 그 표정을. 눈을 가느스름하게 날카롭고 뜨고 이맛살을 찌푸린 채로 어디 먼 곳으로 후퇴해 들어가는 표정. 우리는 서로 전철의 맞은편에 앉은 적이 있다. 빈자리가 그렇게

났다. 내가 먼저 앉았고 그가 건너편 자리에 앉았다. 그는 눈썹을 살짝 들어 올리는 미소를 짓고는 그 자리에 앉았다.

"크게 좋은 운이라고는 할 수 없지만 그래도 기분 좋은 일이야."라고 하듯이.

그러나 내게는 그 행운이 슬픈 일로 바뀌게 되었다. 그의 눈이 내게서 거두어지면서 스스로에게로 뒷걸음쳐 들어갔다. 그는 세계에서 퇴거했다. 모든 것들을 지상에 남겨 놓은 채로. 나조차도 이 세상에 남겨 놓은 채로. 그와 함께한다는 기쁨 외에는 어떤 것도 가지지 않은 나를 이 세상에 남겨 놓은 채로. 조촐하지만 아늑하게 꾸며보려 애썼던 나의 방을 벗어나서. 육체는 거기에 남겨 놓고 그의 영혼은 어딘가의 깊은 우물로 사라지고 말았다. 그의 입매는 단호해졌고 그의 눈매는 가늘고 날카로워졌다. 그의 집중은 너무도 강렬해서 심지어 무섭기까지 했다.

내가 어깨를 끌어서야 그는 화들짝 그의 잠에서 깨어났다. 죽음보다 더 깊게 느껴지는 그 잠에서. 아마도 우주와 인간, 철학과 예술이 교차하고 있었을 그 잠에서. 형언할 수 없는 슬픔이 밀려왔다. 어떻게 한다 해도 그를 그 잠에서 떼어놓을 수는 없으리라는 그 슬픔이. 둘 사이에 어떤 변화가 있다 해도 그가 내 것이 되지는 않을 것이라는 슬픔이. 그와 만나는 한 나는 계속 외로울 것이라는 슬픔이. 언제라도 그는 나보다도, 세상의 어떤 것보다도 그 잠을 더 소중히 여길 것이라는 슬픔이. 내가 어떤

마지막 외출

여자와도 경쟁할 수 있고 어떤 여자보다도 지성적이 될 수 있다고 해도 그는 거기에서 하등의 차이도 찾지 않을 것이라는 슬픔이. 내가 할 수 있는 것은 없을 것이라는 슬픔이. 소유할 수 없을 것이라는 슬픔이. 소유가 아닌 한 사랑은 아니라고 믿는 나 자신에 대한 슬픔이. 내가 시바의 여왕이라 해도 그를 내 것으로 만들 수는 없을 것이라는 슬픔이.

가는 길이 멀었다. 집에서 두 시간이나 걸리는 경기 북부의 소도시였다. 기사 딸린 승용차를 보냈다. 예감이 이상했다. 그는 도서관이나 커피숍이 아닌 곳으로 안내했다. 사무실이었다. 커다란 공장에 부설된 사장실이었다. 그곳은 그의 부친의 공장 중 하나였다. 그는 부친에 이어 사업을 하고 있었다. 그는 아직 나를 만나고 있을 때 교수직을 그만뒀다. 그는 교수직을 항상 힘들게 해 나갔다. 특히 행정과 평가를 힘겨워했다. 그의 평가는 사실 공정한 것이긴 했다. 모든 답안지를 자세히 확인했고 빨간 줄을 그어가며 오류를 지적했다. 평가의 근거를 분명히 제시했다. 그러나 이것은 교수와 학생 모두에게 힘겨운 일이 되어 가고 있었다. 그는 일이 많다고 투덜거렸고 학생들은 학점이 박하다고 투덜댔다. 학생들이 점차 그의 과목 수강을 기피했다. 그의 강의는 폐강되거나 아슬아슬하게 유지됐다. 그는 학교와 학과장의 권고를 받아들여 수강과목을 새로 정하고 진행도 쉽게 했고 평가도 상대 평가로 바꾸었다. 시간이 지나며 그는 강의에 그다지 열정적이지 않게 되어 갔다. 그의 강의와 그의 연구가 서로 소외되는 순간이었다. 이것 역시도 그의 사표의 간접적인 원인이 되었다.

어쨌건 그는 대단한 교수이긴 했다. 강의록을 들고 교실에 들어 온 적이 없었다. 주머니에 손을 집어넣은 채로 들어와서는 흩어져 있는 분필 중 아무거나 집어 들었다. 어느 땐 붉은 색이나 푸른색을 집어 들기도 했다. 손에 잡히는 대로였다. 그러고는 혼잣말하듯이 강의를 진행했다. 기계적이었다. 마치 눈앞에 아무도 앉아 있지 않다는 듯이. 영혼이 동반되지 않은 건조한 생명력이 없는 수업이었다. 그렇다고 내용 자체가 건조하지는 않았다. 단지 학생들을 그의 세계에 끌어들이겠다는 열렬함이 없었다. 눈빛이 공허했고 목소리도 공허했다. 그러나 그는 학생들의 질문에 대해서는 개방적이었고 대답은 거침없었다. 학생 모두는 두렵게 질문했다. 엄청난 지적 잠재력을 가진 사람에게 무엇인가 바보 같은 소리를 할까 봐 두려워하며. 그러나 그는 진지했다. 이마를 찌푸리며 질문을 주의 깊게 듣고는 잠깐의 뜸을 들인 후 거침없이 답변했다.

그는 때때로 자기만의 생각에 잠기기도 했다. 수업을 진행하다 말고 눈을 가느스름하게 뜨고는 입을 꾹 다문 채로 칠판 앞을 수십 번 왕복했다. 때때로 혼잣말을 하며. 우리는 별세계로 들어간 사람을 깨우기조차 두려워했다. 누군가가 수업이 끝났다는 사실을 조심스럽게 알려준다. 그는 머리를 세차게 흔들며 자기만의 세계를 벗어나려 애썼다. 그러고는 손을 저었다. 나가라고. 그는 언제까지 거기에 있을 건가?

학생에게 거친 태도를 보이는 그를 상상할 수는 없다. 그는 곱고 품위 있는 사람이었다. 단지 어떤 경우에 짜증 섞인 태도로 반박하는 정도가 학생에게 보여주는 가장 커다란 실례였다. 그는 화를 내기보다는 야유할 뿐이었다. 학생 중 누군가가 그의 칸트 강의에 대해 사적유물론을 들이대며 반박하자 그는 간단히 말했다.

"여러 철학이 있어."

그 학생이 계속 반박하자 그는 또한 간단히 대답했다.

"나는 이번 학기에 칸트 가르치고 월급 받아."

그 학생이 사적유물론을 다위니즘을 들어 정당화하자 그는 간단하게 말했다.

"진화 본 적 있어?"

그러고는 결론으로 못을 박았다.

"바보라는 두 글자로는 부족해?"

그러나 그는 마음 약하고 선량한 사람이고 분별 있는 사람이었다. 결국 설명을 해 주었다.

"우리가 양질 변화를 믿기 위해서는 몇 가지 전제가 필요해요. 우선 양의 축적과 내부 혹은 외부로부터의 압력이 질의 변화를 불러온다는 예증이 필요합니다. 그리고 우리는 질이 무엇인가를 먼저 정의해야 합니다. 다음으로 이러한 견해를 다위니즘을 빌려 설명하기 위해서는 예증이 필요하지요. 키 큰 여자와 키 큰 남자를 계속 결혼시키면 더 키 큰 아이가 나오지요. 이 과정을 수억 년 되풀이한다고 가정하면 매우 큰 키를 가진 아이가 태어날 가능성이 커집니다. 양적 축적이 있게 되는 거지요. 그러나 양질 변화를 가정하기 위해서는 이 축적이 새로운 질의 종으로 변화해야 합니다. 변이의 축적이 새로운 종으로의 도약을 부른다는 것이 다위니즘의 중요한 가설이니까요. 그렇다면 한 없이 커진 사람들이 기린이라도 되어야 하지요. 진화론이 부딪힌 난국은 여기입니다. 이 부분은 베르그송의 창조적 진화를 참고하기 바랍니다. 거기에서의 다위니즘에 대한 반박은 아직 해명되지 않고 있으니까요. 질적 변화의 최초의 모습 — incipient라고 하는 — 을 추정하기도 어렵고 또 그 예증도 없습니다. 모든 과학은 동시에 하나의 신화입니다. 그런 걸 믿느니 차라리 학생 식당의 밥 한 끼를 믿는 편이 낫겠네요."

우리는 그에게서 냉소와 야유와 지성을 한꺼번에 보게 된다. 그는 지성을 드러내기보다는 감추려 노력했다. 왜 그랬을까? 그는 귀찮아했다. 그는 확실히 그의 사유의 어디엔가 매달려 있었다. 그러나 우리에게 가르치고 있는 그것이 그의 사유의 중심은

마지막 외출

아니었다. 그는 간단하게 말한 적이 있다.

"교수직은 학문의 죽음이야. 대학은 학문의 전당이 아니라 죽음의 전당이지."

어느 순간 그는 사라졌다. 나는 그 사실을 보도하려는 기자의 전화에 대해 그가 어떻게 답했는지를 그로부터 듣게 된다.

"허리 디스크가 심해져서 서 있을 수가 없소."

물론 거짓말이었다. 그의 허리는 멀쩡했다. 그는 호텔에서 그것을 입증했다. 그가 대학에서 버틴 것은 그나마 집안의 압력 때문이었다. 그의 집은 유복했다. 그러나 그의 부친은 더 이상 그를 용인하지 않았다. 실업자도 무능력자이다. 경고가 나왔다. '그가 만약 사표를 낸다면 집안에서는 어떤 도움도 주지 않겠다'는. 그는 그러나 극단적인 우울증을 겪게 된다. 이것이 그의 부모가 그의 사표를 용인한 이유였다. 나는 당시 걱정했다. 어떻게 살아 나갈 작정일까? 나는 이 사람이 무력하게 살아가다가 외롭고 비참하게 죽을 것으로 생각했다. 나는 가소롭게도 나만이 그를 이해할 수 있고 나만이 그의 곁에 있어 줄 수 있다고 생각했었다. 그러면서 나는 D를 사귀고 있었고 이제 E와 결혼할 작정이었다. 도대체 나는 어떤 여자였을까? 그가 스스로에게 충실한 사람이라는 사실이 내가 그에게 결별을 선언한 이유인가? 내가 그에게 무엇이건 그를 지켜주기만 할 수는 없었을까? 그는 나만을 위한 선물이 아니라 세상을 위한 선물이었는데. 천재인 어린 왕자였는데.

기계가 작동되는 소리가 시끄럽게 들렸고 공장을 드나드는 화물차 소리가 사람들이 뭐라고 지르는 소리에 섞여 쉼 없이 사장실까지 들렸다. 공장 전체에 약간의 화학물질의 냄새가 흘렀다. 그의 공장은 전체적으로 제법 큰 학교 정도의 규모였다.

"성형 사출 공장이고 대부분 군대 납품이야. 망할 염려는 없지. 국방부가 어음을 발행하지는 않으니까. 입찰이 중요하지. 한 해의 일감을 따내야 하니까. 등산용품 제작 회사에 납품 가능성을 알아보고 있어. 그러면 입찰의 절박함은 조금 덜어지지. 다른 수요처를 확보하는 거니까. 이 공장의 기술력이나 효율성은 좋아. 기계도 모두 새것으로 교체했고. 대장님이 아주 야무지게 해 놓으셨어."

놀라운 것은 그가 자못 사업을 즐기고 있다는 사실이었다. 강의할 때의 그 암담하고 우울한 표정이 사라지고 없었다. 그는 한결 밝아져 있었고 또한 훨씬 활발한 동작을 보여줬다. 그리고 여유와 느긋함의 분위기도 있었다. 회사 유니폼이 자연스러웠다.

"내가 할 일은 별로 없어. 상무가 대부분의 일을 처리해. 상무는 대장님의 학교 후배야. 이 사업을 30년을 같이 해 오셨어. 나는 사실 이 일이 어떻게 돌아가는지 잘 몰라. 배우고는 있지만 글쎄 언제까지 내가 이 일을 할까? 대장님은 평생 하기를 바라시지만 나는 그럴 수 없어. 왜 그럴 수 없는지는 알지? 사장 봉급하고 배당금이 꽤 많아. 착실히 모으고 있어. 언제고 다시 글을 써야지. 근데 이 일도 재미가 없지는 않아. 보람도 있고. 여기 직원이 300여 명이 넘어. 그들의 가족을 합치면 천여 명이 이 공장으로 먹고사는 셈이지. 그 사람들 먹여 살리는 게 보람이라면 보람이지. 근데 스트레스가 없지는 않아. 내가 이 일에 대해 많이 모른다는 게 스트레스야. 상무나 비서가 결재받으러 오면 겁부터 나. 아무튼 그들의 구둣발 소리가 무서워. 서류를 읽어보고 서명을 해야 하는데 이게 여간 어려운 일이 아니야. 아는 게 없으니까. 솔직히 말하면 내가 이 일을 그렇게 배우고 싶어 하지는 않는 거 같아. 그래도 좋은 면이 있어. 내게 휴식을 줘. 지난 십수 년이 내게는 힘든 세월이었나 봐. 사표 쓰고 몇 날 며칠 잠만 잤다니까. 틈틈이 책을 들여다보고 생각도 하지만 별로 효율적이지 않아. 사람이 두 일을 하는 건 힘들어. 어때 좀 놀랐지? 근데 내가 본래 사업가 집안 출신이잖아. 내 염색체에는 사업가의 DNA도 있을 거야. 대장님은 여기서 10분쯤 가면 있는 옛날 공장을 맡고 계셔. 여기보다 규모가 세 배쯤 크지. 성형 사출로는 아시아에서 제일 클 거야. 아참, 배고프지? 나도 점심 안 먹었어. 오면 같이 먹으려고."

그는 어디론가 전화했고 곧 나를 태우고 왔던 기사가 사장실 문을 노크했다. 그는 뒤쪽에 있는 문을 열고 웃옷을 꺼냈다. 거기에 방이 있었다. '보고 싶다'고 하자 문을 열어 줬다. 초라한 방이었다. 간단한 침대와 옷걸이와 전기난로와 조그마한 탁자와 벽의 옷걸이가 살림의 전부였다. 침대 위에는 그가 아무렇게나 던져 놓은 잠옷이 뭉쳐져 있었다. 그는 거기서 잤다. 전기담요가 깔려 있어서 춥지는 않다고 말했다. 샤워는 근방의 목욕탕에서 해결했다. 그의 공장은 도로변에 있었다. 더구나 공장은 24시간 가동이라고 한다. 온갖 소음 속에서 잠을 자고 있었다. 그는 시끄러우니 꿈을 많이 꾸게 된다고 말하며 웃었다. 출퇴근하느니 그 시간에 책을 들여다보는 편이 낫다며.

그가 어디라고 간단히 말하자, 차가 움직이기 시작했다. 숲속에 아름답게 꾸며진 한정식집이었다. 그는 혼잣말하듯이 중얼거렸다.

"그때 이후 새롭게 우울증이 오지는 않았어. 조증이 올 일이 없으니 우울증도 없네. 그 공포는 조금씩 벗어나고 있어. 더는 걸려들고 싶지 않아. 무사히 지내게 되지 않을까? 지금 같아선 다시 그 병은 겪게 되지 않을 거 같아. 조심은 해야겠지만."

상황은 장차 그의 기대를 깨뜨린다. 그는 근대예술 출간 후 자살을 기도한다. 그 상황은 내가 자세히 모른다. 전해 들었을 뿐이다.

나는 그때 다락방에서 렌즈를 깎는 스피노자를 떠올렸다. 과장된 상상이었을까? 탁자 위에는 여러 책이 어지럽게 놓여 있었다. 무심코 바라봤다. 보지 말았어야 했다. 이때 나는 '선배가 계속 탐구를 해 나갈 수 있을까?' 하는 의구심을 품고 있었으니까. 시간을 그렇게 낭비해도 괜찮을까? 그가 재능과 열성을 가지고 있는 것은 분명하다. 그는 계속 탐구하고 저술해야 한다. 어이가 없었던 것은 그가 사업을 하고 있는 자신에 대해 만족하고 있었던 사실이었다. 그는 구차한 삶이 거슬리지도 않고 사업하는 사람들과 부딪히는 일도 거슬리지 않는 듯했다. 그는 이미 상당히 능란한 느낌이었다. 내가 그와 만나지 않았던 2년 동안 그는 많이 변했다. 그는 품위를 타고 난 사람이었고 사색적인 사람이었다. 이제는 그는 능란한 사업가가 되고 있었다. 이것은 고전 비극의 전락과는 종류를 달리했다. 거기에 있는 어떠한 장엄한 비극성도 여기엔 없었다. 그는 사업을 즐기고 있었으니까.

그는 결혼 선물이라며 커다란 상자 두 개를 가리켰다. 알려진 브랜드의 세탁기와 건조기였다. 이때 나는 찌르는 듯한 통증이 내 가슴 속을 파고드는 충격을 느꼈다. 그의 선물은 마땅히 책이나 옷이어야 했다. 세탁기는 이제 내가 학문과 예술의 세계로부터 살림살이의 세계로 들어간다는 것을 말했다. 그 선물은 또한 그와 내가 앞으로 다시 만날 수는 없다는 사실을 말하고 있었다. 나는 그를 다시 만나며 우리의 과거를 더듬어 찾고 있었다. 그와 함께했던 철학과 예술의 세계를. 그러나 그 세계는 종말을 고했다. 이제 무의미한 미래가 나를 기다리고 있었다. 나는 영원히 그가 구축하고 있는 세계로부터 퇴거하고 있었다.

그는 내 결혼에 대해서도 별다른 것을 묻지 않았다. 단지 두 개를 물었던 거 같다. 장래의 남편의 직업과 그 집안의 부에 대해. 이마를 찌푸리고 눈을 가늘게 뜬 채로 아주 자세히 물었다. 남편 될 사람이 제조업에 종사하고 있다고 하자 그것에 대해서도 자세히 물었다. 그는 나에 대해 비관적 전제를 설정하고 있었다. 그때 나는 눈치채고 있었다. 그는 속으로 이렇게 말하고 있었다.

"중요한 것은 네 장래의 남편이 사회적 유능성을 가졌느냐의 문제와 그 집안의 부가 어느 정도 되느냐야. 어차피 너는 이상을 위해 다른 것을 버릴 정도로 고귀한 사람은 아냐. 이건 물론 너만의 문제가 아니야. 모든 사람의 문제고 너도 그 모든 사람 중 한 명이지. 네가 비난받을 이유는 없어. 오히려 헛된 이상주의에 사로잡힌 용렬하고 가난한 녀석한테 시집가는 거보단 나아."

나는 그가 남편 될 사람의 인품과 교양이나 출신 학교나 전공에 대해 어떤 것도 묻지 않을 때 나에 대한 그의 속마음을 읽을 수 있었다. 이것이 내게 준 고통은 작지 않았다. 자기 합리화의 명수인 내게도 이 상황에 대한 기억은 현재까지도 생생하다. 내가 D와 관련하여 그에게 결별을 고한 그 순간 그는 그의 의구심

마지막 외출

과 가능성에 마침표를 찍었다. 내가 나를 아는 것보다 그가 나에 대해 훨씬 잘 알았다. 그가 내게 장래의 남편에 관해 물었을 때의 그 표정은 아직도 생생하다. 그것은 우려와 안도였다. 그는 남편 될 사람의 재정적 상황에 대해서 지나치게 자세히 물었고 나는 눈치를 보며 대답했다. 나는 그의 물음에 약간 놀랐던 것 같다. 그는 돈과 관련한 얘기는 안 하는 사람이었고 또 재정에 밝은 사람도 아니었기 때문이었다. 그는 사업을 하며 나름대로 변하고 있었다. 나는 그가 돈 얘기를 구체적으로 하는 것을 처음 보고 있었다. 나의 선택은 확실히 속물적인 것이었다. 물론 내 마음속에는 어떤 종류의 오만이 있었다.

"이놈이나 저놈이나 다를 게 뭐야. 자기가 고귀하고 똑똑하다는 헛소리를 해대는 놈들한테는 이제 신물이 나. 어느 놈이나 멍청하고 압제적이라는 사실에 있어서는 같아. 내가 결혼하려는 이 사람도 남보다 더 어리석은 것도 더 나쁠 것도 없어. 다른 것들이 같다면 돈이라도 많은 게 그럴듯하지 않아?"

이것이 내 생각이었다. 나는 이러한 결혼관을 계속 지니게 된다. 다른 종류의 삶은 없었을까? 나는 어리석고 비천했다. 내가 진정으로 고귀하고 결의에 찬 사람이었다면 다른 종류의 삶의 가능성도 있다는 사실을 알아야 했다. 해결은 어떤 사람과 어떤 관계를 맺느냐에 있는 것이 아니라 내가 나 자신을 어떻게 대하느냐에 달려 있다는 사실을. 나는 결혼하지 말았어야 했다.

선배가 교수직을 저버렸듯이 나는 결혼이 주는 환상과 도피의 가능성을 저버려야 했다. 나는 당시에 피폐해져 있었다. 어디론가 피하고 싶었다. 결혼은 적절한 피난처였다. 거기에서 쉴 수 있었다.

이놈이나 저놈이나 다를 게 없다면 어느 놈도 선택하지 말았어야 했다. 우선 자기 발로 서야 했고 내가 나 자신의 주인이어야 했다. 옆을 보기보다는 기저를 보아야 했다. 그러나 누가 기저를 보는가? 모두 옆을 보고 살고 있지 않은가? 그래도 기저를 보아야 했다. 옆의 사람들이 어떻게 살고 있느냐가 중요한 것이 아니었다. 나는 내가 베풀기보다는 내게 베풀 사람을 찾으려 했다. 삶이 힘들 때 나 자신을 추스르기보다는 내 육체에 대해 턱없이 높은 값을 요구하는 교환을 생각하고 있었다. 육체 외에 어떤 고귀함을 덤으로 얹어 주듯이. 그러한 고귀함이 내게 없었다는 생각은 각성도 못 한 채로.

나는 심지어 아이에 대해서조차도 값을 요구하게 된다. '내가 네 애를 낳아주지 않았느냐'고. 나는 나중에 남편과 싸우며 이 말을 서슴지 않고 한다. 구역질이 난다. 어디에선가 악취가 난다면 피할 수 있다. 그러나 나의 속에서 올라오는 악취를 피할 수는 없다. 이 악취는 내게 끝없이 눌어붙어 있게 된다. 하수구와 악취가 하나이듯이 나와 이 악취는 하나였다. 나는 전락하고 있지 않다. 오히려 전락한 인간인 채로 태어났다. 나는 그렇게 생겨먹었다.

스치듯이 묻고 아무렇지 않게 대답을 듣고 있던 선배는 내가 어떤 여자인지를 정확히 알고 있었다. 그러나 당시에는 나는 그 사실을 몰랐다. 나는 내게서 어떤 문제도 발견할 수 없었다. 나는 좋은 거래만을 생각했지, 거래를 안 할 수도 있다는 생각을 할 수 없었기 때문이다. 여자와 관련한 선배의 바람기는 사실 이것이 원인이었다. 그는 평생의 동반자를 서슴지 않고 원했을 것이다. 누군가가 결혼이라는 거래를 통해서가 아니라 친구와 성적 파트너로서만 대했더라면. 그러나 여자들은 우정과 섹스를 판다. 그것이 그들의 상품이다. 선배는 값을 치르고 그것을 살 생각을 하지는 않았다. 자기에게는 너무 비쌌기 때문이었다. 그것은 선배의 전인격과 전체 삶을 요구하는 것이었기 때문이었다.

나는 그에게 말한다. D가 두렵다고. 나는 선배와 헤어진 후에 D와의 관계가 어떻게 진행되었는가를 말했다. 누구에게도 말할 수 없었던 사실을 선배에게는 말할 수 있었다. 오히려 더욱 편하게 말할 수 있었다. 어쩌면 내가 상처를 입혔을 사람에게. 왜였을까? 두 가지였다. 하나는 단지 말하고 싶었다. 내가 겪은 그 비루하고 참담한 2년 몇 개월의 사건들을. 구토증이 나는 그 사건들을. 나는 말함에 의해 치유 받고자 했다. 다른 하나는 선배가 어떤 사람인지 알고 있었기 때문이다. 그는 내 삶의 어떤 측면에 대해서도 윤리적 비난을 할 사람은 아니라는 사실을 나는 알고 있었다. 세계에 비윤리적인 일이 없어서가 아니라 그에게 비윤리적인 일이란 없었기 때문이었다. 그에게는 윤리도 비윤리도 없었다. 그는 말한 적이 있다.

"불법만 아니라면 행위는 자유지."

그는 어떤 종류의 행태에 대해서건 '그럴 수도 있지'라고 말했다. 인간의 약함에 대해 그처럼 관용적일 수 있을까?

그는 어이없다는 듯이 웃고는 얼굴을 돌렸다. 나는 계속했다. '현재도 D는 종종 집 앞에서 나를 기다린다'고. 가끔 '결혼식을 망치겠다고 협박한다'고. 선배의 얼굴에서 웃음기가 가셨다. 나는 그때까지도 그리고 그 후에도 그의 그런 표정을 본 적이 없다. 나는 섬찟했다. 그의 눈은 날카로워졌고 입매는 꼭 다물어졌다. 그의 마음속에 격렬한 분노가 치솟는 듯했다. 이것은 낯선 것이었다. 그는 항상 침착했고 밝았다. 그는 그저 도련님이었다. 아마도 모든 사람이 그를 유약한 도련님으로 보았을 것이다. 그는 무한한 사랑 속에서 살아온 젊은이의 서슴없음과 낙천성을 지니고 있었고 이것은 귀여움이었다. 나뿐 아니라 누구도 그가 어떤 의지력과 분투로 그의 유학 시절을 이끌고 나왔는지를 생각할 수 없었다. 모두가 유학했지 않은가? 우리 눈앞에 우수마발로 돌아다니는 그 유령 같은 교수들이. 나는 그때 그의 유학은 단지 학위뿐만 아니라 통찰과 관련한 많은 고투로 점철된 것이라는 생각을 할 수 없었다. 그는 학위를 원한 것이 아니었다. 우주를 원한 것이었다. 그러나 나는 이것을 그의 재능이라고만 생각했다. 그것이 분투 속에 맺힌 봉우리이고 십여 년이 지나서야 만개할 꽃으로는 생각하지 않았다. 그는 간단하게 말했을 뿐이었다.

"학위만 받자면 유학 생활은 유람이지."

그가 눈을 매섭게 뜨며 한 곳을 노려보고 있었고 나는 낯선 사람을 보고 있었다. 그는 한참을 얼어붙어 있었다. 아아, 나는 그를 전혀 모르고 있었다. 어떻게 모를 수 있었을까? 그가 사실은 부드러운 외양과 더불어 매섭고 가차 없는 마음을 동시에 지닌 사람이라는 사실을. 그는 조용히 낮은 목소리로 물었다. 쉰 듯한 목소리로. 이때 그는 내가 전혀 모르는 사람으로 변해 있었다.

"걔를 손봐줄까? 종아리뼈와 갈빗대를 몇 개 부러뜨리면 네 결혼이나 결혼생활에는 그놈이 무엇도 할 수 없을걸."

나는 그를 찬찬히 바라봤다. 그리고 그가 내가 모르는 어두운 세계와 손을 잡고 있다는 사실을 직감했다. 그렇다. 그에게는 내가 모르는 어떤 세계가 있다. 사업이 그와 맺어 준.

"청부하는 거야. 몇 푼 집어주면 돼. 우리는 절대 안전해. 그들은 누구로부터 청탁받았는지도 몰라. 그들은 어떤 공중전화에서 걸려 온 청탁을 받는 거고 돈은 우편으로 부쳐진 걸 받게 되는 거야. 우리 쪽에는 알리바이가 있고 증거는 없어. 심증조차도 없어. 그놈은 그냥 강도를 당한 거야."

나는 당황했다. 이것은 그에겐 전혀 어울리지 않는다. 그는 그런 세계와 관계 맺어서는 안 된다. 나는 두려웠다. 그의 미래는 어떻게 될까? 그는 이대로 끝인가? 선배는 도대체 어떤 삶을 살고 있는 것일까? 2년이 그렇게 긴 시간인가? 한 사람을 이렇게도 완전히 변화시킬 수도 있을 만큼 긴 시간인가?

그는 두 가지로 무서운 사람이었다. 하나는 나와 맺었던 관계에서 완전히 자유로울 수 있는 사람이라는 것이었고 다른 하나는 보이는 그가 전체의 그가 아니란 사실이었다. 그는 마치 시집가는 여동생을 대하듯이 나를 대했다. 심지어는 '장래의 남편을 사랑하느냐'고도 묻지 않았다. 그는 이미 알고 있었다. '사랑과 결혼은 관련 없다'는 사실을. 나는 그 사람을 사랑할 수도 있고 그렇지 않을 수도 있다. 그러나 그것은 중요하지 않다. 선배에게 중요한 것은 이 결혼이 문제없이 진행되고 나의 삶이 문제없이 진행될 수 있느냐 그렇지 않으냐였다. 그는 한 번이라도 나를 사랑한 적이 있었을까? 그는 말했을 것이다.

"다시 말하지만, 사랑을 정의해 줘. 만약 네가 생각해 왔던 집착과 소유와 독점욕이 사랑이라면 나는 너를 사랑한 적이 없어.

마지막 외출

나는 네게 자율성을 권해줬어. 사랑을 위한 사랑을 권했어. 나는 너를 만났고 성적 관계를 맺었어. 그거로 부족해? 서로 상대편 때문에 애타고 가슴 졸이고 다른 삶에 들일 정열을 빼앗기는 게 사랑이라고 생각해? 만약 사랑이 함께하는 것이라면 나는 너를 사랑했어. 초여름 저녁의 노을이나, 푸르고 고요한 바다나, 겨울날 날카롭게 코끝을 치고 지나가는 깨끗한 공기나. 나를 사랑하듯이 너를 사랑했어."

그의 사랑을 감당할 수 있는 여자가 있을까? 그 초연함과 차가움을 사랑할 여자가 있을까? 옆에 있다는 사실만으로 감사할 여자. 어떤 미래의 보장도 없다는 사실을 감당할 여자. 그의 사랑은 단지 말장난 아닌가? 그의 표정과 포옹이 정념이 아닌 애처로움이라고 할 때 그는 나의 행복과 평온함을 원했다. 그는 나의 사랑에는 관심 없었다. 그것은 그가 생각하는 사랑은 아니었기에. 그는 분명히 나의 운명에 감사하고 있었다. 나의 모든 불같은 정열에도 결국은 부잣집으로 시집가게 된 나의 운명에 감사했다. D를 향한 그의 분노는 나의 운명의 방해자에 대한 분노였지, 나를 그로부터 앗아간 사람에 대한 분노는 아니었다. 그는 한 인간으로서의 D에 대해 그리고 나에 대한 D의 집착과 야비함에 분노했다.

무서운 것은 그가 내가 모르는 세계와 맺고 있는 관계였다. 나는 그가 그런 세계와 스스럼없이 타협하고 또 그것을 어떠한 가책 없이 이용할 수 있는 사람이라는 사실에 놀랐다. 그는 물론 때때로 매서운 데가 있는 사람이었다. 그러나 나는 그가 언제라도 목적을 위해서는 불법적이고 끔찍한 일도 스스럼없이 저지를 수 있는 사람이라고는 생각하지 않았다. 나는 그런 고귀한 사람이 언제라도 가장 잔인하고 야비한 사람들과 어울릴 수 있다고는 생각할 수 없었다. 도대체 그의 사업가로서의 삶은 그에게서 무엇을 요구한 것인가?

말뿐이었을까? 아니었다. 그는 실제로 그 사람들을 사용했다. 아주 끔찍하게. 그는 그의 사촌 여동생들을 사랑했다. 그는 작은어머니에게 빚지고 있다고 했다. 어린 시절부터 사랑을 많이 받았고 유학 시절에도 지원을 많이 받았다고. 또한, 그의 사촌 여동생들은 무기력하고 착하기만 하다고 했다.

"큰 여동생이 이상한 결혼을 했어. 작은어머니가 욕심을 낸 거지. 공부 잘했고 대기업에 근무하는 녀석을 사위로 삼은 거야. 집까지 사 주며. 그런데 여동생이 좀 바보야. 놈은 처가에 계속 더 많은 것을 바라는 거야. 바보 같은 딸을 데려갔다는 이유로. 한 번은 그 여동생이 내게 도망 왔어. 애를 데리고. 얼마나 맞았는지 눈이 떠지지 않을 정도로 부었어. 나는 달래서 집으로 보냈어. 일단 무조건 빌고 원하는 모든 것을 해 보겠다고 말하라고. 그 여동생은 착해. 자기가 살고 있는 꼴을 어머니에게 보일 수가 없었어. 작은어머니가 고혈압이야.

내가 청탁했지. 그들은 그다음 날 출근하는 놈을 납치했어. 내가 부탁했지. 목숨만 남겨 놓으라고. 그놈은 양평 가는 6번 도로 길바닥에 쓰러져 있었어. 여덟 개의 뼈가 부러진 채로. 결국 이혼해 줬어. 평생 데리고 살면서 우려먹겠다던 놈이. 그놈은 정형외과를 거쳐서 정신과에 가야 할 거야. 온 하의가 똥에 절어 있었으니까. 증거가 없지. 물론 나도 소환됐어. 눈만 끔벅거리고 앉아 있었어. 난 모르는 일이라고. 전직 교수이며 현직 사업가인 사람이 그런 일을 할 수 있겠느냐고. 누가 생각할 수 있겠어? 더구나 알리바이도 있는데."

그는 D에게도 이렇게 할 작정이었다. 그러나 나는 거절했다. 끔찍했다. D는 내게 악몽이었다. 평생을 지속할 악몽이었다. 나는 아마 죽을 때까지도 이 악몽을 벗어날 수 없을 것이었다. 그러나 D와의 문제는 그렇게 해결하기는 싫었다. 그것은 상상할 수 없이 무서운 방법이었다. 더구나 선배가 그 무서운 모험을 또 겪는 것이 싫었다. 선배는 마지막으로 말했다.

"잘 들어. 내가 해줄 수 있는 일은 그것 외에는 없어. 나는 결혼식에 가지 않을 거야. 이제 걔가 마음을 비우는 일만 남았어. 모든 걸 운명에 맡겨. 그놈이 나타난다면 파탄이야. 안 나타난다면 운명에 감사해."

온몸이 후들거렸다. 그래도 나는 운명에 맡기기로 했다. 나는 선택의 여지도 없었다. D는 결혼식장을 물었다. 그의 폭력이 무서워 말하지 않을 수가 없었다. 나는 아마 결혼식 내내 마음을 졸일 것이다. D는 완전히 미쳐 있었다. 그는 무슨 일이라도 저지를 수 있었다. 나는 D의 광기를 말하며 폭력이 통하지 않을 거라고 말했다.

"하하. 모르는 소리. 광기가 고통을 이긴다고? 아니야. 극단적인 공포와 폭력 속에서는 광기도 잠들어. 통증이 지나치면 기절하는 거와 같아. 그런 놈일수록 약한 사람에게만 광기를 부려. 죽을지도 모른다는 공포와 뼈가 부러지는 고통을 당하면 누구라도 조용히 말을 잘 들어. 자포자기한 채로 조용히 살게 되지. 겁에 질려서. 걔는 아마 어두움조차도 공포일걸. 어두운 밤길에 누군가가 옆에서 튀어나오기만 해도 수명이 줄걸."

비트겐슈타인의 논리학과 소쉬르의 언어학을 말하던 그 입으로 그는 엄청난 폭력에 대해 말하고 있었다. 어쨌건 나는 그의 권고를 받아들이지 않았다. D에 대한 마지막 애정이 남아 있었을까? 그건 아니었다. 나는 단지 방법이 무서웠을 뿐이다.

나는 오히려 다른 말을 한다. 아마도 선배가 나에 대해 마지막 희망조차도 갖지 않을 말을. 절대로 하지 말아야 할 말을. 선배와 내가 공유했던 모든 아름답고 가치 있는 것들을 암흑 속으로 던져 넣는 말을. 꿈에서 품는 것만으로도 소중했던 것들을 꿈에 나타날까 두려운 것으로 만든 말을. 초연하고 잠잠하고 침착한 사람조차도 자못 당황하게 만든 말을.

마지막 외출

"당신이 나를 책임진다면 지금이라도 그만둘 수 있어요."

그는 나와 지냈던 모든 시간과 기억을 지우려 애썼을 것이다. 어떻게 그런 말을 할 수 있었을까? 내 결혼에 대한 그의 배려에 감동했기 때문일까? 이렇게 보살피려 애쓰는 사람에 대해 되살아나는 애틋함 때문일까? 되살아 난 것은 없었다. 한 번도 사라진 적이 없었던 사랑이었기 때문이다. 어쩌면 내 생애 다시 볼 수도 없는 사람에게 나는 마지막 순간까지도 그와 나와의 관계를 거래로 만들려 했다. 나는 그의 책임을 사고 그는 나의 미모와 젊음을 사는. 마지막 승부수는 이렇게까지 졸렬하고 상스러울 수가 있었다. 그 절박함.

커피를 준비하던 선배는 눈썹을 들어 올리며 나를 진지하게 주시했다. 동작이 굳어지며 얼굴의 표정이 없어져 갔다. 그의 눈은 안타깝고 슬픈 듯이 나를 내려다봤다. 나는 무엇인가 잘못되어 가고 있다고 생각했다. 그의 눈은 차갑지 않다. 그러나 나는 저 눈을 안다. 자기도 어떻게 해볼 수 없다는 저 눈빛. 자기 욕구는 자기 결의를 이길 수 없다는 저 눈빛. 자기 역시도 무엇인가의 노예여서 스스로의 주인은 아니라는 저 눈빛. 승부수는 먹히지 않았다는 사실을 알았다. 나는 절박했다. 일주일 남았다. 마지막으로 호소할 수 있다. 내가 그를 얼마나 사랑하는지.

결혼

아, 나의 사랑. 제발 나의 사랑을 받아줘. 당신만이 행복을 줄 수 있어.

당신은 나의 모든 것이야. 나의 세계, 나의 천체야.

함께한다면 어떤 심연에라도 들어갈 수 있어.

높아서 모든 것이 얼어붙는 가장 높은 봉우리에도 올라갈 수 있어.

너무 작아서 우리 둘만이 살 수 있는 섬에 갇힌다 해도 행복할 수 있어.

낯설고 황량한 몽골의 어느 초원이어서 이제 완전한 외로움만이 있다 해도 거기에서도 살 수 있어.

암굴 같아서 한 줄기 빛조차 없다 해도 당신의 향기만으로도 살 수 있어.

태양과 열기가 모두 사라져 죽음의 한기만이 남아 있는 얼음의 나라에서도 살 수 있어.

모든 것이 몰락해서 단지 폐허만 남은 사막의 어떤 도시에서도 살 수 있어.

숲과 호수가 불타고 말라서 재만 남았다 해도 거기에서도 경작할 수 있어.

살과 뼈가 모두 마르고 닳는다 해도 옥수수와 감자를 수확할 수 있어. 당신과 함께라면.

기다리고 있으니 달려오라고 한다면 어떤 사막도 건널 수 있어.

마지막 외출

눈이 타버리고 입술이 갈라진다 해도 행복하게 죽을 수 있어.

글이 당신을 우울증의 암흑으로 끌고 들어가서 당신이 무엇도 할 수 없다 해도 당신을 보살필 수 있어. 영원히 보살필 수 있어. 당신이 나의 사랑을 허락한다면.

나의 사랑을 받아줘. 제발 받아줘.

반짝이는 물결에서 당신만을 보게 될 거야.

구름에서도 당신의 모습만을 볼 거야.

당신은 내 꿈을 차지할 거야. 당신은 사라진 그 꿈을.

나는 소리 칠 거야. 많이 울 거야. 나의 사랑.

받아줘. 나의 사랑을.

나는 울고 있었다. 주체할 수 없었다. 나의 애달픈 마지막 희망은 스러지고 있었다. 얼굴을 감싼 손가락 사이로 눈물이 쉼없이 흘러내리고 있었다. 내가 어디에 있는지도 모른 채로 그렇게 울고 있었다. 그는 초라한 사람을 내려다보고 있었다. 온갖 눈물의 불꽃이 일어나는 것을 보고 있었다. 깊은 어두움 속에서 터지는 불꽃들을. 모든 것을 아름다운 보화로 만들어 놓고 싶어 하는 그 불꽃들을. 어리석고 덧없는 희망의 그 불꽃들을. 너무도 연약하게 바삭거려서 가벼운 입김에도 스러질 그 불꽃들을. 태초의 동굴 사람들의 희망이었던 불꽃들을. 내가 그에게 서는 마지막 희망의 그 불꽃들을. 암흑과 절망으로 들어가기를 두려워하는 그 불꽃들을. 사랑하는 사람을 영원히 볼 수 없다는 눈물의 불꽃들을. 이제 꺼진다면 다시는 점화되지 않을 그 불꽃들을.

나는 그의 야전침대에서도 잘 수 있었다. 그의 품이 거기 야전침대에 있으니까. 더위에 땀으로 젖는다 해도 그것은 그와 나의 땀이고 추워서 떤다고 해도 그의 품 안에서이다. 그가 씻지 않는다 해도 나는 괜찮다. 그에게선 항상 향나무 냄새가 났으니까. 그가 내 옆에서 잠들고 그가 눈뜰 때 내가 내려다볼 수만 있다면. 그가 내 어깨를 안아 주기만 한다면. 팔짱을 낀 채로 생각에 잠긴 그를 내 사람으로 만들 수만 있다면. 아침에 같이 깨서 또 한 번의 입맞춤만 나눌 수 있다면.

이때 나는 처음으로 알게 된다. 탐욕과 소유욕과 집착은 스스로를 되먹는다는 사실을. 나는 그를 탐할 뿐이었다. 그의 지성이 모두 사라지고 그의 단정함과 재기와 따스한 마음 등이 모두 사라진다 해도 나는 그를 원했을 것이다. 그가 완전히 늙은 사람이어서 초췌하고 기력을 잃었다 해도 그를 탐했을 것이다. 나는 단지 그가 내 것이 아니라는 이유로 그를 탐했다.

형식은 내용으로부터 독립하고 있었다. 오류로 뒤섞인 사랑은 스스로를 되먹고 있었다. 만약 내가 소유욕만 없었다면 파국으로 가지는 않았을 사랑.

A에게

결혼이 임박하여 그는 내게 장문의 이메일을 보낸다. 이것은 그와 나와의 영원한 이별을 말하고 있었다. 그는 지하철의 아이를 떠나보내듯이 그렇게 나를 떠나보내고 있었다.

A에게

결혼과 같이 작지 않은 사건에 대해 내가 더 보탤 말은 없을 거 같아. 동서고금의 위대한 사람들이 나름의 축하와 격려를 거기에 보냈으니까. 실속 없는 장광설이란 건 A나 나나 다 알고. 헛소리는 빼고 쓸 만한 것들을 보내는 것으로 축하를 대신할게. 상투적이고 공허한 말의 성찬은 빼고.

요약해서 말할게. '간결함이 지혜의 요체'이고 '존재는 이유 없이 증가해서는 안 되는 것'이므로. 삶의 봄은 덧없이 스러진 거야. 하하. 좋은 시절 다 가고 말았어. 어른들이 결혼을 권했다면 사기 친 거야. 고생을 자기들만 겪은 게 억울해서. 그런데 A 책임도 없는 건 아니야. 엄밀히 말하면 호르몬 책임이지만. 분별은 불운하게도 결혼 후에 온다네. 가장 신중해야 할 결정을 가장 철없는 어린아이가 하는 격이지.

결혼 후의 인생은 전의 인생보다 일만 배쯤 더 복잡해져. 아이가 생긴다면 백만 배쯤. 그런데 이 복잡함은 단지 물리적인 것에만 그치지는 않아. 정신적인 것이기도 해. 어쩌면 가족은 주는 행복만큼 정신적 긴장과 고달픔을 요구하는 걸 거야.

A가 출산 문제로 쭉 고민해 왔던 걸 알아. 그런데 결혼과 출산을 인과 관계로 묶을 이유는 없어. '인과 관계에 대한 믿음이 곧 미신'이므로. 여기에 외부의 압력이 가해질 여지를 원천 봉쇄해. 누군가가 아이 생산을 도덕적 원리를 토대로 주장한다면 싸붙여. '당신 인생이나 보살피라'고. 그 사람이 친정 사람이건 시댁 사람이건. 자신에 대해 스스로가 군주이듯이 A의 가정에 관한 한 장본인 두 사람이 주인이야. 때로는 부모도 길들여야 해. 남편이 자기 부모의 의견을 A의 의견과

대등하게 혹은 심지어 더 중하게 간주한다면 즉시 전쟁 모드로 들어
가. 다른 해결 방법은 없어. 그리고 A의 어머니도 결혼생활에 개입할
여지를 원천 봉쇄해.

출산과 관련해 내 의견을 물으면 나는 사르트르처럼 말하겠어. '인
간은 자유이고 자유로움 그 자체'라고. 아이가 생긴다면 최선을 다해
서 좋은 엄마가 되도록 해. 좋은 엄마란 아이에게 무얼 해줌에 의해서
가 아니라 스스로가 지혜롭고 관용적인 사람이 됨에 의해서 가능하다
고 말한 사람은 페스탈로치야. 아이를 낳지 않는다면 자기 개선을 위
해 최선을 다하고 남편과 시부모에게 최선을 다하도록 해. 어느 쪽이
나 축복으로 받아들이도록 해.

인생사에 그렇게 좋은 일도 그렇게 나쁜 일도 없다는 사실을 생각
한다면 슬프고 고단한 삶을 좀 덜 고단한 인생으로 만들 수는 있을 거
야. 세상사 빌어먹을 일만 있는 건 아니니까. 모든 일들이 그저 그런 사
건들이니 좋은 일에는 겸허로, 슬픈 일에는 인내로 견딜 일만 남아. 마
음껏 기뻐하고 경련적으로 슬퍼한다는 것은 때때로 경박이고 때때로
생각 없음이야. 침착함과 고요 속에 모든 것을 마음속에 새기는 것이
항상 바람직해.

아무튼 지금 무언가를 본격적으로 말할 작정이야. 소위 조언이라는

것인데 살짝 난감하기는 하네. 결혼과 관련한 조언을? 다른 누구도 아닌 내 주제에? 내게 어떤 것이 있다 해도 결혼과 관련한 조언의 자격은 없을 거 같아. 딱히 모범적으로 산 것도 아니고. 그리고 내가 결혼 생활을 겪은 것도 아니고. 그러니 어떤 말인가를 한다 해도 완전히 믿지는 말아. 참고 정도?

뭘 말해 준다 해도 내가 A보다 잘났기 때문은 아니야. 잘나긴 뭐가 잘났겠어? 세상만사가 공평해서 신은 지혜를 나눠주는 데 있어서 나이도 세대도 그 사람의 가진 거에도 그 사람의 학문에도 관심을 두지 않았어. 내가 말하고자 하는 것은 A나 나나 죽을 때까지 노력해야 할 일들이야. 아마도 나는 단지 그것들이 다른 일들보다 더 중요하다는 사실을 알뿐이야.

말한 것처럼 어떤 선택이나 결정은 그것이 무엇이건 그 자체로 결정적이거나 유의미한 것은 아니야. 그것들은 그 자체로 중요하지는 않아. 거듭 말하지만, 훌륭한 선택 혹은 잘못된 선택은 없어. 선택을 뒷받침하는 훌륭한 의지 혹은 선택을 뒷받침하지 못하는 잘못된 의지가 있을 뿐이야. 그러므로 결혼과 관련한 A의 선택은 하나의 결론이 아니라 하나의 시작이야. 이제 A는 책의 서문을 읽게 되는 거야. 그런데 그 책은 비어 있는 책이야. 거기에 내용을 채우는 것은 A의 몫이야.

이제 내가 잘난 척할 수 있는 순간이 왔네. 순진한 젊은이를 마음 놓고 불쌍히 여길 수 있는 순간. 되돌아보기 두려운 힘든 시간들에 대해 무엇인가를 말해 주는 순간. 자기가 이미 나이 든 걸 다행으로 여기는 순간. 젊음이 부럽지 않은 이유를 말해 주는 순간. 삶에 치러야 하는 값이 얼마나 큰지를 말해 주는 순간. 충만한 정열이 증발한 영혼보다 더 고통을 준다는 걸 말해 주는 순간. A는 꼭 백 년쯤 살아서 온갖 더러운 꼴을 다 겪기를 기원하는 순간. 공포를 과장해서 젖도 덜 뗀 젊은이를 혼비백산하게 만드는 순간. 젊은 사람을 먹이로 하는 그 순간. 그러나 결론적으로 이 모든 것은 젊음에 대한 질투라고 안심시키는 순간. 하하하.

다시 말하지만 삶은 무조건 좋은 것이라는 말은 못 하겠어. 그렇지만 선택을 뒷받침하는 A의 좋은 의지력이 어떻게 행사되어야 하는지는 말해 줄 수 있어.

첫 번째로, 지혜롭고 관용적이어야 해. 지혜와 관용은 함께 붙어 다니는 다정한 한 쌍이야. 그런데 중요하게도 사실을 정확히 말하자면, 매섭고 민첩한 통찰 없이는 지혜가 있을 수 없고, 지혜 없이는 관용도 있을 수 없어. 지혜 없는 관용은 단지 비감성적이고 비공감적인 무심함과 눈멂일 뿐이야. 이러한 관용은 무관심에 지나지 않아. 문제는 통찰과 관용이 함께 하기가 매우 어렵다는 사실이야. 사람은 누구나 통찰과 지혜를 무기로 상대편의 결여와 부족을 탓하기 쉬워. 그러나 이러한 통찰은 바람직한 것은 아니야. 통찰은 인간적 약점에 대한 이해와 관용에 기초하기 때문이야.

사람은 물론 모든 것을 볼 줄 알아야 해. 그러나 모든 것을 본 후에는 이제 '보아야 할 것'만을 볼 줄 알아야 해. 상대편의 인간적 약점에 대해 항상 관용의 마음을 가져야 하고 A 또한 거기에 기초해 스스로를 개선할 수 있어야 해. 때때로는 상대편의 인간적 결함에 눈을 감을 줄도 알아야 한다는 거야. 이것이 첫 번째 조언이야. 특히 A의 경우에는 이 점을 중시해야 해. 나는 A에게서 가끔 관용 없는 비판을 보아왔어.

혹시라도 이 조언과 관련하여 "아, 선배는 이렇게도 훌륭한 사람이구나."라고는 생각하지 말아. 부담스럽네. 나 역시 향해서 노력해야 할 어떤 것에 대해 말하고 있을 뿐이야.

두 번째는, 겸허와 오만에 대해 말해야겠어. 여기에서 나는 겸허를 '자기 개선을 위한 끊임없는 노력에의 내적 요구'라고 정의하고 오만은 그 반대로 정의하겠어. 만약 겸허라는 것이 우리 평생을 일관하여 함께해야 할 어떤 것이라면 자기 개선에의 요구 역시 평생을 함께하며 같이 해야 할 노력이야.

　　　　　　　　　　　마지막 외출

삶에는 물론 잠정적인 무기력과 휴식이 있어야 해. 휴식은 달콤해야 해. 이것은 그러나 삶의 일상적인 노고가 제공해. 평생을 일관하여 열심히 산다면 그때 휴식은 진정한 의미를 갖게 돼. 그리고 중요하게도 이러한 삶의 영위 가운데에서 우리는 자기가 얼마나 부족한 사람인가를 끊임없이 깨닫게 돼. 만약 자기 결여를 깨닫는 것으로 그친다면 그는 게으르고 태만하고 비겁한 사람이야. 떨치고 일어나서 다시 자기 개선을 위한 노력을 해야 해. A 앞에는 무한한 보물과 재화들이 있어. 손을 내미는 수고만 한다면 그것들은 A에게 무엇이라도 될 거야. 인류의 가장 위대한 천재들이 거기에 무엇인가를 보태왔기 때문이야. 자기가 무엇을 알고 있고 무엇을 즐기고 있는가에 만족하지 말아. 자기 자신이 지금보다 훨씬 나은 사람이 될 수 있다는 쪽에 돈을 걸어. 이것이 겸허가 A에게 주는 선물이 될 거야.

마지막으로, 장래의 남편과의 관계에 대해 말할게. 남편과의 관계에서 그에게 '무관심한 관심'을 가지라면 아이러니한 조언이 될까? 짝짓기는 절대로 필연적인 것은 아니야. 어디에도 운명적인 것은 없어. 그는 단지 많은 남자 중 한 명이고 A 역시 많은 여자 중 한 명으로서 어떤 우연에 의해 짝으로 맺어졌을 뿐이야. 그런데 이러한 우연이 우리로 하여금 우리 인간관계에 대해 더욱 깊은 성실성을 요구한다는 사실은 아이러니야.

어떤 우연으로 둘이 맺어졌듯이 똑같은 우연으로 파국으로 이를 수 있다는 사실을 항상 명심해. 최선을 다해 더 좋은 여자가 되려고 노력하지 않는 순간 그 우연은 크래커가 깨지듯 쉽게 깨져.

남편에 대한 관심이 결혼생활의 일차적인 요소가 되지 않도록 해. 일차적인 것은 스스로에 대한 스스로의 관심이야. A는 단지 A가 얼마나 매력 있고 성실하고 신실한 사람인가를 보이기만 하면 돼. A의 사랑스러움이 직접 그를 향하지 않도록 해. 그 사랑스러움이 보편적이고 객관적인 것이 되도록 해. 진정한 사랑스러움은 누군가에게 자신을 예쁘게 보이려는 데 있는 것이 아니라 그 누군가가 없다고 해도 스스로 매력적이라는 사실에 있기 때문이야.

어떤 여성분들이 소위 '애교'라고 부르며 행사하는 억지 매력이 역겨운 이유는 그 사랑스러움은 단지 꾸며진 것이기 때문이야. 그 애교는 그 사람만을 향하는 무의미한 것이고 무엇인가를 목적으로 하는 물화된 사랑스러움이기 쉬워. 진정한 사랑스러움은 그 반대인 것으로서 지성, 따스함, 재치, 이해, 배려, 열정, 활기, 미소 등이 모두 포함된 여성적 매력이고 그 자체로서 무목적적인 것이야.

이것이 내가 '무관심한 관심'이라고 말할 때 말하는 거야. 한 명의 남편에 대해서는 언제라도 그를 놓아줄 수 있지만 한 명의 남성에 대

마지막 외출

해서는 지극한 사랑스러움으로 강력한 연대를 유지하는 것이 내가 말하는 사랑스러움이야.

부디 남편에게 '네게 있어 나는 무엇이냐?'고 묻지 않기를 바라. 왜냐하면, '내가 네게 무엇인가보다는 내가 나 스스로에 대해 무엇인가'가 일차적으로 중요한 문제이기 때문이야. 사랑은 서로 간의 진정한 독립에 기초해. 독립이 없으면 유대도 없어. 항상 스스로가 될 수 있기를 바라.

이것들이 A에게 해줄 수 있는 최선의 축복이야. 삶은 A에게 많은 것들이 될 수 있어. 그것이 어떠한 것이 될 것인가는 전적으로 A에게 달려 있어. 현대의 윤리학은 '행복'에서 출발해. 항상 행복해. 매 순간을 한껏 살아서 모든 시간을 열정으로 꽉 채워. 삶은 살만한 값어치가 있는 것이라고 스스로에게 속삭여.

출산

우리에게 가능한 언명은 사건의 발생과 비발생에 대한 것들뿐이다. 이것들만이 가치중립적이다. 사실에 대한 실증적인 언급만이 유효하다. 이 이외의 사실에 대한 언급은 가치중립적일 수 없다. 거기에 판단이 들어가기 때문이다. 비트겐슈타인이 말한 것처럼 우리는 보아야지 생각해서는 안 된다. 사건을 단지 묘사해야지 사건의 의미를 설명하면 안 된다. '축하'라는 말처럼 위험하고 편협한 언급도 없다. 거기엔 우리의 판단과 편견이 심겨 있다. 심지어는 생일 축하조차도 위험하다. 잔혹하고 기약 없는 노동에 시달리는 고대의 노예들은 이 생명이 빨리 다하고 죽음이 신속히 다가오기를 기다렸다. 그에게 생일이란 새롭게 기약되는 한 해의 노동이 시작된다는 의미밖에는 없다. 생일날 되새기는 그의 과거는 모멸과 노역의 시간들일 뿐이다. 삶에의 애착을 가진 노인도 자기의 나이를 상기시키는 모든 것에 대해 거부감이 들 것이다. 그에게 생일 축하라는 말을 하면 안된다. 흘러가는 시간을 막고 싶다. 흐르는 강물을 손바닥으로 막는 것보다 더 힘든 일일 테지만.

의사가 내게 '임신을 축하한다'는 말을 했을 때 나는 이것을 고대의 노예가 죽음까지의 노동의 개시를 통보받는 것만큼이나 고통스럽고 공포스러운 통보로 받아들였다. 그는 단지 임신이라는 사실만을 말해야 했다. 축하받을 일은 아니었으니까. 모든 임신에 대해 그는 임신 축하를 말하고 있는가? 장차 미혼모의 상황에 처할 원치 않는 임신을 한 여자에겐 뭐라고 말할 것인가? 그때엔 임신이라는 사실만을 말할 것인가? 인간성의 개선이라는 것이 실제로 있나? 이것은 차별이기 때문이다. 판단은 이렇게도 위험하다.

올 것이 기어코 자기의 적절한 시간을 찾아서는 오고야 말았다. 결혼 6개월 만이었다. 그것이 언젠가 오리라고는 예상했다. 십수 년간 통증과 일상적 불편함을 야기했던 그 불온한 색깔을 입은 액체의 정체가 무엇이고 그 목적은 무엇이었겠는가. 그 불온함은 결국 자기 목적을 달성했다. 내 육체에 엄청나게 빠른 속도로 분열하는 종양을 심어 넣었다. 아니, 그것은 육체적인 것만은 아니다. 그것은 심지어 정신적 종양이기도 하다. 육체와 정신 모두를 그것이 갉아 먹을 테니까.

나는 스스로의 지적 완성을 원했다. 완결된 소우주여야 했다. 그 소우주는 천의무봉하여 그 자체로 공간 속에서 의연하고 고고하게 존재해야 했다. 아리스토텔레스의 '부동의 동자'가 그러하듯. 그러나 그 존재에 커다란 구멍이 나게 되었다. 그 붉은색의 불온함은 소우주에 구멍을 내기 위해 어둠 속에 숨어 있었고 이제 자기의 때를 맞아 그 목적을 가차 없이 실현하고 있었다. 완결성은 자기의 어느 한 부분이 새로운 생명을 구성해서는 안 되는 것이었다. 그러나 내 몸속에는 이제 내게 커다란 구멍을 내며 소우주의 꿈을 허망한 것으로 돌릴 씨앗이 자라고 있었다. 나의 공간적 완성의 꿈은 무너지고 시간적 영속성이 그 무너진 만큼의 자리를 차지하고 나타날 예정이었다. 질료가 형상에게 양보를 요구하고 있었다.

임신 사진을 찍는 사람들을 이해하지 못하겠다. 거기에 어떤 아름다움이 있는가? 고대 그리스와 르네상스 이탈리아의 부조와 회화 어디에 임신한 여자가 있는가? 임신은 단지 우리가 동물에 지나지 않는다는 것, 스스로를 지혜인으로 불러왔던 인간의 오만이 사실은 모두 헛되다는 것을 말하고 있다. 나는 내 복부에 커가는 종양처럼 매달린 그 부분을 도저히 똑바로 바라볼 수가 없다. 커져 가는 배와 커져 가는 가슴은 임신이 아름다운 것이긴커녕 가장 적나라하게 인간의 짐승으로의 전락을 의미하고 있었다. 여자에겐 3차 성징까지 있다. 임신으로 완연히 커지고 있는 내 가슴은 그렇다고 말한다. 나는 이미 스물일곱 살을 지나고 있었다. 그러나 나의 사회적 나이는 아직도 미성년에 속하고 있었다. 방금 대학을 졸업했다. 학생과 기성적 사회의 중간에 있다. 나는 이 3차 성징에 어리둥절하고 있다. 모든 성징은 당사자의 준비를 기다려 주지 않는다. 그것은 관목 숲 뒤에 잠복해 있다가 예고도 없이 닥쳐드는 포식자처럼 시간이라는 어두움 속에 잠복해 있다가 마치 해일처럼 우리를 덮친다. 2차 성징 때도 그랬다. 그때도 나는 놀라움과 두려움 속에서 악몽에 시달렸다. 2차 성징을 맞은 암컷 강아지들은 애처롭다. 그것들이 뭘 알겠는가. 당혹스럽게 커져 가는 젖꼭지와 생식기는 이제 그 개체도 종을 위해 자기 생명의 일부를 바쳐야 한다는 것을 의미한다. 나는 나를 희생시키고 종을 위해 어떤 봉사를 할 준비가 아직 안 되어 있다. 나 자신을 좀 더 보살피고 싶다.

임신과 출산을 한 여자들의 카리스마는 결코 긍정적이고 적극적인 것일 수 없다. 그것은 이제 순수의 시대의 몰락에 의한 자포자기적 카리스마이다. 자기완성을 포기한 사람들에게 부끄러움이란 없다. 교양이나 지성은 이제 자식을 위한 물질적 탐욕으로 바뀌게 된다. 여기에는 체면이나 수줍음보다는 뻔뻔스럽고 악착같은 카리스마가 깃들게 된다. 나도 그 카리스마를 지니게 될 것이고 나의 개체로서의 마지막 전략은 이렇게 완성될 것이다. 이것이 나의 임신이었다. 나는 육아에도 불구하고 학업을 다시 시작하고 지성의 개선을 위한 노력을 다시 개시하게 된다. 그러나 임신의 통보를 받았을 당시에는 모든 것이 절망적으로 느껴졌다.

사건은 그 자체로는 중요하지 않다. 사건은 얼마든지 많을 수 있고 얼마든지 다양할 수 있다. 엄밀하게 말하자면 사건의 많고 적음도 없다. 사건은 내면에서 일어나기 때문이다. 사건은 외부에서 닥쳐오지 않는다. 큰 사건으로 보이는 것도 누구에게는 한 끼의 식사, 하룻밤의 잠일 수 있다. 작은 사건으로 보이는 것도 하나의 운명 혹은 여러 운명을 좌우할 만큼 큰 것일 수도 있다. 이것은 씨앗으로서의 사건을 말하는 것은 아니다. 세르비아에서의 한 발의 총성이나 혁명기의 한 포병 장교의 작은 승전에 대해 말하는 것이 아니다. 그것들은 이미 큰 사건이다. 거기에 장차 커다란 사건이 숨겨져 있다면 그것은 이미 큰 사건이다. 사건은 그러므로 운명과 관련된 것도 아니다. 운명도 사건과 마찬가지로 중요하지 않다.

중요한 것은 어떤 사건에 대해 내가 어떤 의미를 부여하는가에 달려 있게 된다. 프루스트는 '소설 속의 사건이 실제의 사건보다 오히려 더 실제적'이라고 말한다. '실제의 사건은 우리가 그

마지막 외출

것의 중요성을 알기에는 언제나 부분만을 드러내고 또한 너무도 느리게 진행되기 때문이다. 그는 심지어 '소설가의 최초의 창조성은 (허구를 실재로 만들기보다는) 실재를 제거한 데 있다'고 말한다. 모든 것은 이미지를 매개로 작동하기 때문이다. 결국 모든 것은 우리의 시지각에 달린 문제이다. 어떤 여자에게는 결혼과 출산이 삶의 너무도 자연스러운 과정이어서 사건조차 되지 못하는 경우가 있다. 이런 여자는 단지 축하를 받기에 바쁠 뿐이다. 모든 것이 자랑스럽다. 마치 한 끼의 멋진 식사를 준비한 것처럼. 혹은 적당한 가격에 적당한 아파트를 마련하는 것처럼. 이러한 것이 삶의 큰 사건일까? 그렇다면 출산도 큰 사건이겠다. 그렇지 않다면 이것은 삶의 자연스러운 한 과정에 지나지 않는다. 근검과 절약이 아파트를 예약하듯이 결혼과 가정은 출산을 예약한다.

그들 삶에 다른 어떤 것이 남아 있겠는가? 자신의 노동은 가사와 육아에 쏟아진다. 자기가 할 수 있는 것은 가용 가능한 범위에서 최선의 소비를 하며 아이를 남 못지않게 키워내는 것밖에 없다. 그들도 경제 활동을 한다. 가정 경제라는. 학교에서 혹은 사회에서 무능한 아가씨가 좋은 주부가 될 수 있는 이상으로 유능한 아가씨가 나쁜 주부가 될 수 있다. 무능한 아가씨는 일상의 한가로움과 경쟁의 진공 상태에서 나름의 적성이 여기에 있었다는 사실을 왕왕 발견하고는 유능한 주부로 도약한다. 유능했던 아가씨는 일상적인 삶에서 권태와 두려움만을 발견할 수도 있다. 그녀는 자신이 살림살이 가운데 지적 전락을 겪는다고 생각한다. 살림살이는 거기에 부여하는 당사자의 열의에 의해 결정된다. 여기에 천성적 역량이 필요하지는 않다.

내가 좋은 주부였을까? 그랬던 거 같다. 적어도 능력에 있어서는 그랬다. 신속하게 살림을 배워 나갔다. 나의 경쟁심과 욕심은 살림살이에서도 그 본분을 다했다. 남편도 나의 내조와 음식에 대해 만족했고 내게 지극한 관심과 사랑을 보여 주었다. 사랑의 유효기간은 상대편에 대한 호기심과 궁금증이 다 할 때까지이다. 사라지는 첫사랑의 연인에 대해 아가씨는 말한다. 당신을 좀 더 알아볼 기회를 놓쳤다고. 남편에게 나는 호기심과 신기함의 대상이었다. 자기에게는 한 번도 있어 본 적이 없었던 아카데미에서의 찬란한 성공이 하나의 광휘와 '왕궁의 불꽃'처럼 나를 둘러싸고 있었다. 나는 신비스러운 사람이었다. 그는 많은 모임에 나를 동반했다. 이 신기하고 빛나고 아름다운 동물은 진정한 의미의 homo sapiens였다.

시어머니가 자주 방문했다. 살림살이와 요리를 가르쳐 준다는 명목으로. 그녀는 이 방문에 대한 공물로써였는지 나에 대한 사랑 때문이었는지 최선을 다해 내게 호의를 베풀었다. 그녀는 자신의 생활양식을 내게도 전수하려 노력했다. 골프클럽 세트를 먼저 사 주고 다음으로 모피코트와 다이아몬드 목걸이들을 사 주었다. 백화점 가는 일이 일상이 되어 갔다. 식사는 언제나 백화점 라운지였다. 구두는 약간의 고통이었다. 평생 신어본 적 없었던 하이힐을 권했다. 시어머니의 이 사랑의 하이라이트는 출산 후에 있게 된다. 3캐럿의 다이아몬드 목걸이를 선물로 받는다. 그리고 곧이어 사파이어 반지를 받는다. 시어머니는 사파이어가 내게 어울릴 거라고 몇 번 말한 적이 있었다. 나는 보석에 대해 무심했는데 사파이어와는 곧 사랑에 빠진다. 그 냉담하고 근엄한 푸른색은 지적이고 권위적이었다.

물리적인 측면으로 말하자면 나름 아무런 문제 없이 아이를 낳았다. 통증도 심하지 않았다. 쉽게 낳았다. 새빨간 얼굴에 끊임없이 울어대는 아이를. 나는 가물가물하는 정신 가운데 힘겹게 바라봤다. 아이의 건강 상태만 간신히 물어봤다. '문제없다'는 얘기를 듣고는 다시 잠으로 빠져들어 갔다. 내게 어떤 사건이 벌어지고 있는지도 모른 채로. 내가 무슨 일을 저질렀는지도 모른 채로. 아주 편안하고 길고 아득한 잠으로 빠져들어 갔다. 눈앞에 어른거리는 빨간 인형을 가까스로 한 번 본 후.

꿈이 아무리 현실과 다르다 해도 그것은 어쨌건 현실의 파생물이다. 꿈이 실재는 아니라 해도 실재와 무엇인가를 공유한다. 비트겐슈타인이 말하는 그 '논리 형식'을. 말하는 비구름이 가능한가? 그것은 꿈에서조차 나올 수 없다. 구름이 말을 한다는 것은 세계에 존재하지 않은 논리 형식이다. 그러나 나는 암담한 짙은 회색빛 구름의 말을 들었다.

"네게 축복을 내렸노라. 너는 이제 너 자신을 키울 것이다."

이 말은 너무도 강하고 깊게 내 마음을 파고들어 와 평생 내고막에 메아리쳤다. 나의 거울, 나의 선생, 나의 희망, 나의 꿈, 나의 좌절, 나의 의미, 나의 탄생, 나의 죽음. 이것이 나의 아이였다. 무능하고 무기력하지만 편협함과 옹졸함과 자기 합리화에 있어서는 절대로 무기력하지 않게 자라날 아이. 나의 기력과 활기는 결여한 채로 태어났지만 나의 모든 결점은 그대로 가지고 자라날 아이. 무기력함과 생각 없음은 사업가 아버지에게서, 독선과 아집과 권력욕은 나로부터 가지고 나온 아이.

"너 닮은 아이를 낳아라."라는 말은 저주는 아니다. 그러나 자기를 닮은 그 아이가 자기의 악덕의 대칭인 어떤 미덕을 결여할 때 그것은 저주이다. 우리는 종종 자기 아이에게서 스스로를 발견한다. 어떤 성격이나 성향은 그 자체로는 나쁘지도 좋지도 않다. 그것은 빈 자루와 같아서 거기에 무엇인가가 담겨야 비로소 선다. 상태보다는 경향이 중요하다. 그 자체로 나쁜 천성은 없다. 그것들이 바람직하지 않은 방향으로 전개될 때 나쁘다. 저마다 각각의 미덕과 악덕의 가능성을 가지고 태어난다. 그러나 이것은 단지 형상일 뿐이다. 중요한 것은 거기에 질료로서 무엇이 담기는가이다. 온화하고 따스한 마음을 가지고 태어난 사람은

마지막 외출

왕왕 무기력하고 생각이 없다. 강렬하고 날카로운 마음을 가지고 태어난 사람은 왕왕 커다란 성취를 이룬다. 타고난 성향 이상으로 그것을 어떤 방향으로 전개시키는가가 더 중요하다. 나의 아이가 부정적 방향으로 성장할 때마다 나는 아이를 탓했다. 그러나 그것은 나의 문제였다. 자식에 대한 나의 사랑이 올바르지 않았을 뿐이다. 나는 그 자루에 무엇인가 바람직한 것을 채워야 했다. 그러나 여기에서 실패했다. 나는 스스로를 잘 성장시키지 못했듯이 나의 아이도 잘 성장시키지 못한다. 아들의 인품과 관련하여 많은 것들이 실패한 후에 나는 이것을 깨닫게 된다.

성공은 그렇지 않았더라면 드러났을 결함을 감추고, 실패는 덮여있을 수도 있었던 악덕을 그대로 드러낸다. 학교에서의 나의 성공은 동시에 내게 있는 어떤 악덕의 투사물이다. 영사기가 어둠 속에서 환한 그림을 쏟아 내듯이 나는 악덕으로부터 아카데미에서의 성공을 쏟아 내었다. 그 성공은 내게 있는 악덕을 감추고 있었다. 시험에 떨어져 본 적이 없었다. 운전 면허시험조차도 한 번에 해치웠다. 대학, 편입, 대학원(나중에 대학원에 들어간다), 논문 심사 어디에서고 실패는 없었다. 학교에서의 신임장을 갱신해 나가는 데 있어서 실패한 적이 없었다. 항상 높은 학점을 유지했고 항상 수석이었다. 그러한 성공이 나의 악덕을 덮어 주고 있었다. 강경하고 드세고 사나운 기질이 교정의 여지를 갖지 못했다. 내가 온유함과 이해심을 더불어 가졌더라면.

나는 진정한 독창성이나 심오한 통찰과는 거리가 멀었다. 아카데미에서의 계속된 신임장의 갱신이 오히려 내가 독창적일 필요성을 없앴다. 인문학의 궁극적인 성취는 독창성에 있다. 그러나 그것을 재는 잣대가 어디에 있는가? 인간이 발명한 어떤 경연 기준도 독창성이나 통찰을 측정하는 것은 없다. 나름의 창조적 역량과 응용력을 측정한다고 해도 그것은 단지 피상적인 것일 뿐이다. 적당한 지능과 열성이 결합하기만 하면 충분히 해결할 수 있는. 그 수많은 수재는 다 어디로 갔는가? 피상적인 총명성의 왕자들은 다 어디로 갔는가? 그 수석 중 누가 독창적인가? 얼마나 가소로운 일인가? 진정한 창조적 역량 앞에서 시험에서의 수석은 초라한 성취에 지나지 않는다. 그것은 주어진 범주 내에서의 총명성이다. 그러나 진정한 총명성은 범주 자체를 새롭게 만든다. 공부의 왕자님들은 현대의 새로운 신이다. 여기저기 발에 차일 정도로 널려있는 사이비 신들. 당사자의 한심하고 역겨운 자부심만을 충족시켜 주고, 당사자의 분수를 망각하게 만들고, 자신이 우월하다는 환각을 심어 줄 뿐인 이 총명성. 회고적이고 공격적인 논리만을 강화시켜주는 가짜 예언자들. 그러나 가소로운 논리와 진정한 창조성의 차이는 인간과 신의 차이만큼이나 크다. 가소로운 논리가 신을 위장하지만. 평범한 천사들로 하여금 신에 대항하게 하는 자만심을 키워주는 그 피상적 총

마지막 외출

명성. 내가 가진 것은 이러한 종류의 피상적 총명성이었다. 그리고 이것은 나의 악덕과 얽혀 있었다. 그러나 아들에게는 이러한 총명성조차도 없었다. 거기에 더해 정신적 자발성이나 독립심도 없었다. 그러나 이 아이는 장차 큰 사업을 물려받을 예정이었다. 그렇게까지 똑똑할 필요가 없었다. 자수성가의 필요가 없었다. 사업에 그렇게 뛰어난 총명성은 필요 없다. 있다고 해도 진정한 총명성까지는 아니다. 적당한 총명성이면 충분하다.

내가 어머니의 편협과 이기심에 고통받은 이상으로 모친은 나의 표독함에 힘들어했다. 그러나 그 표독함은 나의 성취 덕분에 덮여 있었다. 그 표독함은 단지 자존심과 경쟁심에서 연역된 것일 뿐 진정한 가치를 위한 결의와 의지력과 관련된 것은 아니었다. 나는 스스로에게 잠길 수 없는 사람이었으므로. 나는 나중에 나의 아들을 통해 무능한 표독함이 인간을 얼마나 편협하고 졸렬하게 만드는가를 경험으로 겪게 된다. 이 악덕은 놀랍게도 어머니와 나와 아들을 통해 생생하게 살아 있었다. 탄탈로스의 저주가 아가멤논에게까지 이르듯 그것은 아마도 최초의 우주의 생성 때 이미 우리 조상에게 심어진 채로 우리에게 이른 것이리라.

나는 내 아이의 성장을 위해 좋은 엄마는 아니었다. 아이에게서 발견되는 악덕에 대해 냉혹하거나 지혜롭지 못했다. 아이가 학교에서 소외되는 일이 종종 발생했다. 그때마다 나는 원인을 아이에서 찾기보다는 주위의 부당함에서 찾기에 바빴다. 하늘이 무너지고 땅이 흔들리는 공포와 진지함을 가진 채로. 이것이 가장 큰 문제였다. 나는 객관적으로 냉정하게 아이를 평가할 수 없었다. 아이의 성향이 내게서 나왔다는 사실을 부정하고 있었다. 급우들 사이에서 내가 때때로 겪었던 소외를 그들의 질투와 멍청함으로 돌리고 지내왔던 거와 마찬가지로 아들이 학교에서 겪는 소외를 다른 아이들의 탓으로만 돌렸다. 사실은 무의식적으로 알고 있었다. 아이의 악덕의 기원이 나라는 사실을. 그러나 그것을 아이에게 내재한 문제로 볼 수는 없었다. 그것의 문제를 파악하고 그것을 개선하기 위한 어떤 가혹하고 냉정한 노력을 할 수가 없었다. 그것은 나 자신이었으므로. 나를 부정할 수는 없었다. 모든 엄마가 아이를 자기 자신을 사랑하듯 사랑한다. 마치 신에 귀의하듯 자식에게 귀의한다. 그러나 이것은 진정한 귀의도 진정한 사랑도 아니다. 진정한 신앙은 자기를 버림에서 시작된다. 그것은 내관과 반성이다. 내게 이것은 없었다. 자식의 무능과 게으름에 대해서는 연민의 마음으로 바라봤고 표독함과 편협함에 대해서는 눈을 감았다. 모두가 스스로를 불쌍히 여기지 않는가?

내 자식은 나의 유전 인자의 반을 가지고 있다. 그는 내가 바닷속에 잠기는 어망처럼 한없이 심연으로 향할 때 완전히 가라

앉는 것을 막아주는 희망의 부표이고, 내가 죽어 먼지가 되었을 때 나에 대한 기억의 메아리가 되어 내가 망각의 늪에 빠지는 것을 막아 줄 것이다. 내가 나의 공간적 완성에서 좌절할 때 시간적 연장으로 그 좌절의 고통을 막아줄 것이다. 그는 다른 나로서 존재할 것이고 그렇게 나의 존재는 먼지로의 희석 가운데서도 살아남을 것이다. 나의 아들은 이토록 소중했다. 이러한 존재에는 지혜보다는 본능이 먼저 작동한다. 이 존재에 내가 어떻게 대응해야 하는가? 최선의 사랑으로 대해야 했을 것이다. 아이에게 이해심과 따스한 마음을 심어줌에 의해. 그러나 나는 최악의 사랑을 택한다. 결점에 대해 눈을 감고 약함에 대해서는 과보호로 대처하며. 아들이 내게 그리도 소중한 존재였으므로.

아이를 제대로 키우기 위해서 중요한 것은 스스로에 대한 부정이었다. 편협함과 독선과 자부심으로 무장한 나 자신을 두려움 없이 바라보고 나 자신을 무너뜨리고 진공에서 무엇인가를 새롭게 해 나갈 결의 없이 아름다운 아이를 만들 수 없다. 더구나 그 아이가 사회적 성공을 해 나간다면 그 기회는 더욱 없다. 말한 바대로 성공은 그렇지 않았더라면 드러날 악덕을 덮기 때문이다. 실패는 오히려 성공의 가능성을 제시한다. 이것은 이번에는 아이의 전환을 위한 계기가 된다. 진실을 이불로 덮고서는 좋은 삶이란 없나. 이불에 덮인 진실은 결국 질식사한다. 나는 실패를 용인할 수가 없었다. 그것을 위한 가장 간편한 방법은 거기에서 눈을 돌리는 것이다. 그것이 사회적 성공이든 실패든. 아들은 나중에 학교에서 비교적 우수한 성적을 거둔다. 엄청난 돈이 아들의 교육에 쏟아진다. 모든 과목의 과외 선생들이 집을 드나들게 된다. 아들의 이러한 억지스러운 성공이 그의 악덕이 드러나는 것을 막는다. 나의 경우와 마찬가지로. 그의 아둔함에도 불구하고 학교에서는 조촐하게 성공을 거둔다.

내 아이는 내게 기쁨으로 먼저 다가오지는 않았다. 나는 내가 한 일의 의미를 몰랐다. 결혼과 출산 모두를 명확한 의식 없이 하고 있었다. 나 자신이 어떤 사람이고 내가 삶에서 무엇을 원하고 있는지도 전혀 모른 채로. 내가 엄마가 되었고 이제 지표면에 완전히 묶이게 되었다는 사실은 퇴원하여 아이와 함께 있게 되었을 때 불현듯 깨닫게 되었다. 누군가가 나를 엄마라고 부를 것이다. 그리고 나는 앞으로 수십 년간 의무에 묶일 것이다. 아마도 가장 지기 어려운 책임을 지게 될 것이다. 지성과 예술이라는 가장 천상적인 것으로부터 새끼를 보호하고 키워야 하는 암컷 늑대의 '모성적 사나움'이라는 가장 지상적인 것으로의 전락이었다. 그렇다. 아이를 내려다보며 그 칭얼거림을 듣는 그 순간 내가 먼저 느낀 것은 이 처참한 전락이었다. 아이에 대한 나의 사랑은 키워 나가며 생겨나게 된다. 아들에 대한 내 사랑도 누구 못지않게 강렬할 예정이었다. 그러나 처음 느낀 감정은 처참함이었다. 자유롭게 날던 솔개가 이제 매사냥꾼에게 묶인 노예가 됐다.

남편과 시부모는 신혼생활이 시작되자 파출부를 채용했다. 불가피했다. 나는 심지어 밥하는 방법도 모를 정도로 살림살이에 무능했기 때문이었다. 나는 손에 물조차 묻힐 필요가 없는 결혼생활이었다. 결혼하고 가장 먼저 한 일은 운전면허증을 취득하는 것이었고 내 차를 사는 것이었다. 모든 것은 준비되어 있었다. 가장 비싼 구역의 가장 비싼 아파트, 가장 값비싼 옷과 큰 금액의 상품권 등. 지나칠 정도로 호사스러운 신혼이었다. 이것들이 내게 어떤 의미였을까? 나는 그 속에서 행복하지 않았다. 나는 부를 경멸하지 않았다. 적당한 부는 있어야 했다. 모친을 불안 속에 떨지 않게 하려면 돈을 벌어야 했고 과외는 나의 기력을 탈진시켰었다. 나는 경제적 불안의 의미가 무엇인지 알고 있었다. 그것은 나 자신의 탕진을 의미했다. 그러나 필요한 부의 충족 후에는 정신적 고양이 있어야 했다. 한없는 부, 부를 위한 부는 내가 바라는 것이 아니었다.

시어머니는 계속해서 나를 위해 이것저것을 사 주셨다. 새로운 모피코트, 새롭고 다양한 보석 등. 아아, 이것은 어떤 것이었을까? 나는 부담스러웠다. 무한히 감사했지만 주는 행복보다 받는 행복이 적다는 사실이 항상 미안했다. 그리고 나는 장신구를 좋아하지 않았다. 그것들을 기쁘게 착용한 적이 없었다. 부부 동반 모임에서만 겨우 착용했다. 그들은 모두 그랬기에. 나는 단지 부르주아일 뿐인 사람의 연인이 될 수 없었다. 내 기질은 거기에 맞지 않았다. 내게는 지성에 대한 강렬하고 끊임없는 요구가 있었다. 이것은 허영만은 아니었다. 다른 사람을 이기고 말겠다는 오만 속에서 가끔 빛을 잃을지라도 내가 앎에서 얻는 기쁨은 이 세상의 어떤 가시적 재화로도 대체할 수 없는 것이었다. 그것은 때때로 내 가슴을 너무도 강렬하게 때려서 숨조차 쉴 수 없는 충격적 기쁨 속으로 나를 밀어 넣곤 했었다. 나는 탐구할 수 있는 노숙자의 삶을 택했을 것이다. 탐구할 수 없는 부르주아 여인네의 삶보다는.

그랬던 내가 차츰 물질적 풍요가 주는 안락한 삶 속으로 잠수하고 있었다. 물론 익사하고 있다는 사실을 때때로 의식하곤 했다. 나는 공부할 수 없었을까? 할 수 없었다. 상황 때문이 아니라 나의 내면에 자리 잡은 자발성과 결의의 부족 때문에. 나는 다른 사람의 멍청함에는 구토증을 느끼지만 나 자신을 개선시키겠다는 결의를 다지지도 못하는, 또 그것을 실행할 용기와 의지력도 없는 '좀 더 잘난' 부르주아 여인이 되어 가고 있었다. 부와 화려함으로 경쟁의 무대가 옮겨지고 있었다. 나는 선배가 제시한 세계를 동경했었다. 거기에서 나는 전율 같은 기쁨을 누렸다. 그러나 나는 그 세계를 잊어 가고 있었다. 나 역시 내가 새롭게 편입된 세계 속에서 그들과 비슷해져 가고 있었다. 내게는

마지막 외출

내가 속한 세계를 의식하는 속물적 근성이 있었다. 기저보다는 옆을 바라보는 나의 속물근성은 내게는 숙명적 바위와 같이 무거운 것이었다. 그것은 시시포스의 그 바위였다.

이것은 도대체 무엇일까? 다른 사람의 어리석음에 대해서는 개탄하면서 스스로는 자기 개선을 위한 어떤 본격적인 노력 없이 사는 삶은. 나의 삶이 충실하다면 옆의 사람을 바라볼 필요도 없다. 스스로에게 잠길 뿐이다. 나는 모두로부터 떨어져서 어딘가 꿈속에 있었을 것이다. 타인의 어리석음에 대한 개탄은 태만과 오만의 이상한 결합이었다. 진정으로 가치 있는 사람은 남을 비웃을 여지가 없다. 그는 자기 개선으로 바쁘기 때문에 다른 사람에 무심하다. 그리고 이것은 타인에 대한 무신경한 관용을 부른다. 이것은 물론 진정한 관용은 아니다. 진정한 관용은 자신에게 커다란 관심사를 불러오는 사람의 약함에 대한 눈감음이기 때문이다. 그러나 어쨌건 스스로에 잠긴 사람은 상대적으로 타인에게 무심하다. 천재들이 이룩해 놓은 업적에 관한 진정한 탐구와 주변의 우수마발들에 대한 관심은 양립하지 않는다.

나는 내가 잠겨 있는 속물적이고 어리석은 세계를 참아내는 것이 힘들었다. 새미있는 노릇이다. 나 자신 속물이면서 속물적 세계를 못 참아 하다니. 부부 동반 모임은 작은 지옥이었다. 나는 그들이 어리석은 소리를 지껄일 때마다 역겨움이 치밀었다. 거기다 머리까지 나빴다. 아이들에게 사준 자전거에 대한 얘기가 나왔다. 전단 3단, 후단 4단의 자전거란다. 내가 혼잣말처럼 말했다. '무려 12단의 자전거네요. 힘과 속도의 배분이 세밀하겠네요.' 좌중에선 탄성이 일었다. 누군가가 말했다. 'E 사장 참 좋겠어. 부인이 저리 똑똑하니.' 멍청이들의 모임에선 이 정도가 탄성 거리이다. 모임이 끝나고 집에 오면 남편과 나는 대조적인 심리 상태에 있게 되었다. 그는 고무되어 있었고 나는 구토증 가운데 의기소침하고 있었다. 하이힐을 벗고, 액세서리를 떼어내고, 화장을 지우고, 블라우스와 스커트를 평상복으로 갈아입으며 나는 크게 한숨지었다. 청바지와 운동화의 시절을 그리워하며. 그들은 모두 사회적 유능성을 가진 사람들이었다. 더할 나위 없는 성공을 거두고 있는. 사회적 성공을 위해서는 지성에의 적당한 멍청함이 필요한 듯하다.

최고의 어리석음은 거기에 거드름까지 더해졌을 때 생겨난다. 나 역시 자못 거드름을 피우는 사람이었다. 아마도 내가 견디기 어려웠던 것은 내 거드름이 그들의 거드름을 참아내기 힘들어했기 때문이었다. 인간은 신의 거드름을 거룩함으로 본다. 그러나 옆 사람의 거드름을 참지는 못한다. 내가 그들의 거드름을 참지 못했던 것은 나 역시 그들과 같은 종류의 사람이었기 때문이었다. 물론 차이가 없지는 않았다. 나는 거드름의 근거에 있어 그

　　　　　　　　마지막 외출

들과는 달랐다. 그들의 거드름의 근거는 남자라는 사실과 남자로서의 경쟁력에 근거한 것이었다. 나의 거드름은 성별을 초월하고 있다는 사실과 지성에 부여하는 의미에 근거하고 있었다. 나는 적어도 지성에 최고의 가치를 부여하고 있다는 사실에 있어 그들과 달랐다. 나는 사회적 성공과 지성 중 어느 것도 다른 것보다 더 우월하지는 않다는 사실을 모르고 있었다. 나 역시 편협했다. 지성의 세계에 있어서의 성공만이 최고의 가치를 가진 것으로 간주했다. 예술대학 학생의 관심은 성공한 작가와 연주자에게 쏟아진다. 그들은 부를 흠모하고 거기에 젖어 살기 바라지만 주된 관심은 성공한 예술가에게 쏟아진다. 사회적 성공을 중요하게 보는 사람들은 지성 따위를 비웃는다. 돈과 지위만이 중요하기 때문이다. 그들은 지성 따위가 존재하는지조차 몰랐다. 거기에서 즐거움을 얻는 사람들을 모두 위선자라고 일컬으며. 추구하는 가치가 다름에 따라 성공의 영역도 흠모의 영역도 달라진다.

고등학교 1학년 때까지 피아노를 치다가 거기에 싫증을 내고 일반계열에 진학한 동료의 얘기를 들은 적 있다. 대학에서 다시 만난 그의 피아노 레슨 선생이 그를 보고 안타깝다는 듯이 말했다.

"아깝다. 계속 피아노를 했으면 너도 여기 들어왔지 않겠니?"

나의 동료는 웃으며 그 말을 했다. '사람은 그 정도밖에 안 된다'고. 누군가 일반계열에서 공부하다 음대에 갔어도 마찬가지였을 것이다.

"아깝다. 계속 공부 쪽으로 했다면 여기에 들어오지 않았겠니?"

관심사가 갈리는 것은 큰 문제는 아니다. 문제는 서로 경멸한다는 사실에 있다. 한쪽은 다른 쪽을 무능하다고 말하고 다른 쪽은 그쪽에 대고 상스럽다고 말한다. 잘나고 못나고의 기준은 없다. 어디에고 가치를 결정지을 기준도 없다. '모든 명제는 등가'이며 가치는 단지 주관적이고 상대적일 뿐이다. 플라톤의 이데아와 같은 절대적인 것은 없다.

남편은 결혼을 망설이는 내게 한 가지 약속과 더불어 구혼했다. 4년쯤 후에는 공부를 계속할 수 있게 해 준다고. 도대체 이런 약속이 무슨 소용이 있는가? 어쩌면 나의 결혼 생활은 공부를 하기에는 이미 더없이 좋은 조건이었다. 아이 돌보는 일과 집안일은 파출부가 도와줬다. 시간과 기운은 충분했다. 결혼 생활은 지친 내게 충분한 휴식을 주고 있었으니까. 공부는 내 마음속에 있는 것이었지 상황에 있는 것이 아니었다. 내겐 자발성이 부족했다. 스스로 자신만을 길잡이 삼을 줄을 몰랐다. 나는 공부하기 위해서는 제도에 속해야 했다. 그것 또한 나의 한계였다. 공부조차도 옆을 바라봐야 할 수 있었다.

마지막 외출

아이에 대해 나는 원죄를 지고 있다. 나의 아이는 나로부터는 환영받지 못했다. 모두가 기뻐했다. 심지어 시어머니는 시아버지조차 내팽개쳐 놓고 우리 집에 와 계셨다. 단지 손주 보는 행복만으로. 내게 몹시도 고마워했다. 그러나 내게는 어떤 기쁨도 없었다. 나는 내가 벌여놓은 일에 뒤늦게 놀래며 공포스러워 하고 있었다. 나는 가출했다. 이때 나는 제정신이 아니었다. 아이가 칭얼대기 시작하자 내가 무엇을 했는가를 알게 되었다. 끔찍했다. 나는 이제 겨우 스물여덟이다. 아직은 창공을 활강해야 할 나이이다. 앨버트로스처럼 바다의 폭풍우를 넘나들어야 할 나이이다. 그러나 내게는 어떤 자유도 없을 것이었다. 나는 나 자신의 삶도 책임질 수 없는 사람이었다. 내 삶도 영위할 가치가 있는지 없는지조차 알지 못하는 사람이었다. 사는 게 죽는 것보다 나은지 못한지조차도 모르고 있는 사람이었다. 그런 사람이 생명을 만들었다!

나는 어디론가 가고 있었다. 나는 냉정한 편이었다. 내가 나자신을 통제할 수 없다는 사실은 있을 수 없었다. 나의 의지는 내가 무의식적으로 무엇을 한다는 것을 용납하지 않았다. 그러나 나는 모든 사람이 축복이라고 부르는 사건에 대해 나 자신을 통제할 수 없을 정도의 충격과 절망을 느끼고 있었다. 아이에 대한 사랑이 없었을까? 그것은 아니었다. 절대로 아니었다. 칭얼거리는 아이를 내려다본 순간 나는 내게 무엇이 숨겨져 있었는지 나의 지성이 본능에 비해 얼마나 취약한 것인지를 즉시로 알 수 있었다. 어떻게 그렇게 작고 어떻게 그렇게 사랑스럽게 꼬물거릴 수 있는가. 그것은 사랑이었다. 본능과 맺어진 사랑이고 동물적인 사랑이었다. 옥시토신이 그 지배력을 한껏 확장했을 때의 그 사랑이었다. 이제 본능적 사랑이 나의 주인이 될 것이었다. 이것을 이길 것은 어디에도 없을 것이었다. 나의 모든 과거와 거기에 심어진 나라는 소우주는 지워질 것이었다. 아이를 위한 헌신 가운데. 그럼에도 집을 나섰다. 지나치는 사람들이 흐릿하고 흐트러진 색의 반점들 같았다. 어디론가 한없이 걸어야 할 것 같았다. 경찰을 지나치며 흠칫했다. 죄를 저지른 사람처럼.

　나는 어디론가 정처 없이 걷고 있었다. 따가운 햇볕이 차가운 바람으로 바뀌고 있었다. 다리 위로 불어오는 한강의 바람은 나를 강으로 날려 버릴 듯했다. 날리는 것도 괜찮다고 생각했다. 난간을 짚고 아래를 내려다보았다. 검은 물속의 여러 생명도 나와 같은 운명을 겪을 것이다. 그것들은 기꺼이 운명에 복종할 것이다. 나와 같은 두려움과 충격을 느끼지는 않을 것이다. 그것들은 자연의 일부이다. 자기의 존재의의에 대한 해명이나, 우주와 삶의 본래적인 의의에 대한 해명이나, 거기에 대해 내가 품고 있는 열망 등은 없겠다. 그것들은 기쁘게 삶을 맞이하고 생존하기 위해 애쓰고 자신들을 닮은 것들을 기꺼이 낳고 그렇게 소멸할

마지막 외출

것이다.

누군가가 다가왔다. 2미터쯤 떨어진 곳에 서서 나를 조심스럽게 주시하다가는 좀 더 다가왔다. 견장과 계급장과 이름표와 그 위에 붙은 독수리 날개 등으로 복잡하게 장식된 군복. 휴가 중에 그가 만난 아가씨는 그것들에 반했을까? 그것이 멋지게 보였을까? 그와 입 맞춘 아가씨는 사실은 군복에 입 맞춘 사실을 알았을까? 멋쩍은 듯이 그러나 살피는 듯한 날카로운 눈을 한 젊은이. 그는 한 걸음 더 다가왔다. 거칠게 솟은 광대뼈가 자세히 보이고 바삭거리는 옷 소리가 바람 소리를 뚫고 들려왔다.

"다리를 건너는 중인가요?"

이 헌병은 아마 교육을 받았겠다. 이 다리를 걸어서 건너는 사람을 주시하라고. 그는 평탄한 군 생활을 해 왔을 것이다. 이 높은 곳에서 누가 그 검은 물로 투신하겠는가? 그 헌병은 내가 수상했나 보다. 아마 계속 주시했을 것이다. 누군가가 다가오는 기척조차 느끼지 못했으니, 그는 아마 거리를 가깝게 유지하며 나를 쫓아왔을 수도 있겠다. 나는 그를 멍하니 바라봤다. 무엇을 묻고 있는 것인가? 나는 단지 강물을 내려다보고 있을 뿐이다. 내가 왜 다리를 걸어서 건너겠는가? 나는 걷기 위해 걸었을 뿐이다. 가던 길을 계속 갔을 뿐이다.

절망하지 않는 한 길 위의 삶은 없다. 분명은 정착이지 길은 아니다. 길 위의 사람들의 절망과 초연함과 자기 포기에 관한 많은 로맨티시즘이 있다. 당연히 그렇다. 반문명이 로맨티시즘이니까. 그것은 태초 이래 존재해 왔다. 패배자들, 절망한 사람들에 대한 묘사를 하며. 나는 길이 끝나지 않기를 바랐다. 길이 영원히 이어져야 한다. 가로등의 어두움과 밝음이 리듬처럼 교차하는 이 길을 영원히 걸어야 한다. 돌아가면 안 된다. 거기에는 문명이라는 심연이 자리 잡고 있다. 나의 슬픔, 나의 현재, 나의 미래를 온통 잡고 흔들 모든 것이. 길 위에 살아야 한다. 나 자신이 나의 주인이어야 한다. 문명이 나를 쥐고 흔들게 해서는 안 된다.

그 헌병이 제지했다. 그는 파이버를 위로 올리고 내 팔목을 잡으며 난간 위로 올라서는 나를 단호하고 완강하게 붙잡았다.

"올라서는 것은 금지되어 있습니다!"

나는 저항 없이 돌아섰고 눈에 띄는 첫 번째 커피숍으로 들어갔다. 아른거렸다. 탁자도 의자도 메뉴도 테이블 위의 촛불도. 무엇을 해야 할지 몰랐다.

"더 오실 분이 있나요?"

이 사람은 무엇을 묻고 있는가? 동행하는 사람이 있냐고? 물론 있다. 내 전체를 물들이고 나의 주인이 될 아이가 있다. 그 외에 다른 동반자는 없다. 누가 나와 동행하겠는가? 이미 나는 또 다른 나 자신에 의해 죽을 때까지 동행할 터인데.

마지막 외출

나의 아이는 이렇게 주어졌다.

남편

남편은 전형적인 부잣집 도련님은 아니었다. 그는 허허실실한 사람이었다. 태평하고 사람 좋아 보이는 태도와 표정의 이면에는 약육강식을 이겨내고 살아 온 동물들 특유의 사납고 매서운 이빨과 발톱이 숨겨져 있었다. 그는 언제라도 친절하고 관용적일 수 있다. 단 돈이 걸리지 않았을 때만. 돈의 문제가 걸리게 되면 그는 언제라도 가장 잔인한 파괴자가 될 수 있었다. 이것이 사업가의 특화된 기질이다. 그는 자기 부에 만족하지 못했다. 자기보다 우월한 사람들이 너무 많은 것이다. 그것이 그에게 투지를 불태우게 했다. 그에게는 '좋은 삶'에 대한 절대적 기준이 있었다. 기준이 있다는 점에서 그는 소크라테스와 같다. 그러나 그 기준이 부라는 점에서 그 고대 철학자와 달랐다. 그

마지막 외출

철학자는 밑도 끝도 없는 '지혜'를 들먹이니까. 남편으로서는 소크라테스보다 내 남편이 더 나았다.

이 점이 남편과 선배의 차이였다. 선배는 전형적인 부잣집 도련님이었다. 부에 대해 무심하고, 그것을 당연한 것으로 여기고, 돈에 대해 초연하다는 점에서. 돈에 의해 누리게 되는 편안함과 호사에 대해 무심하다는 점에서. 돈에 대해 선명하고 의식적인 개념을 지니지 못했다는 점에서. 그는 심지어 자신의 월급이 정확히 얼마인지도 모르는 사람이었고 자기 차의 가격이 얼마인지도 모르는 사람이었다. 그러나 그는 경제적 안락을 삶의 주된 요소로 삼은 적이 없었다. 책을 쓸 수 있는 소박한 재정 상황이면 충분히 만족할 사람이었다. 그는 유학 시절에 하루 한 끼만 먹은 날도 많았다고 했다. 고전 음악 테이프와 책을 사는 데 너무 많은 돈이 들어가서. 그 한 끼도 바게트와 우유거나 감자와 요구르트였다. 이 점과 관련해 그의 삶은 비장하기까지 하다. '몇 권의 책을 쓸 예정이고 그다음 삶은 아무렇게나 되어도 좋다'는 그의 결의는. 그의 윤리학에서는 객관적이고 선험적인 기준이 없다는 점에서도 남편과 달랐다. 선배는 인간을 초월하는 모든 선험적인 기준을 부정했듯이 '좋은 삶'에 대한 기준도 부정했다. 그는 좋은 삶은 개인의 문제라 했다. 그리고 그 기준은 개인적 행복이라고 말하곤 했다. 그는 프란스 할스의 '즐거운 술꾼'을 가리키며 말했다. '그는 바로크 시대에 이미 윤리학의 출발점을 안 사람이었다'고. '그 그림이야말로 행복의 그림'이라고. 그는 '고요한 평온 속에 사는 노숙자가 초조 속에 사는 갑부보다 더 좋은 삶을 살고 있다'고 말하곤 했다. 남편에게는 좋은 삶에 대한 기준이 분명히 있었다. 자신을 바라보는 주변 사람들의 선망이 그의 좋은 삶의 기준이었다. 그리고 돈과 사회적 명예가 그의 좋은 삶의 토대였다. 좋은 삶의 기준이 있다는 점에서 그는 고대 그리스의 위대한 철학자들과 닮았다. 물론 그 그리스인들에게는 그 기준이 '지혜'였지만.

선배의 기질 중에 놀라운 점은 그에게는 또한 경쟁심도 없다는 점이었다. 이것은 외연적으로는 돈과 관련해서 그랬다. 누구의 어떤 종류의 풍요도 부러워하지 않았다. 그 이상이었다. 아예 의식을 안 했다. 사고를 낸 이후 그의 대장님은 그에게서 운전면허증을 압수했다. 그는 걸어 다녔다. 행복해했다. '걸어 다니니 운전할 땐 보이지 않던 풍광도 보이고 감춰져 있던 상점들도 눈에 들어온다'고. 바야흐로 한국에 승용차의 시대가 도래하고 있었다. 독일 차들도 수입되기 시작했다. 그는 눈길도 안 줬다. 피곤하거나 급할 때는 택시를 타기도 하고 대장님의 기사 딸린 차를 빌려 쓰기도 했다. 만족스러워했다. 어떤 때에는 지갑 속에 돈이 한 푼도 없을 때가 있었다. 그는 가끔 당황했다. 현금이 필요할 때도 있다. 그럴 때는 내가 돈을 치렀다. 그는 미안해하며 그 돈을 갚았다.

마지막 외출

학문적 성취에 대해서도 경쟁심이 없었다. 누군가가 어떤 책인가를 출간해서 센세이셔널한 성공을 거두었다 해도 관심도 안 뒀다. 누군가가 일독을 권하면 자기는 '독서를 싫어한다'고 말했다. 그러고 보면 그의 연구실에 있는 책은 십수 권에 지나지 않았다. 파이돈, 사물의 본질에 관하여, 오거스틴의 고백론, 오컴의 논리 총서와 교리 문답집, 몽테뉴의 수상록, 흄의 인간 오성의 에세이, 순수이성비판, 니체의 책 두어 권, 창조적 진화, 논리철학논고, 여섯 권의 잃어버린 시간을 찾아서를 비롯한 소설 몇 권, 몇 권의 화집 등. 소박하고 공허한 서가였다. 그는 말하곤 했다. '고전을 읽으면 다 읽은 것이고 고전을 안 읽었으면 아무것도 안 읽은 거'라고. 그러고 보면 그의 서가에는 자신의 저술도 없었다. 그는 자기 자신과의 경쟁에 몰두하고 있었다. 그역시 오랜 시간을 외부에서 주어지는 통찰을 구하는 데 들였다. 그것이 그의 유학이었다. 그러나 진정으로 심오한 통찰은 거기에서 얻어질 수 없었다. 그의 학문이 궁극적인 곳까지 갔을 때 대학과 교수는 그에게 무용지물이었다. 그는 시선을 내부로 돌릴 수밖에 없었다. 지독한 고행과 조울증은 그때 생겨났다. 그의 독특성은 정신을 가장 밀도 높은 곳까지 끌어올릴 수 있는 데에 있었다. 그는 수시로 자기만의 세계로 후퇴해 들어갔다. 그리고 그 심연에서 놀라운 통찰을 얻어 내곤 했다. 그 대가가 그의 우울증이었다. 그 통찰의 결과 중 하나가 누구도 해낼 수 없

었던 비트겐슈타인의 '논리철학논고 해제'이다. 이것은 불후의
작업이었다.

'논고 해제'에서 그는 사물과 사실에 대해 놀라운 해명을 한
다. 그것은 정말이지 가장 깊은 심연에서 걷어 올린 것이었다.
그는 심지어 설명의 끝부분에서 재기발랄하고 간결하고 쉬운 예
증을 들기까지 한다. 그는 먼저 사물은 이를테면 언어의 기호
(sign)이고, 사실은 언어의 표상양식(mode of signification), 즉
문장(sentence)이라고 정의한다. 그러고는 프레게를 인용한다.
'단어는 문장의 맥락 하에서 이해되어야 한다(A word must be
understood in the context of a sentence)'는. 프레게가 의미하
는 것은 문장이 단어에 앞선다는 의미라고 말한 후 그는 단어
가 곧 사물을 말하는 것이고, 문장이 곧 사실을 가리키는 것이
라고 말한다. 그의 예증은 다음과 같다. 그는 하나의 기호로서
우리말의 '배'를 예시한다. 그러고는 모든 기호가 그렇듯 이 배라
는 기호는 문장을 입기 전에는 무의미하다고 말한다. 우리는 그
것이 ship인지 pear인지 belly인지 double인지 모른다. 그런데
예를 들어 '배가 아프다.'라는 문장이 제시되었다고 하자. 우리는
그 경우에야 비로소 기호로서의 '배'에 의미를 부여할 수 있다.
이때의 배는 belly인 것이다. 즉, 문장 곧 사실이 기호로서의 사
물에 앞선다. 이것이 비트겐슈타인이 '세계는 사물의 총체가 아
니라 사실의 총체이다'라고 말할 때 의미하는 바라고 설명한다.

마지막 외출

그는 한 걸음 더 나아간다. 우리의 단어들이 의미를 얻는 것은 모두 이 과정을 거쳐서라고. 따라서 모든 기호는 본래 어떤 의미를 입고 태어난 것이 아니라 문장 곧 사실에 의해 의미를 부여받은 것이라고. 이것이 또한 '실존이 본질에 앞선다.'의 인식론적 의미라고. 결국 우리는 자의적으로 만들어진 세계에 살고 있다고. 그는 비트겐슈타인의 이 언명이 뜻하는 바를 명확히 확정 짓고 설명에서 예증을 거쳐 그 함의까지도 단숨에 설명한다. 이렇게 매혹적인 해제가 또 있을 수 있을까? 그의 발걸음은 너무도 가벼워서 어떠한 중력도 그에게는 힘을 미치지 못하는 것처럼 보인다.

그의 세계는 지상에 있지 않았다. 그는 예술에 대한 철학적 해명이라는 먼 세계에 잠겨 있는 사람이었다. 그의 학창 시절의 지도교수는 그에게 포닥 이후의 목표에 대해 물었다. 그는 물론 형이상학적으로 해명되는 예술사에 대해 말했다. 교수가 다시 물었다. '어느 시대 어느 양식을 전공할 예정이냐'고. 그는 '모든 양식'이라고 말했다. '구석기 동굴벽화에서 현대의 포스트모더니즘까지 모두 하겠다'고. 지도교수는 한편으로 비웃고 한편으로 걱정했다. '너는 신이 아니다. 한 양식의 탐구에도 평생이 필요하다. 너는 불가능한 목표 가운데 좌절할 것이다. 하나의 양식에만 집중하라. 이미 매너리즘 연구로 학위를 받지 않았느냐. 거기에서 멈춰라.' 그러나 그는 애초에 스스로에게 약속했던 바를 실행해 나간다. 그에게 필요한 재정은 이것을 위한 것이 다였다. 예술사 완간 때까지 스스로를 지탱해 줄 돈.

만약 다른 사람들처럼 회사원이나 사업가였다면 그는 도태되었을 것이다. 선배는 지금 어떻다 해도 사업을 할 사람은 못 된다. 공장은 사실은 상무가 운영하고 있다. 선배는 거기에서 예술사 완간에 필요한 만큼의 돈을 벌면 퇴사할 것이다. 그는 웃으며 말했었다. '회사 업무에 관한 이해는 위상 수학에 대한 이해보다 훨씬 어렵다'고. '사람마다 적성이 따로 있다'고. 그러나 내 생각은 달랐다. 그의 집은 대대로 사업을 해 왔다. 하고자 했다면 그 역시 잘했을 것이다. 적성이 없었다기보다는 관심이 없었을 뿐이다.

선배와 나의 연락은 결혼 이후 끊어지게 된다. 그는 이메일을 통해 나의 행복을 빌어 주었다. 그는 우리가 다시 만나거나 심지어는 다시 연락을 주고받을 가능성도 없앴다. 그 이메일은 확고하게 이별을 말하고 있었다. 나의 결혼 이후의 그의 삶에 대해서는 그 후 5년이 지나서 알게 된다. 그는 2년간을 공장에서 사장으로 일한다. 그리고 유럽으로 떠나 5년간을 체류한다. 자료 조사를 위해. 5년간의 유럽 생활에서 그가 겪은 외로움은 형언할 수 없었다. 그는 그의 수필집에서 말한다.

마지막 외출

아는 사람도 대화할 사람도 없는 곳에서 수년간을 빈 방으로 들어가는 것은 끔찍한 경험이다. 전화도 TV도 없이 지내며, 말이 없는 편이 없던 나는 점점 더 침묵 속으로 빠져들었고 혼잣말하는 섬뜩한 습관이 생겨났다. 나는 그 시설에 무의미와 고통만 있었다고 말하지 않는다. 오히려 보람되고 희망적인 나날들이었다. 무엇인가 이룰 수 있다고 믿었던 나의 '수업 시대'였다. 외로웠기 때문에 많은 것들을 할 수 있었다. 그러나 나를 고통스럽게 한 것도 그 외로움이었다.

어두워져서 방으로 향할 때는 내 마음에 일어나는 외로움의 감정이 나를 삼킬 듯한 때가 한두 번이 아니었다. 외로움은 새벽녘의 안개여서, 갑자기 나타나는 것은 아니지만 모르는 사이에 나타나서, 모든 것을 감싸고 순식간에 압도해 버린다. 태연하게 잘 지내다가도 어느 순간 이러한 안개에 휩싸이면 삶 전체가 질식할 것 같은 무의미로 꽉 찬다. 예고 없이 닥쳐드는 외로움. 그것의 엄습 없이 지내기를 얼마나 바랐는지. 그러나 보름을 버티기가 힘들었고 이제 하나의 방법밖에 안 남는다. 정신의 명석성을 육체의 피로로 억누른다.

얼른 목로주점으로 들어간다. 단숨에 압생트 한 컵을 들이붓는다. 목구멍이 타는 듯 정신이 멍멍해진다. 준비됐다. 몇 시간이고 길거리를 방황한다. 최대한 빠른 속도로. 바짝 미른 젊은이가 그 도시를 유령처럼 배회한다. 그 광경이 지금도 가끔 꿈으로 재현된다. 먼동이 트게 되면 어쨌든 또 보름쯤은 아무렇지 않게 살아가게 된다.

시어머니는 아들을 자랑스럽게 생각했다. 그는 시아버지가 창립한 회사를 더욱 확장시켜 중견기업을 만들었다. 그는 경쟁자를 차례로 합병하든가 몰락시키며 점점 더 독점적 위치를 굳혀 갔다. 어설픈 사람이 아니었다. 그에게는 단지 어설픔을 위장할 타고난 능력이 있을 뿐이었다. 직원 2백 명의 회사를 7백 명의 회사로 만들었다. 연 매출은 300억에서 2,000억으로 도약했다. 그는 약관 25살의 나이에 입사해서 단 8년 만에 회사를 그렇게 키운다. 그의 사업 수완은 거의 선천적인 것이었다. 그는 웃으면서 말했다.

"바빠서 선볼 시간도 없었어."

물론 아니었다. 곧이어 "사실 당신이 딱 50번째 선이었어. 49명의 여자 중 싫다고 한 여자는 한 명도 없었어."라고 말했다.

그것은 나에 대한 칭찬이었다. 상당한 경쟁 속에서 자신을 획득한 여자라는. 어쩌면 그는 자부심을 가질 자격이 있다. 경제적 능력보다 더 커다란 자격이 어디 있겠는가! 이 황금충들의 시대에. 이것이 내 허영을 만족시키지 않았다면 얼마나 좋았겠는가! 나는 한심한 여자였다. 그것이 내가 가지고 싶은 것이건 그렇지 않은 것이건 경쟁에서 무조건 이겨서 획득해야 했으니까. 그는 그럴듯한 외모를 가지고 있었다. 훌쩍한 키와 적당한 살집은 건장한 수컷의 모습이었고, 크고 윤곽이 뚜렷한 눈과 코는 미남은 아닐지라도 적어도 호남형의 모습이었다. 모두가 탐내는 사윗감이었다. 외모는 어떻게 보아도 선배보다 나았다. 선배는 중키에 오밀조밀하게 생겼다. 거기에 약간 마르기까지 했다. 이것이 사람을 왜소하게 보이게 만들었다. 극적인 차이는 외모보다는 분위기와 표정에 있었다. 선배는 재기 넘치는 활발함과 동작의 민첩성과 더불어 조용하고 차분한 분위기를 동시에 지니고 있었다. 분위기의 변화가 드라마틱했다. 전체적으로는 사색에 잠긴 약간 슬픈 모습이 그를 지배했다. 그리고 그의 눈은 한없이 깊었다. 따뜻한 눈으로 나를 바라볼 때는 빨려 들어갈 거 같은 깊고 고요한 우물이 거기에 있었다. 무엇인가 진지하고 어려운 주제에 대해 말할 때는 그의 눈은 아름다운 빛을 내며 반짝거렸다. 그때 그에게서 뿜어져 나오는 열정은 깊게 쌓인 설악산의 모든 눈도 녹일 수 있을 거 같았다. 그러나 이때조차도 그의 목소리는 낮고 소곤거리는 듯했다. 그는 부드러운 사람이었다. 그러나 열정으로 꽉 찬 사람이었다.

내 남편은 어떤 분위기일까? 그것이 어떠한 것이건 분위기라는 것이 있기나 할까? 그의 눈에는 영혼이 깃들 곳이 없다. 그 눈은 게으름과 안일함, 숨겨진 자만심과 우월감으로 이미 차 있었다. 외적인 겸손과 관용의 이면에 숨겨진 그의 오만과 허영. 그는 외모에 많은 신경을 쓰는 사람이었다. 체육관에 갈 때는 남자용 화장품을 한 가방씩 들고 다녔다. 그의 양복은 아르마니였고, 넥타이핀에는 다이아몬드가 박혀 있었고, 그의 시계는 롤렉스 데이토나였다. 액세서리에 관심이 많은 남자였다. 그는 많은 여성의 선망의 눈초리를 즐겼다. 부부 모임에서도 그는 여러 부인네들의 관심과 호의를 즐겼다. 나보다 일곱 살 연상이었지만 사회적 나이로는 스무 살의 나이 차가 나고도 남았다. 34세의 젊은 나이인 그가 그보다 열 살 연상의 사업가들과 동료로서 어울렸다. 여기에서도 그는 막내로서 더 할 수 없을 정도로 공손하고 겸손했다. 술자리에서는 마지막까지 남아 모두를 챙겼다. 심지어 그는 심하게 술에 취한 원청 업체 상무를 자기 기사로 하여금 모시게 하고 그와 나는 택시를 타고 오기도 했다. 그는 한 명의 기업가로서 게으르지 않았다. 빈틈없이 회사 일을 챙겼고 원청 업체와 하청 업체의 관계자들을 끊임없이 만났고 수많은 술자리에 참석했다. 명절이면 그는 무려 200명에 이르는 사람들에게 선물을 보냈다. 이 점에 있어서 그는 절대로 아둔한 사람이 아니었다. 그는 교활한 사람이었다. 돈에 관한 한 비상하게 작동되는 본능적인 직관을 가지고 있었다. 그는 '어떤 일을 어떻게 처리함에 의해 어떻게 유리한 상황을 만들었으며 그것이 어떠한 이득을 주었는가'를 자랑스럽게 말했다. 내가 좋은 아내

마지막 외출

였다면 최선을 다해 그것을 알아들어야 했으며 최선을 다해 응원하고 감탄했어야 했을 것이다. 나는 잘 알아듣지 못했다. 혹은 가까스로 알아들었지만 곧 잊어버리곤 했다. 심지어는 알아들었어도 그것이 얼마큼 어려운 일이며 얼마큼 이득을 주는지는 이해하지 못했다. 내 영혼은 유감스럽게도 선배의 창조성과 독창성은 지니지 못했으면서 내 기질은 그의 고상함과 품격을 닮았다. 적어도 학문과 예술에 대한 희구에 있어서는 그랬다. 선배와 나는 색조는 서로 다르다 해도 디자인에 있어서는 서로 같은 영혼을 지니고 있었다. 그 서로 같은 디자인은 사회적 삶에서 마찰을 일으켰고 서로 다른 색조는 학문의 세계에서의 내 한계를 의미했다.

왜 나는 남편을 게으른 사람으로 보고 있는가? 그는 정신적으로 게으른 사람이었다. 생각하는 것을 싫어했다. 내가 그의 경영에 대해 둔감한 만큼 그는 학문과 예술에 대해 무감각했다. 거기에 그치지 않았다. 그는 돈과 직접 관련이 안 되는 일에 대해서는 본능적으로 뇌 기능을 정지시켰다. 그는 심지어 경제 뉴스조차 읽지 않았다. '경제 잘 아는 놈들이 오히려 돈은 못 벌어'라고 말하며. 귀가하면 TV의 오락 프로그램을 시청했다. 큰 웃음소리를 내며. 그러나 그는 교양이 없으면 교양이 있는 것처럼 위장하면 된다고 생각하는 점에서 이를테면 문화적 마키아벨리스트였다. 그는 예술의 전당의 다이아몬드 회원이었고, 한 초라한 사중주단의 후원자였으며, 대학원의 평생교육과정의 재학생이었다. 이 점에서 그는 문예도 돈으로 사는 것이라고 생각했다. 그것은 영혼의 문제가 아니었다.

그가 비난받을 악덕을 지니고 있었을까? 그렇다고 할 수는 없다. 그는 무미건조한 사람이었지만 그것은 내가 보는 견지에서만 그랬다. 그는 평생 앎과 감성이 주는 그 가슴을 치고 지나가는 감동을 느껴 본 적이 없었던 사람이었다. 나는 어쩌다 어떤 별에게 점지되었으며 그것이 나의 영혼을 감식안이 뛰어난 소중한 보물로 만들었다. 나는 이를테면 큰물에서 놀게 되었다. 그는 그러한 별에 의한 점지를 받지 못했을 뿐이다. 그는 아마도 따분하고 권태로운 사람은 아니었을 것이다. 단지 강렬한 기쁨을 맛보았던 내게만 그렇게 보였을 것이다. 나는 그가 제공하는 여러 여흥과 오락이 전혀 즐겁지 않았다. 그는 모범적이고 화목한 가족의 이미지를 우리에게 덧씌우려 했다. 시간 나는 대로 해외여행을 해야 했으며 주말이면 호텔로 바캉스를 가야 했고 내 생일이나 결혼기념일에는 깜짝쇼를 해야 했다. 그의 삶의 의미와 행복은 이렇게 외적인 것이었다. 그에게 삶의 의미는 돈과 사치와 과시였다. 그렇다 해도 사치와 과시가 지나치지 않았다. 그는 무엇이건 과도함을 피했다. 이것은 그가 고귀한 중용의 영혼을 가졌기 때문은 아니었다. 그는 과도함이 위험하다는 사실을 본능적으로 알고 있었다. 그는 상대편이 먼저 도발하지 않는 한 자신을 과시하지 않았다. 남들의 질투를 유발해서 좋을 것이 없다는 사실을 본능적으로 알고 있었다.

그의 미덕과 악덕은 모두 본능적인 것이었다. 그에게 인품의 개선을 위한 자기 훈련 같은 것은 없었다. 내면적 자기 개선의 요구 또한 그에겐 없었다. 단지 사회적 삶을 성공적으로 이끌고자 하는 외연적 노력에는 성실했다. 그런 사람에게 내면은 없다. 오로지 자신의 외적 욕구만이 있고 그것을 충족시키기 위한 사회적 수단만이 있을 뿐이었다. 그에게 내면이 있다면 그것은 반드시 외적이고 사회적인 요구와 맺어진 것이었다. 그에게 돈을 위한 돈, 향락을 위한 향락은 있을 수 있었지만, 지성을 위한 지성이라거나 미를 위한 미 등은 없었다. 그가 음악회에 간다면 그것은 두 가지 동기였다. 하나는 자기 자신에게 감동하기 위해서였다. 고상한 자기 자신을 대견하게 들여다보는 진짜 자기 자신이 따로 있었다. 다른 동기는 다른 사람들에게 보이기 위해서였다. 멋지게 차려입은 자신이 또 똑같이 멋지게 꾸민 아내를 동반하여 화려함을 자랑하는 그 예술적 향연에 참여하는 것은 다른 사람들에게 얼마나 멋지게 보이겠는가? 그것은 부와 교양 모두를 상징하는 것이 아니겠는가? 그러나 그는 예술 자체에 몰두하지 않았다. 예술을 향유하는 자기 자신에게 몰두했다. 그는 '이차적 눈물'을 흘리는 사람이었다. 그는 또한 사람들에게 관대하고 착한 스스로를 만들어 보일 수 있었다. 갈등 상황에서 문제를 매끈하게 해결하고자 했다. 원청 업체나 하청 업체와 갈등이 발생했을 때는 언제라도 만나서 해결하고자 했다. 그는 하청 업체에 대해서도 고압적이지 않았다. 부드러운 말로 부탁하듯이 얘기했다. 그러나 자기 목적은 반드시 달성했다. 목적 달성을 위해서는 자존심 따위는 중요하지 않았다. 그는 정말이지 사업에 관한 한 타고난 영리함을 가지고 있었다.

  결혼 초엔 절약하려 애썼다. 그의 노동력을 사용하고 있다는 사실을 약간은 불편하게 의식하고 있었다. 이것은 내게 익숙하지 않은 것이었다. 나는 대학 입학 이래 남의 노동력에 의지해 살아 본 적이 없었다. 이 점에 있어 나는 유난한 독립심과 자부심을 가지고 있었다. 고양은 힘겹고 고된 훈련을 통해야 하지만 전락은 저절로 찾아온다. 우리의 인품은 자전거 타기와 같아서 계속 고양되지 않는 한 전락의 길밖에는 없다. 내 자전거 또한 넘어지고 말았다. 나는 순식간에 사업가 집안의 며느리가 되어 가고 있었고 남편의 돈에 대해서도 당연히 접근 가능하다고 생각해 나가고 있었다. 여기에서 새로운 즐거움을 찾기 시작했다. 나는 그때 지성에 대한 열망이 꺼질 수도 있다고 느꼈고 또 그런 느낌엔 일종의 안도도 있었다. 그것이 얼마나 힘겨운 동요로 나를 흔들어 댔는가! 어쩌면 선배에 대한 그리움도 잠재울 수 있을 것 같았다. 과거의 모든 것들을 체념과 망각 속으로 밀어 넣을 수 있다고 생각했다. 그러나 이것은 결국 환상의 거짓 장막이었다는 사실을 나는 나중에 깨닫는다. 그것은 잠깐 잠든 화산이었지만 결국 활화산이었다. 그것이 다시 터졌을 땐 하나의 섬을 통째로 날릴 만큼 그 폭발력이 무섭게 된다. 그러나 결혼과 출산을 거치며 당시엔 화산을 잠재울 수 있었다. 자산이 늘어나고 사업이 번창하고 있다는 사실이 내게도 기쁨이 되기 시작했다. 지성과 예술에 대한 나의 욕망은 서서히 불이 꺼져 가고 있었고 단지 불씨로만 남아 있을 정도가 되어 갔다. 나는 상당한 정도로 사업가 집안의 며느리가 되어 가고 있었다. 그리고 풍요가 주는 안락함에 점점 익숙해지고 있었다. 이것이 4년을 지속한다. 내 화산은 제법 오래 잠들어 있었다.

지성에 대한 나의 과거의 열망을 생각하면 나는 정말이지 이상할 정도로 빨리 일반적인 가정주부가 되어 가고 있었다. 무섭게 쏟아지던 폭우가 거짓말처럼 멈추고 비에 젖은 땅이 순식간에 뜨거운 태양으로 건조해지듯이 그렇게 나를 적셨던 지성에 대한 열망은 부르주아 집안의 가정주부라는 안락함으로 순식간에 건조해졌다. 물론 이것이 남편과 남편이 속한 그 피상적인 속물적 세계에 내가 익숙해지고 그들과 같아진다는 것을 의미하진 않는다. 그들과 나 사이엔 보이지 않는 벽이 있었다. 그리고 더 심오하게 속물인 내가 덜 심오하게 속물인 그들을 여전히 경멸했다. 남편은 '삼 년 혹은 사 년 후에는 내가 공부를 다시 시작해도 좋다'는 타협을 했었다. 이것이 내 결혼 조건이었다. 도대체 공부를 한다는 것의 의미는 무엇이었을까? 그것은 도대체 어떤 약속이었는가? 나는 언제라도 공부할 수 있었다. 파출부가 집안일을 해주었고 아이를 보살펴 주었다. 나는 서재에서 공부할 수도 있었고 심지어 도서관에 갈 수도 있었다. 아마도 나는 대학원 진학을 공부의 개시라고 생각하고 있었던 것 같다. 우스운 일이다. 대학에서 무엇을 가르친단 말인가? 이것은 선배가 날카롭게 말한 바 있다. '대학에서 가르치는 모든 것은 스스로 노력해도 알 수 있는 것들'이라고. '노력 끝에도 알 수 없는 것은 결국 교수들도 모르는 것'이라고.

나는 학문의 추구를 위해서는 치명적인 약점을 지니고 있었다. 어떤 시스템 내에서 제시되는 주제와 관련해서는 누구도 이길 수 있었다. 그러나 자발적으로 의문을 조성하고 그것을 스스로의 힘과 참고 도서의 도움으로 해결해 나갈 의지력과 독창성은 없었다. 지적 탐구는 어느 수준 이상이 되면 집단적 문제이기를 그친다. 기존의 답변이 없는 새로운 의문들이 스스로에게 조성되기 때문이다. 나는 좋은 답변을 잘해옴에 따라 아카데미에서 훌륭하게 성공할 수 있었다. 나는 선생님이나 교수들이 원하는 바를 정확히 알았고 또 거기에 최적의 대응을 할 수 있었다. 그러나 내 문제는 마땅히 조성되어야 할 의문을 구성할 수 없었던 무능력에 있었다. 지혜로워지기 위해 조성되어야 할 의문이 무엇인지도 모르고 있었다. 나는 삼류 탐구자였다. 열망과 무력한 능력이 극적으로 대비되는.

선배는 바로크 예술 양식에 대한 형이상학적 의문을 품었다. 하인리히 뵐플린은 르네상스 양식과 바로크 양식 사이의 대비에 의해 유명하다. 예를 들면 르네상스 양식이 선적이라면 바로크 양식이 회화적이라는. 선배는 여기서 의문을 스스로 조성한다. '르네상스 양식은 왜 선적이고 바로크 양식은 왜 회화적인가?'에 대한. 선배는 뵐플린이나 어떤 누구도 조성하지 못했던 의문을 스스로 품은 것이다. 여기서부터는 예술에 대한 지식만으로 해나갈 수 있는 영역을 넘어선다. 선배는 '르네상스 시대의 세계관 자체가 선적이고 정적인 것이 아닌가?'라고 추정한다. 세계관은 형이상학의 문제이다. 이것이 그가 철학적 탐구를 병행시킨 이유였다. 구석기 시대 이래 대표적인 예술 양식은 20여 개에 이른다. 선배는 대담하게도 이 양식 전체에 대한 형이상학적 해명을 시도한 것이다. 특히 양식 자체에 대해서조차 별로 연구되지 않았던 매너리즘 양식에 대한 그의 형이상학적 해명은 눈부시다. 그것은 예술사 영역에 있어서의 기념비적 성취이다.

나는 사태의 근원으로 파고드는 날카로움과 그것에 의해 의문을 조성하는 역량을 결하고 있었다. 이것으로 전부였을까? 그렇지 않다. 나의 문제가 이것뿐이었다면 나는 어쨌든 무엇인가를 해 나갈 결의가 있었을 것이고 나의 천품이 허용하는 한도 내에서 소기의 성과를 위해 나름 분투할 수 있었을 것이다. 큰 문제는 내게 있는 속물근성이었다. 나는 나 자신을 보살필 줄 모르는 사람이었다. 내게는 나의 주변과 상관없이 스스로의 내면에 침잠할 줄 아는 그런 지혜로움과 진정한 탐구열이 없었다. 나는 상당한 정도로 정치적인 성향을 지니고 있었다. 집단에서 가장 큰 권력을 쥐고자 하는 지독하게 역겨운 허영을 지니고 있었다. 원대한 목표를 설정하고 외로움 가운데 거기에 매몰될 결의가 없었다. 나의 시지각은 근시였다.

남편에게는 그러한 허영은 없었다. 그는 누구에게라도 굽실거릴 수 있었다. 그는 실제적인 이익만 얻어낼 수 있다면 사회적이거나 정치적 우월성은 아무렇게 되어도 좋았다. 남편은 매우 실천적인 사람이었고 그의 이 기질은 그의 사회적 성공에 봉사하고 있었다. 모임에서는 눈에 안 띄는 평범한 사람이고자 했다. 이 점에서 그는 나보다 나은 사람이었다. 내 경우에는 자부심과 허영을 위해서 실제적 이익이 희생당하는 경우가 왕왕 있었다. 자존심의 손상에 대한 분노가 모든 분별을 잃게 했다. 남편은 무엇이든 양보했다. 상대편의 거드름에도 맞춰줬다. 스스로도 거드름을 피우지 않았다. 나는 때때로 그에게 항의했다. '왜 부당함을 참냐'고. '왜 어리석은 결정을 하냐'고. 그때마다 그는 조

마지막 외출

용히 말했다.

"당신은 사회를 몰라."

그의 말이 맞을 것이다. 내가 사회적 삶에 있어서 프로는 아니었으니까. 부부 동반 모임이 조금씩 익숙해지기 시작하고 있었다. 내게는 미모와 학위와 젊음과 영리함이 있었다. 사실상 모든 부인네 중에서 압도적이었다. 좌중의 모든 시선을 끌었다. 당시에 자전거 타기가 유행이었다. 또다시 자전거 얘기가 나왔다. 누군가가 말했다. '아이에게 새로운 산악자전거를 사 줬다'고. 앞이 3단이고 뒤가 5단인. 나는 평소에는 대화에 참여하지 않았다. 그러나 이번에는 내가 간단하게 말했다.

"15단이면 엄청나네요. 무단 변속기라 해도 7단인데. 변속기가 없다면 물론 더욱 좋겠지요. 인간의 변속은 무한대의 가짓수이지요. 아날로그 방식이니까."

좌중이 아연했다. 한 부인이 남편에게 조용히 말했다.

"피곤하겠어."

그 해에 우루과이 라운드로 인해 전국이 시끄러웠다. 어떤 사장님이 그 얘기를 꺼냈다. 자기 자신 농사꾼의 아들로서 자수성가한 사람이었다.

"농사꾼들 죽으란 얘기지. 쌀농사 짓던 사람들은 어쩌란 거야."

이 바보는 지금 자신의 제조업을 배반하고 있다. 국제 교역에 있어서 제조업과 일차 산업 중 우리가 선택을 강요받고 있다는 사실을 모르고 있다. 기어코 내가 나섰다. 참을 수가 없었다.

"그럼, 쌀농사 계속 짓고 제조업 수출을 못 하는 건 괜찮아요? 제가 생각하기로 가장 좋은 선택은 농업을 포기하고 제조업으로 돈을 벌어서 농사꾼들에게 보조금을 지불하는 거예요. 어차피 무역 개방은 피치 못할 거 같은데요. 농업이 GDP에서 차지하는 비중이 아마 5퍼센트도 안 될걸요."

바로 비명이 튀어나왔다.

"아이고, E 사장 진짜 피곤하겠어."

영리한 배우자가 피곤한 사람인 건 맞다. 그리고 남편의 사회적 성공을 위해서도 도움이 안 된다. 성공하기 위해서는 어리석음과 속물근성이 필요하다. 명석함과 고귀함은 사회적 실패를 예정한다. 사회 자체가 어둠 속에 있다. 빛은 성공할 수 없다. 모든 것이 어리석으므로 같이 어리석어야 거기에서 성공할 수 있다. 물론 내재적 지혜와 외연적 어리석음의 위장이 가장 좋다. 이것은 두 얼굴의 삶이다. 이때에는 어느 쪽도 놓치지 않는다. 감춰진 지성과 드러나는 어리석음이 바람직하다. 그러나 이것이 누구에게 가능하겠는가? 진정으로 고귀한 사람은 고귀함을 드러내지 않는다. 그럼에도 결국은 드러난다. 물론 사회적 몰락 따위를 두려워하지 않는다면 그것도 괜찮다. 그러나 사회적 몰락은 영혼조차 마비시킨다. 우리 삶은 본래 그렇다. 노숙자의 운명은 지성 자체를 붕괴시킨다.

대부분의 고귀함은 어떤 위장에도 불구하고 결국은 드러나고 만다. 우직한 속물도 있지만 교활한 속물들도 있다. 조그만 눈으로 살피듯이 상대편의 심적 상태를 살피는 속물들이 사실은 무서운 사람들이다. 이 사람들은 간파한다. 상대편이 자신의 고상함과 나의 상스러움을 대비시키며 내게 경멸을 품고 있다는 사실을. 이때 두 사람의 인간관계는 속에서부터 곪기 시작한다.

그러나 한 사람이 진정으로 고상한 사람이라면 속물도 그에게 함부로 대하지만은 않는다. 물론 함부로 대하는 사람들도 있다. 그러나 이렇게까지 상스러운 사람은 드물다. 진정으로 고상한 사람들이 드물듯이 드물다. 그들과 비교했을 때 나는 상당히 고상한 편에 속했다. 선배를 통해 알게 된 진정한 고상함은 아니었지만, 그들에 비해서는 고상했다. 그들도 그렇게 느꼈다. 고상함과 속물근성이 부딪힐 때 대부분은 서로 불편해하는 정도이다. 나와 남편 친구 부부들과의 관계가 그런 종류였다. 나는 적당히 고상했고 그들은 적당히 속물적이었다. 서로가 약간씩 불편했다. 나는 한심하게도 그들에게 우월감을 느끼고 있었다. 그들의 아둔함과 상스러움에 경멸조차 품고 있었다. 눈을 마주치지 않으려 애썼다. 대체로 조용히 있었다. 그들의 가관인 대화에 기막혀하며.

남편도 그 관계를 그렇게 즐기지는 않았다. 그는 소파에 드러

누워 개그 프로그램 보는 것을 더 즐겼다. 사회적 관계는 단지 의무였다. 그가 모든 사람의 말에 상당한 관심을 기울이며 동조하고 감탄했지만 그는 돌아서면 상대편들이 무슨 말을 했는지조차 깨끗이 잊어 먹었다. 이들의 대화는 절대 돈을 직접적으로 언급하는 것은 아니었다. 오히려 그것은 금기였다. 그것은 단지 우회적으로만 언급되어야 하는 것이었다. 돈은 희끄무레한 성운 속의 반짝이는 핵이었다. 그러나 그들은 그 성운에 대해서만 말했다. 이것이 그들의 사회적 관계였다. 이것은 그에게도 단지 의무일 뿐이었다. 그러나 중요한 의무였다. 궁극적으로는 돈을 만드는.

그가 일을 벌였다. 포르쉐를 샀다. 그것도 911 GT로. 가격이 2억 원이 넘었다. 이제 집에 세 대의 차가 있게 되었다. 내가 몰던 차를 팔기로 했다. 그는 차에 대해 상당한 관심을 갖고 있었다. 가장 비싼 차에 대한 능력의 과시와 차의 퍼포먼스에 대한 관심이 결국은 폭발하고 말았다. 그러나 그에게는 계획이 있었다. 포르쉐는 거의 대부분의 시간을 지하 주차장에서 보냈다. 그는 대외적으로는 적당한 차를 몰고 다녔다. '좋은 차를 몰고 다니면 원청 업체 사장에게 건방지게 보이고 하청 업체 사장에게는 납품가를 깎을 수가 없기 때문'이라고. 그는 퇴근 후나 주말에는 드라이빙을 즐겼다. 내게 권했다. 그 차를 몰고 다니라

마지막 외출

고. 자기는 주말에만 쓸 거라고. 나는 이 차로 결국 사고를 내고 만다. 그 원인은 나의 조급함이었다. 나의 가슴을 뛰게 했던 유일한 사람과의 만남을 위해 서둘러 가다 사고를 낸다. 그리고 폐차장으로 향한다. 이것은 한참 후의 얘기이다.

그는 신사였을까? 신사였다. 예의를 잘 지키고 어떤 사람도 무시하지 않았다. 그는 감성적으로 예민하지 않았다. 그러나 그 둔함이 오히려 그를 부드러운 사람으로 보이게 했다. 그는 사람의 내면에 대해 무관심했다. 어떤 사람과의 교제에 있어 내면적 즐거움은 고려의 대상이 아니었다. 그에게는 누구도 적을 만들어서는 안 된다는 본능이 숨어 있었을 뿐이다. 그리고 돈이 되는 사람 앞에서는 겸손하고 굽실거릴 줄 알았다. 그는 매우 온순하고 부드럽고 예의 바른 사람으로 인정받고 있었다. 그러나 그에게는 숨겨진 야멸참이 있었다. 냉혹했다. 그는 전면전을 피했다. 그러나 원하는 것을 끈질기게 관철시켰다. 하청 업체와의 납품 단가 조정은 거의 가혹할 정도였다. 그는 하청 업체의 하소연을 다 들어줬다. 그러나 그의 결론은 항상 같았다. '정 그렇다면 하청 업체를 바꾸는 수밖에 없다'는. 나는 그의 얼굴을 멍하니 바라보았다. 그러나 그는 눈도 까딱하지 않았다. 단지 짧게 말했다.

"마른행주도 쥐어짜면 물이 ㅏㅏ외."

이때 그는 가혹하고 잔인한 짐승으로 변했다. 만약 신사가 사회적 능력뿐만 아니라 인간미와 지혜로움을 동시에 의미한다면 그는 신사는 아니었다. 나는 그것을 의식하고 있었다. 내가 숙녀가 아니라는 사실은 전혀 보지 못한 채로. 만약 내가 삶에서 내면적인 무엇인가를 성취하기보다는 안전하고 안락하게 사는 쪽을 더 원했다면 그는 좋은 남편이었다. 그러나 생존만이 나의 삶은 아니었다. 결혼 당시에 나는 지쳐 있었고 도피처를 찾고 있었다. 남편은 휴식과 안락을 주었다. 그것만으로도 그는 내게 구세주였다. 문제는 내가 삶에 열렬한 사람이었다는 데에 있다. 나는 수동적인 사람이 아니었다. 삶에서 무엇인가를 구했다. 나를 몰입시키고 나를 성장시키고 내게 숨이 막히는 전율을 주는 무엇인가를. 앎의 기쁨 속에 나를 소멸시키고 싶었다. 그렇지 않다면 삶이 궁극적 의미를 실현한 것일 수는 없었다. 이 정신적 향락은 이 세상의 어떤 물질적 재화로도 대체될 수 없었다. 남편과 시어머니가 그렇게도 좋아하던 백화점과 호텔과 고급 음식점을 다 갖다준다 해도 소용없었다. 이것이 나와 남편의 충돌의 근원적 이유였다.

내게 지성은 무엇이었을까? 그것은 나의 전부였을까? '모든 사람이 알고자 하듯이' 나는 알고자 했다. 안다는 것은 그 자체로 기쁨이었다. 나의 삶을 해명 받고 싶었고 나의 들뜸, 나의 갈망, 나의 염원 등을 해결하고 싶었다. 나의 의지는 거기에서의 성취 말고는 충족될 수 없는 열망으로 가득 차 있었다. 나는 이상주의자였고 인본주의자였다. 인간의 지성이 세계를 해명할 수 있다고 믿었던.

나의 남편은 망치처럼 뭉툭한 사람이었다. 그는 물론 날카로운 데가 있었다. 그러나 이것은 마치 배고픈 사자의 매서움일 뿐이었다. 그 욕구만 충족되면 만족해했고 게을러졌고 안일해졌다. 맛있는 것을 먹고 TV의 개그 프로그램을 보며 낄낄대고 소파에 길게 누워서. 그는 돈에 대해 매우 탐욕스러운 열정을 가지고 있었지만, 그것이 그의 열정의 끝이었다. 그는 궁금한 듯이 물었다. 내가 화집을 들여다보고 있을 때.

"왜 본 그림을 또 보지?"라고 물었다. 나는 간단히 대답했다. 절망하며.

"왜 당신은 나를 매일 보려 하지요?"

친정어머니는 사위에 대해 대만족이었다. 항상 예의 바르고 명절과 생일을 챙겨주고 매달 소정의 생활비를 보내주는 사위. 이보다 더 좋은 사위가 어디에 있겠는가. 모친은 딸이 무엇을 원하고 있고 어떤 사람을 원했고 어떤 과거에서 허우적대고 있었는지에 대해 관심이 없었다. 자신의 물질적 삶에 도움이 된다면 누구라도 환영했다. 나는 이런 어머니를 바라지 않았다. 학생때는 물론 이때도 다른 어머니를 원했다. 좀 더 공감적 마음을 가진. 내가 마음을 터놓을 수 있는. 집을 떠난 지금은 내 어머니가 어떠해도 좋았다. 권력이 오히려 내 손에 있으므로. 어머니가 오히려 내 눈치를 보고 있으므로.

학생 시절에 남자를 구할 때 성적 매력이 필요 조건은 아니었다. 나는 내가 아쉬우면 누구와도 잘 수 있었다. 그 남자가 그다지 성적 매력을 가지고 있지 않아도 좋았다. 내게 성적 욕구는 작지 않았다. 그러나 잠깐의 불꽃만으로 나의 만족은 충족되었다. 그러고는 얼마간은 살 수 있었다. 물론 나는 하나의 세계를 꾸며내곤 했다. 내가 사랑에 빠져 있다는. 내가 사랑받고 있다는. 그러나 거기에 또 하나의 '나'가 있어서 나의 연애가 얼마나 가공적인 것인가를 보고 있었다. 나의 연애는 자기 인식적인 것이었다. 곧 종말을 보게 될 거라는. 나 역시 섹스와 사랑에 선배와 같은 의미를 부여했었다. 차이가 있었다면 선배는 나에 대해서도 사랑과 분리된 섹스를 취했지만, 나는 선배에 대해서는 전면적인 사랑을 구했다는 것이었다. 결국 대상의 문제였다. 다른 남자는 수단이었지만 선배는 목적이었다.

나는 한 남자에게는 심지어 섹스를 먼저 제안했다. 수줍어하고 겁먹을 일이 어디에 있는가? 커피 한잔을 같이 마시고 저녁 한 끼를 같이 먹는다면 몸을 같이 나누지 못할 이유가 어디에 있는가? 그 남자가 아주 싫지만 않다면. 아쉽다면 아마도 노숙자와도 잘 수 있었다. 그가 목욕탕에서 깨끗이 씻고 나온다면.

정작 같이 자는 것이 무서운 경우는 내가 사랑했던 그 선배였다. 나의 영혼은 육체에 동반되고 말 터이니. 나는 두려웠다. 내게서 최소한의 절도와 차가움도 모두 증발하고 말 그와의 관계에 있어서는.

남편은 성적 매력에 있어 다른 평범한 남자와 비슷했다. 그에게 특별한 것은 없었다. 나는 그에게 열정적일 수 없었다. 그와의 섹스는 미지근했다. 그저 의무가 되어 갔다. 나는 때때로 젤을 사용해야 했다. 그가 미국 출장으로 일주일간 집을 비울 때도 전혀 보고 싶지 않았다. 그가 다른 여성에게 어떤 호소력을 가진다 한들 내게는 전혀 남성적 매력을 보여주지 못했다. 나름의 자부심을 가지고 있었지만, 사실은 그는 둔하고 어리석은 사람이었다. 그는 땅바닥에 붙어사는 사람이었다. 그에게 유영이나 수영은 없었다. 그는 그따위 헛된 시도를 하는 사람이 아니었다. 그렇지만 그의 사회적 삶은 영광에 찬 것이었다. 많은 사치와 아부를 누리는. 나는 그의 두툼한 얼굴을 쳐다보며 중얼거렸다.

"돈이란 얼마나 큰 권력인가."

그의 5년

최초의 갈등은 결혼 5년 차에 접어들 때 발생했다. 나는 4년 이상을 잘 버텼다. 아이를 키우는 재미도 있었다. 살림살이에도 재미를 붙였다. 양쪽 모두에 능란해졌다. 나는 한가한 부인네들을 모아 역사와 철학에 대해 연속적인 세미나를 개최하기도 했고, 거기에 유명 강사를 초빙하여 예술에 대한 강연을 열기도 했고, 심지어는 원어민을 고용하여 영어 회화를 배우기도 했다. 남편은 아이를 돌보는 것을 전적으로 하는 상주 가정부를 한 명 더 채용했다. 시어머니의 권유에 의한 것이었다. 시어머니는 내가 모는 차를 타고 백화점 나들이를 즐겼으므로. 나는 집안일에선 완전히 놓여나고 있었다. 나는 어떻게든 공부와의 끈을 놓지 않으려 했다. 이런 모든 노력에도 불구하고 나의 삶에의 열정은 식어 갈 뿐이었다. 나는 이미 금단의 열매를 맛본 사람이었다. 전면적인 공부로의 진입의 열망이 싹트기 시작했다. 공부에 대한 욕구가 불씨로 남아 있었다. 나는 이것을 영원히 잠재웠다고 생각했다. 그리고 그것은 사실 잠들어 있었다. 새롭게 시작한 부르주아의 삶이 나름 좋았다. 그러나 나는 이 삶에 완전히 물들 수는 없었다. 영화관에서 완전히 몰입해서 영화를 보면서도 결국 그것은 꾸며진 이야기일 뿐이라는 인식을 마음 깊은 곳에 지닌 관람객처럼 나는 이 새로운 삶에 몰입해 있었지만, 이것은 진정한 삶은 아니라는 인식을 무의식 속에 지니고 있었다. 그것은 불안의 형태를 띠고 나타나기도 했다. 세월은 흐르고 있고 나는 점점 전락하고 있다는 초조감이 간헐적으로 나타났다. 그 불안감이 한 사건을 계기로 그 정체를 드러낸다. 예술의 전당 강연에서 한 강연자가 선배의 이름을 언급하고 그의 저술을 인용하는 것을 보는 순간 학문과 예술에 대한 내 본래의 열망은 대폭발을 일으켰다. 거기에 질투심까지 더해졌다. 그의 저술이 다른 사람의 입에 의해 인용되는 것을 참을 수 없었다. 그것은 내가 해야 할 일이었다. 나야말로 그의 직계 제자였다.

　선배는 여전히 회사에 근무하고 있을까? 그도 나와 마찬가지로 연구와 저술의 시도에서 완전히 손을 뗐을까? 선배가 보고 싶었다. 선배는 결혼식에 내게 이메일을 보내는 것으로 나와의 관계를 매듭지었다. 선배는 키치 이후로 어떤 저술도 내지 않고 있다. 그렇다면 그는 여전히 사업가로서의 수업을 받고 있는 것일까? 그의 예술사 집필의 꿈은 이제 버려진 것일까? 아니면 그의 계획대로 착실히 비용을 모은 다음 다시 연구를 시작하게 된 걸까? 나는 그가 사업가로서 그의 삶을 살고 있을 거로 추측했다. 젊은 시절의 꿈은 말 그대로 꿈이지 않은가? 그 실현은 결국 포기되고 마는. 세상을 몰랐던 시절에 품어진 것으로서 이제는 민망함과 서글픔이 뒤섞인 안타까운 심정으로 회상하게 되는. 그런 그에게 나는 실망하게 될까? 그렇지 않다. 그가 무엇을 포기하고 무엇을 원한다고 해도 그에 대한 나의 사랑은 변함없다. 그도 이제 마흔이 넘었다. 변했을까? 이제는 중견 사업가이다. 어떻게 늙어 가고 있을까? 그가 준 명함을 아직 보관하고 있다. 대담하게도 나는 선배의 명함을 내려다보고 있었다. 그동안 그것을 보관하고는 있었지만 볼 생각은 안 했다. 두려웠다. 선배가 내게 불러일으켰던 격정들이 다시 일어날까 두려웠다. 그러나 이 따스한 봄날에 나는 몇 년간 잠재웠던 어떤 이름 모를 열정이 내게 일어나고 있다는 사실을 느꼈다. 그리고 단 한 번의 전화로 그와 접촉할 수 있다는 사실이 더욱 큰 두려움으로 다가와서 오히려 더 큰 망설임을 불러왔다. 나는 수없이 연락의 시도를 반복한다. 전화를 해 볼까 하다가도 그가 유

마지막 외출

부녀의 전화를 원하지 않을지도 모른다는 생각에 포기하곤 한다. 하지만 단지 근황에 대해서 그리고 그의 연구와 집필에 대해서 얘기를 나누는 것이 무엇이 문제인가? 아파트 단지에 목련이 피기 시작하고 있었다. 선배는 그 꽃을 지나치며 매그놀리아(magnolia)라고 말했었다.

"나는 저 꽃을 좋아하지 않아. 꽃잎이 크고 두꺼운 꽃은 내 취향이 아냐. 그리고 떨어졌을 때 너무 추한 꼴로 썩어가. 비참해. 장미도 별로 좋아하지 않고. 이런 꽃들은 고전주의의 냄새를 풍겨. 마치 파르테논 신전을 상기시키는 꽃이랄까. 산뜻하지 않은 꽃이야. 플라톤이나 데카르트 같은 철학자는 저 꽃 좋아했을 거야. 철학을 두툼하고 무거운 것으로 만든 사람들이니까. 난 얇고 작은 꽃들을 좋아해. 부겐빌레아나 왁스플라워 같은 꽃. 사피니아나 피튜니아도 괜찮지. 바이올렛이나 랜디도 좋고. 그 꽃의 꽃잎들은 너무도 얇고 하늘거려서 언제라도 부서질 거 같아. 그 꽃들은 지면서 썩지 않고 대기 중에 바삭거리며 먼지로 날아갈 거 같아. 나는 화려하고 짙은 색깔의 꽃을 좋아해. 그렇지만 두꺼운 꽃잎이어서는 안 돼. 이 부질없고 의미가 증발한 세상에서 두꺼워서 어쩌자는 거야? 우리 시대는 심층의 시대가 아니라 표층의 시대야. 쿠르베의 업적은 모든 돌출된 대상들의 코를 눌러서 캔버스 안으로 밀어 넣었다는 데 있어. 그가 원근법을 제거했지. 그가 세계를 얇은 것으로 만들었지. 그 이후의 모든 예술가는 쿠르베에게 빚지고 있어."

봄이어서였을까 아니면 그의 이 말들이 갑자기 떠올라서였을까? 그에 대한 그리움이 밀려왔다. 그의 공장에 한번 찾아가 보는 것은 어떨까? 그냥 공장을 한번 둘러보기만 하는 건 괜찮지 않은가? 그의 공장에 가 본다는 생각만으로 나의 마음은 갑자기 뛰기 시작했다. 충족되지 않은 채로 끝난 정념은 시간이 흐르며 오히려 더 강화되어 나간다. 핀다로스는 마음의 상처에는 시간이 의사라고 말했다. 그러나 시간이 정념의 의사는 아닌 것 같다. 그를 보고 싶다는 충동이 너무나 강하게 일기 시작했다. 나는 경기도 지도를 펼치고 그의 공장을 찾았다. 그의 공장은 포천에 있다. 거기에 그의 공장이 나와 있었다. 나는 무심코 자동차 키를 집어 들었다. 포르쉐에 올라탔다. 스포츠카 특유의 매섭고 강렬한 엔진음이 지하 주차장 전체에 울려 퍼졌다. 나는 흠칫하고 놀랐다. 부끄러움과 공포감이 동시에 밀려왔다. 시동을 끄고 집으로 올라왔다. 나는 도대체 무슨 일을 벌이려는 작정인가? 나는 유부녀이다. 내가 그를 찾아간다면 그는 나를 경멸할 것이다. 그는 내가 결혼 생활 속에서 안정을 찾기를 바랐다. 거기서 영원히 행복하기를 바랐다. happily ever after...

어쩌면 그렇지 않을 수도 있다. 나는 부잣집에 시집왔고 지난 4년여간 나의 삶을 잘 꾸며왔다. 선배는 대견하게 여길지도 모른다. 선배는 나를 불안정하고 위험스러운 격정에 사로잡힌 사람으로 봤었다. 그러한 내가 안정되고 안전한 삶을 살고 있다. 선배는 나를 칭찬할 수도 있다. 선배 스스로도 '자기 삶의 양식을 절대로 닮지 말라'고 하지 않았던가? 나는 그가 내게 바라는 그 추천되는 삶을 살고 있다. 안정되고 평온한 삶을 살고 있다. 오늘은 금요일이다. 어쨌건 앞으로 사흘간은 갈등에 고통받지 않을 것이다. 월요일에 다시 생각하자.

그다음 일주일은 아무 일 없이 지나갔다. 아이가 어린이집에 가 있는 순간에는 마음이 불안해졌다. 아이가 옆에 있으면 선배에 대한 그리움에서 벗어날 수 있었다. 나는 아이를 일주일간 집에 데리고 있게 된다. 일주일쯤 지나면 선배에 대한 기억을 다시 잠재울 수 있다. 아이와 함께 있으니 나는 본래의 무의미하고 조용한 세계로 돌아온 듯했다. 다시 월요일이 왔고 나는 차분해졌다. 위기를 극복한 듯했다. 살림에 더욱 열중했고 남편 모임에도 성실하게 나갔다. 이렇게 한 달이 지나갔다.

봄은 그 절정에 이르렀다. 단지에 라일락이 피고 거기에 벌들이 붙어 있는 모습을 본 순간 그리고 라일락의 향기를 맡는 순간 나의 모든 의식은 6년 전 선배와 처음 맺었던 그 비즈니스 계약으로 순식간에 비행한다. 아아, 모든 라일락은 예술대 식당 건너편의 그 라일락이다. 이데아로부터 개별자들이 유출되듯 모든 라일락은 예술대의 그 라일락으로부터 유출된 것이다. 그리고 어떤 삶이 아름답고 살 가치가 있는 삶이라면 바로 그 시절의 삶에서 유출된 것이다. 나의 현재의 삶은 그 근원조차 알 수 없는 낯설고 비천한 삶이다. 그때에 비하면 나의 현재는 얼마나 초라한 것인가. 그 시절 전체는 절대 찢어지지 않는 황금빛 베일에 덮인 채로 온전히 나의 무의식의 어느 구석엔가 잠복해 있었다. 그때가 진짜 삶을 살 때였다. 그때에 비하면 지금의 삶은 죽은 삶이다. 그 시절은 물론 D의 악몽이 동반된 시절이었다. 그러나 선배를 추억하는 동안 그는 의식에서 밀려났다. 나는 선배와의 그 시절에 있었던 모든 일을 하나의 손상도 없이 온전히 기억하고 있었다. 그의 말투, 그의 웃음, 그의 향기, 그의 손길.

나는 서랍에서 차 키를 꺼냈다. 돌이켜도 집에서부터 주차장까지 어떻게 갔는지도 모르겠다. 엘리베이터에 동승자가 있었던 거 같다. 엘리베이터가 움직이지 않는다. 20층에서 지하까지가 무한히 길었다. 지하 주차장을 빠져나온 순간 나는 지도를 확인하지 않았단 생각에 당황했다. 집으로 다시 돌아가라는 계시일지도 모른다. 그러나 늦었다. 나의 마음을 제어할 수 없었다. 길가에 차를 세워 놓고 지도를 들고나와 보닛 위에 펼쳤다. 바람이 불어 지도가 펄럭이며 자꾸 접혔다. 포천이다. 내가 갈 곳은. 나의 영혼이 머물고 있는 곳은 그곳이다.

이 스포츠카는 핸들링이 매우 빡빡하다. 마치 파워 스티어링

마지막 외출

이 아닌 듯하다. 땅바닥을 긁듯이 질주하는 이 차는 남자를 위한 차이다. 주행 중에는 부드럽고 안정된다. 빨간색의 눈에 두드러지는 이 차는 모든 사람의 이목을 끈다. 이 모델은 우리나라에선 출시되지 않았다. 남편이 홍콩에서 수입했다. 나는 공장에 들어갈 용기는 없다. 그러나 그가 시선을 끄는 이 차를 먼저 발견할 수도 있다. 나는 태연히 말할 것이다. 지나치는 길이었다고. 그러면 우리는 자연스럽게 그의 사장실에서 차를 마시게 될 것이다. 어쩌면 점심 식사도 같이할 수 있다. 나는 그에게 배고프다고 말할 것이다. 이런 가능성 없는 것들을 계획하자 조금씩 침착해져 갔다. 나의 마음은 이러한 우연들이 이미 실현된 거와 같이 두근거리기 시작했다. 그런데 내가 공장 주변을 배회할 때 그가 이 차를 발견하지 못하면 어쩔 것인가? 아니면 봤다 해도 금방 고개를 돌려버리면 어쩔 것인가? 이 모든 걱정할 필요도 없었던 무의미한 우려들.

도착했지만 포천은 작은 도시가 아니었다. 많은 공장과 축사, 비닐하우스 등으로 난개발된 그 도시는 내가 길을 정확히 찾아서 들어가기에는 너무도 복잡했다. 그의 공장은 2차선 도로변에 있었다. 나는 몇 번을 U턴을 한 끝에 그의 공장에 다다랐다. 건물이 한 동 더 시어진 거 같다. 주변도 이전보다 어수선해졌지만 공장 자체도 좀 더 부산스러워진 거 같다. 지나치며 흘

곳 보니 주차장에 그때보다 훨씬 더 많은 승용차가 주차되어 있었다. 통근 버스도 몇 대가 더 많아진 거 같다. 드나드는 차량도 훨씬 많아졌다. 사업가의 주부로 몇 년을 산 나는 어느덧 사업의 번창과 쇠락에 대해 예민한 감각을 지니게 되었다. 남편 공장에도 몇 번을 다녀오며 사업의 메커니즘을 잘 이해하고 있었다. 그의 사업은 번창하고 있다. 그는 어느덧 중견 사업가가 되었을 것이다. 나는 주차를 한 뒤 차에서 내려 공장의 정문 앞을 세 번을 지나쳤다. 네 번째에는 수위가 나를 주시하는 듯했다. 나는 주차된 차에 다시 탔다. 요금징수원이 다가왔다. 나는 '여기에 조금 더 있을 거'라며 만 원을 쥐여줬다. 거스름돈을 주려 한다. 나는 웃으며 손을 저었다. '만 원 다 당신 거'라며. 징수원은 당황하고 있었다. 나는 손으로 밀어내는 동작을 하며 거스름돈은 팁이라고 말했다. 그렇게 차 안에서 30분을 밖을 보며 앉아 있었다. 정문 바로 앞쪽 주차 칸이 방금 비었다. 나는 차를 그리로 이동시켰다. 그러자 사장실이 정면으로 보였다. 사장실과 나의 거리는 50미터도 안 될 정도로 가까워졌다. 리모델링을 했는지 회색 건물이 빨간 파벽돌로 외장 마감되어 있었다. 아름다웠다. 이건 확실히 그의 안목이다. 그는 모든 곳을 아름답게 만드는 사람이다. 그렇게 30분을 더 앉아 있었다. 회사 점퍼를 입은 어린 아가씨가 사장실 문을 노크했다. 그리고 사장실 문이 열렸다. 그러나 안쪽이 들여다보이진 않았다. 문은 순식간에 다시

마지막 외출

닫혔다. 5분쯤 후 그 아가씨가 다시 나왔다. 그리고 문은 영원히 닫히듯이 다시 닫혔다. 그는 화장실 갈 일도 없는가? 그러나 그가 나온다고 해도 이런 복잡한 곳에서 그가 내 차를 주시할 가능성은 없다. 나는 다음을 기약했다.

나는 그 주에 포천을 두 번 더 다녀온다. 단 한 번 사장실에서 사람이 나왔다. 그러나 그는 선배는 아니었다. 60대 후반쯤의 단정하고 탄탄한 체격의 노인이었다. 그가 사장인가? 그는 부친이 또 하나의 공장을 운영하고 있다고 했다. 그렇다면 그는 거기에 가 있는 것인가? 그는 자기는 모친 쪽을 닮았다고 했다. '부친은 육군사관학교를 졸업한 직업군인 출신'이라고 말해 준 적이 있다. '부친은 단단하고 키가 좀 더 크고 어깨가 넓고 남자답게 생긴 사람'이라며. 그는 웃으며 말했다. 부친이 자기도 육군사관학교에 보내려 했다고. '사나이는 군인이 되든지 사업을 하든지 둘 중 하나를 해야 한다'고 주장하셨단다. 선배는 눈물로 호소했다고 한다. 자기는 직업군인엔 도저히 안 맞는 사람이라고. 나는 그의 졸업 사진을 본 적이 있다. 정말이지 그는 군인 감은 아니었다. 곱상하니 단정하고 몹시 마른 어린 선배가 거기에 있었다. 유약한 도련님이. 사장실에서 나온 사람이 그의 부친일 거 같았다.

주말엔 남편이 포르쉐를 몰고 드라이빙을 즐긴다. 그는 저녁 식사를 하며 넌지시 물었다. '도대체 어디를 그렇게 많이 다녔냐'고. 그는 차의 주행거리를 체크하고 있었다. 접시를 떨어뜨렸다. 떨어진 접시가 발등을 때렸다. 순간적으로 풀썩 주저앉았다. 참을 수 없는 통증이 엄습했다. 거기에 공포심이 더해졌다. 그는 도대체 왜 주행거리를 체크하고 있는가? 냉동실에서 얼음을 꺼내 행주로 싸고는 발등을 문질렀다. 그리고 가까스로 대답했다. '나도 여기저기로 드라이빙을 했다'고. 그는 어디로 갔었는지를 물었다. 나는 '포천의 호수공원도 다녀오고 가평의 골프장에도 다녀왔다'고 대답했다. 그러자 그가 조언했다. '드라이빙을 즐기려면 영동고속도로로 가 보라'고. '거기엔 차가 별로 없어 속도감을 즐길 수 있다'고. 이 에피소드는 남편이 얼마나 허허실실한 사람인가를 말한다. 그의 사람 좋은 미소 뒤에는 이렇게도 치밀하고 교활한 사업가가 있었다. 나는 이 사람이 혹시 선배의 명함을 보았을지도 모른다고 생각했다. 나는 그것을 글로브 박스에 넣어 두었다. 보지 않았을 것이다. 보았다면 물었을 것이다.

결국 포천으로의 나의 모험은 이렇게 끝난다. 그러나 한 번 불붙기 시작한 선배에 대한 그리움은 잠들지 않았다. 처음에는 우연히 만나는 상황을 생각했지만 이제 그러한 가능성은 없어졌다. 그의 동네를 배회해도 소용없다. 그는 공장에서 잘 것이다. 이제 내가 '먼저' 전화하는 방법밖에는 남은 수단이 없었다. 핸드폰의 폴더를 몇 번이나 열었다 닫았을까. 수없이 많은 망설임이 교차했다. 비서가 받았다. 사장님께 연결해 달라고 하자 용무를 물었다. 나는 준비하고 있었다. '사장님의 대학 후배이고 안부를 전하기 위해서'라고. 비서는 한참 동안 말이 없었다. '잠깐 기다리라'고 하고는 인터폰으로 사실을 알리고 있었다. 잠시 후 비서가 전화를 돌려드리겠다고 말했다. 인터폰으로 용무를 듣는 순간 그의 부친은 이미 모든 상황을 추론하고 있었다. 아들을 찾는 전화라는 것을.

정말이지 점잖고 사근사근한 말투의 부친이었다. 선배는 말한 적이 있다. '자기 집에는 싸움은 고사하고 갈등조차 별로 없었다'고. '단 한 번 부모가 따로 잔 적이 있다'고 했다. '그것이 유일한 갈등이었다'고. '자기네 가족은 갈등이나 싸움을 감당하기에는 다들 마음이 약하다'고 했다. 그는 '형제 사이에도 갈등이 없었다'고 했다. 그는 2남 1녀 중 장남이었다. '형제 사이에는 완전한 민주화가 진행되어 누구도 서로에게 함부로 대하지 못한다'고 했다. 그런데 슬쩍 웃으며 말했다. '아무래도 부모가 장남을 편애하는 거 같다'고. 그의 고전음악에 대한 취향은 중학교 다닐 때 이미 시작되었다고 한다. 시작은 카세트의 라디오를 듣는 거부터였다. FM 방송에서 이미 모차르트와 하이든을 들었다고 한다. 어떤 곡은 녹음해서 수십 번을 들었다고 했다. 그는 '취향도 나이에 따라 변해서 고등학교 다닐 때는 바흐를 많이 좋아하게 되었다'고 멋쩍게 웃으며 말했다. '그때 이미 칸타타와 모음

곡들을 들었다고. 그의 부친은 아들에게 큰 선물을 한다. 엄청 난 스케일의 오디오 시스템을 마련해 주었다. 그는 브랜드를 말해 줬지만 나는 알아듣지도 기억하지도 못했다. 캔터베리라는 단어 하나는 기억한다. 그 말을 듣는 순간 초서의 '캔터베리 이 야기'를 떠올렸으니까. 그의 부친은 간단하게 집 한 채 값이라고 만 말했단다. 얼마나 대견하고 얼마나 사랑스러웠을까? 이제 중학생인 그가 모차르트와 하이든을 열렬히 듣는다고 할 때. 그의 예술에의 취향과 예술사 전공은 이때 정해진 듯하다.

그의 부친은 먼저 누구시냐며 물었다. 내가 이름을 말하자, 그는 바로 탄성을 질렀다. '사진에서 봤다'고. '그 예쁜 아가씨냐'고 말하며. 그는 말한 적이 있었다. '대장님은 아버지 이전에 좋은 친구'라고. 나는 그의 부친의 목소리를 듣는 순간 친구로서의 아버지는 어떤 사람인지를 알 거 같았다. 그의 말투에는 노인 특유의 느릿함이나 버석거림이 없다. 언제라도 젊은 사람들에게서 친근함을 끌어내는 탄력 있고 약간은 장난스러운 말투였다. 선배는 나중에 말해 준다. 나의 사진은 온 가족에게 회람되고 가족 구성원 모두의 탄성을 이끌어 냈다고. 아마도 장차의 며느리가 될 것이라고 생각해서 자꾸 자기를 괴롭혔다고. 심지어 남동생은 '잤지?'라고 짓궂은 질문을 했다고. 선배는 내가 결혼했다는 얘기는 안 한 거 같다. 부모 마음을 아프게 하고 싶지 않아서였을 것이다.

그의 대장님은 다음과 같이 말했다. 말했다고는 하지만 거기에는 너무도 많은 탄식과 아쉬움이 묻어 있어서 듣고 있으며 눈물을 삼켜야 했다.

"퇴사한 지 3년이 지났어요. 그 몹쓸 우울증 때문에 쉴 수밖에 없었지요. 병원에도 한 달 입원했어요. 옆에서 지켜보기가 힘들 정도로 고생을 많이 했어요. 두 달 동안에 9킬로나 빠졌어요. 넉 달을 고생했지요. 회복하고는 프랑스로 출국했어요. 벌써 2년이 지났네요. 공부하러 간다고는 했는데 아마 그림하고 조각 보러 다니는 거 같아요. 자기는 그걸 해야 한다고 했으니까. 그렇게 핸드폰을 사라고 해도 안 사네요. 부모 형제가 궁금하지도 않은지. 몇 달에 한 번이나 연락할까. 이번에는 석 달째 연락이 없네요. 돈은 꾸준히 쓰고 있으니, 어딘가 돌아다니고는 있는 거 같네요. 언제 돌아오냐는 말에는 대꾸도 안 하고. 우울증은 다시 없냐고 물어도 대답이 없으니 지금도 한 번씩은 고생하는 거 같고. 우리는 도통 연락할 방법이 없어요. 아 참, 어머니는 잘 계시지요? 편모슬하라고 들었는데."

선배는 나에 대해 많은 걸 말한 거 같다. 그러나 자발적으로는 아니었을 것이다. 그의 부모가 캐물었을 것이다. 병든 자식을 보살피게 될지도 모르는 미래의 며느리에 대해서. 나는 그의 대장님의 밀을 들으며 두 가지 사실에 놀랐다. 당시에 정신질환은 공공연히 말해질 수 없는 질병이었다. 그것은 이를테면 고딕적인 그로테스크함을 지닌 불길하고 저주받은 병이었다. 많은 사람이 정신질환에서 격심한 분열증을 떠올렸다. 그러나 이 대장님은 그 질병을 정확히 이해하고 있었다. 나는 나중에 그의 부친이 정신질환을 이해하기 위해 많은 독서를 했다는 사실을 듣는다. 심지어는 프로이트의 '정신분석 입문'까지도 읽었다고 했다. 이런 사랑도 있다. 두 번째로 놀란 점은 병으로 고통받는 아들에 대한 동정과 슬픔이 말투 곳곳에 배어 있다는 사실이었다. 그는 이미 마흔을 넘어서고 있다. 그럼에도 그의 부모에게는 아직도 보호받고 보살펴져야 할 어린아이였다. 나는 여기에 상당한 충격을 받았다. 나는 돈에 의해 계급이 갈린다는 생각을 한 번도 한 적이 없었다. 그러나 그의 부친의 지성과 사랑으로부터는 충격적인 계급 차이를 느꼈다. 선배의 모든 사랑스러움과 재기발랄함은 바로 이러한 배경을 갖고 있다. 그의 불요불굴의 정신력도 이러한 사랑을 바탕으로 하고 있다. 그는 학회나 심포지엄에서 수백 명을 상대로 소수의견을 제시했고 또 반박의 질문에도 전혀 위축되지 않고 대응했다. 또한 그는 극심한 우울증에도 불구하고 강인한 정신력으로 연구와 집필을 해 나가고 있다. 이것은 물론 선배 특유의 타고난 정신력의 문제이다. 무조건적인 사랑에 의해 많은 아이들이 망쳐진다. 그러나 일단 강인한 정신력과 독립심을 가지고 태어난 사람에게는 이 무조건적 사랑은 그 정신력을 강화시켜 준다. 나의 경우에는 자발성과 독립심

마지막 외출

이 결여되어 있다. 누군가에 의존한다. 나는 대학원 진학을 원했다. 거기에서부터 출발하고자 했다. 물론 어리석은 생각이었다. 공부하고자 했다면 도서관에 다니면 됐다. 그러나 내게는 선배가 가지고 있는 그런 자발적 의지가 없었다. 어딘가에 매여 교과 과정을 이수해야 했다. 사실은 대학이야말로 학문의 죽음이었는데.

이제 선배를 찾는 것을 포기해야 할까? 그럴 수 없었다. 선배를 보고 싶은 열망에 그의 부친의 안타까움과 탄식까지 더해졌다. '걱정하지 마세요, 아버님. 내가 당신의 아들을 되돌려 줄게요.' 출판사가 남아 있다. 그는 어쩌면 출판사에 그의 원고를 보내고 있을지도 모른다. 그는 '원고를 집필이 다 끝난 다음에 보내지는 않는다'고 했다. '완결된 하나의 챕터를 보내어 교정을 받고 편집자와 의논하여 집필의 방향을 변경시키기도 하고 가던 방향으로 계속 진행하기도 한다'고 했다. 그는 자기 편집자(그는 실장이라고 불렀다)가 매우 지적이고 섬세하다고 했다. 어쩌면 거기에서 그의 소재를 알아낼 수 있다. 도대체 나를 누구로 소개해야 할까? 열렬한 독자? 그것이 좋을 거 같다. 그렇게 시작해 보기로 하자.

젊은 목소리의 여자가 전화를 받았다. 나는 K 교수의 '키치'의 독자라고 소개했다. 거기서는 '네에'라고 길게 말하며 나의 다음

말을 기다렸다. '그 책과 관련하여 드릴 말씀이 있다'고 하자 잠깐 기다리라고 한 후 다른 쪽으로 전화를 돌리며 '오 실장님'을 불렀다. 그녀가 선배를 담당하는 편집자인가 보다. 나는 선배가 편집자에 대해 말할 때 당연히 여자일 거라고 생각했다. 편집자가 섬세하고, 센서티브하고, 수줍음을 많이 탄다고 했으니까. 남자였다. 나는 잠깐 당황했다. 그가 친절하고 조심스럽게 용무를 물었다. '나는 K 교수의 독자이며 그의 책에 대해 이메일로 무엇인가 물을 것이 있다'고 말했다. 그의 키치는 단숨에 13쇄를 찍은 책이다. 나와 같은 연락이 이미 많이 있었을 것이다. 편집자는 망설이며 미안하다는 말투로 답했다. 'K 교수는 독자와 직접적인 연락은 안 한다'고. '그렇지만 관심을 기울여 준 것에 진심으로 감사하다'고. '이러한 전화가 출판사에 많은 힘을 준다'고. 이어서 조만간 그의 신간이 나올 것이라고 말하며 전화를 끊으려 했다.

나는 다급해졌다. 이렇게 끝나면 안 된다. 나는 내 이름을 말하며 그의 학생이었으며 동시에 그의 여자 친구였다고 말했다. 편집자는 당황한 거 같았다. 아마도 여자 친구라는 말에 많이 놀랐을 것이다. 그러나 대답은 'No'였다. '가족이라 할지라도 그의 거처를 말해 줄 수 없다'고. 나는 그 순간 희망을 보았다. 이 편집자는 그의 거처를 알고 있다. 나는 단지 이메일 주소를 원한다고 말했다. 그의 거처에 대해서는 일단 아무 말도 안 했다.

나는 그의 부모도 알고 있고 또한 선배로부터 철학과 예술사를 개인적으로 사사하였다고 황급히 말했다. 그렇게 그의 이메일 주소를 가까스로 받았다. 편집자는 심지어 내가 무슨 강좌를 수강했는지조차 물었다. 사실 확인을 위해서였다. 희망을 본 나는 순식간에 수강한 강좌를 열거했다. 현대예술, 수리철학 입문, 논고 해제 등.

선배에게

선배가 이 메일을 열어본다면 얼마나 많이 놀랄지 알고 있어요. 이 주소를 편집자에게 간청해서 얻어 냈어요. 당신의 과거의 여자 친구라고 말했어요. 내가 거짓말을 한 건가요? 제발 거짓말이라고 하지 말아 주세요. 그것이 비록 진실이 아니었다 할 지라도요. 그리고 편집자를 탓하지 말아 주세요. 편집자는 단지 저를 불쌍히 여긴 거예요. 이 메일을 쓰기에 한참 망설였어요. 선배가 저를 이미 낯선 사람의 카테고리로 분류했을지도 모른다는 사실이 두렵네요. 선배에게 잊힌 사람이 아니기를 저는 얼마나 빌었는지 몰라요. 선배는 제게 생생히 살아 있어요. 몇 번을 쓰고 지우고를 했어요. 결국 쓰게 되었네요. 그리움은 부끄러움과 망설임을 압도하네요.

저는 잘 지내고 있어요. 네 살짜리 아들도 있어요. 저보다는 아빠를 닮은 점이 어쩔 수 없이 유감으로 느껴지네요. 결혼과 결혼생활에 대해 선배가 많이 걱정했던 거 잘 알고 있어요. 고마워요. 제게 나쁜 운만이 있지는 않았네요. 모든 것이 무사히 잘 진행됐고 그럭저럭 살고 있어요. D가 결혼식장에 나타나지는 않았어요. 그 후로 제게 접근하는 일도 없었고요. 남편은 자동차부품 공장을 운영하고 있어요. 살고 있는 집이 선배가 살던 곳에서 가까워요. 물론 소용없지요. 선배는 포천으로 그리고 다시 유럽으로 갔으니까요. 이러저러한 일상적인 삶에는 어떤 문제도 없어요. 선배에 대한 그리움만 빼고는요. 유부녀가 된 내가 선배에게 이렇게 말하는 것이 선배를 당황시킬 거예요. 그렇지만 선배는 항상 말했어요. "있는 것은 그대로 있고 발생하는 것은 그대로 발생한다"고요. 또한 말했어요. 삶에 닥쳐드는 일에 어떤 필연도 없다고요. 저의 이메일도 그렇게 생각해 주세요. 선배에게 닥친 우연으로요. 제가 선배님의 강의를 우연히 듣고 선배가 제게 우연히 비즈니스를 제안했던 것과 같은 그 우연으로요.

물리적인 측면에서의 제 삶의 평탄함과 심정적인 면에서의 저의 절망은 완연한 대비를 이루네요. 제게 유일하게 의미 있었던 사건은 당신과의 만남이었어요. 당신은 제가 간절히 원하는 모든 것을 가지고 있었어요. 저는 당신을 통해 가지 말아야 할 세계로 인도되었어요. 그 세계는 일단 발을 디디면 돌아올 수 없는 세계라는 걸 새삼 되새기게 되네요. 거기에다 당신의 인간적인 매력까지 더해지고요. 그 시절이 그리워요. 당신이 저를 가르치고 있었을 때 저는 하늘 끝까지 치솟았어요. 가장 높은 산보다 더 높은 하늘로요. 지금은 추락 중이에요. 저는 5년의 결혼생활 가운데 제가 끝없이 전락하고 있다고 느끼고 있어요. 그러니 저는 불행하네요. 우리가 다시 만날 수 있을까요? 당신을 영원히 보지 못할 수도 있다는 사실이 두렵네요. 저는 마지막 만남에서 많이 울었어요. 다시 눈물이 나려 하네요. 또다시 말할 수 있어요. 당신의 허락만 있다면 모든 것을 저버릴 수 있어요. 이 말은 내가 죽거나 당신이 죽을 때까지 하게 될 거 같네요.

당신의 부친과 전화 통화했어요. 제가 공장으로 전화했어요. 화내지 마세요. 화가 나더라도 제 인간적 약점에 대해 관용해 주세요. 당신을 보고 싶은 마음을 억누를 수 없었어요. 당신의 대장님은 더없이 친절했어요. 부러웠어요. 당신의 대장님은 단지 수사적으로만 대장님은 아니었어요. 지혜와 분별, 공감과 사랑에 있어 진정한 대장님이었어요. 그 대장님은 나만큼이나 당신을 그리워하고 있어요. 많이 걱정하고 계세요. 당신으로부터의 소식이 없다고요. 당장 전화하세요. 그리고 당신의 거처를 알려주세요. 당신의 건강 상태도 알려주세요. 아이를 키워보니 자식과 부모 사이를 이해할 수 있어요. 당신은 대장님께 생명과 같은 존재예요. 부디 전화하세요.

– 사랑하는 A가

이메일을 보낸 후 나는 다시 대장님께 전화한다. '그의 이메일 주소를 알아냈고 그에게 소식을 전해 달라는 서한을 보냈다'고. 대장님은 눈물겨울 정도로 고마움을 표했다. '괜찮다면 집에 들러 달라'고 간청했다. 아들이 없는 지금 그의 과거의 여자 친구가 마치 실재에 대한 표상으로서 주술적으로 아들을 불러낼 수 있다고 믿는 듯했다. 나는 그러겠다고 하고 전화기에 주소를 입력했다. 그의 부모도 외로운 사람이다. 다른 두 자식도 해외 체류 중이다. 한 명은 국제공인회계사로, 다른 한 명은 유학으로. 대장님은 심지어 내게 신세를 한탄했다. '자식 복이 없다 보니 결국 자식들 얼굴도 못 보고 산다'고. '잘 키운 건지 잘못 키운 건지 모르겠다'며.

내가 몇 번이나 수신확인을 눌렀을까? 백 번은 넘은 거 같다. 그는 선택적으로 메일함을 여는 거 같았다. 왜냐하면, 출판사와는 계속해서 이메일을 주고받았으니까. 이때의 원고가 두 권의 '근대예술'이었다. 그에게 세종학술상과 출판사에 천만 원의 지원금을 안겨 준. 이 책은 그로부터 3년 후에 출간된다. 그러나 이 책은 별로 읽히지 않는다. 좋은 책은 칭찬받고 안 읽힌다. 그는 예술사를 시간의 역순으로 쓰고 있다. 현대예술의 원고는 이미 완결되어 있다고 한다. 마지막 수단이 남았다. 출판사는 어쨌든 유럽에서의 그의 이동과 그의 소재에 대해 안다. 다시 한

마지막 외출

번 편집자에게 호소하는 수밖에 없다. 나는 선배의 부친과 동행해서 출판사에 직접 찾아간다. 대장님은 기사가 모셔 온다. 출판사에서 만나기로 했다. 나는 편집자에게 그 전날 약속을 받아 놓았다. 대장님은 내적 당당함과 의연함이 외적 부드러움과 조용함과 멋진 조화를 이루는, 깨끗한 피부를 가진 잘생긴 분이었다. 자신감 넘치는 표정과 솔직한 소박함을 보이는 태도를 동시에 지녔다. 젊어 보였다. 인물로는 선배보다 나았다. 눈가에 맺히는 미소를 선배에게 물려준 분이다. 선배도 저렇게 늙어갈까? 그렇다면 그는 늙어서도 내게 매력적인 사람일 것이다.

편집자는 생각한 대로 선배의 분위기를 공유하고 있었다. 유약함과 강단이 함께하는. 편집자뿐만 아니라 사장을 비롯한 다른 직원들도 다 당황했다. 그러자 대장님도 같이 당황하고 있었다. 수천의 병력을 지휘했고 역시 천여 명의 직원을 지휘하는 그의 위용은 자식에 대한 사랑 앞에서 모두 사라지고 없었다. 대장님은 손을 비비며 '이걸 어쩌나'를 연발했다. 우리가 도착했을 때 마침 출판사 직원들이 점심 식사를 위해 일어 날 때였다. 대장님은 '같이 식사해도 되냐'고 물었다. 직원들 전부와 더불어 우리는 그들의 단골 국밥집에 들어갔다.

식사 내내 대장님은 말이 없었다. 아마도 이 초라하고 조그마한 출판사에 자기 아들의 운명 전체가 얽혀 있다는 사실에 적잖이 당황하고 있는 거 같았다. 나는 식사를 즐기기는커녕 도대체 내가 무엇을 하고 있는지도 모를 지경이었다. 자꾸 먹어도 남아 있는 밥의 양이 도통 줄지 않았다. 옆 테이블에 같이 앉아 있던 사장과 편집자가 서로 조용히 무슨 말인가를 주고받았다. 이미 전체 식대를 계산한 기사는 어디론가 사라졌다. 좋은 기사의 첫 번째 조건은 드러나지 않음이다. 그는 필요할 때 이외에는 없는 사람이어야 한다. 모두가 대장님께 '잘 먹었다'고 인사했다. 편집자가 내게 조용히 말했다. '두 분에게 커피를 대접하겠다'고. 셋은 커피숍에서 둘러앉았다. 커피 원두를 로고로 하는 수선스럽고 시끄러운 커피숍이었다. 편집자는 '2시가 지나면 조용해진다'고 말했다. 대장님이 천천히 편집자와 눈을 마주쳤다. 언뜻 선배의 눈매가 거기에 있었다.

편집자는 또박또박하게 그러나 곤혹스럽다는 듯이 그의 말을 시작했다. 제일 먼저 한 말은 '우울증 약을 자기가 처방받아서 암스테르담으로 보냈다'는 것이었다. 그는 입을 한 번 굳게 다물었다가 다시 말했다. '다시 우울증이 찾아왔다'고. 지난 2년간은 무사했다고. 나는 참으려고 애썼다. 그러나 눈물이 흘렀다. 그가 또 그 죽음 같은 심연으로 끌려들어 갔구나. 이번에는 어떻게 전개될까? 이겨낼 수 있을까? 도대체 극복할 수 있기나 한 걸까? 사실 선배는 모든 것을 알고 있었다. 내가 대장님과 통화한 것, 편집자가 이메일 주소를 가르쳐 준 것 등.

대장님이 조용히 말했다. '데리러 가야겠다'고. 편집자가 안주

마지막 외출

머니에서 이국적인 서류 한 장을 꺼내 우리 앞에 내밀었다. DHL 영수증이었다. 편집자는 그곳이 우울증 약을 보내준 주소라고 말한다. 인터콘티넨탈 암스테르담 호텔이다. 이건 운명적이다. 내가 아는 호텔이다. 운하를 끼고 있는 아름다운 호텔이다. 물론 암스테르담의 모든 호텔이 그러하듯 객실은 작고 낡았다. 그곳 501호에 그가 체류하고 있다. 2년 전에 남편과 여행할 때 거기에 묵었고 그 근방의 Amstel Bier 집에 간 적이 있다. 거기서 간단한 음식을 먹고 맥주를 마셨다. 마헤레 다리 근방이다. '약을 보낸 게 언제냐'고 내가 물었다. 5월 3일이라고 한다. 송장 번호를 확인해 보니 그는 5월 13일에 약을 수령했다. 대장님과 나는 안도의 숨을 내쉬었다. 오늘이 5월 15일이다. 그는 이틀 전에 약을 받았다. 호텔로 전화를 미리 해 볼까 하는 생각도 들었지만 그만뒀다. 그는 지금 혼자이기를 원하고 있다. 예술사 집필과 관련한 필사적 노력을 하고 있다. 만약 전화를 한다면 그는 또 사라질 것이다.

대장님은 그의 집으로 가자고 했다. 그러나 아이가 놀이방에서 올 시간이 가까워지고 있다. 나도 그 집에 간절히 가 보고 싶었다. 그의 방에 들어가서 그의 냄새를 맡고 싶었다. 그의 베개를 베고 그와 함께 누운 상상을 하고 싶었다. 그의 옷장 속에서 옷 하나를 훔치고 싶었다. 그의 냄새를 언제라도 맡기 위해.

대장님이 말했다. 계좌번호를 알려 달라고. 나는 순순히 불러

줬다. 급히 예약을 하면 아마 비즈니스석만이 있을 거라며 그것을 예약하라고 했다. 대장님의 눈길은 애처로우며 간절했다. 못난 놈 때문에 내게 큰 수고를 끼치게 되었다고.

남편에게는 '고등학교 때부터의 친한 친구가 지금 암스테르담에서 우울증으로 꼼짝을 못 하고 있다'고 말했다. '우울증 약을 전달하러 가야 한다'고 말했다. 아이는 나흘간 시부모 집에 맡겨 놓으면 된다. 친구의 의사 남편이 정신과 의사를 소개해 줬다. 나는 '우울감이 가장 심하다'고 하고는 졸피뎀까지도 처방받았다. 그는 우울증이 오면 불면에 시달린다. 먼저 잠을 재워야 한다. 역시 이코노미석은 즉시 출발의 예약 편이 없었다. 비즈니스석을 예약했다. 저녁 6시 출발이다. 암스테르담에는 저녁 8시 도착이다.

지금 지난 38시간 동안 거의 잠을 자지 못했다. 지난밤도 거의 뜬눈으로 지새웠다. 둔탁한 나무망치로 가볍게 얻어맞는 듯한 리드미컬한 통증이 머리 전체를 울리고 있다. 잠을 잘 수가 없다. 선배의 고통에 대한 걱정과 두려움이 마치 겨울 첫날의 짙고 검은 구름처럼 머리를 무겁게 누르고 있다. 그러면서도 꿈에서만 볼 수 있는 도원경의 아방궁을 실제로 볼 수도 있다는 숨막히는 기대가 나의 몸 전체를 들뜨게 하고 있었다. 지금 비행은 태양을 따라가고 있다. 암스테르담은 지금 정오이다. 선배가

마지막 외출

식사를 잘하고 있을까? 도대체 무언가를 먹고나 있을까? 도착 시간이 저녁이다. 만난다면 데 이스브릭으로 끌고 가야겠다. 거기에서 뭔가를 강제로라도 먹일 것이다. 좌석을 눕혔다. 스튜어디스에게 위스키 온더록스를 부탁했다. 어쨌건 잠을 조금이라도 자야 한다. 그래야 선배를 보살필 수 있다. 졸피뎀을 한 알 꺼내 위스키와 타이레놀과 함께 삼켰다. 서서히 신경이 둔해지고 눈이 피로해진다. 선배가 옆자리에 앉아 있다면 팔걸이를 올리고 그의 품에 안길 텐데. 그리고 바랄 텐데. 이 비행기가 차라리 태양 안으로 빨려들기를. 그래서 둘의 뼈가 먼지가 되어 서로 섞이기를.

스키폴 공항이다. 택시 기사는 '마헤레 다리까지 40분 정도 걸린다'고 한다. 현재 퇴근 시간대라 시간이 좀 더 걸린다고 한다. 좌석 뒤쪽으로 몸을 깊숙이 밀어 넣으며 크게 한숨을 내쉬었다. 그가 약을 수령한 이후로 이미 나흘이 흐르고 있다. 그는 반 고흐 미술관이나 레이크스 박물관을 더 둘러볼 이유가 있어야 한다. '야경'이나 '노인의 초상' 앞에 홀린 듯이 서 있어야 한다. 아니면 렘브란트 광장에서 산책을 즐기고 있어야 한다. 그가 아직은 인터콘티넨탈에 있어야 한다. 거기 501호에 있어야 한다. 택시에서 내리자 아직은 서늘한 암스테르담 봄의 밤공기가 몸을 떨게 했다. 호텔 문 옆으로 자전거들이 일렬로 정돈되어 있었다.

그도 저걸 타고 다녔을까? 그걸 생각하니 그 낡고 협소하고 불편했던 호텔이 다정스럽게 느껴졌다. 프런트로 다가갔다. 아마도 인도계인 거 같은 직원이 부산스럽게 서류들을 정리하고 있었다. 명찰에는 Murad 라고 적혀 있었다.

"무라드 씨, 여기 숙박객 중 한 명에게 우울증 약을 전달하러 왔습니다. 방금 한국에서 오는 길입니다. 그는 501호에 묵고 있습니다."

나는 약봉지와 영어 처방전을 프런트 위에 올려놓으며 말했다.

그는 컴퓨터를 두들기며 고개를 갸웃거렸다.

"그 손님은 이틀 전에 떠났습니다. 부인."

나는 순간적으로 휘청했다. 다시 한번 확인을 부탁했다. 그는 어디론가 인터폰을 했다. 아마도 룸 메이드에게 연락하는 거 같았다.

"그는 이틀 전에 떠났습니다. 부인. 확실합니다. 내가 공항으로 가는 택시를 불러 준 기억이 납니다.(He departed two days ago, Madame. It's certain. I remember I called a airport taxi for him.)"

501호는 비어 있었다. 나는 그 방으로 체크인한다. 작고 초라하고 불편한 객실이다. 그러나 그가 여기에 2주를 묵었다. 그가 그리웠다. 뼛속까지 그리움이 사무쳤다. 옷을 갈아입고 리넨 침구 안으로 들어갔다. 손을 아래로 가져갔다. 자위는 졸업 이후 처음이다. 그러고는 울었다. 참을 수가 없었다. 눈물이 한 없이 흘렀다. 그리움과 영원히 못 볼지도 모른다는 공포가 교차했다.

갈등

남편은 결혼생활이 4년 진행된 후 공부를 허락하겠다고 약속했었다. 그러나 그것은 결혼하기 위한 공허한 약속이었음이 드러나기 시작했다. 그는 대학원 진학을 반대했다. '약속하지 않았느냐'고 물었더니 '그 약속을 아직도 기억하느냐'고 뻔뻔스러운 웃음을 지으며 대답했다. 돈과 관련하여서 그렇게도 영민한 사람이 그 범주를 벗어나서는 인간 심리의 이해에 있어서 이렇게까지 무능할 수 있다. 그는 생각할 것이다. 돈이 걸리지 않은 모든 약속이 사실은 진실하고 진지한 약속이 아닌 경우로 드러나는 일이 매일 벌어지고 있지 않은가? 우리는 언제 만나서 밥 한번 먹자는 약속을 쉽게 하지만 그것은 지켜질 의무를 가진 약속은 아니지 않은가? 우리의 영혼은 (돈이 걸리지 않았

마지막 외출

을 경우) 매우 수동적인 수용기에 지나지 않아서 마치 모래에 주먹을 집어넣으면 모래가 순순하게 자리를 내주는 것과 마찬가지로 다른 사람의 말을 수동적으로 수용하는 것으로 끝이지 않은가? 결국 이 세상에 구속력 있는 유일한 약속은 돈과 관련한 것뿐이지 않은가?

나는 남편의 약속 일반에 대한 이러한 태도가 잘못되었다고는 생각하지 않는다. 그의 말은 틀리지 않다. 길을 막고 묻는다면 대부분이 남편에게 동의할 것이다. 지금에 이르러서는 나도 그의 말에 충분히 동의한다. 남편과 나는 반드시 지켜져야 하는 약속과 지켜지지 않아도 되는 약속에 있어서 서로 범주를 달리했을 뿐이다. 남편은 그 기준을 돈으로 삼았지만, 나는 기준을 공부로 삼았을 뿐이다. 우리는 하나의 세계에 살지 않는다. 두 개나 세 개의 세계에 살지도 않는다. 세계는 사실은 인간의 머릿수만큼 많다. 우리 각각은 스스로에만 적용되는 각자의 세계를 가지고 산다. 아인슈타인이 밝힌 대로 절대적인 것은 동일 관성계 내에서일 뿐이다. 심리적인 동일 관성계는 각 개인에게로 한정된다. 우리는 같이 살고 있지만 사실은 다른 관성계에 살고 있다. 그러나 우리는 모두가 동일 관성계에 살고 있다고 믿는다. 물리적으로는 그렇다. 우리는 지구라는 동일 관성계 내에서 살고 있다. 운동을 하는 물체가 다른 관성계를 구성한다고 해도 그 사실이 우리 삶에 중요 요소로 다가오지 않는 이유는 그 속도는 삶에 차이를 줄 만큼 그렇게 큰 것은 아니기 때문이다.

심리적으로는 그러나 우리는 각각이 다른 관성계에 산다. 그 차이가 작기 때문에 그것이 서로 간의 분쟁으로 번지는 일이 잦지 않을 뿐이다. 세계의 개수는 인간의 머릿수만큼 많다. 그러나 나와 남편 사이에 처음 발생한 분쟁은 서로 다른 관성계에 살고 있으면서도 같은 관성계에 살고 있다고 믿었다는 데 있다. 공부와 관련하여 그와 내가 부여하는 의미와 비중의 차이는 나를 격분시켰다. 내가 만약 지혜로웠다면 격분하기 전에 공부에 대한 그의 무관심과 경멸은 다만 기질과 성품 차이에 지나지 않는다는 사실을 알았을 것이다. 만약 내가 이 사실을 이해했다면 그리고 내 희망을 관철시키기를 끝내 원했다면 — 그것이 어떤 것이건 — 우회로를 돌아서 그것을 이루어야 했다. 먼저 그가 대학원 진학을 반대하는 이유를 물어보고 그의 진심에서부터 나오는 의견을 경청해야 했다. 그리고 그다음으로는 그의 우려를 완화시키거나 없애기 위한 어떤 방도를 제시하거나 원천적으로 그 우려의 근거가 없다는 사실을 설득했어야 했다.

나는 마음 깊은 곳에서는 그를 얕보고 있었고 약간은 경멸하고 있었다. 내가 어떻게 그에 대한 이러한 심적 태도를 지닐 수 있단 말인가? 나의 모든 안락과 평온 그리고 사치와 허영의 만족을 위한 물질적 부분을 그가 책임져 주고 있지 아니한가? 이 갈등과 관련하여 책임의 상당 부분은 내게 있었다. 나는 내 세

　　　　　　　　　　　　　마지막 외출

계에 있어서 소중한 것에 대한 그의 이해의 결여를 그를 경멸할 이유로 삼고 있다. 그는 학문과 예술에 대해 완전히 무지하다. 소크라테스부터 비트겐슈타인에 이르는 모든 철학 체계도 그에게는 그의 구두끈 하나나 넥타이핀 하나만큼의 값어치도 없을 것이다. 그레고리안 성가에서 스티브 라이히에 이르는 모든 음악 세계가 예고도 없이 사라져서 수많은 사람에게 박탈감과 절망을 준다고 해도 그는 단지 어리둥절할 뿐일 것이다. 그러한 것들이 사라진다 해도 고급 차와 고급 식당과 화려한 호텔 등은 여전히 거기에 있지 아니한가. 학문과 예술의 사라짐은 그에게는 하나의 돌멩이, 하나의 웅덩이의 사라짐만 한 아쉬움도 아닐 것이다. 이것이 그와 그의 관성계를 공유하는 많은 사람의 마음일 것이다. 다수결로 하자면 나는 결코 그를 이기지 못할 것이다. 그렇다면 누가 옳은 것인가? 옳음의 절대적 기준이 없다고 하자. 그러면 누가 그 정당성을 인정받을 것인가? 마땅히 그다. 그와 그의 관성계가 다수일 것이니 그렇다. 돈이 새로운 신이기 때문이다.

돈이 새로운 신이라면 신성모독의 죄를 지은 사람은 바로 나다. 부부 동반 사교모임에 반드시 내가 함께한다는 약속이 그가 내건 결혼 조건의 하나였다. 사교는 허위다. 그것은 사교의 탈을 썼을 뿐이다. 기실 그것은 하나의 카르텔이었다. 그리고 무엇보다도 강력한 카르텔이었다. 돈을 매개로 하고 있었기 때문이다.

그 사교모임은 식당에서, 호텔 바캉스에서, 해외여행에서, 골프장에서 수시로 그 굳건함을 보증받았다. 나도 그 사교모임을 처음에는 즐겼다. 놀라운 일이었다. 내가 이 모임을 즐기다니. 그러나 나는 하나가 아니라 둘이었다. 본래의 내가 새로운 나를 흘겨보고 있었다. 결국에는 어둠 속에 잠복해 있던 본래의 내가 자기주장을 하며 나타났다.

나를 평생 지배하며 나를 무가치한 사람으로 만든 것은 나의 집단적 성향과 허영이었다. 나는 집단을 좋아했다. 어떤 측면으로 보더라도 나는 사회적 동물이었다. 물론 사회성은 필요하다. 아리스토텔레스가 인간을 폴리스적 동물이라고 했을 때 그가 의미한 것은 사회의 순기능이었다. 그러나 인간이 완전히 사회적 동물이기만 하다면 거기에는 머릿수만큼의 쌍둥이들만 있을 것이다. 인간은 사회적 동물이면서 동시에 홀로 설 수 있는 동물이어야 한다. 뉴턴의 역학이나 아인슈타인의 역학이 어떤 사회성에 의한 것인가? 흄의 철학이나 비트겐슈타인의 철학이 어떤 사회성에 의한 것인가? 그것은 물론 사회를 배경으로 하고 있다고 해도 순수하게 독자적이고 독립적인 개인에 의한 것이다.

태초에 리듬이 있었다. 집단성과 개별성은 빛과 어둠처럼 교차해야 한다. 정기적으로 찾아오는 일출이 아마도 최초의 수의 개념을 창조했을 것이다. 태양이 내내 떠 있기만 한다면 지구의 모든 물리적인 것들이 말라붙듯 인간의 문명도 말라붙을 것이다. 아니 말라붙기 이전에 탄생조차 못 했을 것이다. 홀로이기만을 원하는 사람은 사회가 주는 교육과 교양과 사회성에서 완전히 탈락할 것이다. 그러나 집단 속에 있어야만 안심하는 사람, 집단과 계급이 주는 안락함과 대표성에만 함몰된 사람은 자신의 독자성을 집단에 위임함에 의해 피상적이고 경박한 사람이 되기 쉽다. 누구나 불가피하게 양쪽에 걸쳐진다. 나의 문제는 집단으로 향하는 욕구가 홀로 되고자 하는 욕구보다 훨씬 컸다는 데 있다. 이 점에 관한 한 나와 남편은 서로 다른 점이 없었다. 물론 서로가 공유하는 집단이 다르긴 했다. 나는 아카데미라는 집단을 원했고 남편은 이익과 향락을 공유할 수 있는 집단을 원했다. 그러나 희구하는 집단의 차이는 부차적인 중요성밖에 가지지 않는다. 일차적인 중요성은 각 개인의 성향이다. 누군가가 집단적 성향을 갖고 있다면 그는 절대로 창의력이 요구하는 일을 해서는 안 된다. 어둠보다 빛을 좋아한다면 독창적인 성취는 없다. 반대로 그가 개인적인 성향이라면 사업이나 회사 생활에서 다른 사람보다 경쟁력을 가질 수 없다.

선배와 나는 이 점에서 달랐다. 선배는 좀 더 개인주의적 성향이 강한 사람이다. 그는 물론 현재의 *그*가 되기 위하여 상당 부분 사회에 빚지고 있다. 학교와 집안이 그에게 베풀고 그에게 가한 지적이고 심미적인 가치는 그의 현재를 위해 절대적인 의미를 지닐 것이다. 그러나 이 사실과 그의 집단적 성향은 상관없다. 그는 내성적인 사람으로서 언제나 집단을 힘겨워했다. 강의와 심포지엄, 학회 등은 그에게 큰 부담이었다. 그는 학위를 받자마자 지적이고 심미적인 추구를 위해서는 단절이 필요하다고 느낀다. 이제 전적으로 독자적인 연구의 필요성을 느꼈고 그의 유럽에서의 5년은 광야에서의 예수의 40일과 같은 기간이었다. 그의 장점은 집단이 그에게 뭐라고 하든 혹은 전적으로 무관심하든 어느 쪽에도 관심을 기울이지 않았다는 데 있다. 그와 같은 사람이 36권의 책을 쓴다.

이 점에서 선배와 나는 근본적으로 성향의 차이를 보인다. 나는 소속감이 필요한 사람이었다. 나는 선배만큼 굳센 사람이 아니었고 선배만큼 자기 확신이 강한 사람이 아니었다. 내가 독창성이나 창조력에 있어서 선배가 이룩한 성취에 다가가지 못한 것은 이런 성향 차이도 컸다. 결국 선배와 나는 이 점에서 상반되는 기질을 가지고 있었다. 키르케고르는 물론 선배를 지지했을 것이다. '단독자'임을 강조하는 철학자였으니. 그러나 키르케고르 스스로도 단독자가 되기 위하여 집단에서 무언가를 배우고 느꼈을 것이다. 누구도 단독자로 태어나지는 못한다. 집단에 죽을 때까지 머물 것만 아니라면 먼저 집단에서 출발해야 한다. 이 점에 있어 나의 잘못은 없다. 그러나 영원히 거기에 머무르려

마지막 외출

했다는 점에서 나의 잘못은 컸다. 이것이 내가 독창적일 수 없는 이유였다.

몰이해는 오만에서 시작해서 경멸로 옮겨간다. 나는 이러한 사실을 이해하고 있지 못했다. 결국은 나 역시도 어떤 집단엔가에 속해 나의 자율성을 위임하기를 더 선호하는 사람이라는 사실을. 남편에 대한 나의 경멸은 남편의 집단적 성향에 대한 것이 아니라 단지 그가 원하는 집단이 내가 원하는 집단과는 다른 집단을 향할 뿐이라는 것에서 비롯됐다는 사실을 알았어야 했다. 나는 점차로 남편의 부부 동반 모임에 결석하기 시작한다. 이것은 남편에게는 크나큰 손실이다. 그는 처음에는 이해로, 나중에는 짜증으로, 궁극적으로는 분노로 대응했다. 우리는 서로를 이해하지 못하고 있었다. 둘이 서로를 경멸하고 있다는 점에서도 그 갈등은 더욱 크게 폭발해 나갔다. 어쨌건 나 역시 약속을 어긴 사람이다. 이제 서로가 약속을 어긴 것이다. 문제는 어느 쪽이나 약속을 어긴 데 대한 의식이 없었다는 사실이다. 남편이나 나나 상대편이 소중히 하는 약속을 파기하는 데에 있어서 일고의 양심의 가책도 없었다.

남편과 나의 갈등은 사실 그 이전부터 잠재되어 있었다. 그것은 취향의 문제였다. 취향이 없다거나 취향이 다르다는 사실은 부부 사이에서 작은 문제가 아니다. 남편은 취향이 없는 사람은 아니었다. 그가 취향이 없었다면 나는 덜 괴로웠을 것이다. 남편의 취향이 통속적이라 했더라도 나는 덜 괴로웠을 것이다. 그는 전도된 취향을 가지고 있었다. 없는 취향 혹은 저속한 취향을 그럴듯한 유의미로 치장하는. 허영과 허위의식이 그의 취향을 인도했다. 선배는 현대예술을 보는 기준을 제시한 적이 있다.

"현대예술은 의미의 소멸을 전제로 시작돼. 데이비드 흄에 이르러 플라톤은 더 이상 호소력 있는 철학자가 되기를 그쳐. 1차 세계대전 중에 개시되는 다다이즘은 의미를 파괴하는 의식과 그 파괴하는 과정을 그들의 예술로 삼아. 따라서 다다 이후의 예술은 무의미에서 시작해야 하지. 의미의 소멸에 있어서 가장 중요한 요소는 재현적 예술의 종말이야. 재현이라는 것은 이데아의 존재를 가정하는 거야. 이데아에 가장 가깝게 다가가는 것이 예술의 본령이라는 것이 아리스토텔레스의 미학이야. 그것이 자연을 닮는 예술이야. 여기에서 자연은 이데아의 다른 말이지. 따라서 예술은 계속해서 해 왔던 예술 활동의 가장 중요한 요소를 제거해야 해. 즉 모방을 포기해야 한다는 거야. 왜냐하면 이데아가 죽었기 때문이지. 사실 이데아가 죽으면 다른 유의미한 모든 것들도 따라 죽어. 신도 죽고 과학도 죽지. 현대예술은 여기에서 세 방향을 취해. 하나는 추상표현, 다른 하나는 추상형식, 마지막은 신사실주의야. 칸딘스키나 말레비치가 처음에 해당되고, 몬드리안이나 호안 미로가 두 번째에 해당돼. 그리고 앤디 워홀, 리히텐슈타인 같은 사람이 신사실주의에 포함되지.

결국 현대예술은 추상 아니면 신사실주의 예술이야. 여기서 신사실주의는 조건적 사실주의로 불릴 수 있어. 지워질 것을 전제하는 사실주의이기 때문이지."

여기에서 선배는 키치라는 개념을 해명한다. 그는 간단히 말한다. '무의미한 세계에 의미를 끌어들이려는 시도가 키치'라고. '따라서 그것은 예술에뿐만 아니라 삶 전체에 미치는 하나의 오도된 세계관'이라고.

남편이 바로 키치였다. 그는 모든 것에 의미를 부여했다. 나와의 만남은 운명이라는 의미고, 자기 삶은 신으로부터 축성 받은 행복함이라는 의미고. 모든 화가의 그림은 각자 지향하는 어떤 숭고하고 심원한 의미이고.

그가 내 생일날 선물한 그림은 그에게 일단 세 가지 의미를 부여했다. 마누라의 운명적 탄생이라는 의미, 그것을 축하하는 사려 깊고 품위 있는 스스로에 대한 의미, 그림이 지닌 심오한 의미. 그 그림은 예쁘게 생긴 클래식 자동차를 아래쪽에 두고 전체 화폭을 풍선으로 채운 유치하고 어린애 장난 같은 것이었다. 그는 갤러리에서 가장 '비싼' 그림이라고 말했다. 하청 업체와 직원들을 쥐어짠 대가 중 하나였다. 역겨움에 대해 구토증이 인다는 것은 단지 심리적인 수사가 아니다. 그것은 또한 생리적 수사이다. 나는 화장실 가서 토했다. 메슥거리며 구토증이 계속 일어났다.

그는 그 그림을 거실 TV 옆에 걸었다. 그 비싼 키치는 나를 계속 괴롭힐 수 있게 되었다. 그것은 아마도 따스하고 부유하고 안일한 부르주아적 행복이라는 의미를 담고 있을 것이다. 이 의미와 그것이 가장 비싸다는 사실이 남편이 거기에 부여한 제4의 의미였을 것이다. 남편은 나의 차가움에 당황했다. 그는 의문을 품었다. 나의 안목이 갤러리 사장의 안목보다 높을 수는 없었기 때문이다. 나는 순식간에 갤러리 사장의 안목, 돈, 남편의 취향 등과 대립하게 되었다. 나 역시 고집에 있어서는 누구와도 경쟁할 수 있었다. 내 태도를 고치지 않았다. 남편이 출근하면 보자기를 펼쳐 그림을 덮어 놨다. 그래야 숨이라도 쉴 수 있었다. 남편이 퇴근할 때는 보자기를 벗겨 놓았다. 그러나 이런 방식의 시도는 언제나 실패한다. 깜박 잊고 보자기를 내버려 두었다. 남편이 조용히 나의 취향은 자기편에 있는 모든 사람과 다를 수도 있다는 사실을 인정했으면 얼마나 좋았겠는가? 그는 나를 아무것도 모르면서 건방지기만 한 사람으로 치부했다. '당신 참 잘난 사람이야'라고 비꼬며.

같이 연주회장을 다니는 것도 고역이었다. 거창한 베를린 필이나 비엔나 필이 베토벤 교향곡을 연주하는 것을 관람하는 것이 가장 큰 고역이었다. 일단 나는 대편성을 좋아하지 않았다. 그리고 베토벤의 그 장엄한 의미 부여도 좋아하지 않았다. 그의

5번이나 9번을 연주회장에서 들은 때에는 거의 초주검 상태가되어 나왔다. 환희의 송가는 가장 역겨웠지만 위안은 있었다. 이제 이 모든 코미디가 끝날 것이라는. 남편은 만족해했다. 스스로에 대한 자부심이 한껏 고양되었다. 자기는 예술의 전당의 다이아몬드 회원이며, 베토벤을 듣는 사람이고, 더구나 그것도 R석에서 듣는 사람이었다. 온갖 번쩍이는 치장을 하고 예쁘고 젊은아내를 동반하여. 그의 취향도 물론 존중받아야 한다. 그러나그 역시 다른 사람의 취향을 존중해야 했다. 그는 나의 취향을존중하지 않았다. 가장 비싼 연주회를 기피하는 것이 하나의 취향일 수는 없었기 때문이다. 그에게는 취향의 기준도 돈이었다.

나는 가끔 바흐의 조곡이나 하이든의 현악 4중주를 들으러갔다. 남편은 따라나섰고 내내 하품과 권태스러운 몸짓으로 마땅치 않음을 가차 없이 드러냈다. '기껏 5만 원짜리 연주회에 뭐가 있겠냐'고 하면서. 우리 부부는 차차 각자 음악회에 가게 된다. 이때 나는 남편의 다른 여자에 대해 처음 듣게 된다. 연주회에 어떤 여자를 동반했다는 사실을 누군가가 말해 준다. 그러나모른 척했다. 그것이 왜 중요한가?

갈등의 세 번째 원인도 있었다. 경제적 유능성을 지녔으면서전통적인 교육을 받은 남자들은 일반적으로 가정생활에 있어서자기는 모든 노동에서 완전히 면제되어 있다고 생각한다. 심지어는 찬장에서 자기 숟가락과 젓가락조차도 찾지 못한다. 그들의 마법적인 어휘는 '밥 줘'이다. 이 말과 동시에 식탁에 앉으면 그가 주부에게 요구하는 바는 거침없이 진행된다. 마치 '알라딘과 요술램프'이다. 그들은 일고의 불편함도 참지 않는다. 자기는 가정을 구성하는 요소 중 가장 커다란 일을 하는 사람이다. 가정 경제를 책임지고 있는. 남편에게 절대복종하고 그의 모든 요구에 순순히 응하는 것이 부르주아에게 시집간 여자의 일반적인 운명이다. 여기에서 여성의 인권은 철저히 사라진다. 집안에서의 권력은 결국 상업적 노동에 달려 있게 된다. 만약 두 사람이 대등하게 상업적 노동을 한다면 이제 여권은 신장된다. 그녀의 발언권은 남성과 대등해진다. 그것이 맞벌이를 하는 상대적으로 가난한 가정의 모습이다.

중세에서 근대로의 진입은 그렇게 복잡한 메커니즘에 의하지 않는다. 단지 하나의 메커니즘에 의한다. 도시의 출현이다. 진화는 동질성과 미분화에서 이질성과 분화를 향해 나아간다. 고등학생 때까지는 만능 야구 선수가 있을 수 있다. 그러나 대학에 진학하거나 프로팀에 입단하는 순간 선택해야 한다. 던지기만 하든지 때리기만 하든지. 남자 수입이 기대치만큼 높지 않을 경우 그는 맞벌이 여자를 구한다. 이때 남자와 여자는 동질적 상황에 놓인다. 같이 상업 노동을 하며 같이 가사를 해 나간다. 그러나 한 쪽의 수입이 만족스러울 정도로 상당하게 될 경우 분화가 일어나게 된다. 동질적이었던 중세의 장원들이 도시와 농지로 분화되듯이. 중세 시대는 동질적인 사회였다. 모든 장원은 다 같았다. 장원은 농사를 주로 하며 대장간과 물물교환을 한다. 그러나 치안이 안정됨에 따라 교역과 제조를 기반으로 하는 도시가 나타나면서 도시와 장원은 완전히 분화된다. 장원 안에서 소규모로 진행되던 제조와 교역은 도시로 옮겨지게 된다. 이제 도시는 엄청난 생산력을 지니게 된다. 기업의 사장이나 의사 남편이 그러하듯. 노동의 분화는 이렇게 발생한다. 최초의 생명체인 유글레나는 어느 순간 분화하기로 결심한다. 그리고 그 안에 있는 동물적 요소와 식물적 요소 각각이 분리해서 전문화되어 간다. 각각이 생명을 유지하고 새로운 생명을 창조할 만큼 생산성이 높아지기 때문이다.

부르주아 집안의 노동도 이렇게 분화된다. 부르주아 남편은 그 분화를 원한다. 돈은 내가 충분히 벌고 있다. 아내는 상업 노동으로 몇 푼을 벌어들이기보다는 내조로 오히려 가정의 생산성을 높일 수 있다. 그러나 그 내조는 철저해야 한다. 나의 생산성을 예리하고 폭발적으로 가져가기 위하여. 이것이 남편뿐만 아니라 시가에서 내게 원한 것이었다. 나는 한편으로 내조로 다른 한편으로 집안의 광휘에 빛을 더해줄 액세서리의 역할로 그 집안의 머느리가 된 것이나.

나는 당시에는 노동과 돈과 분화에 대한 이러한 이해가 없었다. 나는 그 집과 결혼하는 그 순간 모든 것을 승인한 것이다. 그것은 가죽에 쓰인 채로 금고에 보관된 계약서 이상이다. 사회 전체와 생명 현상 전체, 사회 경제적 역사 전체가 보증하는 것이기 때문이다. 내가 이것을 거부한다면 이제 갈등과 파국만이 남아 있게 된다. 나는 이러한 암묵적 계약을 이해하지 못할 정도로 어리석었다. 또한 오만했다. 나의 관성계 이외에 다른 관성계는 없다고 생각했다는 점에서. 문제는 남편 역시도 나와 똑같이 어리석었다는 점에 있었다. '위대한 개츠비'에서 말해지는 바대로 한 명의 부주의한 운전자에 의해서는 사고가 나지 않을 수도 있다. 그러나 서로 부주의한 운전자들이 만나게 될 경우에는 사고가 일어난다. 남편과 나는 둘 다 어리석은 운전자였다. 누구도 상대편에게 양보하거나 질 의사가 없었다. 나는 남편이 학문과 예술에 우선적인 우월권을 부여하지 않는 것을 이해할 수 없었고 남편은 내가 돈에 우선권을 두지 않는 것을 이해하지 못했다. 사고가 나지 않는 것이 이상할 정도이다. 우리 둘은 결국 서로 다른 사람들이었다. 문제는 상대편을 정당화해 줄 수 없었다는 데 있었다.

나야말로 나의 눈의 들보는 못 보면서 남의 눈의 티끌은 보는 사람이었다. 나의 무능과 어리석음에 대해서는 의식하지 못하면서 다른 사람의 무능과 어리석음에는 날카로운 분노를 품었다. 그는 어쨌건 곤란한 상황은 무조건 유예시키고자 하는 사람이

마지막 외출

었다. '아마도 저러다 말겠지'라고 생각했던 것 같다. 그는 불편을 못 참는 사람이었다. 이것은 물론 그 만의 문제는 아니다. 경제적 능력이 충분한 남자는 대체로 여자 스스로의 삶을 허용하지 않는다. 미분화와 동질성에서 분화와 이질성으로 전개되는 것은 경쟁력의 우월함에 힘입는다. 혼자만의 벌이로 충분치 않을 때 부부간의 노동은 분화와 이질성을 가질 수 없다. 그러나 남자가 충분히 번다면 분업이 더 효율적이다. 여자가 얼마간을 벌어오는 것은 남자의 수입에 비해 없는 것과 마찬가지일 때 보통 여자는 남자가 자기 역량을 충분히 발휘하도록 도우면 충분하다. 그쪽이 같이 경제활동을 하는 것보다 효율적이다. 남자와 여자의 노동이 분화되며 공유되던 경제활동과 가사 역시 분화되게 된다. 전문직 남편을 둔 여자들이 대체로 가사에만 전념하는 것은 이것이 이유이다.

남편은 그것을 원했다. 만약 자신이 충분히 부자가 아니었다면 내가 나름의 벌이를 하기 바랐을 것이다. 그렇지 않았기 때문에 그는 내가 그를 편하게 해 주기만을 바랐다. 식사와 그의 옷 준비와 육아 등의 모든 것을 내가 하고 그는 단지 돈만 벌고. 모든 일상적인 삶이 돈을 싸고돈다. 돈의 축적에 방해되는 행동은 이 사회에서 부도덕의 오명까지 뒤집어쓰게 된다. 남편은 차라리 게으름을 원했다.

"도대체 뭐가 부족한 거야? 너처럼 편하게 사는 여자가 많은 줄 알아? 벌어다 주는 돈으로 살림하는 게 그렇게 어려워? 너 진짜 세상을 몰라."

이것으로 그쳤다 해도 난 충분히 모욕을 느꼈을 것이고 충분히 분노했을 것이다. 그가 '편하다'고 말할 때 그것은 무엇을 의미하는가? 출근시키고 아이 유치원에 보내고 파출부에게 집안일 맡기고 소파에 늘어져서 한숨 자고 아이 받아서 다시 파출부에게 넘겨주고. 이것이 편한 것인가? 죽은 듯이 살아가는 것이 편한 것이라면 나는 편했다.

"내가 특별한 걸 원하는 것도 아니잖아. 내가 퇴근할 때 집에 있고 애 잘 키우는 게 내가 원하는 거야. 왜 대학원에 가겠다는 건데? 우리 회사에도 대학원 나온 놈들 많아. 그놈들이 더 멍청해. 학교는 더 많이 다닐수록 더 멍청해져. 그리고 대학원 나와서 뭐 하려고? 교수? 교수 봉급이 얼마나 되는데?"

물론 나는 지친 채로 결혼했다. 그리고 4년간 나를 추슬렀다. 나는 집안에 더 이상 의무를 지고 있지 않다. 그것은 오빠의 문제이다. 난 대학원 진학을 결정했다. 나는 처음에는 남편의 반대를 예상도 못 했다. 오히려 그동안 전락해서 살아 온 것을 걱정했다. 4년간 손에서 책을 놓은 것이 문제였다. 나는 이것을 핸디캡으로 느꼈다. 나는 그 정도로 한심했다. 대한민국 대부분의 남성이 그 정도의 핸디캡을 안고 시작한다. 거기에 육체적 노고까지 곁들여서. 매서운 겨울바람과 땅의 열기를 참아가며. 그들

마지막 외출

의 가족과 사랑에서 떨어져서. 나는 이기적인 여자였다. 자신의 이익보다는 손해만을 생각하는. 남편은 나의 계획에 대해 거의 모욕적인 언사로 비판하고 있다. 나는 이중의 손해를 입고 있다고 생각했다.

남편은 나의 수선을 우려와 못마땅함이 섞인 눈초리로 바라보았다. 나는 그의 물음에도 엉뚱한 대답을 하기 일쑤였다. 나의 정신은 그날 공부한 대학원 예상 문제에 가 있었으니까. 냉기가 흐르기 시작했고 그것은 얼음으로 진행해 갔다. 남편은 문제를 이해와 관용으로 해결하는 사람이 아니었다. 거기에 더해 대화할 능력이 없었다. 단지 무엇인가 마땅치 않다는 표정을 지을 뿐이었다. 보통의 여자라면 이 갈등 상황을 견디지 못했을 것이다. 그러나 나는 독한 여자였다. 신경조차 쓰지 않았다. 나는 나 자신을 얼마든지 정당화할 수 있었다. 약속을 어긴 것은 그이다. 3년 아니면 4년 후에는 대학원 진학을 허용한다고 하지 않았는가? 도서관을 다니며 공부하고 있다고 해도 내게 요구되는 의무를 충분히 수행하고 있지 않은가? 기계적으로 해치우고 있었으니까.

대학원 시험은 문제 되지도 않는다. 인문대학원 입학을 누가 열렬히 바라겠는가? 돈도 안 되는 그곳에. 덕분에 나는 전체적으로 무력한 사람들과 앉아 공부하게 된다. 주로 취업 경쟁에서 낙오한 사람들과. 이때 나의 운명에 또 하나의 매듭을 지을 사건이 발생하게 된다. 입학금을 인출할 수가 없다! 나는 눈을 의심했다. '비밀번호 오류'가 계속 떴다. 의아함이 분노로 바뀌었다. 대화의 시도는 그가 할 것이 아니라 내가 해야 할 것이었다. 아마도 대화가 아닌 싸움의 시도를.

나는 그를 태연하게 대했다. 그다음 날에 내가 한 것은 이력서 작성이었다. 고등학생들을 가르치는 일에는 자신 있었다. 영어든지 수학이든지 사회든지. 돈을 벌기 시작했다. 그는 이런 물리적 방법으로 나를 지배하려 해서는 안 됐다. 그의 전략은 그다운 것이었지만 어리석은 것이었다. 그러한 물리력은 자기와 동류인 여자에게나 치명적일 것이었다. 입학금은 먼저 신용대출로 해결했다. 두 달간 번다면 등록금 마련도 가능하다. 집안은 물론 엉망이 되어갈 것이다. 그러나 내 손으로 나를 부양할 때 내가 그에게 빚진 것이 무엇이겠는가?

그는 한심하게도 장모에게 호소했다. 그러나 모친도 내게 더 이상 영향력을 행사할 수는 없었다. 그녀는 더 이상 불쌍하고 의탁할 곳 없는 과부가 아니었다. 오빠가 나머지를 알아서 해야 할 것이었다. 대학 내내 내가 했던 것을. 남편은 절충안을 찾으려는 시도를 하지 않았다. 그에게 정치적 지혜는 없었다. 따라서 양보와 공존도 없었다. 지배하든지 지배받든지였다. 그는 점차 격해져 갔다. 그리고 어느 날 밤에 인간성의 추악함이 드러났다. 그의 추악함뿐만 아니라 나의 추악함도.

만취한 그가 소리를 지르며 살림을 부수기 시작했다. 분노와 폭력은 되먹임한다. 그가 소리를 지를 때 내가 피했어야 했다. 그러나 당당하게 마주 보며 같이 소리를 질러댔다. '너는 거짓말쟁이'라고. '약속하지 않았느냐'고. 겉똑똑이가 일상적 논리에서는 무조건 이긴다. 직관적 심오함은 진정한 논리학자에게 있다. 그러나 일상적 갈등에서의 승리는 얄팍한 논리에 있다. 누가 나의 논리를 당하겠는가? 바삭거릴 정도로 그 얇은 논리를. 날카로운 칼날일 뿐, 대상을 깊게 베는 힘은 없는 그 논리를.

추악하고 야비한 흉포함을 처음 겪는 것도 아니었다. 나는 그 더러운 녀석에게서 이미 겪었다. 너 따위 부잣집 도련님이 나를 이길 수는 없다. 시궁창에서 가장 사나운 개도 견뎌냈는데. 나는 그를 이겼다. 내 분노가 나를 이겼고. 둘은 최소한의 자제심도 잊은 채로 전투에서는 지지 않았다. 그것이 냉전이건 열전이건. 내게는 사나움과 논리가 더불어 있었으니까. 나는 단지 몰랐을 뿐이다. 전투에서의 승리가 왕왕 전쟁에서의 패배를 불러온다는 사실을. 전투에서 이김에 의해 승리자라고 오만해진 사람은 커다란 전쟁에서는 패배한다는 사실을. 그 승리는 단지 누가 시궁창에서 더 능란한가를 보일 뿐인, 싸우면 싸울수록 더 많은 더러움을 묻힐 뿐이라는 사실을. 이렇게 우리는 둘 다 패배한다.

둘 사이에 냉기가 흐르기 시작했다. 부부는 전형적인 쇼윈도 부부가 되어갔다. 나는 선언했다. '내게 필요한 돈은 내가 벌겠다'고. 육아에 필요한 노동력을 더해. 남편이 다른 여자를 노골적으로 만나기 시작한 것은 이즈음인 거 같다. 그편이 차라리 좋았다. 남편의 성적 요구에서 해방되었으니까. 그는 내 앞에서도 스스럼없이 그 여자와 통화했다. 나는 점점 더 무심해져 갔다. 학원 선생을 하며 대학원을 다니는 것은 불가능했다. 각 동의 아파트 게시판에 광고지를 붙였다. 과외 교습을 시작했다. 그것이 내 상황에 맞았고 또한 내게 익숙한 돈벌이였다. 적어도 다섯 개쯤은 했던 것 같다. 사실 힘들었다. 수업을 듣거나 도서관에서 관련 서적을 들춰보면 하룻낮이 금방 지나갔다. 과외 교습을 하고 집에 가면 밤 열 시쯤 되었고 아이는 아줌마가 이미 재웠다. 칭얼거리는 아이 옆에서 잠시 시간을 보내고 곧 잠들었다. 거칠고 힘든 삶이었다.

내가 옳은 삶을 산 것일까? 나는 아이를 사랑했다. 적어도 다른 엄마가 사랑하는 만큼은 사랑했다. 나는 단지 나의 삶도 사랑했을 뿐이다.

간주곡

대학원 교수 중 하나가 선배를 알고 있었다. F라는 인류학 교수였다. 직접 알지는 못하지만 한 다리 건너 알고 있었다. 학회에 선배와 같이 참석하기도 했다. 교수로서의 그에 대해 알고는 있었다. 이것은 선배가 별다르게 뛰어나다거나 두드러진 사람이기 때문은 아니었다. 물론 그는 뛰어났다. 그러나 그 뛰어남은 그들이 가늠할 수 없을 정도였다. 선배는 오히려 무시당하고 있었고 야유받고 있었다. 그들은 그의 강좌가 폐강되거나 아예 개설조차 되지 못한 것을 그의 무능력과 부적응으로 보았다. 그들은 그의 유복함이 그를 온실 속의 화초로 만들어 그가 난관과 업무를 극복하지 못했다고 생각했다. 그들은 한편으로 야유하면서 한편으로 질시했다. 우습게도 동료들 사이에서 그가 유명해진 것은 그의 사표 때문이었다. 교수직을 자발적으로 그만두는 사람은 거의 없다. 인문대 교수직은 한없는 수동성과 게으름에도 불구하고 계속해서 버틸 수 있는 직장이다. 무능력해서 선배가 사표를 낸 것은 아니라는 사실을 아는 사람은 나뿐이었다. 그리고 몇 명의 학생들도 그가 최소한 진정한 실력을 갖추고 있다고는 믿었다. 모든 사람이 기만당하지는 않는다. 몇 명의 학생들은 그들 교수의 거짓되고 허황한 지적 역량에 몸서리를 쳤다. 학교의 학생들에게만 개방된 인터넷 사이트에서는 교수들에 대한 비난이 빗발쳤다. 그러나 교수들은 선배의 실력에 야유했다. 막상 그들은 한 번도 가져본 적이 없는 그 지성에. 물론 어떤 교수들은 나름의 무엇인가를 열심히 한다. 허깨비 같은 정체불명의 추구를 한다. 가장 어리석은 사람들의 집단이 가장 스콜라적 열성을 얻는다. 우스운 사실이다.

직업은 두 가지 의미를 가진다. 하나는 생계의 문제이고 다른 하나는 자기완성의 의미이다. 대부분의 직장인에게는 주로 첫 번째 의미밖에 없다고 하면 지나친 것인가? 나는 법관으로서의 오빠나 사업가로서의 남편에게서 자신의 내적 성장을 위한 어떤 노력도 본 적이 없다. 그래도 괜찮다. 이들이 생산적인 일을 하고, 법을 준수하고, 양순한 사람인 한 밥값은 하고 사는 거니까. 그러나 인문대나 자연대 교수직은 다르다. 그것은 실천적인 직업

마지막 외출

이 아니다. 그것은 순수함을 추구하는 직업이다. 몇 년간을 철학에 매진한다고 돈이 나오는 것도 아니고, 안드로메다 성운을 평생 연구한다고 해도 자기 땅이 한 평 늘거나 경작되는 것도 아니다. 우리가 인문대나 자연대에 요구하는 것은 따라서 돈 되는 일을 하라는 것이 아니라, 그들이 자신의 학문에 필사적으로 매진하여 우주와 세계와 인간의 궁극적인 본질을 밝혀야 한다는 것이다. 만약 궁극적인 본질 같은 것이 없다면 어떻게 없는지를 말해 줘야 한다. 인문대와 자연대의 이러한 성격이 거기에 종사하는 교수들을 겉멋 들린 한량으로 만드는 이유이기도 하다. 거기에는 그들의 연구나 실력을 가늠할 수 있는 잣대가 없다. 그러니 그들을 한없이 태만하게 만든다. 인문학은 제도에 의해 그 성취가 가늠될 수는 없는 영역이다. 그것은 개인의 결의와 독창성에 힘입는다.

인문대의 동료들은 선배의 탁월함을 알아볼 수 없었다. 아마도 세 가지 동기가 작용했다. 하나는 부도덕이고 다른 하나는 무능이고 마지막 하나는 질투였다. 그들은 학문 따위가 중요하다고 생각하지 않는다. 학문과 관련한 일을 하는 사람들이 학문을 하지 않는다는 것은 아이러니다. 그들은 모든 공부를 하고 있다고 생각했고 또 외부 사람들도 그렇다고 생각하지만, 그들이 하고 있는 것은 공부의 형식이었지 공부 그 자체는 아니었다. 진정으로 공부하는 사람들은 공부의 형식을 염두에 두지 않는다. 어설픈 미식가가 식기와 서비스 형식을 따지듯이 교수들은 학문의 형식을 따진다. 주석에 주석을 붙여가며 계속해서 자구적인 깐깐함을 내세운다. 직관과 창조성을 향해 나아가기에는 그들의 머리가 너무 협소하기 때문이다. 공부의 형식은 공부 자체에 내재해 있다. 진정한 학문은 형식을 자연스럽게 전제한다. 형식이 없으면 학문은 없다. 그러나 학문은 학문의 형식에 앞선다. 형식도 결국은 학문을 위한 것이다. 그러나 학문이 없을 때 자신들의 존재의의를 내비치기 위해서는 형식에 고착해야 한다.

그들 전부는 학문 따위를 희구하지 않는다. 그들의 생계는 거짓 위에 기초한다. 많은 사람이 생계를 위해 의무를 수행한다. 그러나 이러한 의무는 학자들의 의무와는 다르다. 그들의 의무는 명백한 실천적 효용을 가지지만 인문대 학자들의 일은 실천적 효용을 가지지 않는다. 이것은 특히 인문학과 자연과학에 있어 그러하다. 이 분야의 교수들의 첫 번째 의무는 그들 일에 대한 사랑이다. 이들은 젊은이들에게 삶을 사랑하는 법, 지성의 도야 그 자체가 삶에 주는 의의를 가르치는 대가로 돈을 받기 때문이다. 소크라테스는 소피스트들이 돈을 받고 학문을 가르친다고 비난했다. 그러나 소크라테스는 지나치게 성급했다. 소크라테스가 돈을 받지 않은 것은 옳은 일이었다. 그에게 철학은 삶에 대한 사랑이었기 때문이다. 그러나 소피스트들은 실천적 효용을 가르쳤다. 먹고 살 수 있는 방법을. 따라서 소피스트

마지막 외출

들이 돈을 받은 것은 타당한 일이었다. 인문학과 자연과학은 단지 당사자의 그것에 대한 사랑에 기초한다. 사랑에 대해 대가를 지불받는 사람들이 그 전공 교수들이다. 다른 사람들에게 사랑 가운데 행복해지는 법을 가르침에 의해. 그런데 스스로 사랑하지 않으면서 어떻게 사랑을 가르칠 수 있겠는가? 사랑의 위장은 부도덕이다. 이 부도덕이 인문대와 자연대에 만연해 있다.

본래 무능한 사람들이 인문대 교수가 되는지, 인문대 교수가 됨에 의해 무능해지는지. 이것은 신비이다. 학위가 갱신됨에 의해 무능해지는지. 이것도 신비이다. 학위의 갱신과 교과 과정의 이수가 무능한 생도에게 유리한 것은 사실이다. 학위 과정에서 무엇을 배우고 거기에서 무슨 의미를 배우겠는가? 그들이 가르치는 건 너무도 구태의연한 것이어서 혼자만의 학습만으로도 충분히 알 수 있는 것이다. 심지어는 이조차도 가르칠 능력이 안 되는 교수들이 태반이지만. 중요한 문제는 정작 궁금해하지만 이해할 수 없는 문제에 대해서는 그들도 모른다는 사실이었다. 내가 대학교수에게서 느낀 무능은 여기에 있었다. 등록금의 존재의의가 어디에 있는가? 그들이 그토록 무능하다면.

질문하기가 두려워진다. 결국 아무 질문도 안 하게 된다. 그들의 얼버무리는 장광설이 지겨웠다. 차라리 모른다고 당당하게 말한다면 더 나았다. 모르는 것을 아는 양하기 위해서는 장광설이 필요했다. 나는 해명을 듣고 있는 동안 멍해져 갔다. 한없는 혐오감을 품은 채로. 무능은 당연한 것이기도 하다. 이것은 물론 소극적 국면이다. 날카로운 지적 잠재력을 가진 학생들은 무의미한 강의와 논문을 견디지 못한다. 지성은 진정한 앎에 대한 초조한 정열을 기반으로 한다. 이러한 정열은 죽은 듯한 강의와 터무니없이 형식적인 학위 과정을 견딜 수 없다. 교수가 될 때까지 버티는 학생들은 무의미를 견디는 학생들이다. 이들은 대체로 둔하다. 둔해야 이 무의미를 이겨낼 수 있기 때문이다. 교수들은 오랫동안 이 무의미를 견딘 사람들이다. 돌머리이기 때문에 그러한 것들이 가능했다.

교수들의 질투는 이해할 수 없을 정도이다. 이 사람들은 나름 잘났다고 생각하는 사람들이다. 교수들의 지성과 권위의 대비는 극적이다. 나는 지성적인 교수를 만난 적이 없다. 또한 그들의 저술에서도 가치 있는 내용을 발견한 적이 없다. 이것 이상이다. 도대체 어떤 종류의 것이든 저술 자체가 없는 교수가 태반이다. 교수들이 무서워하는 것 하나가 있다.

"인터넷 검색해서 교수님 저술 구매하겠습니다."

이 언급은 사형 선고나 다름없다. 저술이 없거나 있다 해도 읽을 만한 값어치가 없기 때문이다. 그러나 그들의 자부심은 에베레스트산만큼 높다. 개울물보다 얕은 지성과 마리아나 해구보다 깊은 자부심. 그들은 남의 업적에서 무엇을 배우기보다는 터무니없이 사소한 문제를 들먹이며 그것을 비판한다. 만약 이조차도 할 수 없다면 이번에는 외면한다. 그러한 저술이 마치 존재하지 않는 듯이. 그 장본인이 허구적 인물인 것 같은 태도를 취한다. 마음속에서부터 그 존재를 부정하며. 이러한 사람들이 선배를 있는 그대로 평가할 수는 없다. 그는 대학에서 외로웠다. 중요한 것은 선배는 그 외로움을 고맙게 생각했다는 사실이다. 선배는 말했다.

"별을 쳐다볼 수 있다는 것이 다행이다. 그들 면상을 대하며 무엇인가 얘기를 나눠야 한다면 그건 진짜 죽을 것 같은 고통이야. 구역질을 계속 억누르고 있기는 참으로 힘들지."

우습게도 나는 선배에 대해 험담을 한 F 교수와 연애를 시작했다. 난 대학원에 입학하며 4년 만에 본격적으로 공부를 다시 시작하게 된다. 내게 힘든 것은 역시 그들만의 세계에서 통용되는 그 고루하고 스콜라적인 철학 전개 방식이었다. 그러나 나는 금방 익숙해진다. 고루해지자고 들면 나도 남 못지않았다. 그때 이 교수가 도움을 준다. 그가 친한 척 애쓰긴 했다. 전형적인 교수였다. 위의 세 개의 교수의 요소를 골고루 갖춘. 나는 시작하며 이미 알고 있었다. 또 다른 장난이 시작되고 있다는 사실을. 나는 아마도 이 사람에게서 육체적 향락을 얻을 것이다. 찬사를 받을 것이고 그를 녈게 할 것이다. 이 한심하게 비겁한 사람을. 사랑 때문에 무엇인가를 잃을 각오가 절대 없는 사람을. 그는 내게 무엇을 원했을까? 아마도 스릴과 육체적 향락을 원했을 것이다. 새로운 여자에게서 느끼게 되는 그 향락을. 나는 아마도 초연하고 태연할 것이다. 그의 두근거림과 조바심을 웃으며 상기할 것이다. 허영의 충족에 적이 만족해하며. 이러한 시작이 결론까지도 내포하지는 않는다. 나는 상당한 정도로 그를 사랑하기 시작했으며 그도 자기 가정을 포기할 각오를 하게 될 정도로 나를 사랑하게 된다. 이 사랑은 파국을 의미하는 것이었다. 나는 사랑 때문에 운명을 바꾸고자 하지 않았으므로.

어쩌면 그렇게 전형적일까? 자기 처에 대한 불만을 적극적으로 드러내는 한심한 남편. 자기 가정적 불행을 뇌까리는 허접한 인간. 헛되고 얄팍한 지성의 위장 속에 지독한 어리석음과 유치함과 야비함을 감추고 있는 교수. 이것은 다행이었다. 이것을 겉으로도 드러낸다면 곤란하다. 그 경우엔 나도 나 자신을 기만할 수 없다. 그는 품격과 지성을 위장하고 나는 그것을 신뢰하는 한 여자를 위장하고. 그러니 둘의 관계는 서로 가면을 쓴 채로 진행된다.

나는 남편과의 관계에 대해 어떤 말도 하지 않았다. 그에게 단지 내가 그와는 사회적 신분이 엄청나게 차이 나는 사람이라는 사실만을 암시했다. 수억 원의 월수입을 얻는 남편과 수백의 월수입을 얻는 남자와는 사회적 신분이 다르지 않은가? 중세의 영주와 그의 땅을 부치는 농노의 신분 차이만큼. 이 사실이 그의 투지를 더욱 불사르게 했다. 나는 여러 개의 카드를 가지고 있었다. 미모, 돈, (가장된) 부잣집 부인, 똑똑함. 그는 꺼내 들 카드가 없었다. 단지 정성과 조심성 말고는.

그는 만날 수 있는 시간에 대해 조바심했다. 조심스럽게 머뭇거리며 언제 만날 수 있는가를 물었다. 나는 과외와 아이 때문에 충분한 시간을 낼 수 없었다. 그럭저럭 일주일에 하루 저녁 정도였다. 저녁 먹고 모텔 가고 헤어졌다. 가끔 주말에 시부모가 아이를 데리고 갔다. 이때에는 일요일 오후를 그와 지낼 수 있었다. 영화를 보거나 커피숍에서 수다를 떨었다. 그는 제임스 프레이저의 '황금 가지'와 레비스트로스의 '슬픈 열대', 마빈 해리스의 '문화의 수수께끼' 등의 책에 관한 얘기를 했다. 크게 흥미가 가지는 않았지만 나름 재미있었다. 모텔이 종점이었다. 성적 욕망의 최초의 충족 이후로 나는 멍해져 갔다. 내 세계로 돌아가고 싶었다. 조바심이 났다. 이 만남이 언제까지 갈까?

그는 선배에 대해 처음에는 어떤 말도 하지 않았다. 나는 그에게 말한 적이 있다. 결혼하기 전에 사랑했던 사람이 있었다고. 그가 그 사람이 선배라고는 생각하지 않은 것이 이상했다. 왜 그랬을까? 왜 둘을 연결시키지 못했을까? 짐작은 하겠다. 우선 그는 선배가 연애를 할 수 있는 사람이라고는 생각하지 않은 듯했다. 이것은 옳은 판난이다. 엄밀히 말하면 선배와 나는 연애를 하진 않았다. 단지 섹스를 했을 뿐이다. 사랑을 한 사람은 나였다. 철저한 짝사랑이었다. 그는 선배에 대해 단 한 번 말한다.

"K 교수는 냉철하고 무서운 사람이었지. 어떻게 봐도 감성적이거나 따뜻한 사람은 아니야. 아주 냉소적인 사람이고. 그렇게 냉소적인 사람은 본 적이 없어. 수학을 잘할 수 있는 사람이지만 인문학에는 안 맞지. 거기에다 그는 우파 부르주아야. 가난하고 불쌍한 사람들에 대한 동정심이나 미안함은 전혀 없는 사람이야. 자기가 돈이 아쉽지 않으니 다른 사람도 다 그렇다고 생각하지. 정의감도 전혀 없고."

나는 욕지기가 올라왔다.

'당신은 하늘의 선물에 모욕을 가하고 있는 거야. 너 같은 놈은 그 사람을 입에 담아서도 안 돼. 그보다 더 따뜻한 사람은 없어. 따뜻하기 때문에 지성적일 수 있었고 지성적이기 때문에 따뜻할 수도 있었어. 너 같은 저능아는 그를 몰라. 닥치고 있어. 그는 어떤 자연과학이나 수학도 잘해. 철학이나 역사에 있어서도 너 따위는 상대도 안 돼. 상대라는 말을 꺼내는 것조차 그에게 모욕이야. 그에 대해 말하는 순간 너는 신성모독의 죄를 범하는 거야. 그는 물성화될 수조차 없는 사람이야. 그가 어떤 업적도 없이 소멸한다 해도 그의 재능과 열정이 없다고 말할 수는 없어. 그는 열정 속에 불타서 소멸하는 거야. 너처럼 죽은 듯이 살고 있는 녀석은 그에 대해 말할 자격이 없어.'

나 자신이 모욕당하고 있었다. 그는 신성불가침한 것에 대해 말하고 있었다. 그는 절대 알 수가 없을 것이다. 책상에 얼굴을 대고 몇 시간이나 생각에 잠기는 어떤 사람의 영혼을. 자신을 파멸시켜 가며 스스로의 세계가 이룩해 나가고 있는 새로움을 추구하는 영혼을. 이 바보는 절대 그를 이해할 수 없다. 이 한심하고 멍청하고 치사스럽고 조잡한 영혼을 가진 이 바보는. 죽은 듯이 살고 있는 이 허깨비는.

어떤 사람을 경멸하며 그와 잘 수 있을까? 다른 사람은 어떤지 모르겠지만 나는 그것이 가능했다. 나는 형식과 내용을 분리했다. 그의 영혼은 중요하지 않았다. 단지 그의 육체가 내게 성적 욕구를 충족시켜 주고 내 몸이 요구하는 눈곱만큼의 위안만 준다면 성교는 충분히 가능했다. 때때로 의무적으로 만나야 한다는 귀찮음만 빼고는. 그러나 이 정도의 공물은 바쳐야 한다. 그래야 이 관계가 유지된다.

그에게 가능한 것이 왜 선배에게는 가능하지 않았을까? 내가 이 사람에 대해 지니는 심적 태도를 선배에게도 지녔다면 이별도 고통도 없었을 것이다. 왜 나는 선배에게는 사랑으로의 진행을 선언했던 것일까? 전부 아니면 전무의. 나는 이 사람이 자신의 가족에 대한 불만을 토로할 때마다 욕지기가 났다. 그래서 어쩌란 말인가? 불행에 빠진 한 중년 남자를 불쌍히 여겨달란 깃인가? 아니년 자기 가정의 파탄의 가능성이라는 희망을 내게 주고 싶은 것인가? 그랬을 때 내가 더 많은 애정을 품고 침대 위에서 더 뜨거워질 것을 기대하는가? 이 창백한 우월감과 자부심을 가진 바보. 친절하고 사려 깊은 표정으로 스스로의 우월감을 감추는 위선자. 그러나 가장 협소하고 구태의연한 영혼의 소유자. 모든 정열과 창조성으로부터 버림받은 전형적인 대학교수.

나와 그와의 장난은 그래도 2년을 지속한다. 이 관계가 조금씩 익숙해졌고 친밀감도 늘어났다. 그는 나와 남편 사이를 궁금해했다. 난 이 궁금증에 대해서는 침묵했다. 그가 육박해 들어오는 것이 부담스러웠다.

남편과 나 사이는 이제 완전히 별거의 수준으로까지 왔다. 남편은 공장 부근에 아파트를 새로 마련했다. 우리는 주말 부부가 되었다. 공장은 강원도 문막에 있었다. 그는 집에서 출퇴근을 했었다. 그러나 이제 그는 토요일 오후에 왔다가 일요일 오후에 돌아갔다. 그는 섹스를 시도했다. 그러나 실패했다. 발기가 되지 않았다. 그럴 것이다. 그에게는 그를 하늘처럼 떠받드는 다른 여자가 있을 테니.

결국 터질 것이 터졌다. 시어머니는 공장 일이 바빠서 우리가 주말 부부가 된 것으로 알고 있었다. 그녀는 내게 미안해했다. 그의 아파트에 가서 시간 나는 대로 살림살이를 보살펴야 하지 않느냐고 넌지시 권했다. 그러나 그의 아파트는 언제나 깨끗이 청소되어 있었다. 그리고 여기저기서 길고 파마를 한 머리카락만 발견할 수 있었을 뿐이었다. 그는 파출부가 온다고 말했다. 그러나 파출부가 베개에 자기 머리카락을 흘리지는 않을 것이다. 예고 없이 방문한 어느 날 그녀와 부딪혔고 나는 격분했다. 나는 당장 남편에게 전화했다. '당신의 젖비린내 나는 애인과 함께 있다'고. 남편은 허겁지겁 뛰어 들어와서는 여자를 보냈다. 나도 뛰쳐나왔다. 남편이 뒤따라 나와서는 주차장에서 무릎을 꿇었다. 비가 폭포처럼 내리는 여름날의 장마 때였다. 진심을 다해 사과했다. 나는 어쨌든 그의 아이를 낳고 키우는 여자이다. 더구나 그에게 이혼은 사업상 치명적이다. 그들의 카르텔은 그것을 용납하지 않는다. 각자가 모범적 가정임을 가장하는 모임이기 때문이다. 나는 용서를 가장했다. '알았다'고 말하고 차에 올라탔다. 그렇게 서울로 돌아왔다.

나의 격분은 언어도단이다. 나 역시 바람을 피우고 있지 않은가? 그러나 그 여자를 보는 순간 질투심이 온몸을 불살랐다. 내가 그를 사랑하는 것인가? 그렇지 않다. 그때 알게 되었다. 질투심은 사랑에서 오는 거 이상으로 소유욕에서 온다는 사실을. 나 역시 이혼할 생각은 없었다. 아들이 그의 사업과 그의 재산을 상속받아야 한다. 나 또한 이혼한 여자라는 사회적 평가가 두려웠다. 그러나 역시 중요한 것은 아들이었다. 그는 부자의 아들로 태어났다. 그는 그러한 호사를 평생 누려야 한다. 나의 분노는 이러한 나의 계획에 차질이 있을지도 모른다는 데에 있었다. 남편이 여자와 자는 것은 괜찮다. 수백의 여자랑 잔다고 해도 괜찮다. 그러나 여자를 집으로 들이는 것은 안 된다. 그것은 그의 재산과 관련한 나의 계획에 차질을 줄 수도 있다.

내가 F를 사랑했을까? 만약 시간이 갈수록 다정함이 증가하고, 그의 초라함에 대해 연민이 생기고, 그의 열성과 성의에 대해 미안함이 더해 가고, 그의 덧없음에 대해 공감하는 것이 일말의 사랑이라면 나는 그를 내 나름으로는 사랑했다. 그러나 만남에 혼을 날아가게 하는 도취가 없을 때, 매 순간 살아 있음을 느끼게 하는 생생함이 없을 때, 섹스가 끝난 후 마음과 몸에서 모든 거북한 것이 사라져서 완전한 진공 상태가 되는 그런 느낌이 없을 때, 그때는 그것은 사랑이 아니라고 한다면 나는 그를 사랑하지 않았다.

F는 나를 두려워했다. 선배에게 교육받은 철학과 예술이론에 나의 고유의 논리가 더해져 나는 자못 날카로운 통찰력을 갖고 있었다. 그리고 논리적으로 모순되는 말에는 날카롭게 반응했다. 그는 거기에 찔리기를 두려워했다. 또한 나는 우리의 연애를 명백히 한시적인 불장난이라고 못박고 있었다. '언제라도 헤어질 수 있다'고. 그는 파랑새가 날아갈까 두려워했다. 그는 또한 부르주아 여인네 고유의 자신감과 서슴없음도 두려워했다. 어쨌든 이 황금만능의 시대에 나는 그보다 우월한 존재였다.

결국 그는 이 연애를 망치게 되는 심적 상태로 들어가게 된다. 그의 마음속에서 나에 대한 진지한 사랑이 움트고 말았다. 2년간의 연애와 내 초연함이 그로 하여금 오히려 어떤 식이든지 결단을 내리라고 독려했던 거 같다. 그는 제안했다. 둘 다 이혼하고 새 출발 하자고. 나는 한참을 웃었다. 웃으면 안 된다고 생각하면서도 웃음을 멈출 수가 없었다. 나는 '그 새 출발이 — 만약 가능하다고 해도 — 오히려 우리에게 남아 있는 성적 열정마저 앗아갈 것이라는 사실을 모르냐'고 물었다. 결국 '모든 사랑은 결혼에 의해 파기되는 것'이라고. '현재의 성적 환상에 취해서 평생을 후회할 일은 하지 말자'고. 이 일이 이별의 동기가 된다. 나는 헤어질 생각은 전혀 없었다. 그는 나름의 매력을 가진 적당한 남자였다. 그러나 나의 거부와 웃음이 그의 자존심을 건드렸다. 답답했던 그는 진지하게 물었다.

"A씨에게 사랑은 무엇이지요?"

나는 유심히 그의 눈을 쳐다봤다. 무엇인가 할 말이 있었지만, 또 할 말이 없기도 했다. 어쩌면 너무도 할 말이 많아서 단지 그 자리에서 말할 수 없었을지 모른다. 그날 우리는 헤어졌고 한참이 지난 후 나는 그의 이 물음에 대한 답신을 긴 이메일로 보내게 된다. 이것은 그에게 답한 것이기도 하지만 상상 속의 선배에게 하는 사랑의 탄원이기도 했다. 일종의 메소드 연기랄까…

간주곡

선생님께

선생님께

사랑이 무엇이냐고 물으셨지요. 많이 당황했어요. 한참이 지났는데도 기억이 선명하네요. 종각 건너편의 가판대에서 담배를 사며 무심코 물었습니다. 빨간 테두리가 쳐진 담뱃갑. 말보로 아니면 던힐이었어요. 포장의 호사스러움과 내용의 평범함의 대비. 싸구려 포장과 +2개비가 훨씬 좋을 텐데요. 제가 반이 넘게 해치웠지요? 줄담배 시절이었어요. 피우다 보면 구토가 올라왔어요. 손톱은 항상 노랬고. 그래도 멈출 수 없었어요. 무언가를 해야 순간이나마 견딜 수 있었어요.

추웠던 날씨에 헐린 건물들의 을씨년스러운 광경이 더해져 마음조차 추운 날이었어요. 서울은 항상 '공사 중'이에요. 바삐 움직이는 노란 모자, 빨간 자동인형의 불길한 동작, 도로를 덮은 강철판 위를 지나가는 자동차 소리, 그러다가 불현듯 나타나는 유리로 덮인 사각형들. 사랑할 수 없는 도시지요. 어디에도 우아함이나 품격은 없지요. 심지어 일관성도 없어요. 어떤 곳은 전혀 보살펴지지 않은 채로 초라하지요. 이건 참아줄 만해요.

장식 과잉은 참을 수 없어요. 제멋대로 살던 누군가가 갑자기 제대로 살아보자고 맘먹을 때 온갖 과잉된 행동을 하듯이 아름다움 부재의 이 도시가 갑자기 기교적인 장식물들을 범람시킵니다. 화장을 지나치게 한 창녀랄까요. 벼락부자의 과잉이 가난뱅이의 초라함보다 더 역겨워요. 욕망과 향락과 탐욕이 하수구에서 나오는 증기와 섞이지요. 짙게 너풀거리는 수증기가 우리 욕망을 싣고 악취와 함께 일렁거립니다.

용서하세요, 선생님. 전 여전히 냉소적이고 신경질적이네요. 이 기질이 우리 시절을 힘들게 한 걸 알아요. 정확히 말하면 우리 시절 때의 선생님을 힘들게 했지요. 제게 어딘가 가시 돋친 잔인함이 있어요. 한 가지 사실만 덧붙일게요. 그래도 전 솔직하다고. 이 기질이 저 자신에게 손해를 끼쳐도 여진히 솔식했다고. 전 일관되게 까칠하네요.

그날 우리의 술집을 찾고 있었어요. 기억하세요? 우리는 뒤늦게 찾은 그 집 간판 밑에서 한참 웃었지요. 개성을 드러내려 애쓰는 간판. 선술집이 아니려 애쓰는 그 간판. 의미를 꾸미며 더욱 무의미해지는 허영. 그 집을 두 번이나 그냥 지나쳤어요. 자주 갔지만 막상 간판은 그때 처음 보았으니까요. 그곳도 재개발 중이었지요. 마치 서울 전체가 재개발 중인 거 같아요. 순간에 살 만하게 된 국가가 마치 지난 가난을 창피해하는 듯 과거의 모습을 지우려 애쓰네요. 그 집은 헐리지 않았대도 스스로 몰락했을 거예요. 저는 가끔 의아했어요. 나무 기둥 몇 개가 지붕 전체를 받치는 사실에요. 동굴 사람들이 집을 짓기까지는 그렇게 오래 걸리지 않았을 거예요. 대충 만들어도 서 있으니 말이에요. 그런데 사실 저는 그 소나무 기둥들이 싫었습니다. 옅은 갈색(더 보기 싫은 색이 있을까요?)의 스테인 위에 번들거리는 니스. 마치 식용유를 나무에 먹여 놓은 듯했어요.

많이 놀랐어요. 사랑에 대해 아무 말도 할 수 없다는 사실에요. 이미 겪었지만 아직도 두려움 섞인 기대를 가지고 있는 그것에 대해 말이에요. 그리고 그런 질문이 다시 물어진다는 사실에도요. 그것은 '말해질 수 없는 것'이라고 묵계를 맺지 않았던가요? 그것은 케루비노의 아리아(피가로의 결혼의 그 아리아, 우리 같이 들은 적 있어요)에서나 물어지는 어린아이들의 질문이라고요. 그리고 오늘이나마 그럭저럭 살자면 그것은 생각 말아야 하잖아요. 얼빠진 며칠을 보내니까요.

마지막 외출

선생님은 '사랑은 여성에게 속한 것'이라고 했어요. 제가 되묻자 선생님이 말했습니다. 맞아요. 부정할 수 없네요. 잘난 페미니스트들이 뭐라 한다 해도 사랑에 관한 한 우리 쪽이 좀 더 무조건적이고 분별없지요. 그것은 단순히 사랑이 제게 지극히 큰 문제였기 때문만은 아니에요. 헌신과 자기 포기, 그것에 비한 다른 것들의 무의미(이것은 심지어 상대적이지도 않습니다), 사라졌을 때의 죽음 같은 고통 등은 확실히 우리 쪽이 많이 겪기 때문이에요.

저는 진정한 사랑에 대해 말하고 있어요. 유희와 시험, 즐거움과 시간 보내기, 관습과 예비된 결혼과 가정에 대해서가 아니에요. 외로움과 불안의 해소책으로서의 사랑에 대해서도 아니에요. 저는 숨 막히는 두근거림과 목을 죄는 두려움에 대해 말하고 있어요. 이것은 단지 같이 지내기를 원한다거나 삶을 같이한다는 것 이상을 의미해요.

남자들은 '소 몇 마리면 되느냐?'고 묻지만 우리는 '사랑한다.'는 말을 원해요. 그들은 조금 주고 조금 받고자 하지만, 우리는 전부 주고 전부 받고자 해요. 우리에게 사랑은 자기 전체이지요. 사랑할 때 목숨도 거니까요. 남성에게 사랑은 그것에 선행하는 다른 조건일 때가 종종 있고, 또 그들은 사랑을 위해 다른 삶을 포기하지 않는 경우가 대부분이지만, 사랑이 소멸하면 이제 우리 여성에게는 죽음조차 두려움이 아니고, 삶은 무의미와 덧없음 외에 아무것도 아니지요. 저는 어느 편

선생님께

을 비난하고 어느 편을 불쌍히 여기는 게 아니에요. 단지 각각이 묶인 운명에 대해 말할 뿐이에요.

아니라고 말하는 사람들도 있겠지요. 사랑에 그렇게 심각한 의미는 부여하지 않는다, 그것은 먼저 유희이다, 사랑은 없고 가뜬하고 신선한 유희만 있다 등등. 이분들도 맞습니다. 어쩌면 저는 제 사랑에 대해 말하고 있군요. 그리고 제가 아는 몇몇 사랑에 대해서요. 제게 사랑은 삶에서 가장 큰 문제였으니까요.

어떤 사람은 사회학을 말하고 어떤 사람은 생물학 등을 말하겠지요. 사랑을 다른 동기로 분해하지요. 덕택에 운명이 바뀌나요? 저는 그냥 우리 운명에 대해 말하고 싶어요. 로미오는 한 명뿐이지만 수많은 줄리엣과 클레어가 있지요. 나보코프의 그 애처로운 클레어 말이에요. 문학의 예라고요? 아아, 선생님, 실제는 너무도 뭉뚝하고 오히려 문학이 더 박진감 있어요.

가장 범람하는 개념들, 익숙하기 때문에 잘 알고 있다고 생각했던 개념들이 사실은 알 수 없는 것이란 사실이 언제나 놀랍습니다. 정말 사랑을 규정할 수 없네요. 그건 마치 연인의 얼굴과 같아요. 가장 사랑했던 사람의 모습이 왜 안개 속에 숨고 말까요? 마치 또 하나의 나라고 느꼈던 그 사람이 말이에요. 얼굴이 왜 애매해지나요?

마지막 외출

우리가 모르는 것이 사랑뿐만은 아니라는 사실로 위안받습니다. 이것은 사랑이나 미움이나 그리움 등이 단지 비물질적 실체이기 때문만은 아닙니다. 추상적인 것들보다는 물질에 대해 무언가를 더 안다고요? 물질적 실체에 대해서 우리가 무엇을 아나요? 물질은 분자로 분해된다고요? 그러면 분자는 무엇일까요? 분자는 다시 원자로 분해되겠지요. 그렇다면 다시 원자에 대해서는 우리가 무엇을 아나요? 양성자에 대해서는? 전자에 대해서는? 아직도 원자핵을 분해하는 사람들이 있으니 우리는 양성자가 무엇인지 결국 모르고 있군요. 그러니 도대체 우리가 아는 것이 무엇일까요?

존재의 실체를 알 수 없다는 사실이 우리를 좌절에 빠지게 합니다. 그러나 무지가 운명이라면 무지와 더불어 사는 방법을 익히는 편이 나을 것 같네요. 더불어 못 살 것이 어디 있나요? 결국 저는 사랑의 본질에 대한 무지와 더불어 살기로 했어요. 이 정체불명의 존재, 포착되지 않는 존재, 그러나 우리에게 큰 의미인 이 존재에 대해 무지와 더불어 살기로 했습니다.

운명은 우리로 하여금 영혼과 생명의 잔류물만을 더듬게 만듭니다. 폐허를 더듬어 고대인들의 삶을 재구성하려는 고고학자처럼 우리도 존재의 잔류물만을 더듬으며 존재를 추정해 보는 것이지요. 존재가 있기나 한 걸까요? 제 신세가 미궁을 헤매는 실험 쥐와 같다는 생각을 했어요. 바람을 본 적이 없어요. 단지 네거리에 회오리치는 무엇인가가 길의 종이와 먼지를 이리저리 날리고, 도로변에 쌓인 낙엽을 이리저리 쓸고 지나갈 때 저기에 바람이 있다고 말하는 것처럼 사랑에 대해 말해야겠네요. 이것을 생각한다면 우리는 얼마나 무능한 존재인가요?

사랑의 묘약은 있을 수가 없겠네요. 진단 없는 치료는 없으니까요. 화살로 사랑을 맺는다는 고대인의 신화는 그러니 제가 말하는 사랑에 대해서는 아니에요. 그것은 아마도 육체적 욕구와 자손의 출산 등과 관련한 것이에요. 물화된 사랑이라고나 할까요? 때때로 그런 것이 사랑으로 오인됩니다. 방금 죽은 육체가 생명을 위장하지요. 그런 사랑은(그것도 사랑이라고 한다면) 환멸과 망각을 차례로 불러요. 운동선수가 스테로이드를 복용하는 것과 같고, 수험생이 청심환을 먹는 것과 같은 것이지요. 그렇지만 사랑은 어쨌든 물리적인 것은 아닙니다. 절대로 아닙니다. 심지어 마음에 속한 것이란 말조차 할 수 없군요. 그냥 알 수 없다는 말밖에는요.

사랑은 어떤 잔류물을 남길까요? 그건 제게 기쁨, 고통, 두려움, 두근거림, 연민, 공감, 동정 등의 잔류물을 남겼어요. 도대체 그것이 무엇이기에 이렇게도 깊고 다양한 흔적들을 남길까요? 그리고 아아, 어떤 사람은 사랑 때문에 죽기도 해요. 그리워서 죽었다거나 실연으로 죽었다고 얘기되는 죽음이겠지요. 연민 때문에 죽은 사람도 있어요. 예수나 '행복한 왕자'처럼요. 이것도 모두 사랑에서 나오는 것이지요. 생과 사가 작은 문제일 수는 없다는 사실(절대로 작은 문제일 수가 없습니다)을 생각하면 사랑은 때때로 심각하고 충격적인 잔류물을 남기는군요.

얼마나 많은 사람이 사랑으로 죽을까요? 많은 사람이 사랑에 물듭니다. 그러나 같이 물들어 갈 대상을 잃을 때 사랑은 죽음조차도 두려워하지 않습니다. 오히려 죽음이 생각보다 따스하단 사실에 놀랍니다. 살을 에는 추위보단 차라리 물속이 따뜻하지요. 그렇지 않다고 생각하는 사람들은 심각한 추위를 겪은 적이 없는 사람들일 거예요. 추위가 정말 혹독할 때는 이 사람들이 부럽습니다. '구근이 눈 덮인 땅속에서 자라니까요.'

그리움 때문에 죽은 사람 얘기를 들은 적이 있어요. 눈을 뜨면서 사라져간 사람의 호흡 소리를 느끼지만 이제 더 이상 같이 잠을 깰 수는 없고, 지하철에서 불현듯이 누군가를 뒤쫓지만 결국 그 사람이 아니라는 사실만을 확인하고(어떻게 그 사람일 수가 있겠어요), 누구와 더불어 저녁 시간을 보낸다 해도 그 다른 사람의 목소리만을 마음으로 늘게 되고, 어둠이 깔릴 때 그것이 마지막 어둠이 아니라면 세상에는 차라리 영원한 낮만 있기를 바라게 되고, 손을 꼭 잡았다는 환상 속에서 불현듯 잠 깬 새벽에는 아쉬움에 내내 눈물 흘리고, 그의 체취와 목소리와 웃음이 꿈속에까지 찾아들어 환상과 현실이 영원히 같이 갈 때, 그래서 만질 수 없는 행복에 탈진될 때, 그녀는 차라리 죽음을 택했지요.

육체의 병으로 죽은 사람보다 더 많은 사람이 사랑으로 죽을 거예요. 자살자의 통계치를 내는 게 무슨 의미가 있나요? 그 조사가 자살을 막는 어떤 지침을 주나요? 차라리 많은 자살이 사랑의 상실이나 그 불가능 때문이라는 사실을 아는 것이 낫지 않을까요? 많은 겉으로 드러나는 동기의 이면에 있는 그것 말이에요. 그러니 사랑은 정말 큰 것입니다. 그런데도 다들 사랑을 바라는군요. 그렇지요. 사랑으로 인한 죽음이 사랑 없는 삶보다 더 낫다고 많은 사람이 생각할 테니까요.

저는 실연이 가슴을 아프게 한다는 사실을 단지 수사로만 받아들였어요. 그러나 정말 가슴이 아프단 사실에 놀랐습니다. 무엇인가 누르든 듯이 가슴을 무겁게 치고 지나가더군요. 저는 그해 봄을 어깨를 구부린 채 지냈습니다. 가슴 통증으로요. 그러니 시인들이 사랑의 발원지를 위장이나 항문에 두지 않고 가슴에 둔 건 올바른 것입니다. 해부학이 못하는 일을 가끔 예술가가 합니다.

왜 가치 있고 아름다운 모든 것에서 그 사람만을 상기하게 되는 걸까요? 왜 모든 길과 모든 건물이 그 사람과의 관계 속에서만 떠오를까요? 그 골목길, 그 건물을 우리가 얼마나 함께했을까요? 멋대로 구부러져서 언제 끝날지 모르는, 그러나 무심히 걷다 보면 불현듯 초라한 양철 대문 앞에서 끝나는 골목들. 몇 분의 시간을 벌어준 막다른 길. 저는 심지어 흩어지고 다시 모이는 대리석 벽의 조명에서도 그의 얼굴을 보았어요. 그리고 멋대로 그려진 아방가르드 풍의 화병 도안에서도요. 아아, 심지어 지금까지도 같이 기댔던 창경궁의 그 담의 감촉과 냄새가 느껴져요. 손을 따갑게 하지만 다치게 하지는 않을 담의 돌들, 매연과 먼지가 섞인 오래된 것의 매캐한 냄새, 코끝을 훑고 가던 겨울바람. 어제도 저는 찬바람 속에서 그 사람의 냄새를 느꼈어요. 저는 담에 박혀 있던 모래의 감촉을 지금도 손끝에서 느낍니다. 처음엔 모서리들이 날카로웠겠지요. 그러나 우리 같은 연인들의 손과 팔꿈치가 수없이 문질렀겠지요. 사랑이 독성을 제거했네요. 나중의 연인들이 사랑을 달콤하게 느끼도록.

저는 얼마나 많이 울며 잠을 깼던가요? 저는 가슴의 텅 빈 구멍 외에는 무엇도 발견할 수 없었고 부끄럽게도 울음으로밖에는 대처할 수가 없었어요. 저는 아기들의 울음을 제 울음만큼 이해해요. 어떻게도 해볼 수 없는 그 좌절감 말이에요. 얼마나 많은 밤이 공포로 다가왔던가요? 왜 어둠은 그렇게노 그리움을 과장할까요? 저는 지금까지도 언제나 집안의 모든 등을 켜놓습니다. 등이 꺼지면 그가 나타나니까요.

어둠 속에서 잡을 수 없는 환영으로요.

이제 나머지 삶이 공허와 무의미 속에서 진행되겠지요. 빈 가슴으로 살 수 있다는 사실이 낯설군요. 무엇도 변하지 않습니다. 무엇도 사라지지 않습니다. 단지 삶이 주는 다정스러움, 때때로 있었던 두근거림만 빼고는요. 봄 첫날의 벌의 윙윙거림, 초여름 오후의 달콤한 나무 그늘만 빼고는요. 둘의 벤치를 찾던 나의 눈길, 내가 눈으로 바삐 더듬었던 그 골목들의 구부러짐만 빼고는요. 그렇지요. 큰곰자리가 사라진다 해도 나머지 희끄무레한 성운들은 여전히 거기 있겠지요. 기껏 별 몇 개가 사라질 뿐이지요.

'코끝이 정말 차갑네!' 그리고 그 사람은 커다랗게 웃었지요. 따뜻한 코였더라면 얼마나 좋았을까요! 저는 제 코가 그 사람을 춥게 할까봐 조심했습니다. 손과 가슴에 얼굴을 묻고 싶었지만요. 그때부터 겨울이면 코끝을 문지르는 버릇이 생겼습니다. 그해 봄에 저는 이웃해 피어있는 수국과 철쭉조차 부러워했습니다. 저 다년생 풀과 관목은 앞으로도 수많은 시간을 서로의 체취와 체온을 느끼며 같이 살아갈 테지요. 그 사람만 있다면 모든 이동을 포기할 수 있었어요. 저렇게 뿌리박혀도 좋았어요.

'사랑했던'이라는 수식어구는 가슴을 아프게 때립니다. 사랑했던 사람, 사랑했던 나날... 듣지 않으려 노력합니다. 어떻게 이 말을 쉽게 할까요? 저는 순식간에 과거로 돌아가고, 거기에서 그 사람을 보고, 아름다운 미소를 즐기고, 어떤 향기를 맡지요. 그러고는 혹독한 대가를 치릅니다. 그것이 다시 가질 가능성 없는 과거라는 사실에 눈물 흘리지요. 매일 밤 찾아오는 슬픔에 생활은 엉망이 됩니다. 의욕이 사라져서 물조차 마실 수 없게 됩니다. 이때 죽음의 유혹이 다가옵니다. 이곳이 훨씬 편안하다고.

메마른 삶 속에서 세월이 마구 흘렀습니다. 가뭄이 농부의 가슴을 얼마나 타게 할까요? 메마른 마음이 저를 태우듯이요. 그 가슴 통증이 많이 그립습니다. 그때엔 그것이 죽기 위한 병은 아니라는 사실을 알았지요. 사랑으로 죽는다면 그것은 오히려 진정한 삶이니까요. 육체가 소멸해도 영혼은 남을 테니까요. 지금이, 어떤 가슴 통증도 없는 지금이 오히려 죽기 위한 시간이겠지요. 육체는 마지못해 삶을 이어가지만 내 마음에서 무엇인가 빛이 꺼졌지요.

저는 어쩌면 선생님이 물으시는 사랑에 대해 말하고 있지 않을지도 모르겠어요. 남녀가 어떤 기회에 만나고, 다른 기회에 헤어지고, 또다시 새롭게 만나고 하는. 저는 지금 육욕과 변덕에 대해 말하고 있지는 않아요. 제가 말하는 사랑은 육체에 대한 것은 아니에요. 정확히 말하면 육체만의 사랑을 말하는 것은 아니에요. 그러한 사랑은 아름다움이나 통찰을 창조하지 못합니다. 영혼이 움직일 땐 모든 것이 움직이지만 육체는 자기 질량만을 이동시키지요. 파반느와 소네트 등의 존재가 사랑에 빛지지 않았다면 어떻게 그 생성의 행운을 얻었겠어요.

어쩌면 거기에 그것도 들어가겠지요. 확실히 그렇긴 해요. 그러나 제가 말하는 사랑은 육체가 원인을 제공하는 종류는 아니에요. 제가 왜 모르겠어요? 그것도 절대 무시할 수 없는 우리 영혼의 동력이라는 사실을요. 그것이 주는 환희와 향락을 저 역시 끝없이 즐겼는데요. 저는 원인과 결과를 바꾸고자 할 뿐이에요. 사랑의 한 결과, 한 양상으로서의 육체적 관계로 말이에요.

그러니 결국 저는 선생님께 또다시 좋은 답변을 하지는 못했습니다. 선생님은 사랑을 정의하기를 원했지만, 저는 사랑의 결과만을 얘기했으니까요. 제게 어떤 놀라운 통찰을 기대하지 않으셨다는 걸 저는 알아요. 그러니 비웃지 마세요.(그래도 선생님은 지금 웃고 계실 거예요. 항상 웃으셨으니까요)

어쩌면 선생님은 단지 '무심코' 물었다고 말씀하실 거예요. 정말 그랬나요? 혹시 선생님은 답답했나요? 제 태도가 사랑에 빠진 여성의 그것은 아니었나요? 그랬다면 '나를 사랑하냐?'고 물었어야지요. 자존심의 문제였나요, 아니면 두려움의 문제였나요? 자존심은 사랑보다

마지막 외출

큰 건가요? 저는 위장된 무심에 대해 말하는 거예요. 모든 문제에 솔직한 분이 한 문제에는 비겁했네요.

전 지금 무의미한 얘기를 하고 있네요. 선생님이 어떻게 물으셨다 한들 저는 침묵했을 거예요. 우린 서로 알고 있었어요. 한쪽은 절망으로 다른 한쪽은 권태로 관계가 시작됐다는 걸. 그 관계가 아슬아슬하게 향락과 진지함의 경계석을 따라 걷기 시작했다는 걸. 같이 있으면서도 제 영혼의 많은 부분은 좌절감과 그리움으로 다른 시간과 다른 장소를 더듬고 있었다는 걸. 선생님이 저와 더불어 운명과 미래를 바꾸지 않을 것이라는 사실도요. 아아, 선생님, 저야말로 그랬어요. 선생님과 미래를 함께할 수는 없었어요. 모든 축복과 영원한 삶을 준다 해도요.

무심함이건 진지함이건 중요하지 않아요. 제 사랑이 그것에 따라 변하지는 않지요. 제 사랑은 존재하지만 사랑 일반에 대해서는 정의할 수 없다는 사실도요. 그러나 전자기가 존재한다는 사실을 그 양태 외에 무엇으로 알 수 있겠어요? 무엇인가를 끌어당기는 그 무엇, 무엇인가를 밀어내는 그 무엇으로밖에로는요. 사랑도 마찬가지로 그 양태로나마 그것의 존재를 가까스로 알 수 있는 것이지요. 누군가를 끝없이 희망 섞인 두려움으로 채우면서 어떤 때는 그리움이나 좌절감으로 누군가를 죽게까지 하는 그 무엇으로요. 그리고 렘브란트와 쇼팽과 헤

밍웨이 등을 가능하게 한 그 무엇으로요. 그리고 어쩌면 우주 전체를

만든 그 무엇으로요.

재회

       학교 도서관은 더 이상 다양하지 않다. 많은 사람이 앉아서 무언가를 하고 있지만 대부분 시험공부를 하고 있을 뿐이다. 사법고시, 행정고시, 외무고시, 공무원, 회계사, 변리사 등등. 그들의 얼굴은 초조감, 야망, 희망, 기대, 가난 등으로 얽힌 복잡한 표정을 하고 있다. 오빠도 저 사람들 중 하나였다. 저기에서의 승리자는 이제 높은 진입 장벽을 돌파한 것이고 향후 조촐하지만 먹고는 살만한 중산층을 형성하고 결혼도 하고 애도 낳을 것이다. 오빠도 덕분에 부잣집 딸과 결혼하고 애도 낳고 잘살고 있다. 패배자에게는 좌절감과 가난이 뒤얽힌 고통스러운 삶이 기다리고 있을 것이다. 안타까운 일이지만 생존 경쟁은 곧 전쟁이고 그것은 매일 모든 곳에서 발생하고 있다. 그들이 모든 곳을 점령하고 있고 그 모든 곳에서 심리적 절박감을 뿜어내고 있다. 마치 택시 기사가 직업적인 운전사라는 이유로 도로에서의 우선권을 거칠게 요구하듯이 그들도 직업적인 공부꾼이라는 이유로 공부할 장소에 대해 심리적 우선권을 주장하고 있는 거 같았다. 나는 이들을 피해 개가 열람실에서 공부했다. 그런데 심지어 개가 열람실에까지 와서도 고시 공부를 하는 학생들이 있다. 한결같이 못나고, 한결같이 두껍고, 한결같이 따분하게 생긴 책들을 펴고서는. 이 나라는 자격증 공화국인가? 그들만을 위한 자리가 있다. 그런데도 화산이 폭발하여 파편이 개가 열람실까지도 찾아들어 왔다.

나는 이번 학기에 영국 경험론을 종합해야 한다. 이것이 논문을 위한 선결문제이다. 존 로크, 조지 버클리, 데이비드 흄. 이 영역은 제법 재밌다. 선배는 조지 버클리와 데이비드 흄을 많이 인용했었다. 그러면서 '그들은 근대라는 시대의 자신감 넘치는 확고한 이념에 커다란 구멍을 낸 사람들'이라고 말했다. 만약 경험론이 궁극적으로 인간 이성의 전능성에 대한 부정이라면 그의 말이 맞다. 왜냐하면 현대는 트리스탄 차라의 인간 이성에 대한 격분으로부터 시작되니까. 데이비드 흄의 인과율에 대한 견해는 오늘날에 보아도 충격적인 것이다. 인과율은 없다는 것이 그의 견해이니까. 결국 그에 의해 과학은 장차 세계 해명에 있어서의 왕좌에서 쫓겨나게 될 것이었다. 그리고 칸트의 분투에도 불구하고 과학은 완전히 체면을 구길 예정이었다.

앞에 앉아 있는 학생도 대학원생인 듯하다. 도판이 있는 책을 들여다보는 것으로 봐서는 미술 이론이 전공이 아닐까 싶다. 못생긴 책들 사이에서 너무도 아름다운 색으로 양장 되어 있어서 호기심이 일었다. 한참이 지난 후 학생이 일어섰다. 얼른 책을 건네받았다. 내가 반납하겠다고. 그는 살짝 망설였다. 책 속에 이미 그의 많은 흔적을 남겨 놓았기 때문이다. 그는 책 전체에 줄 그을 작정이었는지 여기저기에 자를 대고는 마구 줄을 그었으니까. 그것이 내 호기심을 자극하기도 했고 또 나는 오랜만에 고전적인 그림이 인쇄된 책을 읽고 싶기도 했다. '현대예술; 형이상학적 해명'이라는 책이었다. 먼저 아찔한 현기증이 일었고 다음으로 책 표지의 색이 비현실적인 색으로 변하면서 눈앞에서 아른거렸다. 그 표지 색은 선배가 좋아하는 아청색이었다. 그의 책이 아닐까? 책을 쥐고 있는 손이 떨릴 정도로 가슴이 두근거렸다. 저자를 확인했다. 분명히 그의 이름이지만 동명이인이 아닐까 하는 의구심이 들 정도로 비현실적이었다. 바로 나의 '당신'의 책이었다. 나는 그의 예술사를 하나의 꿈으로 생각하고 있었다. 거기에 현실성을 부여하기가 쉽지 않았다. 그러나 너무나도 아름다운 그의 책이 실재를 입고 눈앞에 있었다. 살다 보면 이런 꿈같은 일도 벌어진다.

나는 지금 논문 학기이다. 앞의 한 학기를 휴학했다. 아이가 초등학교에 입학하게 되어 내가 보살필 일이 더 많아질 거 같아서였고, 또 F 교수와의 이별이 그렇게 마음 편하지는 않았기 때문이었다. F 교수와는 학교에서 자주 얼굴을 마주친다. 실패를 대면하는 것은 언제나 불편하듯이 실패한 연애의 결과가 그렇게 기분 좋지는 않다. 둘 다 어색한 웃음을 짓는 것이 우리가 할 수 있는 최선이었다. 그도 미국으로 교환교수를 신청해 놓았다. 두 달 후면 출국이다. 사실을 말하자면 나는 그와 헤어진 후 집에 와서 울었다. 그런데 그 울음은 이별의 슬픔에서 나온 것은 아니었다. 선배에 대한 그리움이었다. '당신이 없으니 쓸데없는 일을 또 저지르고 쓸데없이 한 남자를 좌절시켰다'고 중얼거리며 훌쩍였다. F 교수는 내게 논문을 도와줄 것을 제안했지만 내가 거부했다. 그것은 신사가 되기 위한 그의 최후의 쥐어짠 노력이라는 사실을 알았기 때문이다.

나의 논문 주제는 놀랍게도 '예술과 철학; 리글과 보링거를 중심으로'라는 긴 제목을 갖고 있는 것이었다. 리글과 보링거 모두 예술 양식이 형이상학의 옷을 입어야 해명된다고 생각하는 사람들이었다. 그러나 이들은 단지 예술의 이해가 그러해야 한다고 말했을 뿐이다. 물론 보링거는 더 나아가 추상예술의 심리적 배경에 대해 말한다. '세계가 낯설어질 때 인간은 추상예술 속으로 도피한다'고. 그러나 세계가 낯설어진다는 것의 의미와 그 낯섦이 추상예술을 불러들이는 필연적 이유에 대해서까지는 나아가지 못했다. 나는 이것을 할 작정이었고 이것의 출발점은 영국 경험론이라고 생각했다. 이것이 당시에 내가 '인간 오성에 대한 에세이'를 계속 가방에 넣고 다녀야 할 이유였다. 사실 기본적인 뼈대는 이미 마련되어 있었다. 문제는 교수가 이 주제를 마땅치 않아 한다는 사실이다. 그러나 나는 이 주제를 밀고 나갈 것이다. 그들이 학위를 거부한다면 그것도 괜찮다. 나는 어차피 충분히 공부했고 충분히 즐겼다. 그리고 내년에 다시 작성하면 된다. 그래도 안 된다면 내후년에 그들의 비위에 맞춰 써주면 된다. 그들이 가장 많이 한 반대의 명목은 그 주제는 미학과의 것이지 않느냐는 것이었다. 우스운 노릇이다. 미학과는 미적 현상에 대한 형이상학적 해명을 하는 과이지 예술 양식 자체를 직접 다루는 과는 아니다. 만약 그렇다면 미학과 교수들 전부는 쫓겨나야 할 것이다. 구체적인 예술 현상에 대해 아는 바가 거의 없는 사람들이므로. 차라리 그 주제는 미술 이론과의 주제라고 했다면 눈곱만큼의 설득력은 있었겠다. 그들이 그 주제에 대해 의구심을 품은 것은 사실은 자신들이 예술에 대해 문외한이기 때문이다. 논문 작성과 심사에 있어서 그들은 자신들이 자신 있게 다룰 수 있는 친근한 주제를 원한다. 예술은 그들에게 낯선 영역이다.

선배의 신간을 접하며 나는 뛰는 가슴을 진정시키기 힘들면서도 안타까운 연민이 일었다. 선배가 첫발을 크게 내디뎠다. 거인의 발걸음이다. 그의 예술사는 다섯 권으로 구성될 것이라고 말했었다. 현대예술, 근대예술II, 근대예술I, 중세예술, 고대예술. 현대예술이 나왔다면 다음은 근대예술II이다. 그것의 출간은 언제로 예상되어 있을까? 그는 지금 유럽 어느 도시에 있을까? 우울증의 고통에서는 벗어나 있을까? 집에 연락은 하고 있을까? 그의 유럽 생활은 이미 6년을 넘어서고 있다. 그 외롭고 힘든 시간들을 어떻게 버텨내고 있을까? 언제까지 유럽에 머물까? 나는 그에게 잊힌 사람일까? 우리가 언제고 다시 만날 가능성은 있을까? 그는 언제쯤 귀국할까? 영원히 유럽에서 살 작정일까?

책을 펼친 나는 서문에서부터 행복한 웃음을 짓게 된다. 그렇다. 그가 바로 그이다. 그는 자신만만한 여유를 가지고 예술이 형이상학적으로 해명되어야 하는 이유를 예증을 들어서 설명하고는 '현대예술을 먼저 내는 이유는 과거의 예술은 하나의 유희로서 존재하지만, 현대예술은 바로 현존의 해명이라는 절박함에 기초해 있기 때문'이라고 말한다. 그는 책 앞머리에 '불안에 잠긴 영혼들에게'라는 헌제를 붙였다. 그렇다. 현대는 불안의 시대이다. 이미 없고 아직 없는 것 사이에 있는 시대이다. 나는 뛸 듯이 기뻤다. 이중으로 기뻤다. 그가 마침내 그의 평생에 걸친 탐구의 결실을 내놓기 시작했다는 사실이 우선 기뻤다. 나는 그의 노역과 고통을 보아왔고 또 그로부터 그의 계획에 대해 직접 들었다. 그가 얼마나 야심적이고 지난한 작업에 몰두하고 있는가를. 정말이지 그는 포기하지 않았다. 인간에게 가능한 것이라고 생각할 수 없는 것을 해내고 있다. 주기적으로 찾아오는 우울증을 무릅쓰고. 그의 말과 행동은 하나이다. 그는 기어코 해내고 있다. 그의 통찰이 마침내 글의 옷을 입었다. 그것도 시적인 느낌을 주는 아름답고 우아하고 간결한 문체의 글의 옷을.

두 번째로 기뻤던 것은 나의 논문을 위해서였다. 그의 책은 현대예술의 모든 양상을 다루고 있다. 그는 먼저 근대와의 단절에 대해 말하고 현대예술이 왜 추상이거나 신사실주의일 수밖에 없는지에 대해 더할 수 없이 선명하고 명석한 언어로 설명해나가고 있다. 나는 레퍼런스를 더 이상 찾지 않아도 된다. 이 책이 나의 논문에 대한 훌륭한 레퍼런스이다. 책 곳곳에 재현의 포기와 추상으로의 전환에 대한 설명들이 있다. 어쩌면 이 책은 내 논문의 무용성에 대해 이미 말하고 있다. 논문은 어차피 통과의례이고 형식이다. 상관없다.

책을 반납하고는 학교 서점으로 뛰어갔다. 그의 책이다. 조금이라도 빨리 사고 싶었다. 예술 일반 코너로 갔다. '현대예술'이 없었다. 품절이었다. 교보문고에 가야 할 것 같다. 그런데 거기에 '근대예술: 형이상학적 해명'이 있었다. 그것도 1, 2권이 한꺼번에 나와 있었다. 그러고 보면 나는 '현대예술'의 출간일을 확인 안 했다. '근대예술'은 이미 금색의 각인을 입고 있었다. '세종학술상 수상작'이라는. 그렇다면 이 책은 나온 지가 상당히 되었다. 출판되고 심사를 거쳐 수상을 하게 되니까. 책을 펼쳤다. 6개월 전이었다. 나는 '근대예술' 두 권을 사서 에코백에 넣고는 다시 개가 열람실로 향했다. 다행히 그대로 있다. 출간일은 지금으로부터 11개월 전으로 나와 있다. 그렇다면 그는 '현대예술'을 출간한 지 5개월 만에 '근대예술'을 출간했다. '현대예술'을 낼 때 이미 '근대예술'의 원고가 준비되었다는 얘기다. 어쩌면 세 권의 원고를 한꺼번에 넘겨주었을 것이다. 그리고 '근대예술'의 편집 기간이 5개월이었을 것이다. 언제 쓰기 시작했을까? 이 세 권은 적어도 2년의 시간을 요구한다. 그렇다면 아마도 유럽 생활 4년 차에 쓰기 시작했을 것이다.

'근대예술'에서는 르네상스, 매너리즘, 바로크, 로코코, 신고전주의, 낭만주의, 사실주의, 인상주의, 후기 인상주의까지 총 아홉 개의 양식을 다루고 있었다. 그리고 총 1천 쪽을 넘어가고 있었다. 그것도 어떤 각주도 달고 있지 않은 채로. 인용 없이 완전한 독창성으로 이 양식들을 분석했고 또 종합했다. 나는 이번에는 선배에 대해 낯섦을 느끼게 되었다. 도대체 한 명의 인간이 어떻게 현대예술의 그 다양한 예술 현상들과 더불어 이 아홉 개의 양식에 대해 형이상학적 해명을 하고 있단 말인가? 그것도 수시로 찾아오는 우울증을 견뎌 가며. 낯설고 외로운 유럽에서. 그는 심지어 내가 읽는 것보다 더 빠르게 책을 써 나갔다. 그는 6년간의 유럽 생활 가운데 세 권의 책을 한꺼번에 집필했다. 그것은 이를테면 폭발이다.

출판사에 전화해야겠다. 그가 아직 유럽에 있는지. 유럽에 있다면 어디에 있는지. 우울증의 고통에서는 벗어나 있는지. 어떻게 그렇게 심오하고 아름다운 글들을 만들어 냈는지. 나는 그를 찾아서 암스테르담까지 갔다. 내가 그에 대해 이런 것들을 알 권리는 있지 않은가? 그는 이제 마흔세 살이다. 좀 더 관용적이고 좀 더 부드러워졌을 것이다. 나의 연락을 그렇게 고깝게 생각하지는 않을 것이다. 나는 나중에 편집자와 다시 한 통화에서 '내가 암스테르담에 있을 때 그는 이미 이탈리아 밀라노에서 라벤나를 향해 가고 있었다'는 소식을 듣게 된다. 그가 우리를 피해서 움직인 것은 아니다. 오히려 그는 인터콘티넨탈 암스테르담 호텔에 나흘을 더 머물렀다 떠났다. 우울증 약을 수령하기 위해서. 그러고는 약을 수령한 그 이튿날 이탈리아를 향해서 떠났다. 그는 나를 피하지 않았다. 어쩌면 내가 암스테르담으로 가고 있었다는 사실을 알았다면 그가 기다려 줬을지 모른다.

　이번에는 오 실장이 직접 받았다. 나는 선배의 현재 소재를 물었다. 그러자 그는 조용히 대답했다. '귀국하셨다'고. '지금은 자택에 계시다'고. 자택이라면? 어느 자택 말인가? 그의 골방 말인가? 그는 부모님과 더불어 살고 있었다. 그리고 그는 이미 1년 전에 귀국했다. 그는 5년간을 유럽에서 보냈다. 그 5년은 그에게 엄청난 생산력을 준 세월이었다. 그는 나중에 '근대예술' 이후에 1년 만에 '중세예술'을, 그리고 다시 1년 만에 '고대예술'을 출간한다. 아마도 이 원고들 중 상당 부분은 이미 유럽에서 초안이 잡혔을 것이다. 나는 섭섭한 마음이 일었다. 그는 내가 암스테르담에 그를 찾아갔었다는 사실을 안다. 그리고 거기서 다시 돌아섰다는 사실도. 나는 갑자기 내가 보낸 이메일을 읽었는지가 궁금했다. 과 사무실에서 확인해 보니 '수신 확인' 되었다고 나온다. 그는 그 두 달 후에 그것을 열어보았다. 그런데도 불구하고 그는 내게 연락할 생각조차 안 했다. 섭섭했다. 보고 싶은 마음이 커지니 섭섭함도 역시 더욱 커졌다. 나는 내 핸드폰 연락처를 오 실장에게 알려주었었다. 원했다면 언제라도 연락할 수 있었다. 하지만 그는 침묵했다. 여기가 내가 포기해야 할 시점인 거 같았다. 나는 영원히 그를 만나지 못할 것이다. 이제 더 이상 나는 그의 향기를 맡을 수 없다. 나는 아마도 그가 분류한 '한때

　　　　　　　　　　　　　마지막 외출

알았지만 이제는 '낯선'이라는 카테고리로 분류되었을 것이다. 그러나 나는 마음속에서 '그래도 한 번은 시도해 보고 싶다'는 생각도 들었다. 만약 내가 그에게 낯선 사람이 되었다면 새로 시작할 수 있지 않은가? 나와 그는 지적이고 심미적인 세계의 추구에 있어서 동료가 될 수도 있지 아니한가? 나의 결혼 생활은 파탄이고 나는 실질적으로는 독신자의 삶을 살고 있지 않은가? 여기에 어떤 부도덕이 있는가? 혹은 남녀관계가 아니어도 괜찮다. 동료나 선후배의 관계만으로도 만족할 수 있다. 그를 다시 만날 수만 있다면 어떤 관계로도 좋다.

그는 연구와 집필만을 하고 있을까? 아닐 것 같다. 그는 여자에게 인기가 많고 또 여자를 거절하지 않는다. 그에게는 다른 여자들이 있을 것이다. 여자와 관련한 그의 방탕은 익히 알고 있다. 이렇게 생각하자 이제 보고 싶은 마음과 섭섭한 마음에 질투심이 더해졌다. 그는 상당한 지명도를 얻고 있다. 그의 책이 도서관에서 학생들에게 읽히고 있다. 어쩌면 너무도 열렬해서 그를 꼭 만나고 싶다는 여성 독자들도 있었을 것이다. 그는 거절할 사람은 아니다. 과거의 그 방탕했던 시절로 돌아갔을 것이다. 그러나 나는 이제 그의 방탕한 세상에 속하지조차 못한다. 결혼한 여자니까. 이것이 그가 내게 연락을 안 한 이유인가? 그렇다면 나는 다시 그를 만날 수 있다. 이쪽이라면 오히려 가능성이 있다. 그에게 법률뿐인 우리 부부 사이에 대해 말할 수 있다. 그리고 다시 과거의 시절을 되찾을 수 있다. 그러나 이러한 생각이 내게는 너무도 비루하고 초라하게 느껴졌다. 나는 더 이상 그렇게 젊고 아름답지 않다. 이미 서른이 많이 넘었다. 그에게 그렇게 매력적인 사람이 아닐 수도 있다. 그런데 그는 독자와의 어떤 연락도 차단하는 저자이다. 그렇다면 그에게 다른 여자가 없을 수도 있다. 그리고 그는 5년간의 유럽 생활을 했고 귀국한 지 이제 1년이다. 어쩌면 혼자일 수 있다. 우울증에서는 완전히 벗어났을까? 그는 순식간에 방대한 내용의 책 세 권을 집필했다. 어쩌면 그는 그 숙명적인 우울증 때문에 고통받고 있을 수도 있다.

향후 두 달간 나는 그의 책과 더불어 지냈다. 그의 세련되고 우아하고 민첩한 논리의 전개는 한층 정련되었고 한층 날카로워져 있었다. 그리고 거기에 자기와 다른 견해에 대한 관용도 있었다. 그는 다른 견해에 대해 날카롭고 가혹한 반박으로 대응했었다. 그러나 이 예술사에서는 그러한 견해에 대해서조차도 자기 견해의 이면의 이념으로서 나란히 설명해 주고 있었다. 단지 그는 현대의 주도적인 이념 이면에 잠복하고 있는 다른 이념이 있다고만 완곡하게 말하고 있었다. 이러한 관용으로 인해서 이 책은 논리와 통찰과 품격을 동시에 갖추게 되었다. 물론 그의 주장은 확고했다. 그럼에도 다른 견해에 대해 그렇게까지 매서운 공격을 하고 있지는 않았다. 그는 부드러운 사람으로 변해 가고 있다.

'근대예술' 첫머리의 르네상스에서의 그의 가설과 예증과 증명은 정말이지 확고하고 화려했다. 그는 '르네상스는 단지 피렌체에서만 발생했다'는 충격적인 가설을 먼저 내놓는다. '로마와 베네치아의 르네상스는 그것을 수입한 것에 지나지 않는다'고 주장한다. '피렌체를 제외한 유럽 어디에도 르네상스는 없었다'고 말하며 르네상스의 이념을 '고전고대의 휴머니즘의 부활'이라고 규정한다. 그리고 '휴머니즘을 인간 이성'으로 다시 규정한다. 즉 '재탄생은 고대 그리스의 이성 신봉의 주지주의의 부활인 것이다.' 피렌체가 르네상스를 이룩할 때 유럽의 나머지 국가들은 아직도 고딕 시대에 있었다'고 말한다. 그리고 '그 고딕에서 르네상스를 건너뛰고 바로 매너리즘으로 진입한다'고 말한다. 첫 장에서부터 그는 기존의 예술사의 이론을 정면으로 반박하고 있다. 그는 르네상스를 시간에 의해서가 아니라 공간에 의해서 나눈다. '알프스 이남의 이탈리아에서는 르네상스가 있었지만 알프스 이북에는 르네상스는 없었고 오히려 기존 고딕 양식의 마지막 개화된 국제 고딕 양식이 있었다'고 주장한다.

'근대예술'의 백미는 매너리즘에 있었다. 매너리즘은 사실상 그 개념조차도 성립되어 있지 않은, 있으나 마나 한 양식으로 알려져 있다. 그는 매너리즘에 무려 160여 쪽을 할애한다. 그는 먼저 매너리즘을 정의하고 그 이념적 배경을 설명한다. 그는 '지동설과 마키아벨리의 새로운 정치철학이 르네상스 세계를 흔들었다'고 시작한다. 새로운 시대가 개시되었다. 물론 이 새로운 시대는 불안과 동요의 시작이었다. 여기에는 매너리즘 화가뿐만 아니라 사상가와 문학가도 포함시킨다. 그는 에라스뮈스, 미셸 드 몽테뉴, 프랑수아 라블레, 피에르 롱사르, 존 던, 셰익스피어, 세르반테스 등의 문학가와 파르미자니노, 폰토르모, 로소 피오렌티노, 티치아노 등의 화가들과 아드리아노 반키에리, 루카 마렌치오, 윌리엄 버드 등의 음악가들을 매너리스트로 분류한다. 이것부터가 충격적이다. 도저히 르네상스적이라고 할 수 없는 셰익스피어와 세르반테스는 비로소 완전히 해명 받게 된다. 그는 '바로크가 매너리즘의 좌절감과 동요를 해결하지 않았다면 매너리즘 예술은 현대의 추상과 동일한 예술로 이르게 되었을 것'이라는 가설을 내세우며 그것을 치밀한 논리로 증명해 나간다.

나는 중요한 부분에 줄을 긋다가 포기하고 말았다. 모든 부분에 줄을 쳐야 했기 때문이다. 두 달에 걸쳐 나는 이 세 권의 책을 네 번을 읽게 된다. 그러나 네 번으로 충분하지 않았다. 앞날을 기약했다. 앞으로도 수없이 이 책을 들춰봐야 할 것이다. 즐거움을 위해, 논문을 위해. 더구나 이 책들에서 다뤄지고 있는 예술 작품 자체에 대해서도 다 감상할 필요가 있었다. 이것은 훨씬 더 많은 시간을 요구할 것이다. 그의 '중세예술'은 언제

나오게 될까? 그는 고딕 건조물과 오컴의 유명론을 같이 묶는다고 했다. 그 책이 나온다면 나는 오컴에 대해 배울 수 있다. 나는 거의 매일 인터넷에서 그의 이름을 검색하게 된다. 그의 새로운 책에 대한 궁금증도 있었고 그의 근황에 대한 궁금증도 있었다. 그에 관해 모든 것이 궁금했다.

그러던 어느 날 그가 학술 포럼에 참가하게 되었다는 기사가 떴다. 그 포럼은 저자들을 초빙해서 열리는 저술에 대한 설명회였다. 설명회가 끝나고는 질의응답 시간이 있었다. 2주 후 금요일 오후 7시 30분에 대전에서 개최되는 포럼이었다. 나는 그 자리에서 참가를 결정했다. 주최 측에 연락하니 '아직 자리가 있다'고 한다. 참가비를 송금하고는 안도의 한숨을 쉬었다. 겨우 80여 명이 참석할 수 있는 포럼이었다. 이것은 아마도 선배가 그렇게 요청했기 때문일 것이다. 이제 그는 지명도가 높아지고 있다. 그러나 그는 알려지는 것을 끔찍하게 싫어한다. 이 포럼도 어떤 연고에 의해 피치 못하게 열렸을 것이다. 그가 현재까지 낸 책은 이미 네 권이다. 그 네 권은 그러나 저자의 영혼이 들어간 네 권이다. 그는 앞으로도 많은 책을 더 쓸 결의를 다지고 있을 것이다. 그를 그냥 내버려 둬야 한다. 그를 자꾸 끌어내려 하면 그는 다시 유럽이나 미국이나 캐나다로 숨을 것이다. 그는 말했었다. '좋은 일로나 나쁜 일로나 남의 입에 오르내리는 것은 좋지 않다'고. 그는 외로운 고투 가운데 있기를 원할 것이다. 그 외로움이 그의 우울증과 관련 있다고 해도 그것은 스스로가 택한 운명이다. 어쩌면 그에게도 외로움은 큰 고통일 수 있다. 그렇다 해도 그는 외로움을 택할 것이다. 책을 쓴다는 궁극적인 기쁨이 더 컸으니까. 그리고 우리 역시 그의 외로움에서 더 큰 이익을 얻을 수 있다. 독창적이고 통찰력 있는 저술보다 더 소중한 것이 어디에 있는가?

대전으로 운전하며 나는 안절부절못하고 있었다. 도대체 그에게 나는 각별한 사람이기는 할까? 나는 한때 각별한 사람이었다. 그가 직접 철학과 예술을 가르쳐주었으니까. 그리고 어쨌든 같이 자는 사이였으니까. 같이 여행도 다녀오고 연주회장에도 다니곤 했던 사이니까. 그러나 그때로부터 9년이나 흘렀다. 그리고 그의 삶은 많은 변전을 겪었다. 2년간 교수로 근무했고, 2년간 사업을 했고, 유럽에서 5년간 연구와 집필을 했고, 지금은 한국에 와서 집에 머무르고 있다. 그는 지금도 아마 집필과 교정을 하고 있을 것이다. 그리고 어쩌면 여자들과 자고 있을 것이다. 나의 결혼 때 각별하고 감동적이었던 이메일을 보내주었다. 그때 그는 나와의 완전한 결별을 결심했을까? 그 이메일에서 나는 완전한 이별을 읽긴 했다. 더구나 나는 그에게 이별을 통고한 사람이다. D의 강요라고는 하지만. 안타깝지만 그는 나를 잊었을 거 같다. 그렇지만 나도 그의 세계를 공유하는 사람이다. 대

마지막 외출

학원에 진학했고 그의 모든 저술을 외울 정도로 읽었다. 잊었다면 다시 시작할 수 있지 않은가? 이제 나도 더 이상 어리지 않다. 그의 훌륭한 동료가 될 수 있다. 나는 오늘 아침 식사도 먹는 둥 마는 둥 했고, 점심을 걸렀고, 아마 저녁까지 거르게 될 것이다. 대전까지는 제법 먼 길이었지만 나는 시간의 진공 상태에 있다. 단숨에 도착했다. 어떻게 왔는지도 모르게 왔다.

한 시간 일찍 도착했지만, 행사장 앞에는 이미 사람들이 줄을 서고 있었다. 앞자리에 앉으려고 하나 보다. 다들 그의 책을 두세 권씩 들고 있었다. 나도 그의 책을 가져와야 했나? 그러나 다른 사람과 더불어 그에게 그 책을 내밀고 서명을 받는다는 사실은 견딜 수 없다. 그와 관련해서 다른 사람과 같을 수는 없다. 나는 그에게 특별한 사람이어야 한다. 입장 후 자리에 앉은 사람들은 모두 그의 얘기만을 했다. 내 불안은 점점 커져 갔다. 그는 이러한 사적 관심을 견디고 있을 사람이 아니다. 아무래도 그는 어디론가 다시 사라질 것 같다.

그는 그사이 좀 더 야위어 있었다. 아아, 그는 여전히 멋진 사람이다. 노타이에 감색 양복 차림으로 단상에 선 그는 먼저 모두에게 그 사랑스러운 미소를 보여줬다. 그는 어떤 고통을 겪을지라도 또 아무리 많은 노역의 시간을 보낼지라도 절대로 굽히지 않는 불요불굴의 정신력을 가진 사람이다. 웃음에는 그는 전혀 어떤 고생과 변전도 겪지 않은 듯한 천진함과 고상함이 있었다. 내가 가운데쯤 앉은 것이 다행이다. 온 객석이 완전한 어둠 속에 잠긴 것도 다행이다. 그의 모습을 보는 순간 눈물이 흘렀다. 그것은 그의 현재의 행복에 대한 감사의 눈물이었고, 고통을 극복한 그의 의지에 대한 찬사의 눈물이었다.

그는 조용히 시작했다. 먼저 시대 구분을 한 후 근대라는 시대의 정의를 해 나갔다. '근대는 전기 근대와 전성기 근대와 후기 근대로 나뉜다'고 하면서. 그는 르네상스와 매너리즘 시대를 전기 근대로, 바로크, 로코코, 신고전주의, 낭만주의까지를 전성기 근대로, 그리고 사실주의, 인상주의, 후기인상주의를 후기 근대로 구분한다. 그리고 데카르트를 전성기 근대를 부른 철학자로, 데이비드 흄을 후기 근대를 부른 사람으로 지목했다. 그러고는 먼저 근대 전체가 어떤 형이상학에 의한 것인가를 설명하고 이어서 곧장 아홉 개의 양식으로 들어가서 각각을 형이상학적 배경 아래 설명해 나갔다. 장내는 숨죽은 듯했고 필기하는 소리만이 들렸다. 사진 촬영과 녹음은 원칙적으로 금지되어 있었으나 많은 사람의 핸드폰이 녹음 상태가 된 채 테이블 위에 놓여 있었다.

그렇게 두 시간의 수업이 끝나고 30여 분간의 질의응답 시간이 주어졌다. 그러나 누구도 질문하지 않았다. 고요만이 맴돌았다. 질문을 하기에는 너무 어려운 강좌였다. 다들 머리가 터져 나갈 듯할 것이다. 느닷없이 누군가가 물었다. '그러한 통찰은 어떤 것을 통하여 얻어졌냐'고. 그러자 그는 다시 환하게 웃으며 대답했다.

"개인적인 질문에 대해서는 노코멘트입니다. 자신의 얘기를 하면서 자기 칭찬을 안 하기는 매우 어렵다고 말한 사람은 옛적의 미셸 드 몽테뉴입니다만, 그 말은 오늘날까지도 유효합니다. 죄송합니다."

장내에 가벼운 탄식이 흘렀다. 그것은 그의 재기 넘치는 답변에 대한 감탄의 탄식이었다. 누군가가 다시 물었다. 물었다기보다는 요청했다. '현대예술과 관련한 포럼을 연다면 다시 와 주실 수 있냐'고.

"죄송합니다. 제가 매우 바쁩니다. 아침에 일어나서 면도하고 샤워합니다. 그리고 아침 식사 준비를 해야 합니다. 그리고 그것이 끝나면 장 봐야 하고 점심을 곧 준비해야 합니다. 그리고 다들 아시지요? 점심 후에는 곧 저녁이 온다는 걸. 이런저런 일로 바빠서 또 다른 포럼에는 참석하지 못하겠습니다. 그뿐만 아니라 앞으로는 모든 공식적인 자리에는 참석하지 않을 것입니다. 써야 할 책이 아직 많이 남았습니다. 다시 한번 죄송합니다. 자, 오늘 제가 할 말은 여기까지입니다. 감사합니다."

장내에 웃음의 물결이 일었다. 주최 측이 마무리하고 그에게 봉투를 내미는 듯하다. 그러자 그는 봉투를 밀어내며 무어라고 말했다. 틀림없다. 어디로의 기부에 대해 말했을 것이다. 많은 사람이 귀가하지 않고 주차장에서 그의 출현을 기다렸다. 그리고 그를 에워쌌다. 그는 이 순간 톱스타였다. 그러나 매우 곤혹스러워하는 톱스타였다. 나는 멀리서 바라보기만 했다. 나는 그들과 다르다. 나는 그에게 특별한 사람이다. 그에게 사인을 요청하는 책들이 내밀어졌다. 그는 서둘러 사인을 하고 있었다. 그러나 그의 얼굴엔 약간의 짜증스러움과 상당한 피로의 표정이 나타나고 있었다.

나는 나중에 알게 된다. 이 '근대예술' 두 권이 그를 거의 죽음으로 몰고 갔다는 사실을. 그는 귀국 후 오피스텔을 구입해서 그의 서재로 쓰게 된다. 거기에서 '현대예술'과 '근대예술'의 집필과 교정을 끝낸다. 그의 정신력은 더 이상 버티지 못한다. 그는 오피스텔에서 목을 맨다. 만약 그의 조교가 단 1분만 늦었더라도 그는 아마 이 세상 사람이 아니었을 것이다. 이 우울증이 그가 겪은 최악의 것이었다. 그는 그 후 다행히 간헐적으로 가벼운 우울증만을 겪게 된다. 포럼 당시에 그는 그 우울증의 후유증으로 상당히 야위어 있었고 체력도 많이 저하된 상태였다. 이 포럼을 끝으로 그는 공식적으로 영원히 사라진 사람이 된다. 어떤 인터뷰에도 응하지 않았고 어떤 포럼이나 학술대회에도 참석하지 않는다. 그 결과 그는 아마도 업적에 비해 가장 잘 알려지지 않은 사람이 되어간다. 이것이 그가 바라는 바였다. 심지어는 공식적으로는 밴쿠버 아일랜드의 어디엔가 숨어 사는 사람으로

마지막 외출

알려지게 된다.

그가 이 포럼에서 나를 발견했을까? 그렇지는 않은 거 같다. 그는 눈을 들어 허공을 바라보는 태도로 이 포럼에서의 강연을 끌고 갔다. 온전히 자신에게만 잠긴 채로. 거기에다 청중석은 조명이 꺼진 채로 포럼이 진행되었다. 그가 나를 보았을 리 없다. 또 그래야 했다. 아니라면 나는 절망이다.

곧 겨울방학이 시작된다. 나의 논문은 겨울방학 때 제출될 예정이다. 나는 학술지에 '플라톤 비판'이라는 제목으로 약 30쪽에 이르는 짧은 논문을 발표한다. 운이 좋았는지 학술지에 실리게 되었다. 선배는 플라톤에 대해 이렇게 말한 적이 있다.

"따분한 철학자지만 그래도 그의 철학에 관해 공부는 해야 해. 그의 책 중 한 권 정도를 충실히 읽어 줘야 해. 우리 시대는 확실히 플라톤의 시대는 아니야. 물론 많은 사람들 — 사실은 거의 전부지만 — 이 그가 우리 시대에도 호소력이 있다고 생각하지. 세상은 항상 그래왔어. 실재론적 신념에 대해 찬사를 보내지. 우리 본능 속에는 '확고한 별'에 대한 꿈이 있기 때문이야. 덧없이 사는 삶이 사실은 얼마나 살만한 삶인지 모르는 거지. 어쨌든 플라톤의 저서 중 '파이돈' 정도는 읽어줘야 해. 여자가 아무리 촌스럽다 해도 그래도 한 번은 쳐다봐 줘야지."

나는 그때 파이돈을 읽었고 매 쪽마다 나름의 논리적 반박을 적어 놓은 것이 있었다. 이것을 종합하여 학술지에 기고했는데 다행히 그것이 실리게 되었다. 내가 처음으로 인터넷에서 검색되는 사건이었다. 하늘 위를 걷는 듯했다. 자랑스러웠다. '플라톤 옹호'가 아니라 '플라톤 비판'이다. 이것이 가능했던 것은 선배로부터 배운 소피스트들의 이념과 흄을 비롯한 여러 경험론자들의 이념이 큰 도움이 되었기 때문이었다. 선배는 이 사실을 기뻐할까? 그의 가장 충실한 제자가 학계에 처음으로 데뷔했다.

크리스마스가 다가옴에 따라 도시가 화려해지기 시작했다. 아파트 화단은 금빛의 반짝이는 작은 전구들로 장식되었다. 눈이 많이 내렸다. 정말 오랜만의 화이트 크리스마스였다. 나는 아들과 상가 식당으로 저녁 식사를 하러 나왔다. TV에서는 오스트리아에서의 스키 대회가 방영되고 있었다. 알파인 종목이었다. 스키 선수들이 바람을 가르며 힘차게 산을 활강하고 있었다. 갑자기 아이와 스키장에 가야겠다는 생각이 들었다. 스키 레슨을 받게 해야 한다. 이 아이는 은수저를 입에 물고 태어났다. 거기에 비해 많은 것을 누리지는 못했다. 엄마 아빠의 불화가 한 원인이었고 또 내가 바쁜 것이 다른 이유였다. 나는 갑자기 서두르기 시작했다. 백화점에 가야 한다. 스키복과 장비 모두를 사야 한다. 차가 후륜 구동이라는 사실이 문제다. 후륜 구동은 눈길이나 빙판에 매우 취약하다. 전륜 구동을 렌트해야겠

마지막 외출

다. 포르쉐에는 스키 장비를 실을 수도 없다. 스키장에 전화하니 스키는 임대도 가능하다고 한다. 다시 포르쉐 대리점에 전화했다. 거기서는 타이어를 스노타이어로 바꾸면 후륜이어도 눈길에 문제없다고 말한다. 이것을 놓고 좀 더 고민했어야 했다. 그러나 여전히 논문 문제가 발목을 잡고 있었다. 지도교수는 계속해서 퇴짜 놓고 있다. 그때마다 나는 속으로 웃었다. 변경시켜도 어디가 변경됐는지도 모르는 교수가 가련하기도 하고 한심하기도 했다. 그들은 통과 의례를 그런 식으로 치르게 한다. 우리는 '목차를 차례로 바꿔 나가면 교수가 언젠가는 통과시켜 준다'며 웃었다. 그러나 이 논문이 계속 나를 바쁘게 했다. 깜빡 잊었다. 내일이 스키장을 예약한 날이다. 차 렌트 예약을 잊었다. 이미 저녁이다. 방법이 없었다. 급히 포르쉐 서비스센터에 가서 타이어를 교체했다. 이제 문제없을 것이다.

아들은 들떠 있었고 행복해 보였다. 스키장에 가는 두 시간 내내 수다와 웃음을 반복했다. 아들과 여행하는 것은 정말 오랜만이다. 나는 틈나는 대로 아들을 데리고 외식하고 놀이공원도 데리고 다녔지만, 여행을 같이하는 것은 정말 드문 일이었다. 더구나 스키장에 간다. 리프트도 타고 맛있는 것도 먹을 것이고 리조트에서 잠도 잘 것이다. 스키장으로 들어가는 길에는 눈이 잘 치워져 있었다. 괜한 걱정을 했다. 후륜임에도 차는 문제 없이 잘 올라갔다. 이것은 2박 3일짜리의 여행이다. 아들은 엄마와 그렇게 오래 둘만이 있게 된 사실에 한 없이 들떠 있었다. 나는 자책감이 들기 시작했다. 나는 좋은 엄마가 아닐까? 우선 부모로서 우리는 낙제점이다. 남편과 나는 거의 별거 중이다. 물론 남편에게는 그럴듯한 가정이 있어야 한다. 그것만이 남편이 나와 아이에게 원하는 모든 것이다. 남편은 이상하게도 아이에게 무심했다. 그는 절대로 아이와 놀아 주지 않았다. 귀찮아했다. 거기에 나는 대학원 입학 이후로 과외까지 더해져서 정신없이 바쁘다. 아이는 계속 소외되고 있다.

두 번째 날에 아이의 오전 레슨이 끝난 다음에 들어와 보니 핸드폰에 낯선 전화번호가 찍혀 있었다. 나는 보통은 낯선 전화는 받지 않거나 놓치더라도 회신 전화를 하지 않는다. 이번엔 예감이 이상했다. 그때 왜 예감이 이상했을까? 그 번호의 모든 숫자가 내게 말을 걸고 있는 듯했다. 나는 아들과 스키장에 와 있다. 우리는 행복해하고 있고 세상 전체도 행복해하는 것 같다. 스키장 전체와 리조트에서도 웃음소리가 끊이지 않는다. 그 분위기 때문이었을까? 그 전화가 어떤 행복을 가져다줄 것 같은 느낌이 들었다.

아이와 나는 점심 식사 중이다. 식사가 끝나고 전화를 걸어보자. 아이는 식사가 끝난 후 곧 낮잠에 빠져들었다. 오후 레슨을 취소해야겠다. 아이가 이틀의 레슨 후 몹시 피곤해하고 있다. 감기나 몸살에 걸릴 수도 있다. 전화했다. 받지 않는다. 잠시 후 다

마지막 외출

시 벨이 울렸는데 남편이었다. 아이에 대해 물었다. 나는 '즐거워하고 있고 잘 놀고 있다'고 사무적으로 대답했다. 전화를 끊고 보니 그사이에 그 비밀스러운 전화번호가 다시 찍혀 있었다. 망설이다 전화했다. 선배였다! 약간 의기소침하고 차분했지만, 여전히 낭랑한 선배의 목소리였다. 그의 첫마디는 '놀랐지?'였다.

나는 놀라기보다는 이미 두근거리고 있었다. '스키장에 있다'고 하니 '가족여행이냐'고 물었다. '아이와 나의 여행'이라고 했더니 '아이가 행복해하겠네'라고 말했다. '어디냐'고 물으니 '집'이라고 했다. 그의 집은 우리 집과 단 15분 거리이다. 이 여행을 안 왔더라면. 그렇다면 기회를 확실히 살릴 수 있었을 텐데. 선배는 모든 것을 알고 있었다. 내가 암스테르담에 갔었다는 것은 물론 나의 글이 학술지에 실린 것도 알고 있었다. 전화한 것도 학술지의 내 글을 읽어 보고서였다.

"감사한 일도 너무 많고 미안한 일도 너무 많아. 글쓰기를 위해 너무 많은 것들이 희생되긴 했어. 언제고 동네 커피숍에서 만나. 지난 얘기도 하고 어떻게 사는지도 서로 얘기하고. 언제라도 여유 있을 때 전화해. 나는 요새 한가해. 특별히 하는 일은 없어. 대장님이 돌아가셨어. A가 이메일에서 특별한 사람으로 묘사해 줬던 대장님이. 한참 힘들었어. 사실 내가 죄인이라는 생각이 들어."

나는 '오늘 시간이 된다'고 말했다. 지금 출발하면 오후 4시면 집에 도착할 수 있다. 이 기회를 놓치고 싶지 않다. '다시 전화하라'고 했지만, 그때 그가 만남에 응해줄지 어떻게 보증한단 말인가? 그는 언제라도 다시 사라질 수 있다. 서둘러 아이를 깨웠다. 무슨 정신으로 짐을 챙기고 있는지도 몰랐다. 아이는 내일 집에 가는 거로 알고 있었다. 그랬다. 내일까지 너와 단둘이 있으려 했어. 그런데 엄마에게 정말 커다란 일이 생겼어. 지난 10여 년간 엄마를 지배해 온 어떤 행복의 가능성을 지금 알아보러 가야겠어. 너는 내 아들이야. 네가 충분히 안다면 너도 엄마에게 동의해 줄 거야. 우리는 영원히 함께할 모자지간이야. 언제라도 다시 여행할 수 있어. 앞으로는 어떻게 해서든 너와의 시간을 더 많이 만들어 볼게. 내가 하루를 너에게 이미 빚진 거야. 그런데 그 하루에 수천 일을 더해서 너에게 갚을게. 사랑하는 나의 아들, 유일한 아들아.

스키장에서 나와서 우회전해서 일단 국도로 들어가야 한다. 액셀과 브레이크를 교대로 밟으며 우회전했다고 믿은 순간 차가 미끄러지며 왼쪽으로 밀려갔다. 중앙선을 넘은 것 같았고, 뭔가 날카로우면서도 둔탁한 충돌의 느낌이 들었고, 그다음엔 정신을 잃었다.

내 차는 반대편 차선까지 우회전한 상태에서 밀려갔다. 도로는 블랙 아이스로 덮여 있었고 내가 차의 성능을 과신하기도 했

마지막 외출

다. 후륜 구동의 약점이 여실히 드러났다. 반대편 차선에서 내 차가 받혔다. 다행히 조수석 쪽이 아니라 내 쪽의 옆면을 받혔다. 아이는 무사했다. 나는 왼쪽 팔과 갈빗대 두 대가 부러졌다. 엄청난 통증 가운데에서 깨어났다. 응급차가 나와 아들을 옮겨 싣고 있었다. 나는 우선 아이에 대해 물었다. 아이는 다치지 않았단다. 나는 너무 아프다고 했고 응급 요원은 연락 번호를 물었다. 나는 남편의 전화번호를 가르쳐 줬고 응급 요원이 내게 진통제를 주사하는 것 같았다. 통증 가운데 잠으로 빠져들어 갔다.

깨어났을 때는 병실이었고 서너 명의 그림자가 나를 둘러싸고 있었다. 팔에는 부목이 대어져 있었고 통증이 다시 엄습했다. 의사는 간단히 말했다. '7시에 수술'이라고. 눈물이 났다. 아이의 무사함에 대한 감사의 눈물이었다. 그리고 나의 욕망에 대한 탄식의 눈물이었다. 일주일을 입원해야 했다. 문자로 알렸다. '교통사고를 냈고, 지금 병원에 있고, 수술했다'고. '많이 기다렸을 텐데 미안하다'고. 그는 '아이는 어떠냐'고 물었다. '무사하다'고 대답하니 그는 '다행'이라고 하며 '나는 어디가 다쳤냐'고 물었다. 나는 '몇 군데 부러진 거 외엔 아무 문제없다'고 답했다.

왼손잡이가 왼손을 다치니 정말 불편했다. 할 수 있는 일이 없었다. 거기다 갈빗대가 부러지는 것은 그 아픔과 불편이 거의 저주와 같았다. 계속 누워있는 것 외에 다른 치료법이 없었다.

화장실 갈 때는 왼쪽으로 몸을 기울이며 간신히 볼일을 봤다. 샤워를 할 수 없는 것도 큰 고통이었다. 이렇게 3주를 지내야 하니 비명이 나올 지경이었다. 팔의 깁스는 8주 뒤에나 풀 수 있단다.

나는 그 꼴로 선배와 만나게 된다. 10년 만에 그렇게도 그리운 사람을 팔에 깁스를 한 채로 그리고 몸을 왼쪽으로 기울인 채로. 나는 한 가지를 부탁했다. '유머는 사절한다'고. '선배가 나를 웃기면 내 갈빗대는 아마 내 폐를 찌를 거'라고. 3주가 지나자 나는 선배에게 만나자고 했다. 이 기회를 놓쳐서는 안 된다. 그는 언제고 사라질 수도 있고 연락 두절 상태에 있을 수도 있다. 선배는 난감해하며 허락했다. 그리고 우리는 동네 커피숍으로 약속을 잡았다. 아는 사람이 볼 수도 있다. 그러나 무슨 상관인가? 나의 그 '선배'이다. 선배는 사과부터 하고 시작했다.

"그 5년간 나는 모든 인간적인 감정을 밀어내야 했어. 우울증은 더 자주 오고 또 올 때마다 더 심해지고 있었어. 나는 그 시간이 내게 주어진 마지막 시간일 거라고 생각했어. '근대예술'을 쓰기 위해서는 유럽을 둘러봐야 하고 또 기억 속에 그것들을 넣기 위해서는 많은 양의 기록이 필요했어. 우울증에서 벗어날 수 없다면 차라리 그것을 감수하고 글을 써 나가는 편이 낫다고 생각했어. 각오를 다지고 또 다졌지. 여러 사람을 힘들게 했지만 내가 부모에게 가한 정신적 고통은 아마 죽을 때까지 회개해야 할 거야. 특히 아버님이 많이 힘들어하셨어. 내 책은 아버님까지도 제물로 한 거야. 암스테르담에까지 와 준 거 정말 고마워. 그 시간에 나는 밀라노에서 라벤나로 가는 기차 속에 있었을 거야. 오 실장이 내게 모든 것을 알려줬어. 그래도 어쩔 수 없었어. A의 전화번호를 오 실장에게 넘겨받은 순간 나는 무척 고민했어. 그렇지만 내가 A가 결혼한 순간 A를 마음속에서 지워야겠다고 마음먹은 그대로 행동해야 옳다는 생각이 들었어. 그래서 연락을 안 했어. 인터넷에서 네 이름을 계속 검색하긴 했어. 뭔가 일을 저지르기를 기대하고. 학술지에 실린 글도 읽었어. 출판사에 찾아가서 한 부 샀어. 속으로 '브라보!'라고 외쳤어. 그리고 또 다른 나를 거기서 발견했어. 만나면 안 된다고 생각했는데, 이 하늘 아래 나와 이념을 공유하는 사람이 있다는 생각에 참을 수가 없었어. 그래서 전화한 거야.

그런데 그 전화가 이 큰 사고를 불러왔다니 정말 미안해. 그래도 중앙선을 넘은 사고로는 이만해서 다행이야. A가 약속 장소에 안 나올 때 예감이 안 좋긴 했어. 그래도 아이가 무사하다니 다행이야. 스키장에 후륜 구동 스포츠카를 몰고 가는 사람은 A밖에 없을 거야.

아버님은 편히 돌아가셨어. 사실 일찍 돌아가신 거지. 74세였는데. 암에는 어쩔 수가 없어. 가족 모두가 한 달간 울기만 했어. 아버님은 자식들을 끔찍이 생각한 분이야. 그런데 별로 효도를 받지 못하신 거지. 내가 너무 속을 썩였지. 그러지 않았더라면 좀 더 사셨을 텐데. 평생의 친구를 동시에 잃은 기분이야. 자, 이제 궁금한 게 있으면 물어봐."

나는 궁금한 것이 별로 없었다. 이미 그는 공인이었고 그의 책은 인터넷을 도배하고 있다. 그의 책 외에 그의 다른 인생이 어디에 있는가? 나는 단 한 가지가 궁금했다. 여전히 주변에 많은 여성들이 있을까?

"하하. 늙으니 여자도 안 생기네. 가만있자. 마지막 여자가 언제였지? 기억에 없네. 아무튼 유럽 가기 이전부터는 거룩하게 살아온 거 같은데?"

나는 나의 이야기를 길게 한다. 특히 남편과의 불화에 대해. 그리고 F 교수와의 연애사에 대해. 선배는 '이혼은 고려하지 않았느냐'고 물었다. 나는 '불가능한 걸 시도조차 할 필요가 없었다'고 대답했다. '남편은 놓아주지 않을 거'라고 말하면서. 그리고 '아이도 고려해야 한다'고 말하면서. 선배는 고개를 끄덕였다. '견딜 수만 있다면 이혼할 필요는 없겠네' 하며. 그는 이마를 찌푸리며 뭔가 마땅치 않은 표정을 지었다. 나는 화제를 얼른 돌리고 싶었다. 그래서였을까? 내가 생각해도 너무도 대담한 말을 꺼낸다.

"당신은 나와 자고 싶지는 않았나요?"

그는 웃으며 대답했다.

"그런 얘기는 갈빗대가 붙은 다음에 해야지. Maybe or maybe not. 하하. 사실은 항상 자고 싶었어. 왜? 나랑 자고 싶어?"

나는 고개를 끄덕였다. 나는 정말이지 선배와 자고 싶었다. 그의 품에서 어렸을 때 느꼈던 그 향락을 다시 느끼고 싶었다. 그러나 나는 조건을 걸었다.

"당신은 여러 가지로 핑계를 댈 수도 있을 거예요. 그리고 그 핑계는 항상 옳을 것이고요. 그렇지만 듣지 않을래요. 나는 이번에는 배타적이고 싶어요. 당신과 자고 싶어요. 그렇지만 다른 여자와 자는 당신과는 자고 싶지 않아요. 난 이번에는 떳떳해요. 나는 다른 어떤 남자하고도 자지 않을 거예요. 당신도 같은 조건에 묶이는 거예요. 여자와 관련한 당신의 생각을 모르지는 않아요. 그렇지만 이번에는 내 뜻대로 하고 싶네요."

그가 무슨 말인가를 하려 할 때 나는 고개를 세차게 저었다.

"다른 말은 필요 없어요. 다른 조건도 필요 없어요. 다시 말할게요. 제 조건을 수락하겠어요? 수락한다면 우리는 각각 배타적으로 상대편에게 속하는 거예요."

그는 고개를 끄덕거렸다. 그러나 무슨 말인가를 하고 싶어 했다. 그 '무슨 말인가'가 정확히 그것의 예언을 실현하게 된다. 소유는 가치를 밀어낸다는. 그렇게 되면 둘 사이에 학문과 예술은 증발하게 될 것이라는. 서로에 대한 정열은 결국은 식어 갈 것이라는. 서로에게 가장 소중한 것들을 차례로 잃어 갈 것이라는. 그러나 나는 당시에는 어리석게도 그와는 반대로 생각했다. 학문과 예술의 대변자인 그를 소유하면 학문과 예술 역시도 소유하게 될 것이라고. 그를 소유하는 순간 세계를 소유하게 될 것이라고. 그러나 선배의 예측이 맞았다. 물론 이 예언이 당장 실현될 것은 아니었다. 그것은 새벽이 어둠을 서서히 밀어내듯 소리 없이, 그리고 내가 전혀 의식하지 못하는 사이에 몰락하는 저녁 어스름 속의 숲처럼 몇 년에 걸쳐 스스로를 천천히 실현할 것이었다. 선배는 조용히 그러나 약간은 엄숙하게 말했다.

"나는 아직 '중세예술'과 '고대예술'을 쓰지 못했어. '중세예술' 편에선 고딕과 철학적 유명론을 묶을 거야. 쉬제르 수도원장과 윌리엄 오컴이 묶이는 거지. 사실 이것은 고딕 연구에 있어서 신기원이 될 거야. 누구도 이 둘 사이에 유비를 설정하지 않은 것이 이상해. 만약 오컴의 논리총서를 읽고 샤르트르 성당을 본다면 그 둘은 동일한 세계관의 철학적, 건축적 반영이라는 것을 직관적으로 느끼게 될 텐데. 중세예술은 실질적으로 로마네스크 예술과 고딕예술 둘로 나뉘어. 민족 이동기에는 예술이 없어. 나름대로 있다고 하지만 일관성도 없고 그 양도 풍부하지 못해. 즉 유의미한 양식을 구성하지 못했다는 거지. 이 '중세예술'은 거의 읽히지 않을 거야. 낯설고 어려우니까. '고대예술'은 꽤 두꺼운 책이 될 거야. 거기에는 구석기 양식, 신석기 양식, 이집트 양식,

마지막 외출

그리스 고전주의, 헬레니즘 예술, 로마예술 모두가 들어가게 돼. 사실 우리 시대의 이념은 신석기 시대의 이념을 공유해. 두 시대 모두 예술은 추상으로 돌아서지. 따라서 고대예술은 동시에 현대예술에 대한 많은 유비를 제공해. 이것들을 잘 기술해 줘야 해. 쉽지 않은 작업이지."

나는 고개를 끄덕거렸다. 나는 결혼과 출산과 결혼생활과 사교모임 등을 통해 매우 성숙해 있었다. 10년 전의 내가 아니었다. 나는 충분히 대담했고 뻔뻔했고 자신만만해져 있었다. 10년 전의 그 '베일 뒤의 비둘기'는 아니었다. 선배가 내 소유가 되고 내가 영향력을 행사할 수 있다면 무엇이든 가능했다. 내가 그를 돕고 그를 보살필 것이다. 그는 이어서 말했다.

"건강만 허락한다면 더 쓰고 싶은 책이 많아. 종교에 대해서도 한 권 쓰고 싶고 사랑에 대해서도 한 권 쓰고 싶고..."

나는 대답했다.

"당신은 당신이 하고 싶은 걸 열심히 하세요. 그렇지만 건강 상태를 수시로 알려줘요. 우울증은 내가 보살필 테니까요. 우리나라에서 가장 탁월한 정신과 의사를 불러올 수도 있어요."

이렇게 그날 우리의 대화는 끝났다. 나는 뻔뻔한 아줌마가 되어 있었고 대담하게도 그와의 배타적인 관계를 이끌어 냈다. 그러나 내 마음속에서는 그 조건은 거부될 수도 있다고 생각했다.

선배가 나와의 상호 배타적인 관계를 거부할 수도 있다고 생각했다. 사실은 그가 거부한다고 해도 나는 그를 받아들일 작정이었다. 그날은 울었겠지만 나는 다시 전화해서 그렇게라도 만나자고 했을 것이다. 나의 이 배타적 관계에의 요구는 있어서는 안 되는 것이었다. 나는 그를 완전히 잃은 후, 이날의 나의 요구를 얼마나 사무치게 후회했는지 모른다. 이 요구로 나는 그를 잃게 된다. 그의 사랑만 잃은 것이 아니었다. '그'라는 인물 전체를 잃은 것이다. 선배는 많이 취약해져 있었다. 그는 여전히 곱고 아름다웠다. 대전 포럼에서보다 살도 약간 올라 있었다. 얼굴이 뽀얗고 표정도 밝았다. 그러나 젊었을 때의 그 예민함과 날카로움은 상당히 완화되어 있었다. 이것은 그의 나이 때문은 아니었다. 사실은 그의 안도에서 온 것이었다. 그는 이미 머릿속으로는 '중세예술'과 '고대예술'을 완성해 놓은 상태였다. 그는 보통 초고에서 열 번 정도의 교정을 거쳐 최종적으로 원고를 출판사에 넘겨준다고 했다. 교정과 첨삭도 쉬운 과정은 아니다. 그러나 초고가 이미 머릿속에 있다면 책을 쓰기 위한 과정의 상당히 많은 부분은 이미 완성해 놓은 것이다.

그를 버티게 한 그의 굳셈은 의무감에서 온 것이었다. 예술사를 완결지어야 한다는. 예술사가 완간을 앞둔 지금 그는 자신을 묶고 있던 그 '만들어진' 강인함에서 서서히 벗어나고 있었다. 그리고 '근대예술' 출판 이후에 있었던 자살 미수 사건은 그로 하여금 오히려 삶에의 애착을 더 강화시켜 놓은 거 같았다. 물론 그는 삶을 사랑하는 사람이었다. 그것은 그의 천품이었다. 그러나 삶에 대한 사랑과 생명의 부지에 대한 집착은 서로 다르다. 내가 선배를 어려워했던 이유 중 하나는 그는 생명의 부지 따위를 중시하지 않았다는 데에도 있다. 그는 언제라도 자기 자신을 포기할 수 있는 사람이었다. 그는 삶을 사랑한 만큼 삶이 주는 모든 것을 사랑했다. 그것이 죽음이라 할지라도. 이제는 많이 변한 듯이 보였다. 그는 생명에의 애착도 느껴야 한다. 그래야 우리는 비슷한 사람이 된다. 나는 그날 그의 약함을 이용한 것이다. 그러나 그는 모든 것을 뿌리치고 다시 한번 도약한다. 불사신처럼. 최후의 불꽃은 모든 것들을 붕괴시키고 잿더미로 만든다. 내가 완전히 안전하게 구축했다고 믿은 나의 성채를. 이것은 그로부터 6년 후의 일이다.

이런 식의 만남이 거의 두 달간 이어졌다. 그는 나에게 유럽에서 찾아본 시골 마을의 조그만 성당에서부터 스크로베니 성당에 이르기까지 자세한 얘기를 해주었다. 특히 그는 폰토르모의 수태고지를 격찬했다. '매너리즘 예술의 특징을 가장 잘 보여주는 프레스코화의 하나'라고. 그는 암스테르담에 대해서도 물론 밀해 줬다. 그는 '당시에 그의 우울증에 대해서는 거의 잊고 있었다'고 한다. 그러나 '레이크스 박물관에서의 지나친 집중과 렘브란트와 베르메르의 회화의 양식적 공통점에 대한 집필이 갑작스러운 우울증으로의 추락을 불러왔다'고 말했다. 그는 암스테르담에 한 달간 머물렀었다. 그는 내 얼굴 쪽으로 손을 들어 자기 쪽으로 손가락을 까닥거렸다. 얼굴을 가까이하라는 신호이다. 그는 말했다.

"언제고 한 달의 시간을 내 봐. 대영박물관에서 루브르를 거쳐 레이크스 박물관, 산 마르코 성당, 우피치, 바티칸 등을 모두 다녀올 수 있어. 영국에서 차를 렌트해서 영불 해협을 지나서 대륙 전체를 누빌 수 있어. 유럽에는 조그맣고 단정하고 예쁜 시골 마을도 많이 있어. 그러면 재미있기도 하고 식견도 많이 늘 거야. 로마에는 악기 박물관도 있어. 고대 그리스의 아울로스의 파편에서 현대 피아노에 이르기까지 모든 역사상의 악기들을 볼 수 있어. 쳄발로 같은 것은 해체해 놨어. 내부의 기술적 양상을 볼 수 있도록. 그리고 악기 박물관의 정원수는 탄제린이야. 나는 사실 몰래 몇 개 따 먹었어. 이탈리아 여자처럼 상큼해."

나는 유럽 여행을 네 번에 걸쳐서 했었다. 남편과 동행하며 패키지여행을 했다. 그러나 여행 기간이 짧았을 뿐만 아니라 박물관에는 충분한 시간이 할애되지 않았었다. 매우 고급 패키지여행이었지만 그것은 고급 호텔에서 자고, 고급 음식을 먹는 것이었지, 박물관을 고급으로 관람하는 것은 아니었다. 루브르에서 하루, 바티칸 박물관에서 하루가 배정된 말도 안 되는 여행

마지막 외출

이었다. 나는 간절히 그와 함께 가고 싶었다. 그는 한때 말한 적이 있다.

"캐나다에서 교수로 첫 1년을 보냈다고 얘기했지? 그때 여름 방학 때 미술대 학생들하고 유럽을 방문했어. 그런데 학생들이 자기네 학창 시절 중 가장 행복했던 순간으로 그 여행을 꼽았어. 내가 좋은 도슨트인 거 같아."

물론 그랬을 것이다. 그는 열정과 박식함으로 학생들을 행복하게 해 주었을 것이다. 그들이 부러웠다. 내게도 그런 행복이 주어질까? 그는 미국과 캐나다 여행도 제안했다. 그러나 힘들 거 같다. 집을 비우고 여행하기에는 아이가 아직 어리다. 아이에게는 내가 매일 필요하다. 사실은 며칠의 여행도 시부모에게 간청해야 가능하다. 시댁에 아이를 맡겨야 하기 때문이다. 만약 친정어머니가 아이를 보살펴 준다면 나는 좀 더 자주 여행을 할 수 있었겠지만, 모친은 아이 맡는 것은 물론 자기를 불편하게 하는 일체의 수고를 꺼렸다. 젊어서의 이기심은 늙어가며 그 도를 더해 갔다.

마침내 그날이 왔다. 깁스를 푸는 날이다. 톱날이 잠깐 윙윙거리는 소리를 내자 팔이 드러났다. 팔의 털이 숨은 채로 많이 자라 있었고 피부는 푸석거리는 흰색을 띠고 있었다. 깁스를 푸는 날 그와의 그 행복하고 혼을 앗아가는 일을 하기로 약속했었

다. 나는 문자로 그에게 거듭 약속을 확인했다. 오늘 오후 6시이
다. 일단 샤워를 하고 싶다.

나의 5년

남편이 화해의 시도를 한다. 그의 모임에서 그만 이 혼자인 것이 더 이상 용인될 수 없는 상황이 된 거 같다. 그와 그 여자의 관계는 이미 사실혼의 단계에 접어들었다. 물론 그의 여자가 내가 보았던 그때의 그 여자인지는 알 수 없는 노릇이었다. 어쨌든 여자는 있다. 그는 가정생활에 있어서 외로움이나 불편을 참을 수 있는 사람이 아니다. 집에 여자가 있는 것은 확실하다. 그러나 철저히 비밀에 싸인 사실혼 관계이다. 남편은 내게는 그 사실을 감추려고도 안 했다. 내가 경고했다. '그 여자가 애라도 낳으면 어떻게 할 거냐'고. 그는 '내 나이 이미 사십인데 지금 아이를 낳아서 어떤 고생을 치르려고 새로운 아이를 낳겠냐'고 말하며 그런 일은 절대 있을 수 없다는 듯이 머리를 흔들었다. 나는 다시 그에게 경고했다. '나는 백 명의 여자에 대해 눈감을 수 있지만 상속과 유산 문제에 관한 한 새로운 자식은 용납할 수 없다'고. 남편은 내가 모임에 안 나오는 이유를 대학원에 다니느라고 바빠서라고 모임에 말한다. 그러나 이 모임에 다시 한 번은 나가야 했다. 내가 직접 못 나오는 이유를 정중히 설명해야 한다.

나는 아들에게 빚지고 있다고 생각하고 있었다. 대부분의 엄마는 출산과 동시에 자기 인생을 아이에게 이입시켜 버리고 만다. 자기 삶은 완전히 없어지고 오로지 육아에 관심을 쏟게 된다. 맞벌이 부부는 상당한 정도로 심적 고통을 겪는다. 아이에게 좋은 엄마가 아니라는 자책과 어떻게든 돈을 더 벌어 아이에게 더 좋은 상황을 만들어 줘야겠다는 위안 가운데 혼돈과 갈등을 겪는다. 내 경우엔 돈이 대학원으로 바뀌어 있었다. 그러나 나의 학문과 예술은 아이와는 전혀 상관없는 것이었다. 그것은 오로지 나만을 위한 것이었다. 나는 결혼과 출산에 맞는 여자는 아니었다. 산후우울증도 유난히 심하게 겪었다. 그러나 모성애가 남들보다 작지는 않았다. 단지 그것이 많은 경우에 올바른 방향을 취하지 않았지만.

아이는 학교에서 소외를 겪는 일이 많게 되었다. 소외란 물론 그것을 가한 아이들에게 일차적인 문제가 있고 또 책임도 당연히 그 부모가 져야 한다. 이것처럼 아이의 인격을 말살하며 또 공포를 심어주는 것도 없을 것이다. 그러나 미묘한 문제지만 소외를 당하는 아이에게도 문제가 전혀 없는 것은 아니다. 내 아이가 가진 문제는 편협과 독선, 이기심과 우월감이었다. 나는 이 사실을 정확히 알고 있었다. 그리고 그것은 바로 내게서 나온 것이라는 사실도 알고 있었다. 알았지만 소용없었다. 나는 최악의 해결책을 택한다. 소외에 대해 내가 스스로를 위해 대처했던 방식으로 대처해 나갔다. 우선 교사에게 그 사실을 알리고 그 부모들에게 강력한 항의 전화를 했다. 나의 잘못은 물론 여기에 있지는 않다. 당연히 그 고통을 공론화해야 하고 이 불행을 제거해야 했다. 그러나 나는 내 아이를 싸고돌았다. 내가 지혜로운 엄마였다면 내 아이에게도 그의 심성과 관련하여 상담이나 훈육을 통해 무언가를 가르쳐야 했다.

나는 이 문제를 선배와 의논한다. 그는 자기가 '담임을 만나겠다'고 제안했다. 아이 문제와 관련해 아버지는 없는 거나 마찬가지였다. 그는 심지어 아이 입학식에도 오지 않았다. 당시에 그는 중국에 공장을 새로 짓고 있었고 몹시 바쁘긴 했다. 그렇다 해도 나는 그가 아이 입학식에는 와 주기를 진심으로 부탁했다. 나는 그의 모임에 참석했었다. 사실 이 참석은 대가 없는 것이 아니었다. 나는 그가 아이 입학식에 와 준다는 조건으로 그의 모임에 참석했었다. 그러나 그는 결국 오지 않았다. 입학일이 그의 중국 출장과 겹쳐 있기 때문이었다.

그들의 모임은 여전했지만 좀 더 사치스러워졌다. 모두들 더 큰 부자가 되어 가고 있었고 모든 것이 업그레이드되어 있었다. 자동차도 장신구도 모임의 장소도. 나는 반가움과 행복을 위장했다. 사람들은 나의 대학원 공부를 바람직한 것으로 말하기로 약속이라도 한 듯했다. 다들 '얼마나 더 똑똑해질 작정이냐'고 말하며. 어쨌건 나는 양해를 구했다. 그리고 '박사 과정이 끝나면 열심히 참가하겠다'고 약속했다. 이 모임이 내게는 큰 기쁨과 즐거움이라고 말하며.

나는 그날의 모임이 상당히 충격적이었다. 거기에서 결혼 초의 내 모습을 발견했기 때문이었다. 그때엔 나도 그들과 같은 것을 놓고 경쟁했다. 누가 더 예쁘며, 누가 더 키가 크고, 누가 더 고급의 장신구와 의복을 착용했는가를 놓고. 이제 그들의 사회와 나의 사회는 완전히 다른 것이 되었다. 그들이 너무나 낯설었다. 그들은 별세계에 살고 있었다. 나는 과외를 해가며 나의 학업을 이어왔고 앞으로도 그럴 작정이었다. 재밌는 사실은 내가 과외 선생으로 엄청난 유능성을 보였다는 사실이다. 나는 고액 과외 선생이 되어 있었고 과외 소개는 끊임없이 들어왔다. 심지어 내가 학생을 선택해서 가르칠 수 있었다. 특히 사회와 논술 양쪽에 있어서는 대입학원에서 스카우트 제의가 들어올 정도였다. 바쁘긴 했지만 물질적으로는 풍요로웠다. 물론 나의 풍요가 그들에게는 지독한 가난으로 보일 테지만.

수없이 여러 번에 걸쳐 남편은 '자기 카드를 사용해 달라'고 부탁했다. 그것을 나를 위해서는 전혀 쓰지 않았다. 그것으론 심지어는 밥도 한 끼 안 사 먹었다. 남편의 카드는 단지 아이와 집안 살림살이를 위해서 쓸 뿐이었다. 남편은 내가 과외로 돈을 버는 것을 못마땅해했다. '그깟 푼돈을 위해 밤 9시까지 고생할 필요가 있냐'고 하면서. 나는 그와의 갈등과 분쟁을 통해 경제적 자립이 얼마나 중요한지 깨달았다. 남편은 그러나 '과외 때문에 아이에게 쏟을 기력과 시간이 없지 않으냐'고 투덜댔다. 이 말에 나는 웃음을 터뜨렸다. 도대체 그의 기준은 얼마나 다양한 것인가? 자신은 아이의 교육이건 성장이건 무엇에 대해 관심도 가지지 않으면서 내게 아이의 교육을 운운하고 있다. 나는 아파트 놀이터에서 아빠와 놀고 있는 아이들이 부러웠다. 아들은 롤 모델조차 없이 성장해 나갈 것이다. 더구나 그는 아이의 소외 문제에 대해 어떤 문제의식도 갖고 있지 않았다. 그냥 아이의 성장 과정 중에 있을 수 있는 사소한 문제라고 생각했다. 아이의 고통에 대한 어떤 공감도 없었다.

선배는 백화점에서 하우 세트를 샀다. 담임은 이제 은퇴가 가까운 여자 교사였다. 선배는 자신을 아이의 아버지로 소개했다. 놀랍게도 그가 택한 정책은 엄청난 강경책이었다. 그는 교사에게 모욕에 가까운 언사를 한다. '아이의 소외를 모르고 있다는 것은 직무 유기'라고. '만약 이와 같은 사태가 다시 벌어진다면 교육부에 호소할 것'이라고 하면서. 나중에 담임은 내게 울면서 전화한다. 내게는 그리도 당당하고 오만했던 그 할머니는 이제는 두려움에 떠는 양순하고 허약한 여자가 되어 있었다. '아이 아빠가 자기를 너무 많이 혼냈다'고 하면서. 나는 교육부에 고발할 일은 없을 것이라고 안심시켰다. 그다음으로 선배는 '아이를 유도 도장에 보내라'고 충고했다. '결국 그 나이 때에는 모든 것은 힘에 의해 결정된다'고. 선배는 내 아이의 성격과 같은 반 학생들과의 관계를 정확히 파악하고 있었다. 아이의 성격이 바뀌어 다른 아이들과 평화 공존의 가능성을 개시할 수는 아예 없다고 생각했다. 그는 냉정하게 말했다.

"이 경우에는 평화 공존은 없어. 지배당하든가, 지배하든가야."

그가 내린 처방은 사실은 아이에 대해 내린 매우 비관적 전망에 입각한 것이었고 동시에 나에 대해서도 내린 비관적 전망에 입각한 것이었다. 그는 아이가 외모와는 달리 그 내면은 나를 닮았다는 사실을 이미 간파하고 있었고 이 경우에 개선의 가능성은 없다고 생각했다. 나는 당시에는 몰랐다. 이것이 그에게 어떤 의미였는지를. 그는 그 인품이 용렬한 여자를 사랑하게 되는 슬픈 숙명에 처한 것이었다. 그는 '사랑은 결국 그 단점도 사랑해야 하는 것'이라고 뜬금없이 말하곤 했다. 그랬다. 그것은 나를 가리키며 한 말이었다. 어쨌건 아들의 소외 문제는 해결되었다. 그러나 이것은 결국 서막에 지나지 않는 것이었다. 아들의 이 문제는 고등학교 때까지 이어지게 된다. 고등학교에서는 힘이 통하지 않는다. 아들은 소외의 고통을 호소한다. 그러나 이때에는 어찌해 볼 수 없게 된다. 일반적으로 고등학생쯤 되면 이러한 따돌림의 문제는 사실상 거의 없어진다. 그들은 이제 별놈도 다 있을 수 있다는 사실을 알기 때문이다. 괴롭힘의 목적이 아닌 소외를 겪는다면 이것은 아이의 성품과 관련한 문제이다. 나는 무의식에서는 잘못이 아들에게도 있었다는 사실을 알고 있었다. 그가 바로 나이다. 나는 나 자신을 키워온 것이다. 나 역시 고등학교 때 따돌림을 겪었었다.

선배는 모교 출신이라는 자격으로 학교 도서관을 사용할 수 있었다. 그는 가끔 개가 열람실에서 한가롭게 도판과 자기가 찍어온 사진을 대조하며 행복한 시간을 보냈다. 그리고 발작이 일어난 듯 가끔 미친 듯이 글을 써 내려가곤 했다. 나는 그때 그가 글을 쓰는 현장에 처음 있게 된다. 그는 생각이 쓸 만큼 성숙하지 않는 한 절대로 무엇도 쓰지 않았다. 그러나 어느 순간 무르익었다고 생각하면 폭발적으로 글을 쏟아냈다. 깊이 들이마신 숨을 단숨에 뱉어내듯이. 그에게 착실한 글쓰기란 없었다. 정신적 밀도를 한없이 끌어올려서 단숨에 뱉어내듯이 썼다. 그에게 글은 커다란 하나의 호흡이었다. 이것이 그의 조증과 울증을 부른 것이었다.

이때가 그의 글쓰기의 정점이었다. 그때 그는 순식간에 네 권의 책을 출간한다. 단 3년 동안에. 그 후 2년은 사실상 휴식 시간이었다. 그가 글을 쓴 것은 앞의 3년 동안이었다. 나의 삶에서 그의 이 5년은 동시에 나의 5년이기도 했다. 나는 정말이지 그를 흠뻑 즐겼다. 그러나 그 5년이 시작될 즈음에 내게는 몹시도 괴로운 일이 동시에 발생했다. 남편이 내게 다시 섹스를 요구한 것이었다. 그는 비아그라에 환호했다. 나는 임신하게 된다. 선배와는 피임을 철저히 하고 있었다. 콘돔을 사용했다. 남편의 애임이 확실하다. 나는 고통스러운 결단을 요구받고 있었다. 이 아이는 낳아서는 안 된다. 낳는다면 내게는 완전한 족쇄가 될 것이었다. 나는 헬스클럽에 등록하고 다시 골프 연습장에 나갔다. 그러고는 격렬하게 운동했다. 트레드밀에서는 시속 8킬로미터의 속도로 한 시간씩 뛰었고 골프 연습장에서는 티샷을 백여 번씩 했다. 어느 날 피가 흘렀다. 선명한 붉은 색의 피가 허벅지와 종아리를 적시며 흘러내렸다. 이렇게 나는 나의 아이를 지우게 된다. 나는 화장실에서 한없이 울었다. 나의 아이 하나가 지워진 사실이 너무도 안타깝고 슬펐다. 선배에게 이 사실을 알렸다. 그는 피임을 권했다. 항구적인 피임을. 이제 선배가 콘돔을 사용할 필요도 없게 되었다.

논문은 결국 통과되고 나는 즉시로 박사 과정에 진입했다. 논문 작성에서는 선배가 많이 도와주었다. 그는 문장을 아름답고 적확하게 다듬었다. 그리고 주석을 찾아주기도 하고 논문의 형식을 견고하게 마련해 주기도 했다. 그는 웃으며 '논문은 서로 속고 속이는 장치'라고 했다. '무언가 그럴듯한 글을 작성했다는 속임수에 그럴듯한 속임수로 반응하는 것'이라며. 박사 과정에 진입하게 됨에 따라 나는 이제 일주일에 이틀만을 학교에 가게 된다. 그러나 나는 한 학기를 휴학한다. 선배와 많은 시간을 보내고 싶었다. 과외도 세 개로 줄인다. 그나마 그것도 주말로 몰아 한꺼번에 해치웠다. 이제 나머지 날들은 온전히 선배와 아이와 지낼 수 있게 되었다. 나는 학문에 있어서 그리고 예술 감상에 있어서 많이 진화해 있었다. 우리는 많은 주제에 관해 얘기한다. 이제 전의 안개는 걷혔다. 학문과 예술에 있어 많은 것들이 선명해졌다.

남편은 이즈음에 이르러 주말에도 집에 오지 않게 된다. 이제 완전한 별거에 이르게 되었다. 나의 과외가 주말로 몰림에 따라 집에 아이와 아주머니 외에는 없었기 때문이다. 아이는 초등학교 2학년임에도 불구하고 이미 과외를 받기 시작했다. 아이의 두뇌는 아버지 쪽을 닮았다. 나는 수학에 능란했다. 아이는 수학에서 철저히 무능했다. 초등학교 2학년 과정도 과외 없이는 힘들게 되었다. 아들의 과외 인생은 이렇게 시작되게 된다. 고등학교 때에는 월 5백만 원의 과외비가 들게 된다.

선배는 한가로웠다. 그는 격렬한 바로크적 운동을 겪었다. 이제 로코코의 우아하고 꾸며진 세계를 즐길 자격이 있다. 그는 사실 로코코의 갤런트 스타일을 좋아하기도 했다. 그는 앙투안 와토의 그림을 좋아했다. 그리고 모차르트의 갤런트풍 교향곡들을 즐겼다. 29번, 35번, 36번, 38번 등. 더욱 좋았던 것은 그가 자동인형처럼 내 요구에 응했다는 사실이다. 나는 그에게 한 여자가 얼마나 강렬하게 한 남자를 사랑할 수 있는가를 호소했다. 이제 그 원망은 성취되고 있었다. 식당에서 식사를 할 때는 그의 등에 얼굴을 문지르기도 했다. 누가 본들 상관없었다. 나는 이 사람을 그리도 사랑했다.

그는 등산을 많이 했다. 우리는 많은 산을 누비게 된다. 그중에서도 춘천의 삼악산 등산은 내게 강렬한 기억으로 남았다. 그날 눈이 예고되어 있었다. 우리는 호수를 등지고 산을 오르기 시작했다. 조금씩 내리던 눈이 어느덧 거의 폭설로 바뀌고 있었다. 나는 등반 도중 계속 뒤를 돌아보았다. 호수 위로 내리는 눈이 검은 호숫물과 대비되어 흰색의 수많은 요정들처럼 공중에서

마지막 외출

이리저리 뛰놀고 있었다. 그러나 그는 이 장관에 시큰둥했다. 그는 풍광을 즐기려고 등산하지는 않았다. 그의 등산은 우선 정신과 의사의 권고에 의한 것이었다. '지칠 정도의 야외 활동이 우울증을 막는 데 도움이 된다'는 것이 의사의 소견이었다. 그리고 그는 캐나다 로키에서 이미 많은 등산 경험이 있었다. 그에게 한국의 산은 그 규모에 있어서나 아름다움에 있어서나 캐나다 산에 비교될 수가 없었다. 그는 나의 즐거움에 빙긋이 웃었을 뿐이었다. 눈이 점점 강력한 폭설로 바뀌고 있었다. 눈송이도 한결 커졌다. 마치 구슬만 한 솜뭉치들이 하늘에서 쏟아지는 듯했다. 우리는 파인 바위 아래로 피했다. 이 상황에서 더 이상의 등산은 위험할 것 같았다. 이미 여러 번 미끄러지고 있었다. 땀에 젖은 몸이 식기 시작하자 몹시 추웠다. 우리는 떨며 꼭 붙어 있었다. 나는 그때 빌었다. '이 세상이 완전히 눈에 덮여 우리에게 종말을 고해주기를. 나와 그가 이 추위와 눈 속에서 함께 죽을 수 있기를. 누구에게도 발견되지 않은 채로 수천 년, 수만 년이 흘러서 그의 뼈와 내 뼈가 섞이기를.'

기억에 새겨진 다른 한 번의 등산은 가평의 명지산 등반이었다. 그 산은 표고차가 제법 됐다. 장마철이었다. 정상에 도착한 우리는 두 마리의 물에 젖은 쥐의 꼴이었다. 높은 산인 데나가비 때문에 등반이 지체되어 오후 2시에 가까스로 정상에 도착했다. 비는 점점 더 심해지고 있었다. 우리는 서둘러 하산했다. 거의 다 내려왔을 때 우리는 우리 앞을 막고 흐르는 계곡의 급류에 맞닥뜨렸다. 도저히 건널 수 없을 것 같았다. 그렇다고 물이 줄어들기를 기다릴 수도 없었다. 비가 그치지 않을 것 같았다. 그날이 연중 최고 강수를 기록한 날이었다. 그는 결단을 내렸다. 그가 내 손을 잡고 나는 조금씩 급류를 견디며 건너는 시도를 하기로. 나는 한 걸음씩 급류를 견디며 발을 떼기 시작했다. 만약 넘어진다면 익사하기 전에 머리가 어느 바위에라도 부딪힐 것 같았다. 그는 내 손을 힘 있게 잡고는 나를 조금씩 밀어주고 있었다. 그리고 마지막으로 나의 몸을 힘껏 밀어주었다. 나는 계곡을 건넜지만, 그 순간 그는 급류에 균형을 잃었다. 몸이 시계 방향으로 빙그르르 돌았다. 그러고는 넘어졌다. 나는 공포에 사로잡혀 소리조차 지르지 못했다. 그는 바위를 부여잡고 버티고 있었다. 그러고는 몸을 조금씩 틀며 일어나기 시작했다. 그리고 마지막 세 걸음을 힘겹게 내디뎠다. 우리는 감수한 위험에 몸을 떨었다. 산 밑의 식당에서 비로소 웃었다. '우린 미친 사람들'이라고 말하며.

몇 해에 걸쳐 우리는 유명한 산들을 거의 다 다녀왔다. 그는 고전 읽기를 제안했다. 그가 가장 좋아하는 소설은 '잃어버린 시간을 찾아서'였다. 나는 불어를 못했다. 그나마 독일어는 중급 수준이었지만 불어는 배운 적이 없었다. 그는 영어로 번역된 책을 구매했다. 엄청난 두께의 여섯 권의 책이었다. 그는 우선 두 권만 읽자고 제안했다. 1권 '스완네 집 쪽으로'와 2권 '꽃 피는 아가씨들의 그늘에서'였다. 평생에 걸쳐 이 책보다 더 많은 행복을 준 책도 없었고 더 많은 통찰을 준 책도 없었다. 이 책을 읽기는 정말 어려웠다. 여태까지 부딪쳐 본 적 없는 매우 복잡하고 어려운 문장으로 전개되는 책이었다. 누군가가 이 책을 '따분한 걸작'이라고 했다고 한다. 나는 그 사람에게 묻고 싶다. 이 책을 읽기는 읽었냐고? 이 책은 절대로 따분하지 않다. 인류가 창조한 어떤 책보다 재미있는 책이었다. 나는 첫 장 '콩브레'에서 이미 이 책에 반했다. 나는 이 책을 읽어 나가며 문학의 본령은 스토리나 의미가 아니라 표현이라는 사실을 철저히 깨달았다. 세밀하고 섬세하고 우아한 표현력의 프루스트는 진정한 천재였다. 그가 임신한 부엌데기와 스크로베니 성당의 카리타스를 비교하며 진실한 사랑의 모습은 어떠한 것인가를 말할 때 나는 왜 선배가 그렇게 냉소적이며 동시에 따뜻한 사람인가를 이해했다. 그렇다. 진정한 자선과 동포애의 시행은 현실적인 문제이지 아름답고 감동적으로 치장된 자족적인 것은 아니다. 프루스트는 말한다. '그가 나중에 만나 본 진정으로 사랑이 넘치는 사람들은 오히려 냉혹하며 가차 없는 외과 의사의 모습을 하고 있었다'고.

우리는 일주일에 세 번, 한 번에 두 시간씩 이 책을 읽어 나간다. 그가 해석해 주고 리뷰를 해주면 내가 따라가면서 그것을 되풀이하는 방식이었다. 우리의 이 프루스트 독서는 2년을 이 어지게 된다. 그리고 앞의 두 권을 끝마치게 된다. 그는 '게르망 트'도 읽을 만하다고 했다. 우리는 그러나 아나톨 프랑스의 '실베 스트르 보나르의 죄'로 방향을 튼다. 그가 이 책을 각별히 좋아 했기 때문이다. 여기에서도 그의 개성이 확연히 드러난다. 그는 일단 우아하고 섬세한 표현으로 전개되는 소설을 좋아했다. 그 는 하인리히 뵐을 제외하고는 독일 작가들을 별로 좋아하지 않 았다. 그는 웃으며 '독일 소설들은 도덕 교과서로 사용되는 편이 나을 거'라고 말했다. 아나톨 프랑스의 이 책은 정말이지 고풍스 럽고 우아하고 단정하고 따뜻한 책이었다. 읽는 독자로 하여금 그 유머와 능청스러움으로 웃음에 잠기게 하면서도 천상적인 사 랑과 보살핌에 대해 말하고 있었다. 이 책을 읽어 나갔다. 우리 는 2개월에 걸쳐 이 책을 읽게 된다.

그의 리뷰는 눈부셨다. 그는 프루스트에서 70년대의 전쟁 이 야기가 나오자 보불전쟁과 알자스 로렌의 운명에 대해 그리고 알퐁스 도데의 '마지막 수업'에 대해서 이야기해 줬다. 그리고 거 기에서 아직 중학생인 마르셀이 친구 블로크로부터 '(문학에 있 어서는) 더 무의미할수록 더 아름답다'는 말을 들었을 때에는 프 랑스 상징주의자들의 예술 이념과 예술에 있어서의 의미와 표현 에 대해 얘기해 준다. 나는 그 녹음을 그 후에도 거듭 들었다.

"문학은 크게 두 요소를 가지고 있어. 하나는 스토리, 다른 하나는 표현이야. 사실 스토리와 표현 각각은 철학에 있어서 합리론과 경험론에 대응해. 아리스토텔레스는 문학에서 가장 중요한 것은 스토리라고 말하지. 스토리는 의미를 대표해. 선이나 정의 등의 이념이 스토리를 통해서 말해지기 때문이야. 스토리는 이데아를 추구하기 위한 문학의 주요 장치지. 난 아리스토텔레스에게 묻고 싶어. 소포클레스가 드라마에서 최고상을 받은 것은 그가 오이디푸스 왕의 스토리를 잘 꾸며내서였는지. 그건 아니야. 오이디푸스 왕의 스토리는 이미 아테네인들 모두가 알고 있었어. 그것은 그들이 공유하는 신화였으니까. 소포클레스가 뛰어났던 것은 그 스토리의 표현에 있어서야. 오이디푸스 왕의 피날레는 숨 막힐 정도야. 오이디푸스 왕이 아버지를 죽이고 어머니에게서 네 명의 아이를 얻은 사실은 너도 알지? 그 각성 이후에 오이디푸스 왕이 자기 딸에 대한 연민을 표현하는 것을 다시 읽어봐. 정말 눈물 없이는 못 읽어. 그 강렬함과 비통함이 아테네인의 심금을 울렸기 때문에 상을 받은 거야. 그가 스토리를 잘 구성했기 때문은 아니야. 그럼에도 아리스토텔레스가 그렇게 스토리와 의미를 추구한 것은 소위 칼로카가티아라는 고전주의에 입각한 거야. 즉 미는 선을 바탕으로 해야 한다는 거지. 예술을 도덕에 부속하는 것으로 본 거야. 이것이 보는 고전주의의 특징이야.

그런데 선의 이데아건 정의의 이데아건 그런 것은 실재하지 않는다고 가정해 봐. 소피스트들이 주장하는 바가 그와 같지. 그때에는 의미가 사라져. 즉 우리가 추구했던 모든 의미는 환각이었다는 각성이 생겨나지. 이때는 선의 이데아에 붙어 있던 모든 것들이 해체되어 나가게 돼. 예술은 예술을 위한 예술이 되고, 정치는 정치를 위한 정치가 되지. 후자를 말한 사람이 바로 마키아벨리야. 예술을 위한 예술이 도입되게 되면 문학의 중심은 스토리에서 표현으로 옮겨져. 이때 의미도 사라지는 거지. 의미는 스토리에 함의되어 있으니까. 이제 예술은 단지 표현 만에 의해 예술이 되는 거야. 그게 여기 블로크가 어디서 주워들은 말인 거야. 마르셀은 블로크의 말을 듣고는 엄청난 고민에 빠지잖아. 자기는 소설 속에서 진리, 즉 의미를 추구해 왔기 때문인 거지. 프루스트가 이 둘의 대화에서 말하고 있는 것은 바로 그거야. 프루스트는 천재야. 어린 마르셀의 고민을 통해 새로운 예술 이념을 소개하고 있는 거지. 엄밀히 말하면 마르셀이 아니라 마르셀의 고민을 통해서. 블로크는 '의미가 없을수록 더 아름답다'가 함의한 바를 사실은 몰라. 단지 어디서 주워듣고 건방을 떤 거지. 그런 아이들은 그 건방 속에서 몰락한 채로 어른이 되어가. 그러나 마르셀은 이 고민을 물고 늘어져. 탁월함과 범용함은 여기서 갈라지는 거야. 즉 자기 자신에게 얼마만큼 정직하냐에 지적 잠재력이 달려 있게 되지. 블로크는 허영에 잠겨 있지만 마르셀은 자기가 모른다는 사실에 정직하게 대응하지. 그래서 결국 이 위대한 소설을 쓴 거잖아."

　모든 것은 결국 철학으로 귀결된다. 실재론과 유명론, 합리론과 경험론을 가르는 기준이 동시에 문학에서 스토리와 표현을 가른다. 나는 그의 말을 들으며 가슴이 서늘했다. 내가 만약 그에게서 철학을 배우지 않았다면 그리고 그 철학이 실제로 문학에 적용되는 예를 보지 않았다면 이 모든 것은 내게 미궁으로 남았을 것이다. 나는 그와의 이 강독 수업을 통해 책 읽는 법을 다시 배워야 했다. 그는 그 표현에 있어 날카롭거나 탁월하거나 우아한 부분은 놓치지 않고 지적해 주었다. 그는 '마르셀이 독서에 너무 열중한 나머지 시간 가는 줄을 몰랐다는 것을 프루스트가 어떻게 표현하고 있는가를 보라'고 했다. 프루스트는 '마르셀이 교회의 종소리를 간혹 못 듣는다거나 혹은 두 시간대의 종소리가 천공에서 서로 너무 가까이 붙어 있어 그 황금의 울림 사이에 60분이 들어차 있다는 것을 믿기가 어렵다'고 서술한다. 선배는 '지금 프루스트는 청각적 이미지를 시각적 이미지로 전환하고 있다'고 설명했다. '청각적 이미지나 후각적 이미지를 시각적 이미지로 전환하는 것은 문학에 있어 매우 중요한 표현의 장치'라고 이야기하면서. 인간의 시각이 다른 감각에 비해 훨씬 정확하고 선명하므로. '잃어버린 시간을 찾아서' 전체가 프티트 마들렌의 후각적 이미지를 시각적 이미지로 전환하는 소설이라며.

우리는 강독이 없는 날에는 짧은 여행을 많이 다니게 된다. 양평이나 충주나 멀리로는 속초까지. 그는 사실 여행에는 별 관심 없었다. 그는 이미 캐나다와 미국의 광활하고 시원한 풍광에 매혹된 사람이었다. 그럴 만도 하다. 그는 거기에서 7년의 유학 생활과 교수 생활을 했다. 그리고 의외로 그는 오밀조밀한 것들보다는 광활함을 사랑했다. 우리나라는 너무 좁고 또 시야가 시원스럽게 펼쳐지지 못한다고 투덜댔다. 나는 그가 이렇게 말할 때마다 겁이 났다. 혹시 그가 또다시 사라질까 봐. 나에게는 그의 사라짐에 대한 공포가 생생하게 살아 있었다. 나는 거듭 물었다. '다시 외국에 나가야 할 일은 없냐'며. 그는 언제나 'Maybe or maybe not'이라고 답했다. '당신이 가버리면 나는 어떻게 되느냐'고 물었더니 그는 정색하고 말했다. '너는 씩씩하게 살아야지'라며.

나는 남편에게 '아이의 조기 유학에 대해 어떻게 생각하느냐'고 물었다. 그는 반대했다. '도대체 아이가 외국에 나갈 필요가 어디에 있으며 심지어는 공부를 잘할 필요가 어디에 있냐'며. '아이는 대학 졸업과 동시에 회사의 상무가 되는 것'이라고 말했다. 그는 자신에 대한 확고한 신념을 가지고 있었다. 아카데미에서의 성취와 사회 경제적 삶에서의 성취는 다르긴 하다. 나는 아카데미에서 얻는 지식과 교양이 삶을 풍부하게 한다고 무의식적으로 생각하고 있었지만, 그는 호텔과 고급 음식과 고급 차와 비싼 아파트가 삶을 풍부하게 한다고 생각했다. 그는 오히려 공부 잘한 사람들을 내심 경멸했다. '궁상떨고 사는 청승꾼들'이라고. 나는 포닥은 미국에서 하고 싶었다. 그때쯤이면 아이는 중학교에 진학하게 된다. 나는 아이에게 3년간의 미국 생활을 하게 하고 싶었다. 영어도 늘 터이고 큰 세계도 경험하게 되는 것이다. 그러나 이것은 남편의 승인이 없으면 불가능하다.

나는 박사 과정을 그럭저럭 수행해 나가고 있다. 무의미하고 무미건조했다. 그만둘까도 생각했다. 그러나 선배가 강력히 반대했다. '일단 발을 들였으면 끝을 내라'고. '하나의 자격증으로서 유용하다'고. 그는 나의 학교에서의 성취에는 무심했다. 그역시도 마음속으로는 학교에서 배울 것은 별로 없다고 생각하는 듯했다. 그는 단지 내가 교수가 되기를 바라고 있었다. 내가 교수의 일반적인 특징을 공유하고 있다고. 그 말에 나는 발끈했다. 내가 그렇게 무능하냐고. 그는 웃으며 말했다. 창의적이지는 않다고. 나는 부당하게 그와 비교당하고 있었다. 그래, 당신 참 잘났어.

그는 때가 되었다고 생각한 거 같다. '실베스트르 보나르의 죄'를 끝낸 날, 비트겐슈타인의 '논리철학논고'를 들고 나타났다. 독일어 원전, 한 버전의 영어 번역. 다른 버전의 영어 번역의 세 가지를 나란히 배열한 책이었다. 사실 책은 아니었다. PDF 파일을 장정한 것이었다. 나는 가슴이 뛰었다. 마침내 비트겐슈타인의 원전을 공부하게 된 것이다. 그는 고민했다고 한다. 서양 음악사를 할지 비트겐슈타인을 할지. 나는 서양 음악사를 놓치게 된 것이 아쉽긴 했다. 그것 역시 음악에 대한 형이상학적 해명일 것이기 때문이다. 그러나 비트겐슈타인이 더 급했다. 철학과 내에서 비트겐슈타인에 대해 온갖 말들이 난무했다. 심지어 교수 중 두 명은 비트겐슈타인 전공으로 학위를 받았다. 그럼에도 논고의 언명들을 해제하지 못했다. 이것은 불가사의이다. 비트겐슈타인의 가장 중요한 저서를 해명하지 못하면서 어떻게 그를 전공했고 어떻게 학위를 받았는지. 선배는 3권의 비트겐슈타인 논고 해제를 연속 출간한다. 그에게서 잠자고 있던 잠재력이 대폭발을 일으킨다. 그는 바로 그것을 나에게 가르쳐 주는 것이다. 그는 먼저 '비트겐슈타인의 업적은 오컴의 논리학과 흄의 인식론에 새롭게 언어논리의 옷을 입힌 것'이라고 설명하기 시작한다. 그는 논고의 모든 언명을 하나하나 해명해 나가기 시작한다. '세계는 사례의 총체이다'에서부터 시작하여. 나는 이 수업을 통하여 그의 전공인 수리철학이 무엇을 하는 것인가도 배우게 된다. 그것은 결국 수의 세계에 있어서의 합리론과 경험론의 다툼이었다. 선배의 입장은 현저하게 경험론 쪽이었다. 그것은 그의 기질이기도 하다. 언제나 실증적이고, 신중하고, 유보적이고, 회의적인. 나는 비트겐슈타인의 논고 자체도 좋았지만 이것을 통해 선배에 대해 잘 알게 된 것이 더욱 좋았다. 그의 자못 비관적이고 비장한 인생관이 어디서 나왔는지도 알게 되었다. 그는 비트겐슈타인적인 사람이었다. 이 수업은 6개월 후에 끝나게 된다. 선배는 자기도 이제 시간이 필요하다고 말했다.

그는 이미 예술사를 완간했다. '고대예술' 편이 마지막으로 나왔을 때 우리는 술집에 갔다. 그는 술을 마셔서는 안 된다. 우울증에 술은 치명적이다. 그렇지만 그는 몹시 마시고 싶어 했다. 그는 요새 책을 안 쓰고 있다. 그리고 마지막 우울증으로부터도 4년이 지났다. 조심스럽게 마셔 보자고 했다. 그는 정말이지 황홀해했다. 그에게 맥주 몇 잔이 준 행복은 형언할 수 없었다. 나도 취하고 그도 취했다. 전화해 보니 아이는 자고 있다고 한다. 그렇다면 좀 더 마셔도 된다. 내일 아침 애가 깨어날 때 내가 옆에 있기만 하면 된다. 그는 정말 많이 웃는 중년 남자로 변해 있었다. 우리는 우리 젊었던 시절에 대해 온갖 많은 말들을 했다. 그리고 그 시절에 품었던 희망과 그 실현에 대해 행복해했다. 우리는 각자의 차를 길가 차선에 주차해 놓았었다. 차는 그대로 두고 각자 택시로 귀가했다.

다음날 가 보니 두 대 모두 견인되었다. 우리는 마주 보고 웃었다. 청계산 입구의 차고지로 견인되었단다. 그는 '괜찮다'고 웃었다. 지난밤의 행복을 생각하면 더 큰 값을 치러도 된단다. 그는 새로운 책의 집필에 들어가게 된다. 나는 그에게 거듭 부탁한다. '제발 긴장도를 조정해 가면서 쓰라'고. 그는 일단 글을 쓰게되면 사자가 사슴에게 덤벼들 듯이 죽자 살자 한다. 그는 그 스타일을 벗어날 수 없다. 다행히 그는 두 권의 책을 써낼 때까지심한 우울증 없이 잘 해낸다. 예술사보다는 긴장도가 덜한 작업인 듯하다. 이때 그는 종교에 대해 그리고 사랑에 대해 쓰게 된다. '사랑에 대하여'라는 제목으로 나온 그의 사랑의 분석에 관한 책은 제법 많이 팔리게 된다. 출간 석 달 만에 2쇄를 찍는다. 그는 현대 분석철학을 기초로 사랑을 분석한다. 그는 섹스와 애정과 사랑을 분리하면서 앞의 두 개를 '말해질 수 있는 영역'으로 뒤의 사랑을 '침묵 속에서 지나칠 영역'으로 나누고는 이 세개 사이에는 인과 관계가 없다고 말한다. 즉 섹스와 애정과 사랑은 각각 독립적이라는 것이다. 이 부분에 대해 그는 많은 비난을 받는다. 그는 웃으며 말했다.

"평생 먹을 욕을 이 책 한 권으로 다 먹었어."

다행히 그에 대한 비난에 그는 이미 예견하고 있었다는 듯이별 신경을 안 쓴다.

우리가 다시 만난 이래 그의 학문 세계는 그리 생산성이 높지않았다. 물론 몇 권의 책을 쓰긴 했다. 그러나 젊었을 때 보여줬던 그 정신적 긴장도는 더 이상 보이지 않았다. 그는 아마도

마지막 외출

이 기간에 쉬고 있었던 거 같다. 나는 그에게 더 쓰고 싶은 책이 있냐고 물었다. 그는 '두 개의 철학'에 대해 영역별로 각각을 적용한 책을 쓰고 싶단다. 그는 한 없이 쓸 작정인가 보다. 그의 집에서는 그에게 결혼을 독촉하고 있다. 그도 이제 50대에 가까워지고 있다. 그의 모친은 가능성 없는 시도를 하고 있다. 이미 선볼 기회조차도 없을 것이다. 그와 재회한 지 4년이 지나고 있다. 이 기간이 나의 로코코 시대였다. 가장 우아하고 행복하고 편안한 삶이었다. 나에 대한 그의 사랑도 깊어지고 있음이 분명했다. 그도 역시 행복해했으니까. 더구나 이 시간은 나의 '수업 시대'이기도 했다. 나는 이제 대부분의 주요한 철학과 예술에 대한 식견을 갖춰 나가고 있었다. 다음 1년은 박사학위 논문을 써야 한다. 나는 흄과 칸트와 비트겐슈타인에게 있어서의 인과율의 개념에 관한 논문을 쓰기로 한다. 선배도 긍정적이었다. 그는 이에 대해 간단히 다음과 같이 그 개요를 설명한다.

"중요한 것은 흄과 비트겐슈타인에게는 인과율이라는 것은 아예 존재하지 않았다는 거야. 칸트의 업무는 전통적인 인과율의 개념을 단지 인간 세계에만 적용되는 선험적인 것으로 바꾸는 것이고. 사실 이 부분은 과학철학의 영역이야. 고대와 중세가 보편개념의 문제로 논쟁을 겪었다면 근대와 현대는 인과율의 문제로 논쟁을 벌이지. 인과율의 문제를 철학의 전면적인 문제로 본 철학자가 흄이야. 그의 위대성은 사실 인과율에 대한 그의 반박에 있어. 예를 들어 물에 열을 가한다는 원인과 그 물이 끓는다는 결과는 전통적으로 인과의 문제야. 또한 두 질량을 가진 물체와 서로 끄는 힘 역시 하나의 전형적인 인과율이지. 전형적이라고 하지만 사실 1600년대의 의미는 바로 뉴턴의 역학에 의해 위대한 100년으로 남게 되지. 흄이 공격하는 것은 이것이야. 간단히 말해 '열이 가해진 물'과 '끓는 현상' 사이에는 법칙이라고 할 만한 어떤 인과율도 존재하지 않는다는 것이 흄의 주장이야. 물의 압력을 계속 높여나가면 열을 가해도 물은 끓지 않지. 흄은 간단히, 인과율은 그 실재를 보장받을 수 없는 정신적 습관에 지나지 않는다고 말해. 뉴턴의 법칙에 대해서도 그는 같은 기준을 들이대는 거야. 귀납추론에 의해 얻어지는 전제, 즉 법칙은 선험성을 가질 수 없다는 것이 흄과 비트겐슈타인을 비롯한 모든 경험론 철학자들의 견해야. 이에 대해 칸트는 그 선험성이 인간의 일반적인 감성과 카테고리로 옮겨지는 새로운 선험성에 대해 말하는 거지. 물론 칸트의 이 가설은 아베나리우스와 마흐의 실험에 의해 간단히 붕괴하지. 비트겐슈타인은 흄의 주장을 그의 언어철학적 어구로 바꿔. 그는 먼저 '요소명제는 서로 독립적'이라고 주장한 다음, 따라서 서로 다른 상황에 있는 두 사건을 인과율로 묶는 것은 불가능하다고 말하고 있어. 즉 하나의 상황에서 그것에서 연역되는 다른 하나의 상황을 추론할 수는 없다고 말하지. 그다음 그는 일종의 선언을 해. 인과율에 대

마지막 외출

한 믿음이 곧 미신이라고.

네가 이 주제로 논문을 쓴다면 먼저 철학사에서의 인과율에 대한 개념을 명확히 한 다음, 이 세 사람에 의해 그 인과율이 어떻게 다뤄지고 있는가를 자세히 기술해 줘야 해. 그러면서 동시에 과학철학 공통 과정에서 이 문제를 어떻게 다루고 있는가에 대해 자문을 구해. 그들이 이 인과율에 대해 어떤 종류의 선명한 개념을 구성하고 있는가는 의심스러워. 하지만 이 과정은 논문 통과를 위해서 매우 중요해. 논문은 결국 주석을 얼마나 많이 붙이느냐의 문제야. 참고 도서는 흄의 '인간 오성에 대한 에세이', 칸트의 '순수이성비판', 비트겐슈타인의 '논리철학논고', 차머스의 '과학철학' 등이 될 거야. 만약 가능하다면 이 논쟁은 중세 시대에 이미 '제2 원인'이라는 주제로 논쟁을 불러일으켰다는 사실을 첨가해 주면 더욱 좋지. 그럴 때 논문은 상당한 독창성을 가지게 돼. 또한 추론에 있어 그 연역의 출발점인 전제 자체가 이미 아리스토텔레스에 의해 다뤄졌다는 사실을 기술하면 더욱 좋고. 아리스토텔레스에게는 이 전제가 바로 인과율인 거야. 그는 이 인과율이 귀납추론에 의한다는 점을 이미 인식하고 있지.

중요한 것은 여기서 네 어떤 주장이나 입장을 조심스럽게 피력해야 한다는 거야. 논문은 책과는 달라. 책은 자유롭지만 논문은 형식에 갇히지. 따라서 그들의 형식을 준수해 줘야 해. 너는 아직 한갓 학생이야. 그들은 네 자유로운 논증의 전개를 절대 좋아하지 않을 거야."

그가 말하는 형식의 준수는 굳이 걱정할 필요가 없다. 내게 선배가 가진 것과 같은 독창성은 없다고 해도 나는 집단의 규율의 요구에는 얼마든지 잘 적응한다. 나는 정해진 범주 내에서는 무엇이든지 해낼 자신이 있었다. 존재하는 답을 찾아 나가는 건 쉽다. 그건 단지 물리적인 시간과 끈기의 문제일 뿐이다. 여기에 눈치가 더해진다. 논문은 학문을 위한 것이 아니다. 교수 의견에 동의를 잘해 주면 되는 문제이다. 어려운 것은 언제나 독창적인 것이다. 신세계를 개척하는 것이 어렵다. 존재하지 않던 의문을 새롭게 조성하기가 어려울 뿐이다. 그러나 논문은 독창성과 상관없다.

선배와 내가 만나는 시간은 조금씩 줄어들게 된다. 나는 논문과 아이 때문에 그는 자신의 집필 때문에. 다른 이유도 있었다. 그에 대한 나의 불안과 초조감이 거의 사라졌기 때문이었다. 그는 다시는 사라지지 않을 것이다. 영원히 내 곁에 있을 것이다. 나는 그와의 만남을 덜 보채게 되었다. 그 1년 동안에 그는 또 두 권의 책을 낸다. 그것은 '소크라테스에서 비트겐슈타인까지'라는 제목을 달고 있는 간략한 철학 입문서이고 다른 하나는 '두 개의 철학'이라는 제목의 책이었다. 그의 철학 입문서는 비

마지막 외출

교적 많이 읽히게 된다. 그는 자신이 젊은 시절에 출간했던 '고전 읽기 지침서' 10권을 포함하여 이미 30여 권이 넘는 책을 출간하게 된다. 그럼에도 그는 조용히 숨어 사는 쪽을 택한다. 언론과 학계와 문화 단체로부터 출판사에 많은 연락이 왔지만, 그는 일체의 사회 활동을 거절한다. 모든 강연 요청도 언론의 출연 요청도 거절한다. 심지어 그는 자신이 그렇게 많은 책의 저자라는 사실도 잊고 지내는 것 같았다.

나는 곰곰이 생각했다. 그의 성격의 장점과 단점에 대해. 그는 두 개의 훌륭한 장점과 하나의 치명적인 단점을 지니고 있었다. 그는 허영이나 허위의식이라는 악덕을 면하고 있었다. 항상 자신에게 집중했다. 그는 전혀 주변을 의식하지 않았다. 그것은 그의 자존감이기도 했다. 이것이 그의 허영을 막아주고 있었다. 다른 하나의 장점은 그의 초연함이었다. 그는 자기가 어떤 좋은 일인가를 해놓고는 그것을 그 자리에서 잊었다. 이것은 스스로의 집필에 있어서뿐만 아니라 재정과 관련해서도 그랬다. 그는 어떤 책인가를 출간한 순간 이미 그 책에 대해서는 잊은 듯했다. 거기에 그의 자부심은 없었다. 그는 또한 가난한 사람들에 대해 상당한 재정적 기부를 하고 있었지만, 그것을 자동 인출로 해놓고 있었다. 그러고는 거기에 대해서 까맣게 잊고 지냈다. 이러한 점이 그의 초연함과 무상성을 말한다.

그의 단점은 사실 그의 오만이었다. 놀랍게도 그는 오만했다.

그는 자신이 하는 일이 마치 인류 최대의 사명이라고 생각하는 듯했다. 그는 인간이 여러 가지 기준을 가지고 산다는 사실을 모르는 듯했다. 어떤 사람은 돈에, 어떤 사람은 명예에, 어떤 사람은 인간관계에 더 높은 가치를 부여한다는 사실을 전혀 모르는 듯했다. 그는 오로지 그가 전념하고 있는 학문과 예술만이 최고의 배타적 가치를 지닌다고 무의식적으로 믿고 있었다. 이것은 부잣집 도련님이라는 그의 출신 성분과도 상관있었다. 물론 그의 이러한 오만한 착각에 의해 그는 돈에도 명예에도 사람에도 집착하지 않았다. 그러나 그가 집착하지 않는다는 사실과 다른 사람 역시도 집착하지 않아야 한다는 사실에는 큰 차이가 있다. 이 점에 있어 그는 매우 독선적이었다. 그는 거기에 집착하는 사람들을 내심 경멸했다. 그는 학생이나 교수들이 공부에 매진하지 않는 것을 도저히 이해할 수 없었다. 학문이야말로 모든 것에 우선하여 추구되어야 하는 최고선이었다. 그리고 그가 주위에 요구하는 학문적 성취의 기준도 너무 높았다. 그가 학점에 박한 건 이것이 이유였다. 언제고 이것이 그가 사회에 속하는 순간 마찰을 일으키고 있다는 사실을 그는 몰랐다. 교수 사회에서의 그의 소외의 원인은 사실은 그의 이러한 오만이 한 원인이기도 했다. 어느 누가 자신이 내심 경멸당하고 있다는 사실을 알면서도 그에게 미소 짓겠는가? 그는 '주변 사람들이 마치 죽은 듯이 살고 있다'고 개탄했다. 그러나 그 사람들이 죽은 것

마지막 외출

은 학문에 있어서였을 뿐이다. 각자가 스스로 중요하다고 생각하는 영역에서는 열심히 산다.

그가 '유럽 여행을 다녀오겠다'고 한다. 보름 예정으로. 나는 이해할 수 없었다. 도대체 예술과 철학과 관련한 모든 집필이 끝난 지금 왜 다시 유럽에 가야 하는가? 나와 보름이나 떨어져 지내며. 그러나 그는 이 여행의 이유에 대해서는 아무 말도 안 했다. 이유를 캐물으니 '그냥 가고 싶다'고만 한다. 화가 났지만 가겠다는 사람을 어쩌겠는가? 나는 공항에 태워다 준다. 그는 도착하자마자 서둘러 입국 수속을 하고는 뒤도 안 돌아보고 출국장으로 들어가 버렸다. 출국 시간이 아직 세 시간이나 남았는데. 나는 그의 이 여행에 대해 계속 의구심을 품게 된다. 그는 심지어 핸드폰조차도 가져가지 않았다. 그냥 혼자이고 싶다고. 나는 처음에는 우울증을 의심했다. 그는 절대 우울증은 아니라고 했다. 그의 항공편은 인천 공항에서 샤를 드골 공항이었다. 심지어 그는 왕복 티켓이 아니라 편도 티켓을 끊었다. 보름 예정이라며 편도를 끊은 것도 이상했다.

내 우려는 알 수 없는 불안감 이후에는 조금씩 더 커졌다. 그는 보름 동안 어떤 연락도 안 했다. 더 큰 문제는 그가 보름 후에 귀국을 안 했다는 것이다. 보름 후에 오다던 그이 말은 거짓이었다. 그는 보름 후에 올 예정이긴 했다. 프랑스에서 일주일을 머물고 캐나다에서 일주일을 머물 예정이었다. 그러나 캐나다에서의 그의 일정에 변화가 생겼다. 이것은 나중에 알게 된 사실이었다. 어쨌건 보름 후에 온다던 그의 약속은 거짓이 되었다. 그의 전화기는 여전히 꺼져 있었다. 그가 귀국을 안 했다. 내 불안과 짜증은 극도로 커져 갔다. 그와 나와의 물리적인 연결은 기껏해야 그 전화기 하나라는 사실이 불안을 증폭시켰다. 나는 물론 그의 집을 안다. 그러나 그는 가족에게 내가 결혼했다고 말했단다. 그러니 그의 집을 찾아갈 수도 없다. 그는 집에서는 내전화를 비밀리에 받았다. 주로는 통화조차 안 하고 메시지를 주고받았다.

하나의 끈이 더 있긴 했다. 나는 그의 동생의 회계 사무소가 어디에 있는지를 안다. 거기를 찾아가 봐야 할까? 그의 외국 체류는 이미 한 달을 넘어가고 있다. 결국 나는 그의 동생의 회계 사무소를 찾아가야 할 것 같다. 나는 먼저 인터넷에서 전화번호를 확인했다. 망설임 끝에 전화해서 소장님을 찾았다. 그가 부재중이란다. 전화번호를 남겨 두었고 연락이 왔다. 동생의 목소리는 그의 형의 목소리보다 톤이 굵고 낮았다. 마치 남편과 통화하는 느낌의 목소리였다. 냉담하고 사무적이었다. 형의 얘기를 마치 자신의 고객 얘기를 하듯이 했다. 그는 자기가 알기로는 형은 지금 밴쿠버에 있다고 한다. '캐나다의 CIBC 은행으로 얼마간의 돈을 송금했다'고 하면서. 나는 '그가 언제 캐나다로 건너

마지막 외출

갔는지'를 물었다. 동생의 목소리는 조금씩 더 차가워지며 퉁명스러워지기 시작하고 있었다. 자기는 모르겠다고 한다. 형이 처음부터 캐나다로 간 거로 알고 있었다. 나는 혹시 '그가 캐나다에 간 용무를 아느냐'고 물었다. 동생은 '모른다'고 답했다. 나는 힘없이 인사를 하고는 전화를 끊었다. 그의 동생이 원래 차가운 사람일까 아니면 형의 문제에 대해서만 차가운 것일까? 나는 그의 어머니와는 통화한 적이 있었고 그의 아버지와는 만난 적도 있다. 두 사람은 선배에 대해서 매우 따뜻한 마음을 품고 있었다. 그러나 동생의 말투에는 찬바람이 불고 있었다.

충돌

       지난 5년간 그와 내가 아무리 다정한 시간을 보냈다 해도 그 불안과 우려가 내 무의식에서 완전히 사라진 적은 없었던 것 같다. 그는 내가 그를 알고 있던 내내 부평초 같은 사람이었다. 그는 뿌리내리지 않는 기질을 가지고 있다. 그에겐 방랑자의 기질로 물든 영혼이 있다. 언제라도 모든 것을 뒤로하고 떠날 수 있는. 그는 또한 캐나다의 대자연에 매혹된 사람이기도 했다. 그에게 아이스필드 파크웨이를 따라 로키를 종단하는 드라이빙은 큰 행복이었다. 만약 그런 것이 그를 캐나다로 이끌었다면 전화 한 번 하기가 그렇게 어려운 일인가? 연락처도 지니지 않은 채 출국할 때부터 내 마음속에서는 암담하고 무섭고 불길한 여러 가능성의 싹이 자라기 시작했다. 단지 5년간의 그

마지막 외출

와의 다정했던 시간을 통해 그가 나를 사랑하고 있다는 사실을 계속 확인했고 그 또한 내게 사랑의 분위기와 행동을 보여줬기 때문에 불안을 억누를 수 있었을 뿐이다. 그러니 보름이 지나서도 그가 귀국하지 않자, 내 마음은 더 이상 그에 대한 신뢰를 계속 보낼 수는 없었다. 의심은 두 가지였다. 우선은 그에게 새롭게 생긴 여자이다. 그는 나의 결혼 이후 유럽으로 떠나기 전부터 여자와의 관계는 끊겼다고 말했다. 그렇다면 그의 바람기는 10년은 잠들었단 얘기다. 무려 10년이다. 정말 긴 시간이다. 이 바람기가 다시 생겨났을 수가 있을까? 그는 최근에 내게 성적 관계를 요구하고 있지 않다. 나도 성적 열기가 식어 있었다. 이것이 그의 새로 생겨난 바람기를 설명하는가? 지금 그가 있는 곳은 밴쿠버이다. 밴쿠버라면 내가 불안할 충분한 이유가 있다. 그는 언젠가 밴쿠버에서 있었던 젊었던 시절의 연애 이야기를 해준 적이 있다.

"동료와 로키와 밴쿠버를 여행했을 때 일어난 일이야. 토론토 대학교수 시절이었어. 우선 로키에서 등산을 하고 밴쿠버 아일랜드의 토피노까지 여행하기로 계획한 거지. 캘거리에서 밴프를 거쳐 밴쿠버 아일랜드의 스키히스트 산을 등반하고 토피노에서 트레일 코스를 따라 이틀 정도의 트레킹을 하기로 한 거야. 밴쿠버에서 밴쿠버 아일랜드로 가는 길은 페리를 이용해야 해. 커다란 배에 차와 같이 타는 거야. 배는 전체가 4층으로 되어 있어.

두 개 층은 주차장이고 두 개 층은 객실과 식당이지. 그 페리 여행은 상쾌하고 기분 좋은 안락감을 줘. 두 시간 동안 호스슈 베이에서 너나이모로 가는 뱃길인데 가는 길에 아름다운 섬도 지나게 되고 바닷새도 많이 구경하게 되지. 밴쿠버 아일랜드를 여행할 때는 이 페리 여행도 참 즐거워. 만약 햇빛이 강한 여름이라면 그 즐거움은 더욱 커져. 검푸르고 깨끗한 물 위에 태양빛이 쏟아질 때는 흑요석과 황금이 지천으로 깔린 느낌을 줘.

담배 피우는 곳이 객실 위 노천에 금이 그어져 있어. 그러니까 흡연자는 정사각형 형태로 금이 그어진 곳으로 들어가서 피워야 해. 거기서 재미있는 일이 있었어. 주근깨가 얼굴을 완전히 덮고 들창코를 한 여자가 회색의 가죽 재킷을 입고 팔짱을 낀 채로 담배를 피우고 있었어. 주근깨와 들창코도 조화를 이룰 수 있더라고. 내가 그 사각형 안으로 들어가자 뒤로 물러나며 나를 향해 가볍게 목례를 하는 거야. 그러곤 고개를 약간 쳐든 채로 미소 지으며 나를 바라보는 거야. 그 모습이 사랑스럽고 귀여웠어. 캐나다인들은 낯선 사이에서도 쉽게 대화하며 금방 친근한 관계를 만들어. 이 점은 미국인들하고는 약간 다르지. 좀 더 순박하고 좀 더 친절하달까. 그 여자가 여행 중이냐고 물었어. 그렇다고 하니 혼자 여행하냐고 다시 물었어. 나는 친구와 함께라고 말했지. 그 친구는 모나코의 왕녀라고. 그러고는 서로 한참을 웃었어. 내가 물었지. 밴쿠버 아일랜드에는 무슨 일로 가냐고. 그 여자는 여행이 아니었어. 너나이모에 살고 있는 여자였어. 거기서 건강 식품점을 운영하고 있고 오늘은 밴쿠버에서 상품을 가져오는 날이라고. 그때 친구가 올라왔어. 내가 너무 오랫동안 안 내려오니까 걱정스러웠던 거지. 가끔 선상에서 아래로 투신하는 사건이 발생하니까. 그 친구는 같은 토론토 대학의 교수였어. 물론 남자 교수였지. 그 친구가 내게 다가오자, 그 여자는 그 친구를 향해 '아까 말했던 모나코의 왕녀'냐며 크게 웃는 거야. 그렇게 아름답게 웃는 여자도 있더라고. 친구는 내가 무사히 담배를 피우고 있을 뿐만 아니라 예쁜 여자와 즐겁게 담소하고 있는 모습을 확인하고는 객실로 다시 내려갔어. 자기는 잠을 좀 자겠다며. 그 여자가 무슨 일을 하냐고 묻기에 나는 '살인청부업자'라고 소개했어. 사실 13번째 살인인데 목표가 팍스빌에 있다고. 나는 이번에 예수의 제자 수만큼 해치우는 게 되는 거라고 말했지. 그 여자는 더욱 크게 웃는 거야. 우리는 서로에 대한 어떤 경계심이나 긴장감도 없이 얘기를 계속했어. 나는 결국 대학교수고 토론토 대학에서 근무하고 있다고 했지. 미술사를 가르치고 있다고. 그 여자는 아직 토론토에 가 본 적이 없다며 언제고 나이아가라 폭포에 꼭 가고 싶다는 거야. 나는 집 전화번호와 주소를 적어줬어. 언제라도 오면 우리 집에서 묵을 수 있다고. 그러자 그 여자가 제안하는 거야. 너나이모에서 하루를 지낼 거라면 자기 집에서 자도 된다고. 침실 하나가 비어 있고 또 거실에 소파 베드가 있다고. 우리는 객실로 내려와서도 붙어 있는 두 의자에 앉아 얘기를 계속했어. 나는 밴쿠버 아일랜드에 살고 싶었어. 토론토에는 바다가 없어. 그리고 토론토는 겨울이 너무 길고 혹독해. 사실 그때 빅토리아 대학에 지원할까도 생각하고 있었어. 나도 내 희망을 말한 거지. 그러자 그 여자는 반색하며 밴쿠버 아일랜드가 얼마나 살기 좋은 곳인가를 열정적으로 말하는 거야. 꼭 빅토리아 대학으로 오라면서. 친구와 나는 결국 그 밤을 그 여자 집에서 지냈어. 원래의 계획으로는 너나이모에 내리자마자 운전을 해서 곧장 포트알버니로 가려 했는데 내 고집으로 여정을 변경한 거지. 친구는 상황을 이해했고. 어쨌든 우리 모두에게 좋은 일이었어. 우리는 그날 저녁을 너나이모항의 피시앤칩스에서 맥주를 곁들여 기분 좋게 해치웠어. 그 여자와 함께하는 시간과 대화가 늘어나면서 그 여자가 더욱 사랑스러워지는 거야. 정말 천진하고 귀엽고 솔직한 소박함을 가진 여자였어. 친구가 화장실 간 사이에 그 여자가 내게 말하는 거야. 한참을 머뭇거리더니. 혹시 다른 기회에 우리가 다시 만날 수 있냐며. 나는 기회를 만들겠다고 했어. 당신같이 사랑스러운 여자를 캐나다에서 만날 수 있으리라곤 상상도 못 했다고. 거기서 하룻밤을 자고 다음날 아침 식사까지 얻어먹고는 우리는 먼저 스키히스트 산을 조금 올라갔어. 그러고는 토피노를 향해 갔어. 그 여행은 내게 별로 기억이 없어. 그 여행 중 내

마지막 외출

머릿속에 있는 건 온통 그 여자였어. 아무튼 토피노에 대한 기억은 호랑가시나무가 참 풍성하고 매력적이구나 정도로밖에는 안 남았어. 지젤에 반한 알프레흐트였다고나 할까? 소박하고 약간은 초라한 이 소도시에서 역시 조그맣고 단출한 건강 식품점을 운영하는 그 아가씨는 내게 마치 처음 전원 소설을 읽는 도회의 인텔리겐치아가 느끼는 그러한 종류의 신비감과 아름다움을 주고 있었어. 나는 친구에게 솔직히 말했어. 그 여자와 너나이모에 머물다 갈 테니 네가 먼저 토론토로 가라고. 비행기 예약을 취소하고 그 여자와 한 달을 같이 지내게 돼. 그 여자가 매장에 있는 동안에는 난 낚시 보트를 임대해서 물고기 잡으러 다니고. 그 여자는 링코드와 록피시를 이렇게까지 많이 먹은 적은 없다고 투덜거리며 웃곤 했어. 물고기 손질은 내가 했지. 나는 토론토에서도 낚시를 많이 다녀서 물고기 손질은 잘할 수 있었어. 마침내 개강이 가까워지고 내가 떠날 날이 다가오자, 그 여자는 혹시 캐나다 여자와는 결혼을 생각한 적이 없냐고 묻는 거야. 나올 게 나온 거지. split up 하느냐 happily ever after 하느냐. 나는 사실을 정직하게 말했어. 당신뿐만 아니라 누구와도 결혼할 생각이 없다고. 내 꿈은 가정과는 양립할 수 없다고. 기가 막힌 건 내가 더 많이 울었다는 거야. 그때 이후로 그녀는 정말 한참 내 마음을 차지하고 있었어. 그 이후로도 한 번씩 전화하며 서로의 안부를 주고받곤 했어. 그 여자는 곧 결혼했어. 그 이후 2년 만에 전화해서는 이혼했다고 하더라고. 그래도 지금까지 서로 안부 인사는 하고 있어. 크리스마스에는 서로 선물도 보내고. 선량하고 소박한 여자야."

그가 밴쿠버에 있다고 할 때 내가 이 여자를 떠올린 것은 이상한 것일까? 그는 특별한 연고도 없는 밴쿠버에 머물고 있다. 나의 의심은 충분히 근거 있다. 물론 두 번째의 다른 가능성도 있었다. 그는 혼자이기를 항상 바라온 사람이다. 그도 물론 나와 함께하는 것을 즐겼지만 마음 한구석에 혼자되기를 바라는 느낌을 항상 갖고 있는 듯했다. 혼자되고자 하는 것은 그의 성품이기도 하지만 습관이기도 했다. 습관은 제1의 천성으로 변해나간다. 그는 오랜 시간을 혼자 지내온 사람이다. 내가 만약 그와 결혼했다면 우리는 곧 헤어졌을 가능성이 크다. 그는 결혼을 감당할 정도로 사회성이 좋지는 않다. 내게 돌보아야 할 아이가 있다는 사실은 우리 관계를 위해서는 좋은 것일 수도 있다. 내가 어쨌든 그의 모든 시간을 다 빼앗아 가지는 않았으니까. 그렇지만 어쩌면 그에게는 나와의 5년이 긴 시간일 수도 있다. 그렇다면 이번의 침묵은 무엇을 위한 것인가? 물론 침묵을 위한 침묵일 수도 있다. 단지 혼자 있고 싶어서일 수도 있다. 그의 방랑기가 다시 시작된 것일 수도 있다. 그렇다면 그는 호주나 뉴질랜드에 있어야 한다. 지금 밴쿠버는 우기이다. 휴식으로 체류하기엔 최악이다. 아니면 — 이것은 가능성 없는 옵션이긴 하지만 — 새로운 저술 계획이 있을 수도 있다. 그러나 그는 자신이 원하는 저술을 모두 끝냈다. 그는 한참 전에 절필을 말했다. 더구나 그가 저술을 계속할 것이라면 유럽에 있어야 한다. 아니면 최소한 미국에 있어야 한다. 메트로폴리탄이나 모마(MoMA)나 폴 게티 박물관에 있어야 한다.

나는 이때 알았어야 했다. 그가 이상한 것 이상으로 그에 대한 나의 심적 태도에도 큰 변화가 일어났다는 사실을. 둑 전체를 무너뜨릴 구멍이 이미 크게 나 있었다는 사실을. 그리고 이 붕괴는 되돌릴 수조차 없다는 것을. 그것은 이미 자기의 방향을 취했다는 것을. 만약 이때 이것을 각성했더라면 최악의 상황을 막을 수는 있었다. 최소한 그를 그 지경으로 몰고 가지는 않았을 것이다.

전이었더라면 나는 걱정과 안타까움과 희망을 되살릴 가능성으로 그의 침묵을 바라봤을 것이다. 그러나 지금은 짜증과 약간의 분노로 그의 침묵을 바라보고 있다. 사랑의 생성과 몰락은 이제 자기의 갈 길을 착실히 밟고 있었다. 나는 그에 대해 품었던 초심을 완전히 잃고 있었다. 그는 신비와 호사스러움의 베일을 덮고 있던 샹그릴라였다. 그 신비감과 화려함이 나를 내내 매혹했다. 얼치기 낭만주의자들이 '먼 곳과 원초적인 것'에 동경을 지니듯이 나 역시 접근할 수 없는 그의 신비감과 초연함을 동경했다. 그것이 익숙한 세계가 되자 이제 그것은 일상적이고 친근한 그저 그런 것들로 변해 나갔다. 믿을 수 없는 사실이긴 해도 이것은 어쩔 수 없이 그렇게 되어 나갔다. 그의 모든 것들이 불꽃이 되기를 그친 것이다. 그것이 범용한 사람들의 한결같은 특징이다. 그것이 또한 친근한 의사에게는 수술을 맡기지 않는 이유이기도 하고 예수가 고향에서 배척당한 이유이기도 하다. 이것이 사랑의 소멸의 개시이다. 그리고 그 자리를 소유와 확보의 의식이 차지하게 된다. 우리는 그것이 박탈되었을 때 사랑이 박탈되었다고 느낀다. 그렇지 않다. 진정한 의미에서의 사랑의 박탈에서는 우리는 슬픔과 안타까움과 자기 포기의 절망에 압도된다. 그러나 그 박탈감이 분노를 동반할 때는 그것은 사랑의 박탈이 아니라 소유물의 박탈이다. 진정한 사랑은 신선함을 전제조건으로 한다. 그러므로 사랑의 소멸은 양자의 문제이다. 신선함을 잃은 사람의 문제이기도 하고 더 이상 신선함을 느끼지 않는 다른 편 사람의 문제이기도 하다. 선배가 그 신비감을 잃었을까 아니면 내가 더 이상 신비감을 느끼지 않는 것일까? 선배는 과거에는 신비로운 사람이었다. 그는 순간을 사는 사람이었다. 매 순간에 자기를 쏟아붓는 사람이었다. 그런 사람이 신비감을 잃어 가고 있었다. 그러나 그가 단순히 쉬고 있다는 가능성에 대해서는 생각해 보지 않았을까? 그리고 휴식 자체가 현재의 그의 갱신이라고는 생각할 수 없었을까? 결국 문제는 내게 있었다. 나는 그의 갱신을 더 이상 알아채지 못할 만큼 나 자신과 그의 관계를 안일하게 몰고 간 것이다. 그러므로 사랑의 소멸은 내 마음에서 먼저 일어난 것이다. 이것은 내게 하나의 패턴이었다. 새로운 사람이나 새로운 상황에 대해 조건 없이 호의를 보이다가 친근해지면 그것에 대해 건방지고 오만한 경멸을 보이는 것은. 만약 선배와 나의 관계가 지속되었다면 아마 우리의 관계는 나에 의해 그렇게 진행되었을 것이다. 사랑은 절대로 관계 속에서 부패하지 않는다. 그것은 영혼 속에서 먼저 부패한다. 그리고 그 부패한 영혼이 관계를 망쳐 나간다.

나는 물론 당시에는 그것을 몰랐다. 나는 전과 동일한 심적 태도로 선배를 사랑하고 존경한다고 믿었다. 그리고 그 박탈감이 그에 대한 순수한 사랑에서 나온다고 믿었다. 왜냐하면 그가 몹시도 그립고 보고 싶었으니까. 그러나 그 그리움 속에는 짜증과 분노가 섞여 있었다. 어쨌건 나는 상황에 대해 전적으로 수동적인 태도로 있고 싶지는 않았다. 선배는 나를 사랑한다. 그에겐 무엇인가 사정이 있을 것이다. 그가 만약 우울증에 잠겨 있다면 내가 가서 데리고 올 것이다. 다른 사정이 있더라도 데려올 것이다. 여자 문제라면 개전의 기회를 줄 것이다. 선배가 있어야 할 곳은 내 옆이다. 그렇게 약속하지 않았는가? 서로 배타적으로 소유하기로.

선배는 나중에 한 권의 소설과 두 권의 수필집을 발표한다. 그는 더 나중에 또 두 권의 소설을 차례로 발표한다. 그가 사라진 것은 사실은 이것을 위해서였다. 그는 그의 삶과 관련한 자전적 소설을 먼저 발표한다. 그것은 무려 720쪽에 달하는 장편이었다. 이 소설은 역시 많이 읽히지는 않는다. 그러나 읽은 독자로부터는 절찬을 받는다. 그 독자 중 한 사람이 방송국 드라마 감독이었고 그에 의해 이 소설은 영화화 계약을 맺게 된다. 두 권의 수필집 역시도 탁월한 것이었다. 역시 그의 글의 최대 장점은 문체에 있었다. 그것은 소설에서도 그러했다. 함축적이고 간결하고 우아한 그의 문체. 심오함과 날카로움을 담은 그의 글은 언제나 가뜬하고 신선하게 비상했다. 그리고 그의 무 주어 문장이나 무 동사 문장. 이것은 그의 독특한 기질의 반영이었다. 군더더기를 최대한 없애려는.

당시에는 그가 문학 쪽에 어떤 업적을 남기리라고는 꿈조차 꿀 수 없었다. 그러나 그는 나와의 나중 2년간에 불편과 답답함을 호소했다. 그리고 약간의 초조감과 열에 들뜬 모습을 보이곤 했다. 그의 영혼은 충분히 쉬었고 다시 날아오르려 하고 있었다. 그는 결국 자신의 열기 가운데 몰락할 사람이었다. 그의 게으름이나 태만은 내게는 물론 그에게도 낯선 것이었다. 그는 그런 삶을 지속할 수 없는 사람이었다. 그는 안절부절못하고 있었다. 나는 그가 매우 안정된 정서를 가진 사람이라고 생각해 왔다. 이런 모습은 처음이다. 이것이 그의 새로운 폭발을 향한 것이라는 사실을 나는 알 수 없었다. 그런 모습에도 나는 안심하고 있었다. 그는 내게 '사랑한다'고 말했고 나의 육체를 한껏 즐기고 있었다. 이것이 나를 안심시켰다. 나는 그에게 말한 적이 있다. '나는 언제고 당신이 다시 사라질까 봐 두려워하고 있다'고. '그때에는 내 육체로 하여금 그 불안을 덜어내게 해달라'고. 그리고 꿈 같은 순간들 후에는 나의 불안은 곧 가라앉곤 했다. 그런데 이제 충분히 안심할 수 있는 사람이라고 믿은 그 순간 그는 사라졌다. 나는 차라리 계속 불안했어야 했다. 그랬더라면 나의 사랑은 순수함과 열정을 덜 잃었을 것이다. 그의 사라짐에 대한 나의 우려에는 의심과 질투가 섞여 있었다. 그리고 사라짐에 대한 나의 추측은 점점 더 그의 바람기에 대한 의심의 방향으로 가고 있었다. 내 마음에 맺히는 영상은 너나이모의 그 여자와 함께 있는 그였다. 그에게 그녀가 특별한 사람인 것은 분명했다. 그는 여자에게 특별한 의미를 부여하지 않았다. 그러나 밴쿠버의 그녀는 특별했다. 그녀에 대해 말할 때 그는 아련하고 그리운 좋았던 시절을 동시에 말했다.

그는 '두 개의 철학' 출간 이후에 절필하겠다고 말했었다. 이제 그의 지적이고 정신적인 모든 잠재력은 다 탈진되었다고. 그 말은 진심에서 우러나온 것이었다. 그는 그 책의 출간 이후 가

충돌

벼운 우울증을 겪는다. 가볍다고 하지만 그래도 꼬박 두 달을 고생했다. 그는 말한 적이 있다. 우울증에 대해서 주변 사람들이 해줄 수 있는 최선의 것은 그냥 아무 말도 하지 않고 옆에 있어 주는 것이라고. 나는 그의 곁을 지켜주었다. 그는 오전 11시쯤 커피숍에서 나와 만났다. 그러고는 멍하니 앉아 있기만 했다. 오후 1시가 되면 나는 그를 끌고 나가서 어떻게 해서든 밥은 먹게 했다. 이때 나는 오피스텔을 하나 새롭게 마련하라고 권했다. 그는 바로 내 아파트 옆의 오피스텔 하나를 구입했다. 고층의 전망 좋은 오피스텔이었다. 나는 인테리어업자를 소개받아 새롭게 리모델링했다. 이제 우리의 공간이 생겼다. 그러나 그는 이 오피스텔에 대해서도 별로 기뻐하는 것 같지 않았다. 오히려 마땅치 않게 생각했다. 그는 우리가 친밀해지는 것을 경계하는 것 같았다. 이 오피스텔을 마련한 후 나는 그에 대해 마음을 완전히 놓고 있었다. 이제 그가 갈 곳은 이 오피스텔이나 그의 집일 것이고 다시 사라지는 일은 없을 것이었다. 우리는 오피스텔의 살림살이를 놓고 약간의 갈등을 겪는다. 그는 침대 놓는 것을 반대했고, 심지어는 소파도 놓지 않으려 했고, 책꽂이도 필요 없다고 했다. 그는 양보하지 않으려 했다. 단지 커다란 테이블과 의자 두 개와 조그마한 책장, 오디오와 오디오 랙이 그가 원하는 전부였다. 그는 특히 오디오에 온갖 정성을 들였다. 진공관 증폭 방식의 앰프와 턴테이블과 1930년대의 스피커가 그가 마련한 오디오 세트였다. 그리고 집에서 옮겨온 수백 장의 LP가 첨가되었다.

컴퓨터를 사러 간 날, 드디어 우리는 최초의 충돌을 겪게 된다. 그날 나는 데스크톱 컴퓨터와 3인용 소파를 살 작정이었다. 심지어 나는 '소파는 내가 선물하고 싶다'고 말했다. 그는 '기존에 쓰던 노트북 컴퓨터 하나로 충분하다'고 고집을 부렸다. 결국 문제는 하나였다. 그는 홀가분하기를 원했고 나는 그가 정착하기를 원했다. 그는 자신의 공간이 필요하다고는 생각했다. 그의 집에는 그와 모친만이 있다. 그는 자신이 매일 감시받는 느낌이라고 말했다. 그렇다. 그의 모친도 나와 마찬가지로 그의 증발과 우울증을 두려워하고 있었다. 그의 오피스텔 구입에 대해 그의 모친은 몹시 반대했다. 넓은 집이 비어있다시피 한데 새롭게 오피스텔을 구입할 이유가 없긴 했다. 그의 모친은 또한 나의 존재를 알고 있었다. 내가 결혼했고 지금은 별거 중이라는 사실도 알고 있었다. 이 새로운 공간에 나와 그의 아들이 같이 있는 것은 께름칙한 일이었다. 내가 그의 아들에게 바람직한 존재는 아니었다. 그의 모친은 아직도 아들의 결혼 가능성을 생각하고 있었다. 어쨌건 오피스텔을 샀다. 우리만의 공간이 생겼다. 새로운 공간이 생겼다면 최소한의 살림살이는 있어야 하는 것이 아닌가? 공간을 아늑하고 편안한 환경으로 만드는 것이 왜 나쁜가?

"나는 도대체 당신을 이해할 수 없어요. 이제 서재를 마련했으면 컴퓨터는 반드시 데스크톱이 되어야 하지 않나요? 용량 문제도 있고 편의성의 문제도 있고. 그리고 소파는 내가 원하는 거예요. 나는 거기에 당신과 함께 앉아서 커피를 마시고 테이크아웃 음식도 먹고 싶은 거예요. 당신의 고집과 이기심은 도대체 어디까지예요? 모든 걸 당신 뜻대로만 해야 직성이 풀려요? 소파 위에 누워서 한 번씩 졸며 시간 보내는 것이 그렇게 싫은 거예요? 그리고 책꽂이도 그래요. 당신은 책이나 노트를 이리저리 흘리고 다닐 거예요. 그게 정리되어 있는 게 그렇게 싫은 거예요?"

나는 모든 사람과의 모든 분쟁에서 이겨 왔듯이 이 분쟁에서 이긴다. 3인용 소파를 산다. 그러나 전투에서 승리하고 전쟁에서 패배하는 나의 숙명은 이번에도 어김없이 그 예언을 실현했다. 나는 점차 그의 사랑을 잃어가고 있었다. 그는 이 오피스텔을 별로 즐기는 것 같지 않았다. 그는 착실히 이리로 출근하긴 했다. 그러나 인터넷 검색을 잠깐 하고 이메일을 검색하고는 소파에 멍하니 앉아 있곤 했다. 아니면 소파에 앉아 노트북 컴퓨터로 체스나 카드 게임을 했다. 나는 그에게 빈정거렸다. '싫다고 하던 사람이 훨씬 더 많이 사용하고 있다'고. 나는 도대체 어떻게 생겨 먹은 여자일까? 어떤 소중한 것이라도 친밀해질수록 손상시키는 나는. 그는 점점 더 말이 없어져 갔다. 나는 베르그송의 '창조적 진화' 강독을 요청했다. 아서 밀러의 영어 번역본이었다. 그는 묵묵히 해 나갔다. 그러나 무엇인가 소중한 것을 가르칠 때 있었던 그의 열정은 사라지고 있었다. 그럼에도 나는 왜 이 상황을 만족스러운 것으로 받아들이고 있었을까? 그의 예언대로 나는 사랑을 소유로 대치하고는 만족했고 안심했기 때문이었다. 이렇게 흐르기 시작한 나의 태도는 그 방향을 바꾸지 않았다. 그에게 점점 더 함부로 대했다. 그의 과거의 방탕한 여자관계를 들춰내 그를 한없이 원망하고 그에게 모욕을 가했다. 심지어 섹스에 미쳐있던 사람이라고까지 말한다. 소유를 확신하게 되면 그 한심한 영혼은 이제 복수심까지도 품게 된다.

그는 오피스텔을 마련한 지 6개월 만에 사라졌다. 그러나 나는 그 원인이 내게도 있을 수 있다는 생각은 안 했다. 물론 나만이 원인을 제공한 것이 아니긴 했다. 그는 충분히 쉬었고 이제 겨드랑이에서 다시 새로운 날개가 돋기 시작하고 있었으므로. 그는 그의 소설에 대한 계획에서 두 가지의 목표를 가지고 있었다. 하나는 그가 사랑했던 사람들을 잊혀 가고 있는 기억으로부터 되살려내는 것이었다. 그에게는 깊은 애정을 품고 있는 미국과 캐나다 친구들이 있었다. 그는 안타까워했었다. 자꾸 그들을 잊어가고 있다고. 나는 이 말을 들은 척도 안 했다. 내가 부재한 채로 누렸던 그의 행복들을 무효화 시키고 싶었기 때문이다. 적어도 내 무의식은 그것을 원하고 있었다. 나는 그의 현재를 소유하면서 그의 과거를 없었던 사실로 지우고 싶었다. 그를 소유하고자 했을 때 내가 소유할 수 없는 그의 과거는 살아 있어서는 안 되는 것이었다. 나의 부재 가운데 행복했던 그의 과거는 내게는 단지 슬픔일 뿐이다. 사랑은 결국 이렇게 추악해진 채로 종말을 향해 간다. 그때에는 이미 그것은 사랑이 아니다. 단지 전면적인 소유에의 탐닉일 뿐이다. 과거도 그의 일부이다. 어쩌면 현재보다도 더 소중한 일부이다. 현재가 얇은 종이 한 장이라면 과거는 두꺼운 책이다. 더구나 그 과거라는 책은 새롭게 써 내려 나갈 내용으로 채워질 그 얇은 종이 한 장에 강력한 영향을 미치는 책이다. 그리고 그 종이 한 장도 결국 그의 과거로 축적될 것이었다. 누구를 사랑한다면 그 과거도 사랑해야 한다. 만약 그것이 사랑의 용량을 넘는다면 그때에는 더 이상 그것을 사랑이라고 부르면 안 된다. 그때에는 그것은 단지 소유욕일 뿐이다.

그가 소설을 쓰고자 했던 두 번째 이유는 사랑의 한 모습을 그려내고자 했던 것이었다. 그는 사랑에 관한 분석적 수필집을 출간하고는 엄청난 비난에 시달렸다. 그것이 냉혹하고 노골적으로 우리가 사랑이라고 부르는 것들을 파괴했기 때문이었다. 그는 책의 피날레에서 진정한 사랑의 가능성에 대해 말한다. 그러나 그것은 이해하기도 실행하기도 어려운 사랑이었다. 그는 소설을 통해 그 사랑이 어떠한 것이며 또한 그것이 어떻게 구현되는가를 예증을 들어 서술하려 한 것이다. 거기에 있는 사랑은 그의 실제 사랑은 아니다. 그는 단지 진정한 사랑의 한 모습을 보이고자 했다. 그의 소설은 자전적이면서도 완전한 픽션이었다. 나중 얘기지만 그의 이 시도는 성공적이었다. 그 소설은 소설로 서는 상당한 진입 장벽을 지녔다. 쉽게 읽어 나갈 수 있는 책은 아니었다. 그럼에도 그는 일부 열렬한 독자로부터 엄청난 찬사를 끌어낸다.

나와의 5년의 마지막 해에 그는 세 권의 소설과 두 권의 수필 집의 집필을 계획했던 거 같다. 그러나 그는 이에 대해 아무 말도 안 했다. 아마도 이 구상은 그의 머릿속을 어지럽게 헤엄쳐 다니며 그를 혼란과 동요와 두근거림 속에 빠트린 이미지들에 지나지 않았을 것이다. 이때 그는 나라는 현실과 그의 꿈 사이에서 혼란스러웠던 거 같다. 나라는 현실적인 존재는 그의 환상에 대해서 대비적으로 더 초라하고 거추장스러운 것으로서 그와 그가 형성한 이미지 사이를 가로막고 있는 벽으로 작동했을 것이다. 거기에 매사에 짜증을 내는 나는 그를 한층 더 괴롭게 했을 것이다. 그는 확실히 내 곁에서 사라지긴 해야 했다. 그가 만약 새로운 집필을 계획했다면. 나는 그가 새로운 책을 내는 거 자체를 싫어했으니까.

소설에 관한 이러한 모든 사실은 모두 나중에 알게 된 사실에 내 추측을 더한 것이다. 나는 당시에는 그가 새로운 집필 계획을 세웠다는 사실을 전혀 모르고 있었다. 그가 말이라도 좀 해 줬다면. 그러나 그가 말을 안 한 것은 현명한 것이었다. 아마 내가 집필에 가장 큰 방해가 될 것이었으므로. 그는 소설을 쓰는 것이 자신에게 가능한가에 대한 의구심을 가졌던 거 같다. 그는 평생을 철학자와 예술이론가로 살아온 사람이다. 예술이론과 예술의 차이는 기독교와 이슬람교의 차이보다 더 크다. 예술은 순수한 이미지의 창조이다. 그도 자신할 수 없었을 것이다. 환상에 대한 해명을 평생 했지만, 환상 자체의 창조는 처음이기 때문이다. 그는 하나의 세계를 창조해 가고 있었다. 그리고 자신만의 세계에 갇힐 필요가 있었을 것이다. 내가 만약 그의 집필 계획을 알았다면 필사적으로 반대했을 것이다. 기독교와 이슬람교는 어떻든 하나의 종교라는 점에서 같다. 그것은 내적 교리에 있어서 충돌할 뿐이다. 그러나 이론과 예술은 전적으로 다르다. 카이사르의 것과 하느님의 것이 다르듯이 다르다. 나는 당시에 그의 모든 집필에 반대하고 있었다. 이것은 내 소유욕과 탐욕 때문이었다. 그의 모든 것이 나를 향한 사랑으로 뭉쳐져야 했다. 더구나 소설이라는 새로운 영역은 절대 허용할 수가 없었다. 그는 실패할 것이기 때문이었다. 궁극적으로 그는 세 권의 소설을 쓴다. 두 권의 수필집에 더해. 슬픈 사실은 내가 그의 집필에 함께하지 못했다는 사실이다. 그의 마지막 책 한 권은 그의 정신의 완전한 파탄 속에서 이뤄낸 기적이었다. 그러나 그 자체로는 너무도 따뜻하고 향기로운 내용을 품은 파탄이었다.

우울증 약은 어떻게 된 것일까? 그는 우울증 약을 벗어날 수 없다. 지구의 모든 것들이 중력이라는 강력한 힘에 의해 지구에 묶이듯 그는 우울증으로부터 도망칠 수 없는 사람이다. 그는 약의 꾸준한 복용이 필요한 사람이다. 복약을 멈추는 것은 극히 위험하다. 언제라도 늪에 빠질 수 있다. 만약 그가 꾸준히 복약하고 있다면 그것은 출판사의 오 실장을 통해서일 것이다. 그러나 그는 현재 집필을 하고 있지 않다. 지금은 출판사와 어떤 연락도 하고 있지 않을 것이다. 소설에 대해 아무것도 모르고 있던 나는 그와 출판사와의 관계가 더 이상 이어지지는 않고 있을 것으로 생각했다. 그는 또한 지난 2년간 실제로 출판사와는 어떤 연락도 취하지 않았다. 나는 여기서 어리석은 만용을 부리게 된다. 그의 여동생이 근무하고 있는 병원에 찾아가 보기로 한다. 그녀는 종양학 전공으로 서울의 한 종합병원에 근무하고 있다. 그가 우울증 약을 받는다면 그녀를 통해서일 가능성이 크다. 그는 동생에 대해 몇 번 말했다. 나는 그녀의 이름과 그녀가 근무하는 병원을 알고 있다. 인터넷에서 곧 찾을 수 있었다. 그러나 내가 그녀에게서 받은 대접은 나와 그의 현실에 대한 매우 상식적인 비난이었다. 그녀는 냉기가 일만큼 차가웠고 또 신경질석이기도 했다. 나에 대해 좋은 인상을 가지지도 않았다.

"오빠가 어디에 있는지는 저도 몰라요. 아마 가족 아무도 모를 거예요. 알았던 적도 없어요. 항상 그렇게 가족 모두를 고생시켰으니까요. 아버지 살아생전에 정말 오빠 때문에 많이 힘들어하셨지요. 그런데 결혼하셨다고 들었는데... 무슨 일이지요?"

그녀가 한 말은 이것이 전부였다. 나는 어떤 말도 할 수 없었다. '단지 박사 논문의 도움을 받아보려 하고 있다'고만 말하고 돌아섰다. 그녀는 오빠와는 다르다. 엄청나게 차갑고 실제적인 사람이었다. 그녀는 내가 오빠를 배신하고 다른 남자와 결혼한 사람으로 알고 있는 듯했다. 단순한 사람들은 다른 사람의 운명을 재단할 때 가장 짧고 노골적인 지름길을 택한다. 그녀는 나와 오빠의 운명에 대해서도 가장 짧은 길을 통해서 이해하고 있었다. 하긴 중요한 것은 전제와 결론뿐이긴 하다. 그가 출간한 30권의 책은 그녀에게 아무 의미도 없을까? 아니면 의미가 있다 해도 그것과 오빠의 간헐적인 실종과는 아무 상관도 없다고 생각하는 것일까? 그 차갑고 매서운 그의 여동생은.

나는 이때까지도 혐의를 그 건강 식품점 여자에게 두고 있었다. 그리고 프랑스로의 출국은 그 혐의를 보강하는 것이었다. 나는 그것을 그의 속임수로 보고 있었다. 그는 밴쿠버 여자에 대해 말한 적이 있다. 만약 그가 캐나다로 출국한다면 내게 그의 바람기를 당장 들키게 된다. 그것이 아마 프랑스를 경유해서 밴쿠버로 가게 된 동기일 것이다. 사실 난 그가 프랑스에 얼마 동안 머물렀는지 모르고 있었다. 나는 그가 샤를 드골 공항에서 바로 밴쿠버 공항으로 향했을 거라는 혐의를 굳히고 있었다. 그의 남동생은 그가 프랑스에 갔었다는 사실 자체도 모르고 있지 않은가? 더구나 그는 보름 후에 귀국한다고 했다. 거짓말을 한 것이다. 나는 많은 악덕에도 불구하고 거짓말을 하지는 않았다. 적어도 나는 정직하고 강직하기는 했다. 나의 이 성품은 그의 거짓말을 용서할 수 없게 만들었다.

나는 그의 남동생과의 통화를 통해 그리고 그의 여동생과의 만남을 통해 한없는 무력감을 느끼고 있었다. 나는 자신만만했었다. 나의 조건이 그것을 보증했다. 조건이라고 말하고 있지만 그것은 단지 두 개였다. 하나는 내가 부잣집 마나님이라는 사실이었고 다른 하나는 아카데미에서의 성공이라는 사실이었다. 모두가 나를 선망했다. 나는 S클래스 벤츠를 학교 주차장에 세워 놓고 또한 학교에서 우수한 성공을 거뒀고 논문은 단숨에 통과되었다. 그리고 나이 들었다 해도 여전히 아름다운 용모를 하고 있었다. 물론 이제 피부과에 한 번씩 다녀와야 했고 액세서리로 치장해야 했다. 그것이 용모에 대해 나이 들어가는 부잣집 마나님들이 할 수 있는 것들이다. 그러나 그의 동생들이 보기에 나는 단지 이상한 유부녀일 뿐이다. 그에게 상처를 입히고 다른 곳으로 시집갔고 이제 유부녀의 신분으로 다시 그를 찾아 나선. 나는 그때야 비로소 내가 어떤 사회적 상황에 있었고 그와의 지속적인 만남이 어떤 사회적 의미를 갖고 있는지를 뼈아프게 느끼기 시작했다. 우리는 결국 불륜 관계인 것이다. 나는 남편과 한 번도 이혼 시도를 하지 않았다. 하나의 이유는 애가 누리는 모든 부가 지속되어야 한다고 믿었기 때문이고, 다른 하나의 이유는 내가 이혼한다고 해서 선배가 나와 정식으로 결혼해 줄 거라고 생각하지는 않았기 때문이다. 사회적 견지에서의 올바른 행동은 내가 유부녀인 한 선배를 만나서는 안 되는 것이었다. 만약 그를 만날 것이라면 나는 이혼해야 했다. 둘 중 하나를 택했어야 사회적으로 떳떳한 사람이 된다. 만약 남편이 내게 지속적인 성적 관계를 요구하고 또한 그의 생활양식을 강요했더라면 나는 힘들었을 것이다. 그랬다면 나는 그에게 이혼을 요구했을까? 나는 이것이 유감이다. 그랬다 할지라도 나는 이혼을 요구하지 않았을 거 같다. 나는 선배가 나를 받아준다면 모든 것을 포기할 수도 있다고 두 번에 걸쳐 그에게 말한 적이 있다. 그호소에 대해 그는 차가운 침묵으로 대했을 뿐이다. 만약 선배와 재혼할 수 있다는 조건이라면 이혼할 수 있었다. 그렇지 않다면 전혀 이혼할 이유가 없었다.

내게는 세 개의 옵션이 있었다. 하나는 현재의 결혼 상태를 지속하는 것이고, 다른 하나는 이혼 후 홀로 서는 것이고, 다른 하나는 선배가 나를 받아주는 것이다. 나는 두 번째 옵션은 생각조차 하지 않았다. 아마도 무의식중에 나는 누군가의 부양을 받아야 한다고 생각했던 거 같다. 아니라면 홀로 서는 것에 대해 자신이 없었거나. 내가 홀로 서는 것과 선배가 나를 받아주는 것은 서로 독립적인 사안이다. 그러나 나는 조건적이었다. 절대로 무조건적일 수는 없는 사람이었다. 이러한 통찰은 당시의 내게는 절대 의식의 표면으로 나올 수 없었다. 무의식에도 없는 것이 어떻게 의식에 떠오르겠는가? 선배가 내가 내건 조건에 차가운 침묵으로 대했던 것은 바로 이 사실을 내가 깨닫지 못했기 때문이다. 선배는 나의 육체적 매력과 나의 간절한 사랑의 요구에 잠시 굴복했을 뿐이었다. 그는 결코 내 인품을 진심으로 사랑한 적은 없었다! 나는 의연하게 혼자여야 했다. 선배와의 관계는 그다음의 문제였다. 그가 받아주면 행복이고 그가 받아주지 않으면 불행이다. 단지 그것일 뿐이다. 그러나 나는 그 불행의 가능성 때문에 지금 유부녀가 되어 있고 그의 동생들에게 냉대를 당하고 있다.

이러한 생각들이 그때 명확하게 들기만 했어도 나는 선배를 그 참담한 지옥으로 몰고 가지는 않았을 것이다. 그는 마지막까지도 나에 대한 기대를 저버리지 않았다. 그에게 가장 크게 작용했던 것은 사랑의 호소였다. 그는 한 여자가 평생에 걸쳐 다른 남자를 얼마나 절실하게 사랑할 수 있는가에 감동했다. 그리고 마음을 열었다. 그렇게 우리의 5년은 열렸던 것이다. 그러나 내가 가장 중요한 측면에서 조금도 변화하지 않는 모습을 보였을 때, 그의 기대와 환상은 깨져나가기 시작했던 것이다. 모든 인간이 완벽하지 않을 때 그도 역시 완벽하지 않았다. 내가 배타적인 관계를 요구했을 때 그가 거절했어야 했다. 그 밴쿠버의 주근깨 아가씨가 split up or happily ever after를 요구했을 때 split up을 용기 있게 택한 것처럼 나와의 관계에서도 용기 있게 배타적 관계를 거부했어야 했다. 그는 약해져 있었고 허점을 파고든 내게 굴복한 것이다. 끈질기게 그리고 용감하게 저항했던 일리아 사람들이 아카이아 사람들의 한갓 목마에 허망하게 붕괴하듯이 그는 붕괴했다. 그만큼은 선배에게도 잘못이 있다.

혹시나 하는 마음에 오피스텔에 들렀다. 비 오는 겨울날 밤이었다. 낮은 온도와 높은 습도가 만들어 내는 을씨년스러운 분위기가 오피스텔을 지배하고 있었다. 뼈가 시릴 정도로 추웠다. 모든 것들이 죽어 있었다. 의자도, 소파도, 턴테이블도, 오디오 시스템도. 심지어는 창틀에 쌓인 먼지조차도. 그가 없는 한 이 모든 것들은 죽음 같은 잠에서 결코 깨어나지 못할 것 같았다. 알스트로메리아의 꽃잎들은 누렇게 변색된 채로 시들고 있었고 화병의 물도 누렇게 썩어 가고 있었다. 시든 꽃들을 쓰레기통에 집어넣고 화병을 닦았다. 그리고 청소를 시작했다. 어쨌든 그가 다시 왔을 때 이곳이 쾌적한 장소여야 한다. 턴테이블 위에는 모차르트의 D장조 바이올린 협주곡 LP가 올려져 있었다. 몸이 오싹할 정도로 추웠다. 창문 블라인드를 전부 걷어 올리고, 히터의 스위치를 올리고, 여분의 전기난로까지 켰다. 15도였던 온도가 서서히 오르기 시작했다. 한 시간쯤 지나자, 하니웰 온도 조절기가 23도의 온도를 표시했다. 오디오 세트의 전원을 켜고 턴테이블을 작동시켰다. 톤암을 LP 위에 올렸다. 씩씩한 1악장이 끝나고 2악장이 시작되었다. 모차르트는 이 협주곡에서 주제에 대한 어떤 변주곡도 사용하지 않는다. 그는 여기에서 협주곡의 카논이라고도 할 만한 전개부를 아예 도입하지 않는다. 그 천재는 주제의 전개를 따분하게 생각했을까? 바람에 날아간 작곡된 악보를 쫓아가기 귀찮아 그냥 새롭게 작곡했다는 로시니처럼 모차르트는 주제의 변주가 귀찮아 악장 전체를 온갖 멜로디의 향연으로 만들 작정이었나? 갤런트풍의 2악장의 아름다운 주제가 오피스텔 전체를 소리의 찬란한 아름다움으로 채워나가고 있었다. 그가 이 악장을 좋아했다. 그는 로코코풍의 예술을 좋아했다. 크리스마스 리스의 전원을 켰다. 황금빛의 반짝이는 전구들이 창문 한쪽을 축제의 밤처럼 물들였다. 모든 것들이 생명을 되찾으며 각자의 활기를 뽐기 시작했다. 그러나 여기를 기쁨과 행복으로 채워 줄 필수적인 하나가 없다. 밴쿠버의 그 여자에게 날아갔다.

그는 사실은 프랑스에 일주일간 체류했었다. 그는 소설을 쓰기에 앞서 기억 속에 저장된 그들을 실제로 다시 만나 기억을 되새기고 또 그들로부터 등장인물로 소설 속에 나타나는 거에 대한 동의를 받기로 결정한다. 그 소설은 '기억 속의 모든 이들에게'라는 헌사를 바치고 시작한다. 물론 그것은 소설이긴 하다. 그러나 많은 부분이 자전적이다. 그는 이 소설 속에서 실재와 허구를 절묘하게 조합한다. 한쪽은 기억 속의 그들에게 바치는 헌사의 성격을 띠고 있고 다른 한쪽은 그가 생각하는 바의 사랑에 대한 하나의 예증이다. 그가 과거의 지인들을 만나볼 필요는 확실히 있다. 그들을 주인공으로 등장시키기 위해서는 그들의 동의는 필수이기 때문이다. 그의 친구들은 여기저기로 흩어져 있다. 그중 한 명이 파리 4대학에서 교환 교수로 일하고 있었다. 그 친구는 그의 대학원 동기이며 또한 캐나다 요크 대학의 교수로 그의 트레킹 친구 중 한 명이었다. 그는 파리의 호텔에 묵으며 낮에는 그를 만나 과거의 사건들에 대해 추억을 나누고 저녁에는 그가 다녔던 목로주점들을 드나든다. 그는 '파리를 떠나기가 정말 힘들었다'고 한다. 그는 파리에서 2년을 공부했고 그 후로도 수시로 루브르와 오르세와 샤르트르 방문을 위해 파리에 갔었다. 그는 파리에서 프랑스 친구를 만들지는 못한다. 기간이 짧았고 또한 공부와 관련하여 너무 꽉 짜인 스케줄을 따라가야 했기 때문이다. 그는 단 2년 동안에 라틴어와 고대 그리

마지막 외출

스어도 공부해야 했다. 그에게는 거의 필사적인 시절이었다. 그때의 그의 전공이 서양문화사였다. 바쁘고 힘든 와중에도 루브르 박물관과 오르세 박물관, 노트르담 성당을 수시로 방문했다고 한다. 그때 그는 장차 예술사를 전공하기로 마음먹는다. 그가 어린 시절부터 피아노를 연습해 온 것이 예술사 전공의 또 하나의 동기가 된다. 음악사 역시도 그에게 가능한 것이기 때문이다. 파리는 그가 약관의 나이로 본격적인 공부를 시작한 고향 같은 곳이다. 그의 미래의 계획 대부분은 여기 파리에서 결정되었다.

그는 여기에서 밴쿠버로 날아간다. 그의 토론토 시절의 동료 교수가 UBC에 근무하고 있었기 때문이었고 그의 젊은 시절의 연인이 여기에 살고 있기 때문이었다. 그는 여기에 비교적 오래 머무른다. 그는 가끔 '나는 캐나다에서 철들었다'고 말하곤 했다. 그만큼 그는 캐나다를 사랑했다. 그는 노스밴쿠버의 한 콘도미니엄을 두 달간 임대한다. 그의 이 두 달간은 그의 생에서 가장 행복했던 순간이었다. 겨울이라고는 해도 노스밴쿠버의 모든 상가와 주택들은 크리스마스 장식을 한 채로 아름답게 빛을 내고 있었고 호스슈 베이의 연안에는 흰색과 푸른색으로 칠해진 다채로운 요트들과 모터보트들이 부지런히 들락거리고 있었다. 그는 여기에서 수산물을 사다 요리해 먹는다. 모든 어부는 자기네가 잡은 수산물을 특정 도매인에게 넘겨야 한다. 이것은

충돌

독점적인 계약이다. 개인적으로 사고팔 수 없다. 예를 들어 새우를 잡는 배는 새우와 관련한 도매상에게 일괄적으로 넘겨줘야한다. 그러나 새우잡이 배에 새우만 잡히지는 않는다. 도미나 록피시와 링코드와 심지어는 광어나 가자미도 잡힌다. 이때 이 여분의 물고기들은 개인 간에 자유롭게 사고팔 수 있다. 선배는여기에서 생선을 사다 요리해 먹었다고 한다. 여기에서 그는 낚시 동료들도 사귀게 된다. 임대 낚싯배는 일정한 인원의 낚시꾼들이 모여야 비로소 출항한다. 그는 이 낚시꾼 무리에 합류한다. 주로 연어를 잡았다고 한다. 그리고 그는 그 건강 식품점 여자를 만난다. 그러나 내가 생각하는 그런 관계로서는 아니었다.그들은 최초의 한 달이 지난 후로는 계속해서 친구로 지내게 된다. 무려 17년간을.

내가 출판사의 오 실장을 만난 것은 그가 막 밴쿠버에서 토론토로 향할 계획을 세우고 있을 때였다. 나는 오 실장을 커피숍에서 보기로 했다. 놀랍게도 오 실장은 내가 결혼한 사실을 모르고 있었다. 그는 내가 여전히 어머니를 모시고 계속해서 독신으로 살고 있는 것으로 알고 있었다. 내가 오 실장을 처음으로만났을 때는 선배의 부친과 함께였고 그때 이미 결혼한 상태였다. 그때 나는 미혼으로 위장했었다. 오 실장은 선배와 내가 만나고 있었다는 사실을 알고 있었다. 그러나 각자가 미혼으로 서

　　　　　　　　　　　마지막 외출

로 만나고 있다고 생각하고 있었다. 선배는 내가 결혼했다는 사실을 그에게 말하지 않았다. 나는 그에게 사실을 알렸다. 재빠르게 별거라는 사실을 먼저 말했다. 조금이라도 사회의 도덕적 평가에서 벗어나 보려고. 오 실장은 별로 괘념치 않은 거 같았다. 눈썹만 잠깐 까딱했다. 나는 먼저 그의 우울증 약에 관해 물었다. 역시 오 실장이 그에게 우울증 약을 자기 거로 처방해서 보내고 있었다. 내가 궁금한 것은 하나였다. 도대체 '그의 캐나다 체류의 목적이 뭐냐'고. 오 실장은 자기도 '모른다'고 대답했다. 그리고 지나치듯이 '어쩌면 그와 새로운 출판 계약을 맺을 수도 있다'고 했다. 나는 이 말을 무시했다. 그 말을 단지 출판사의 희망 사항으로만 받아들였다. 그는 더 이상 책을 쓰지 않는다. 그는 한가롭고 게으르게 시간을 보내고 있는 중년의 아저씨일 뿐이다. 사실은 오 실장 역시도 선배의 소설에 대해서는 알지 못하고 있었다. '무슨 책이 될지 모르겠다'고 했으니까.

지난 2년간 내가 선배에 대해 가진 느낌은 탈진과 한가로움과 게으름이었다. 선배가 오피스텔 구입을 망설였던 이유 중 하나는 그의 게으름이었다. 그는 정말이지 청소하고 정돈하는 것을 극도로 싫어했다. 원래도 게으른 데다가 교수 시절 내내 조교가 모든 일을 해 준 것도 그 버릇을 키웠다. 오피스텔의 청소와 정돈은 모두 내가 맡겠다고 설득해서야 그 구입을 가까스로 결정했었다. 선배의 게으름은 내게 축복이었다. 그의 게으름 덕분에 우리는 2차와 3차 비즈니스 협약을 맺을 수 있었고 내가 그로부터 개인적으로 철학과 예술에 대해 배울 수 있었다. 그러나 상황이 변하자, 그의 게으름은 내게 악덕으로 다가오기 시작했다. 그는 조건 없이 내게 많은 것을 해줬다. 강독으로 그리고 예술철학으로 수년간 나를 교육했다. 내 마음은 어느 때부터인가 그것을 당연한 것으로 생각하기 시작했다. 그러자 그의 게으름은 이제 태만으로 보이기 시작했고 심지어는 부도덕으로까지 비쳤다. 선배는 남의 노동 위에서 살아 온 사람이었다. 그 집안의 부가 그 게으름을 가능하게 한 것이었다. 그가 나와 5년을 지내는 동안 몇 권의 책을 쓰기는 했지만, 그것은 이미 초안이 다 잡혀 있었던 것이었다. 그는 마치 외우고 있었던 것들을 써 내려가듯이 그렇게 쉽게 책을 써 나갔다. 내가 원래 알고 있던 깊고 초조하고 고통스러운 사색의 분위기는 사라진 지 오래였다. 그것이 나로 하여금 그가 모든 일에 무능한 도련님 출신의 한량이라는 분위기를 형성하게 했다. 정말이지 인간을 어떻게 정의한다 해도 망각의 동물이라는 하나의 종 분류는 들어가야 한다. 나는 치열한 선배의 모습을 완전히 잊고 있었다. 나는 그가 이제 이대로 끝난 사람이라고 생각했다. 그는 더 이상 도약하지 않을 것이었고 또 도약할 필요도 없었다. 계획했던 모든 것이 그럴듯하게 완수되지 않았는가? 더 이상 애쓸 필요가 어디에 있는

마지막 외출

가? 이것은 내게 이중의 의미로 다가왔다. 하나는 이제 내가 안심해도 된다는 것이었다. 그는 더 이상 나이아가라 폭포가 아니다. 그는 영원히 내 곁에 머물 것이다. 센강처럼 고요히 흘러 줄 것이다. 더 이상 불현듯 내 곁을 떠나지는 않을 것이다. 다른 하나의 의미는 그가 더 이상 고귀하고 귀족적이고 신비스러운 사람이 되기를 그쳤다는 사실이다. 그도 한 명의 인간일 따름이다. 게으르고 무력한 중년의 남자일 뿐이다. 그를 둘러싸고 있던 마야의 베일은 사라졌다. 그러자 거기에 지극히 평범하고 게으른 한 명의 인텔리겐치아가 있을 뿐이었다. 여러 곳에서 그에게 교수직 제의가 들어왔다. 심지어는 대학의 학장이 출판사를 통해 직접 그와의 만남을 요청하기도 했다. 나는 그 만남을 권했지만 그는 완강히 거절했다. 이유를 물으면 일할 필요가 없기 때문이라고 말했다. 나는 답답했다. 그는 오십도 안 됐다. 아직 젊다. 대학 교수직은 명예로운 일 아닌가? 그래도 다른 사람에게 내밀 명함은 있어야 하지 않은가? 아무리 게으르다 한들 직업은 있어야 하지 않은가? 이 명함과 관련하여 우리에게는 우스운 일도 있었다. 나는 그에게 명함 만들기를 권했다. 살면서 새로운 사람을 만날 일은 항상 있으니까. 그는 갈등을 싫어했다. 어느 날 한 묶음의 명함을 들고 나타났다. 공허한 하얀 종이 위에 단 두 개만 있었다. 그의 이름과 핸드폰 번호.

  나는 그에게 휴식이 필요하며 또 휴식이 충분할 경우 그가 다시 한번 뛰어오를 것이라고는 상상도 할 수 없었다. 그는 수십 년간의 탐구와 집필 끝에 원했던 모든 것을 성취했다. 날고 싶다고 한들 어디로 날겠는가? 원했던 모든 성취가 다 끝난 마당에. 나는 그때는 그가 예술가의 길을 걷기를 모색하고 있다는 사실은 꿈에도 생각할 수 없었다. 그는 이미 탁월한 수십 권의 이론서의 저자이다. 이제 그것을 학생들에게 가르치며 다른 평범한 사람들처럼 살면 되지 않는가? 이제 존경과 명예를 누리고 살면 되지 않는가? 악상 시르콩플렉스의 그 뾰족한 정점은 이제 지난 것 아닌가? 이제 내 곁에 편히 누우면 되는 것 아닌가?

오 실장에게 '여자가 개입되어 있지는 않겠냐'고 물었다. 이 물음에 그만 오 실장은 약간 미소 지으며 '그럴 수도 있지요'라고 대답했다. 이 순간 나는 확신하고 말았다. 오 실장도 선배의 젊은 시절의 방탕한 여자관계에 대해 알고 있었다. 그러나 당시의 선배에 대한 정보가 없기는 그도 나와 마찬가지였다. 그는 과거에 비추어 그럴 수도 있다고 대답했을 뿐이다. 그리고 또한 그도 선배로부터 밴쿠버 아일랜드의 그 여자에 대해 과거에 들은 바가 있었다. 따라서 그의 대답은 자연스러운 것이었고 선배의 행동은 오해를 살만한 것이었다. 나는 오 실장은 뭔가 알고 있다고 확신했다. 질투에 사로잡힌 나는 이미 평소의 내가 아니었다. 그의 주소를 가르쳐 달라고 했다. 그러나 오 실장이 이번

마지막 외출

에는 단호했다. '선배는 지금 건강하다'고 말하며. 그는 정말이
지 완강하게 거부했다. 나는 오 실장에게 말했다. 그에게 전하
라고 하면서.

"내가 밴쿠버에 가겠어요. 그는 아마 밴쿠버 아일랜드의 그
식품점 여자와 같이 있을 거예요. 너나이모의 모든 건강 식품점
을 다 뒤질 거예요."

몰락은 왕왕 분노의 모습을 한다. 그리고 모든 분노는 고유의
상스러움을 터뜨린다. 질투심에 분노한 나는 하지 말아야 할 말
을 하고 말았다. 이것은 이제 선배와 나의 관계를 넘어서는 것이
었다. 제3자에게 피해를 입힐 수도 있다는 생각은 선배에게 거
의 공포로 다가왔을 것이다. 오 실장은 나의 말을 충실히 전했
고 선배는 절망 속에서 나를 포기하기 시작했다. 이틀이 지난
후에 오 실장이 전화했다. 선배는 아마 지금 토론토행 비행기를
타기 위해 밴쿠버 국제공항에 있을 거라고.

나는 둘이 같이 토론토로 향하고 있다고 생각한다. 내게 그
여자는 이제 오십에 가까운 나이 든 여자로는 상상되지 않았다.
내 머릿속의 그녀는 그가 묘사해 준 그 시절에 박제되어 있었다.
주근깨가 있는 젊고 예쁜 캐나다 아가씨로. 이후 내가 그녀를
보았을 때 가장 놀랐던 것은 그녀의 늙음과 초췌함이었다. 마치
선배가 그의 양모와 함께 있는 모습이었다. 그러나 나는 격분했

다. 무의식 속에서 선배의 사랑의 방식을 이미 알고 있었기 때문이다. 연민이 오히려 그의 사랑에 불을 댕길 수 있다는.

파국

연민과 사랑은 어떻게 다른 것인가? 그것이 다르다 해도 물과 불이 다르듯이 그렇게 다르지는 않을 것이다. 오히려 비와 눈이 다르듯이 그렇게 다를 것이다. 언제라도 서로가 상대 쪽으로 변할 수 있도록 그렇게 다를 것이다. 만약 그것이 비슷한 것이라면, 혹은 마치 열이 뜨거운 곳에서 차가운 곳으로 흐르듯이 그렇게 서로 교류하는 것이라면 어디까지가 연민이고 어디서부터 사랑인가? 물론 양극단은 교류할 수 없을 것이다. 가장 비참한 사람에 대한 연민이 가장 고급스러운 삶을 사는 사람에게는 사랑으로 변하지는 않을 것이다. 너무도 초라한 사람에 대해서는 사랑을 품기보다는 단지 연민과 동정을 품는 것으로 끝날 것이다. 그러나 시간이 흐르고 그가 그 비참한 연민에 점차로 눈이 익어간다면 그 연민도 사랑으로 변할 가능성이 전혀 없지는 않을 것이다. 더구나 그 비참한 사람이 그가 한때 사랑했던 사람이라면. 그가 최초의 사랑의 씨앗을 뿌려 둔 여인이라면. 외로움 가운데 마주쳤던 그에게 최초의 친절과 미소를 보였던 여인이라면. 그 초라한 여인에게서 그가 최초의 사랑과 두근거림을 느꼈다면. 차갑고 냉정한 삶을 사는 그에게 최초의 사랑과 향락의 불꽃을 댕겨준 여인이라면.

그가 토론토로 향할 때 예상대로 그는 혼자가 아니었다. 그는 그 건강 식품점 여인과 그녀의 고등학생 아들을 동반하고 있었다. 엄밀히 말하면 그녀는 더 이상 건강 식품점 여자가 아니었다. 그녀는 가게를 운영하고 있지 않았다. 선배는 그녀와 헤어진 후에도 '고객과 사장'으로서의 관계를 계속 유지했다. 그는 별로 자기에겐 필요도 없는 건강식품을 몇 상자씩 사곤 했다. 가족과 친지에게 나눠줘 가며. 나도 학생 때 그에게서 몇 개를 받은 적이 있다. 캐나다의 건강식품은 품질이 좋다. 캐나다는 의료 정책에 있어 미국과 다른 방향을 취한다. 미국은 보험 회사들이 동시에 병원들을 소유한다. 그러고는 보험과 치료를 직접 연계시킨다. 당시 일반적인 4인 미국 가족의 의료 보험료는 이미 한 달 120만 원을 넘어가고 있었다. 반면에 캐나다는 의료를 국립화하고 의료 보험료도 없앤다. 대신 소득세에 의료 보험료를 포함

마지막 외출

시킨다. 따라서 캐나다의 의료진들은 일종의 공무원이다. 그리고 그들은 모든 나라의 공무원이 다 그렇듯 자발성과 열의의 진공 상태에서 일하는 의료진들이 되어간다. 캐나다에서 수술이 필요한 큰 병에 걸릴 때 그 환자는 지독한 고통을 겪게 된다. 우선 수술 일자 예약이 힘들다. 캐나다에서는 심지어 응급조차도 활성화되어 있지 않다. 또 수술을 받는다 해도 의료진의 기술이 형편없다. 모든 것은 돈이 말한다. 유능한 의사들은 대부분 미국으로 취업한다. 캐나다는 예방 의학에 집중하게 된다. 캐나다가 부자 나라라 해도 사실상 캐나다 국민은 그렇게 풍족한 삶을 살지 못한다. 세액이 엄청나기 때문이다. 모든 사람을 다 평균한다면 캐나다인들은 소득의 50퍼센트 정도를 세금으로 납부하게 된다. 캐나다는 지구상에서 두 번째로 큰 나라이다. 따라서 국가 관리에 엄청난 돈이 이미 투입된다. 고속도로 보수 비용은 말할 것도 없고 전기와 수도와 하수도 모두 그 연장이 엄청나게 길어진다. 이것들의 관리 역시 국가가 세금으로 해야 한다. 여기에 의료비까지 더해지면 그 비용은 엄청나다. 캐나다는 의료비를 절약하기 위해 예방 의학에 전력투구한다. 이 정책에 힘입어 캐나다의 건강 보조 식품이 발달하게 된다. 캐나다의 수출 중 건강 보조 식품이 차지하는 비중이 꽤 된다. 그녀도 활성화된 이 산업에 속해 있었다.

그녀는 이혼 5년 후 암에 걸린다. 왼쪽 폐를 모두 절개해 내는 커다란 수술을 받게 되고 6개월간의 항암 치료를 받게 된다. 영업장을 처분하는 것은 불가피한 것이었다. 그녀는 꼬박 1년 6개월간 암과의 사투를 벌이고 기적적으로 살아나게 된다. 그 암은 이미 림프샘에까지 전이되어 있었기 때문에 오랜 기간 항암 치료를 받아야 했다. 그러나 숨어 있는 그 음험하고 사악한 종양은 언제라도 어디에서고 새롭게 자리를 잡고 자라날 가능성이 있다. 그녀에게 암의 공포는 마치 노예의 이마에 찍힌 낙인처럼 그녀의 남은 삶을 끈질기게 쫓아다니게 된다. 완쾌 후 그녀는 개돌봄 센터에서 일하게 된다. 이것은 개인이 운영하는 것으로 주인이 출근하는 사이 혹은 여행하는 사이 반려견을 받아서 산책도 시켜주고, (요청이 있을 시 추가적인 비용을 받고) 목욕도 시켜주고, 비슷한 덩치의 개들끼리 모아 놀게도 하는 종류의 일이다. 이 일은 강도가 낮지 않다. 그러나 직업소개소의 권유를 계속 뿌리칠 수는 없다. 암 재발의 위험성에도 불구하고 여기에서라도 일할 수밖에 없다. 그녀는 투병 중에 그나마 있던 예금을 전부 소진하고 만다. 집도 월세가 낮은 초라하고 편의성과 접근성이 떨어지는 곳으로 옮기게 된다. 질병과 가난이 동시에 그녀에게 닥쳐들었다.

선배가 그녀를 새롭게 만났을 때는 그녀가 이러한 상태에 처

마지막 외출

했을 때였다. 선배는 도대체 왜 그녀를 다시 보고자 했을까? 선배는 그녀를 그의 소설 속에 한 명의 비중 있는 주인공으로 생각하고 있었다. 그에게 첫사랑이다. 선배는 학위 기간 내내 여자와 데이트 한 번 한 적이 없었다. 그가 사회에 첫발을 디딘 후 만나게 된 첫 여자가 그녀이다. 그녀는 그의 첫사랑이었다. 그가 그 사랑을 밀고 나가지 못한 건 역시 자신이 스스로 부여한 그 의무, 즉 예술사 집필이라는 의무는 가정을 책임지는 것과는 양립 불가능하다고 생각한 데 있었다. 그 여자 역시도 그에게 결혼의 가능성을 물었고 그는 거절했다. 만약 그 여자가 우정과 섹스로 만족했더라면 그 관계는 영원히 갔을지도 모른다. 선배가 자기 꿈의 실현을 위해 많은 사회적인 것들을 포기한 건 사실이긴 하다. 그러나 그녀의 포기는 그에게 깊은 상처를 남긴다. 첫사랑의 힘은 강력하다. 그는 결국 그녀를 소설에 등장시키지 않는다. 왜였을까? 그녀가 거절했을까? 자신의 현재의 비참한 모습이 소설 속에서 묘사되는 것이 싫어서? 아니면 선배가 그녀를 등장시키지 않기로 한 걸까? 후자의 가능성이 더 크다. 그는 첫사랑이 다른 사람에게 공개되는 것이 아까울 정도로 첫사랑의 그녀를 사랑했었을 수도 있다. 불행 속에서 고투한 그녀를 묘사하기에는 그의 가슴이 너무 아팠을 수도 있다. 자전적 소설이라 해도 그 한계가 여기에 그어졌다.

　그녀는 암 부병에 들어간 후 그와의 연락을 차단한다. 아마

살아남지 못할 것으로 생각한 거 같다. 그렇다고 해도 왜 말하지 않았을까? 초라한 모습을 보이기 싫어서? 그랬을 거 같다. 캐나다 외딴섬의 외진 곳에 있는 시골 고등학교를 졸업한 그녀에게 온갖 화려한 아카데미의 성공으로 장식된 그는 영원히 그녀에게 하나의 아름다운 꿈으로 남아야 했기 때문이었을 것이다. 이것이 7년 전이다. 그러니까 그녀는 그와 어쨌든 그가 유럽에 있을 때까지는 연락이 됐었다. 내가 추측하기로는 선배는 한국에 와서 나와 5년을 지내는 동안에도 그 여자의 연락 두절에 대해서 계속 궁금해했던 거 같다. 한두 번 이야기했으니까. 이두 사람의 인연도 대단한 것이긴 하다. 지금으로부터 17년 전에 만났고 그 이후로는 간헐적으로 만났으면서도 어떤 남녀관계도 형성시키지 않고 단지 우정으로만 그렇게 오래 연락을 주고받았다니. 그녀는 결혼 후 사내아이를 얻고 곧 이혼한다. 그러고는 그때 이후 아이를 키우며 계속 미혼으로 지내오고 있다. 그녀는 그와 나이가 같다. 그녀 역시도 마흔아홉 살이다. 선배가 처음 나를 가르치며 어느덧 서로 자는 사이가 됐을 정도로 친근해졌을 때도 이 여자에 대해 말한 적이 몇 번 있긴 했다. 순박하고 아름다운 캐나다의 시골 여자에 대해. 자기의 첫사랑에 대해. 나는 질투했었다. 물론 이해와 관용을 위장했지만.

그는 그녀를 찾아야 할 이중의 이유가 있다. 하나는 물론 그의 소설을 위해서였다. 그는 소설을 그가 교수로 첫 임용된 순간부터 시작하기로 작정하고 있었으니까. 다른 하나는 단지 개인적으로 그녀가 궁금했고 또 보고 싶기도 했기 때문이다. 그에게 그녀는 어떤 사람으로 남아 있었을까? 그는 그녀와 어떤 남녀관계를 새롭게 모색할 생각은 없었다고 한다. 어린 시절을 함께 지낸 후 오랜 시간 만나지 못한 사람 중 하나가 다른 사람의 삶과 운명에 대해 궁금증을 느끼고 그를 한 번 찾아보기로 결심하는 일은 항상 벌어지지 않는가? 그녀는 그의 젊은 시절의 가장 아름다웠던 순간을 함께 한 사람이다. 그것도 그 아름다운 캐나다의 7월에. 그는 너나이모의 그 건강식품 매장을 찾아간다. 그러나 그곳은 없어졌다. 대신 그곳은 핸드폰 매장으로 바뀌어 있었다. 삼성과 LG 상품을 포함한. 그는 '그녀가 한국산 전자기기들을 바라볼 때 그의 생각을 했을까가 궁금했'고 말한다. 그러나 그녀를 만날 길이 없었다. 그는 다짜고짜 매장 직원에게 묻는다. '에드나 머서라는 49세의 여자를 아느냐'고. 물론 알 리가 없다. 매장이 바뀐 건 이미 7년 전이었다. 그는 가장 가까이 있는 부동산 중개업소를 찾아간다. 맞다. 여기이다. 그녀는 여기에서 그녀의 매장을 처분했다. 어설프게 신사풍으로 차려입은 부동산 브로커는 그녀를 기억하지는 못하고 있었다. 단지 컴퓨터에서 기록을 찾았을 뿐이다. 그러나 그 기록을 열람시켜 줄 수는 없다. 그것은 개인 정보에 속한다. 법에 어긋난다.

선배는 지역 신문에 현상금을 건 광고를 조그맣게 낸다. 17년째 친구인 여인을 찾는다. 만약 그녀가 만남을 거부한다면 포기할 준비가 되어 있다. 현상금은 1천 불이다. 누구라도 그녀의 전화번호나 주소를 안다면 그녀에게 확인하고 연락 바란다.

그가 그녀의 전화를 받은 건 그로부터 나흘 후였다. 그는 그때에도 핸드폰을 가지고 있지 않았다. 그가 임대한 콘도의 전화로 그녀와 정말 오랜만에 통화하게 되었다. 그녀의 친구 중 한명이 그녀에게 그 광고를 보여주었고 그녀가 직접 전화하게 된것이다. 그녀는 그가 전화를 받자마자 명랑하고 밝게 말한다.

"하이, 네이던. 그 1천 불은 이제 내 거지?"

그는 어떤 말보다도 먼저 '왜 소식을 끊었냐'고 물었다. 전화저편에서는 한참 동안 말이 없다가 '언제고 밴쿠버 아일랜드로건너오라'고 말한다. 그녀는 레이디스미스 외곽에 살고 있었다. 선배는 '에드나의 집의 초라함에 대해서는 말하고 싶지 않다'고했다. 그러나 충격적인 말은 했다. '그럭저럭 자기의 삶을 잘 유지하던 에드나는 암에 의해 크나큰 타격을 받았고 완전히 주저앉았다'고. 이것이 소식을 끊은 이유라고. 그녀는 자기 집과 차를 가리키며 말한다. 자기 삶의 현재 모습이 이렇다고. 그는 그녀의 투병에 대해 자세히 듣는다. 그가 얼마나 가슴 아팠을까를 상상할 필요도 없겠다. 그 마음 약하고 유약한 사람이. 그녀

마지막 외출

의 집은 원룸의 정말이지 작고 초라한 것이었다. 그는 그날 저녁에 거실 바닥에 침구를 깔고는 그녀의 아들과 함께 잔다. 그는 그녀를 이 상태로 내버려 둘 생각이 전혀 없었다. 그는 한편으로 에드나가 일하는 시간에는 낚시를 하고 다른 한편으로는 그녀의 재기를 돕기 위한 방안을 모색한다. 바로 이때가 그의 동생이 그에게 송금한 시기이다. 그의 동생은 밴쿠버에 있는 형에게 돈을 송금했다고 말했었다. 그것도 꽤 큰 돈을.

그는 에드나에게 '가장 필요한 것이 무엇이냐'고 묻는다. 그녀는 하나는 아들이 파트타임 일을 안 하고 공부에만 전념하게 해주는 것이고 다른 하나는 그녀 자신이 좀 더 편한 직장으로 옮겨가는 것이라고 답한다. 선배는 이 희망에 무엇인가를 해줄 수 있는 돈을 가지고 있었다. 그는 돌아가신 부친으로부터 가장 큰 몫의 유산을 받았다. 선배는 건강 식품점의 재개업 의사를 타진한다. 자기가 돈을 빌려 줄 테니 언제고 여건이 되는 대로 갚아 달라고 하면서. 그때 그들은 Denny's에서 저녁을 먹고 있었다고 한다. 포크만 만지작거리고 있던 그녀는 결국 화장실에 가게 된다. 울고, 화장을 고치고 나온 그녀는 수락한다. 에드나의 육체는 사실상 강도 높은 노동을 감당할 수 있는 상태가 아니었다. 그녀는 일주일에 겨우 스무 시간만을 일하고 있었다. 그리고 그녀의 아들이 하교 후 주유소에서 일해서 얻는 여분의 수입으로 아슬아슬하게 가계를 꾸려나가고 있었다. 코카서스 인종들은 아시아인들보다 빨리 늙는다. 피부가 얇다. 거기에다 암으로 지독한 고생을 겪은 에드나는 이미 머리가 하얗게 세고 그것마저 듬성듬성 빠진 할머니였다. 그녀는 노동을 하긴커녕 쉬어야 했다. 암이 언제라도 재발할 우려가 있다. 고된 일이나 스트레스는 암의 재발과 관련하여 매우 위험하다. 그는 일단 그녀의 계좌에 6만 불을 적립시킨다. 이것은 새로운 사업을 위해서이다. 그리고 1만 불을 쥐여주며 잠시 쉬라고 말한다.

"에드나, 당신이 나이아가라 폭포에 대해 말한 거 나는 아직 기억해. 페리에서 담배 피우며 말했잖아. 토론토와 나이아가라에 가고 싶다고. 당신이 턱을 슬쩍 들어 올리고 예쁘게 웃으며 말했지. 지금 비록 겨울이지만 나이아가라의 겨울 폭포도 장관이야. 나이아가라 온 더 레이크에는 예쁜 호텔도 있고 먹을 것도 맛있는 것들도 많아. 우리 토론토에 들러서 내 과거의 친구들도 만나고, CBC 홀 연주회에도 가고, CN 타워에도 놀러 가 보고, 내가 살던 집도 한번 지나쳐 보자. 내가 당신에게 주소와 전화번호를 주었던 그 집 말이야. 언제고 당신이 한 번쯤 왔으면 했는데 결국 내가 한국으로 돌아가야 했지. 당신의 결혼이 먼저였던가? 당신의 결혼이 먼저였네. 내가 토론토의 대학 전화로 그 소식을 들었으니까. 토론토는 멋지고 세련된 전형적인 동부 도시 중 하나야. 토론토에서 볼일이 끝나면 미국 버펄로로 가 보자. 거기서 버펄로 핫 윙을 먹는 거야. 그냥 산더미로 쌓아놓고 먹는 거지. 그러고는 뉴욕에 가서 박물관들을 들러보고 코네티컷 주로 가자. 내가 젊은 시절을 보냈던 곳으로. 그리고 플로리다의 해수욕장에 들러서 밴쿠버로 가는 거야. 당신 아들은 여행 휴학 신청을 하는 게 어떨까? 그동안은 내가 교과 과정을 좀 가르칠게. 헨리도 나이아가라 가면 좋아하지 않을까?"

이렇게 해서 이들 셋은 동료가 되어 토론토로 떠나게 된다. 나는 에드나와 그의 아들에 대한 이 이야기를 엄청난 분노 속에서 선배로부터 듣게 된다. 어떤 순수함도 상대편의 이익에 반 하면 곧 무력해진다. 나는 가소롭다는 태도로 이 순수한 얘기들을 듣는다. 그리고 차갑고 분노에 찬 대응을 한다. 그것도 에드나와 그녀의 아들 앞에서. 나는 단지 이 세 사람이 2개월간 함께 머물며 함께 여행했다는 사실만 확인했다. 거기에 따르는 다른 얘기는 귓등으로 흘렸다. 듣고 싶지 않았다. 나는 이미 분노로 제정신이 아니었다. 나의 주인은 내가 아니었다. 분노와 복수심이 나의 주인이었다.

어느 날 선배의 동생으로부터 전화를 받게 된다. 그의 전화기에는 내 번호가 찍혀 있다. 그는 먼저 '형을 찾는 목적이 무엇이냐'고 물었다. '특별히 형을 만나야 할 일이 있냐'고. 나는 그에게 만나기를 요청했다. '복잡한 일이기 때문에 전화로 얘기하기에는 너무 길다'고. 그는 비서를 부른 후 '잠시 후 다시 전화겠다'고 말했다. 그러고는 그가 가능한 시간을 알렸다. 나는 그중의 하루를 골랐다. 금요일 저녁으로 골랐다. 내가 내 생애 처음으로 선배를 만난 때가 금요일 오전 수업 때였다. 나는 그 인연이 영원하기를 바랐었다. 그가 황금처럼 빛났던 그 시절의 인연이.

소공동의 마천루들 사이에 있는 일식집이었다. 약간의 비린내가 감도는 것이 마음에 안 들었다. 어쨌든 통화 때 그가 '저녁 식사를 대접하겠다'고 했다. 일식을 좋아하시냐고 물어서 그렇다고 하니 바로 시간과 장소를 말하고는 끊었다. 고급 식당이었지만 이상하게 비린내가 역하게 느껴졌다. 아마도 내 마음 상태가 그렇게 느끼고 있는 것 같았다. 그의 동생은 그와는 완전히 달랐다. 그의 동생은 부친을 닮았다. 키와 체구는 부친보다 컸다. 부친의 따뜻하고 정중한 조심스러움을 닮지는 않은 듯했다. 서슴없고 자신감 넘치고 사무적인 차가움을 풍기는 그의 표정은 선배의 약간은 조심스럽고 침착하고 고요한 태도와는 완전히 다른 분위기를 풍기고 있었다. 무언가를 생각할 때 이마를 찌푸리고 눈썹을 깊게 모으는 것은 닮았다. 아마 이 표정이 그의 집안에 공통으로 있는 모습인 거 같다. 나는 말하기 시작했다. 그간 있었던 모든 일을. 처음 만났을 때부터 오늘에 이르기까지 있었던 모든 일을. 그의 동생도 만약 형의 기질을 닮았다면 솔직하게 사실을 터놓는 것을 더 좋아할 것이다. 나는 정말이지 상당히 세세한 것까지 그에게 말한다. 물론 가장 먼저 나

마지막 외출

는 현재의 남편과 별거 중이라는 말을 했지만.

동생은 결혼을 거절한 것은 내가 아니라 형이었다는 사실에 많이 놀라고 있었다. 자기네는 그 반대로 알고 있었다고. 그러나 역시 거기에서 덜컹거림이 있었다. 동생은 눈을 크게 뜨고 이상하다는 듯이 물었다. '이혼은 고려하시지 않았느냐'고. 역시 이 것이 나의 사회적 문제였다. 나는 먼저 어떻게 한다 해도 남편이 나를 놓아주지 않을 것이고, 두 번째로는 아이의 장래를 생각해야 하고, 세 번째로는 내가 구혼해도 형이 나와 결혼해 줄 거 같지는 않다고 말했다. 그는 고개를 끄덕거렸지만, 그것은 수긍의 끄덕거림은 아니었다. 단지 '당신이 어떤 여자인지를 알겠네요' 하는 분위기였다. 그러나 그는 나를 특별히 이상한 여자로 보지는 않은 것 같았다. 단지 상식적인 여자라고 생각하는 듯했다. 그 동생 역시 날카로운 통찰력과 상상력을 가지고 있었다. 다만 선배의 그 공감 능력과 관용은 가지지 않은 듯했다. 그는 형이 나와 결혼 안 해줄 것이라는 나의 말에 이의를 달았다. '아마 결혼할 텐데요' 하며. 아아, 그는 형을 전혀 모르고 있다. 그는 형에 대해 말할 때 조금의 어려움이나 존경심도 담고 있지 않았다. 형에 대해 동생들이 느끼는 감정이란 부모의 사랑을 가장 많이 받았으면서 부모의 속을 가장 많이 썩인 돌아온 탕자일 뿐이었다. 하긴 아직 돌아온 것도 아니다. 그는 이번에도 기약 없이 외유 중이니.

이 순간 나 자신도 나의 심적 태도의 변화를 발견하고는 깜짝 놀랐다. 전이었더라면 나는 동생에게 일고의 공감도 하지 않았을 것이다. 나는 그가 사라졌을 때 재능에 희생당하는 그의 처지가 안쓰럽고 애처로웠다. 그의 행동 모두에는 그것을 정당화하는 동기가 있었고 목적이 있었다. 나는 그의 유럽 체류에 대해서도 오로지 존경심만을 품고 바라봤다. 부모의 이해할 수 없는 판단과 결정에 대해서도 권위와 존경으로 부모 말에 복종하는 어린아이와 같이 나는 그의 모든 말과 행동에서 내가 동의할 수 없는 어떤 것을 발견했을 때도 그것이 더 바람직하겠다고 생각하고 그를 존중했었다. 그러나 지금 그의 행동의 동기나 목적 따위는 그 말의 본래의 의미를 잃었다. 도대체 그에게 지금 내가 모르는 행동의 동기나 목적이 왜 있어야 하는가? 나는 그 동생과 가족의 처지에 공감하고 있었다. 지금 이 순간 그의 학문이나 예술은 그 빛을 잃고 있었다. 어쩌면 그의 학문이나 예술이 빛을 잃은 것이 아니라 학문과 예술 그 자체가 빛을 잃었을 것이다. 세월이 나를 변화 시키고 있었다.

나의 마지막 저항은 단지 하나의 지나치는 물음으로만 그 잿빛의 마지막 색을 내고 있었다. '형의 책들은 정말 대단하지 않으냐'고 물었다. 그가 이 질문에 일고의 진지한 눈빛만 했더라도 나는 덜 실망스러웠을 것이다. 차라리 읽기에는 너무 따분하거나 어렵다고만 말했어도 덜 실망했겠다. 동생은 기계적으로 고

마지막 외출

개를 끄덕일 뿐이었다. 동생들 중 누구도 형의 책을 한 권이라도 읽지 않았다는 데 돈을 걸 수 있었다. 형제 모두가 선배가 이뤄 놓은 것에 관심이 없다! 그 순간 나는 충격적인 두 번째 심적 태도의 변화를 갑자기 감지했다. 어쩌면 그의 책에 관심 없는 동생들이 정상적이고 건전한 삶을 사는 것일 수도 있다. 나는 왜 갑자기 그때 그런 생각이 나의 머리를 때렸는지 모르겠다. 그렇지만 한 번 머리를 치고 지나간 어떤 각성은 머리의 한쪽 구석을 차지하고는 고집스럽게 자신의 참정권을 주장하고 있었다. 나는 어쩌면 선배가 꾸며 놓은 요술의 숲에 갇혀 있었던 건 아닐까? 실재가 부재한 이미지만의 세계에 빠져 있었던 건 아닐까? 그와 수십 년을 함께한 그의 가족이 선배가 한 일에 그렇게 무심하다면 비정상은 어느 쪽인가? 나인가, 그의 동생인가? 어느 쪽이 허상인가?

동생은 테이블을 살짝 두드려 나의 주목을 다시 요구했다. 그는 말했다. '두 사람 사이의 상황을 굳이 어머니에게 말씀드릴 필요는 없겠다'고. '그리고 지금의 사안은 그거와 관련된 것도 아니'라고. 나는 그의 무관심과 차가움에 점점 당황하고 있었다. 나는 지금 그에게 우리 사이의 일을 모두 말했다. 첫 만남부터 오늘에 이르기까지. 그러나 그는 어떤 공감이나 이해나 조언도 없었다. 그는 단지 형에 의해 고통받는 어머니의, 그리고 그 어머니에 의해 귀찮은 자신의 처지만을 생각하고 있었다. 그는 이 귀찮음에서 벗어나고 싶은 마음밖에는 없었다. 어쩌면 형은 평생에 걸쳐 가족에게 마음고생만을 시킨 사람이다. 만약 그가 해놓은 일에 가치를 부여하지 않는다면 이것은 당연하다.

그는 형의 현재의 소재를 알고 있다고 말했다. 송금할 때는 수신자의 주소가 필요하다. 그는 밴쿠버에서부터 형의 소재를 알고 있었다. 단지 그때에는 자신이 귀찮을 일이 없었고 지금은 어머니에 의해 들볶이고 있을 뿐이다. '누구라도 가서 형을 데려오지 않으면 어머니는 아마 돌아가실 거'라고 그는 지금 말하고 있다. 지금 모친의 집에는 모친 외에는 누구도 없다. 어떤 자식이라도 신경을 쓸 필요가 점점 커지고 있다. 선배가 공짜로 편안함을 누리진 않았다. 그는 그의 동생들과 그 배우자들이 치러야할 많은 노고를 혼자 치른 것이다. 모친은 당연히 그녀의 작은아들이 형을 데리러 갈 것으로 알고 있다. 그러나 본인은 그 일을 하기에는 너무 바쁘다. 만약 당신이 형을 원한다면 당신이 가는 건 어떠냐? 비용은 이쪽에서 지불하겠다. 주소를 받아 든 나는 차갑게 말했다. 나는 비즈니스석을 이용한다고.

베스트웨스턴 프림로즈. 여기가 현재 선배가 묵고 있는 호텔이다. 토론토 다운타운에 있다. 별이 2.5이다. 그도 돈을 아끼고 있다. 그는 도대체 토론토에서 무엇을 하고 있는가? 이 추운 겨울에. 차라리 뉴질랜드나 호주에 있다면 이해할 수 있다. 그는 뉴질랜드에서 3개월간 체류한 적이 있다고 한다. 그 자연과 기후를 찬양했었다. 그는 광활하고 한산한 곳을 좋아한다. 그가 만약 지친 심신을 다스린다면 지금 기후가 가장 좋은 곳을 택해야 하지 않은가? 만약 그가 뉴질랜드나 호주를 원했다면 나도 며칠은 그와 함께 있을 수 있지 않은가?

인터넷에 들어가 예약을 하니 저녁 7시에 출발하여 같은 날 저녁 7시에 도착이다. 남편에게는 학회에 참석한다고 말해뒀다. 어차피 그는 관심도 없다. 우리는 이미 부부 사이가 아닌지 오래 됐다. 그렇다 해도 오래 있을 수는 없다. 아이를 시부모 손에 계속 맡겨 놓을 수가 없다. 나는 외박조차 해본 적이 없다. 아무리 선배와 즐거운 하루를 보냈다 해도 잠은 집에서 잤다. 그러고 보면 선배와 대전 이남으로는 간 적이 없다. 집에 와야 하기 때문이었다. 우리가 가장 멀리 간 곳은 속초이다. 새벽에 출발해서 그날 밤에 돌아왔다. 운전만 하다 온 기분이었다. 선배는 더 이상 운전을 안 하고 있다. 폐차의 충격이 큰 듯했다. 나도 그의 운전을 금지했다. 그는 우울증 약을 복용하는 사람이다. 언제 졸음과 망각의 상태에 빠져들어 갈지 모르는 사람이다. 아이는 내년에 중학교에 진학한다. 중학교에 진학한다고 해서 달라질 것은 없다. 학교 갔다 오면 집에서 과외하고, 컴퓨터 게임을 하다 잠들고, 다시 학교 가고. 나와의 대화 시간도 점점 줄어들고 있다. 중학교에 진학하면 더 줄어들 것이다. 내게 가정생활이라 할 만한 것은 거의 없어지고 있다.

에어 캐나다 비행기의 색감은 정말 좋다. 전체적으로 옅은 회색을 주조로 해서 감청색의 꼬리 날개와 거기에 박힌 단풍잎은 잘 조화된 디자인이 얼마나 멋진 것인가를 보여주고 있다. 회색도 색감에 따라 화려할 수 있다. 13시간의 긴 비행이다. 나는 위스키와 콜라를 주문했다. 둘을 섞어 마시고 좀 취한 채로 있고 싶었다. 술이 목을 태우는 듯이 들어가자 비로소 의식의 날카로움이 좀 줄어든다. 잠도 잘 수 있을 거 같다. 내가 선배를 찾아 해외로 나선 것은 이게 두 번째이다. 첫 번째는 암스테르담이었고 거기서 절망적인 하룻밤을 지냈다. 이제 다시 토론토로 그를 찾아 떠나고 있다. 이런 일을 세 번은 못 할 거 같다.

지금 나의 심적 태도는 암스테르담으로 갈 때와는 완전히 다른 상태에 있다. 그때에는 그에 대한 두근거림과 연민이 교차했었다. 그를 열렬히 사랑하고 있었고 또 사색과 집필과 관련한 그의 고투에 완전히 공감하고 있었다. 나는 당시에 우울증으로 고통받는 나의 연인을 구하기 위해서 그리고 그 사실로 고통받는 그의 가족을 위해서 거기에 간다고 생각했었다. 그는 그 고통에 의해 더욱 신비스럽고 고상한 사람으로 승격하고 있었다. 그것은 새로운 세계의 창조를 위한 고투였다. 나는 그 창세기에 같이 참여한다는 두근거림도 있었다. 그러나 나는 이번에는 그에 대한 사랑보다는 짜증과 분노로 무장하고 있었다. 나의 소유물인 말이나 소가 내 말을 기어코 안 듣고 자기 고집을 부리려 할 때 아마 그런 분노와 조바심을 느낄 것이다. 나의 당시의 분노는 정확히 그와 같은 것이었다. 내가 그의 유일한 주인이며 연인이라고 느끼고 있었다. 만약 우리가 배타적 관계를 맺고 있지 않았다면 어땠을까? 그가 여전히 자유로운 사람이고 나 또한 그랬다면? 그랬다면 나는 감히 그에게 분노를 품을 엄두도 못 냈을 것이다. 그가 내 사람이 됨에 의해 발생한 가장 비극적인 사태 중 하나는 내가 그를 너무도 편하고 쉽게 생각하게 됐다는 사실이었다. 심지어는 나는 그가 한때 엄청난 고투로 누구도 엄두도 낼 수 없는 커다란 업적을 낸 사람이라는 사실도 잊어가고 있었다. 그는 그냥 게으르고 할 일 없는 한량, 오피스텔에서 멍하니 음악이나 듣고 있는 태평한 사람으로 간주하고 있었다. 그는 내게 아파트 단지에서 흔히 보는 나이 50대의 아저씨들 중 한 명으로 되어 가고 있었다. 내가 잘못된 것일까? 다른 여자라면 이러한 남자에 대해 여전히 존중과 존경으로 대할까? 그는 심지어 여러 차례 있었던 교수직 제의까지도 거부했다. 이것은 일종의 태만이자 부적응이다. 나는 어느덧 그의 주위 사람들, 특히 그의 동생들이 선배에 대해 품고 있는 그 생각을 공유해 가고 있었다. 나는 요새 들어 그의 책을 떠들어 보지도 않는다. 그의 책들은 내게 빛을 잃고 있었다. 엄밀히 말하면 그것이 빛을 잃지는 않았다. 내가 거기에서 빛을 찾아내지 않고 있을 뿐이다. 베르그송은 말했다. '언어는 관념을 배반하고 문자는 사유를 죽인다'고. 그렇다. 그에 대한 물리적 소유는 그의 모든 것을 배반하고 모든 것을 죽이고 있었다.

나는 나중에 그에게 당신의 사랑이 식었다고 비난을 퍼붓는다. 그렇지 않았다. 그는 변하지 않았다. 그에게 식을 사랑은 애초에 없었기 때문이다. 내가 '베일 뒤의 비둘기'처럼 애처로웠을 때 그가 보여준 것은 사랑이 아니라 연민이었다. 그리고 그는 거기에 굴복하는 유약함을 보여주고 말았다. 그러나 나의 전 인격, 전 인품까지도 사랑하는 것이 사랑이라면 그는 나를 사랑한 적이 없었다. 그는 결국 변하지 않았다. 그는 처음부터 나를 사랑하지 않았고 오늘까지도 나를 사랑하지 않았다. 내가 변하지 않는 한 그는 나를 사랑할 수 없었지만, 나는 결국 변하지 않았다. 그와는 반대로 사랑과 관련했을 때 변한 사람은 나였다. 나는 그를 사랑했다. 나는 이것을 맹세라도 할 수 있다. 내가 하늘 아래 유일하게 사랑했던 사람은 그였다고. 그만이 나를 숨 막히게 했고, 그만이 나의 영혼 전체를 흔들었다고. 그러나 나의 사랑은 빛을 잃었다. 그가 내 소유라고 믿은 바로 그 순간부터 나의 사랑은 색깔을 달리하고 있었다. 푸른 창공과 같았던 나의 마음은 어느덧 검은 진흙이 되어 가고 있었다. 그리고 선배는 나라는 진흙탕 속에서 파멸을 겪게 될 것이었다.

　나는 그의 게으름과 태만이 악덕이라고 말하고 있다. 만약 그가 평범한 삶을 사는 사람이었다면 그것은 악덕일 수 있다. 그러나 그의 전 영혼을 걸고 도박을 하고 있던 그가 푼돈을 소홀히 했다고 비난받을 수 있을까? 물론 그는 나와의 마지막 2년 동안에 어떤 고투도 노력도 보여주지 않았다. 그때 나는 그를 지쳐서 의기소침해 있었던 사람으로 이해할 수는 없었을까? 이제 휴식이 필요한 사람으로 이해할 수는 없었을까? 왜 나는 그를 점차로 존경하지 않게 되었을까? 사라졌을 때 이렇게 큰 박탈감을 주는 사람을 왜 두려워하고 조심하지 않았을까?
　나는 그럼에도 비행기를 타고 가는 내내 그를 손쉽게 찾아올 수 있다고 생각하고 있었다. 암스테르담에 갈 때는 기내식을 거의 먹지 못했다. 두려움과 기대감이 식욕을 앗아 갔었다. 그러나 에어 캐나다의 비프는 먹을 만하고 비즈니스석의 소비뇽은 상당한 고품질의 와인이었다. 나는 서슴없이 먹고 마셨다. 잠도 푹 잤다. 어떤 두근거림이나 심지어 초조감조차 없었다. 5년간 같이 지내며 나는 그의 유약한 모습만 봐 왔다. 나는 그와의 의견 충돌에서 항상 이겼다. 이번에도 그는 순순히 끌려올 것이다. 나는 그에 대한 나의 정열의 소멸을 확실히 의식하고 있었다. 과거에 그에 대해 가졌던 두근거림과 경외감은 사라진 지 오래다. 내가 그의 세계를 이미 정복했기 때문에? 아니다. 나는 그의 심연을 다 파헤치지 못했다. 누군들 그의 깊은 우물에서 물을 퍼 올릴 수 있었겠는가? 그러나 그는 나의 트로피이다. 당연히 나의 장식장 안에 있어야 한다. 물론 나는 그 트로피를 보살필 것이다. 닦고 광내고 가장 잘 보이는 곳에 놓을 것이다. 정성스럽게 살펴 줄 것이다. 그러나 그 트로피는 이미 획득된 것이다. 내 것이다.

피어슨 공항에는 눈이 내리고 있었다. 비행기가 착륙할 때는 조금씩 눈이 내리고 있었는데 입국 수속을 받는 동안 눈은 엄청난 폭설로 바뀌어 있었다. 사방이 자욱하게 안개가 낀 거 같이 많은 눈이 내리고 있었다. 거의 블리자드 수준으로 바람과 눈이 휘몰아쳤다. 공항을 싸고도는 고가 도로가 강한 공항의 불빛에도 불구하고 희미하게 보였다. 도시 전체가 눈과 바람에 휩싸여 있었다. 그는 도대체 이런 곳에 이런 계절에 왜 있어야 하는가? 이륙하는 비행기들에 계속 'cancelled'라는 신호가 떴다. 공항 청사를 나서니 엄청난 추위가 몰려왔다. 바람에 실린 눈은 사정없이 온몸을 휘감았다. 택시 잡기가 힘들었다. 줄이 30미터도 넘을 정도로 길었다. 적어도 30분은 넘게 줄 서서 기다려야 할 거 같았다.

마지막 외출

갑자기 담배가 피고 싶었다. 지난 5년간 담배를 피우지 않고 있었다. 그러나 공항 청사 밖에서 담배 냄새를 맡는 순간 나도 한 대 피우고 싶었다. 청사 안의 Becker's에 들어갔다. 그러고는 Player's라는 이름의 담배를 지목했다. 짧은 담배라 내게는 더 맞을 거 같았다. 담배 불똥이 바람에 마구 날렸다. 머리가 핑 돌고 다리가 휘청거리며 온몸이 마비되는 느낌이 왔다. 그리고 갑자기 구토증이 일었다. 다시 청사 안의 화장실에 들어가서 토하고 입을 헹구고 나니 좀 나아졌다. 거기에는 출국 대기자들이 멍하니 'cancelled'만을 지켜보고 서 있었다. 나도 저들에 섞여서 돌아가고 싶은 생각이 들었다. 도대체 언제까지 이 무책임하고 제멋대로인 사람을 쫓아 다녀야 하는가?

호텔에 도착하니 이미 밤 9시 30분이었다. 입국 수속 때 조금 지체되었고 또 택시를 잡는 데 30분 정도 지체되었다. 폭설로 교통도 원활치 않았다. 이제 곧 그를 만날 것이다. 그러나 두근 거림이나 반가움은 없었다. 그를 빨리 데려가겠다는 성급한 마음만 일었다. 그에게 일단 분노를 쏟아 낼 것이고 오늘 밤에 당장 내일 비행기를 예약할 것이다. 눈과 추위 속에 갇혀 있기 싫었다.

나는 프런트에 '709호 투숙객을 만나러 왔다'고 말했다. 프런트에서 그에게 전화를 걸었다. 그가 바꿔 달라고 하는 것 같았다. '헬로'라고 말한다. 나는 차갑게 '나예요'라고 말했다. 한참 동안 말이 없더니 호실로 올라오라고 한다. 이 호텔이 2.5성급이라는 사실이 이상했다. 로비도 훌륭하고 엘리베이터도 고풍스러운 멋을 가지고 있었다. 호텔 평가의 기준이 무언지 모르겠다.

문이 열린 채로 누군가가 나를 기다리고 있었다. 나는 어리둥절했다. 기다리고 있던 사람은 이제 10대 중반쯤 되어 보이는 곱게 생긴 남자아이였다. 그는 '만나서 반갑다'고 천진하고 다정하게 인사했다. 나는 애써 웃었다. 화장실에 들어가서 머리라도 정돈하고 왔어야 했는데. 더블베드가 두 개 놓인 제법 큰 방이었다. 침대 끝에는 2인용 테이블과 의자 두 개가 있었다. 다른 한쪽으로는 역시 2인용 소파가 있었다. 선배는 양모의 짙은 회색 바지와 감색 스웨터를 입고 있었다. 따뜻하고 부드러운 전구색 조명 아래서 그는 주머니에 손을 집어넣은 채로 눈썹을 까딱거리며 놀랐다는 듯이 눈을 크게 떴다. 그러고는 평온하고 다정한 미소를 띠고 나를 바라보았다. 아무 일도 없었다는 듯이. 그는 내가 보아온 한 가장 건강하고 화사한 느낌을 풍기고 있었다. 나는 그의 모습과 태도에 격렬한 분노를 느꼈다. 이것이 그이다. 가족과 내게 큰 걱정거리를 안기지만 언제고 자신의 과오에 무심한 이기적인 사람이 그이다. 그는 소개했다. 건강 식품점을 운영했던 여자의 아들이라고. 알 수 없는 영문이었다. 그는 아이를 그의 엄마 방에 가 있으라고 내보냈다.

그는 여태까지의 일을 비교적 소상히 말한다. 심지어 에드나가 식품점을 다시 열 수 있게 도와주고 있다는 사실까지도. 그러고는 그 모자에게 전화했다. 둘 다 로비로 내려오라고. 이렇게 우리는 서로를 소개받았다. 기가 막힌 노릇이었다. 그의 과거의 애인과 현재의 애인이라니. 나는 먼저 그 여자의 노쇠함과 초라함에 대해 놀란다. 그녀는 병색이 완연한 안색을 하고 있었다. 눈 아래에서부터 뺨에 이르기까지 기미가 나 있었고 머리카락은 상당히 많이 빠져 있었다. 전체적으로 많이 야위었고 지친 분위기가 얼굴을 지배하고 있었다. 질병과 가난의 흔적이 그녀 얼굴을 뒤덮은 주름살 하나하나에 배어 있었다. 나는 그 늙고 초라하고 질병에 시달린 그 여자에게 어떤 질투심을 느꼈을까? 그랬다. 나의 마음속에서는 억누를 수 없는 분노와 질투심이 솟구쳐 올랐다. 내가 할 수 있는 것은 최대한 분노를 억제하는 것이었다. 에드나는 반갑고 다정한 미소를 내게 계속 보내고 있었다. 나를 바라보며 'gorgeous'를 연발했다. 선배를 향해서도 '네 여자 친구는 정말 미인'이라는 말도 했다. 그 눈에는 질투심 같은 것은 없었다. 오히려 약간은 존경심과 부러움이 섞인 눈초리였다. 그녀는 젊었을 때 그녀를 귀여운 여인으로 만들었을 그 미소로 나를 환대했다. 한때는 그녀를 아름답고 환하게 만들었을 그 미소로. 나는 무시했다. 분노는 나의 모든 분별을 앗아 갔다. 나는 조용하지만 매섭게 말했다.

"당신이 두 달 동안 연락도 없이 캐나다에 머문 건 기껏 이 모자 때문이었어요? 당신은 나를 속이기 위해 드골 공항을 경유했지요? 그리고 보름 안에 돌아온다고 했지요? 이 여자를 만나기 위해 나를 그렇게 철저히 기만한 거예요? 당신은 지금 이 여자가 단순히 친구 사이라고 말하고 있어요. 만약 내가 과거의 내 남자였던 사람과 두 달간 같이 지내며 당신에게 단지 친구일 뿐이라고 말한다면 당신은 믿겠어요? 나도 당신에게 보여주겠어요. 남자와 내가 같이 여행을 떠났다 돌아오지요. 당신도 겪어봐야겠네요. 그리고 당신은 소설을 쓰기 위해 프랑스와 캐나다에 체류해야 했다'고 말하고 있어요. 나는 그것도 이해를 못 하겠네요. 무슨 뚱딴지같은 소리예요? 당신에게 소설이라니? 고양이가 피아노를 친다면 차라리 믿겠어요. 당신은 소설을 쓸 수 있는 사람이 아녜요. 당신은 지금 거짓말하고 있어요. 소설도 그 거짓말의 일부네요. 당신은 단지 프랑스를 경유했고 밴쿠버로 직접 온 거지요. 당신은 나를 기만하기 위해 파리를 경유하는 수고를 한 거예요. 당신이 두 달 내내 이 모자와 함께 있었던 거 다 알고 있어요. 드러난 건 드러난 거예요. 제발 더 이상 거짓말은 하지 마세요. 당신은 여전히 바람둥이이고 위선자이고 거짓말쟁이예요. 아무튼 당신도 겪어 보세요. 내가 남자랑 여행하고 돌아온 다음에 이 모든 걸 정리해서 얘기하지요. 우선 공평해야 하니까요. 내가 당신을 찾아 여기에 자발적으로 왔다고

마지막 외출

생각하세요? 당신의 모친과 당신의 소공동 동생의 부탁이었어
요. 나는 당신을 찾고 싶지도 않았고 여기에 오고 싶지도 않았
어요. 거짓말쟁이를 쫓아 이 먼 길을 올 이유가 없었으니까. 당
신네는 올라가서 자세요. 나는 내일 출국할 테니."

그는 차분히 모든 상황을 정직하게 말한 것이었다. 오히려 그
는 에드나에게 거짓말을 했다. 나를 사랑하는 사람이라고 소개
했으니까. 더 이상 아무 사랑도 남아 있지 않으면서. 그러나 그
는 나의 이 말들에 엄청난 충격을 받은 거 같았다. 처음에는 이
해 안 된다는 표정으로, 다음으로는 분노의 표정으로, 마지막으
로는 절망의 표정으로 나의 말을 들었다. 에드나와 그의 아들은
놀라고 당황해서 어쩔 줄을 몰라 했다. 그는 단 한마디만 했다.
그런데 그 말은 엄밀한 의미에서는 둘 사이의 관계에 대한 사형
선고나 다름없었다.

"네가 전과 같았다면 떠나기 전에 아마 의논했을 거야."

이 말은 정말이지 관계의 사형 선고였다. 나는 절대로 전과
같아질 수는 없었으니까. 나는 이 말을 귓등으로 흘렸다. 엄밀히
는 그 말이 무엇을 뜻하는지도 당시에는 잘 몰랐다. '그와의 관
계를 앞으로 어떻게 가져가야 하나.' 프런트로 걸어가며 내 머리
는 온통 이 생각으로 가득 찼다. 그는 과거의 여자 친구와 잤다.

틀림없다. 그의 말은 모두 거짓말이다. 그는 앞으로도 그 관계를 지속할 것이다. 그러나 이 모든 문제는 귀국 후에 다시 생각해 볼 노릇이다. 그는 앞으로도 1개월쯤 더 체류하다가 귀국할 것이라고 한다. 그의 귀국 날짜가 궁금한가? 하나도 궁금하지 않다. 그가 캐나다에서 그냥 죽는다 해도 아무렇지 않을 것 같다. 나는 그날 밤 깊고 편한 잠을 잤다. 분노에 휩싸여 있었지만, 이 분노가 숙면을 방해하지 않았다. 분노는 복수에 의해 다스려질 것이다.

그는 말이나 행동에 있어 경련적이지 않았고 극단적이지 않았다. 그는 근본적으로 정서가 안정된 사람이었고 차분하고 온순한 사람이었다. 그러나 그가 일단 결심하면 무엇도 그의 결심을 되돌리지 못한다. 그는 신중하게 생각하는 사람이었고 모든 경우와 변수를 고려하는 사람이었다. 한 마디로 그는 외유내강의 전형이었다. 그러나 나는 지난 5년간 그에게서 외유만 보았지 내강을 보지는 못했다. 이것이 내가 그를 쉬운 사람으로 오인하게 만들었다. 나는 이 실수의 대가를 혹독하게 치러 받게 된다.

귀국한 나는 G라는 이름의 한 남자에게 이메일을 보낸다. '동해안을 같이 여행하자'며. 평소에 내게 추근거리던 남자였다. 박사 과정을 마치고 시간 강사를 하고 있던 사람이었다. 못생기고 머리 나쁘고 몸에서 고유의 체취도 났다. 그러나 나는 복수심에 물들어 있었다. 치미는 화를 도저히 가라앉힐 수가 없었다. 갚아주고 싶다는 생각 외에 다른 아무 생각도 안 들었다. 그 남자와 3박 4일의 여행을 하고 나니 비로소 분이 좀 풀리는 듯했다. 섹스 때에 그 체취를 맡는 것이 고역이긴 했지만. 그는 유부남이었다. 우습게도 여행 중에 그는 내내 졸랐다. 서로 이혼하고 같이 사는 건 어떻겠냐고. 정말 비극과 희극은 그 정점에서 서로 만난다. 나는 처음에는 이 남자와의 여행을 선배에게 말할 생각은 없었다. 이 여행은 온전히 나의 복수심을 만족시키기 위한 것이었다. 나는 네메시스의 복수심을 지니고 있었다. 그러나 그것은 네메시스의 명분을 가지지는 않은 복수심이었다. 단지 분노와 질투심에 물들어 있었을 뿐이다. 나는 누구에게도 무엇으로도 지지 않겠다는 오기와 허영으로 물든 여자로 태어났다. 그리고 그 심성은 마지막까지도 전혀 개선되지 않을 것이었다. 나는 또한 상스럽기도 했다. 단순히 우정과 신의와 연민 때문에 17년 전에 헤어진 여인을 단지 선의로 도울 수 있다고는 생각할 수조차 없었다. 그런 건 나의 인생 수첩에는 들어있지 않았다.

나는 결국 이 사건을 선배에게 말하게 된다. 에드나와 다정하게 통화하는 모습에 나는 분별을 잃게 된다. 그리고 모든 비극이 이 일을 얘기함과 더불어 시작된다. 나는 이때 선배에게만 잘못을 저지르지는 않았다. 그 남자에게도 잘못을 저질렀다. 나는 칸트의 정언명령 중 하나를 어겼다. 사람을 수단으로 대하지 말라는. 그리고 선배의 가족 전체와 그의 독자 전체에게도 큰 잘못을 저지르게 된다. 파국적인 잘못을.

돌이켜 보면 선배의 잘못이 없다고는 할 수 없다. 그는 내게 어떤 의논도 없이 멋대로 출국했고 소식을 단절했다. 그가 만약 또 한 번 도약할 작정이라고 말했다면? 그가 만약 나의 무엇이 그를 절망시키고 있는지를 먼저 말해 주었더라면? 소용없었을 것이다. 그랬더라면 그는 더욱 좌절했을 것이다. 거기에 자기 문제에 대해서는 어떤 각성도 하지 못한 채 오로지 상대편으로부터 트집을 잡아낼 여자만 있었을 테니까. 그리고 그가 소설의 구상에 대해 말했다 해도 소용없었을 것이다. 나는 먼저 비웃고 다음으로 화를 냈을 테니까. 그가 소설이라니? 새롭게 마르셀 프루스트를 꿈꾸다니? 늙은 축구 경기 해설자가 직접 선수로 뛴다고 해도 차라리 그편을 더 믿겠다. 그는 소설의 이념과 표현에 대해 말할 수 있는 사람이지 소설을 직접 쓸 수는 없는 사람이다. 우리는 에밀 졸라의 주인공들처럼 혹은 고전 비극의 주인공들처럼 필연적인 파멸을 향해 가고 있었다. 거기에 구원의 가능성은 없었다. 그러기엔 너무 늦었고 내가 너무 멀리 나가 있었다. '아는 것이 선'이라고 말한 사람은 소크라테스이다. 그러나 그는 틀렸다. 나는 내가 어떤 몰락을 불러들이고 있는지 알았다. 앎에도 어쩔 수 없었다. 중요한 것은 나의 분풀이였지 선한 결과는 아니었다. 분노는 이성을 이긴다. 내가 진심으로 그에게 원했던 것은 무엇이었을까? 그렇다. 내가 원한 것은 나의 노예로서의 그였다. 모든 것을 내게 맞추고, 나의 지배권 안으로 들어오고, 나의 자동인형이 되는 것. 그것이 내가 그에게 원한 것이었다. 그러나 그가 다시 한번 영원히 사라졌을 때 나는 그 손실은 노예의 손실이 아니었다는 사실을 깨닫게 된다. 그리고 이번에는 단지 그만을 위한 것이 아닌 전적으로 다른 종류의 끝없는 회오에 잠기게 된다. 운명을 결정짓게 되는 그 회오에. 이번에는 나 자신의 운명을 포함하게 되는 그 회오에.

귀국 후 그는 소설 집필에 들어간다. 그는 한국어 자판을 사용할 줄 몰랐다. 독특하게도 노트 위에 볼펜으로 그의 글을 써 나갔다. 이번에도 20여 권의 노트와 스무 자루의 볼펜을 준비했다. 그리고 다시 한번 미친 듯이 써 내려갔다. 그의 기억 가운데 제일 행복했던 시절의 이야기와 한 사랑에 관한 이야기를. 한 권의 노트가 채워지면 그는 그것을 등기 우편으로 출판사에 보낸다. 출판사에서는 그것을 타이핑해서 다시 그에게 이메일로 보낸다. 그러면 그는 그것을 첨삭하고 교정하는 한편 새로운 글을 계속 써 나갔다. 노트는 금방 쌓여갔다. 그리고 그는 점점 폐인이 되어갔다. 점점 더 말라갔고 점점 더 지저분하게 변해 갔다. 면도조차 하지 않았고 심지어 샤워조차도 하지 않았다. 잠도 별로 자지 않는 것 같았다. 그에게 감춰져 있던 무엇인가가 다시 한번 대폭발을 일으키고 있었다. 그는 소설 집필과 동시에 수필 집필에도 착수했다. 그는 틈틈이 써 놓은 것을 정리하고 있었다. 정말 미친 듯이 일하고 있었다. 그리고 나의 짜증과 분노는 점점 그 도를 더해갔다. 전이었더라면 그의 조울증을 걱정했을 것이다. 그러나 걱정은 안 들었다. 화만 났을 뿐이다.

나는 그의 집필에 완전한 무관심을 보였다. 궁금하지조차 않았다. 나는 그의 학문과 예술에도 흥미를 잃어갔다. 그리고 나는 전면전을 준비하고 있었다. 나는 그를 노예로 만들지 않는 한 그 전쟁을 멈추지 않을 것이다. 나는 오피스텔에 가서도 잠시 앉아 있다 온다. 우리는 서로를 무시하고 있다. 그는 에드나와 그 아들에게 불손하게 대한 내 태도에 대해 나를 용서하지 않을 작정이었을 것이다. 그는 단호하고 결의가 있는 사람이다. 그는 전쟁조차 치르려 하지 않을 것이다. 그는 열전에 의해 상대를 파괴하지 않을 것이다. 그의 마음속에서 죽었을 때 이미 모든 전쟁은 끝난 것이니까. 그럼에도 나의 분노에는 조금씩 기름이 더해지고 있었다. 임계점이 넘으면 폭발할 것이다. 나는 오기와 심술에 지배받는 여자니까. 이제 파국은 피할 수 없이 자기의 길을 갈 예정이었다.

　　　　　　　　　　　　　　마지막 외출

Missing 1

배워 나갈 때는 불꽃들이 터져 나가는 충격과 가슴 떨림이 있었다. 배움처럼 나를 전율시킨 것은 없었다. 나는 충분히 배웠다. 아마도 나만큼 배움의 기회와 시간을 많이 가진 사람도 없을 것이다. 나는 학교에서뿐만 아니라 선배에게서도 중요하다고 생각되는 모든 것을 배웠다. 심지어는 책을 읽는 방법에 대해서도 배웠다. 나는 마른 해면처럼 그것들을 빨아들였다. 그러나 그것들은 점점 죽은 지식이 되기 시작하고 있었다. 왜였을까? 내게는 독창적으로 되기 위한 바로 그 첫걸음이 없었다. 배운 바가 우리 세계에 어떻게 착륙하는가를 몰랐고 또 그것들이 어떻게 종합되며 또 그 종합으로부터 어떤 창조적 세계가 가능한지를 알고 있지 못했다. 내게는 근본적으로 심오할 수 있는 그 역량, 독창적일 수 있는 그 역량이 없었다. 내게는 진부함이 어울렸다. 다음으로 나는 앎이 주는 그 행복을 계속해서 유지할 수 있는 갱신이 없었다. 나는 안주하기 시작했으며 심지어는 내 자족감에 오만해 있기도 했다. 나는 다른 사람의 무지를 비웃으며 현실에 만족해했다. 선배는 항상 '상태보다는 경향이 중요하다'고 말해왔다. 그러나 나는 고인 물이 되어 가고 있었다.

여기에 한 가지 사실이 더해진다. 지식과 통찰의 축적은 고층 건물을 짓는 것과 같다. 거기에 새로운 층이 계속 더해져야만 건물은 고층 건물로 진화해 나갈 수 있다. 만약 짓기를 멈춘다면 이제 그 미완성의 건물은 풍화되고 낡아지고 괴기스럽고 끔찍한 형상의 기괴하고 음습한 폐허가 되고 만다. 지식과 통찰의 고층 건물은 마치 고딕 성당이 그러하듯 궁극적인 완성은 있을 수 없다. 완성이 있다면 바로 지어지고 있는 그 순간이다. 그 건물이 계속 지어지고 있다면 매 순간 그 건물은 완성된 것이다. 여기에 끝은 없다. 이러한 노역은 — 선배 같은 사람에게는 행복이었겠지만 — 끝날 수 없다. 그것은 무한성을 담보로 한 것이다. 완성된 건물을 바라보며 흐뭇한 미소를 짓는 것은 지식과 통찰의 세계와 상관없다. 여기에서의 완성은 단지 자족적인 죽음이기 때문이다. 그것은 비단 학문에 있어서만 그러하지 않다. 우리 삶 전체가 그렇다. 삶을 위한 삶만이 우리에게 값어치

마지막 외출

있는 유일한 삶이다. 그러나 나는 건물을 완성시켜 버렸고 삶을 무미건조한 것으로 만들었다. 그것은 비단 학문의 세계뿐 아니라 내 모든 정신세계의 죽음과 파멸을 의미했다. 끝없이 지어야 내 생명력이 부지될 수 있다는 사실을 몰랐다. 아니 모르지 않았다. 나는 그것을 회피했다. 더 이상 도약할 능력도 의지도 없었다. 정신적 게으름과 안일함이 나를 지배하고 있었고 자족적 오만이 나를 지배하고 있었다.

나는 나 자신에 대해 흡족해하고 있었다. 나는 충분히 공부했고 충분히 지적인 사람이었고 충분히 심미적인 사람이었다. 이것만으로 충분히 잘난 체할 수 있었다. 더 이상 애쓸 필요가 없었다. 그러나 애쓸 필요가 없다는 것은 사실은 타협에 지나지 않는다. 그리고 그 타협은 모든 사람의 삶을 권태와 게으름과 무기력으로 몰고 가는 파멸의 시작이었다. 왜 나는 책을 만들어 낼 생각은 안 했을까? 왜 나는 내 창조적 역량의 가능성에 대한 어떤 시험을 시도해 보지 않았을까? 자신이 없었다. 무엇인가 무에서 유를 창조해 낼 역량 또한 없었다. 나도 역시 내가 끝없이 경멸했던 그 창백하고 생명력 없는 '지식인'의 범주에 들어가고 있었다. 많은 것을 배운 내게 이제 남은 마지막 갱신은 창조였다. 그러나 나는 이것을 할 수 있다곤 상상조차 안 했다. 문제는 내가 시도조차 하지 않았다는 사실에 있다. 갱신하는 삶은 나의 것이 아니었다. 선배는 저자 초청 강연에 대해 무엇인가를 말한 적이 있었다.

"저자를 초대해서 그가 쓴 책에 대한 무엇인가를 듣겠다는 것은 사실은 그렇게 유효한 시도는 아니야. 다른 저자는 다를까? 어쩌면 그들에게 조금은 유효할 수 있겠지만 내게는 아니야. 모든 것은 물성화되는 그 순간 생명력을 잃어. 사람들은 저자야말로 그 책의 내용에 대해 가장 많이 알고 또 가장 열렬하게 강의해 줄 수 있는 사람이라고 생각해. 사실은 그렇지 않아. 내 경우엔 어떤 사유인가가 책이라는 물성을 입는 순간 그 생생함을 잃어. 그 책의 내용은 이제 망각의 늪 속으로 빠져들기 시작하는 거야. 이렇게 물성화는 모든 것을 망쳐 나가. 이것이 바로 마르크스가 말하는 '물화'야. 그 책의 지식들은 바로 그 저자에 의해 소외되는 거지. 부자들에게 돈의 의미는 단지 통장에 찍혀 있거나 주식 잔고로 표현되는 숫자에 지나지 않아. 그것들은 돈의 본래 기능을 상실하고 있어. 단지 숫자일 뿐인 거지. 돈은 원래는 생생했던 거야. 그것으로 가족을 부양하고 자식을 교육시키고 자기 삶의 물질적 측면을 영위하는 거였지. 그런데 그의 돈이 그 최소한의 소임을 넘어서서 축적되기 시작하면 그런 일이 벌어지기 시작하지. 지식도 마찬가지야. 그것을 통장 속의 잔고처럼 취급하게 되면 그것은 죽은 지식이 되는 거지. 이 물화를 극복하기 위해서는 저자가 스스로의 갱신을 위해 나서야 해. 그것을 바탕으로 계속해서 열정적인 탐구를 해 나가야 하는 거지.

통장의 잔고로부터 관심을 돌려서 오늘의 돈벌이에만 집중해야 돈은 다시 생명력을 얻어. 돈의 의미는 돈을 버는 그 순간인 거지. 책도 마찬가지야. 하나의 완결된 책은 끝이 아니라 시작인 거지. 여기에 종점은 없어. 계속된 추구만이 우리에게 가능한 삶이야. 죽음이 모든 것을 끝맺을 거라고? 아니야. 계속되는 갱신은 영원한 삶이야. 모든 것은 우리 영혼의 소산이야. 죽음은 단지 죽음의 이미지일 뿐이야. 만약 우리에게 그 이미지가 없다면 죽음은 없어. 현재를 사는 사람에게는 현존만이 있는 거야. 따라서 죽음의 이미지를 품을 여유도 없고 이유도 없어. 영원한 삶은 그의 것이 되는 거지.

그러니까 저자 초청 강연은 사실은 그 책과 관련된 한 그렇게 훌륭한 시도는 아니야. 저자의 창조성이 거기에 그친다거나 혹은 그가 게으르거나 자기만족적 사람이라면 그 책의 내용은 이미 그에게서 죽어가기 시작하는 거고, 만약 그가 계속해서 성장하고 도약하는 사람이라면 그 책의 내용은 그가 도약하기 위한 디딤돌에 지나지 않게 돼. 어느 경우에나 그 책은 최초의 그 생생함을 잃지. 따라서 주최 측이 어떤 꽤 통찰력 있는 강연자를 원한다면 어떤 책을 쓴 사람을 구하기보다는 어떤 책을 쓸 예정인 사람을 구해야 해. 그런데 이건 사실은 불가능하지. 저자는 그가 책을 완성하기 전까지는 자신이 무엇을 쓸 것인가에 대해 정확히 알고 있지 않기 때문이야. 저자 자신도 책이 쓰여지며 변해 나가기 때문이야. 하하. 재밌는 일이지. 결국 모든 저자 초청 강연은 헛된 거고 무의미인 거야."

그가 말하는 것은 '통찰의 불꽃이 일었을 때는 물론, 혹은 그 불꽃이 일어나지 않는 때도 어떻게 해서는 그 불꽃을 지펴서 먼 저 책을 쓰고 거기에서 다시 도약하여 이제 또 다른 책을 쓰기 위한 고투를 해야 한다'는 것이었다. 이 말을 들었을 때는 그와 나의 5년이 시작되는 순간이었다. 나는 불꽃이 지펴져 있었다. 어떻게든 나의 책을 쓰고 싶었다. 그러나 이것은 불가능했다. 감 히 최초의 자판을 칠 용기조차 일어나지 않았다. 남의 책에 대 해 이러쿵저러쿵 지껄이는 많은 사람이 자신의 책을 쓰지는 못 한다. 이것도 괜찮다. 이러쿵저러쿵 말할 수 있다는 것만 해도 얼마나 큰 역량인가? 나는 계속 이런 사람이 될 예정이었다. 그 리고 모든 불꽃은 꺼지기 시작할 것이고 결국 나는 내 지식에 대한 오만과 자기만족에 빠져 나머지 생을 살 사람이었다. 이것 이 나의 한계였다.

여기에서 가장 유감이었던 것은 역시 꺼진 불꽃이었다. 어느 순간 꺼져 있었다. 그것도 괜찮았다. 다시 살려낼 수만 있다면. 나는 살려내지 않았다. 살려내지 못한 것이 아니라 살려내지 않 았다. 나는 갱신하는 삶을 살지는 못할 사람이었다. 불꽃을 살 려내기에는 나는 이미 정신적으로 해이해져 있었고 태만해져 있

마지막 외출

었다. 엄밀한 의미에서 말하자면 선배는 휴식 기간이 있어도 영원히 그 휴식 속에 매몰되지는 않을 사람이었다. 그는 또 다른 도약을 위해 기다리고 있었다. 그의 기력을 되찾기 위해. 그는 그의 불꽃을 재 속에 묻은 채로 고이 보존했다. 언제든 다시 불붙이기 위해. 나는 이 재 속의 불꽃을 알아보지 못했다. 나는 그가 끝난 사람이라고 생각했다.

그는 인터넷으로 게임을 하기도 했다. 체스, 보스톤, 브리지, 휘스트 등의 게임을 즐겼다. 오피스텔을 엉망으로 만들어 놓은 채로. 나는 신경질적으로 오피스텔을 정돈하고 테이블과 선반들을 닦고 진공청소기를 돌렸다. 그는 의자만 들고 기다렸다가 앉을 뿐 내 수고에 대해 아무런 반응도 없었다. 그는 자기 집에서 고용하고 있는 가정부를 일주일에 한 번은 부르겠다고 제안했다. 추가적인 비용을 조금 주면 된다고. 나는 반대했다. 이 조그만 오피스텔의 청소와 정돈을 위해 왜 돈이 드는 귀찮은 일을 벌이려고 하는가? 자기가 조금만 수고하면 깨끗하고 깔끔한 환경 속에서 지낼 수 있지 않은가? 왜 외부인을 우리만의 공간에 들이는가? 그가 프랑스로 출국하기 전에 그에 대한 나의 심적 태도는 이와 같은 짜증과 혐오였다.

그는 정말 나머지 한 달의 기간을 채우고 캐나다에서 귀국했다. 그가 받은 유산의 세금 납부일의 기한이 곧 끝나게 된다. 그는 그때야 마지못해 그의 동생과 그 문제에 관해 얘기하기 시작했다. 그의 동생은 형의 비협조적이고 무심한 태도에 진저리를 쳤다. 어쨌든 그 문제는 그의 동생의 활약으로 해결된다. 이제 그는 평생 돈 걱정할 필요가 없게 되었다. 그런데 사실을 정확히 말하면 그는 돈이 필요하지 않은 삶을 살았다. 그는 돈으로 구매할 수 있는 것들에서 만족을 얻지 않았기 때문이다. 그는 차를 사기로 한다. 그리고 나는 그의 차에 아연했다. 모닝이었다. 아마도 그의 아파트 단지의 유일한 경차일 것이다. 그나마 이 차의 구입도 불가피하고 절박한 이유 때문이었다. 대학에서 그의 예술사에 대한 강의 요청이 들어온다. 그것은 학생을 위한 것이 아니라 교수들을 위한 수업이었다. 대학이 지방에 있었다. 그는 이 강연을 수락한다. 교수들에게 예술사의 기초적 개념을 가르치는 것은 필요하다고 생각한 듯하다. 더구나 그 수업은 저녁 7시에 시작하는 것이었다. 교수들이 그들의 업무를 모두 끝낸 후에 참여할 수 있었기 때문이다. 그가 차를 산 것은 여기에 다니기 위해서였다. 그는 그 경차를 몰고 지방을 왕복할 예정이었다. 그것도 야간 운전으로. 나는 이해할 수 없었다. 돈이 없는 것도 아니다. 도대체 왜 경차를 산 것일까? 그가 그 차를 산 이유는 단순히 싸기 때문이라는 것이다. 이것은 그가 재정에 대한 관념이 얼마나 형편없는가를 보여주는 것이기도 하다. 그는 식당을 고를 때에도 편의성만을 고려했다. 그런데 가장 가까이 있는 식

마지막 외출

당이 매우 비싼 식당이었다. 이탈리아 음식과 스테이크를 조리하는. 그는 아무 생각 없이 여기에서 하루 두 끼를 해결했다. 하루 식사 비용이 6만 원이었다. 이 돈은 아깝지 않은가? 나는 단한 번도 그 모닝을 운전하거나 타거나 하지 않았다. 그러나 그는이 차를 몰고 야간 운전으로 왕복 4시간을 고속도로를 누빌 것이다. 더구나 그가 이 차를 산 시점은 장마가 시작되는 때였다. 경차로 빗길의 고속도로를 운전한다는 것은 여간 위험한 일이아니다. 옆을 지나치는 버스나 트럭이 물을 튀기면 차는 소방 호스에서 뿌려진 홍수 속에 갇히는 꼴이 된다. 그럼에도 그는 아무 생각 없이 이 차를 몰고 6개월간의 강연을 시작한다. 이 사건도 내가 그에게 실망한 하나의 동기였다.

그는 이때 다시 글쓰기에 돌입한다. 그는 다시 열기에 들뜨기 시작했다. 다시 날아오른 것이다. 마치 독수리가 비상하듯. 거의 미친 듯이 써 나갔다. 어느 날엔가는 하루에 무려 15쪽의 노트를 채우기도 했다. 나는 경멸과 조소를 담아 그 광경을 지켜보았다. 언제고 전쟁은 시작될 것이었다. 그러나 지금은 아니었다. 나는 나 자신이 얼마나 표독하고 강인한지 알고 있었다. 그럼에도 지금은 전쟁을 할 때가 아니라는 사실은 알고 있었다. 그는자신이 가장 중요하다고 생각하는 일에 집중하고 있다. 이 시간은 존중해 주기로 했다. 아마도 그것이 실패로 드러나면 그는 좌절과 허탈감에 빠질 것이다. 그때 그를 공격하는 것이 더 영리하다고 생각했다.

그가 내게서 성적인 요구를 한 지도 이미 5개월이 넘어가고 있었다. 그는 프랑스로 떠나기 전부터 성적인 데에 관심을 잃은 듯했다. 나는 그렇게 생각했다. 그가 성적인 데에 관심을 잃었지, 나에 대한 관심을 잃었으리라고는 꿈에도 생각할 수도 없었다. 내게서 성적인 즐거움을 취하지 않는다면 어디에서도 그것의 만족을 구할 수는 없다. 어떤 여자가 그 육체적 매력에 있어서 나보다 우위일 수 있는가? 나는 성에 대해 많은 여자가 빠지는 착각에 빠져 있었다. 성적 관심은 절대적인 것이 아니라 상대적인 것이라는 사실을 몰랐다. 나는 또한 그에게 매력을 잃은 사람이라고 생각하지도 않았다. 오히려 그가 성적 매력을 잃었다고 생각했다. 모든 것이 종말을 향해 가고 있었다. 그러나 어쨌든 나의 승부수는 이번에도 통할 것이다. 나는 그를 노예로 삼을 것이다.

소설은 원고가 완전히 넘어간 뒤에도 한참이 지나서야 출간된다. 그 원고는 그와 출판사 사이를 몇 번 더 왕복한다. 마지막 교정과 첨삭을 위해. 그리고 석 달 후에 묵직한 양장으로 출간된다. 나는 그 소설의 원고가 출판사에서 거절될 가능성이 크다고 생각했다. 그 소설은 이를테면 소설가로서의 그의 데뷔작이다. 어설플 가능성이 크다. 그는 수학과 예술사를 해 온 사람이다. 전적으로 거기에 매달려 30여 년을 지낸 사람이다. 그가 어떻게 소설가의 영역에 발을 디딜 수 있겠는가? 이론과 환상이 어떻게 교류할 수 있겠는가? 그는 소설이 완성되어 원고 상태에 있었던 석 달 동안 또 무엇인가를 끄적거리기 시작한다. 그것은 어떤 원고에 대한 수정과 보완 작업이었다. 그것은 내가 전혀 모르고 있던 원고였다. 그는 가방에서 예닐곱 권의 노트를 꺼내 그것을 책상 위에 겹쳐 놓은 채로 그 작업을 하기 시작했다. 그것이 그의 수필집이었다. 나중에 두 권으로 출간되는. 그의 수필집은 많이 읽히지는 않지만, 소수의 열렬한 독자들을 확보하게 된다. 그는 또한 곧이어 새로운 소설에 대한 여러 구상을 노트에 적고 있는 것 같았다. 나의 비웃음 가운데.

소설은 의외의 반응을 얻고 있었다. 그의 책 중에서 상당한 진입 장벽이 없는 책은 없다. 그의 글은 선명하고 간결하지만, 그것은 언제고 어느 영역에 관한 시도이건 그의 고유의 철학적인 사고를 반영하고 있었다. 이것이 그의 책을 모든 사람의 책으로 만들 수 없는 이유였다. 이 소설 역시 모두의 책은 아니었다. 그 책은 독서를 사랑하면서 동시에 상당한 지적 소양을 갖춘 사람에게만 호소력이 있는 책이었다. 이 사실은 내가 그 소설을 읽어서 알게 된 것은 아니다. 나는 소설과 관련하여 그를 철저히 무시했고 당연히 그 소설을 떠들어 보지도 않았다. 내가 그 소설에 대해 알아낸 건 독자 서평을 통해서였다. 몇몇 서평에서 진입 장벽에 대해 말하고 있었다. 그럼에도 불구하고 출간 몇 주 후에 벌써 수많은 격찬의 소감들이 인터넷에 떠오르고 있었다. 그 서평에 충격을 받은 나 이상으로 독자들은 그의 소설에서 큰 충격을 받고 있었다. 서평 중에는 심지어 '나의 인생 소설', '평생에 한 권을 읽는다면 이 책', '시보다 더 시적인 산문' 등의 찬사까지도 나타나고 있었다. 그는 나중에 그의 수필집 어딘가에서 '내가 걸은 큰길 옆에 작은 오솔길에는 될 수도 있었던 나의 많은 시체들이 놓여 있다'고 말한다. 그렇다. 그 작은 길 하나가 예술가로서의 그였다. 그는 되돌아와서 그 작은 오솔길을 걷고 있었다. 나는 아널드 베넷의 작은 수필집에서 어떤 문학의 성공과 실패를 가늠하는 것은 미지근한 다수의 독자가 아니라 열렬한 소수의 독자라고 말하는 것을 읽은 적이 있다. 그의 말대로라면 선배의 소설은 성공이었다. 소수의 열렬한 독자들을 확보했으니까.

나는 그의 소설에 대한 세간의 이러한 찬사에도 불구하고 그의 소설을 읽지 않았다. 사실은 나는 그때 그의 어떤 책도 읽고 있지 않았고 심지어는 논문과 관련된 것이 아닌 어떤 책도 읽지 않고 있었다. 내 마음속에서 학문과 예술에 대한 사랑은 이렇게 죽어가고 있었다. 그의 학문만 죽은 것이 아니었다. 나의 영혼 자체가 고갈되고 있었다. 나는 그가 더 이상 학문과 예술에 정열을 쏟지 않은 채로 인터넷 게임이나 하면서 게으르고 태만하게 보내는 그의 일상이 그에 대한 나의 사랑을 파괴하고 있다고 생각했다. 아니었다. 만약 그랬다면 그의 또 다른 도약에 의해 나의 사랑은 되살아나야 했다. 그러나 한번 꺼진 나의 사랑의 불꽃은 다시 점화되지 않았다. 그는 갱신하고 있었다. 그의 신비감은 정말이지 모든 사람을 경탄하게 할만했다. 출판사로 그와의 만남을 원하는 많은 독자의 전화가 빗발쳤다. 그러나 그는 독자와의 만남을 거부했다. 사인회조차도 거부했다. 그러나 나는 원한다면 언제라도 그를 볼 수 있었다. 그리고 이 '원한다면 언제라도'가 언제나 사랑의 종말의 전주곡이 된다.

나의 화약고에 성냥불이 던져졌다. 에드나로부터 전화가 왔다. 에드나는 새로운 건강 식품점의 개업과 관련하여 그와 의논할 일이 있었던 거 같다. 정신없이 글을 쓰고 있던 그가 볼펜을 던져 버리고 집중해서 그녀와 매장의 장소에 대해 의논을 시작했다. 그는 무려 30여 분이나 에드나의 얘기를 듣고 있었다. 간간이 웃음을 터뜨리며. 마지막 인사는 '나중에 보자'였다.

시험받던 인내심이 마침내 한계에 다다랐다.

"당신에게 할 말이 있어요. 사실은 나도 한 남자와 3박 4일의 여행을 했어요. 몸 냄새가 나는 남자이긴 했지만 좋은 섹스였어요. 당신이 가졌던 그 직업에 종사하는 사람이에요. 자, 이제 공평해진 채로 이야기를 시작해 볼까요? 당신에게 너무나 할 말이 많아서 뭐부터 시작해야 할지 모르겠네요. 인격에 대해 먼저 말해 볼까요? 당신은 우선 인격적으로 몰락한 남자예요. 당신 스스로도 알 거예요. 당신은 여자를 너무 좋아하고, 거짓말을 쉽게 하고, 또 위선적이에요. 그건 먹물들이 공통으로 갖고 있는 속성이지요. 자기의 인격적 파탄을 위선으로 감추는 거요. 당신은 에드나란 여자에게 지금 위선을 부리고 있는 거예요. 에드나가 당신이 어떤 사람인지 알면 경악할걸요? 자기의 애인을 어떻게 기만했는지를 자세히 알게 되면 그녀도 지금 내가 한 말을 똑같이 할 거예요. 거기에 당신은 겉멋이 잔뜩 든 사람이에요. 소설가나 예술가라니. 소설이 몇 권이나 팔렸지요? 당신은 그 소설을 필명으로 발표했어요. 그건 왜였지요? 아마 당신도 마음속으로는 스스로가 인격적으로 몰락했다는 사실을 알기 때문에 본명을 쓸 수 없었을 거예요. 그리고 몇 명의 겉멋 든 사람들이 지금 당신에게 동조하고 있어요. 서로가 서로를 칭찬하고 있지요. 그 사람들은 당신을 칭찬하면서 자신을 칭찬하고 있는 거예요. 아마 제법 현학적인 책을 읽고 있다는 스스로에 대한 칭찬이겠지요. 그 우쭐함을 당신은 책을 통해 심어준 것이고요. 그게 당신과 당신네들이 스스로를 속이고 세상을 속이는 방법이지요.

당신은 심지어 당신 자신의 공간을 청소도 못 하고 옷도 갈아 입지 않을 정도로 게을러요. 수신제가 치국평천하라고 했는데 당신은 일단 그 게으름과 파탄 난 인격으로 수신조차도 제대로 못 하는 사람이에요. 그런 사람이 글을 쓰고 책을 내고 있다는 사실이 우스울 따름이죠. 당신은 예술가로서는 출발과 동시에 몰락한 사람이에요. 당신의 영혼이 이미 몰락했기 때문이에요. 에드나와 관련해서 당신은 거짓말로 일관했고 지금도 그 거짓말을 계속하고 있어요. 에드나에게 당신은 누구겠어요? 당신은 시골의 고졸에 지나지 않는 학력을 가진 무식쟁이에게 영웅이 되고 있을 뿐이에요. 사실은 그녀도 내가 처음에 당신에게 속았듯이 지금 당신에게 속고 있어요. 당신이 어떤 돈으로 어떤 수단으로 그녀를 돕는다 한들 그것은 고귀하고 순수한 것이 될 수는 없어요. 애당초 부패하고 부도덕한 영혼이 어떤 고귀하고 순수한 일을 할 수 있겠어요?

당신 동생들에게 당신을 어떻게 생각하냐고 물어보세요. 그리고 거울에 당신을 비춰보세요. 당신은 그저 유복한 집안 출신의 피상적이고 겉똑똑이인 골칫덩이에 지나지 않아요. 누가 당신에 대해 제일 잘 알겠어요? 당신의 가족이에요. 그들이 당신에 대해 내린 비관적 판결이 내가 당신에게 지금 내리고 있는 이 판결과 비슷할 거예요. 당신 아버지의 죽음도 당신과 관련 있지요. 아마도 당신이 가한 고통이 치명적으로 그 병을 유발했을 거예요. 그러니 당신은 존속 살인까지도 저지른 사람이지요. 형사상의 범죄자만 범죄자가 아녜요. 당신 같은 사람들이 사실은 더 사악하고 잔인한 범죄자지요. 당신 동생들이 당신의 그 범죄적 행위에 피해를 보지 않은 것은 그나마 당신에게 냉담했기 때문에 가능한 거예요. 당신은 당신을 사랑한 모든 사람을 파멸시키지요. 당신은 나도 파멸시키고 있어요. 당신의 그 시답잖은 학문과 예술에 의해서요. 그렇지만 나는 그렇게 파멸당하지 않을 거예요. 당신이 얼마나 교활하고 사악한지 잘 알고 있으니까요.

당신의 학문과 예술은 모두 진부하거나 엉터리예요. 대학은 당신이 내놓은 책들에 대해 냉담하게 대함으로써 오히려 그 건전성을 유지하고 있어요. 아까 말한 그대로예요. 당신에 의해 몰락하지 않으려면 당신에게 냉담하게 대하는 게 최선이에요. 내 삶의 최악의 악운은 당신을 만난 거예요. 당신의 기만적이고 혹세무민하는 그 엉터리 학문에 나는 십수 년간 기만당했던 거예요. 그러나 그들은 나처럼 어리석지 않았어요. 당신의 책에서 그 피상성과 오류들과 편협함을 발견한 거지요. 그들은 나보다 영리했어요. 당신은 당신이 그들에게 무관심하다고 말해왔어요. 아니에요. 진실은 그들이 당신에게 무관심한 거예요.

당신은 긴 세월 동안 당신 집안 재산과 국가의 외화를 낭비했지요. 소위 학문과 예술을 탐구한다는 명목으로. 슬프네요. 그 모든 희생이 모두 환영이고 환각이었다니요. 당신은 그냥 실패자예요. 여기 이 남루한 오피스텔에서 웅크리고 앉아 쓸데없는 것이나 끄적거리는 룸펜이지요. 나는 당신이 내게서 사라졌으면 좋겠어요. 그냥 사라지든지 우울증으로 목을 매든지. 그게 정당하다고 생각해요. 한 여자의 젊은 십수 년을 망쳤다면 그만한 대가를 치러야 하지 않겠어요?"

나의 이 말은 진심이었을까? 인간의 다른 동물과의 차이는 그 상상력에 있다. 인간은 가언적 상황을 설정할 수 있다. '명제의 뜻은 그 명제의 참과 거짓에서 독립한다.' 이 상상력은 모든 좋은 것들, 예술과 과학과 문명을 창조해 왔다. 그 가장 선의의 노력 가운데에서. 그러나 그 상상력은 사악한 영혼 위에 얹혔을 때 내가 한 것과 같은 그런 짓을 저지를 수 있다. 나는 하늘에도 맹세할 수 있다. 내가 한 말들은 모두 거짓말들이었다고. 나는 내심 그와는 반대로 생각하고 있었다고. 내 타고난 사악함과 표독함 그리고 질투와 오만함이 겹쳐 이러한 실수를 했다고. 나는 정말이지 창조적인 거짓말쟁이였다. 나는 복수심과 분노에 젖어서 하지 말아야 할 거짓말들을 한없이 쏟아낸 것이었다.

선배는 몰랐을까? 그는 알았을 것이다. 내가 나 자신을 배반하고 있다는 사실을. 그가 절망한 것은 나의 말의 내용에 의해서가 아니다. 그런 말을 할 수 있는 사악함에 그는 절망했다. 그에게는 나에 대한 일말의 희망은 있었다. 내가 좀 더 나은 사람이 될 수 있으리라는. 그러나 매사에 그렇게도 실증적이고 현명했던 사람이 나와 관련한 이 문제에서는 잘못 생각한 것이다. 그에 대한 나의 사랑의 맹세가 그를 붙들고 있었던 마지막 끈이었다. 그러나 이 순간 그 끈은 큰 소리를 내며 터지고 말았다. 그는 처음에는 놀라움으로, 다음으로는 분노로, 마지막으로는 슬픔으로 나의 말을 듣고 있었다. 그의 눈은 절망을 더할 수 없이 슬프게 담고 있었다. 그는 단지 다음과 같이 말했다.

"내가 실패자일 수도 있지. 그건 뭐 별로 중요하지 않아. 하고 싶은 걸 했다는 게 중요하지. 그렇지만 너로부터 그 말을 들을 거라곤 상상도 못 했네. 내가 사라지긴 해야 하려나 봐. 언제부턴가 사라지고 싶긴 했어. 네 말이 모두 맞아. 중요한 건 서로가 더 추악한 모습을 보이진 말아야 한다는 거야. 네가 이런 말을 하는 데까지 왔다는 사실이 절망이네."

그는 조용히 오피스텔 문을 닫고 나갔다. 그냥 나갔다. 겉옷도 핸드폰도 차 키도 챙기지 않은 채로. 그렇게 그는 사라졌다. 이것은 단순히 수사적인 말이 아니다. 그는 정말 모든 사람으로부터 사라진 것이다. 아무것도 지니지 않은 채로. 심지어는 지갑도 챙기지 않은 채로. 나는 이렇게 나간 그가 당연히 다시 돌아오리라고 생각했다. 지갑이라도 챙겨 갔으면 오히려 불안했을 것이다. 어디론가 또 사라질 수 있으니까. 그러나 맨몸으로 나갔다. 곧 돌아올 것이다. 오늘 밤 아니면 내일쯤엔 돌아올 것이다. 아니었다. 밤이 깊어지자 짜증과 우울함과 약간의 걱정이 밀려오기 시작했다. 나는 그가 집으로 갔을 거라고 믿고 있었다. 그의 집은 여기서 도보로 30분 거리에 있다. 그러나 그는 그다음 날에도 그리고 그다음 다음 날에도 나타나지 않았다. 아마 집에 있는 듯하다. 어쨌건 나는 실수했다. 내 분풀이를 위해 너무 멀리까지 나갔다. 이건 그에게 사과해야 한다. 그러나 그와 에드나의 관계는 끝나야 한다. 나는 그것을 참아 주지는 못한다.

며칠 후에 오 실장으로부터 전화가 왔다. '선배와 연락이 되지 않는다'고. 나는 혹시나 하는 마음으로 그의 전화기를 충전시켜 놓았다. 거기에는 오 실장으로부터의 9통의 전화와 가족들로부터 수십 통의 전화가 와 있었다. 가족들은 그가 오피스텔을 하나 사서 서재 용도로 삼았다는 사실만을 알고 있었지, 그것이 어디에 있는지조차 모르고 있었다. 그들은 출판사에 전화해서 그의 오피스텔 주소를 알아낼 수 있었다. 그러나 오피스텔에는 아무도 없었고 또 현관 전자 키의 비밀번호도 몰랐다. 그들은 이 문제와 관련하여 내게 전화했다. 나는 오 실장과 선배의 동생으로부터 한꺼번에 전화를 받게 되었다. 그의 집에서는 이것을 심각한 문제로 생각하고 있지는 않았다. 이 점과 관련하여 그는 양치기 소년이다. 수시로 증발했었던 사람이다.

이 일을 심각하게 본 사람은 오 실장이었다. 선배와 오 실장은 서로 연락이 끊긴 적이 없었기 때문이다. 오 실장과 오피스텔에서 만나기로 약속을 정했다. 나는 그에게 먼저 말했다. '둘 사이에 다툼이 있었고 거기에 화가 난 그가 나가버리고 말았다'고. 오 실장은 나를 이해할 수 없다는 눈빛으로 바라보았다. 아마 선배가 누구와 다툼을 벌일 사람은 아니라고 생각했기 때문일 것이다. 그렇긴 하다. 우리는 다투지 않았다. 내가 일방적으로 모욕을 가했을 뿐이다. 그는 '교수님이 누구와 다투실 분은 아닌데'라고 중얼거렸다. 거기에는 ― 내가 그렇게 생각해서인지는 모르겠지만 ― 나에 대한 약간의 비난이 섞여 있는 듯했다. 나는 여기에서 또 한 번 선배에게 분노한다. 아마 그가 오 실장에게 나에 대한 어떤 종류의 험담을 했을 수도 있다는 생각이 들었다. 나의 소견은 그 정도에 그친다.

그는 먼저 책상 위의 원고들을 확인했다. 오 실장은 이미 두 권의 수필집의 원고는 다 받았다. 그러나 아직 두 권의 소설이 남아 있다. 그는 책상 위의 원고들을 훑어서 모은 후 자신의 가방에 집어넣었다. 그것들은 아마도 선배가 계획했던 소설 일부였을 것이고 오 실장은 원고의 유실을 걱정했기 때문이었다. 그러나 오 실장은 나중에 경찰 수사에서 이 원고 때문에 곤욕을 치른다. 실종자의 단서를 그가 흩뜨리고 더구나 가져갔기 때문

마지막 외출

이었다. 사실 이 원고는 그의 실종과는 아무 관계도 없었는데. 오 실장은 그가 '곧 돌아올 거'라고 말했다. '교수님은 출판사와의 약속을 한 번도 어긴 적이 없다'면서. 오 실장은 현재 두 권의 소설이 출판사와 계약되어 있으며 한 권은 거의 완성 단계에 있지만 다른 한 권에 대해서는 메모조차 없다며 그가 곧 돌아올 것을 낙관했다. 나는 먼저 출입국 관리소에 그의 출국 여부를 확인해야 한다고 생각했다. 그가 사라졌다면 에드나에게 갔을 확률이 제일 높다. 그의 가족들은 출입국 관리소에 문의한다. 그러나 출입국 관리소에 문의할 필요조차 없었다. 그는 여권조차 가지지 않은 채로 나갔기 때문이다. 캐나다 여권과 한국 여권 모두 오피스텔에 있었다. 출입국 관리소에서는 물론 그가 출국하지 않았다고 알려준다.

이제 끔찍한 상상들이 모두의 머리를 채우기 시작한다. 이것은 실종 사건이었다. 그의 가족은 경찰서에 그의 실종을 신고한다. 나 역시 이 신고에 동반했다. 수사가 시작된다면 나로부터 일 것이라고 생각했기 때문이었다. 사건을 접수한 경찰은 이것은 실종이라기보다는 가출이라고 말했다. 곧 돌아올 것이니 안심하라고 말하면서. 경찰은 '가출이 범죄와 연루된 상황이 아닌 한 수사를 개시할 수는 없다'고 말한다. 나는 그럼 '언제부터 가출이 실종으로 전환되느냐'고 물었다. 경찰은 나의 신원을 먼저 물었다. 그때 나의 마음은 서서히 공포감으로 잠식되고 있었다. 서슴없이 말했다. 그의 애인이라고. 이에 그의 동생 둘이 모두 놀란 표정으로 나를 바라보았다. 나는 그들과 눈을 마주치지 않으려고 애썼다. 경찰은 다시 단호하고 차갑게 말했다. '이 경우 언제까지라도 수사가 개시될 수는 없다'고. 경찰은 '차라리 사설탐정 같은 사람에게 의뢰하는 게 낫다'고 하면서 재빨리 '우리는 그런 사람을 소개할 수는 없습니다'라고 덧붙였다.

우리는 일단 사흘만 더 기다려 보자고 의견의 일치를 본다. 그의 남동생은 '엄마한텐 뭐라고 말하지'라는 말을 몇 번을 되풀이했다. 나를 제외한 누구도 심지어는 오 실장까지도 그의 실종에 대해 어떤 심각한 걱정은 아직 안 하고 있었다. 그러나 나는 그들과 같을 수 없다. 그에게 퍼부은 나의 모든 악담은 그에게 헛소리로 들렸다 할지라도 그의 아버지의 투병과 죽음 그리고 동생들의 형에 대한 태도에는 확실히 그가 큰 충격을 받을 만한 진실이 내포되어 있었기 때문이다. 가장 큰 걱정은 그의 우울증약의 투약 문제였다. 나는 즉시로 그의 신경정신과 의사에게 전화했다. 그러나 환자는 내원한 적이 없다고 간호사가 말한다. 이제 사태는 점점 커지고 있었다. 그가 우울증으로 빠져드는 것은 시간문제이다. 약을 먹고 있을 때도 간헐적으로 우울증에 빠져드는 그가 투약을 멈춘다면 그 결과는 누구나 알 수 있었다. 그

마지막 외출

의 동생들은 일단 모친에게는 그가 약을 가지고 나갔다고 거짓말을 해 두었다. 그들은 선배보다는 모친에 대한 걱정이 더 컸다.

나는 그가 돌아오지 않으리라고 생각하지는 않았다. 어느 날돌아올 것이다. 그는 책임감이 강한 사람이고 신의가 있는 사람이다. 절대로 출판사를 실망시키지는 않을 것이다. 그러나 마음한편에서는 내가 그에게 무엇을 말했는지가 선명하게 떠오르기시작하고 있었다. 그렇다. 나는 그의 모든 것에 사형 선고를 내렸다. 그가 이루어 놓은 모든 것에 대해서 뿐만 아니라 그의 영혼에 대해서까지 사형 선고를 내렸다. 이것은 물론 오심이었다. 그것도 악의와 분노와 질투심에서 나온 지독히도 사악한 오심이었다. 그리고 그는 오심에 대해 피의자가 느끼는 모든 고통을느끼고 있을 것이다. 그는 자기 확신이 그렇게 강한 사람은 아니다. 예민한 사람이고 쉽게 상처를 받는 사람이다. 그는 자기가이룩한 모든 것에 대해 회의적일 수도 있다. 어쩌면 그는 그것과관련하여 스스로를 실패자로 생각하고 있을 수도 있다. 그가 이룩한 모든 것에 대해 가장 잘 아는 사람으로부터 최악의 선고를받았다. 나는 거기에 더해 그의 가족의 그에 대한 몰이해를 이유로 들어 그의 영혼까지도 패배했다고 말했다. 그는 정말 나의말을 믿을까? 제발 믿지 말기를. 단지 용렬한 여자의 터무니없는 분풀이로 간주하기를.

사흘이 더 지나도 그는 돌아오지 않았다. 남동생이 전화했다. 내게 그날 어떤 다툼이 있었는지 정확히 말해달라고 한다. 그의 동생과 나는 다시 커피숍에 마주 앉았다. 내게 어떤 악덕이 있다고 해도 그래도 나는 정직하고 강직한 사람이긴 했다. 나는 모든 사실을 그에게 속속들이 말했다. 그는 내가 말한 '존속 살인'에 대해 되묻고는 나를 빤히 바라보며 기가 막힌다는 듯이 머리를 흔들었다. '대단하시네요'라고 중얼거리며. 그는 에드나에 대해서는 알고 있었다. 선배는 일찌감치 그녀에 대해 동생에게 말한 적이 있었다. 그리고 이번에 밴쿠버에서도 전화하여 에드나를 위한 돈이라고 말했고 또한 자기가 혹시라도 우울증이나 죽음으로 어찌해 볼 수 없게 되면 그녀를 보살펴 주라고 부탁해 놓았다. 그의 유산의 상당 부분은 그녀에게 남겨질 것이라고 동생은 덧붙였다. 그러고는 말했다. 매우 냉담하게 천천히 말했다.

"당신이 형의 문제점에 대해 아무리 많은 것을 알고 있고 또 그중 어떤 부분은 사실에 가깝다고 해도 한 가지는 분명합니다. 형은 마음이 고운 사람이에요. 위선자도 아니고요. 형은 내게 좋은 형이었어요. 우리는 자라며 단 한 번의 갈등이나 다툼도 없었어요. 형이 무조건 양보했지요. 그 점에 관한 한 당신은 형에 대해 모르고 있었네요. 도대체 형과 다툼을 벌였다는 사

마지막 외출

실 자체가 믿을 수 없네요. 그리고 아버님의 죽음에 관한 얘기는 절대로 해서는 안 되는 것이었어요. 형은 이미 그 문제로 엄청난 정신적 고통을 겪었어요. 두 사람 사이에 어떤 다툼이 있었다 해도 하지 말아야 할 말은 있어요. 형은 스스로 죽고 싶은 마음일 거예요. 존속 살인이라니 참 어이없네요. 이제 우리는 다시 한번 경찰서에 가서 수사 의뢰를 해야 할 거 같습니다. 자살의 위험성을 고려해야겠네요."

동생으로부터 '자살' 얘기를 듣는 순간 나는 공포에 떨며 눈물을 흘리게 된다. 너무 무서웠다. 나는 살인자가 될 수도 있다. 나는 지금 제3자로부터 내가 한 말의 의미를 새겨듣게 되었다. 자살이라니. 어쩌면 그런 상황이 될 수도 있다. 그는 전과가 있다. 동생은 더 이상 차가울 수 없는 태도로 눈에 경멸을 담아 내게 재차 말했다.

"당신은 물론 수사에 협조하셔야 할 거예요. 현재 형에 대해 가장 잘 아는 사람이고 또 형의 실종에 직접적인 원인을 제공했으니까요. 검찰에 아는 검사가 있어요. 내가 그에게 부탁한다면 아마 경찰은 수사를 개시할 수도 있을 거예요. 당신도 경찰에 출두해서 협조하리라고 믿어요. 상황이 나쁘게 흘러가네요."

경찰은 수사를 개시한다. 그의 자살 시도 기록이 병원에 남아 있었기 때문이었다. 경찰은 이 사실을 신고 시에 말하지 않은 사실에 대해 우리를 비난한다. 모든 수사는 초동 때가 가장 중요하다고 하며. 그러나 이 수사는 진척되지 못한다. 그가 오피스텔의 출구를 나갈 때 그리고 거기로부터 300미터 떨어진 곳을 걸어갈 때의 CCTV 기록이 경찰이 확보한 자료의 모든 것이었다. 나와 오 실장은 출두하여 경찰이 요구하는 모든 사항에 대해 진술해야 했다. 오 실장은 현장을 흩트려 놓았다는 질책을 듣는다. 결국 그의 가족은 사설탐정을 고용하게 된다. 그가 사라진 지 이미 열흘이 넘어서고 있다. 어떤 조치든 간에 적극적인 조치를 취할 것이 요구되고 있었다. 고용된 사설탐정에게 우리의 다툼에 대해서 그리고 내가 그에게 가한 폭언에 관해서 이야기해야 했다. 그는 내 말 도중에 혹시라도 단서가 될 만한 것은 거듭 물어서 재확인하고 메모해 둔다. 그는 전직 경찰이다. 실종수사팀에서 10년 이상을 근무한 베테랑이다. 그의 집에서는 그에게 3천만 원을 이미 지불했고 그를 찾는다면 다시 7천만 원을 보상금으로 지불하겠다고 계약서를 썼다. 그의 어머니도 모든 사실을 알게 된다. 사설탐정은 어머니와의 면담도 요청했기 때문에 그의 동생들은 모든 사실을 알려줄 수밖에 없었다. 그의 어머니는 거의 경련적인 반응을 보였다고 한다. 가장 정상적이고 열심히 일반인의 삶을 사는 두 동생보다 가장 비정상적이고 멋대로의 삶을 사는 그가 부모의 가장 큰 사랑을 받는다는 것

마지막 외출

은 일종의 아이러니다. 동생들도 그 모순을 알고 있었다. 부친의 유언에 의한 유산 분배에서 그 사실이 이미 드러나 있었다.

이렇게 또 한 달이 지나갔다. 나는 그가 죽었을 수도 있다고 생각했다. 그가 돈 한 푼도 없이 또 우울증 약조차 없이 이렇게 두 달을 지낸다는 것은 불가능하다는 생각이 들었다. 이때 놀라운 소식이 들려온다. 그가 출판사에 마지막 원고를 송부했다. 그 것은 그의 세 번째 소설의 원고 전체였다. 그는 실종된 지 두 달 만에 소설 한 권을 완성했다. 그것은 비교적 짧은 중편이긴 했지만 어쨌든 그는 소설을 완결시킬 정도의 기력을 가진 채로 어딘가에 살아 있다. 거기에 어떤 단서가 있을 수도 있다고 생각했다. 지금 그의 집안과 나와 오 실장은 안도의 한숨을 내쉬고 있다. 그는 어쨌든 살아 있다. 도대체 어디에 있는 것일까? 그는 한국에는 일체의 연고도 없다. 그를 도울 아무도 없다. 어떤 생각인가가 나의 머리를 때렸다. 어쩌면 그는 프랑스나 캐나다 친구에게서 돈을 송금받았을 수도 있다. 그러나 그는 어떤 신분증도 가지고 있지 않다. 송금된 돈을 찾을 수도 없을 것이다. 그래도 어쨌든 나는 이 사실을 탐정에게 알렸다. 탐정은 그의 모친에게 얘기해 그의 계좌를 열어볼 법적 조치를 취해야 한다고 말한다. 그러나 이것도 소용없는 노릇이었다. 그의 계좌는 그가 사라진 이후로 어떤 변동도 없었다.

나는 그의 소설을 처음으로 읽게 되었다. 그것은 초등학교 앞에서 병아리를 파는 어린 소년과 그에게서 병아리를 사서 키우게 된 어떤 소녀의 성장과 배려와 사랑과 좌절과 극복의 이야기였다. 오 실장은 '그가 쓴 최초의 해피 엔딩 소설'이라고 말했다. 너무도 가난한 집에서 성장한 어린 소년은 중학교에 다니던 중 병아리 감별사 훈련소로 보내진다. 그곳을 청소해 주는 대가로 학원비를 면제받는다. 그의 집은 그가 중학교를 졸업지도 못할 정도로 가난했다. 그는 수평아리들이 분쇄기에 들어가서 학살당하는 데에 커다란 정신적 충격을 입는다. 그에게 이 일은 감당하기 힘든 것이었다. 그는 그 일을 그만두고 분쇄기에 들어갈 몇 마리의 수평아리를 초등학교 앞에서 팔게 된다. 한 소녀가 그에게서 병아리를 사 간다. 티 없이 깨끗하고 순수한 꼬마 숙녀가. 그리고 몇 달 후에 그 병아리와 함께 다시 그에게 돌아온다. 더 이상 병아리가 아니고 큰 수탉이 되어버린 그 불쌍한 피조물을 아파트에서 감당하기에는 힘들어진 것이다. 그녀의 부모가 농담을 한다. 이제 잡아먹을 때가 되었다고. 공포에 질린 소녀는 그 닭을 들고 와서 그에게 호소한다. 맡아서 키워달라고. 이렇게 되어 병아리 장수와 그 수탉은 지하 원룸에서 동거를 시작하게 된다. 이 삶에 대한 묘사는 리얼리티와 유머가 어울려 묘사의 백미를 이룬다. 그는 닭에게 말한다.

"화장실에 가서 똥 싸는 일이 너한테는 그렇게 힘든 일이니?

나는 아무리 무식해도 적어도 똥오줌은 화장실에서 봐야 한다는 것은 안다고. 너는 좋은 집안에서 좋은 교육을 받았을 텐데 그것을 모르니? 그리고 심지어 너는 나를 종종 쪼기도 하는구나. 너는 가족이라는 것도 모르니? 가족은 서로에게 상처를 입히지 않는 거야. 나는 네가 좋은 친구가 될 거라고 생각해서 데려온 거야. 남자 대 남자로서 말하는데 적어도 똥은 화장실에서 싸라. 그렇지 않으면 나는 너를 더 이상 키울 수가 없을 거야. 너를 잡아 잡아먹을 수는 없어. 천사가 너를 맡겼기 때문이야. 이 세상에서 제일 예쁜 꼬마 숙녀가 너의 주인이야. 그렇지만 이런 냄새는 참을 수 없을 만큼 지독한 거야. 나는 네 똥 냄새와 천사 사이에서 고민하고 있어."

그의 호소가 통했다. 놀랍게도 닭은 어느 날부터인가 화장실을 사용하기 시작한다. 이제 퇴근한 그는 화장실 바닥 청소를 한 번 하기만 하면 됐다. 이 소설은 이렇게 세 명의 주인공을 등장시키며 전개된다. 그리고 세월이 흘러간다. 꼬마 아가씨는 중학교를 거쳐 고등학교에 진학한다. 이때에도 이 셋은 함께한다. 병아리 장수와 닭은 멀리서 그녀의 고등학교 입학식을 지켜본다. 그리고 그는 자기도 공부할 방법을 찾기 시작한다. 그는 그녀에게 부탁한다. 중학교 교재와 고등학교 교재를.

이제 건장하고 든든한 청년이 된 병아리 장수는 다른 일을 시작한다. 그는 벽지 도배를 배운다. 그리고 인테리어팀에 속해서울 전역을 누비며 벽지를 바르게 된다. 틈나는 대로 공부하면서. 그는 검정고시로 중학교와 고등학교 졸업 자격을 얻는다. 그러나 대학은 포기한다. 그러기에는 그의 처지가 너무 각박하다. 둘은 이제 가끔씩밖에 못 본다. 둘 다 서로의 일로 바쁘게 되었다. 한 사람은 돈 버는 일로 다른 사람은 공부로. 그 둘의 마음속에는 그럼에도 사랑이 싹튼다. 수능이 끝난 날에 전개되는 이 셋의 한강 변에서의 데이트는 그 소박한 애처로움에 다정함과 슬픔이 섞여 강렬한 페이소스를 일으킨다. 그와 닭은 그녀의 대학 입학식에도 함께한다. 그녀의 가족은 그와 닭에 대해 강렬한 적개심을 품는다. 자기네 딸의 일생의 위기라고 생각한다. 근거 없는 적개심은 아니다. 그러나 딸은 집안의 반대에도 이 청년과 데이트를 이어 간다. 그녀는 심지어 미팅이나 소개팅도 거절한다. 어느 날 닭이 그 수명을 다하게 되고 그와 아가씨는 닭의 사체를 가지고 강아지 장례식장에 찾아간다. 둘의 통곡 속에 염습과 화장을 거친 닭의 빻아진 뼈는 이 둘에게 영원히 남겨지는 슬픔과 추억과 이어지는 인연의 실마리가 된다. 가족은 해체의 위기를 맞았지만, 아가씨는 용기를 내고 다시 데이트를 이어 간다.

소설은 이렇게 전개되고 많은 반대에도 불구하고 마침내 둘은 결혼하기에 이른다. happily ever after. 선배는 삶을 사랑하긴 했지만, 그 종말이 일반적인 행복을 누리는 것으로 끝나지는 않는다고 생각했다. 이를테면 그는 g단조를 사랑하는 사람이었다. 삶은 비극이지만 그 비극을 사랑하는 것이 선배의 기질이었다. 그것을 고려하면 이 소설이 해피엔딩인 것은 믿을 수 없는 사실이었다. 선배는 비참한 상황에 있는 것 같았다. 소설은 약 200쪽의 중편이다. 노트로는 4권 분량이었다. 그 노트는 싸구려였다. 그리고 노트에는 지독히 많은 검은 때가 묻어있었다. 노트의 표지들은 닳고 닳아 반질거렸다. 노트 맨 뒷장에는 '초원의 빛'의 첫 구절들이 영문으로 적혀 있었다.

한때 그리도 빛나던 반짝임이

이제 영원히 사라진다 해도

초원의 빛이여, 꽃의 영광이여

무엇도 그 시절을 되돌릴 수 없다 해도

What though the radiance which was once so bright

Be now forever taken from my sight

Though nothing can bring back the hour

Of splendour in the grass, of glory in the flower

나는 노트의 이 부분에서 공포심으로 몸서리쳤다. 그는 자신의 마지막을 예감하고 있었다. 스스로 모든 영광의 종말을 예언했다. 그렇지만 그는 자신의 최악의 슬픔과 최악의 조건 속에서 이렇게도 따뜻하고 희망적인 소설을 썼다. 자신의 재능에 대한 온갖 회의 속에서. 아마도 내가 내린 판정으로 촉발되었을 그 회의에 잠겨서. 이 소설은 마음이 가난한 사람들이 어떻게 행복할 수 있는지를 그 메시지로 전하고 있다. 그러나 그 메시지는 너무도 깊게 감춰져 있어서 단지 문장들의 언뜻언뜻 일어나는 파고에 의해서만 암시적으로 제시되고 있었다. 그럼에도 거기에서 그의 간소하고 따뜻한 마음이 읽혔다.

고귀한 오텔로가 이아고의 뜻 없는 악의에 의해 몰락하듯 선배 역시도 나의 전도된 악의에 의해 지금 어딘가에서 몰락해 가고 있다. 노트의 형상이 그것을 말하고 있었다. 그러나 그 안에 담긴 그의 문장들은 해적들이 해진 헝겊 가방 속에 담아 어디면 열대의 섬에 감춰 놓은 그 보석들처럼 때로 덮인 노트 속에서도 빛을 내고 있었다. 나의 회오는 이제 그 도를 더해가기 시작하고 있다. 그 고통을 겪어야 할 사람은 바로 나였다. 그가 이룩해 온 모든 일들은 위대한 업적이었다. 나는 그것들을 매도했다. 나는 나 자신의 사악함에 온몸이 떨렸다.

탐정은 먼저 노트가 송부되어 온 우체국을 추적한다. 그는 거기에 적힌 주소를 찾아가 보지만 그곳은 단지 종로 3가의 어떤 의료기 매장이었다. 그는 적당한 아무 주소나 쓴 것이었다. 탐정은 그의 사진을 복사하여 종로 3가와 청계 3가 사이의 모든 전봇대와 점포 사이의 빈 벽들에 그것을 붙인다. 현상금 2천만 원을 걸어서. 그리고 그 지역에 대한 탐문조사에 들어간다. 심지어 그는 보조를 한 명 채용하여 행인들에게 그 전단을 돌린다. 그는 말한다. 여기서 그를 찾을 수 없다면 아마 영원히 포기해야 할 거라고. 종로 우체국의 소인은 이 실종 사건의 유일하고 가장 큰 단서라며.

그가 선배와 관련한 전화를 받은 것은 종로 3가에서 탐문 조사를 벌인지 사흘만이었다. 그리고 이것은 정말이지 기적과 같은 우연에 의한 것이었다. 그 우연은 이미 십수 년 전의 사건을 기원으로 하고 있다. 선배는 예술가들에 대한 공적 지원을 주제로 하는 국제회의에 참석한 적이 있었다. 당시 정부의 담당 공무원들은 내심으로는 대부분 지원 반대의 입장이었지만 누구도 그 의사를 표현할 수는 없었다. 그 많은 청중을 상대로 지원 반대의 입장을 피력할 배짱 좋은 공무원은 없었다. 이 점에서 그들은 약한 존재였다. 그들에게 선배는 대변자였다. 그가 홀로 분투할 때 그들은 마음속으로 응원했다. 한 공무원은 혼잣말로 '돌직구!'라고 외쳤다. 선배의 당당하고 직설적인 대응은 그렇게도 인상적이었다. 당시에 촬영된 영상은 지금도 인터넷과 유튜브에 떠돌고 있었다. 그 공무원은 이 영상을 수십 번을 본다. 그리고 그의 원고도 서너 번을 읽는다. 이 인상적이고 용감한 투쟁을 마음속에 새기기 위하여. 그녀의 마음속에 선배의 모습은 깊이 박히게 되었다.

그녀가 지하철 환승을 위해 종로 3가 역사 안 통로를 가로질러 갈 때 어느 날부턴가 독특하고 이상한 사람을 한 명 보게 되었다. 원래는 고급이었겠지만 이제는 때에 절어 지저분하기 짝이 없는 회색 스웨터를 입은 한 노숙자가 바닥에 앉아 노트에 무엇인가를 열심히 적고 있었다. 한 번씩 흡족한 미소를 지으면서. 그녀는 한참을 지켜봤다. 그가 눈에 익었다. 그러나 누구인가는 명확히 떠오르지 않았다. '정신병은 다양한 형태로 나타나는구나' 정도가 그녀가 생각한 전부였다. 한가해진 오후에 그녀의 유튜브는 알고리즘을 따라 자기 멋대로의 화면을 펼치기 시작했다. 그녀는 불에 덴 것처럼 놀랐다. 그 사람이었다. 모든 이들을 상대로 전투를 펼쳤던 그였다. 그가 정신병에 걸려 지하철역의 노숙자 속에 섞여 있다. 정신병은 다시 한번 천재의 영혼을 잠식했다. 그렇다고 해도 그녀가 할 수 있는 것은 없었다. 그녀가 할 수 있는 모든 일은 아마도 이미 그의 가족이 시도했을 것이다. 다음날도 그녀는 그를 마주쳤다. 그는 여전히 헐어 빠진 노트에 무엇인가를 끄적이고 있었다. 그녀는 그에게 다가가 만원을 내밀며 그의 얼굴을 자세히 봤다. 그였다. 순간적으로 눈물이 왈칵 치밀었다. 정신병은 대단한 재능을 삼킨 것이었다. 그

렇게 한 달이 지났다. 그는 여전히 그 자리에 있었다. 그러나 그
는 더 이상 무엇인가를 쓰고 있지는 않았다. 멍하니 앉아 바닥
만을 내려다보고 있었다. 너무도 여윈 그는 이미 영양실조 상태
에 있는 것 같았다. 그녀는 편의점에서 빵과 우유를 사서 그에
게 조심스럽게 내밀었다. '혹시 필요한 것은 없냐'고 물으며. 그
는 노트와 볼펜에 대해 말했다. 그녀는 다시 만 원을 꺼내 들었
다. '이것으로 직접 사시면 되겠네요'라며. 그는 고맙다고 잠시 미
소 짓고는 다시 자기가 하던 일 — 바닥을 내려다보는 — 로 되
돌아갔다. 그러다가 그 공무원은 우연히 전단을 보게 된 것이
다. 이 모든 사실은 몇 가지를 분명히 가리키고 있었다. 우선 그
의 신원은 분명하다는 것. 그리고 그가 어떤 사정에서인지 지독
한 정신병에 걸려들었다는 것. 그리고 그에게는 가족이 있으며
그들이 그를 애타게 찾고 있었다는 것. 출근길에 그 전단을 보
게 된 그녀는 즉시로 탐정에게 전화한다. 탐정은 선배로부터 단
몇십 미터도 떨어지지 않은 곳에서 그 전단을 돌리고 있었다. 탐
정은 그의 여러 사진을 수없이 보았음에도 그를 노숙자 가운데
서 식별해 내지 못했다. 그만큼 그는 다른 사람이 되어 있었다.

발견되었을 때 그는 심각한 영양실조 상태에 있었다. 거기에
그의 우울증은 너무 심해져 있었고 그에게 잠복해 있었던 분열
증이 마침내 ㄴ 부서운 손을 뻗었다. 자살을 막고자 하는 그의

정신적 기제가 그를 분열증 상태로 몰고 갔다고 의사는 말한다. 그에게 심각한 문제가 발생했다. 예전의 그가 아니었다. 모든 사람을 알아보긴 했다. 그러나 선배 특유의 그 명석하고 깊이 있는 눈이 아니었다. 몇 명의 사람들이 그를 둘러싸자, 그는 무서움을 느끼는 듯했다. 그는 이제 통원 치료로는 회복할 수 없는 상태에 있었다. 그의 질병에 대한 의사의 소견은 낙관적이라고 할 수는 없었다. 그의 분열증은 너무 멀리까지 가 있었다. 그는 이미 20대 후반에 조현병을 앓은 적이 있었다. 그는 그의 책 어디엔가에서 이 사실에 대해 암시적으로 말한 적이 있다. 유학의 외로움 가운데 또 하나의 내가 나타나서 서로 대화를 하는 병이 생겼었다고. 그때도 심각했던 거 같다. 의사가 입원을 권했을 정도니까. 그럼에도 그는 약물 치료와 요양을 통해 그것을 극복했다. 그러나 그것은 사라지지 않았고 그의 정신의 어느 어두운 장소에 잠복해 있다가 그의 절망을 기회로 그를 덮쳤다.

그의 모친은 나와의 만남을 원했다. 그녀는 이제 75세에 이르는 할머니였다. 그럼에도 명석하고 날카로웠다. 오피스텔에서 마주 앉은 그녀는 내게 말했다.

"당신도 자식 키우고 있으니 엄마의 마음을 알 거예요. 그러니 자식의 소중함에 대해서 다른 말을 할 필요는 없겠네요. 나는 단지 사실을 정확히 하고 싶네요. 내 아들은 천재예요. 나는

마지막 외출

이 말을 주변 사람들에게서 수없이 들었어요. 당신보다 훨씬 권위 있는 많은 사람에게서 들었어요. 내가 비록 애의 책을 읽을 수준은 못 되지만 나도 듣는 얘기는 있어요. 당신에게 천재란 아무것도 아니겠지만. 아들의 예술사는 미국 출판사에서 번역 출판해서 보급하기로 계약을 맺고 있어요. 당신은 나의 아들을 실패자로 말하는 거로 부족해서 그가 한 일 모두 실패한 일이라고 말했어요. 아들은 한 명의 인간으로서 결함들이 있을 거예요. 그렇지만 아들이 해 온 일은 그렇지 않아요. 당신은 우리 가족의 문제에 대해서도 아들에게 말했다고 들었어요. 당신은 우리 가족에 대해 어떤 말을 할 권리도 없어요. 당신은 우리의 며느리가 아니에요. 우리 가족의 문제에 어떤 말로도 개입할 권리가 없는 사람이지요. 당신의 주제를 알고 싶어요? 당신은 그냥 바람난 유부녀일 뿐이에요. 앞으로 아들 앞에는 물론 우리 앞에도 나타나지 마세요. 우리 아들은 내가 고칠 거예요. 무슨 수단을 쓰든, 돈이 얼마가 들든 내 아들을 원래의 아들로 돌려놓을 거예요. 이제 내 아들과의 악연을 끝내세요."

그는 정신병원에 입원하게 된다. 그의 모친의 강력한 희망에도 불구하고 그 입원은 영원한 것이 된다. 그는 이번에는 극복하지 못한다. 그의 모든 개인적 삶은 결국 참담한 몰락으로 끝나게 되었다. 영원한 침묵과 암흑의 세계로 들어감에 의해.

Missing 2

 박사 논문이 통과되었다. 나는 선배와 불화를 겪는 와중에도 논문을 착실히 준비했다. 이 점에 있어 나는 냉정했다. 나는 이지적인 사람이었다. 나의 심란함과 나의 의무를 잘 분리했다. 어쩌면 냉정했다기보다는 그 불화와 갈등을 대수롭지 않게 생각했었을 수도 있다. 내가 결국 승리를 거둘 거라는 오만 아래. 선배가 더 이상 어디론가 갈 수 없다는 자신감에. 그러나 결국 둘 다 패배했다. 한 사람은 질병에 의해 다른 사람은 죄를 저지름에 의해. 이것은 내가 예상하지 못한 결과였다. 그러나 그 결과를 예상했다 해도 나는 그대로 행동했을 것이다. 나는 그런 사람이었다.

 논문에서는 절대 선배의 글쓰기를 닮아서는 안 된다. 그가 말

마지막 외출

한 바와 같이 논문은 일정한 형식을 갖춘 헛소리로서 서로 속고 속아주는 일련의 장엄한 요식 행위이다. 논문은 무언가를 드러내기 위한 것이 아니라 무언가를 감추기 위한 것이다. 무지와 헛소리를 감추기 위한 것이다. 감추기 위해서는 현학과 전문성이라는 구역질 나는 갑옷을 둘러야 한다. 절대 우아하고 간결하고 명석하면 안 된다. 고루하고 현학적이고 전문적인 헛소리들을 많이 써야 한다. 주석에 주석을 붙여서. 논문이 통과되자 지도교수는 경기도 한 대학의 강사 자리를 권했다. 전임은 더 많은 노력과 더 많은 인간관계와 더 많은 행운을 필요로 한단다. 나는 쓰디쓰게 웃었다. 조금 더 들으면 마키아벨리도 나올 판이다. 내게는 그것이 절박하지 않다. 어쩌면 무언가를 하면서 시간을 메꿔야 했기 때문에 그런 것들을 해냈다. 내 영혼은 선배에게 가 있었다. 나는 항상 선배를 생각하며 살아왔다. 그것은 이십여 년간 한결같았다. 전반부는 동경과 희구로 후반부는 탐욕과 소유욕으로.

　나는 교수들에게 지극히 잘했다. 그들의 요청을 모두 들어주었으며 때때로는 그 이상을 자발적으로 했다. 휴양지로 워크숍을 떠날 때는 교수들을 내 벤츠에 태우고 다녔다. 이때 나는 기사였다. 별로 어려운 일이 아니었다. 후원금이 필요할 때는 과도하다 싶을 정도로 많이 냈다. 돈과 가장 멀리 있는 사회일수록 돈에 더욱 목말라 있나. 가장 어둡고 가장 조그만 블랙홀이 사실은 가장 높은 밀도를 가지고서 주변의 모든 것을 빨아들이듯이 돈에 대해 가장 어두운 듯한 학교 사회가 사실은 가장 많이 돈을 원했고 또 그것에 의해 좌우되고 있었고 풍요롭고 사치스러운 세계를 동경하고 있었다. 나의 지도교수이며 학과장인 이 멍청하고 실력 없는 교수는 이제 학회장이 되고 싶어 했다. 그는 학회를 설립한다. 이때 나는 학회의 홈페이지 제작 비용과 팸플릿 제작 비용과 학회지 출판 비용들을 모두 냈다. 그들은 잔돈푼을 긁어모을 필요가 없었다. 금화의 광채 앞에서 어떤 잔돈푼들이 의미가 있겠는가? 그것은 단지 먼지일 뿐이다.

에드나가 선배를 보살피고 있다. 그녀가 선배의 핸드폰에 전화했을 때 그것을 갖고 있던 그의 동생이 전화를 받았다. 그의 동생은 미국에서 6년을 유학한 사람이다. 그는 거창하게도 한국의 회계사이며 동시에 국제회계사였다. 그는 물론 영어를 유창하게 잘한다. 그는 바로 이 여자가 형으로 하여금 7만 불을 송금하게 한 여자라는 사실을 곧 눈치챈다. 그리고 그녀에게 선배의 신상에 일어난 일을 자세히 말한다. 그녀는 한국에 입국한다. 그리고 놀랍게도 선배와 결혼한다. 이 사실을 나는 그들의 결혼 후 한참이 지나서 알게 된다. 나는 이 결혼이 누구의 의지에 의한 것인지는 모른다. 아마도 그의 모친이 원했을 거 같다. 어쨌든 이 둘은 결국 하나가 된다. 내가 그렇게도 원했던 것을 그녀는 단지 기다림만으로 획득해냈다. 그녀가 병원에서 그를 만났을 때 그녀의 결심과 행동은 단호하고 확고했다. 이제 나머지 인생은 그를 보살피며 지낼 것이라는 의지를 확고히 밝혔다. 그의 가족들은 그녀에게 감사했다. 아들이 결국 결혼한다. 그녀가 그를 보살피기 위해서는 한국 국적이 필요하기도 했다. 이러한 사건들은 내게 전혀 알려지지 않은 채로 진행된다. 내가 이것을 알게 된 것은 병원을 방문해서이다. 하긴 내가 그것들을 알 권리도 없다.

이 방문은 나 자신을 벌주기 위한 나의 심적 고통이 한 동기이기도 했다. 거기에서 선배를 보는 것은 내게 큰 고통이었고 그들의 가족을 만나는 것 역시 큰 고통이었다. 에드나를 보는 것도 고통스러웠다. 나는 나의 뼈가 선배의 뼈와 섞이기를 바랐다. 그러나 선배의 뼈를 가져갈 사람은 에드나였다. 내 삶은 무의미와 고통으로 차 있었다. 그리고 무미건조함이 나의 일상을 지배했다. 이런 삶이 계속 영위될 가치가 있는 것일까? 벼락과 호우를 동반한 어느 날엔가는 나의 차에 번개가 내려치기를 염원하면서 방문했다. 그것이 나를 태워 버리기를 바랐다. 단숨에 잿더미로 만들어 버리기를. 그의 가족의 방문일은 주말이었기 때문에 나는 주로 주중에 방문했다. 물론 그의 모친은 시도 때도 없이 그를 방문했다. 주차장에 그녀의 차가 주차되어 있거나 그녀의 기사가 병원 문 앞에서 나를 제지할 때는 돌아섰다.

그는 적어도 육체적으로는 많이 회복된 듯 보였다. 발견 당시의 영양실조는 사라졌다. 물론 그것은 그의 콩팥과 간에 심각한 손상을 입히고 물러섰지만. 문제는 역시 그의 정신이었다. 그의 분열증은 개선되지 않고 있었다. 오히려 그것은 악화되고 있는 것 같았다. 천재의 정신을 침해한 그 악마는 정신 전체의 박탈을 원하고 있는 것 같았다. 그는 영혼을 갉아 먹히고 있었다. 이 방문에서 나는 에드나와 그의 결혼을 알게 된다. 에드나는 그를 얻었을 뿐만 아니라 아마도 이 세상에서 가장 선량하고 보기 드문 능력을 가진 그의 가족들을 얻었다. 축하할 일이다. 그럼에도 선배의 눈매는 조금씩 힘이 없어지고 눈의 총명한 반짝임도 서서히 흐려지고 있었다. 에드나는 나와 선배의 그 시기에 있었던 그 충격적인 충돌에 대해서는 모르고 있었다. 그의 가족이 말하지 않았다. 말할 가치도 없었을 것이다.

중학교에 진학한 아들은 또 한 번 따돌림과 소외 가운데 고통스러워하고 있었다. 이 문제가 대두될 때마다 나는 가장 용렬한 수단을 택해왔다. 이번에도 마찬가지였다. 먼저 남편을 호출했다. 남편과 이 문제를 의논할 때마다 사태의 심각성과 곤혹스러움을 먼저 주지시켜야 했다. 남편은 이 문제를 그렇게 크게 보고 있지는 않았다. 그는 아마 한 번도 학교에서 소외를 겪어본 적이 없었던 거 같다. 그는 원만한 성격의 소유자였으니까.

나는 마치 그리스 고전 비극의 주인공들이 겪는 듯한 비극성과 비장함을 담아 그에게 이 이야기를 했다. 하늘이 무너져 내렸다는 듯이. 그는 또 다른 살림살이를 하고 있다는 죄책감에서 나의 이러한 호소에는 귀 기울이려 노력했다. 그는 교장을 직접 만나고 그의 방식대로 사태를 해결해 나갔다. 그는 외교적 수단을 취하는 데 있어서 능란했다. 그는 절대로 가능하지 않은 것을 했다. 아들을 다른 반으로 옮긴 것이다. 이렇게 되어 이 문제는 미봉책을 얻게 되었다.

나는 이때쯤 상당한 심적 고통을 겪기 시작했다. 나의 기질은 그렇게 예민하거나 충동적이지 않았다. 오히려 강인하고 단호했고 결의가 있었다. 선배에 대해 내가 저지른 일에 대해 나는 큰 잘못을 저질렀다는 사실은 알고 있었다. 그러나 그것은 단지 나의 표면에만 흐르고 있는 자책감이었다. 적어도 한참 동안은 그랬다. 그러나 시간이 흐르며 이 자책감은 서서히 살을 뚫고 들어가기 시작하고 마침내는 뼛속까지 스미게 된다. 그때야 나는 내가 무슨 짓을 저질렀는가를 나의 전체 감성으로 느끼기 시작했다. 그 고통은 뼈아프고 신랄한 것이었다. 여기에 새로 시작된 강사 생활은 더욱 큰 스트레스를 주고 있었다. 내가 창조적인 사람이 아니라는 사실이 수업을 거듭할수록 나 자신에게 주지되었다. 모든 것이 힘들었다. 절망과 좌절감 그리고 나 자신에 내한 분노로 나는 점점 더 나의 일상을 망가트리고 있었다. 거기에 아들의 소외 문제가 겹쳤다. 이것은 매번 발생할 때마다 내게 심각한 타격을 줬다. 아들이 겪는 고통이 뼛속까지 스몄다. 선배를 만나고 온 날에는 하루 종일 그 이상의 무엇도 할 수 없었다. 내게는 일상을 지탱할 힘이 점점 사라지고 있었다. 강인하고 뻣뻣한 나의 정신도 무너지기 시작하고 있었다. 때때로는 자살 충동도 들었다. 가끔 휴강을 할 수밖에 없었다. 나는 아무것도 아니었다. 실력 있는 강사도 아니었고 성실한 강사도 아니었다.

나의 피폐함과는 반대로 선배의 책들은 점차 더 많은 독자를 확보해 나가고 있었다. 일반적인 책들의 유효성은 출간 5년째에 끝난다. 더 이상 팔리지 않는다. 출판사는 그 책을 유지하는 비용을 치를 이유가 없어진다. 그때에는 곧장 절판의 길을 택한다. 그러나 선배의 책들은 단 한 권도 절판되지 않았다. 이것은 출판사의 어떤 이익 때문만은 아니었을 것이다. 그 정도로 많이 팔리지는 않았기 때문이다. 그러나 그 책들이 긴 생명력을 가지고 있었던 것은 사실이다. 그리고 출판사는 그의 책의 가치를 확신하고 있었던 거 같다. 이것은 아마도 오 실장의 의지일 것이다. 그러나 나는 결국 그의 책을 더 이상 읽지 않는다. 이상하게 손이 가지 않았다. 사실 그의 책은 '논고 해제'를 제외하고는 아카데미에서는 별 쓸모가 없는 책이긴 하다. 그것들은 삶의 통찰을

마지막 외출

위한 책들이지 교과 과정을 위한 책들은 아니다. 그의 모든 책은 형이상학적이고 철학사적인 고찰을 전제하지만, 이것을 교과 과정에서 예술대 학생들에게 요구하기에는 무리가 있다. 그의 책은 사라지던지 고전으로 살아남을지의 기로에 설 것 같다. 그렇다 해도 이것이 내가 그의 책을 더 이상 읽지 않은 전적인 이유는 아니다. 나는 그와의 사랑을 실패라고 규정했다. 그 실패의 원인이 무엇이고 또 누구이든 간에 내 사랑은 실패했고 그는 이제 다른 여자의 사람이 되었다. 그의 책은 내게 이 실패를 끊임없이 상기시켰다. 내 기피의 근원적 이유는 이것이었다.

그의 남동생에게서 연락이 왔다. 오피스텔을 매도했으니 혹시 거기에 내 물건이 있으면 치워달라는 전화였다. 여전히 차갑고 냉담하고 사무적이었다. 나는 그렇게도 들어가기가 무서웠던 오피스텔에 다시 가야 했다. 거기에 그의 흔적은 고스란히 남아 있었다. 그가 앉아 있던 의자의 방석은 쿠션이 꺼진 채로 그대로 굳어져서 마치 그가 거기에 곧 들어와 앉을 수도 있다는 착각을 줬다. 나는 재킷과 칫솔과 실내화 한 켤레 그리고 몇 권의 책들을 챙겼다. 내가 듣던 몇 개의 CD도 있었지만 챙기고 싶지 않았다. 그 음악들도 선배와 함께 듣지 않는다면 내게는 하등의 즐거움도 주지 않게 될 것이었다. 그리고 소파에 앉는 순간 나는 눈물을 터뜨리고 말았다. 여기가 그가 앉았던 곳이다. 그는 여기에 앉아 무릎에 노트북 컴퓨터를 올려놓은 채로 한가롭게 체스와 브리지 등의 게임을 했다. 패배하면 멋쩍은 웃음을 지었다. 나는 그것을 못마땅해했다. 그가 삶을 낭비하고 있어서? 아니었다. 그랬더라면 나는 고상한 사람이겠다. 나는 그의 여가 시간의 관심이 마땅히 나한테 쏟아져야 한다고 생각했던 거 같다. 그가 자기의 오락에 잠겨서는 안 된다. 모든 즐거움과 도락의 원천은 나이지 않은가? 한번 터진 눈물은 멈출 줄을 몰랐다. 그가 정말 보고 싶었다. 금방이라도 그가 터덜거리고 들어와서 소파에 털썩 주저앉을 거 같았다. 그리고 무서웠다. 이제 그와 영원히 헤어지게 되었고 그는 어쩌면 이번에는 극복하지 못할 거라는 사실이 무서웠다.

그러나 이 눈물은 정확히 그 원인을 알고 있는 눈물은 아니었다. 무엇인가 공포와 무력감 그리고 좌절감의 덩어리에서 나오는 눈물이었다. 그것은 그를 내 곁에 두지 못한 슬픔에서 나오는 눈물이었다. 그것은 소금기가 없는 눈물이었다. 나의 영혼과 관련된 눈물은 아니었다. 나는 나머지 인생 전체를 내 영혼 자체를 소진시키는 눈물 가운데 살게 될 것이었다. 그러나 그때의 눈물은 그러한 눈물은 아니었다. 무엇인가 큰일을 저질렀지만, 그것이 구체적으로 그리고 정확히 무엇인지는 모르는 어린아이가 단지 예비된 처벌의 상상이 자아내는 두려움에 의해 흘리는 그런 종류의 눈물이었다. 나는 무서웠다. 내가 정확히 무엇을 했

　　　　　　　　　　　　　　　　마지막 외출

는가? 내가 그의 모친에게서 들은 질책의 포괄적인 의미는 무엇인가? 오 실장조차도 내게 보인 싸늘함은 정확히 무엇 때문인가? 연인 간에 서로를 향한 분노와 서로 간의 싸움은 항상 벌어지는 일이 아닌가? 그렇게 벌어진 갈등에 그는 고유의 유약함으로 대응한 것 아닌가? 모든 것이 유감이긴 하다. 그러나 나의 잘못이 그를 영양실조와 분열증으로 내몬 것은 아니다. 그는 내가 아니었다 할지라도 그 조현병에 엄습 당할 것이었고 그렇게 그의 인생은 끝날 것이었다. 그의 조현병은 젊은 시절의 발병 이후 그에게 잠복해 있었다. 그는 그렇게 태어난 사람이다. 내가 그의 운명을 결정지은 것은 아니다. 어차피 발생할 폭발에 성냥을 그었을 뿐이다. 내가 아니었다 할지라도 그가 짊어진 화약은 언제고 폭발할 것이었다. 백번을 양보해서 내가 그 비극의 어떤 국면에 있어서 큰 잘못을 저질렀다 하자. 그렇다 해도 나 역시 그의 운명에 속해 있는 그의 일부 아닌가? 그렇게 만든 사람은 누구인가? 바로 그이다. 그가 우리의 배타적 관계를 허용하지 않았는가? 그러나 신의를 배반한 것은 그이다. 옛 연인을 만나 부질없는 감상에 젖어 우리 관계를 망쳐 나간 것은 그이지 않은가?

이러한 생각은 나의 기만적인 자기변호는 아니었다. 나는 실제로 그렇게 생각하고 있었다. 이것은 우연적인 비극이었고 그 원인은 양쪽 모두에 있다고. 적어도 나는 자기 합리화를 시도하고 있지는 않았다. 자기 합리화는 자기 인식적이다. 스스로의 문제를 이미 그 무의식 속에서는 알고 있으면서 의식이 그 무의식에 강제적인 양보를 요구하는 것이 자기 합리화이다. 그러나 현재 내게 그러한 것은 없다. 나의 의식은 말할 것도 없고 무의식조차 도 이 비극의 책임이 전적으로 내게 있지 않다고 말하고 있었다. 그리고 그는 내가 우려했던 대로 그의 곁에 에드나를 두기로 하지 않았는가? 평생 감사한 마음으로 그를 보살필. 내가 어느 점에 있어서 그렇게 큰 과오를 저질렀단 말인가?

오피스텔에서는 책꽂이라 할 만한 것이 없었다. 그는 어떤 참고 도서나 인용 없이 책을 써 나갔다. 노트와 볼펜만이 그가 집필할 때 필요한 것들이었다. 거기에다 그는 자기가 쓴 책조차 모아놓지 않았다. 그가 가진 자신의 책들은 기껏해야 교정본으로 한 권씩 가지고 있는 것이 전부였다. 그나마도 그의 책 전체도 아니었다. 그는 줄줄 흘리고 다니는 성격이었다. 아마도 어떤 책은 집의 어딘가에 — 그도 모르는 — 그리고 어떤 책은 이 오피스텔에 굴러다니고 있을 것이다. 그의 탁자 위에는 수십 권의 노트가 쌓여 있었다. 최종적으로 책이 출판된 이후에 그에게 돌려보내진 그의 원본 노트이다. 정말 많았다. 두께가 80센티미터도 넘을 것 같았다. 그 노트들 사이에 한 권의 스프링 노트가 눈에 띄었다. 그는 보통은 위로 넘기는 노란색의 레포트 패드를 사용한다. 이 노트는 처음 보는 것이었다. 나는 그 노트를 빼냈

마지막 외출

다. 거기의 내용은 그의 일상에 대한 잡다한 낙서와 유학 시절에 대한 그의 회상들이었다. 그가 거기에는 '수업 시대'라는 제목을 따로 붙여 놓았다. 이것은 일종의 회고록이었다. 그는 정말이지 많은 글을 썼다.

맨 처음에 있는 것은 모차르트의 29번 교향곡에 관한 것이었다. 그것은 그가 한국에서 대학을 진학했을 때의 일이다. 노트 오른쪽 상단에 그 일이 일어났던 연도를 적어 놓았다. 모두가 최근 몇 년 동안에 쓴 글인 듯하다. 그리고 거기에 나에 대한 글도 있었다! 나에 대한 글을 읽기가 두려웠다. 그쪽에는 단순히 'A'라고 적혀 있었고 그 밑으로 무엇인가가 비교적 길게 적혀 있었다. 나는 그것을 마지막으로 읽기로 작정한다. 만약 그것을 먼저 읽는다면 다른 글들은 안 읽게 될 것 같아서였다. 그리고 무섭기도 했다. 거기에는 나에 대한 어떤 종류의 선고 공판이 있을 거 같았다. 아예 읽지 말까 하는 생각도 들었다.

맨 처음 글은 말한 대로 그의 대학 입학과 방황과 모차르트에 대한 것이다. 누구나 한 번쯤 겪었을 것들에서 그는 독특하게도 자기 삶의 방향을 정한다.

"만약 삶이 지금과 같다면 차라리 그것을 지금 끝내는 것이 낫다. 살아야 할 이유를 모르겠다. 그러나 죽어야 할 이유는 하나둘이 아니다. 나는 어떤 일에도 흥미를 느끼지 못하고 있다. 그저 묵묵히 하루하루를 지낼 뿐. 밭을 가는 소가 그러할 것이다. 나는 장래 어떤 삶을 살게 될지도 모르겠다. 아니 그 이전에 내가 어떤 삶을 원하는지도 모르겠다. 무기력과 방황이 매일 이어지고 있다. 나는 나름 애썼고 대학에 무사히 들어왔다. 대장님과 사모님은 행복에 잠겨 있다. 그들의 커다란 숙제 하나가 해결되었기 때문이다. 그러나 나는 행복하지 않다. 어디로 걸어야 할지도 모르겠다. 완전히 어두운 밤에 어떤 빛도 없이 계단을 내려가고 있다는 느낌이 든다. 사람들은 서로 모순되는 얘기들만을 하고 있다. 나는 이것을 판단할 능력도 없다. 입학 전에는 이제 대학 입학과 동시에 내게 좋은 일이 있을 거라고 기대했다. 나는 비로소 사는 이유와 목적에 대해 배울 수 있을 거라고 생각했다. 그러나 그러한 것은 없다. 무지가 얼마나 무서운 것인지 알겠다. 누군가가 삶에 대해 말해 줬으면 좋겠다. 어느 방향으로 걸어야 하는지, 어떤 심적 태도로 살아야 하는지, 나의 현재의 이 불안감과 불행의 이유는 무엇인지에 대해 누군가가 말해 줬으면 좋겠다. 나는 구원받고 싶다. 힘차게 살고 싶다. 누군가 삶의 이유와 목적을 말해 줬으면 좋겠다. 직업과 부가 삶의 목적일 수는 없다. 모두가 미래에 대해 말한다. 그것은 물질적인 미래이다. 다들 좋은 직업을 갖고자 하고, 많은 돈을 벌고자 한다. 이것이 성공적 삶이라고 말한다. 내게는 그렇지 않다. 그런 것들이 내게는 행복으로 느껴지지 않는다. 나는 거기에서 만족을 찾을 수 없다.

마지막 외출

오늘 모차르트 29번 교향곡을 듣는다. 그 순간 내 마음속에서 그 형체나 정체를 알 수 없는 어떤 행복감이 먼저 가슴을 채우고 다시 온몸을 물들인다. 행복했다. 나의 어제가 무엇이고 내일이 무엇이고 간에 현재는 행복했다. 만약 삶이 이러한 것이라면 그것은 살만한 것이다. 이 행복감과 더불어 나의 마음속에선 아주 조그마한, 그러나 그렇게 가능성이 크지는 않은 열망이 서서히 자라기 시작한다. 나도 모차르트와 같이 사람들을 행복하게 해줄 수는 없을까? 내가 곡예사라면 좋겠다. 사람들이 내 공중 줄타기를 보면 행복해할 테니까. 그러나 내게는 그런 재주는 없다. 다른 방법으로 사람들을 행복하게 만들 수는 없을까? 또한 나도 동시에 그 행복에 참여하게 하는 그러한 행복을 만들 수는 없을까? 그렇게 하여 나를 구원할 수는 없을까? 현재 나의 불행의 원인은 나의 무지이다. 내가 지혜롭고 똑똑하다면 내게 이런 혼란과 방황은 없을 것이다. 그리고 행복할 것이다. 모차르트가 행복하듯이 행복할 것이다. 지금 모차르트의 1악장이 마치 일렁이는 물결과 같이 나의 마음을 행복으로 물들이고 있다. 내가 학문을 한다면? 그래서 나 자신이 앎의 기쁨을 얻어 나가고 다른 사람들도 거기에 동참하여 알아 나가는 기쁨을 누릴 수 있다면?

나는 공부를 해야겠다. 이것이 내게 어울리는 일이다. 알아 나가는 기쁨이 있을 것이다. 나의 이 회의주의적인 불행에 대해서도 거기에 어떤 처방이 있을 것이다. 이 회의주의에 대해 누구도 그 해결책을 가르쳐 주지 않았다. 이 회의는 내 삶을 망치고 있다. 이것을 어떻게 극복할 수 있을까? 극복이라는 것이 있기나 할까? 어쩌면 그것은 나 스스로 알아 나가야 할 것인지도 모른다. 그렇게 된다면 나는 사람들에게 그것을 알려줄 것이다. 함께 행복해지기 위해. 모차르트는 지금 행복에 대해 말하고 있다. 나도 또한 그와 같은 대열에 합류하고 싶다. 내게 그런 역량이 있는지는 모르겠다. 그러나 시도는 해 볼 것이다. 군대에 빨리 다녀와야 한다. 그래야 유학을 갈 수 있다. 선진국에는 나 같은 고민에 대한 해결책이 이미 나와 있을지도 모른다. 나는 차례로 공부해 나가야 한다. 서양문화사, 철학 등을."

이것은 그가 마치 낙서처럼 휘갈겨 놓은 것들이다. 아마도 그는 기억을 최대한 거슬러 그의 최초의 각성을 그대로 보관하고 싶었던 거 같다. 문체도 대학 1학년생다운 풋풋하지만 적당히 유치한 그러한 문체이다. 그렇지만 그것이 내게는 무언지 모를 매력을 풍겼다. 마치 나의 어린 시절을 되돌아보는 듯했다. 나 자신도 그러한 회의주의에 잠긴 적이 있었다.

그 순간 내가 무엇을 잘못했는가를 갑자기 깨달았다. 그리고 그 깨달음은 상당한 불안과 두려움을 내포한 것이었다. 나는 그에게 엄청난 정신적 충격을 가했고 그것이 그에게 잠복해 있던 분열증을 깨우고 말았다. 그것으로 나는 적어도 수천 명의 사람들의 행복을 앗아갔다. 그는 행복을 위해 매진하겠다고 대학 1학년 때 그의 방향을 설정했다. 그것은 단지 그의 행복이 아니

마지막 외출

라 그의 책을 읽는 모든 독자들의 행복이었다. 나는 그들의 행복을 앗아간 것이다. 내가 선배에게 그의 아버지의 죽음에 대한 말만 하지 않았어도 그가 그렇게까지 충격받지 않았을 것이다. 그러나 나는 쏟아낼 수 있는 모든 사악한 말을 다 쏟아내었다. 거기에 그가 가장 두려워하던 자책감을 느끼고 있던 문제가 포함된 것이다.

나는 서서히 내가 막연히 흘렸던 눈물의 의미를 분석해 나가고 있었다. 나는 단지 그에게만 죄를 지은 것이 아니다. 또한 단지 그의 가족에게만 죄를 지은 것이 아니다. 나는 그를 사랑하는 수천의 사람들에게 죄를 지은 것이다. 그의 첫 번째 소설은 이미 5천 권을 넘어서는 판매량을 기록하고 있다. 그는 소설에서는 새로운 필명을 사용한다. 따라서 소설가로서의 그는 완전히 알려지지 않은 사람이다. 입소문만으로 그의 책은 이미 그만한 부수를 판매하고 있다. 앞으로 얼마나 더 팔릴지 모르겠다. 오 실장은 이 소설의 미래에 대해 낙관했다. 영원히 팔리게 될 책이라고. 그는 계속 소설과 수필을 쓸 예정이었다. 내가 앗아간 행복은 얼마나 큰 것인가. 더구나 출판사에는 이미 그 소설의 영화화 제안이 들어와 있다. 그렇게 되어 지명도를 얻는다면 그의 책은 더 많이 읽히게 될 것이다. 나는 한 사람의 인생을 망쳤다. 그러나 이것은 전적으로 나만의 잘못은 아니다. 그의 유약함과 잠복해 있던 질병이 문제였다. 그러나 그의 손실로 인해 사람들이 입은 손실은 엄청나게 큰 것이었다. 그가 사라지며 동시에 수천의 독자의 기쁨도 사라진 것이다. 이 점에 있어 나는 큰 죄인이었다. 나의 죄는 공적인 것이었다.

노트의 두 번째 주제는 그의 유학 시절의 한 에피소드에 대한 것이었다.

"나는 오늘부터 걷기로 작정했다. 앙토니 역에서 학교까지는 걸어서 두 시간이다. 좋은 점이 있다. 가는 길에 빈자를 위한 무료 급식소가 있다. 거기에서 바게트 하나를 공짜로 얻을 수 있다. 그리고 마르쉐에서 우유 한 팩을 산다면 두 끼의 식사는 문제가 없다. 그리고 가는 길에 그리스어와 라틴어 문법을 복습하고 단어를 외울 수 있다. 동사 변화도 외울 수 있다. 그것은 걸으면서도 가능한 것들이다. 걷다가 지칠 때쯤 바게트와 우유로 아침 식사를 할 수가 있다. 이곳에는 다른 사람이 이상한 행동을 한다고 해도 사람들이 신경을 안 쓴다는 좋은 점이 있다. 그리고 다른 좋은 점은 운동이 된다는 점이다. 하루 두 시간을 걷는다면 하루의 운동으로는 충분할 것이다. 그리고 모든 것이 싫다면 워크맨으로 모차르트와 바흐를 들을 수도 있다. 어제는 모차르트의 하프너와 린츠를 들었다. 그 꾸며진 듯하고 율동적인 아름다움이 좋았다. 거기에는 행복만이 있다. 오늘은 바흐의 칸타타를 한 시간 듣고 나머지 한 시간은 불어 단어를 외울 작정이다."

"어제가 앙토니 역에서 정기 시장이 열린 날이다. 구워지고 있는 닭 밑에서 익고 있는 감자가 맛있어 보였다. 5프랑어치를 샀다. 이것으로 나의 한 끼는 충분하다. 감자를 쪼개니 그 향기가 코를 통해 온몸을 관통했다. 아찔한 쾌감이 나를 물들였다. 더 이상 행복할 수가 없다. 나는 이 소박함과 초라함이 좋다. 디오게네스가 된 느낌이다. 그 철학자도 초라함을 행복으로 알았을 터이다."

"어제 데카르트를 시작했다. '방법서설'을 읽기 시작했다. 철학사의 영웅이라는 데카르트. 무엇이 그를 이렇게 불리게 만들었을까? 그는 '명석판명'에 대해 말한다. 그가 무엇에 대해 말하는지는 알겠지만, 그것이 철학에서 왜 그렇게 중요한지는 모르겠다. 아직은 많은 것이 안개에 싸여 있다. 사실 모든 것이 안개에 싸여 있다. 센강의 물안개는 단지 시테만 덮지는 않는다. 그것은 지금 내 영혼까지 덮고 있다. 어느 때고 걷히려나. 걷혀야 한다. 그것이 내가 궁극적인 행복을 얻는 길이니까."

선배는 공부를 시작하면서 이미 무엇에 대해서가 아니라 왜에 대해 묻고 있다. 데카르트의 명석판명성이 무엇을 가리키는지에 대해 그는 배웠다. 그것은 물론 배우면 알게 되는 것들이다. 참과 거짓을 가릴 수 있는 정신의 선명성을 가리키는 말이다. 중요한 것은 이 점이 철학에 있어서 왜 중심되는 위치를 차지하는 개념인지에 대해 아는 것이다. 그것은 철학사와 철학 그 자체와 관련하여 궁극적이고 본질적인 주제이기 때문이다. 그는 어린 나이에 이미 타협을 거부하고 있다. 그는 이 주제에 대해 그 철학사적 질문을 하고 있다. 그렇다. 그와 나의 차이는 누가 더 좋은 답변을 하느냐에 있지는 않았다. 누가 더 좋은 질문을 하느냐에 달려 있었다. 이러한 적극적인 질문의 조성은 앎에 대한 강렬한 요구, 타협하지 않는 정신, 자기만족의 배제 등과 관련 있다. 그는 이 요소들을 모두 가지고 있었다. 이 짧은 글에서도 그의 성취와 나의 답보의 이유가 분명히 제시되고 있다. 이것이 모든 것을 판가름한다.

이 글을 읽고 나는 더 이상 우울할 수 없는 그런 기분 상태에 들어갔다. 사람들은 왕왕 모든 성취는 노력과 기회와 운에 달려 있다고 믿는다. 그에 대해서도 많은 사람이 '내게도 그러한 부가 있어서 그러한 기회를 부여받았다면 동일한 성취를 이룰 수 있었다'고 말한다. 이것은 두 가지 점에서 틀린 판단이다. 우선 부가 있으면 일반적으로는 그가 하는 그러한 노력을 하지 않는다. 대부분의 인간의 노력은 경제적이고 사회적인 성취에 집중된다. 이것이 성취되고 나면 그들은 더욱 큰 경제 사회적 성취에 매진하거나 자족감 가운데 게을러진다. 문예에서의 성취는 유한계급들에 의해 그 많은 부분이 이루어져 온 것은 맞다. 그러나 그러한 일을 할 정도로 열렬한 정열을 가진 유한계급 사람은 극히 드물다. 두 번째로 그들에게 실제로 그러한 부가 있고 또 그들이 선배가 가졌던 그 열정으로 학예에 매진한다 해도 동일한 성취를 이루어 내기는 어렵다. 여기에는 천품이라는 것이 있다. 선배는 여러 인간적 결함과 악덕을 가지고 있었다. 그럼에도 그는 학문에 있어 타고난 천품을 가지고 있었다. 그는 매우 예리하고 깊이 있는 통찰의 가능성을 이미 가지고 태어났다. 일반적인 철학자들은 '이데아'에 대해 그것이 무엇을 가리키는지 아는 것으로 만족한다. 그러나 그는 이것이 철학에 있어 왜 필요한지를 묻고 그 답을 구해 나간다. 내가 선배의 첫 수업에서 인상적이었던 점은 이것이었다. 이 점은 어쩔 수가 없다. 그것이 운명이다. 그러나 그것이 누구나 원하는 운명은 아닐 것이다. 선배는 지금 점점 더 악화되는 우울증과 분열증으로 정신병원에 입원하고 있다. 그것은 어쩌면 재능이라는 동전의 어두운 이면일 것이다. 누가 이러한 운명을 원하겠는가?

다음은 그가 비트겐슈타인의 논리철학논고를 읽어 나갈 때 겪었던 어려움과 곤혹스러움에 대한 이야기이다.

"3.33에서 3.34에 이르는 전체의 이해가 어렵다. 이것은 러셀의 페러독스를 해결해 나가는 주제이다. 처음부터 이해가 어렵다. 두 명의 전공 교수 역시 자기네도 이해를 못 하고 있다고 말한다. 시카고 대학과 시러큐스 대학에 비트겐슈타인 전문가가 있다고 한다. 그들에게 팩시밀리로 질의를 해봐야겠다. 내게는 절박한 문제이다. 거기에서 막혀 진척을 못 하고 있다. 중요한 것은 sign과 mode of signification이 무엇을 의미하는지, 그리고 그것이 왜 중요한지를 정확히 이해하는 것이다."

이 글에 뒤이어 그의 실망과 결의가 곧 뒤따라 나온다.

"그들 자신도 모르고 있다고 말한다. 결국 스스로 해결할 길밖에는 안 남았다. 약간 공포스럽다. 얼마나 많이 집중하고 얼마나 많은 시간을 들여야 이것들을 이해해 나갈지..."

결국 그는 이것을 해낸다. 그의 정신력과 역량은 경이로웠다. 그것이 세 권의 논고 해제이다. 이 책으로 그는 출판문화상을 수상한다.

이 노트는 대체로 그의 '수업 시대'의 이야기로 차 있었다. 버클리와 흄을 읽고 놀란 얘기, 칸트를 처음 접했을 때의 느낌, 쇼펜하우어와 니체에 관한 얘기, 베르그송의 문체에 대한 사랑, 기번의 '로마제국 쇠망사'에 대한 독후감, 플로베르의 '보바리 부인'과 쿠르베 회화의 대비 등. 그중 세 개가 그의 '수업 시대'와 관계

마지막 외출

없는 사건에 대한 기술이다. 하나는 그의 아버지의 죽음, 다른 하나는 나에 관한 이야기, 세 번째가 에드나에 대한 것이다. 이 부분은 노트의 뒷면부터 거꾸로 되어 있다. 그는 아버지의 죽음에 대해서 매우 경련적인 비통함을 드러낸다.

"내가 바로 오이디푸스였다. 나의 아버지는 그에게 살해당한 라이오스이다. 내가 그를 살해했다. 학문이 단지 나만 제물로 원하는지 알았다. 그렇지 않았다. 그것은 나를 지나쳐 아버지에게도 손을 뻗쳤다. 그는 나의 가장 좋은 친구였다. 그는 애초에 누구의 아들도, 누구의 사위도, 누구의 남편도, 누구의 아버지도 아니었다. 그는 처음부터 나의 친구였다. 내가 나의 평생의 친구를 살해한 것이다. 아버지의 꿈은 언제나 소박했다. 아들의 얼굴을 자주 보는 것. 아들이 그에게 의지하는 것을 보는 것이었다. 나는 이 기대를 배반했다. 나는 세상 누구에게도 죄를 짓지 않았을 것이다. 그러나 나는 나의 가장 소중한 사람에게 죄를 지었다. 그렇지 않다. 이것을 죄라고 부른다면 그것은 너무도 안일한 자기 용서이다. 죄는 벌을 받으면 되니까. 내가 저지른 짓은 어떤 벌로도 보상될 수 없는 것이다. 차라리 맥베스가 부럽다. 그는 친구이며 아버지인 사람을 살해한 것은 아니지 않은가? 그의 죄는 그의 죽음으로 사함을 받았을 것이다. 그러나 나의 죄는 내 운명이 어떻게 된다 한들 사함을 받을 수 없을 것이다. 이것이야말로 어떤 성자조차도 용서받을 수 없는 죄라고 규정한 바로 그 죄일 것이다. 그리움에 받을 고통도 두렵다. 나는 그를 매일 매시 그리워할 것이다. 그는 때가 되면 당연히 떠오르는 저 태양과 같이 항상 거기에 있어 줬다. 그가 사라졌다. 이제 누구와 함께 저녁 식탁에 앉겠는가."

이제 내가 어떤 잘못을 저질렀는가가 더욱 선명하게 드러나기 시작했다. 그것이었다. 그의 가족 얘기를 꺼내서는 안 됐다. 그는 아버지의 죽음에 대해 간단히 말했었다. '대장님이 암으로 돌아가셨다'고. 그리고 '가족 모두가 힘겨워했다'고. '자기가 속을 많이 썩였다'고. 나는 이 문제를 묻어두고 있었다. 그러나 마음 한편에서는 선배가 아버지에 가한 정신적 스트레스가 아마 암의 원인일 수도 있다고 생각했던 거 같다. 그리고 나는 이 말을 터뜨린 것이다. 정말이지 해야 할 말과 하지 말아야 할 말이 있었다. 그것이 사실이건 아니건. 이것이 그의 실종과 분열증의 직접적인 방아쇠일 것이다. 그리고 나에 관한 이야기가 나온다. 비통하고 슬픈 이야기이다.

"혹을 사랑했기 때문에 꼽추를 사랑했다는 이야기에는 진실이 숨어 있다. 사랑은 대상의 장점에 대한 것은 아니다. 단점에 대한 것이다. 우리는 상처 난 부위를 보살핀다. 거기에 약을 바르고 드레싱을 하고 물에 젖지 않도록 한다. 사랑도 이것과 같다. 상대의 결함에 약을 바르고 드레싱을 해줘야 한다. 그러나 바로 그 드레싱 때문에 상처 부위가 오히려 썩는다면? 만약 거기에 바른 약이 적절한 것이 아니라면? 나는 그녀의 문제에 대해 적절하게 대응하고 있는가? 아니라면 그녀에게는 아무 문제도 없고 내게만 어떤 문제가 있는가? 왜 둘 사이가 점점 힘들어져 가고 있는가? 결국 우리는 몰락을 향해 가고 있는가?

나는 한 여자를 사랑하고 있다. 그러나 나의 사랑은 그녀의 어떤 기질 때문에 고통받고 있다. 이것은 어쩌면 나의 문제이다. 나의 사랑이 진실한 것이라면 문제 되는 그 기질 자체를 사랑해야 하기 때문이다. 사랑은 거기에서부터 시작해야 하기 때문이다. 난들 그녀에게 고통을 가하는 기질이 없겠는가? 그녀는 내게 사랑을 맹세했다. 나는 이 강렬한 사랑에 대해 자격이 없을 수도 있다. 그녀의 어떤 기질적 문제에 힘들어하고 있으니까. 그녀는 내게 전적인 사랑을 보여주고 있는데. 나는 그녀를 사랑하게 된 후 어느 여자에게도 눈을 돌리지 않고 있다. 이 여자가 내가 필요로 하는 모든 것을 가지고 있기 때문이다. 그녀는 나의 주변을 정리하고 청소한다. 외출 후 들어와서는 손을 닦으라고 잔소리하고, 식사 후에는 이를 닦으라고 잔소리하고, 비타민제와 물을 들고 나를 쫓아다닌다. 이것이 사랑의 결과가 아니라면 무엇의 결과이겠는가? 나는 이제는 그녀 없이는 한 걸음도 걸을 수 없을 거 같다. 그녀는 너무도 깊숙이 나의 삶의 일부가 되어서 그녀가 없다면 나의 사지가 없어지는 일이 될 것이다. 나는 어제도 송금을 위해 그녀에게 나의 통장과 송금 카드의 비밀번호를 물어야 했다. 나는 내 이메일의 비밀번호도 매일 잊고, 때로는 전자 키의 비밀번호도 자주 잊는다. 그리고 나의 여권이나 통장이 어디에 있는지도 모른다. 심지어 내가 임차인과 맺고 있는 임대차 계약서도 어디에 있는지 모르겠다. 이 모든 것을 아는 것은 그녀가 유일하다. 그녀는 모든 파일을 정돈한 채로 보관하고 있는 서랍장과 같은 기억력을 지니고 있다.

이제 와서 그녀가 미혼이기를 바라고 있다. 우리가 한 집에서 자고 아침에 같이 일어날 수 있다면 그것도 꽤 괜찮은 상황일 거 같다. 그녀는 이를 닦으라고 또 잔소리를 하겠지. 그녀는 이혼할 수 없다. 이혼은 아이에게 커다란 타격이 될 것이다. 나도 그것은 원하지 않는다. 우리는 어쩌면 첫 단추가 잘못 맞추어진 경우이다. 애초에 결혼을 말렸어야 했다. 나는 그녀와 배타적인 관계를 유지하면서도 내가 원하는 모든 책을 써 내지 않았는가? 그녀와 결혼을 했다 한들 이것들이 방해받을 이유가 있었을까? 물론 어떤 부분은 잃었을 것이다. 그러나 그 손실은 함께 산다는 보상으로 메꿔질 것이었다. 그랬을까? 물론 아닐 수도 있다. 나는 가정에 매몰될 기질도 충분히 있다. 나도 대장님의 아들이다. 그의 무엇인가를 닮았다면 나는 결혼과 동시에 모든 내적 완성을 포기했을 수도 있다. 내 관심사는 가족에게로 옮겨 갔을 것이다. 이 점은 정말 미궁이다. 이것이 유감이다.

그녀는 점점 더 짜증을 내고 있다. 나는 이것이 그녀의 어떤 타고난 기질에서 나온다는 사실을 안다. 그녀는 친근감과 소유로 인해 상대편을 쉽게 생각하는 경향이 있다. 이것은 관계를 망친다. 짜증과 분노는 점점 심해지고 있다. 심지어 나의 젊은 시절의 여자관계까지도 그녀에게는 짜증과 분노의 대상이다. 그녀는 지금에 들어 책도 들춰보지 않는다. 그저 논문을 위한 참고 도서와 참고 논문을 열람할 뿐이다. 그녀도 '그들만의 리그'에 가입하려는 것일까? 그렇다면 나는 그녀에게 더욱 쓸모없는 사람이 될 것이다. 모든 것이 두렵다. 그녀는 학생 시절에 이미 내게 이별의 타격을 가한 적이 있다. 나는 그때 밤을 새우고 걸어서 인천 바닷가까지 갔었다. 견디기 힘들 정도로 가슴이 아팠다. 그녀가 결국 그렇게 결정하다니. 아마 그녀는 그때에 이어 두 번째 타격을 가할 작정인가 보다."

차라리 그가 나를 원망하고 나를 매도했더라면 나았을 것이다. 그는 내 타고난 기질적 문제를 정확히 알았지만, 그것을 사랑으로 감싸려 노력했다. 그의 나에 대한 애정과 보살핌은 항상 같았다. 나는 그의 사랑을 의심했었다. 그것이 나로 하여금 더욱 그를 소유하고자 하는 충동을 갖게 했다. 나는 그의 노트의 이 부분을 읽으며 온갖 후회와 회오와 자책감을 느끼기 시작하고 있었다. 그렇다. 나는 천사를 파괴한 것이다. 날개 달린 천사가 아니라 지혜와 따스한 마음을 가진 천사를 파괴한 것이다. 불안과 두려움에 떠는 천사를 파괴한 것이다. 그는 이미 우리의 첫 번째 만남에서부터 내게 애정을 품고 있었다. 나는 그때 선혀 눈치채지 못했다. 이별의 고통을 그 역시 나 못지않게 겪었다. 나는 타격을 가하면서도 나만이 고통을 겪고 있다고 생각했었다. 그러나 그는 밤을 새워 걸어야 할 정도로 큰 고통을 겪었다.

그를 파괴함에 의해 나는 또한 수천의 사람들의 행복을 파괴한 것이다. 인터넷상에서 그의 이름과 책이 거론될수록 내 공포는 커져 갔다. 그는 내 사람만은 아니었다. 그는 이미 공인이었다. 나는 도대체 어떤 괴물인가? 이런 일을 저지르고도 나의 나머지 삶을 그대로 살아갈 수 있을까? 나 자신도 벌주어야 하는 것이 아닌가? 그가 말한 바대로 고통받는 사람 그 자신이 되어야 진정한 공감이 있게 되는 것 아닌가? 그렇다. 나는 벌 받아야 한다. 그리고 누구도 내게 벌을 주지 않을 때 나 자신이 내게 벌을 주어야 한다. 나도 그가 겪은 고통을 겪어야 한다.

내가 사랑했던 천사는 지금 정신병원에서 치료를 받고 있다. 의사는 질병의 진행을 늦추려는 최대한의 노력 외에 우리가 할 수 있는 것은 없다고 말하고 있다. 그의 질병은 그의 정신을 파괴하고 궁극적으로는 그의 육체까지 파괴할 것이다. 상상조차 두렵다. 그는 나까지 데려가야 한다. 그가 없는 세상을 살 수 없다.

내가 다시 병원으로 그를 방문했을 때는 3월 초였다. 겨울도

봄도 아닌 그 어중간한 계절에 나는 그를 처음 만났다. 20여 년 전에. 나는 그를 보고 전율했었다. 그의 모든 지성과 감성을 닮고 싶었다. 그러나 나는 무엇도 닮지 못하고 그 소중한 것을 오히려 파괴해 버렸다. 그는 환자복 위에 코트를 걸치고는 에드나와 함께 현관 앞의 벤치에 앉아서 봄날의 햇살을 어떻게든 붙잡으려 하고 있었다. 나와 눈이 마주친 그는 주춤거리며 눈길을 피하려 했다. 나는 가까이 다가가며 정답게 물었다. '선배, 오늘은 좀 어떠시냐'고. 그는 고개를 돌렸다. 그는 결국 나를 제대로 알아보지 못한다. 그의 지성이 후퇴하고 있고 그는 이제 과거의 추억 속에서 두려움과 망설임만을 보고 있다. 에드나는 선배의 반응에 내 앞을 막아섰다. 그의 병세가 급격히 나빠지고 있다고. 나는 더욱 절망하고 있었다. 그의 병세가 악화할수록 내가 내게 내릴 벌은 더욱 무겁게 될 것이었다. 에드나에게 의사와의 면담을 주선해 달라고 부탁했다. 선배의 미래가 걱정됐다. 단 몇 달 사이에 선배의 주인이 바뀌었다. 이제 선배의 신상과 관련하여 내가 에드나에게 부탁해야 하는 처지가 되었다. 그녀와 나는 같이 의사를 만나러 갔다. 나는 의사에게 환자의 병세가 급격히 나빠지고 있는 것 같다고 말했다. 의사는 말했다.

"조현병과 관련하여 가장 나쁜 방향으로 상황이 진행되고 있습니다. 조현병은 초기에 발견할 경우 진행을 늦출 가능성이 그만큼 커집니다. 그러나 이 환자는 병이 상당히 진행된 후 진단을 하게 된 경우입니다. 사실 이 환자는 젊었을 때부터 이 질병을 가지고 있었습니다. 의지와 운으로 여태 버텨온 것이지요. 이 나이에 조현병이 이렇게 급격히 재발하는 경우는 매우 드뭅니다. 게다가 병세의 악화가 우리가 예상한 것보다 더 급격히 나빠지고 있습니다. 우리끼리는 이러한 상황을 full blown이라고 합니다만, 사실 이게 그렇게 흔하지는 않습니다. 의료진도 이 환자가 누군지 잘 알고 있습니다. 우리에게 모든 환자는 똑같이 진지한 보호의 대상이지만 특히 이 환자의 경우에 최선을 다하고 있습니다. 가족과 친지분들이 자주 방문하여 환자를 외롭지 않게 해 주시기를 바랍니다."

나는 세 번째로 절망하고 있다. 첫 번째는 많은 사람의 행복을 앗아간 것에 대한 절망이고 두 번째는 그의 여전한 사랑의 확인에 의한 절망이고 의사의 비관적 진단이 세 번째 절망이었다. 그는 어떤 수단으로도 구원의 가능성이 없다. 그 질병은 어둠 속에 숨어 그에게 화약을 공급하고 있었다. 언제고 폭발하는 불이 될 기회를 노리며. 그리고 내가 거기에 점화하고 말았다. 내가 그에게 그렇게 큰 정신적 타격을 가하지만 않았던들 그는 여전히 밝고 명랑하게 새로운 창작을 계속하고 있을 것이다. 마치 창조주처럼 그의 세계를 디자인하고 있었을 것이다.

사실은 네 번째 절망도 있었다. 그는 그 스프링 노트에 에드나에 대해서도 뭔가를 적어 놓았다.

　　　"20XX년 12월 27일 에드나에게 6만 불 송금. 20XX
년 12월 28일 에드나에게 캐시 1만 불 전달. 세무서에 자금 출처원을
제시하고 양도세를 내야 함. 자금 출처원은 아버님의 유산. 동생에게
얘기하는 것 잊지 말기."

　"질병과 가난이 그녀에게 타격을 가했다. 그녀는 절망조차 느끼지
못하고 비명조차 지르지 못한 채로 쓰러지려 하고 있다. 그녀는 완전
히 지쳤고 모든 것을 포기하고 있다. 그녀의 영혼에서 텅 빈 공허 외에
무엇도 발견하지 못하겠다. 그녀 아들의 얼굴에도 짙은 절망의 그림
자가 드리워져 있다. 그 나이에 이미 삶에 탈진한 모습을 보인다. 아름
다운 눈망울이 절망과 포기의 분위기로 흐려져 있다. 이 불쌍한 모자
를 보살펴야 한다. 에드나와 나는 마치 오누이와 같은 20년을 지내왔
다. 신기한 노릇이다. 그 세월 동안 우리 누구도 육체적 관계를 서로에
게 원하지 않았다는 사실이. 그 시간은 우리에게 소중하게 간직된 꿈
이었기 때문이다. 현실은 현실의 세계에 꿈은 꿈의 세계에 머물러야
한다. 이 두 세계는 서로 소통할 수 없고 또 소통해서도 안 된다. 현실
이 꿈에 손을 대면 우린 잠에서 깨고 꿈은 덧없이 사라진다. 최초의 그
아름다웠던 꿈은 바람에 무심히 날아가고 만다. 1개월은 꿈이었다. 우
리 인생의 가장 아름다웠던 순간은 그렇게 밀봉되었다. 거기에 손대면

안 된다. 봉인이 풀리면 음료는 곧 상할 것이다. 그것은 향기를 맡기 위한 것이다. 마시기 위한 것이 아니다. 에드나와 나는 이렇게 결정한 거 같다. 누구도 어떻게 하자고 하지 않았다. 그냥 자연스럽게 우리는 오누이와 같은 사이가 되어 버렸다. 그녀는 한때 '나의 누이여, 나의 신부여'였다. 그러나 더 이상 나의 신부는 아니다. 이제 누이로서의 그녀만 남았다. 에드나, 너의 고통은 내 누이의 고통이다. 그리고 그 절망과 비탄도 모두 내 누이의 것이다. 그래도 실망하지 말고 열심히 살아보자. 언제고 너의 그 악마가 다시 너의 몸을 침범한다 해도 지나친 걱정을 하지 말라. 너를 누이라고 부르는 내가 있으니. 무엇도 두려워 말라. 너를 구하기 위해서라면 세상의 끝에까지라도 갈 테니."

이것이 나의 네 번째 절망이었다. 에드나와 그의 관계는 그가 말한 대로였다. 그들은 더 이상 연인 관계는 아니었다. 최초의 한 달이 지난 후 그들은 연인 관계였던 적이 없다. 여름의 그 한 달이 그들에게는 침해받지 않게 지켜야 할 꿈이었기 때문이다. 이러한 종류의 애정과 우정도 있다. 그 세계는 내게는 낯선 세계이다. 그렇게도 열렬했던 애정을 그렇게도 고요하고 다정한 우정으로 전환시켰다니. 내가 에드나였다면 선배와의 사이에 남녀관계를 회복하던지 다른 남자를 만나든지 했을 것이다. 선배를 믿지 못한 나는 가장 야비하고 상스러운 방법으로 그에게 가당치 않은 보복을 하고 말았다. G라는 남자 역시 나의 도구로

마지막 외출

희생시키며. 나는 삶을 살아갈 가치도 없는 사람이다. 나는 선배에게 차라리 죽으라고 말했었다. 그는 죽음보다 더 나쁜 상황에 처해 있다. 나의 부질없는 저주는 결국 그 분노를 실현시키고 말았다. 죽어야 할 사람은 내가 아닌가! 도대체 어떤 형벌이 내게 합당한 형벌인가? 어떻게 나를 벌줘야 이 죄를 사면받을 수 있을까? 사면할 수 없는 악행을 저지른 건 아닌가?

결국 나는 전임으로 임용되었다. 이것과 관련하여 많은 뒷얘기가 있다. 말할 가치도 없는 것들이다. 이제 이 모든 것이 내게 무의미해졌다. 조금도 기쁘지 않았다. 나는 무엇을 위해 공부해 왔는가? 선배는 '학위는 그냥 신임장일 뿐이고 너 자신의 공부는 온전히 스스로에게 수렴된다'고 말해왔다. 그러나 나 자신에게 수렴된 것은 공허한 학위뿐이다. 많은 사람이 명예에 대해 말하지만, 나는 그것이 얼마나 공허하고 의미 없는 것인지를 안다. 그렇다면 나는 무엇을 해 온 것인가? 공부는 아닌 것 같다. 어느 순간 난 선배의 학문과 예술에 흥미를 잃었다. 선배가 나의 소유라고 믿은 순간 그것들은 마지막 불꽃을 내고 사라져 갔다. 선배에게 무엇을 배웠는지도 모르겠고, 내가 무엇을 습득했는지도 모르겠다. 나의 지난 7년은 두 장의 빳빳한 종이 쪼가리로 수렴되었다. 석사학위와 박사학위라는. 결국 그것만이 남았다. 도로는 표지판만을 남기고 사라졌다. 내가 손에 쥔 것은 그 표지판뿐이었다. 무성한 숲과 평화로운 들판과 반짝이는 자갈밭을 아름답게 휘감고 흐르던 그 도로는 표지판만을 남기고 사라졌다. 영원히 사라졌다. 회복할 가능성도 없다. 그 도로는 이제 폐허가 되었다. 그것은 선배에게 속한 것이었지 내게 속한 것은 아니었다. 학문과 예술의 세계에서 나는 실패자이다. 결국 선배의 말이 맞았다. 소유는 모든 의미와 가치를 배반한다는 선배의 말은. 나의 교수 시절에 대해서는 할 말이 별로 없다. 나는 그냥 평범한 교수였다. 내가 학생이었을 때 그리도 마땅치 않게 생각했던 그 교수 중 한 명이었다. 선배의 그 열렬하고 심오한 독창성은 지니지 못한 교수였다. 권태와 무기력 가운데 학사 행정을 가까스로 해 나가는.

아들이 마침내 고3이 되었다. 내가 그리도 바라던 시간이 마침내 왔다. 나의 해방의 시간이 다가오고 있다. 공부는 그럭저럭 하고 있다. 과외비가 이미 월 5백만 원을 넘어서고 있었다. 아마도 2류 대학쯤은 갈 것이다. 선배가 입원한 지도 5년이 지나가고 있다. 세월은 아무러한 의미도 없이, 어떤 미소도 없이, 어떠한 냄새도 풍기지 않은 채로 무심히 흐르고 우리는 모두 늙어갔다. 나도 이제 40대 중반을 넘어서고 있다. 모든 삶이 기계적이 되어 가고 있다. 학문과 예술뿐만 아니라 삶의 아주 조그만 일상까지도 기계적이 되어 가고 있다. 나는 내 삶의 어떤 요소도

마지막 외출

사랑할 수 없다. 무의미와 무료가 나의 일상을 지배하고 있다. 나는 공허하고 무심한 채로 플라톤과 칸트 등을 가르치고 있다. 내가 원했던 행복은 사실은 내게는 존재하지 않는 것이었다. 신비스러운 통찰이 일상을 지배하는 그러한 행복은 모두의 것은 아니었다. 내가 선배를 만나고 23년이 흘렀다. 그의 모든 것을 배우고 그의 모든 것을 품으려 했던 나의 꿈은 헛된 것이었다. 그것들은 내 것이 아니었다. 모든 것이 부질없는 탐욕이었다. 나는 그와 같은 사람이 아니었다. 어떤 노력도 천품을 극복할 수는 없다. 그와 나는 다른 별의 점지를 받았다. 선배는 어떨까? 자기 삶을 행복한 것으로 결산할까? 그럴 거 같다. 그는 전력을 다해서 살았으니까. 그에게 허용되었던 모든 가능성을 다 실현하였으니까. 나는 그러한 행복에 대한 자격이 없다.

남편의 사업은 한층 번창하고 있다. 원래부터 기계적이었고 무미건조했던 그의 삶은 여전히 유흥업소와 골프장에서 기계적으로 흘러가고 있다. 이제는 그의 얼굴 보기도 힘들어졌다. 그와 나의 최초의 충돌 이후 결혼생활은 이미 종말을 고했다. 나는 아들을 때때로 그의 집에 보냈다. 아들은 언젠가는 그의 아버지와 살아야 한다. 나는 아들을 더 이상 돌볼 수 없고 또 돌보고 싶지도 않다. 내 아들조차도 내게서 매력을 잃었다. 나 자신을 닮았다는 사실이 애초에는 안쓰럽게 생각됐으나 차차로 권태롭고 짜증을 불러일으키는 존재가 되어 가고 있다. 옥시토신이 그 효능을 다 했다. 더구나 아들이 아버지와 살아야 할 더 큰 이유가 있다. 아들은 아버지의 사업을 물려받아야 하고 그의 유산을 상속해야 한다. 그것을 위해 내가 평생에 걸쳐 유부녀 아닌 유부녀의 삶을 살아야 했다. 아들은 아버지와 그의 내연의 처 모두에게 극심한 혐오감을 품고 있었다. 주말에 1박 2일 동안 가 있는 동안에 셋 모두가 서로 진저리를 칠 정도로 그 갈등은 심각했다. 그럼에도 나는 아들을 계속 남편에게 보낼 것이다. 갈등과 증오 가운데 어디선가 균형점을 찾을 것이다.

나는 때때로 선배를 만나러 갔다. 참담했다. 그는 나를 간혹 알아보기는 했다. 그러나 나는 그에게 공포의 대상이고 거리낌의 대상이다. 그는 내가 자기 옆으로 다가오는 것을 허용하지 않았다. 에드나의 설득으로 가까스로 마주 앉았을 때도 얼굴이나 눈을 마주치려 하지 않았다. 참담했다. 23년간의 우리 관계의 결산은 그와 같았다. 나는 그들에게 필요하다고 생각되는 것들을 사다 주었다. 선배의 덧입을 옷이나 에드나의 블라우스와 재킷, 그들의 슬리퍼, 털모자, 신발, 속옷 등을 사다 주었다. 에드나는 이제 한국말을 제법 한다. 영어와 한국어를 적당히 섞어 쓰기만 하면 이제 나는 그녀와 심지어는 내면적이고 심리적인 문제에 대해서까지도 의논할 수 있게 되었다. 선배는 에드나에게는 다정하게 대했고 그녀에게 많이 의지했다. 그러나 선배의 육체는 날로 쇠약해져 갔다. 이제 체중이 50킬로그램 이하로 떨어졌다. 마치 가랑잎처럼 연약해 보였다. 발견되었을 당시 그는 심각한 영양실조 상태에 있었다. 그는 매일 굶다시피 하며 2개월을 지낸 것이다. 그의 노숙자 동료들이 그에게 가끔씩 내민 빵과 우유가 그가 먹은 전부였다. 이때 그는 콩팥과 간에 심각한 손상을 입는다. 이것이 더욱 악화되고 있다. 그의 가족들은 이제 2주일에 한 번씩 그를 방문하고 있다. 주로 그의 모친과 여동생이 왔다. 여동생 스스로가 의사이다. 그녀 역시도 그의 예후를 비관적으로 전망한다. 오빠가 삶의 의지를 잃은 거 같다고.

나는 어느 날부턴가 그 방문을 그만두게 된다. 그의 가족의 경멸 때문은 아니다. 그들은 선한 사람들이다. 그의 가족은 내게 사면장을 발부했다. 더 이상 나를 기피하거나 혐오하지 않았다. 오히려 나는 그들에게 의논 상대가 되어 갔다. 선배의 책과 관련한 모든 계약이 나에게 위임되었다. 내가 점차 괴로워한 것은 에드나 때문이었다. 그녀와 선배는 마치 한 쌍으로 태어난 것처럼 잘 어울린다. 선배는 그녀 옆에 있는 한 환청에 덜 시달리고 조현병 특유의 공포심을 가라앉혔다. 그녀와 나는 비교되는 사람들이었다. 나는 선배의 화려함을 사랑했다. 그러나 에드나는 ㅗ의 전 인격과 전 생애를 사랑했다. 선배 역시 진정으로 사랑했던 사람은 그녀였던 거 같다. 그 질병의 공포 속에서도 그녀에게는 안심했으니까. 그녀를 바라보면 거기에 성녀가 있다는 생각이 들었다. 차분하고 고요하고 한결같았다. 에드나의 삶은 나의 삶보다 훨씬 나은 것이었다. 그녀의 사랑과 희생은 그 대가를 얻고 있다. 그녀는 그 집안에 어울리는 며느리였다. 선배의 어머니와 함께 있는 에드나는 고유의 시모와 며느리 관계였다. 그것도 매우 다정하고 사려 깊은 관계였다. 선배의 모친은 영특한 할머니이다. 그녀가 문화센터에서 배운 영어는 에드나와의 대화에서 유용하게 쓰이고 있다. 신이 존재하는 거 같기도 하다. 선한 자에게 축복을 주었다. 그녀는 그리도 존경했던 남자와 이제 부부가 되었다. 그리고 다정한 가족을 얻었다. 그녀의 노년은 그들의 보호 아래 흘러갈 것이다. 그녀는 말한 적이 있다. 암 재발이 이제 두렵지 않다고. 적어도 외롭게 죽지는 않을 거라고. 아들 헨리의 미래 역시도 이 가족의 보호 아래 있게 되었다고.

에드나가 전화했다. '요새는 왜 방문하지 않냐'고. 나는 눈물을 삼키며 말했다. '그에게는 당신 하나로 충분하기 때문'이라고. '선배야말로 당신 거였다'고. '내가 더 이상 거기에서 걱정할 필요가 없어졌다'고.

그다음 해 봄에 그는 생을 마친다. 에드나가 전화했다. '그가 갔다'고. 56번째의 생일을 이틀 앞두고 그는 갔다. 병원에서 6년

의 세월을 보냈다. 죽기 전날 에드나의 뺨을 만지며 속삭였다고 한다. '나의 사랑.'

그는 31권의 이론서와 3권의 소설, 3권의 수필집을 남겨 놓았다. 만약 내가 그에게 타격을 가하지만 않았다면 우리는 그에게서 몇 권의 소설쯤은 충분히 더 얻었을 것이다. 거기에서 그는 또다시 신비스러운 이야기를 펼쳐 보이며 새로운 세계를 창조했을 것이고 그 새로운 세계는 많은 사람에게 행복을 주었을 것이다. 그의 스프링 노트의 내용들은 '수업 시대'라는 제목의 유작으로 출판된다. 130쪽의 아주 작은 판형으로 된 책이다. 이것이 그의 세 번째 수필집이다. 그의 생일은 5월 5일 어린이날과 겹친다. 정말 좋은 계절에 태어난 사람이다. 그의 모친도 따로 전화했다. 그의 큰아들이 마침내 고통을 벗어났다고. 자기가 더불어 죽지 않은 게 오히려 더 큰 고통이라고.

장례식장으로 가는 도롯가엔 사피니아와 피튜니아 꽃바구니들이 나무와 레일에 걸려 있었다. 선배가 좋아하던 꽃들이다. 나는 차를 돌려 양재 꽃 시장으로 들어갔다. 왁스플라워의 시즌이 끝나가고 있다. 어느덧 여름에 가까워지고 있다. 다행히 마지막 왁스플라워가 남아 있었다. 남아 있는 모든 것들을 사니 한 아름이었다. 나 외에 누구도 그가 이 꽃을 얼마나 사랑했는지 모를 것이다. 그는 이 꽃을 내게 한 아름씩 사 주곤 했었다. 겨우내 이 꽃은 내 침대 옆 탁자 위에 있었다. 장례식장은 조용했다. 이것이 어울린다. 그는 사람들과 함께하는 것을 피했다. 항상 고요와 침묵을 사랑했다. 그의 삶 자체가 모든 시끄러움이 배제된 것이었다. 그의 독자들은 그가 떠난 것을 모를 것이다. 가족들은 이 장례를 가족장으로 결정했다. 최소한의 친지만이 장례에 참여했다. 그의 정신과 주치의만이 외부인이었다. 그의 모친은 나를 안아주었다. 이제 여든의 할머니가 된 그녀는 아직도 총명했다. 슬픔 가운데 어떻게든 자제와 절도를 보여주고 있었다. 눈이 부은 오 실장과 헨리도 와 있었다. 그의 가족 네 사람, 오 실장, 헨리가 장례 주재자의 전부이다. 에드나는 스스로도 감당하기 힘든 몸을 이끌고 선배의 어머니를 위안하고 있었다. 그녀는 선배의 시작과 끝을 함께한 사람이다. 그러나 오랜 세월을 애정과 우정이 뒤섞인 채로 그를 흠모해 왔다. 의연함과 품위를 갖춘 사람이다. 그럼에도 그녀가 이 슬픔을 어떻게 견뎌낼지 걱정이다. 어떤 경련적 오열도 없는 채로 그녀의 눈은 젖어 있었다. 오 실장의 슬픔은 형언할 수 없는 것이었다. 그는 선배의 마지막 주말에 방문했었다. 그리고 곧 때가 오리라 생각했다. 그는 선배와 19년간을 같이 일해 오는 동안 우리가 쉽게 생각할 수 없는 두터운 우정을 선배와 나눴다. 오 실장은 선배의 기적 같은 재능에 항상 전율했고 선배는 오 실장의 도움으로 유럽과 캐나다에 체류할 수 있었고 그의 책이 아름다운 장정으로 출판되는 것을 볼 수 있었다. 어떻게 보면 그야말로 선배에 대해 가장 잘 아는 사람이었다. 헨리에게는 선배가 새로운 아버지였다. 이제 그는 청년이다. UBC에 다니고 있다. 그는 앞으로의 삶을 인간에 대한 신뢰 속에서 영위할 수 있을 것이다. 이것이 선배가 그에게 한 가장 좋은 일이다. 그는 슬퍼하는 어머니를 위안하고 있다. 나는 기원했다. 그가 묻힌 흙이 부디 그를 무겁게 누르지 않기를. 무거운 흙이 그의 뼈를 부러뜨리지 않기를. 부디 두꺼운 흙 속에 묻히지 않기를. 표층을 사랑하는 그였으니까. 그 역시 가볍고 가뜬하게 흙을 누를 터이니. 나의 생명인 '당신'이여.

그가 갔다. 동시에 나의 세계는 무너져 내렸다. 세상 전체가 무너져 내리지 않은 것이 이상했다. 그러나 라일락은 여전히 피었고 그 라일락과 함께하는 벌들도 여전히 거기에 있었다. 이상했다. 이 모든 아름다운 것들이 여전히 거기에 있다는 것이. 그와 더불어 몰락해야 마땅한 모든 것들이 몰락을 견뎌내며 그냥 거기에 있었다. 달은 여전히 보름달이 되어갈 것이고 금성은 여전히 강렬한 빛을 낼 것이다. 강물은 여전히 금빛의 햇살을 반사할 것이고 봄날의 바람은 계속 향긋한 소나무의 향을 퍼뜨릴 것이다. 그러나 나는 몰락할 예정이었다. 이 삶을 이대로 지속할 수는 없다. 그는 나의 태양이었고 달이었고 별이었다. 그는 나의 숲이고 바다였고 호수였다. 그가 사라졌다. 이제 내가 나를 벌줘야 할 시간이다. 그것은 삶을 끝냄에 의해서는 아니다. 그렇다면 너무 가벼운 처벌이다. 나도 선배만큼 긴 시간을 나를 벌줘야 한다. 구차한 삶을 이어가야 한다.

수능일 아침이다. 아들은 이미 수시로 원하는 대학에 합격했다. 몇 개 과목에서 2등급을 받기만 하면 된다. 나는 아들을 시험장으로 태워 갔다. 가는 내내 눈을 마주치지 않았고 흥겨움을 위장했다. 아무 부담 없이 시험을 치르라고. 시험장은 차로 10분 거리에 있었다. 정문에 현수막이 어지럽게 붙어 있었다. 나는 등을 두들겨 줬다. 어쩌면 나와 아들의 마지막 시간일지 모른다. 시험장을 찾아서 들어가는 아들이 입실할 때까지 정문에서 그를 하염없이 바라보았다. 나의 아들, 사랑하는 나의 아들. 유일한 나의 핏줄.

집으로 돌아온 나는 핸드백을 식탁에 올려놓고는 얼음을 채운 위스키를 조금 마셨다. 여전히 위스키는 내게 맞는 술이다. 기분 좋은 아찔함이 몰려왔다. 핸드백을 뒤집어서 핸드크림만을 주머니에 집어넣었다. 핸드폰을 끈 채로 식탁 위에 올려놓았고 차 키와 지갑 역시도 식탁 위에 올려놓았다. 주민등록증만을 챙겼다. 금고 비밀번호를 적어 식탁 위에 접어 두었다. 아파트를 나와서 걷기 시작했다. 남쪽으로 가야겠다. 거기 어딘가의 식당에라도 취직해야겠다. 함께했던 모든 것들과 헤어져야 한다. 나

마지막 외출

를 벌줘야 한다. 이제 나도 46세가 되었다. 얼마나 더 많은 세월
을 보내야 이 인생이 끝날까.

이 이야기는 한 인간 정신의 장엄한 성취에 대한 기록이기도 하지만 동시에 가장 간절하고 안타까웠던 한 사랑의 몰락의 이야기이기도 하다. 이 두 사람은 내가 실패한 영역에서 성공을 거뒀다. 한 사람은 집필자로서 한 사람은 교수로서. 그러나 그 성공과 이들의 인간적 삶은 관련이 없었다. 나는 이 글을 읽으며 몇 번이나 깊은 한숨과 비탄의 작은 비명을 질렀는지 모르겠다. 시간은 모든 걸 몰락시킨다. 그렇다 해도 이 둘의 몰락은 너무 일렀다. 그러나 이 둘의 몰락은 동시에 구원이기도 하다. 이 둘은 한껏 살았기에.

이제 사건을 종결지을 때가 되었다. 그녀의 글의 마지막 부분은 사실은 내가 써넣었다. 그녀가 식탁 위에 남겨 놓은 물품들과 꺼내놓은 위스키병을 보았을 때 아마도 그녀는 내가 쓴 그대로 행동했을 것이다. 그녀가 이 실종 사건의 피해자인 건 맞다. 그녀 역시도 자기 정념과 욕심에 희생당한 것이다. 그럼에도 그녀가 자살을 선택하지 않은 건 다행이다. 난 가장 먼저 최근에 쓰인 것으로 보이는 부분을 찾았고 거기에서 삶을 이어 나가겠다는 결의를 보았다. 용감한 여자이다. 어쨌건 그녀를 찾는 수사는 종결이다. K 교수 역시 자기 운명의 희생자이다. 그는 아마 선천적으로 취약하고 불안정한 정신을 가지고 태어났을 것이다. 그러나 스스로를 그렇게 몰아치지 않았다면 그 병은 촉발되지 않았을 수도 있었다. 인간 성격이 그 운명이기도 하다. 그러나 그는 죽으면서 되살아났다. 그의 책들은 이제 교재로까지 쓰이고 있으니까. 그녀 역시도 자신의 천품이 허용하는 한 최대한을 살았다. 결국 그녀는 실패보다 더 많은 성공을 거뒀다. 교수가 되었지 않은가. 그녀가 성취의 기준을 K 교수에게 놓지 않았더라면 그녀의 아카데미에서의 성공은 충분히 눈부신 것이었다. 이 점은 그녀의 불운이다. 그녀가 다시 삶을 산다면 그때도 K 교수를 알기 원했을까? 그렇지 않았을 거 같다. 그녀는 자기 자신을 들여다볼 줄 알고 또 모든 문제에 대해 자기반성을 할 줄 아는 여자이다. K 교수가 아니었다면 그녀의 삶은 훨씬 자부심 넘치는 것이었다.

오랜만에 숙면을 취했다. 기분이 좋다 못해 약간 들뜨기까지 한다. 나는 갑자기 부자가 된 느낌이었다. 그녀 노트의 복사본은 영원히 내가 가질 것이다. 오전 10시에 과장에게 보고하기 위해 그녀 노트의 몇 군데를 따로 복사했다. 그녀의 실종이 가출이라는 사실을 밝혀 줄 부분이다. 남편이 그녀를 찾고자 한다면 이제 수사기관의 도움을 기대하기는 어렵다. 그가 개인적으로 찾아 나서야 할 것이다. 사설탐정을 고용하든 심부름센터에 의뢰하든. 그녀는 찾을만한 값어치가 있는 여자이다. 그녀는 자기가 저지른 일에 대해 책임을 졌다. 그리고 K 교수는 결국 세상을 떠났다. 그 역시 그녀의 불행을 바라지 않을 것이다. 아마도 누구보다도 지극히 그녀가 안온하고 평온하기를 바랄 것이다. 나역시 그녀가 편안한 삶을 살기를 바란다. 그녀가 어떤 종류의 악덕을 지니고 있다 해도 스스로에 대해 충분히 자기 인식적이다. 이런 사람은 인품의 갱신을 한다.

과장으로부터 호출이 왔다. 과장은 마치 귀신을 보는 듯이 나를 보고 있다.

"자네 일주일간이나 어디서 뭐 하고 있었나? 전화기도 꺼져 있고 집에도 안 들어가고. 우리가 자네 실종을 수사할 판이었네. 제정신인가? 도대체 어디로 증발했던 거야? 무슨 개인적인 문제가 있나?"

과장은 대체 무슨 말을 하는 건가? 나는 일주일간 실종 수사를 했다. 과장이 무슨 오해를 하고 있다.

"실종 수사를 하지 않았습니까? 수능일에 실종된 40대 중반 여성의 수사 말입니다."

과장의 눈이 좀 더 커지고 얼굴이 좀 더 위쪽으로 치켜올려졌다.

"무슨 소리를 하는 건가? 실종 수사라고? 지난 열흘간 새롭게 접수된 실종 사건은 한 건도 없었네. 자네 이제 미쳤구먼? 제정신이 아니네. 자네 아무래도 정신 감정 받아야 할 것 같네. 아니면 내가 미쳤거나."

내가 정말 무엇을 한 것일까? 나는 지난 일주일간 어디에 있었던가? 오늘 아침 집에서 깬 것은 맞다. 그러고 보면 내가 손에 들고 있는 서류는 실종 사건과 관련한 것은 아니다. 그것은 일상적인 근무 일지이다. 내가 일주일간 읽은 것은 누구의 이야기인가?

– 끝 –

마지막 외출

마지막 외출

1판 1쇄 펴냄   2023년 11월 10일

지 은 이   조지수
펴 낸 이   정현순
편   집   오승원
디 자 인   이용희
펴 낸 곳   ㈜북핀
출판등록   제2021-000086호(2021.11.9)
주   소   경기도 부천시 조마루로385번길 92
연 락 처   TEL: 032-240-6110 / FAX: 02-6969-9737

I S B N   979-11-91443-20-2 03810
값   19,000원